PHILLIP ROCK

Abingdon Hall
Stürmische Zeiten

Phillip Rock

ABINGDON HALL

STÜRMISCHE ZEITEN

Roman

Aus dem Amerikanischen
von Uta Hege

blanvalet

Die Originalausgabe erschien 1981
unter dem Titel »Circles of Time« bei Seaview Books.

MIX
Papier aus verantwortungsvollen Quellen
FSC® C014496

Verlagsgruppe Random House FSC® N001967
Das FSC®-zertifizierte Papier *Holmen Book Cream* für dieses Buch
liefert Holmen Paper, Hallstavik, Schweden.

1. Auflage
Taschenbuchausgabe April 2015 bei Blanvalet Verlag,
einem Unternehmen der
Verlagsgruppe Random House GmbH, München

Umschlaggestaltung: © Johannes Frick, Neusäß/Augsburg
Umschlagmotiv: Richard Jenkins/Shutterstock
Redaktion: Friederike Arnold
LH · Herstellung: sam
Satz: Uhl + Massopust, Aalen
Druck und Bindung: GGP Media GmbH, Pößneck
Printed in Germany
ISBN: 978-3-442-38307-8

www.blanvalet.de

Für Charlotte Wolfers
Der Tod ist ein Schlaf.

Buch 1

Die Zeit vergeht

1921

Mit Blättern und mit Blumen decket ab
den Leib des unbegrabenen Mannes, der keine Freunde hat.
An seine seichte Gruft
die Ameise, die Feldmaus und den Maulwurf ruft.
Zum Errichten eines kleines Hügels,
der ihn schützt und wärmt,
wenn eine Horde Räuber bei den anderen,
reich geschmückten Gräbern lärmt.
Doch haltet fern den Wolf, der Feind des Menschen ist,
damit er nicht die Erde wieder aufreißt und ihn frisst.

A Dirge von John Webster

1

Als er im Frühsommer des Jahres 1921 abermals nach Flandern fuhr, wusste er, er käme nie wieder an diesen Ort zurück. Denn nach fast vier Jahren hatte er schließlich akzeptiert, dass sie nicht mehr am Leben war.

Langsam fuhr er von Paris über die staubige, pappelgesäumte Straße nach Amiens. Da seine gesamte Habe bereits auf dem Weg nach London war, bestand sein Gepäck nur noch aus einer abgewetzten Ledertasche, in der sich ein paar frische Hemden, Unterwäsche und zwei Paar Socken befanden. Er fühlte sich eigenartig frei, als hätte er die Vergangenheit endlich hinter sich gelassen und die Geister besiegt, die ihn jahrelang gequält hatten. In Amiens warteten vor dem Café Flor Busse auf Touristen, die sich die Schützengräben an der Somme ansehen wollten. Er bestellte ein belegtes Brot und ein Glas Wein und verfolgte, wie die Leute – hauptsächlich Amerikaner und Engländer mittleren Alters – mit ihren Kameras und Ferngläsern in die Busse stiegen. Früher hatte ihn der Anblick dieser Menschen immer sehr aufgewühlt, aber jetzt war es ihm egal. Sie waren einfach auf dem Weg zu einer Touristenattraktion, die sich für sie in nichts von anderen geschichtlichen Überbleibseln unterschied.

Aber kaum jemand wusste so gut wie er, dass das nicht stimmte. Beinahe vom ersten Tag an hatte er den Krieg hautnah miterlebt. Der Chicagoer *Express* hatte seinen unbedeutenden, gerade einmal dreiundzwanzigjährigen Theaterrezensenten einzig deswegen als Kriegsberichterstatter ausgewählt, weil er sich zufällig in Europa aufhielt, als im Sommer 1914 die deutsche Armee in Belgien einfiel. Der Herausgeber der Zeitung hätte auch einen erfahreneren Journalisten schicken können, aber er hatte geglaubt, der Krieg sei nach spätestens drei Monaten vorbei, und es, ganz nebenbei, als Vorteil angesehen, dass Martin Rilke, der gerade in England Urlaub machte, des Französischen und Deutschen mächtig war.

Er nahm die Straße nach Albert, weiter nach Arras und über die Hügelkette von Vimy bis nach Béthune. Hier und da lagen noch immer verrosteter Stacheldraht oder ausgebrannte Panzerhülsen herum, die jedoch nicht mehr in faul stinkendem Schlamm, sondern unter grasbewachsenen Erdhügeln begraben waren. Auch die von Granaten zersplitterten Baumstümpfe hatten die Waldbesitzer längst durch neue Setzlinge ersetzt. Gras, Unkraut und junge Bäume überdeckten die Orte, an denen eine Generation von jungen Männern abgeschlachtet worden war.

Im Hotel Gaillard in Hazebrouck kannte man ihn. Mindestens dreimal im Jahr reiste er an und blieb immer ein paar Tage. Dabei war Hazebrouck bei Reisenden nicht sonderlich beliebt. Hier machte man lediglich kurz Rast auf dem Weg nach Dünkirchen oder Calais. Zwar war die kleine Stadt von Bombardierungen verschont geblieben, aber Abertausende Soldaten waren auf dem Weg von Saint Omer zur Front hier durchmarschiert. Was hatte der Bürgermeister noch einmal gesagt, als er hilflos in dem zerstörten Garten seines Hotels gestanden hatte? »Stiefel und die Räder der Kanonen haben uns zermalmt.« Ganz zu schweigen von den Pferden und den Bergen an Granaten und Versorgungsgütern, die längst verschwunden, deren Abdrücke jedoch tief in die zerstörte, kahle Landschaft eingegraben waren.

Von Hazebrouck gelangte man über die Hügel von Messines nach Belgien und Westflandern, dessen gepeinigte Erde immer noch nach Tod und verrostetem Eisen stank. Vorbei an den verdammten Dörfern, deren Namen seit dem Krieg wie Grabgesänge klangen – Wytschaete und Hollebeke, Langemarck und Passchendaele –, bis man die Mondlandschaft von Ypern vor sich sah.

Martin legte die Blumen am Fuß des Kreuzes ab, strich über die schwarzen Buchstaben und wischte vorsichtig den Staub von ihrem Namen ab. Ivy Thaxton Rilke, die beim Sanitätskorps der Armee gewesen und im Alter von nur zwanzig Jahren durch eine Granate umgekommen war.

»Sie haben sie gekannt?«

Martin blickte auf. Ein älterer Engländer in einem gut geschnittenen Tweedanzug stand auf dem Kiesweg hinter ihm und stützte sich auf seinen Stock. »Sie war meine Frau.«

»Ah.« Der Mann stieß einen Seufzer aus, als hätte sich ein großes Rätsel für ihn aufgeklärt. »Ich bin schon häufig hier vorbeigekommen und habe mich jedes Mal gefragt, wer sie wohl war. Denn, wissen Sie, hier findet man kaum Frauen. Meine beiden Söhne liegen ein Stückchen den Weg hinab. John und Hubert.«

»Tut mir leid.«

»Um diese Jahreszeit ist es hier wunderschön. Und die Bäume gedeihen wirklich prächtig. Sind Sie öfter hier?«

»Drei-, viermal im Jahr.«

»Ach tatsächlich? Seltsam, dass wir uns nicht vorher schon einmal begegnet sind. Ich versuche, jeden Monat einmal hier vorbeizuschauen. Ich lebe in der Nähe von Dover.«

Martin kehrte Ivys Grab den Rücken zu und trat von der sorgsam gestutzten Rasenfläche wieder auf den Weg.

»Heute komme ich zum letzten Mal«, erklärte er. »Inzwischen ist mir klar, dass sie gegangen ist.«

Der Engländer sah ihn mit einem leisen Lächeln an. »Sie meinen, dass sie verschwunden ist? Ich habe auch schon mit anderen gesprochen, die wie Sie empfinden, und deswegen nicht mehr kommen. Aber ich kann diesen Glauben irgendwie nicht teilen. Swinburne hat gesagt, der Tod sei ein Schlaf. Deshalb schlummern meine Söhne nur.«

Nein, sagte sich Martin, während er zurück zu seinem Wagen ging. Sie schlafen nicht, sie sind genauso tot wie meine Frau. Sie ruhen nicht nur sanft, sondern haben uns ein für alle Mal Lebewohl gesagt. Er hatte die Wirklichkeit des Krieges miterlebt und die Verbindung mit der Vergangenheit ein für alle Mal gekappt.

In Saint-Pol-sur-Mer ließ er den ächzenden Renault bei einem Freund, teilte ihm mit, er könne ihn behalten oder verkaufen, und ging an Bord des Dampfers, der von Dünkirchen nach Folkestone übersetzte. Er stellte sich ans Heck des kleinen Schiffs und verfolgte, wie die Küste Frankreichs mit dem Dunst über dem Meer verschmolz und langsam seinem Blick entschwand. Ein Teil von seinem Leben blieb zurück. Ein Abschnitt war vorüber, und er brach zu neuen Ufern auf.

Er war dreißig, mittelgroß und von kräftiger Gestalt. Sein flachsblondes Haar hatte er unordentlich in der Mitte gescheitelt, und sein ovales, kantiges Gesicht konnte man nicht als hübsch bezeichnen, weil sein Mund etwas zu breit und seine schmale Nase eine Spur zu lang geraten war. In seinen leuchtend blauen Augen allerdings lag stets ein gut gelauntes Funkeln, was für einen Menschen, der das Grauen der Welt aus nächster Nähe hatte miterleben müssen, ungewöhnlich war.

Er trank einen Whiskey Soda in der Bahnhofskneipe, ehe

er um kurz nach drei den Zug nach London nahm. Es stieg kaum jemand ein, und in seinem Erste-Klasse-Abteil nahmen außer ihm nur noch zwei Passagiere Platz. Der ältliche Vikar schlief auf der Stelle ein, und die dicke Frau, die einen Fuchspelz trug, nahm, vielleicht weil sie den Alkohol in seinem Atem roch, so weit entfernt wie möglich von ihm Platz. Da er vergessen hatte, eine Zeitung zu besorgen, blieb ihm nichts anderes übrig, als Tagebuch zu schreiben oder aus dem Fenster zu schauen und zu beobachten, wie die Landschaft der North Downs und des Kentish Weald an ihm vorüberzog. Doch das war durchaus lohnenswert. Denn England war im Juni wunderschön. Sonnenflecken fielen auf die Felder und die Wälder, während ein sanfter Wind die über dem Meer hängenden Regenwolken Richtung Osten und landeinwärts trieb. An genau so einem Tag hatte er dieses Land zum ersten Mal gesehen. Und obwohl er und die Welt sich seit dem Sommer 1914 dramatisch verändert hatten, wirkte das ländliche England völlig unberührt von all den grauenhaften Dingen, die seither geschehen waren. Haine, Hecken, Heide und Wiesen, Schafe, die zufrieden auf den Feldern grasten, Kinder, die beim Brombeerpflücken innehielten und winkten. Doch diese ländliche Idylle war genauso trügerisch wie in Frankreich oder Deutschland. Die saftigen Weiden und die grünen Bäume, die spitzgiebeligen Häuser in den Städten und die strohgedeckten Hütten in den Dörfern suggerierten eine Fröhlichkeit und Unschuld, die für immer verschwunden war.

Martin wandte sich an die dicke Frau.

»Stört es Sie, wenn ich rauche?«

Sie sah ihn an und strich über den Kopf des Silberfuchses, der ihn ebenfalls aus seinen schwarz glänzenden Augen anzublicken schien.

»Doch wohl keine widerliche Zigarette.«

»Nein, eine Havanna«, konnte Martin sie beruhigen. »Und die sind sehr mild.«

Die Frau nickte zustimmend. »Gegen eine feine Zigarre ist nichts einzuwenden.« Immer noch sah sie ihn an, während sie über den grinsenden Fuchskopf strich. »Ich dachte, Sie wären Deutscher. Wegen Ihrer blauen Augen und der blonden Haare.«

Er setzte ein höfliches Lächeln auf. »Ich bin Amerikaner, allerdings mit deutschen Vorfahren.«

»Oh«, sagte die Frau und blickte weg.

Er nahm einen Stift und ein Notizbuch aus der Tasche, zündete seine Zigarre an, lehnte sich auf seinem Sitz zurück und schrieb seine Gedanken stenographisch auf.

Montag, 20. Juni 1921

Beobachtungen und Gedanken. Im Zug von Folkestone nach London.

Ich frage mich, wie oft ich schon mit diesem Zug gefahren bin. Wie oft ich schon am Fenster Platz genommen und in meinem Tagebuch geschrieben habe. So oft, dass ich es nicht mehr zählen kann. Auf den Fahrten 1915 und 1916 waren die Abteile stets brechend voll mit Männern auf Heimaturlaub. Der Schlamm von Flandern klebte noch an ihren Stiefeln, und sie hatten den glasigen »Grabenblick«. Konnten ihr Glück beinahe nicht fassen. Konnten es kaum glauben, dass sie noch am Leben und nicht auf dem Weg in die Hölle waren.

»Ich dachte, Sie wären Deutscher.« Dieser hasserfüllte Blick, bevor ich fließend Englisch mit ihr sprach. Mit diesem Blick haben die Menschen mich während des Krieges oft bedacht. Weil ich statt einer Uniform einen normalen Anzug

trug. Und mich bissig gefragt, ob ich vielleicht gerade am Mittelmeer im Urlaub gewesen sei. Immer wenn ich ihnen sagte, dass ich Journalist sei, hat die Atmosphäre sich entspannt. Denn die Männer waren bestens informiert. Die meisten Kriegskorrespondenten haben sie aus gutem Grund gehasst, doch die Ehrlichkeit meiner Artikel haben sie geschätzt. Denn obwohl die hässlichsten Wahrheiten meist von der Zensur gestrichen worden waren, hatten sie die Kunst des Zwischen-den-Zeilen-Lesens im Verlauf des Krieges perfektioniert und wussten ganz genau, wovon ich schrieb.

»Ich dachte, Sie wären Deutscher.« Der Hass sitzt tief – und zwar nicht nur in England, sondern überall. »Ich dachte, Sie wären Franzose…« (Der Mann, der mir auf meiner Zugfahrt von Saarbrücken nach Berlin schräg gegenübersaß, hatte mich auf dem Bahnhof offenbar Französisch sprechen hören und war erst nach der Passkontrolle vor Verlassen der besetzten Zone aufgetaut.) »… ein verdammter Frosch.« Wir unterhielten uns auf Deutsch, und ich erklärte ihm, ich käme aus Chicago. Sei Deutsch-Amerikaner in zweiter Generation. »Ich habe einen Onkel in Milwaukee«, sagte er darauf. »Ihr Yankees habt die falsche Seite unterstützt. Das werdet ihr noch sehen.«

Wer weiß? Jacob Golden sagte immer, es gebe keine Helden mehr. Wir sind alle Schurken und besessen von dem Wunsch, die Zivilisation in Stücke zu zerhauen. Das einzige Tier auf Erden, das sein eigenes Nest beschmutzt und aus dem Schlachten eine Tugend macht.

Der Mann auf dem Friedhof hatte Mitgefühl mit mir. Das haben sein leises Lächeln und der Glanz in seinen Augen mir verraten. Der selbstgerechte Blick in dem Gesicht von Gläubigen, wenn man ihnen erklärt, dass man an Gott nicht länger glaubt. Doch ich gebe zu, ich musste meinen ganzen

Mut zusammennehmen, um dem Grab meiner geliebten Ivy endgültig den Rücken zu kehren. Es ist leichter, sich weiterhin an die Vergangenheit zu klammern. Einmal im Monat oder dreimal im Jahr die Menschen zu »besuchen«, die man doch nicht mehr besuchen kann. Wie der Mann aus Dover. Er besucht den Friedhof und verbringt den Tag mit seinen toten Söhnen, wie die Frau, die ich einmal auf einem kleinen Klappstuhl vor dem Grab ihres gefallenen Mannes sitzen sah. »Sie quasselt endlos vor sich hin«, erklärte mir der Friedhofswärter. »Kommt zweimal im Jahr aus London her und erzählt ihm alle Neuigkeiten der Familie. Manchmal werden sie ein bisschen seltsam, diese armen Seelen.« Sie klammern sich an die Vergangenheit, blenden die Realität aus und verlängern dadurch ihren Schmerz. Als säbele man sich ein Bein mit einem Taschenmesser ab, obwohl ein kurzer, glatter Schnitt mit einer scharfen Säge viel humaner ist.

Der Krieg ist viel zu schmerzlich, um ihn auch nur ansatzweise zu verstehen. Erst allmählich werden die Statistiken gedruckt. Eine Million Engländer und siebenundzwanzig Prozent aller jungen Franzosen wurden bei dem Gemetzel ausgelöscht. Die Zahl der Deutschen, Russen, Österreicher, Italiener, Türken, Serben kennt nur Gott allein. Und wer kann schon sagen, welchen Preis wir für den Frieden zahlen. Wie viele durch Hunger, Typhus, Grippe umgekommen sind? Aber eigentlich sind diese Zahlen bedeutungslos. Weil niemand sie begreifen kann. Und jede Ziffer stellt ein Menschenleben dar. Wie das von meiner schlanken, schwarzhaarigen Ivy mit den veilchenblauen Augen. Die sich einst nackt in meine Arme schmiegte und inzwischen nur noch eine Zahl auf einer Liste ist. Oder wie die Söhne dieses alten Mannes. John und Hubert. Was für Menschen waren sie? Was haben sie getan? Werden wir womöglich einmal alle spüren, dass sie viel zu früh gestorben sind? Oder sind sie nur zwei Nummern und werden wie meine Frau einfach auf irgendeiner Liste abgehakt? 900.997 Namen, die es aufzuzeichnen gilt, weil jeder für ein ausgelöschtes Leben und das Schicksal eines Menschen steht.

Martin legte Buch und Stift zur Seite, setzte seine Brille ab und putzte sie mit seinem Taschentuch. Das Grün und Gold der ländlichen Umgebung wich dem rauchigen Grau der schwieligen Ränder Londons. Als er erneut nach seinem Tagebuch griff, fiel der Brief von Arnold Calthorpe heraus, der zwischen den Seiten gesteckt hatte. Ein Antwortschreiben war nicht nötig. Er dachte über den Inhalt nach.

Calthorpe & Crofts
Verleger
Bloomsbury Square
London

Lieber Martin,

ich vertraue darauf, dass Sie dieses Schreiben noch vor Ihrem Aufbruch in Paris erreichen wird. Jeremys und meine Glückwünsche zu Ihrem neuen Job. Wahrhaft beeindruckend. Ich wünschte mir, Sie hätten ihn bekommen, bevor der Umschlag für das Buch in Druck gegangen ist.

Wie wir letztes Jahr besprochen haben, Martin, ist Ein mörderisches Feld *wahrscheinlich das beste Buch zum denkbar ungünstigsten Zeitpunkt. Das scheinen erste Rezensionen – oder eher ihr Fehlen – zu bestätigen. Nur die liberalsten, sozialistischen oder pazifistischen Blätter haben es bisher einer Besprechung für würdig befunden – und von ihnen gibt es in Großbritannien nur noch eine Handvoll. Aber wir sind nicht enttäuscht, denn – wie ebenfalls bereits besprochen – wir wollen kein Geld mit diesem Buch verdienen, sondern sind so stolz darauf, es zu verlegen, wie Sie wahrscheinlich als Verfasser. Trotzdem müssen wir der Tatsache ins Auge sehen, dass sich Kritiker bemühen werden, dieses Buch und Sie in Misskredit zu bringen. Zum Beispiel durch eine Klage wegen der Enthüllung militärischer Geheimnisse. Deshalb legen Sie sich vielleicht schon mal eine passende Erwiderung zurecht – um die tausend Worte, warum Sie eine derart schonungslose Denkschrift verfasst haben. Eine Stellungnahme, die wir als Verlag an jede Tory-Zeitung schicken können, die Kritik an Ihnen übt. Sie müssen nicht sofort damit anfangen, da Sie ja sehr beschäftigt sind und sich noch »entwurzelt« fühlen. Kommen Sie einfach bei uns vorbei, wenn Sie sich eingerichtet haben, damit wir die Angelegenheit besprechen können.*

Mit freundlichen Grüßen
A. T. Calthorpe

Er legte den Brief zurück in sein Notizbuch, nahm den Stift vom Sitz und fing erneut zu schreiben an.

Calthorpe. Ich kann wirklich nicht verstehen, dass er sich einbildet, einer Klage wegen der Enthüllungen in meinem Buch zu entgehen. Schließlich geht es um nichts anderes. Aber ich bin ja auch ein Junge aus Chicago, einer Stadt, in der der investigative Journalismus längst zu einer regelrechten Kunst erhoben worden ist.

Ich sehe dieses Buch als meine persönliche Katharsis an. Als Chance, meine Seele von der Galle zu befreien, die sich während all der Monate, in denen ich über die Friedenskon-

ferenzen in Versailles berichtet habe, in ihr angesammelt hat. Tag für Tag musste ich mit ansehen, wie man über die Kriegsbeute gefeilscht, die Kosten ausgerechnet und die Schuldigen ermittelt hat. Die Friedensstifter haben sich gezankt wie Winkeladvokaten bei der Regulierung eines Unfalls, ohne dass auch nur ein Mensch für all die Toten sprach, die entlang der alten Kampflinien begraben sind. Sie wurden höchstens ab und zu beiläufig in irgendwelche hochtrabenden Phrasen eingeflochten – »Die ruhmreichen Toten …«, »Nicht vergebens …«, »Helden, die für die Rettung der Demokratie« oder »für die Beendigung sämtlicher Kriege gefallen sind«. Nichtsdestotrotz liegen Millionen, die man auch sofort nach der Geburt hätte umbringen können, weil ihr Kampf vergeblich war, auf den alten Schlachtfeldern und Friedhöfen herum.

Eine Beobachtung durchs Fenster. Reihen dunkler Backsteinhäuser und am Rand der Bahngleise eine Fabrik, vor deren verschlossenen Toren Dutzende von Männern stehen. »Wir verzichten nicht auf einen Penny unseres Lohns«, lese ich auf den Plakaten, die sie in die Höhe halten. Ein Szenarium, das alles andere als idyllisch, aber typisch für das Nachkriegsengland ist. Streiks über Streiks, während über eine Million Männer ohne Arbeit sind. Die Streikposten sehen schlecht genährt und schäbig aus. Wie viele dieser Männer sind wohl aus dem Krieg zurückgekommen und haben an das Versprechen von Lloyd George geglaubt, dass ihre Heimat ein Land ist, »in dem ein Held gut leben kann?«

So viel dazu.

Joe Johnson, Chefredakteur des Londoner Büros der *International News Agency*, wartete am Bahnhof Charing Cross auf ihn. Ketterauchend und nervös stapfte er den Bahnsteig auf und ab und grinste vor Erleichterung, als Martin aus dem Zug stieg.

»Mein Gott, allmählich hatte ich schon Angst, Sie würden gar nicht kommen.«

»Wie Sie sehen, hier bin ich«, sagte Martin.

Johnson sah auf seine Uhr. »Kingsford richtet im Café Royal eine Cocktailparty für Sie aus. Damit jeder den neuen Boss kennen lernen kann. Wenn Sie nicht erschienen wären …« Die möglichen Folgen ließ er unerwähnt. »Sie haben ungefähr anderthalb Stunden Zeit. Haben Sie noch andere Kleider dabei? Sie sehen aus, als hätten Sie in diesem Anzug auf freiem Feld campiert.«

»Ich beziehe eine Wohnung in Soho. Meine Koffer müssten dort schon angekommen sein. Keine Angst, ich habe nicht die Absicht, mich oder den ehrenwerten Kingsford zu blamieren.«

»Es sind alle eingeladen. Fünfzig, sechzig Leute. Tja, Marty, Sie haben es ganz schön weit gebracht. Aber das haben Sie sich auch verdient.«

»Danke, Joe. Trotzdem hätte man den Posten Ihnen geben sollen.«

»Gott bewahre. Ich bekomme auch schon so genügend Mitteilungen von Kingsford geschickt. Leiter des europäischen Büros. Meine Güte. Ich will Ihnen die Wahrheit sagen, Marty. Lou hat sich am Schluss um den Verstand gesoffen, weil der gute Kingsford praktisch ohne Pause irgendwelche Telegramme auf ihn abgefeuert hat. Und jetzt wird Ihnen dieses Glück zuteil. Ich weiß nicht, ob ich Ihnen dafür auf den Rücken klopfen oder Ihnen kondolieren soll.«

»Mit Kingsford komme ich schon klar. Schließlich habe ich mich nicht um diesen Job beworben, sondern er hat ihn mir angedient. Ich leite das Büro auf meine Art, und er kann in New York bleiben und Telegramme schicken, wie er will, nur eben nicht an mich.«

Joe Johnson sah ihn zweifelnd an. »Nun, wir werden sehen. Vielleicht sind Sie ja zäher, als Sie aussehen.«

»Worauf Sie sich verlassen können, Joe. Denn ich werde mit dem Alter ganz bestimmt nicht weicher.«

Mühsam quetschte er sich in den kleinen Austin des älteren Mannes, und kaum hatte er die Tür geschlossen, schossen sie bereits Pall Mall und die Regent Street hinauf nach Soho.

»Lower James Street«, sagte Martin und zuckte zusammen, als vor ihnen ein Fußgänger über die Straße rannte, weil er einen Bus bekommen wollte. »Halten Sie am besten direkt vor dem Restaurant Velletri an.«

»Soll ich auf Sie warten?«

»Nein, schon gut. Von dort bis zum Café Royal ist es nicht weit. Ich ziehe mich schnell um und gehe das Stück zu Fuß.«

»Geraten Sie ja nicht auf Abwege«, sagte Johnson düster. »Sonst lässt sich Kingsford meinen Kopf auf einem silbernen Tablett servieren.«

Die geräumige Sechs-Zimmer-Wohnung hatte Jacob Golden sich nach seinem Rauswurf aus dem angesehenen Balliol College 1911 gekauft. Hatte sie sich selbst geschenkt, weil er zwei Jahre lang der Schrecken aller Professoren gewesen war. Im Erdgeschoss des zweistöckigen Hauses hatte sich damals ein ungarisches Restaurant befunden, aber während des Krieges hatte man den Eigentümer, seine Köche und die Kellner in ein Internierungslager verfrachtet, woraufhin die Gaststätte von Italienern übernommen worden war.

»Ah! Signor Rilke!« Marco Velletri, Besitzer und gleichzeitig Chefkoch, empfing Martin mit einer Umarmung und einem aufgrund des Knoblauchs, den er ständig aß, würzigen Wangenkuss. »Es ist schon – ach, ich weiß nicht – viel zu lange her, nicht wahr?«

»Über drei Jahre, Marco.« Martin nahm seinerseits den Italiener in den Arm. »Hat Signor Golden seinen Wohnungsschlüssel für mich hinterlegt?«

Wie versprochen, hatte Jacob seinen Schlüssel bei den Italienern abgegeben. Und auch Martins Koffer und die Bücherkisten waren aus Paris gekommen und im Gästezimmer abgestellt worden. Am Spiegel über der Kommode hing ein Schreiben von Jacob.

Sonnabend

Mein lieber Rilke,
willkommen zurück im guten, alten Großbritannien – auch wenn ich beim besten Willen nicht verstehe, wie man einen wirklich guten Posten in Paris aufgeben kann. Fühl dich wie zu Hause. In der Küche steht Champagner – kalt, falls Marco nicht vergessen hat, das Eis aufzufüllen. Ich bin auf dem Weg nach Mazedonien, um den Gründen für die Hungersnot dort nachzugehen. Ich soll umfassend Bericht erstatten, dabei habe ich den Jungs bereits erklärt, dass die Menschen meistens deswegen verhungern, weil es nichts zu essen gibt. Aber das reicht dem Völkerbund (dem beinahe alle angehören) natürlich nicht. Sie wollen jeden Bericht in vierfacher Ausführung auf offiziellen Formularen. Wie jedes Mal wird mein Bericht ein echtes Meisterwerk. Und wie jedes Mal wird man ihn sorgsam abheften und dann vergessen, während die Bevölkerung von Mazedonien sich weiterhin von Dreck und Stroh ernährt. Vielleicht merkst du das einmal in deiner Zeitung an.

Wie stets,
dein treuer Diener
Jacob

Martin blieb nur Zeit, um frische Kleider aus dem Schrankkoffer zu nehmen, kurz zu baden und nach einer eiligen Rasur in einem Fach des Koffers in letzter Minute nach seinem zweiten schwarzen Schuh zu suchen. Als er unter einem Haufen Socken auf Ivys Foto stieß, stellte er es ordentlich auf die Kommode. Dann machte er sich auf den Weg.

Für die Cocktailparty hatte seine Agentur den Chelsea Room im dritten Stock des Cafés gebucht, einen großzügig mit Gold und rotem Plüsch ausstaffierten Saal mit Blick über die Regent Street. Die Party war bereits in vollem Gang, als Martin kam, und das Streichquartett in der Ecke wurde vom Gewirr der Stimmen und dem Klirren unzähliger Gläser übertönt. Als Scott Kingsford ihn entdeckte, drängte er sich durch die Menge.

Wie er selbst als Erster zugegeben hätte, war er mehr Geschäftsmann als Reporter, und in nur zehn Jahren hatte er die *International News Agency* zum zweitgrößten Nachrichtenanbieter der Welt gemacht. Er hatte einen Riecher, was Zeitungen kauften und was ein normaler Mensch gerne las. Dieser Riecher hatte ihn bereits als Fünfundvierzigjährigen zum Millionär gemacht, doch statt sich auf seinen Lorbeeren auszuruhen, wollte er die *INA* zur größten Agentur machen und war willens, dafür das erforderliche Geld zu investieren. Er heuerte die besten Leute an, experimentierte mit verschiedenen neuen Formen der Berichterstattung und -verbreitung und versuchte momentan sein Glück mit drahtloser Datenübertragung, wie sie Guglielmo Marconi zum ersten Mal gelungen war. Für die Europäer war der Mann der Inbegriff des ungestümen, ungeschliffenen Neue-Welt-Bürgers, ein Image, das er gerne und ohne große Mühe aufrechterhielt.

»Martin«, brüllte er und stapfte auf ihn zu. »Dies ist Ihre

Party, Junge. Holen Sie sich einen Drink, dann mache ich Sie mit den anderen bekannt.«

Er war stolz auf Martin Rilke. Stolz darauf, dass er als Chef des europäischen Büros jemanden hatte engagieren können, dem bereits der angesehene Pulitzer-Preis verliehen worden war. Er stellte Martin erst dem Personal des Londoner Büros und dann den vielen geladenen, britischen Journalisten vor. Diese Mühe hätte er sich sparen können, weil die meisten Leute Martin schon kannten. Trotzdem führte Kingston ihn mit stolzgeschwellter Brust herum und steuerte dann eine halbwegs ruhige Ecke an.

»Verdammt, Sie wissen gar nicht, wie sehr ich mich freue. Ein Martin Rilke hat dem Laden in Europa einfach noch gefehlt.«

Martin trank einen Schluck Scotch. »Was genau soll denn ein ›Martin Rilke‹ sein?«

»Verflucht, mir gegenüber brauchen Sie Ihr Licht nicht unter den Scheffel zu stellen. Ein Martin Rilke ist, verdammt noch mal, der beste Journalist, der mir jemals begegnet ist.« Er kippte seinen Gin-Cocktail herunter und bedeutete dem Barmann, ihm noch einmal nachzufüllen. »Sie haben hier drüben völlig freie Hand, Marty. Vor meiner Rückkehr nach New York kann ich Ihnen das noch schriftlich geben, wenn Sie wollen. Es gibt nur eine Sache, die ich Ihnen sagen will. Ich liebe Ausgewogenheit. Verstehen Sie, was ich damit sagen will? Die Verleger in den Staaten sind die grauenhaften Nachrichten aus diesem Teil der Welt leid. Während des Krieges gab es davon mehr als genug, und danach kam das Theater in Versailles und mit Wilson und dem Völkerbund. Harding wurde einzig deswegen gewählt, weil er diesen Unsinn von der Rückkehr zur Normalität von sich gegeben hat, denn genauso ist die Stimmung in den USA im Augenblick. Natürlich wollen die Leute wissen, wie die Dinge in Europa stehen, aber sie wollen nicht nur deprimierende Sachen lesen. Achten Sie also auf Ausgewogenheit. Die Leute interessieren sich auch für das Geschehen in den Pariser Cafés, für die neue Herbstmode und so.«

»Verstehe.«

»Es heißt, dass Sie ein Journalist mit Tiefgang sind, und natürlich erwarte ich auch Artikel über die Geschehnisse in Deutschland und Italien und … ach, verdammt, ich nehme an, Sie wissen, was ich meine. Aber achten Sie darauf, dass Ihre Leute auch Berichte über die banalen Dinge schreiben, und vor allem bringen Sie die Bild- und Sportressorts auf Vordermann. Und stellen Sie in der Reiseredaktion zusätzliche Leute ein. Die unzähligen Yankees, die nach Europa kommen, wollen wissen, wo man gut und günstig essen oder übernachten kann und welche Orte man hier in Europa unbedingt gesehen haben muss.«

Kingsfords Wünsche überraschten Martin nicht. Denn das bunte Potpourri an Nachrichten der *INA* war das Geheimnis ihres Erfolgs, und er brauchte sich nicht selbst mit den banalen Themen zu befassen, sondern nur dafür zu sorgen, dass von seinen Redakteuren eine ausreichende Menge seichter Berichte kam. Als Leiter des Büros konnte er schreiben, was er wollte, und musste niemanden von der Finanzierung der Recherchen überzeugen. Nach sieben Jahren als Journalist für vier verschiedene Zeitungen und zwei Nachrichtenagenturen war er jetzt mit einem Mal der Chef. Der Mann, der das Sagen hatte und der niemand anderem mehr Rechenschaft ablegen musste.

Nach seinem dritten Drink überkam Martin ein Gefühl der Euphorie, und als Kingsford ihm am Schluss der Cocktailparty vorschlug, noch einen Absacker in einem Nachtclub in Soho zu nehmen, stimmte er ihm freudig zu. Anders als die meisten war er nicht der Ansicht, dass man einiges vertragen musste, um ein guter Journalist zu sein, aber dieses Mal machte er eine Ausnahme.

»Zum Teufel mit Dora« hatte jemand an eine Häuserwand in der Old Compton Road geschmiert. Doch mit Dora war nicht eine Frau gemeint, sondern der Defense of the Realm Act, das Gesetz zur Verteidigung des Reichs, das seit seinem Inkrafttreten im Jahre 1914 immer noch nicht wieder aufgehoben worden war. Unter anderem wurde darin festgelegt, wann der Verkauf von Alkohol gestattet war – das hieß, dass die Kneipen zeitig schließen mussten und dass danach der Genuss von alkoholischen Getränken nicht erlaubt war. Gemächlich schlenderte ein Polizist an der Schmiererei vorbei. Mit hinter dem Rücken verschränkten Händen und so gleichgültiger Miene, dass es schon wieder verdächtig war.

Kingsford bat den Taxifahrer: »Halten Sie kurz an. Ich weiß, dass das Lokal irgendwo hier in der Nähe ist.«

Der Fahrer spuckte aus dem Fenster. »Tja, Guv'nor, diese Kneipen ziehen ständig um. Sind heute hier und morgen dort. Die Polizei hält die Betreiber ordentlich auf Trab. Aber falls es Sie interessiert: Ich kenne einen Club drüben in der Gerard Street, in dem es bisher noch keine Razzia gab.«

»In Ordnung.« Seufzend lehnte Kingsford sich auf seinem Sitz zurück. »Verdammt, das ist genauso lächerlich wie die Prohibition. Dieser ganze Quatsch, dass man ab halb elf abends nichts mehr trinken soll. Die einzige Wirkung ist, dass es den Wunsch des Mannes, eine Sünde zu begehen, noch verstärkt.«

Und tatsächlich gaben unzählige Menschen diesem sündigen Verlangen nach. Links und rechts der Gerard Street standen Rolls-Royce- und Daimlerlimousinen, deren Fahrer auf dem Bürgersteig rauchten und sich unterhielten, bis die Herrschaft wiederkam. In dem kleinen, unauffälligen Gebäude –

einem alten Wohnheim – drängten sich nicht mehr die Obdachlosen, sondern Frackträger neben juwelenbehangenen Frauen in langen Kleidern, die man durch den blauen wabernden Tabakdunst nur verschwommen sah. Auf einem kleinen Podium am Rand des größten Raums spielten vier schwarze Smokingträger Jazz, und zu den Klängen von Kornett, Posaune, Bass und Schlagzeug wiegten sich auf einer kleinen Tanzfläche zwischen den runden Tischen ein paar Paare sanft im Rhythmus der Musik.

Es war heiß und laut, und entschlossen bahnten Martin und der große Kingsford sich einen Weg durch das Gedränge bis zur Bar. Sie bestellten zwei Martini-Cocktails, und während einer der drei Männer in den weißen Affenjacken die Getränke mixte, brüllte Kingsford gut gelaunt: »Man fühlt sich mehr wie in Paris als in London. Allerdings bekommt man in Paris den Gin mit Eis serviert.«

Eine junge Dame, deren Brüste praktisch aus dem Ausschnitt ihres dünnen Seidenkleides quollen, schob sich dicht an ihn heran, und als sie auf ihre Zigarette zeigte, zückte er ein dickes, goldenes Feuerzeug und verfolgte grinsend, wie sie sich mit aufreizendem Hüftschwung wieder durch die Menge drängte.

»Ein typisches Charleston-Mädchen«, meinte er. »Das wäre sicher eine Story wert, Martin. Die neue Sexualmoral. Wie leicht man seit Ende des Krieges die Mädchen in die Kiste kriegt. Die wilde Jugend in den Amüsierlokalen von London und Paris. Sex verkauft sich heutzutage gut. Aber es darf natürlich nicht geschmacklos werden, Sie verstehen.«

Die Rauchschwaden wurden noch dichter, die Musik noch lauter, und nachdem die Vorstellungen in den zahlreichen Theatern der Umgebung offenbar vorüber waren, nahm die Zahl der Besucher in dem Club weiter zu.

Man fand kaum noch Platz, um sein Glas an den Mund zu heben, und Kingsford bellte: »Zur Hölle mit dem Loch. Los, Martin, lassen Sie uns gehen.«

Als sie sich zum Gehen wandten, schlang das Mädchen in dem Seidenkleid, das sich in der Zwischenzeit ein halbes Dutzend Mal von Kingsford Feuer hatte geben lassen, einen Arm um seine Taille, und er nahm sie einfach mit. Nachdem er ihr ins Taxi geholfen hatte, hielt er Martin die Tür auf.

»Wir fahren ins Savoy. Vielleicht kann sie ja unterwegs noch eine Freundin einsammeln.«

»Ich bin vollkommen erledigt und habe morgen einen anstrengenden Tag.«

Kingsford zuckte mit den Achseln. »Wie Sie wollen. Ich schreibe anderen niemals vor, was sie abends zu tun oder zu lassen haben.« Er reichte ihm die Hand. »Schlagen Sie ein, Junge. Denn ich verlasse mich auf Sie. Ich fahre morgen nach dem Frühstück nach Southampton, und sobald ich wieder in New York bin, schicke ich Ihnen die Sachen zu, von denen ich gesprochen habe. Gehen Sie sie durch, und sagen Sie mir, was Sie davon halten.«

Damit stieg er ein, und rumpelnd setzte sich das Taxi Richtung Charing Cross Road in Bewegung.

»Gott, was für ein Abend«, seufzte Martin. Es fing an zu regnen, und ein Stück vor ihm drängten sich ein paar freie Taxis, doch er ignorierte sie, klappte den Kragen seines Mantels hoch und marschierte los.

Kingsfords laute, ordinäre Art hatte ihn sehr angestrengt, aber der Mann war ein Genie, und deshalb würde es wahrscheinlich wirklich aufregend, für ihn zu arbeiten. Obwohl sie sich aufgrund des Höllenlärms im Club nicht richtig hatten unterhalten können, hatte Kingsford mit dem, was er ihm ins Ohr geschrien hatte, seine Neugierde geweckt. Die drahtlose Datenübermittlung war offenbar sein neuestes Steckenpferd. Und Kingsford träumte nicht nur von der Übertragung aktueller Nachrichten aus Rom, Paris oder Berlin nach London und der Weiterleitung nach New York, sondern auch von der papier- und drahtlosen Verbreitung dieser Nachrichten an die Million Amerikaner, die mit Kopfhörern und Quarzempfängern ausgestattet waren. Er war bereit, Millionen in das Vorhaben zu investieren, und hatte beiläufig erwähnt, dass sich eines Tages jede Menge Geld mit einem Radionetzwerk verdienen ließ. Martin hatte keine Ahnung, wie das gehen sollte, aber das war Kingsfords und nicht sein Problem.

Als er in die Wohnung kam, war er bis auf die Haut durchnässt. Er zog seine Kleider aus und einen Morgenmantel an und ging in die Küche, auf der Suche nach etwas zu essen. Von unten stieg ihm ein schwacher, verführerischer Duft in die Nase. Obwohl das Restaurant längst geschlossen war, roch es nach *pollo cacciatore* und Kalbfleisch florentiner Art. Der Geruch von Marcos erlesenen Speisen hatte Jacob gewiss aus dem Gleichgewicht gebracht, während er an seinem Schreibtisch saß und über fürchterliche Hungerkatastrophen schrieb.

In der Eistruhe fanden sich zehn Flaschen Champagner und eine kleine Dose Kaviar. Er zog eine Flasche heraus, holte Räucherwurst und Käse aus der Speisekammer und Cracker aus dem Schrank und setzte sich mit seinem späten Abendessen auf sein Bett.

Von der Kommode schaute Ivys liebliches Gesicht ihn aus dem Silberrahmen an. Auf ihrem weich schimmernden, schwarzen Haar saß eine Schwesternhaube, und zu seinem Leidwesen blickte sie sehr ernst. Doch sie war es nicht gewohnt gewesen, fotografiert zu werden, und hatte nicht gewagt zu lächeln, als er sie gebeten hatte, sich ins Licht zu stellen, das durch das Fenster fiel. Durch das Fenster dieses Zimmers. Das Datum hatte er am Rand notiert. 27. März 1917. Ihr letzter Nachmittag zusammen, ehe er nach Saloniki aufgebrochen war. Man hatte ihn zwar höflich, doch entschieden aufgefordert, England zu verlassen, weil er gegen die Regeln der DORA verstoßen hatte.

»Zum Teufel mit Dora.« Allerdings. Damals hatte er die Ausweisung als nicht so schlimm empfunden, weil der Krieg in Frankreich stattfand und er selbst dorthin zurückgehen würde, wenn der Auftrag im Mittleren Osten erledigt war. Und auch Ivy war in Frankreich, und sie hatten ja jede Menge Zeit. Sie konnte sich ein paar Tage Urlaub nehmen und ihn in Paris besuchen, um den Krieg vorübergehend zu vergessen. Doch diese Zeit war ihnen nicht mehr vergönnt gewesen.

Als er im September nach Paris gekommen war, hatte man ihm mitgeteilt, dass sie gestorben war. In einem Feldlazarett bei Passchendaele. Er trank einen Schluck Champagner und sah reglos auf das Bild.

Der Tod ist ein Schlaf? Oh, nein.

Die Büros der *INA* dehnten sich über zwei Stockwerke eines altehrwürdigen viktorianischen Gebäudes aus. Obwohl das Haus unweit der Fleet Street lag, hatte es ursprünglich keiner Zeitung, sondern ein paar Teehändlern gehört, und die Mahagoniwände und die Messingtürknaufe erinnerten an diese opulente Zeit. Das Messing war inzwischen grün, und die trockenen Mahagoniwände knarzten. In den langen, schmalen Räumen, wo in alten Zeiten Herren im Gehrock über Frachtbriefen gegrübelt oder Tee aus Indien gekostet hatten, hockten nun hemdsärmlige Männer über Schreibmaschinen oder rissen eilig Blätter aus einem der vielen pausenlos tickenden Fernschreiber. In den Räumen herrschten hoffnungslose Enge und ständiges Chaos, und auch wenn das Haus, das direkt um die Ecke in der Fetter Lane errichtet wurde, das Problem löste, war es Aufgabe des neuen Bürochefs, gegen das Chaos vorzugehen.

Martin brauchte eine Woche, um das Durcheinander zu verstehen und dagegen anzugehen. Sein Vorgänger war zwar ein guter Journalist, aber mit der Verwaltung hatte er nichts am Hut gehabt. Deshalb setzte Martin fast ein Dutzend Leute in Schlüsselpositionen an die Luft und streckte seine Fühler bei diversen Zeitungen und anderen Agenturen nach geeigneteren Männern aus. Als Köder diente ihm Geld. Schließlich hatte ihm Scott Kingsford einen Blankoscheck erteilt.

»Sie machen Ihre Sache wirklich gut«, stellte Joe Johnson eines Abends fest, als er mit einer Flasche Scotch in der Tür seines Büros erschien. »Am siebten Tag war es vollbracht, und siehe da, die Wasser teilten sich.«

»Sie scheinen nicht besonders bibelfest zu sein.«

»Ich lese nie etwas, was meine Seele – oder meinen Geist – erhöhen soll.« Er schenkte Whiskey in zwei Wassergläser ein. »Ich habe die National-League-Ergebnisse für Sie, frisch aus dem Fernschreiber. Die Cubs haben gegen Brooklyn verloren, vier zu zwei.«

»Verdammt.« Martin lehnte sich auf seinem Stuhl zurück und schwang seine Füße auf den Tisch. »Ist der Artikel über D'Annunzio aus Rom gekommen?«

»Nein, aber wir haben ein paar hundert Worte von Talbot aus Florenz. Ein kommunistischer Arbeiterführer wurde von den Faschisten abgeknallt. Sie haben ihn am helllichten Tag auf der Via San Georgio aus seinem Wagen gezerrt und ihm in den Kopf geschossen. Mussolini hat gegenüber der ausländischen Presse eine Erklärung abgegeben. Er sagte, Trotzki habe den Mann bezahlt, dass er ein Kloster sprengt. Sie hätten die Bombe zusammen mit der schriftlichen Anweisung in Russisch, die Nonnen hochgehen zu lassen, im Wageninneren entdeckt. Das ist ungefähr der zehnte Mord, den es in den letzten beiden Wochen in Florenz gegeben hat.«

Martin nippte nachdenklich an seinem Drink. »Vier zu zwei, sagen Sie? Und wer hat die Treffer für die Dodgers erzielt?«

»Flanagan. Giffrow ist für Chicago gelaufen, wurde aber beim sechsten Mal erwischt, und sie haben zwei Home-Runs in Folge hingelegt. Was ist jetzt mit dem Mord an diesem Itaker?«

»Infolge der Roten Angst und der Palmer-Razzien würden allzu viele Leute in den USA Beifall klatschen, weil ein Kommunist erschossen worden ist. Wir machen im Namen von Mussolini ganz bestimmt keine Propaganda. Deshalb lassen Sie den Unsinn über Trotzki und die Nonnen weg und hängen die Geschichte an Kermits Artikel über die anhaltende Gewalt in Italien an.«

Johnson nickte und betrachtete stirnrunzelnd seinen Drink. »Ich habe es bisher noch nicht erwähnt, aber ich habe Ihr Buch gelesen. Es ist zwar ziemlich dünn, hat jedoch eine ungeheure Durchschlagskraft. Sie haben sich wie ein Terrier auf die hohen Tiere gestürzt.«

»Und was sagen Sie als Redakteur dazu?«

»Oh, Sie haben einen kühlen, klaren Stil. Kein bisschen überdreht. Nutzen die Mittel des Understatements und der Ironie perfekt. Wie ein blitzsauberer linker Haken gegen den Kiefer des Establishments. Ein gezielter Angriff. Wirklich clever, wie Sie dieses fürchterliche Chaos darstellen.«

»Danke.«

»Nichts zu danken. Sie haben mich nach meiner Meinung

als Redakteur gefragt. Wenn Sie hätten wissen wollen, was ich als Freund dazu zu sagen habe, hätte ich erklärt, dass Sie in ein Wespennest gestochen haben. Eine äußerst ungünstige Zeit für eine derartige Abrechnung mit diesem Krieg. Mein Gott, Sie heben immer noch zahlreiche Gräber für die unzähligen Toten aus, und die Stimmung ist in manchen Kreisen unglaublich gereizt.«

»Das heißt?«

»Die Nerven liegen blank, und sie versuchen, ihren erheblich angeschlagenen Ruf zu schützen.« Er zog ein Papier aus seiner Tasche und warf es vor Martin auf den Tisch. »Ein Typ, mit dem ich manchmal einen trinken gehe, arbeitet für die *Times*. Das ist die Kopie von einem Brief, der morgen dort erscheinen wird. Die Gewehre sind geladen und entsichert, Marty, und man richtet sie auf Sie.«

Martin nahm seine Füße vom Schreibtisch und faltete den Zettel auseinander. Unterschrieben war der Brief von Generalmajor Sir Bertram Dundas Sparrowfield, Träger des Ordens für hervorragende Dienste, D. S. O. und des Ordens vom Heiligen Michael und George, K. C. M. G. (pensioniert), die Adresse lautete The Willows, Arbury, Hants. Eilig überflog Martin den Text.

> Ein mörderisches Feld *von Mr. Martin Rilke… ein abscheuliches, bösartiges Sammelsurium von Halbwahrheiten und widerlichen Spekulationen, das von einem unverschämten Dilettanten ohne jede militärische Erfahrung zusammengeschustert worden ist… im Gegensatz zu unseren britischen Kriegsberichterstattern, von denen die meisten als Offiziere in der Armee gedient haben, bevor sie sich dem wahrheitsgetreuen und verantwortungsbewussten Journalismus zugewendet haben, ist Mr. Rilke, ein Deutsch-Amerikaner aus*

Chicago, ein oberflächlicher Reporter, der von der Kunst der Kriegsführung genauso wenig Ahnung wie die Schreiberlinge aus der Fleet Street hat... Mr. Rilke wurde die Akkreditierung bereits 1917 von unserer Regierung wegen des Verfassens eines Anti-Kriegs-Traktats entzogen, das unseren deutschen Feinden sicher Trost gespendet hat...

Martin warf den Zettel fort. »Das klingt gar nicht nach dem General. Ich habe ihn während des Krieges ein paarmal gesprochen, und da hat er kaum fünf zusammenhängende Worte herausgebracht. Ich wage also zu bezweifeln, dass er, selbst wenn man ihm drohen würde, ihn zu foltern, sagen könnte, was genau er überhaupt mit diesem Schrieb zum Ausdruck bringen will.«

»Nun, kann sein, dass er den Brief nicht selbst geschrieben hat, aber er hat ihn auf jeden Fall mit seiner Unterschrift versehen.«

»Davon bin ich überzeugt – und sie haben auch wirklich nichts ausgelassen. Deutsch-Amerikaner, oberflächlicher Reporter im Gegensatz zu den anderen verantwortungsbewussten Journalisten. Der Entzug meiner Akkreditierung während des Krieges, Trost für die deutschen Feinde. Dieser Brief ist eine sorgsam formulierte Schmiererei.«

»Und was werden Sie dagegen unternehmen?«

Martin zuckte mit den Schultern und nahm die Zigarrenkiste. »Ich nehme an, ich sollte dieses Schreiben einfach ignorieren. Denn was kann ich schon dagegen tun? Vielleicht selber einen Brief verfassen und das Buch verteidigen? Nichts würde die Apologeten dieses Krieges jemals davon überzeugen, dass ich recht habe und dieser General im Irrtum ist. Aber wie dem auch sei, ich treffe mich morgen mit meinen Verlegern, und dann werde ich sie fragen, was ich machen soll.«

Johnson trank den Rest von seinem Whiskey und stand auf. »Zurück an die Arbeit. Ich muss noch einen Text aus Saloniki redigieren. Dort schlachten sich die Türken und die Griechen gegenseitig unter den Olivenbäumen ab. Auf der Welt toben noch immer Kriege, weshalb also sollte sich, verdammt noch mal, noch irgendjemand für den letzten Krieg interessieren?«

Der winzige Verlag Calthorpe & Crofts war vor Beginn des Krieges gegründet worden, um die Arbeiten avantgardistischer Autoren und experimenteller Dichter zu verlegen. Doch mit den typischen überambitionierten unreifen Erstlingswerken hatten sie sich nicht abgegeben, sondern über ein Dutzend Bücher herausgebracht, die zwar kritisch, aber einträglich gewesen waren. *Ein mörderisches Feld* war das erste Sachbuch des Verlags. Jeremy Crofts wollte erst nicht ein Buch veröffentlichen, das kein anderes Verlagshaus in London hatte haben wollen, aber Arnold Calthorpe hatte ihn letztendlich überzeugt. Calthorpe empfand die Herausgabe des dünnen Büchleins als so etwas wie eine heilige Pflicht. Anders als sein Partner, der auf einem Auge blind und deshalb für den Militärdienst untauglich gewesen war, hatte Arnold Calthorpe sich, obwohl bereits fünfunddreißig, 1914 in einer Anwandlung von patriotischer Leidenschaft zum Militär gemeldet und drei Jahre lang als Hauptmann bei der leichten Infanterie die Grabenkämpfe miterlebt. Die Erfahrung hatte ihm chronisches Rheuma und eine leuchtend rote, quer über das Gesicht verlaufende Narbe beschert. Der Krieg erfüllte ihn mit einem abgrundtiefen Zorn, die meisten seiner Freunde waren nicht zurückgekommen.

»Nun«, erklärte er und starrte auf den Bloomsbury Square hinaus. »Wir waren uns sicher, dass einige Militärfossile Briefe an die Zeitungen des Landes schreiben würden. Dieses

Schreiben kommt also alles andere als überraschend.« Es fing wieder an zu regnen, und der aufkommende Wind rüttelte am Fenster. Calthorpe rieb die schmerzenden Gelenke seiner Finger und wandte sich wieder Martin zu. »Wird bestimmt wieder ein scheußlicher Sommer. Wäre ich nur halbwegs bei Verstand, würde ich meine Sachen packen und nach Kalifornien ziehen.«

Martin, der in einem Ledersessel saß, blickte ihn lächelnd an. »Kinofilme und Orangenbäume wären wohl kaum Ihr Stil, Arnold.«

Seufzend lehnte Calthorpe sich gegen seinen Schreibtisch und nahm eine Zigarettendose. »Wie wäre es mit einem Glimmstängel?«

»Nein, danke. Ich rauche nur Zigarren.«

»Dieses Laster teilen Sie mit Jeremy. Er hat ein paar gute drüben in seinem Büro. Ich kann Ihnen gerne eine holen, wenn Sie wollen.«

»Machen Sie sich keine Mühe. Ich habe meine eigenen Rauchwaren dabei.«

Der Verleger zündete sich seine Zigarette an, bevor er das noch nicht völlig verglühte Streichholz in den Papierkorb warf.

»Ich glaube nicht eine Sekunde, dass der General den Brief geschrieben hat. Sie sehen das gewiss genauso. Trotzdem bleibt die Tatsache bestehen, dass Ihr Buch nicht nur die Kriegsführung der Generäle in Bausch und Bogen verdammt, sondern sich auch über die Berichterstattung in den Zeitungen Großbritanniens lustig macht. Das muss gewissen Korrespondenten, die selbst Bücher über den Krieg geschrieben haben, furchtbar peinlich sein. Denn ihre Sicht unterscheidet sich so drastisch von Ihrer, dass man sich fragen muss, ob sie Beobachter desselben Krieges gewesen sind.«

»Das ist mir bewusst. Und ein, zwei Journalisten fallen mir auch sofort ein.«

»Ein paar Herausgeber von Zeitungen wahrscheinlich auch. Northcliffe und Lord Crewe …«

»Trotzdem muss doch jetzt so gut wie jeder in England die Wahrheit kennen. Die Männer, die in Frankreich waren, haben bestimmt erzählt, was dort passiert ist.«

»Ach ja? Mein lieber Rilke, die meisten der Männer, die aus der Armee entlassen worden sind, sprechen bis heute nicht über den Krieg, vor allem nicht mit Zivilisten. Sie machen diese schreckliche Erfahrung mit sich selber aus. Was ich durchaus verstehen kann. Weil ich genauso bin. Ich kann nicht über diese Dinge sprechen, nicht einmal mit meiner Frau. Oder wenn, dann nur sehr oberflächlich. Das Grauen, das ich dort erlebt habe, wäre wahrscheinlich für sie unerträglich. Sie schimpft immer mit mir, wenn ich bei der Fehlzündung eines Motorrads vor Schreck zusammenfahre – aber schließlich war sie auch niemals im Wald von Polygon Heckenschützen ausgesetzt.« Er hinterließ eine Spur aus Zigarettenasche auf dem Teppich, während er durchs Zimmer lief. »Es bringt die Generäle in Verlegenheit, mehr nicht, Rilke. Mehr nicht. *Ein mörderisches Feld* wird sicher nicht den Mob dazu bewegen, zornbebend die Fleet Street zu stürmen und die Hochburg der Tory-Presse niederzubrennen, aber es würde einigen gefallen, wenn es dazu käme und man Ihnen die Schuld für die Krawalle in die Schuhe schieben könnte.«

»Dafür reicht das Schreiben eines Dummkopfes wie Sparrowfield bestimmt nicht aus.«

»Ich gebe zu, dass er ein Dummkopf ist, aber er hatte an der Somme das Kommando über eine Division, wurde für seine Verdienste im Burenkrieg geehrt und ist ein enger Freund von Feldmarschallen, Lords und anderen erhabenen Säulen des Imperiums. Anders formuliert, mein Freund, er gäbe vor Gericht wahrscheinlich einen ausnehmend beeindruckenden Gegner ab.«

»Vor Gericht?«

»Kurz bevor Sie hier erschienen sind, kam ein Schreiben per Sonderpost hier an. Von einer Anwaltskanzlei in der Chancery Lane. Der General hat nämlich vor, Sie wegen Verleumdung zu verklagen.«

»Das ist einfach lächerlich. Jede Zeile meines Buchs entspricht dokumentierten Tatsachen.«

»Vielleicht, aber die Gesetze dieses Landes zur Verleumdung sind völlig veraltet, weshalb alles Mögliche passieren kann.«

Stille trat ein, und nur noch der Regen, der an die Fensterscheiben prasselte, und das leise Klappern einer Schreibmaschine irgendwo im Haus waren zu hören.

»Wie sehen Sie die Sache?«

Calthorpe schlenderte zurück zu seinem Schreibtisch, wo er eine neue Zigarette aus der Dose nahm. »Ich kann nicht sagen, was passieren wird. Entsprechend unserem Vertrag liegt die Verantwortung im Fall einer Verleumdungsklage, einer Klage wegen übler Nachrede oder des Diebstahls geistigen Eigentums bei Ihnen. Ich fürchte also, dass Sie die finanzielle Last tragen müssen, und ein Prozess kann ziemlich teuer werden, ganz egal, ob man gewinnt oder verliert.« Er zündete sich seine Zigarette an und stieß übellaunig den Rauch aus, wobei er die Augen zusammenkniff. »Das Schreiben war sehr kurz, deshalb habe ich dort angerufen und mit einem gut gelaunten Kerl mit Namen Ormsby telefoniert. Ich wollte Einzelheiten wissen, bevor ich mit Ihnen darüber rede. Sie bieten uns einen simplen Ausweg an: Sparrowfield wird seine Klage fallen lassen, wenn Sie sich in einem Schreiben an die *Times* oder die

Evening News für all die kleinen Gemeinheiten entschuldigen, die man in Ihrem Buch über den General und seine Untergebenen findet.«

Jetzt stand auch Martin auf und trat ans Fenster. Ein schlichtes Schreiben, um sich zu entschuldigen. Damit wäre der Fall erledigt – bis der nächste »diffamierte« Offizier auftauchte, überzeugt davon, Satisfaktion fordern zu können. Dann müsste er sich ein ums andere Mal in irgendwelchen Zeitungen entschuldigen, und dann nähme niemand mehr seine Kritik an der fatalen Führung dieses Krieges ernst.

Ein Prozess wäre wahrscheinlich teuer, und vor allem zöge er sich sicherlich endlos hin. Und es gab noch etwas anderes zu bedenken: Sparrowfield hatte in seinem Brief das Augenmerk absichtlich darauf gelenkt, dass er die Regeln der Zensur vorsätzlich umgangen hatte – *was unseren deutschen Feinden gewiss Trost gespendet hat.* Und als Deutsch-Amerikaner war er vielleicht schon aufgrund seiner Herkunft antibritisch eingestellt.

Auch wenn das blanker Unsinn war, müsste er sich gegen diese bösartige Unterstellung wehren und erklären, weswegen genau ihm 1917 die Akkredition entzogen worden war. Er müsste dem Richter Charles Grevilles Namen nennen und das so genannte Anti-Kriegs-Traktat erwähnen, das er und Jacob aus Protest gegen das sinnlose Gemetzel an der Westfront hatten drucken lassen. Darin wurde das Grauen ausführlich beschrieben, das zu dem Zusammenbruch des adligen Majors geführt hatte. Damals hatte er gedacht, es sei seine Pflicht, diesen Bericht auch anderen Menschen zugänglich zu machen, nicht weil Charles sein Vetter, sondern weil der einst so freundliche und sanfte junge Mann durch die Obszönität des Krieges nachhaltig erschüttert worden war. Er war immer noch in Wales in einem Krankenhaus für Offiziere eingesperrt, und außer der Familie und seinen Freunden dachte niemand mehr an ihn. Doch die Grevilles würden alles andere als begeistert sein, wühlte ihr Neffe die Vergangenheit jetzt vor Gericht noch einmal auf.

»Nun, Rilke, was antworten Sie diesen Anwälten?«

Martin starrte weiter aus dem Fenster auf den regennassen Platz. Mittlerweile hatte sich der Wind gedreht, und die Tropfen schlugen nicht mehr schräg gegen das Glas, sondern wirbelten in die entgegengesetzte Richtung. Vier zerlumpte Männer, die in einem Hauseingang auf der anderen Straßenseite gestanden hatten, rannten durch den kleinen Park und rutschten beinahe auf dem nassen Kopfsteinpflaster aus. Er erinnerte sich, wie die englischen Soldaten bei Thiepval während des Angriffs auf die deutschen Gräben durch den Matsch gestolpert und wie Schießbudenfiguren umgefallen waren, als die MGs sie vor dem Stacheldraht niedermähten.

»Ich werde Ihnen – höflich – mitteilen, dass sie zur Hölle fahren sollen.«

2

Langsam ging der neunte Earl of Stanmore über die Kieseinfahrt zu seinem Wagen. Der neue Rolls-Royce, der in den letzten Tagen unter einer Schicht aus Ziegelstaub kaum noch zu erkennen gewesen war, glänzte wie frisch poliertes Ebenholz, und zufrieden räumte der Chauffeur die Wassereimer fort.

»Gut gemacht, Barnes«, sagte Anthony Greville.

»Danke, Mylord. Obwohl es nicht ganz einfach war. Dieser Ziegelstaub klebt entsetzlich.«

Nickend wischte sich der Earl Staub von seinem alten Tweed-Jackett. »Er setzt sich überall fest. In den Kleidern und den Haaren, einfach überall.«

»Da haben Sie recht, Mylord.« Eifrig rieb der Mann den letzten Staub von der Windschutzscheibe ab. »Sind Sie bereit, Sir?«

»Ja. Sie können meine Tasche aus der Hütte holen.«

»Sehr wohl, Sir.« Der Chauffeur legte das Fensterleder in den Kofferraum des Wagens und stapfte den Weg hinunter zur Hütte des Verwalters.

Seine Lordschaft zündete sich eine Zigarette an und blickte auf das Herrenhaus. Obwohl der Südflügel noch eingerüstet war, hatten die Handwerker sämtliche kaputten Steine ausgetauscht, fleckige Stellen mit Drahtbürsten poliert, und jetzt erstrahlte die Fassade wieder in der alten Pracht. Auch die anderen Flügel waren fertig renoviert und schimmerten im Sonnenlicht. So Gott und die Bauarbeiter wollten, war die Arbeit nach zwei Jahren langsam, aber sicher beendet.

Zu Beginn hatten eine ganze Reihe gleichgültiger oder geradezu erschreckend unfähiger Handwerksmeister ihnen jede Menge Scherereien gemacht. Der jetzige jedoch, seit einem knappen Jahr bei ihnen tätig, machte seine Sache wirklich gut und hielt bisher sogar alle Termine ein. Hoffentlich wäre bis Ende Juli alles fertig, dann konnten die Landschaftsgärtner die Gärten bis zum Winter in Ordnung bringen. Wunschdenken, wusste der Earl, doch ausgeschlossen war es nicht.

Der Handwerksmeister, ein gedrungener Exfußballer, erschien in der Tür der Wellblechhütte, die er als Büro benutzte, und winkte ihm fröhlich zu. Lord Stanmore winkte kurz zurück. Ihre Beziehung war mitunter ziemlich angespannt gewesen, doch am Ende hatten sie sich auch bezüglich der Details geeinigt, die aus Sicht des Mannes eher nebensächlich, für den Earl jedoch bedeutungsvoll waren. Irgendwann hatte er ihm begreiflich machen können, dass es um die Restaurierung eines alten Herrenhauses ging und nicht um die Anpassung eines veralteten Gebäudes an moderne Trends. Bei ihrem ersten Treffen hatte der Mann so wenig Einfühlungsvermögen gezeigt und grinsend gefragt, ob noch keinem Menschen die falsche Schreibweise des Namens des Anwesens aufgefallen sei. Abingdon Hall statt Priory. Und auch nachdem der Earl ihn darauf hingewiesen hatte, dass es einen guten Grund für diesen »Fehler« gebe – nämlich dass das ursprüngliche Haus unter dieser Bezeichnung im Domesday Book gestanden habe – hörte er nicht auf zu grinsen. Aus Tradition habe man diesen falsch geschriebenen Namen seit dem Mittelalter beibehalten.

»Tradition, aha!«, sagte der Mann lachend. »Ich kann nicht gerade behaupten, dass mir etwas an verfluchten Traditionen liegt!«

»Dann sind Sie vielleicht nicht der Richtige für diesen Job«, entgegnete seine Lordschaft eisig.

Doch da viel Geld auf dem Spiel stand, überlegte es der Mann sich noch einmal anders und kam zu dem Schluss, dass man die Traditionen womöglich doch respekticren sollte.

Der Chauffeur legte den ersten Gang ein und fuhr langsam an den Sandsäcken, den Bergen von Ziegelsteinen und den abgebauten Teilen des Gerüsts die Einfahrt hinab. Lord Stanmore streckte im Fonds seufzend seine Beine aus. Die Restaurierung war entsetzlich anstrengend gewesen, doch bei Gott, die Mühe hatte sich gelohnt. Inzwischen konnte er sich vorstellen, wie alles nach Beendigung der Arbeiten aussah – die sanft zur Terrasse ansteigenden, sorgfältig gestutzten Rasenflächen und das weitläufige Haus, in dessen unzähligen Fenstern sich die Sonne spiegelte. Noch schöner als vor dem Krieg, und bereits damals hatten die Herausgeber von *Country Life* Abingdon Hall zu Surreys schönstem Anwesen gekürt.

Nur bedauerlich, dass die Armee die Lobeshymne nicht gelesen hatte, als man ihr das Haus 1915 überließ. Vielleicht hätte sie dann etwas Ehrfurcht gehabt. Bis Kriegsende nutzten sie Abingdon Hall als Erholungsheim für Offiziere, damit die kampfesmüden Männer vor der Rückkehr in die Schützengräben wieder zu Kräften kamen. Eine noble Geste, doch leider hatte man die Räumlichkeiten auf das Schändlichste missbraucht. Statt Dankbarkeit zu zeigen, dass sie zwei Wochen lang den Luxus eines wunderschönen Anwesens genießen durften, hatten viele der Patienten Haupt- und Nebenhäuser und sogar die Gärten derart verunstaltet, dass man hätte meinen können, sie gehörten einem Preußengeneral. Sie hatten die Tapeten von den Wänden abgerissen, die geschwungenen Geländer der Haupttreppe zerstört, die Türen der Salons aus den Angeln gehoben und die Trennwände der Stallungen als Feuerholz benutzt. Und als wäre das nicht bereits schlimm genug gewesen, hatten sie sogar mehrere Fenster ausgebaut, um an das Blei zu kommen, und die Eisentore und die Zäune herausgerissen und die Beute zu den Hochöfen geschafft.

»Blei für Kugeln, Eisen für Granaten«, hatte ein Brigadegeneral in Whitehall nach dem Krieg erklärt und ihm eine moderate Summe als Entschädigung geboten, aber gleichzeitig erwartet, dass er sie nicht nähme, weil die Weigerung ein Zeichen seiner Heimatliebe war.

»Ein geringer Preis für unseren Sieg, nicht wahr, Lord Stanmore?«, sagte der Brigadier fröhlich, denn von ihm forderte ja niemand etwas.

Er verspürte einen Anflug von Zorn, als die Limousine die gut eine Meile lange Einfahrt seines Anwesens hinunterfuhr. Zwischen den beiden Steinsäulen, die am Ende des Grundstücks in den Himmel ragten, klaffte dort, wo einst ein etwa sechs Meter hohes, reich verziertes Eisentor gewesen war, ein Loch. Dieses Tor hatte er seiner Frau auf ihrer Hochzeitsreise nach Italien geschenkt. Hatte es dem Herzog von Fiori in Urbino abgekauft – und zwar zu einem ziemlich hohen Preis! Jetzt hatte man Stacheldraht oder Kanonen daraus gemacht.

Im Dörfchen Abingdon hielten sie kurz zum Tanken an, und der Earl betrachtete den Turm der Kirche, der aus der Normannenzeit stammte. Das Kriegsdenkmal auf einem kleinen Platz der Kirche gegenüber, für das er die Kosten übernommen hatte, war von der Hauptstraße aus gut zu sehen. Ein schlichtes, würdevolles Monument. Ein Marmorobelisk mit den eingravierten Namen der zwei Frauen und fünfundzwanzig Männer, die im Krieg gefallen waren. Einige stammten nicht aus dem Dorf, sondern hatten im Herrenhaus oder auf einem der anderen größeren Güter der Umgebung gearbeitet. Doch er hatte darauf bestanden, dass sie zu den heldenhaften Toten des Dorfs zählten, und der Dorfrat und der Pfarrer hatten zugestimmt.

Die erste deutliche Erinnerung des Earls an Abingdon war die an einen Trauerfall. An einem nasskalten Winternachmittag des Jahres 1866 hatten Menschen in schwarzen Kleidern und mit schwarzen Regenschirmen zwischen den grauen Grabsteinen gestanden. Er war vier Jahre alt gewesen. Man hatte seinen Großvater, den siebten Earl of Stanmore, in der Gruft ihrer Familie beigesetzt. Das war fünfundfünfzig Jahre her. Danach, vor allem in den letzten fünf, sechs Jahren, hatte Abingdon große Veränderungen durchgemacht.

Während Banes den Tank der Limousine mit Benzin befüllte, sah der Earl sich weiter um. Es war Markttag, er kannte die wenigsten auf der Straße mit Namen. Infolge des Krieges hatte das Dorf sich in eine Kleinstadt verwandelt. In der Nähe von Leith Common, sieben Meilen nördlich, hatte 1915 eine Flugzeugfabrik aufgemacht. Die Blackworth Aeroplane & Motor Co., Ltd. hatte Motoren und Aufklärungsflugzeuge für die Königliche Fliegerstaffel produziert, immer weiter expandiert und war noch immer sehr gut im Geschäft – wofür Lord Stanmore dankbar war, weil er Anteile an der Fabrik besaß. Leitende Angestellte, Ingenieure, Vorarbeiter und Arbeiter in Schlüsselpositionen hatten in oder um Abingdon herum gebaut und dem Dorf Wohlstand beschert. Trotzdem sahen die alteingesessenen Dorfbewohner dieses Wachstum mit gewissem Argwohn, denn der Zuzug »Fremder« behagte ihnen nicht recht. Der Earl selbst hätte nicht sagen können, ob er eher für oder gegen diesen Wandel war. Natürlich war der Wert des Landes, von dem ihm ein großer Teil gehörte, deutlich angestiegen, doch zugleich hatte das Dorf eine sichtbare Veränderung erlebt: Wo es einst nur einen Pub gegeben hatte, gab es heute drei, und in einem wurden sogar »Cocktails auf amerikanische Art« serviert. Und das grenzte aus Sicht der Dorfbewohner, die für ihr tägliches Bier und eine Runde Darts wie stets ins Crown and Anchor gingen, fast an Ketzerei.

Neue Läden und sogar ein Kino hatten aufgemacht, dessen weit über den Bürgersteig ragendes Vordach man bereits von weitem sah.

TOM MIX
in
DAS GESETZ
DES SECHSSCHÜSSIGEN REVOLVERS

Der Pfarrer hatte sich mit aller Macht gegen das Filmspielhaus gewehrt und versucht, seine Errichtung zu verhindern, aber der Gemeinderat hatte ihn überstimmt. Hätte man den Earl gefragt, hätte er den Pfarrer unterstützt. *Das Gesetz des sechsschüssigen Revolvers.* So etwas brauchte man hier nicht.

Hinter dem Dorf schlängelte sich die Straße sieben Meilen lang durch eine derart schöne Landschaft, dass der Earl vor Rührung schlucken musste. Dieses Land kannte er wie seine Westentasche, von dem Buchenwald bei Tipley's Green bis zu der einsamen Eiche oben auf dem Burgate Hill. Es gab kein Feld, das er nicht auf dem Rücken seines Pferdes überquert, und keine Hecke, über die er nicht schon einmal gesprungen war. Die Jagd hatten sie bereits vor Jahren aufgegeben, aber nach der Rückkehr nach Abingdon würde er die alten Jagdkumpane vielleicht wieder einladen. Es gab einfach keinen schöneren Anblick als die in Knallrot gekleidete Jagdgesellschaft, die an einem frostigen Dezembermorgen in Begleitung ihrer Hunde über die Felder ritt.

Die schmale, gewundene Straße führte bis Leith Common,

wo sie auf die Schnellstraße von Guildford nach London traf. Von hier sah man die Blackworth-Fabrik. Unverputzte Backsteinbauten, Wellblechhütten, Flugzeughallen. Und unweit der Fabrik lag ein Flugplatz, den das Unternehmen in Zusammenarbeit mit der Königlichen Flugstaffel betrieb. Niedrige Bäume schützten ihn vor neugierigen Blicken, aber als sie auf die Straße Richtung London bogen, stieg gerade ein Doppeldecker auf und flog mit stotterndem Motor und schwankend direkt über sie hinweg.

»Eine Brisfit«, sagte der Chauffeur, während er sich aus dem Fenster lehnte und dem Flugzeug hinterhersah.

Selbst ein Mann wie Banes, der mit vierzig zum ersten Mal ein Flugzeug gesehen hatte, kannte mittlerweile den Unterschied zwischen dem Bristol Fighter und dem Sopwith Snipe.

»Würden Sie wohl so freundlich sein und wieder auf die Straße sehen?«

Oh, der Krieg hatte den Horizont erweitert. Inzwischen kannte jeder Brisfits, Cocktails und Tom Mix. In der Jugend des Earls hatte man Entfernungen noch in Tagesritten ausgedrückt. Doch das war längst vorbei. Erschöpft und maßlos deprimiert lehnte sich der Earl auf seinem Sitz zurück. Es lag nicht am Alter, dass er derart müde war. Er war ein großer und vitaler Mann, von dem niemand geglaubt hätte, dass er schon beinahe sechzig war. Mit dem Alter kam er mühelos zurecht, indem er es einfach ignorierte. Was ihn deprimierte, war das schreckliche Gefühl, dass die Erde sich unkontrollierbar schnell in eine unbekannte Richtung zu bewegen schien. Die Jugend, die gezwungen wäre, sich in dieser neuen Welt zurechtzufinden, tat ihm leid. Welche Orientierungspunkte gab es für sie? Was für grundsolide, unverrückbare Gesetze galten noch? Die gesamte Welt war auf den Kopf gestellt. Alles schien trostlos, und es gab keine echten Werte mehr.

Wäre es nach Hanna, seiner Frau gegangen, hätte er Abingdon Hall nicht renoviert, sondern verkauft. Auch wenn das Geld nicht wirklich eine Rolle spielte, zahlte er einen enormen Preis dafür und wusste nicht einmal genau, was er mit dem Anwesen machen sollte, wenn es fertig war. Selbstverständlich würden sie dort wieder einziehen, doch ihre Kinder waren aus dem Haus, und einschließlich der Stallburschen und Gärtner bräuchten sie fast zwei Dutzend Angestellte, damit nicht sofort wieder alles verfiel. Vielleicht käme William ab und zu fürs Wochenende, doch die Woche über blieb er in London und ging seinem Jurastudium nach. Und seine Tochter käme vielleicht eine Zeitlang mit dem Baby, aber Alexandra wusste nicht, was sie mit ihrem Leben machen sollte, seit sie ein paar Monate zuvor aus Kanada zurückgekommen war, und hatte vage angedeutet, dass sie eventuell erneut nach Übersee ging.

Deshalb wären sie wahrscheinlich meistens nur zu zweit und geisterten verloren durch ein Haus, das größer war als die meisten Hotels. Der Gedanke machte Hanna etwas Angst, aber das Problem würden sie lösen, wenn es so weit war. Ihm ging es vor allem darum, Abingdon Hall wieder in Betrieb zu nehmen und dafür zu sorgen, dass hinter den unzähligen Fenstern wieder Licht brannte und Rauch aus den Schornsteinen in den Himmel stieg. In den Ställen stünden wieder Pferde, und in den Zwingern bellten wieder Hunde. Er würde mit Geld und guten Handwerkern die Zeit zurückdrehen und eine Lebensweise wiederauferstehen lassen, die für die meisten Menschen überholt war.

Das Londoner Haus der Grevilles lag in der Chester Mews unweit des Regent's Park. 1790 hatte es ein Herzog für seine Geliebte bauen lassen, deshalb war es nicht sehr groß, und sie kamen mühelos mit weniger als einem Dutzend Dienstboten zurecht. Ihre ursprüngliche Residenz, ein Haus mit dreißig Zimmern in der Park Lane, hatten sie während des Krieges der Regierung überlassen, und in der dort eingerichteten Klinik für Verbrennungsopfer wurden immer noch die entstellten Opfer deutscher Flammenwerfer und anderer willkürlicher Grausamkeiten des Krieges behandelt.

Er fuhr mit Banes in die Garage und beschloss, die Hintertür ins Haus zu nehmen, damit er nicht mit seinen Schuhen die blank polierten Böden in der Eingangshalle verschmutzte. Es war 16.30 Uhr und zur Abwechslung einmal ein regenloser, sonnenwarmer Tag. Im Garten erblickte er das Kindermädchen, das Hanna angeheuert hatte. Es saß auf einer Bank und las. Locker lag ihre Hand auf dem Griff des Kinderwagens. Als sie Schritte hörte, sah sie auf und legte die Lektüre fort.

»Guten Tag, Mylord.«

»Guten Tag.« Er wusste nicht mehr, wie sie hieß. »Angenehmes Wetter heute.«

»Wirklich wunderbar. Richtiggehend mild.«

»Ja.« Er blieb kurz neben dem Kinderwagen stehen und bedachte seinen Enkelsohn mit einem ernsten Blick. Ein pausbackiger, kleiner Kerl mit einem rosigen Gesicht und rötlich blondem Haar. Ein schottisches Gesicht – allerdings kein Wunder bei einem Vater, der aus Schottland kam. Und er erwiderte den Blick des Großvaters nicht minder ernst. »Sollte er nicht langsam etwas essen?«

»Oh, ich habe ihm bereits etwas gegeben. Eine Tasse Milch und ein halbes süßes Brötchen.« Sie schaukelte den Kinderwagen leicht. »Sag seiner Lordschaft, wie es dir geschmeckt hat, ja?«

»Ich habe ihn noch nie sprechen gehört«, sagte der Earl und trat einen Schritt zurück. »Sicher …«

»Nicht mit Worten, Mylord, dafür ist es noch ein bisschen

zu früh. Aber mit seiner Mary plaudert er bereits auf seine Art, nicht wahr, mein Schatz?«

Der zehn Monate alte Colin Mackendric bedachte den Großvater mit einem verdrießlichen Blick und machte die Augen zu.

Obwohl ein wahrer Kinderfreund, waren die Gefühle seiner Lordschaft für den Jungen gemischt. Er war sehr glücklich gewesen, seine eigenen Kinder aufwachsen zu sehen, und hatte sich gefreut, wenn ihre vielen Freunde zu Besuch kamen. Sein Vater hatte gegenüber Kindern eine entschieden andere Einstellung gehabt. Er hasste nicht nur Kinder abgrundtief, sondern auch den Akt der Zeugung. Lord Stanmores Kindheit war so lieblos und kalt gewesen, dass er seiner Tochter und den beiden Söhnen keinen Wunsch verwehrte. In ihren Kinderzimmern türmte sich das Spielzeug, und er hatte sogar einen zusätzlichen Stall für ihre Ponys neben seinen Stallungen bauen lassen. Am liebsten würde er sein erstes Enkelkind auch verwöhnen, doch leider stand Colins Geburt unter einem ungünstigen Stern. Die ehrenwerte Alexandra Greville hatte sich, naiv und starrsinnig wie so oft, in einen Mann verliebt, der zwar Armeechirurg, aber erheblich älter und vor allem bereits verheiratet gewesen war. Sie hatten sich während des Krieges in Frankreich kennen gelernt, wo sie als Schwesternhelferin gearbeitet hatte. Und weder Vernunft noch Flehen hatten Alexandra daran gehindert, nach dem Waffenstillstand mit diesem Mann nach Kanada zu gehen. Wobei der Earl ihm fairerweise zugestehen musste, dass er in seinen Bemühungen um eine Scheidung niemals nachgelassen hatte, und, nachdem er geschieden worden war, war er umgehend – einen Monat, ehe Colin in Toronto das Licht der Welt erblickt hatte – mit der Mutter seines Kindes vor den Traualtar getreten. Vier Monate später starb Colonel Mackendric während einer Operation in einem Veteranenkrankenhaus an einem Herzinfarkt, und die junge Witwe kehrte mit ihrem Baby heim. Eine weitere Tragödie in einer Zeit, die überreich an Katastrophen war.

Er trat durch die hohen Flügeltüren seines Arbeitszimmers, das mit den vielen Büchern und der großen Sammlung Reit- und Jagdtrophäen seine Zufluchtsstätte war, schenkte sich einen Whiskey ein und trank. Das Zusammentreffen mit dem Kind hatte seine deprimierte Stimmung noch verstärkt. Es war nicht zu übersehen, mit welcher Kälte er sowohl dem Jungen als auch seiner Mutter begegnete, und Hanna hatte ihn schon häufig deswegen kritisiert. Was er bis zu einem gewissen Grad durchaus verstehen konnte, doch verflixt noch mal, er konnte einfach nicht aus seiner Haut. Seine strenge Erziehung in Winchester hatte ihm feste Überzeugungen und Werte eingebläut und ein Gespür dafür vermittelt, welche Dinge sich gehörten und was unverzeihlich war. Und dass man mit einem Mann zusammenlebte und bereits einen knappen Monat nach der Hochzeit ein Kind gebar, widersprach nun einmal dem Ideal der Frau, das den Absolventen dieses ehrenwerten Colleges eingetrichtert worden war. Selbst im Fall der eigenen Tochter. Und dass sie Mutter war, reichte als Entschuldigung für ihr moralisches, aber vor allem gesellschaftliches Fehlverhalten, nicht aus. Er konnte sie dafür nicht steinigen, doch auch verzeihen konnte er ihr nicht.

»Tony! Du bist wieder da.«

Hanna saß in einem grünen Seidenkimono vor ihrem Spiegel und versuchte gerade, den Verschluss ihrer Perlenkette zuzumachen, als er durch die Tür trat. Ihr Anblick vertrieb größtenteils seine düsteren Gedanken, und mit einem leisen Lächeln trat er hinter sie, schob den goldenen Verschluss zusammen und küsste zärtlich ihren Nacken.

Hanna Rilke Greville, Countess Stanmore, war nun zweiundfünfzig Jahre alt, sah aber höchstens wie vierzig aus und war noch immer wunderschön. Vielleicht war sie etwas runder geworden – wie beinahe alle Rilkes –, doch ihr sanft geschwungener Nacken, ihre hohen Wangenknochen, ihre leuchtend blauen Augen und das dichte, blonde Haar sahen noch genauso wie in jenem längst vergangenen Sommer 1888 aus, in dem sie als Debütantin in aller Munde gewesen war und London regelrecht im Sturm erobert hatte.

Sie hatte mit ihrem Vater eine ausgedehnte Reise durch Europa unternommen und zunächst in Großbritannien Station gemacht. Adolph Rilke, dessen Englisch bis zum Schluss fehlerhaft gewesen war, hatte den Reportern mit seinem stark deutsch eingefärbten Chicagoer Akzent erklärt, dass bestimmt die Königin sein Kind vor ihrer Weiterreise zum Tee nach Windsor einladen werde. Die Scherzbolde von der Presse hatten ihren Spott mit Adolph und dem »Kind des Bierkönigs« getrieben, doch die kaum verhohlene Verachtung für den Millionär und seine übertriebenen gesellschaftlichen Ambitionen hatte sich in peinliche Verlegenheit verwandelt, als Adolph Rilke und seine Tochter tatsächlich von Queen Victoria nach Windsor Castle eingeladen worden waren. Denn die Presse hatte übersehen, dass die Rilkes aus Chicago und Milwaukee direkte Verwandte der erlauchten Mecklenburg-Schweriner Rilkes und Prinzessin Marie von Teck Hanna Rilkes Cousine war. So war sie über Nacht zu einem gern gesehenen Gast auf sämtlichen Gesellschaften geworden, auch wenn die meisten Mitglieder der besseren Gesellschaft ihre in den Staaten anerzogene Offenherzigkeit für skandalös hielten. Manche fanden sie dreist, andere erfrischend. Wie Anthony Greville, Earl of Stanmore, dessen jüngst verstorbener Vater einen kalten Schatten der Verworfenheit und Falschheit auf ihn warf und auf den die freimütige Hanna Rilke wie ein wunderbarer frischer Lufthauch, wie ein warmer Sonnenstrahl wirkte. Und nach einem sehr angenehmen Abendessen in Belgravia hatte er sie spontan gebeten, seine Frau zu werden.

»Du siehst heute wieder einmal ganz besonders reizend aus, Hanna.«

»Danke, mein Lieber. Ich dachte, du bleibst bis morgen in Abingdon.«

»Das ist nicht erforderlich. Zur Abwechslung gibt Tomkins sich mal richtig Mühe. Der Südflügel ist fertig, und in ein, zwei Tagen bauen sie die Gerüste ab. Sie haben wirklich großartige Fortschritte gemacht. Wir können also gleich nach Ende der Saison wieder einziehen.«

»Wie schön«, sagte sie tonlos und nahm den Tiegel mit Lippenrot. »Ich habe Fenton und Winifred zum Abendessen eingeladen.«

»Ach. Nun, dann nehme ich am besten schnell ein Bad und ziehe mir frische Kleider an. Ich rieche wie ein Handwerker.« Abermals küsste er ihren Nacken, blickte aber nicht in den Spiegel, weshalb ihre unglückliche Miene ihm verborgen blieb.

Verglichen mit den Räumen seiner Frau nahmen sich seine Räume eher spartanisch aus. Sie umfassten ein Schlaf-, ein Ankleide- und ein Badezimmer und lagen ein Stück den Gang hinab. Sein langjähriger Kammerdiener Eagles hatte ihn schon kommen sehen, ein Bad für seine Lordschaft eingelassen und die Abendkleider für ihn auf das Bett gelegt.

Wohlig seufzend streckte sich der Earl im heißen Wasser aus. Doch plötzlich drang ein nervtötendes Trommeln durch die Wand. Diese verdammte Jazzmusik.

»Eagles!«

Eilig schob der Kammerdiener seinen riesigen, fast kahlen Schädel durch die halb offene Tür. »Ja, Mylord?«

»Was ist das für ein grässliches Gejaule?«

»Eine Grammofonplatte, Mylord.«

»Das weiß ich, Mann. Gehen Sie und richten Master William von mir aus, dass er das verdammte Ding ausstellen soll!«

»Sehr wohl, Sir.«

Gemessenen Schrittes ging Eagles den Korridor hinab zu William Grevilles Zimmer. Als er nach kurzem Klopfen die Tür öffnete und vorsichtig über die Schwelle trat, lungerte der jüngste Sohn des Earl in einem Morgenmantel auf dem Bett, rauchte eine Zigarette und schwenkte seine Hand im Rhythmus der Musik. Eagles trat vor das Grammofon, wartete, bis der letzte Ton verklungen war, und hob die Nadel an.

»King Kornet und die Kansas City Kings. Die Nummer habe ich noch nie gehört.«

»Sie ist auch brandneu. Ein Kerl, den ich kenne, hat die Platte aus den Staaten mitgebracht.« William beugte sich über das Bett und drückte seine Zigarette in dem übervollen Aschenbecher auf dem Nachttisch aus. »Sie heißt *Storyville Stomp*. Anstelle von Eddy Williams ist Bix Fletcher an der Posaune. Wodurch der Sound noch heißer wird, finden Sie nicht auch?«

»Nun, für seine Lordschaft war er zu heiß.«

»Verflixt.« Stirnrunzelnd setzte sich William auf und fuhr sich durch das dichte, dunkle Haar. »Ich wusste nicht, dass er schon wieder da ist.«

»Er kam vor einer halben Stunde, und jetzt liegt er in der Badewanne und nimmt, um es milde auszudrücken, Anstoß an dem Lärm.«

»Sie können meinem Alten sagen, das Konzert wäre vorbei.«

Der Kammerdiener wandte sich zum Gehen, blieb aber

noch einmal stehen und blickte William über seine Schulter hinweg an. »Waren Sie schon im Dixie? Diesem neuen Club in der Tottenham Court Road?«

»Nein. Wie ist es dort?«

»Recht nett. Dort spielt eine schwarze Band aus New Orleans. Der Pianist haut wie ein Irrer in die Tasten – und steht dazu sogar auf.«

»Dann werde ich dort bald mal reinschauen.«

Nachdem Eagles wieder gegangen war, schwang William seine langen Beine vom Bett und stöhnte, als er plötzlich einen stechenden Schmerz im rechten Knie verspürte. 1917 hatte eine Kugel seine Kniescheibe zertrümmert, und obwohl mehrere Eingriffe der besten Chirurgen Englands und der Staaten ihn davor bewahrt hatten, dass er bis an sein Lebensende auf einen Rollstuhl oder Krücken angewiesen war, konnte er das Bein noch immer nicht vernünftig beugen, und bei kaltem oder feuchtem Wetter schmerzte das verfluchte Knie wie ein verfaulter Zahn. Aber damit hatte er sich arrangiert. Ein Stock sei wahrscheinlich hilfreich, hatte einer der Ärzte ihm geraten, aber er verabscheute die Vorstellung, am Stock zu gehen, mit einer Vehemenz, die seiner Jugend zuzuschreiben war. Er war dreiundzwanzig Jahre alt, stattlich und muskulös, und ganz bestimmt kein Invalide, der beim Gehen Hilfe brauchte.

Sein äußeres Erscheinungsbild hingegen war ihm vollkommen egal. Eagles, ebenfalls sein Kammerdiener, schüttelte stets missbilligend den Kopf, wenn er in seinem Schrank all die ausgebeulten Tweed-Jacketts und abgetragenen Hemden hängen sah. Davon abgesehen jedoch verstand er sich sehr gut mit seinem jungen Herrn, und als ehemaliger Musiker einer Militärkapelle teilte er dessen Begeisterung für Jazzmusik.

William nahm eine graue Flanellhose und einen an den Ärmeln ausgefransten, dunkelblauen Blazer aus dem Schrank.

Er zog sich hastig an, zündete sich eine neue Zigarette an und ging den Korridor hinab zu Alexandras Suite auf der Rückseite des Hauses. Die Tür zu ihrem Schlafzimmer stand offen, aber es war niemand dort. Er hörte Stimmen aus dem angrenzenden einstigen Salon, der jetzt als Kinderzimmer diente.

»Hallo«, rief er mit lauter Stimme. »Darf ich reinkommen, oder macht der Kleine gerade irgendetwas Ekliges?«

»Er wird nur gewaschen.«

Er schlenderte durch das Schlafzimmer und blickte durch die offene Tür auf seine Schwester, die an einem Fenster stand und ihren nackten Sohn in den Armen hielt, während ihn das Kindermädchen sanft mit einem Handtuch trocken rieb.

»Wie Madonna und das Kind von Caravaggio«, stellte William fest.

Das Bild, das sich ihm bot, war ausnehmend ästhetisch. Die blonde, wunderschöne Alexandra mit dem drallen, rotwangigen Kind und das Kindermädchen mit der frisch gestärkten Haube und der blendend weißen Schürze, auf die durch die Vorhänge das warme Licht der Sonne fiel. Bei diesem Anblick fühlte er sich regelrecht in das Italien der Renaissance zurückversetzt.

Obwohl Alexandra nur zwei Jahre älter war als er, hatten sie sich als Kinder nicht besonders nahegestanden, und als sie als Backfisch an nichts anders hatte denken können als an Jungen, Partys und die neueste Mode, hatte er ihr gegenüber sogar eine tiefe Abneigung gehegt. Aber diese Zeiten waren längst vorüber, und inzwischen liebte er sie sehr. Sie war die Einzige in der Familie, mit der er reden konnte und die ihn verstand.

»Du kennst die Regel, Willie«, sagte sie in strengem Ton. »Hier drin wird nicht geraucht.«

»Tut mir leid.« Er drückte seine Zigarette auf dem Sims aus und warf sie in den Garten. »Vater ist zurück.«

»Ich weiß.« Sie gab das Baby dem Kindermädchen. »Mary hat es mir erzählt.«

»Dann ist die Stimmung heute Abend wieder mal gedrückt. Dabei wollte ich Fenton meine neuen Platten vorspielen.«

»Das kannst du doch trotzdem. Und vor allem kannst du mir und Winnie ein paar neue Schritte beibringen. Weißt du, wie man diesen Charleston tanzt?«

»Nicht wirklich, aber schließlich gibt es jede Menge neuer Tänze. Irgendetwas würde mir also bestimmt einfallen. Nur dass daraus sicherlich nichts werden wird. Denn der Alte hat einen Riesenwirbel gemacht und sofort Eagles losgeschickt, um mir zu sagen, meine Platten würden seine Ruhe stören.« Er warf sich auf das Bett und verschränkte die Hände hinter seinem Kopf. »Aber um auf ein angenehmeres Thema zu kommen: Wundere dich nicht, wenn schon wieder ein neuer Tanz die Runde macht. Ich war nämlich letzte Nacht in einem Club am Sloane Square, und meine Begleiterin hat mich auf die Tanzfläche gezerrt. Nun, wie du weißt, kann ich zwar anderen zeigen, wie man tanzt, kriege es aber selbst nicht wirklich hin und habe mit meinem steifen Bein wahrscheinlich wie ein lahmer Kranich ausgesehen. Aber die anderen Tänzer dachten, dass ich etwas völlig Neues und unglaublich Tolles vorführe, und bevor ich mich versah, haben auch alle anderen eins ihrer Beine steif gemacht!«

Lachend setzte sich die Schwester neben ihn und legte die Hand auf sein kaputtes Bein. »Ich habe den Eindruck, dass du in der letzten Zeit viel besser gehen kannst. Machst du auch brav die Übungen, die ich dir gezeigt habe?«

»Ja, Schwester. Ich übe fleißig, aber die Verrenkungen tun höllisch weh.«

»Das sollen sie auch. Wenn's allzu schlimm wird, nimm am besten ein Aspirin.«

»Ich soll ein Aspirin einwerfen? Meine Güte, das kommt davon, wenn man mit einem Arzt zusammenlebt!« Als sie sich anspannte, setzte sich William eilig auf, legte den Arm um ihre Schultern und erklärte ruhig: »Du weißt, wie ich's gemeint habe, Alex.«

Sie küsste seine Hand. »Willie, du bist einfach wunderbar.«

»Nein«, sagte er und strich ihr sanft über das Haar. »Der wunderbare Mensch in dieser Familie bist eindeutig du. Wenn ich je gebeten würde, eine Heilige zu wählen, nähme ich auf alle Fälle dich.«

»Also bitte.«

»Ich meine es ernst. Denn nur eine Heilige würde klaglos ertragen, dass ihr eigener Vater sie behandelt wie eine Schwerverbrecherin.«

»Es reicht, Willie«, sagte sie streng. »Du weißt doch selbst, wie Papa ist. Hast du etwa erwartet, dass er einen Freudentanz vollführt, wenn ich mit einem Kind zurückkomme?«

Er richtete sich auf, zog eine Dose Woodbines aus der Jackentasche und klappte sie auf. »Nein, aber er sollte trotzdem nicht so tun, als wärst du und dein Baby praktisch Luft für ihn. Mehr als ›Reich mir bitte mal das Salz‹ oder ›Es sieht nach Regen aus‹ sagt er doch nicht zu dir. Dabei braucht er nur seinen verfluchten viktorianischen Ehrenkodex etwas zu verbiegen, damit ihr beide euch in tiefere Konversationsgewässer wagen könnt.«

»Papa ist nun mal Viktorianer. Versuch also bitte, ihn ein wenig zu verstehen.«

William klemmte sich eine Zigarette zwischen seine Lippen und tastete die Taschen seines Blazers nach Streichhölzern ab. »Erst einmal müsste ich dich verstehen. Wenn ich fünfundzwanzig wäre und über mein Erbteil frei verfügen könnte, wäre ich im Handumdrehen weg von hier.«

Sie nahm seine Hand. »Bitte, William, mach's mir nicht noch schwerer, als es ohnehin schon ist. Es wird sich alles finden, du wirst schon sehen. Das braucht einfach Zeit. Aber ich halte es nicht aus, mit anzusehen, wie du wegen der kleinsten Kleinigkeiten mit Papa in Streit gerätst. Denn heutzutage gibt's bereits genügend junge Männer, die sich treiben lassen.«

»Ich lasse mich nicht treiben.«

»Selbstverständlich tust du das. Du trinkst zu viel, du rauchst zu viel, du hast zu viele Mädchen, und du nimmst dein Studium überhaupt nicht ernst.«

Er schob die Streichhölzer zurück in seine Tasche und nahm die Zigarette wieder aus dem Mund. »Ich überlege, ob ich das verdammte Studium vielleicht aufgebe, aber erzähl das um Himmels willen nicht dem Alten. Ich tauge einfach nicht zum Rechtsanwalt. Ich bin dafür einfach nicht schlau genug. Ich bin eben nicht Charles. Wenn Charles sich vorgenommen hätte, Jura zu studieren, hätte er's im Handumdrehen zum Lord Oberrichter oder so gebracht. Vater will, dass ich Charles' Leben lebe, doch das kann ich nicht.«

»Nein, natürlich nicht.«

»Aber trotzdem fühle ich mich irgendwie verpflichtet, was Vernünftiges mit meinem Leben anzufangen, um wiedergutzumachen, dass er sein Leben für mich vergeudet hat. Verdammt, es kommt mir vor, als ob ich irgendwas … ich weiß nicht … Großes leisten muss.«

Alexandra drückte seine Hand. »Was würdest du denn gerne tun?«

Er sah sie mit einem schwachen Lächeln an. »Versprich mir, nicht zu lachen.«

»Ich verspreche es.«

»Ich würde gerne ein einfaches, fröhliches Mädchen heiraten und in einem warmen Land leben. Vielleicht in Australien. Dort würde ich… ach, ich weiß nicht… Schafe oder Pferde züchten. Denn ich liebe fruchtbares Ackerland und Tiere und mache mir gerne ordentlich die Hände schmutzig. Landpachtgesetze oder Betrug sind nicht mein Fall.«

»Es ist dein Leben«, sagte sie ruhig. »Und ich gehe davon aus, dass du nur dieses eine hast.«

Ihre Gedanken schweiften ab, als sie in der Badewanne lag und mit der Seife über ihre Brüste fuhr. Ein bescheidenes, sinnliches Vergnügen, das sie stets daran denken ließ, wie Robbies weicher Mund und seine sanften Hände über ihren Leib geglitten waren. Ihre Einsamkeit war so körperlich und so real wie Williams kaputtes Knie.

Man hatte nur ein Leben.

Ihr war klar gewesen, dass er sterben würde. Jeden Morgen, wenn er aus dem Haus gegangen war, hatte sie sich gefragt, ob sie ihn abends wiedersehen würde. Und als man sie angerufen hatte, hatte sie sofort gewusst, dass er nicht mehr am Leben war, die unsicheren, zögerlichen Worte, die sie nur verschwommen mitbekommen hatte, waren da nicht vonnöten gewesen. Schließlich hatte sie mit ansehen müssen, wie er immer mehr abgebaut hatte. Von einem inneren Zorn getrieben, den er nie in Worte hatte fassen können, nicht einmal, wenn sie neben ihm im Bett lag. Ich möchte deine Gedanken lesen können, dachte Alexandra oft. Obwohl sie natürlich wusste, dass Robbies Zorn dem Krieg galt, der zwar fast drei Jahre zurücklag, seine Klinik aber war immer noch mit den Versehrten Festuberts, von Vimy und Ypres überfüllt. Mit Überlebenden dieses sinnlosen Gemetzels, denen nun Arme, Beine oder das Gesicht fehlten. Sein Herz hatte bei jedem Fall geblutet – und obwohl die Zahl der Fälle nicht abnahm, hätte er es mit seinem Gewissen nicht vereinbaren können, je in seinem Eifer nachzulassen, bis auch noch das letzte geschundene Opfer dieser schlimmen Katastrophe von ihm behandelt worden war. Deswegen hatte der Krieg am Schluss auch Colonel Robin Mackendric umgebracht.

»Robbie«, flüsterte sie rau, während sie den Kopf gegen den harten Rand der Wanne lehnte und die Augen schloss. Ach könnte er doch jetzt nur bei ihr sein, sie in seine starken Arme nehmen … streicheln … lieben … dafür sorgen, dass ihr Schmerz ein Ende nahm …

Lieutnant Colonel Fenton Wood-Lacy musste wenden, weil er, in Gedanken woanders, statt in die Chester Mews zu biegen, weiter geradeaus gefahren war.

»Verdammt«, murmelte er.

»Das ist kein Grund zum Fluchen«, sagte seine Frau. Dabei war Lady Winifred, einzige Tochter von Lord Sutton, dem Marquis von Dexford, derbe Sprache hinlänglich gewöhnt. Als junger Mann hatte ihr Vater kurze Zeit während des Zulukrieges in einem Husarenregiment gedient und war stolz auf die gepfefferte »Soldatensprache«. Seit nunmehr fünf Jahren die Frau eines Berufssoldaten, hatte sie mehr als genug gehört. Doch jetzt war sie im fünften Monat schwanger und deutlich empfindlicher als sonst.

»Tut mir leid«, murmelte er, fügte aber ein »Verflixt und zugenäht« hinzu, weil die Vorderreifen seines Sunbeam unsanft gegen den Bordstein prallten, als er rückwärts in die schmale Straße bog.

Sie legte die Stirn in Falten, sagte aber nichts. Denn er war im Augenblick genauso angespannt wie sie, und in ihre tiefe Zuneigung mischte sich Mitgefühl. »Meinetwegen kannst du fluchen, wenn es hilft.«

»Ich muss einfach etwas Dampf ablassen«, räumte er mit

einem müden Lächeln ein. »Aber keine Angst. Es wird sich alles klären. Morgen wissen wir Bescheid.«

Im Licht einer Laterne erhaschte sie einen Blick auf sein Gesicht. Ebenso schnell, wie es gekommen war, war sein Lächeln auch wieder verschwunden, und er presste grimmig die Lippen aufeinander. Er hatte ein langes, kantiges Gesicht mit einer prominenten Nase und einem eher schmalen Mund. Ein attraktives, doch bedrohliches Profil, weswegen er bei der Armee den Namen »Falke« trug. Eine durchaus passende Bezeichnung, weil er große Ähnlichkeit mit einem grausamen und räuberischen Vogel hatte, wenn er auf dem Exerzierplatz stand. Wobei sein Gesichtsausdruck nur eine Maske war.

»Ich frage mich, ob es vernünftig war, die Einladung von Hanna anzunehmen«, sagte sie. »Denn falls Anthony schon wieder da ist, wird die Stimmung bestimmt grässlich sein. Ich glaube nicht, dass ich das aushalte. Im Augenblick bin ich furchtbar empfindlich.«

»Falls der alte Knabe da ist, können wir es nicht ändern.« Fenton legte wieder den ersten Gang ein und vollendete das Wendemanöver ohne neuerlichen Zwischenfall. »Setz einfach ein Grinsen auf, und steh es durch, wie die Yankees sagen.«

»Das kannst du besser als ich. Ich erinnere mich einfach noch zu gut daran, wie Alex während unserer Schulzeit war. Damals konnte sie den Mund nicht halten. Und jetzt ist sie erschreckend ruhig, und Anthony hat es zu einer wahren Kunst erhoben, so zu tun, als wäre sie nicht da. Das nimmt mich mit, und das, obwohl ich momentan auch so schon reichlich mitgenommen bin.«

Er parkte vor dem Haus, umrundete den Wagen und öffnete fürsorglich die Tür für seine Frau. Sie war Mitte zwanzig, groß und füllig. Auch wenn im Moment eher knabenhafte Frauen mit kleineren Brüsten angesagt waren, drehten sich die meisten Männer nach Winifred mit ihren üppigen Rundungen um. Ihr hellbraunes Haar trug sie in einem ordentlichen Bob, unter dem ihr rundliches Gesicht mit den leuchtend braunen Augen und der schmalen Stupsnase hervorragend zur Geltung kam. Sie war eine kräftige, aktive Frau und hasste es, wenn sie beim Aussteigen auf Hilfe angewiesen war, aber die morgendliche Übelkeit, die ihr in letzter Zeit zu schaffen machte, hatte sie geschwächt.

Der Butler hatte sie schon kommen sehen und ihnen aufgemacht.

»Guten Abend, Coatsworth«, grüßte Fenton.

Coatsworth stand seit über vierzig Jahren in den Diensten der Familie Greville, weswegen sich niemand daran störte, wenn er selbst im Dienst Pantoffeln trug. Er war alt und litt an Arthritis, doch genau wie der Londoner Tower und Big Ben gehörte er einfach dazu.

»Guten Abend, Colonel – Lady Winifred.«

»Wie geht es Ihnen?«, fragte Winnie.

»Danke der Nachfrage, Mylady. Recht gut.«

»Haben Sie die Salbe, die ich Ihnen habe schicken lassen, ausprobiert?«

»Allerdings, das habe ich, Mylady. Und sie hat sehr gut getan.«

Als er sie steifbeinig in den Salon geleiten wollte, legte Fenton die Hand auf seinen Arm. »Ersparen Sie sich die Mühe, Coatsworth. Wir finden den Weg auch ohne Sie.«

»Oh, es macht mir nicht die geringste Mühe. Und vor allem hat man gerne das Gefühl, dass man noch nützlich ist.«

Winifreds Befürchtung, dass die Atmosphäre angespannt sein würde, bewahrheitete sich nicht. Lord Stanmore erwies sich als freundlicher Gastgeber, der extra einen neuen Cocktail für die Gäste mixen ließ.

»Was gehört noch einmal in einen Manhattan? Whiskey, süßer Wermut, ein paar Spritzer Angosturabitter, dazu eine Cocktailkirsche und nach Belieben etwas Eis. Aber weshalb sollte man diese Mixtur mit kaltem Wasser verdünnen, wenn man es nicht muss?« Doch bei aller Jovialität war offensichtlich, dass er Alexandra auf subtile Weise ins Abseits rückte, indem er sich die ganze Zeit mit den anderen unterhielt. Nicht einmal stellte er ihr eine Frage oder sprach sie direkt an. Das schien sie zu akzeptieren, und auch sie richtete möglichst nie das Wort an ihn. Dabei gingen sie so kunstvoll vor, dass einem Fremden gar nicht aufgefallen wäre, dass zwischen den beiden etwas nicht in Ordnung war.

Auch während des Essens wandte man sich nur leichten Themen zu. Die Frauen unterhielten sich über die neueste Mode und die Feste der bevorstehenden, sommerlichen Ballsaison, und die Männer sprachen über Kricket, die Rennen in Ascot und die Umsatzeinbrüche schottischer Whiskeybrennereien, seit in den Staaten der Genuss von Alkohol verboten war.

Irgendwann lenkte Lord Stanmore das Gespräch auf Abingdon Hall.

»Mein Gott, Fenton«, sagte er. »Ich wünschte, Ihr Vater wäre noch am Leben. Er war einfach ein großartiger Architekt und konnte nicht nur Pläne zeichnen, sondern hat, wenn nötig, selbst Steine behauen, Dächer gedeckt oder Zement gemischt. Wie alt warst du, als er dich zum ersten Mal mit auf unser Anwesen genommen hat?«

»Acht oder neun. Kurz nachdem er von der Queen für seine Arbeiten in Sandringham House zum Ritter geschlagen worden war.«

»Sie hätte ihn für diese Leistung in den Adelsstand erheben sollen. Eine wunderbare Arbeit, die er dort und auch auf

Schloss Balmoral für das Königshaus geleistet hat. Auch wenn sie sich mit dem, was er für unser Anwesen getan hat, nicht vergleichen lässt.«

»Es kommt mir fast wie gestern vor«, warf Hanna ein. »Sir Harold und seine beiden kleinen Jungen. Wir hatten euch mit einer Kutsche in Godalming abholen lassen, weißt du noch, Fenton? Mit zwei kastanienbraunen Pferden und mit einem Kutscher in Livree.«

Fenton sah sie lächelnd an. »Das weiß ich tatsächlich noch. Und es gibt mir das Gefühl, uralt zu sein. Schließlich sieht man heutzutage vor dem Bahnhof von Godalming kaum noch eine Kutsche.«

»Ah«, entgegnete sie lachend. »Aber das war vor dem Krieg, ich meine, vor dem Burenkrieg. Du fühlst dich also zu Recht uralt.«

Der Earl schnitt ein Stück Lammfleisch ab und schob es sich in den Mund.

»Dann fühlst du dich also bereits mit zweiunddreißig alt und klapprig, Fenton? Meiner Meinung nach kannst du von Glück reden, weil du all diese Dinge noch hast erleben dürfen. Victoria auf dem Thron – Frieden auf Erden – der Zenith der Zivilisation.«

»Aber die Saat des Unglücks wurde damals schon gesät. Meinst du nicht auch, Papa?«

Er hatte sich gerade ein paar Erbsen auf die Gabel schieben wollen, hielt jetzt aber inne und sah zum anderen Tischende, wo seine Tochter saß. »Was für eine Saat des Unglücks?«

»Die, die 1914 aufgegangen ist«, antwortete Alexandra. »Unter diesem himmlischen Zenith, von dem du gerade sprachst, muss sich bereits etwas Dunkles, Hässliches abgezeichnet haben. Denn offenbar hat mit der Welt schon damals irgendetwas nicht gestimmt.«

»Falls dem so war, war mir das nicht bewusst«, erwiderte er kühl.

»So ging es anscheinend den meisten anderen auch. Wahrscheinlich ist es einfach typisch für uns Engländer, Dinge, die uns stören, zu verdrängen.«

Um das angespannte Schweigen zu durchbrechen, wandte Hanna sich an Winifred und sagte fröhlich: »Ich habe ganz vergessen, nach den Zwillingen zu fragen. Was machen denn unsere beiden Schätzchen?«

Mühsam schluckte Winifred das Stück Kartoffel herunter, hüstelte und hielt sich die Serviette vor den Mund. »Es geht ihnen sehr gut.«

»Schätzchen würde ich die zwei im Augenblick nicht nennen«, mischte sich ihr Gatte eilig ein. »Mit ihren vier Jahren sind sie die reinsten Satansbraten.«

»Mädchen sollten einem keine Mühe machen«, stellte Hanna fest. »Vielleicht braucht ihr einfach ein anderes Kindermädchen.«

Alexandra stocherte mit der Gabel im Essen herum, das sie kaum angerührt hatte. »Wir vermeiden alles Unangenehme und verurteilen, wenn jemand ehrlich ist. Zum Beispiel stand heute in der *Times* der Leserbrief von einem pensionierten General. Er hat das Buch von Vetter Martin rüde und auf ungerechte Art und Weise kritisiert. Hast du den Brief gelesen, Papa?«

»Nein, habe ich nicht. Aber ich kann nicht gerade sagen, dass die Reaktion des Generals mich überrascht. Martin hat uns eine Ausgabe des Buchs geschickt.« Er sah seine Frau mit einem flüchtigen, entschuldigenden Lächeln an. »Ich persönlich habe Martin wirklich gern und war immer stolz darauf, dass ich – wenn auch nur durch meine Ehefrau – sein Onkel bin. Trotzdem klingt die Sprache in dem Buch sehr verbittert und in höchstem Maß sarkastisch. Was in aller Welt will er damit erreichen? Dieser Krieg liegt hinter uns, und die Vorwürfe, die er erhebt, sind längst verjährt.«

»Dann soll man die Toten also einfach begraben und vergessen?«

»Wenn du es so formulieren willst.«

»Aus Martins Sicht ist das unmöglich. Uns muss zuerst klarwerden, was all diese Gräber zu bedeuten haben. Dass all diese Leben vergeudet worden sind.«

»Was ja wohl allein die Schuld des deutschen Kaisers war.«

»Ach ja? Die Schuld ist viel zu groß, als dass man sie auf einen abwälzen kann. Die englischen Generäle sind genauso achtlos mit den Leben ihrer Leute umgegangen wie die deutschen. Darin stimmt mir Fenton sicher zu.«

»Ich habe bereits genug Probleme mit den hohen Tieren, Alex«, widersprach Fenton in leichtem Ton. »Und da die Wände Ohren haben, möchte ich nichts sagen, was möglicherweise gegen mich verwendet werden kann.«

William lachte fröhlich auf. »Ich werde dich ganz bestimmt nicht verraten. In den Jazzclubs tauchen ja nur sehr selten Generäle auf.«

»Apropos, William«, mischte sich der Earl ein in dem Bemühen, ein anderes Thema anzuschneiden. »Musst du immer die halbe Nacht lang diese grauenhaften Platten spielen?«

»Tut mir leid. Mir war nicht klar, dass du sie hören kannst.«

»Hören? Die Wände des Hauses wackeln von dem fürchterlichen Lärm.«

Alexandra nippte vorsichtig an ihrem Glas und stellte es wieder hin. Ihre Finger zitterten derart, dass sie Wein auf der Tischdecke verschüttete.

»Bist du wirklich in Schwierigkeiten, Fenton?«

»Vielleicht ist ›Schwierigkeiten‹ ein zu großes Wort.«

»Aber auf deiner Karriere liegt ein Schatten, oder?«

»Sagen wir, meine Aufstiegschancen sind etwas getrübt.«

»Wegen deiner Rolle bei Charles' Verhandlung vor dem Kriegsgericht?«

»Hör zu, Alex«, sagte der Earl. »Ich mag die Richtung nicht, die diese Unterhaltung nimmt. Wir sprechen beim Essen weder über den Krieg noch über Charles. Ich möchte nicht herrisch sein, aber in diesem Fall habe ich keine andere Wahl.«

»Meiner Meinung nach bist du nicht herrisch, sondern engstirnig. Jedes Mal, wenn ich versuche, über Charles zu sprechen, ob beim Essen oder sonst, stellst du dich taub. Aber verstehst du nicht, Papa? Solange Charles in dieser Klinik ist, so lange wird der Krieg in diesem Hause gegenwärtig sein. Ich habe mich oft mit Robin darüber unterhalten. Er war ein guter Arzt und kannte sich mit Kriegsneurosen aus, und er war überzeugt davon ...« Sie machte eine Pause und begegnete dem kalten Blick des Earls. »Du willst gar nicht wissen, was Robin Mackendric dachte, stimmt's?«

»Offen gestanden, nein.«

»Das ist bedauerlich.«

»Vielleicht, aber du lebst in meinem Haus, und deshalb respektierst du bitte meine Wünsche, Alexandra«, herrschte er sie an.

Schweigend beendete die Tischrunde das Mahl. Wie stets zogen die Damen sich in den Salon zurück, und die Herren blieben noch am Tisch sitzen und warteten darauf, dass Coatsworth mit dem Port und den Zigarren kam. Nervös rutschte William auf seinem Stuhl herum und sah verstohlen auf die Uhr.

»Dürfte ich mich wohl entschuldigen? Ich muss noch etwas Strafrecht lernen.«

»Selbstverständlich«, sagte der Earl gleichgültig und starrte in sein Glas, als William ihrem Gast noch einen schönen Abend wünschte und hinauseilte.

»Er wird wie der Blitz das Haus verlassen und kommt, höchstwahrscheinlich angetrunken, irgendwann nach Mitternacht zurück.«

»Die Jugend braucht auch ihren Spaß«, murmelte Fenton und nahm einen Schluck.

»Der Zwischenfall während des Essens tut mir leid. Vor allem, weil dadurch ein wunderbarer Lammrücken vergeudet worden ist. Ich kann einfach nicht verstehen, was in Alexandra gefahren ist.«

»Ach nein?«

Immer noch drehte der Earl sein Glas zwischen den Fingern und sah stirnrunzelnd in seinen Port. »Du bist für mich wie ein eigener Sohn, Fenton. Dir gegenüber kann ich immer völlig ehrlich sein. Ich … ach verflixt … ich kann dem Mädchen einfach nicht verzeihen. Ich bedauere den Tag, an dem sie mit diesem Kind im Arm heimgekommen ist.«

»Dieses Kind hat einen Namen.«

Der Earl hob überrascht den Kopf, lehnte sich auf seinem Stuhl zurück und sah mit einem Mal sehr müde aus. »Colin. Bisher gab es niemals einen Greville, der einen schottischen Namen trug. Und soweit ich weiß, ist auch niemals vorher ein Greville um ein Haar als Bastard auf die Welt gekommen. Nenn mich, wie du willst, aber es gibt nun mal Verhaltensregeln, an die man sich halten muss, wenn die Welt nicht in Barbarei versinken soll.«

»Bei allem Respekt, Sir«, widersprach ihm Fenton. »Aber schließlich haben wir die Barbarei vier Jahre lang erlebt. Dagegen nimmt sich Alex' Sündenfall ja wohl eher harmlos aus. Ich werde mir nicht anmaßen zu sagen, dass Ihre Moralvorstellungen möglicherweise nicht mehr gültig sind, aber falls Alex einen Vorschlag hat, wie Charles vielleicht zu helfen ist …«

»Mein Sohn hat einen Schock erlitten«, erwiderte der Earl entschieden. »Verdammt, Fenton, wenn dem nicht so wäre, hätte man ihn wohl kaum ins Krankenhaus geschickt, sondern bis an sein Lebensende eingesperrt.«

Fentons rechte Hand fing an zu zittern. Eilig stellte er sein Portglas auf den Tisch, schob sie unter den Tisch und schlug sich auf das Bein. Diese Zuckungen waren der Ausdruck seines eigenen Schocks, ein Muskelkrampf, der immer wieder völlig unerwartet auftrat und die Finger lähmte und den Daumen zum Zittern brachte. Es passierte häufig, wenn er seine Einheit inspizierte, und inzwischen ließ er seine Hand immer in der Jackentasche. Das verlieh ihm eine nonchalante Note, die den Männern offenbar gefiel. Denn sonst würden sie wohl kaum über ihn sagen: »Der verdammte alte Falke ist ein echter Dandy, was?«

Zum ersten Mal hatte ihn seine Hand an einem Vormittag verraten, als er auf der Höhe 60 die Kompanie D zur Unterstützung eines Trupps der Royal Warwick losmarschieren hatte lassen, der von deutschen Stacheldrähten aufgehalten worden war. Wie nicht anders zu erwarten waren die Männer fünfzig Meter vor dem Graben in das Kreuzfeuer der feindlichen MGs geraten, und das Einzige, was er noch hatte machen können, war, ihnen beim Sterben zuzusehen. Vor Entsetzen und vor Zorn hätte er am liebsten laut geschrien, doch das hätten seine Männer ihm niemals verziehen. Deshalb hatte seine Hand für ihn geschrien, und sie schrie auch heute noch gelegentlich, wenn er in Stress geriet.

»Kriegsneurosen sind etwas Seltsames«, stellte er mit gezwungen ruhiger Stimme fest. »Sie können das Gehirn betäuben oder zerstören. Niemand, der im Schützengraben war, ist dort völlig unbeschadet wieder herausgekommen. Es ist keine echte Krankheit, sondern der Inbegriff von Grausamkeit, die schlimmste Erfahrung von Grauen. Charles hat dieses Grauen zu oft erlebt und sich in seine eigene, sichere Welt zurückgezogen, aber das heißt nicht, dass er daraus nicht eines Tages wieder auftauchen wird.«

»Nach allem, was man mir gesagt hat, glaube ich das nicht. Seit drei Jahren hat sich an seinem Zustand kaum etwas geändert hat. Aber er hat Frieden gefunden, Fenton. Und wenn wir versuchen, ihn noch einmal in die Wirklichkeit zurückzuholen, wird er vielleicht vollends verrückt. Er funktioniert – er zieht sich selber an und aus, isst ohne Hilfe, geht sehr viel spazieren, und man sollte ihn in Ruhe lassen, weil er in der Traumwelt, die er sich geschaffen hat, anscheinend rundherum zufrieden ist. Deshalb werde ich nicht dulden, dass sich Alexandra einmischt.«

Fenton bekam einen trockenen Mund, und um den metallischen Geschmack von der Zunge zu vertreiben, trank er einen Schluck von seinem Port.

»Alex hat mir erzählt, dass Colonel Mackendric ein paar ausgezeichnete Ideen hatte, wie man Kriegsneurosen therapieren kann, und ich könnte mir vorstellen, dass sie als seine Frau viel davon mitbekommen hat.«

Lord Stanmore stand auf und entgegnete mit eisiger Ruhe: »Mit Bestimmtheit weiß ich nur von einer Sache, die der Mann ihr mitgegeben hat. Alles andere interessiert mich nicht. Und jetzt entschuldige mich bitte, Fenton, denn ich habe noch zu tun. Sei bitte so nett, und richte, wenn du rübergehst, den Damen meine Grüße aus.«

Fenton blieb so lange sitzen, bis das Zucken seines Daumens nachließ, stand auf und tauschte seinen Portwein gegen einen Whiskey. Er konnte keinen Port mehr trinken, weil die Farbe ihn zu sehr an all das Blut erinnerte, das während des verdammten Krieges vergossen worden war.

3

Er fuhr mit Winifred zum Cadogan Square, wartete am Straßenrand, bis ihr einer der Pagen ihres Vaters beim Erklimmen der Eingangstreppe half, bog dann um die Ecke und parkte den Wagen in der Pavillion Road. Es war gerade mal zehn Uhr, und er war reizbar und nervös. Doch der Abend hatte nicht nur ihn, sondern auch Winifred belastet. Nach dem Besuch bei den Grevilles hatte sie stumm neben ihm im Auto gesessen und reglos vor sich hingestarrt. Das Tischgespräch während des Abendessens hatte sie aus dem Gleichgewicht gebracht.

Er blieb neben dem Wagen stehen. Der Mond war hinter den vorbeitreibenden Wolken nur zum Teil zu sehen. In diesem Augenblick verabscheute er London mit einer beinahe irrationalen Inbrunst und wünschte sich, er hätte Urlaub und wäre daheim in Suffolk, nur mit Winnie und den Zwillingen. Sie würden auf dem Deben segeln oder Rosie vor die zweirädrige Kutsche spannen, gemächlich ins Dorf hinunterzockeln und dort im Four Crowns einkehren, wo es süßen Cider und herzhaften Käse gab. Der Colonel, der den wohlverdienten Urlaub zusammen mit seinen Kindern und mit seiner Ehefrau genoss. Doch er hatte keinen Urlaub, sondern saß in einer von seinen Vorgesetzten sorgfältig erdachten Falle.

Im vergangenen November hatte man ihn von dem Posten in Nordirland abberufen und erklärt, im Januar werde er in den Irak versetzt. Doch noch ehe er in England angekommen war, hatte man ihn angewiesen, sich in London in den Wellington Barracks zum Dienst zu melden und dort auszuharren, bis es weitere Befehle für ihn gab. Das hieß, er hatte tatenlos herumgesessen, bis die Mächte Whitehalls sich nach endlosen acht Monaten erbarmt und ihm befohlen hatten, sich bei der berittenen Garde einzufinden. Fenton hatte keine Ahnung, was ihn dort erwarten würde, doch das fände er am nächsten Vormittag um neun heraus.

Er lehnte sich gegen den Wagen und blickte erneut zum Himmel hinauf. Inzwischen blitzten Sterne in den breiten Rissen in der Wolkenwand. Zwar glaubte er nicht unbedingt an Gott, doch er war sich sicher, dass es etwas gab, was die Schicksale der Menschen lenkte, eine Art göttlichen Finger, der sich von den Sternen nach unten streckte, um die Müllhaufen der Erde umzupflügen. Dieser Finger hatte ihn und Charles anscheinend gleichzeitig berührt. Sie durch ein gemeinsames Erlebnis untrennbar verbunden und vielleicht für alle Zeit verdammt.

Er betrat das Haus des Schwiegervaters durch die Hintertür und ging durch die Küche, um Lord Sutton und dessen Gefährten möglichst aus dem Weg zu gehen. Es war Kartenabend, und dem vielen Essen nach zu urteilen, das die Köchin und die Küchenmädchen vorbereitet hatten, nahmen ungewöhnlich viele daran teil. Der Marquis befolgte immer noch die alte Tradition, seine Pagen in eine Livree zu stecken. Und ein Page, in Samtwams, Kniebundhosen aus Satin und mit verrutschter, weiß gepuderter Perücke, lehnte an der Flurwand, rauchte eine Zigarette und genehmigte sich eine Flasche Bier. Er versuchte, beides zu verstecken, aber Fenton zwinkerte ihm zu, als er an ihm vorbei zur Hintertreppe ging.

Im Schlafzimmer saß Winnie vor dem Frisiertisch und schminkte sich ab.

»Hast du Vater noch gesehen?«

»Nein. Ich bin durch die Hintertür gekommen.« Fenton setzte sich aufs Bett und zog die Schuhe aus. »Aber ich habe gesehen, dass draußen die Limousine dieses Fenworth steht. Den Kerl hat er wahrscheinlich eingeladen, damit wir uns etwas unterhalten können, wenn er einen Schluck getrunken hat und guter Laune ist.«

»Warum gehst du nicht runter und sprichst kurz mit ihm?«

»Weil er dann nur darauf drängen würde, dass ich mich entscheide, ob ich einen Posten bei ihm haben will. Gott! Bei einer Bausparkasse.«

Winnie blickte reglos in den Spiegel und cremte sich sorgfältig die Wangen ein. »Ich dachte, das klänge durchaus interessant.«

»Ich kann mir einfach nicht vorstellen, jeden Morgen mit dem Zug von Ipswich in die Innenstadt zu fahren und in einem schwarzen Anzug durch die Threadneedle Street in ein muffiges Büro zu gehen. Außerdem habe ich bereits einen Job.«

»Vielleicht, vielleicht aber auch nicht«, sagte sie gepresst. »Sicher weißt du das erst morgen früh. Und es schadet nie, wenn man mehrere Eisen im Feuer hat.«

»Das habe ich bereits, und zwar bei der Armee. Ich habe dort auf alle Fälle einen Job, die Frage ist nur, was für einen.«

Sie legte sich steif auf ihre Betthälfte auf den Rücken. Er klang gut gelaunt. Sie konnte hören, wie er summte, während er ein Zimmer weiter aus den Kleidern stieg. Obwohl sie wusste, dass er damit nur seine Verlorenheit überspielen wollte. Denn er machte sich Sorgen, wenn wahrscheinlich auch nicht halb so viel wie sie. Es war einfach grauenhaft, nicht zu wissen, ob Fenton vielleicht bereits morgen den Marschbefehl erhalten würde, und wenn ja, wohin. Da sie, seit er in London stationiert war, zweimal in der Woche zu ihm fuhr, herrschte bei ihnen zu Hause auf dem Land das vollkommene Chaos. Ein Großteil ihrer Habe war schon seit Weihnachten in Kisten verstaut. Damals hatte sie vorgehabt, mit den Zwillingen und seiner Mutter nach Gezira in Ägypten zu ziehen, um möglichst nahe bei ihm zu sein. Allerdings war sie da noch nicht in anderen Umständen gewesen. Und in ihrem Zustand wäre es der reinste Irrsinn, in den Mittleren Osten umzuziehen. Doch womöglich würde man ihn gar nicht dorthin schicken. Genauso gut könnten sie ihn an irgendeinen anderen Ort entsenden, über dem die Fahne Großbritanniens wehte – nach Indien, Asien oder Afrika.

Ihr Leben könnte angenehm und einfach sein, wenn er den Dienst bei der Arme quittierte. Winnie hätte nichts dagegen, wenn er in Zukunft jeden Tag nach London führe. Eine Tätigkeit bei einer großen Bausparkasse. Mit Büros in allen großen Städten Großbritanniens und Nordirlands. Ihre Anzeigen sah man überall an Bussen, Werbetafeln und in U-Bahnschächten. »Investieren Sie bei Fenworth in die Zukunft.« Daran war doch gewiss nichts verkehrt.

Fenton schaltete die Nachttischlampe aus, öffnete die Vorhänge, damit das weiße Mondlicht durch die Fenster fiel, und blickte auf die dunklen Häuser auf der anderen Seite des Cadogan Square.

»Ich komme gedanklich einfach nicht zur Ruhe.«

»Ich bestimmt noch weniger.«

»Ich könnte uns eine Flasche Champagner bringen lassen. Der macht einen so schön schläfrig.«

»Man trinkt Champagner, wenn es was zu feiern gibt. Und zu feiern gibt's im Augenblick wohl kaum etwas.«

Er setzte sich zu ihr aufs Bett. »Es gibt sogar sehr viele Gründe, miteinander anzustoßen. Jedenfalls für mich.«

»Ach ja?«

»Ich habe dich. Das ist auf jeden Fall ein Glas Champagner wert.«

Sie berührte seine Hand. »Ich liege hier herum und aale mich in Selbstmitleid. Pränatales Bauchgrimmen, nehme ich an. Aber das geht bestimmt bald wieder vorbei.«

Er beugte sich zu ihr herab und küsste sie. »Ich liebe dich und möchte, dass du glücklich bist, Winnie.«

»Es würde mich glücklich machen, wenn du jeden Tag zur Arbeit fahren würdest. Aber nur, wenn du willst. Ich würde es nicht ertragen, wenn du unglücklich wärst.«

»Ich würde mich bestimmt daran gewöhnen.«

»Nein, würdest du nicht. Ich war einfach egoistisch.«

»Unter deinem wunderschönen Äußeren steckt etwas, was noch viel, viel schöner ist.«

Er schlug die Decke zurück und legte sich neben sie. Eilig setzte sie sich auf, zog das Seidennachthemd über ihren Kopf, ließ sich wieder in die Kissen sinken, und er glitt mit seinen Lippen über ihre Brüste und den sanft geschwollenen Bauch, bis sie ihn in die Arme nahm und ihn mit einem leisen Aufschrei an sich zog.

Am nächsten Morgen fuhr er am Palast vorbei in Richtung Mall. Im selben Augenblick marschierte ein Zug Grenadiere unter lauten Trommelklängen aus den Wellington Barracks den Birdcage Walk hinauf. Sie sahen prachtvoll aus mit ihren Bärenfellmützen und den roten Röcken, deren Messingknöpfe wie die blank gewienerten Gewehre in der Sonne blitzten, trotzdem waren sie keine richtigen Soldaten, sondern Darsteller in einem alten, fast vergessenen Historienspiel. Ihre leuchtend roten Röcke boten einen allzu deutlichen Kontrast zu all den schlamm- und schmutzstarrenden Kreaturen mit den grauen Stahlhelmen, die in dem Rauch und Nebel bei Tagesanbruch in Nordfrankreich oder Flandern kaum zu sehen gewesen waren.

Schließlich parkte er in Whitehall, stieg aus und überprüfte kurz in einem Schaufenster sein Spiegelbild. Er musste lächeln, denn er trug zivile Kleidung, und mit seinem schwarzen Anzug, der Melone und dem sorgfältig zusammengerollten Schirm sah er beinahe wie der Direktor einer Bausparkasse aus. Doch seine Haltung und die Mimik waren immer noch die eines Gardeoffiziers.

»Guten Morgen, Sir!« Der alte Sergeant im Foyer des Ministeriums sprang eilig auf.

»Morgen, Sergeant. Ich habe um neun einen Termin mit General Wood-Lacy.« Er warf einen beiläufigen Blick auf seine Armbanduhr. »Ich bin etwas früh dran.«

»Das ist in Ordnung, Sir. Der General ist auch schon da. Sie kennen den Weg in sein Büro?«

»Ja.«

Er begab sich in den zweiten Stock und ging einen engen, düsteren, mit Kupferstichen längst vergessener Feldzüge geschmückten Korridor hinab. Das Gebäude war ein regelrechtes Labyrinth aus Gängen, aber er bog immer richtig ab und landete am Schluss im Vorzimmer des Generals. Der weißhaarige Lieutnant, der dort hinter seinem Schreibtisch saß, stand lächelnd auf.

»Fenton, lieber Junge. Es ist wirklich schön, Sie wieder mal zu sehen.«

»Wie geht es Ihnen, Blythe?«

»Den Umständen entsprechend. Dies ist ein trauriger Tag für mich. Weil mir der alte Knabe fehlen wird.«

»Genauso wie Sie ihm. Ich hätte immer gedacht, Sie beide würden am selben Tag in Rente gehen.«

»Das hatte ich auch gehofft, aber General Strathling hat mich dazu überredet, mich noch ein, zwei Jahre seinem Stab in Delhi anzuschließen und erst danach aufzuhören.« Er kam hinter dem Tisch hervor und legte die Hand auf den Messingknauf der Tür, deren Hüter er jahrzehntelang gewesen war. »Ich versuche immer noch, Ihren Onkel dazu zu bewegen, dass er mitkommt und sich ein Haus in Simla kauft. In Kaschmir hat es ihm immer gut gefallen. Vielleicht sprechen Sie ihn bei Gelegenheit mal darauf an.«

General Sir Julian Wood-Lacy, Träger des Victoriaordens, stand am Fenster, als sein Neffe eintrat. Abgesehen von einem Schreibtisch und zwei Holzstühlen war das riesige Büro leer. Die Bilder und die Karten waren von den Wänden abgenommen und die Buchregale und die Aktenschränke ausgeräumt.

»Sieht aus, als hättest du den Laden bereits dichtgemacht.«

»Verdammt, nach fünfzig Jahren ist es einfach genug.« Er wandte sich vom Fenster ab, zog an seiner Zigarre und sah seinen Neffen an. »Zur Abwechslung bist du mal nicht zu spät.« Der alte General hatte ein kampflustiges Bulldoggengesicht, das einmal als Motiv auf einem Rekrutierungsplakat der Armee verwendet worden war. Jetzt musterte er Fenton streng und stellte fest: »Du siehst wie ein verdammter Börsenmakler aus.«

Fenton fuhr sich über seine Kopfbedeckung, hängte sie ordentlich ans Hutregal neben der Tür und stellte seinen Schirm in dem aus einem Elefantenbein geschnitzten Ständer.

»Vielleicht sollten Sie sich, da Sie fast ein Zivilist sind, erst mal einen ordentlichen Schneider suchen, General. Purdy und Beame in der Burlington Street sind sehr empfehlenswert«, schlug er dem Onkel lächelnd vor.

Der alte Mann ließ stirnrunzelnd Zigarrenasche auf den

Teppich fallen. »Sei nicht so verdammt vorlaut, ja? Wie sieht's mit einem Brandy aus?«

»Um neun Uhr in der Früh? Dafür habe ich zu viel Respekt vor meiner Leber.«

»Ich habe schon seit Jahren keinerlei Respekt vor meiner Leber mehr.« Hilflos sah er sich im Zimmer um. »Wenn ich nur die verdammte Flasche finden könnte.«

Fenton setzte sich und wies auf ein Regal. »Wenn ich mich nicht täusche, stehen da noch zwei verlorene Gläser und eine einsame Flasche rum. Außerdem habe ich es mir anders überlegt. Schließlich will ich auf deine glorreiche Karriere trinken.«

Schnaubend stapfte der General durch sein Büro. »Ich wüsste wirklich gerne, was daran so glorreich sein soll. Ich habe die Zeit bei dem Verein einfach so gut wie möglich hinter mich gebracht.«

»Keine falsche Bescheidenheit. Du bist der Held von Mons.«

»Der Held von Mons, haha.« Er stieß ein Knurren aus, das fast wie eine Drohung klang, füllte die beiden Gläser und ging steifbeinig zu seinem Schreibtisch zurück. »Ich werde langsam lahm. Wenn ich ein Pferd wäre, bekäme ich wahrscheinlich bald den Gnadenschuss.«

»Vielleicht solltest du irgendwo hinziehen, wo es warm ist. Nach Indien zum Beispiel.«

»Das hat er dir eingeflüstert, stimmt's?« Dankbar seufzend nahm er hinter dem Schreibtisch Platz und hielt dem Neffen ein Glas hin. »Dieser verfluchte Blythe. Ich werde meine letzten Jahre sicher nicht damit verbringen, tatenlos in Kaschmir rumzusitzen und auf den Himalaya zu starren. Schließlich habe ich noch ein Stückchen Land in Yorkshire mit einem netten, kleinen Häuschen.« Er trank einen Schluck von seinem Brandy und rollte das Glas versonnen zwischen seinen dicken, starken Händen hin und her. »Ich habe darum gebeten, dass ich deine neuen Befehle an dich weiterleiten darf. Du weißt bestimmt, warum.«

»Ich kann es mir denken.«

»Ich habe ein Schreiben für dich aufgesetzt und Blythe diktiert. Ein Schreiben, das den Eindruck macht, als hättest du es selbst verfasst. Ich denke, dass der Brief durchaus gelungen ist und dass bestimmte Leute hier im Haus ihn mit Erleichterung zur Kenntnis nehmen werden. In einfacher Soldatenprosa tust du kund, dass du dich zwar schweren Herzens, aber endgültig entschieden hast, der Armee den Rücken zu kehren, damit du dich ganz deiner Familie und deinen geschäftlichen Interessen widmen kannst. Sie werden dieses Schreiben dankbar annehmen und deine vorzeitige Pensionierung dadurch honorieren, dass du vorher noch Colonel wirst. Eine nette Abschiedsgeste ihrerseits. Was sagst du dazu?«

»Ah.«

»Und was willst du damit zum Ausdruck bringen?«

»Meine ehrliche Erleichterung darüber, dass du mir gezeigt hast, wie der Hase läuft.«

»Dann hast du also vor, Vernunft walten zu lassen und den Brief zu unterschreiben?«

»Ganz im Gegenteil. Ich habe vor, meine neuen Befehle entgegenzunehmen und zu tun, was die Armee von mir verlangt.«

»Du verdammter Narr«, sagte der General mit einer Stimme, aus der statt Unverständnis ehrlicher Respekt herauszuhören war. Sir Julian hatte nie geheiratet und würde es mit seinen siebzig Jahren wohl auch nicht mehr tun. Und der hochgewachsene, junge Mann mit dem Raubvogelgesicht, der ihm mit straff gespannten Schultern gegenübersaß, war beinahe etwas wie ein Sohn für ihn.

Er trank seinen Brandy aus. »Wie lange bist du jetzt bei der Armee?«

»Seit dreizehn Jahren.«

»Und trotzdem kennst du dich mit dem System nicht besser aus als ein Schnürsenkelverkäufer aus der Oxford Street.«

»Darf ich dazu etwas sagen?«

»Nein, das darfst du nicht.« Jetzt sprach der General wie zu jedem anderen Untergebenen, der eine Standpauke verdient hatte, denn wenn jemand diese Aufgabe übernehmen musste, dann am besten er. »Du bildest dir ein, du hättest dreizehn Jahre lang dem König und dem Vaterland gedient, aber das ist nicht wahr. Als Berufssoldat hast du dich immer nur für unseren Generalstab krummgelegt. Er stellt die Regeln auf, und wenn man sie nicht beachtet, fliegt man raus. Obwohl es den Stab vor Männern graut, die sich ihre Regeln selber machen, ist das in den letzten Jahren ein ums andere Mal geschehen. Colonel Lawrence ist in einem wild flatternden Burnus wie eine Tunte aus der Drury Lane herumgelaufen, Trenchard hat sein Fliegerkorps aus der Armee genommen und mit diesen Männern eine eigene Streitkraft aufgebaut, und Elles will dasselbe mit den Panzergrenadieren tun. Worüber unsere Oberen natürlich alles andere als glücklich sind. Und auch bei dir sehen sie die Saat der Ketzerei. Dein Verhalten 1917 werden sie niemals verstehen und dir niemals verzeihen. Es war schon schlimm genug, dass du auf einer Anhörung von Major Greville vor dem Kriegsgericht bestanden hast, aber als dann auch noch die Mitschrift dieser Anhörung auf wundersame Weise in die Hände dieses deutschen Kerls geraten ist …«

»Martin Rilke ist kein deutscher Kerl.«

»Dann eben ein Yankee, der aber auf alle Fälle einen deutschen Namen trägt. Ein verdammter Schreiberling. Du weißt gar nicht, was für ein Glück du hattest, weil man dich dafür nicht mit Stiefeltritten vom Kasernenhof gejagt oder gleich standrechtlich erschossen hat.«

Fentons Gesicht war ausdruckslos. »Bei der Sache mit Charles habe ich nur die Vorschriften befolgt. Und es gibt keinerlei Beweis dafür, dass Rilke die Mitschrift von mir bekommen hat.«

Seufzend lehnte sich der General auf seinem Stuhl zurück, riss ein Streichholz an und hielt es an die Spitze der Zigarre, die ausgegangen war. »Als wäre ein Beweis erforderlich. Der Yankee hat das Protokoll als Anti-Kriegs-Traktat veröffentlicht – das Gefasel eines unter Schock stehenden jungen Mannes, der nicht nur das Vorgehen Feldmarschall Haigs, sondern den gesamten Krieg verdammt.«

»Das war ich ihm schuldig, denn er war mein Freund.«

Schnaubend wie ein Drache blies der General den Rauch aus. »Das muss wahre Freundschaft sein, denn ihm zuliebe hast du deine Karriere abgehakt! Ich gehe davon aus, dass du die Überzeugung dieses Mannes teilst, sonst hättest du niemals auf der Verhandlung vor dem Kriegsgericht bestanden und ihm dadurch eine öffentliche Plattform für den ganzen Quatsch gegeben. Das war ein billiger Schachzug, den man hier im Ministerium eindeutig nicht gebilligt hat. Du sprichst von Beweisen, dabei war in Wahrheit meine Fürsprache das Einzige, was dich bisher gerettet hat!«

»Wofür ich dir sehr dankbar bin.«

»Aber deine Karriere kann auch ich nicht retten, weil der Makel des Verräters an dir klebt. Wenn du bei der Armee bleibst, werden sie dir zukünftig immer den schlimmsten Posten geben, der sich finden lässt. Nichts als bittere Pflichterfüllung, bis es ihnen irgendwann gelingt, dich rauszuekeln.«

Er zog eine Schublade des Schreibtischs auf und nahm einen offiziellen Umschlag des Kriegsministeriums heraus.

»Hier ist dein Marschbefehl, Fenton. Du wirst am 12. Juli von Southhampton mit dem Dampfer City of Benares bis runter nach Aden, auf direktem Weg weiter nach Basra und dann mit dem Zug nach Bagdad fahren. Von dort aus wirst du dich bis nach Bani el Abbas am oberen Tigris durchkämpfen und das Kommando über das 12. Bataillon der 65. Brigade übernehmen, ein wahrhaft bunt gemischter Haufen: eine Kompanie West Lanes, eine Panzerwageneinheit und zwei Kompanien Punjabis. Du wirst dort ankommen, wenn die größte Hitze herrscht – fünfzig Grad im Schatten, falls sich irgendwo ein Fleckchen Schatten findet. Vom Fluss steigen die Fiebermücken auf, und immer wieder wird der Stützpunkt von marodierenden Arabern und Kurden heimgesucht. Dieser Ort ist die Hölle auf Erden. Winifred wird sicherlich nicht besonders glücklich über diesen Auftrag sein.«

Das Einzige, was man noch hörte, waren das Ticken einer Wanduhr und das ferne Rauschen des Verkehrs. Fenton leerte sein Glas und stellte es mit einem müden Lächeln auf den Tisch.

»Du hast mir gegenüber nie behauptet, dass das Leben als Soldat einfach wäre.«

»Nein, das habe ich nicht.«

»Und ich habe Winnie nie versprochen, dass ich meinen Dienst quittiere, wenn es schwierig wird.« Er legte die Hand auf den Tisch. »Dürfte ich jetzt wohl meine Befehle haben, Sir?«

Der General hielt weiterhin den Umschlag fest. »Noch kannst du dir's überlegen. Blythe hat das Schreiben für dich getippt.«

Fenton schüttelte den Kopf, nahm ihm den Umschlag ab, steckte ihn in seine Jackentasche und stand auf. »Bis zum 12. Juli ist nicht mehr viel Zeit, und es gibt mindestens noch eine Sache, die ich vorher unbedingt erledigen muss. Auf Wiedersehen.«

Als er das Büro verließ, sah ihm Sir Julian hinterher und fluchte leise: »Du verdammter Narr.« Aber seine Stimme klang weder boshaft noch bissig. Denn auch ihm hätte sein Stolz geboten, sich der Aufgabe zu stellen.

Auf seiner eigenen Karriere hatte ebenfalls einmal ein Schatten gelegen. Wegen seiner unverhohlenen Kritik an einem hoffnungslos inkompetenten Brigadier, unter dem er im Sudan gedient hatte. Er hatte seine kleine Truppe nur knapp vor dem Untergang bewahrt und sich mühsam einen Weg zurück zum Nil erkämpft. Sein loses Mundwerk bescherte ihm eine Verhandlung vor dem Kriegsgericht, und – seltsame Logik der Armee – man hatte ihn erst für das Viktoriakreuz vorgeschlagen, bevor man ihn zu einem undankbaren Dienst an die Nordwestgrenze von Indien abkommandierte. Doch er hatte diese Arbeit mit Bravour gemeistert und sich zurück in eine Führungsposition gekämpft.

Der General schickte ein stummes Stoßgebet zum Himmel, dass auch Fenton dieses Meisterstück gelang.

Als er um 8.30 Uhr im Büro erschien, lag ein Bericht aus Spanisch-Marokko für ihn auf dem Tisch – knapp dreitausend Worte, die sich wie ein Resümee von Krieg und Frieden lasen, weshalb er sie erst einmal zur Seite legte und in den Terminkalender sah. Wie jeden Tag hatte er alle Hände voll zu tun. Miss Shaw brachte ihm eine Tasse Kaffee und einen Teller Plätzchen, und nachdem er sich eine Zigarre angezündet hatte, ging er den Bericht noch einmal in Ruhe durch. Obwohl er sich gut las, gab es für dieses Thema keinen Markt. Im besten Falle ließe er sich als Füllmaterial verwenden, woraufhin er den blauen Bleistift mit der Präzision eines Chirurgen ansetzte und den Text zusammenstrich, bis eine prägnante, kurze Meldung übrig blieb.

Als Nächstes hatte er einen Termin mit jemandem vom *Telegraph*, der sich dazu herabgelassen hatte, seine Dienste auch der *INA* anzubieten. Allerdings für ein fürstliches Gehalt. Martin kannte den Korrespondenten aus dem Krieg. Er hatte sich kein einziges Mal bis an die Kampflinie gewagt, sondern war die ganze Zeit in seinem Zimmer im Pariser Ritz geblieben und hatte unter Verwendung von Informationen, die ihm andere gegeben hatten, schwülstige Berichte über das Geschehen an der Front verfasst. Was nicht unbedingt eine Empfehlung war.

Das Gespräch war herzlich, aber kurz, und der Journalist verließ ihn leicht verwundert, weil er nicht vom Fleck weg angeheuert worden war.

»Hier ist jemand, der Sie sprechen möchte, Mr. Rilke.« Miss Shaw steckte den Kopf durch die Tür. »Er hat keinen Termin, aber er sagt, dass er ein Freund von Ihnen ist.«

»Wer ist es denn?«

»Ein Colonel Wood-Lacy.«

Martin hatte Fenton schon seit über einem Jahr nicht mehr gesehen, aber brieflich oder telefonisch häufiger Kontakt zu ihm gehabt. Er war nicht nur ein alter Freund, sondern auch eine gute Quelle bei der britischen Armee. Fenton, der als Captain bei den Coldstream Guards bereits im Sommer 1914 in den Krieg gezogen war, hatte Mons, die erste Schlacht bei Ypern, Neuve Chapelle, Loos und die Offensive an der Somme aus nächster Nähe miterlebt. Aufgrund des Mangels an Offizieren und seiner Fähigkeiten hatte man ihn bereits 1917 zum Brigadegeneral ernannt, und wäre er nicht in Ungnade gefallen, hätte er es sicherlich noch weit gebracht.

»Es ist mir eine Freude, dich wiederzusehen, Fenton. Woher wusstest du, dass ich wieder in London bin?«

»Ich habe mit Jacob vor seiner Abreise zu Abend gegessen, und da hat er mir die schöne Neuigkeit erzählt.« Fenton sah sich um. »Ich hoffe, ich komme nicht ungelegen. Einen derartigen Betrieb wie hier habe ich noch nie erlebt. Ist etwas Wichtiges passiert, von dem ich noch nichts mitbekommen habe?«

»Nein. Es ist einfach ein ganz normaler Tag. Die Polen kämpfen gegen die Russen, obwohl die kurz vor dem Verhungern sind, die Rifkabylen schlachten die Spanier in Marokko ab, und die Griechen und die Türken bringen sich gegenseitig um. Aber die meisten dieser Nachrichten werde ich streichen, weil sie ohne größere Bedeutung sind. Es ist also ein eher ruhiger Tag für uns. Vielleicht kommst du mal vorbei, wenn irgendwo ein Krieg ausbricht.« Er wies auf einen Stuhl. »Aber jetzt setz dich erst mal.«

»Bist du sicher? Ich will nicht stören.«

Martin sah auf seine Uhr. »Ich muss nur noch schnell mit einem Feuilletonisten sprechen, der heute nach Polen reist. Aber das wird höchstens eine halbe Stunde dauern. Danach könnten wir zusammen Mittag essen. Wie klingt das?«

»Ausgezeichnet. Zeig mir irgendwo ein ruhiges Plätzchen, wo ich niemandem im Weg bin.«

Martin wandte sich zum Gehen. »Es gibt in diesem Haus nur einen halbwegs ruhigen Platz, und zwar den, auf dem du sitzt.«

In der nächsten halben Stunde bis zu Martins Rückkehr kam viermal ein Laufbursche mit dicken Stapeln eingegangener Nachrichten in das Büro gerannt, die Fenton halb aus Neugierde und halb aus Langeweile las. Die Ereignisse des Tages gaben eine wahrhaft deprimierende Lektüre ab, in die die Meldung sehr gut passen würde, dass in Bani el Abbas am Tigris ein Trupp britischer Soldaten überfallen und abgeschlachtet worden war. Wie hatte es Sir Henry Newbolt in seinem Gedicht so passend ausgedrückt? *Der Abzug klemmt, der Colonel fällt …* Doch wahrscheinlich würde Martin diese Meldung einfach streichen, weil sie ohne größere Bedeutung war.

Martin führte Fenton in ein Pub in der Magpie Alley, ein schummriges, gemütliches Lokal mit schwarzen Eichentischen und Holzvertäfelung. Es wurde von Journalisten aus der Fleet Street und Rechtsanwälten aus dem angrenzenden Temple District gleichermaßen aufgesucht, wobei jede Berufsgruppe auf ihrer Seite des Lokals verblieb. Nachdem Martin zwei Whiskeys und die gemischte Grillplatte für sie bestellt hatte, wandte er sich Fenton zu.

»Bring mich erst mal auf den neuesten Stand. Wartest du noch immer auf deine Befehle?«

»Heute Morgen hat mir mein Onkel Julian höchstpersönlich den Marschbefehl erteilt. Ich wurde zu irgendeinem bunt gemischten Bataillon nach Mesopotamien, oder wie es heute heißt, in den Irak abkommandiert. Mir selber ist der alte Name lieber, weil er mir für das verdammte Land passender erscheint.«

»Und was sollst du dort machen?«

»Irgendwelche Stämme daran hindern, die von uns verlegten Ölpipelines zu sprengen. Ich werde also etwas wie ein Wachmann der Anglo-Persischen Ölgesellschaft sein.«

»Warum setzt man einen Mann mit deinen Fähigkeiten nicht als Ausbilder am College ein?«

Fenton hob sein Glas an den Mund. »Ich bin weder in Camberley noch in der Armee gern gesehen.«

»Warum wirfst du nicht einfach die Brocken hin?«

»Ich wünschte mir, das könnte ich dir sagen, Martin. Vielleicht liegt es an meinem angeborenen Starrsinn. Aber letztendlich ist es mein Beruf. Ich bin Soldat und habe nie was anderes gelernt. Deshalb halte ich trotz aller Widrigkeiten durch, genau wie du in deinem Job. Ich habe ein paar der Fernschreiben gelesen, die ein Laufbursche in dein Büro gebracht hat. Wie kannst du Tag für Tag durch all dieses Elend waten, ohne durchzudrehen? Warum schmeißt du nicht die Brocken hin, ziehst dich in ein ruhiges, kleines Dorf zurück und schreibst Bücher über sprechende Kaninchen?«

»Weil ich über sprechende Kaninchen kaum was zu sagen hätte.«

»Und ich bin eben nicht der Gutsherrentyp. Ich habe versprochen, dem König zu dienen, und ich will mein Versprechen nicht brechen.«

»Was löblich, aber gleichzeitig dämlich ist.«

Fenton blickte ihn mit einem müden Lächeln an. »Genauso sieht es Winnie auch. Anfangs dachte sie, ich würde sie nur ihres Geldes wegen heiraten. Und jetzt wünscht sie, das hätte ich getan.«

Martin winkte nach der nächsten Runde Whiskey. Wenn auch widerstrebend, zollte er dem Freund Respekt. Denn der Druck, seine Entlassung zu erbitten, war enorm. Hätte sich seine Karriere im Aufschwung befunden, hätte die Entscheidung, weiterhin in der Armee zu bleiben, einen Sinn ergeben, aber leider war das Gegenteil der Fall. Womöglich machte er nur aus Stolz und Starrsinn weiter, aber Martin wusste es besser. Fenton liebte die Streitkräfte und war stolz, ein Offizier der britischen Armee zu sein. Und er musste eben tun, wofür er seiner Meinung nach geschaffen war.

»Aber du nimmst Winifred doch wohl nicht mit nach Bagdad, oder?«

»Meine Güte, nein. Nicht einmal nach Kairo. Sie ist wieder schwanger. Vielleicht schaffst du es ja, sie in Suffolk zu besuchen, wenn ich in Mesopotamien bin. Ich erlaube dir sogar, das Boot zu nehmen, falls du segeln willst.« Er blickte stirnrunzelnd in seinen Drink. »Aber ich bin nicht wegen meiner Probleme bei dir reingeschneit, Martin. Hast du die Grevilles in der letzten Zeit einmal gesehen?«

»Nein, aber mit Tante Hanna telefoniere ich gelegentlich. Und Alex hat mir nach Mackendrics Tod einen ausführlichen Brief geschrieben. Aber warum interessiert dich das?«

»Alex hätte gerne, dass Charles das Hospital in Llandinam verlässt. Sie und ihr alter Herr sind deshalb über Kreuz – wobei sie das praktisch in allen Dingen sind. Aber ich stimme Alex zu. Ich denke, dass sie ihrem Bruder helfen könnte und dass es nicht richtig ist, ihn für immer wegzusperren.«

»Und weshalb denkst du das? Sie war Krankenschwester und keine Psychiaterin.«

Die Grillplatte wurde serviert, und die fetten Lammkoteletts, die Nieren, die Würstchen, die Tomaten und die knusprig braunen Röstkartoffeln dufteten verführerisch.

»Ah«, murmelte Martin und griff hungrig nach seinem Besteck.

Schweigend machten sie sich über die dampfenden Köstlichkeiten her, doch irgendwann nahm Fenton den verlorenen Gesprächsfaden wieder auf: »In Irland hatte ich einmal ein längeres Gespräch mit unserem Bataillonsarzt. Einem wirklich netten Kerl und typischen Knochensäger, wie man sie bei der Armee des Öfteren antrifft. Hat nie woanders praktiziert und immer nur Beine abgesägt und blaue Pillen ausgeteilt. Aber wie dem auch sei, ich denke oft an Charles und habe deshalb an einem Abend in der Messe die Sprache auf Kriegsneurosen gebracht. Und dieser Kerl hat mir erzählt, als Armeearzt habe er sich immer rundheraus geweigert, diese Krankheit je zu diagnostizieren oder je laut auszusprechen, dass es sie überhaupt gebe. Wenn ein Soldat nach einer Bombardierung in einem Graben zitternd angestolpert kam, hat er ihn mit einer blauen Pille und einem Schluck Rum versorgt und zu seiner Einheit zurückgeschickt. Und den Männern, die ernsthaft zusammenbrachen, die vor Schreck wie gelähmt waren und nicht einen annähernd normalen Satz mehr sprechen konnten, hat er vor dem Abtransport noch einen Zettel an die Uniformjacke geheftet, auf dem stand, sie bräuchten ein paar Tage Ruhe, und danach sollten sie Lastwagen entladen oder so. Er dachte, dass es besser für sie wäre, sich körperlich anzustrengen, als in einem Krankenhaus herumzusitzen – und dass sie auf diese Art auch weiter für die Kriegsanstrengungen von Nutzen wären. Nach ein paar Wochen außerhalb der Reichweite der Bomben seien diese Männer meistens wieder so weit hergestellt, dass sie freiwillig zurückkämen.«

»Nach dem Motto ›Was dich nicht umbringt, macht dich hart‹.«

»So in etwa, aber es hat offensichtlich funktioniert. Und Alex meint, Mackendric hätte das ähnlich gesehen. Natürlich hätte er den Männern niemals Rum und eine blaue Pille gegeben, aber wie der Arzt in Irland hätte auch er nicht viel davon gehalten, dass man diese Männer irgendwo in einem Krankenhaus wegsperrt. Er dachte, wenn man einem Mann sagt, dass er krank ist, macht ihn das erst krank. Und dass die Nervenheilanstalten den Insassen weiszumachen versuchen, dass sie nicht ohne Grund dort sind. Er hatte das Gefühl, dass acht von zehn Patienten sich eher zu Hause erholen würden, wo sich die Familie um sie kümmern kann.«

»Interessant.« Martin kaute nachdenklich an einem Stück gegrillter Niere. »Glaubt das Alexandra auch?«

»Ja, aber da Mackendric diese Theorie verfochten hat, hört seine Lordschaft nicht auf sie. Wahrscheinlich, weil er denkt, dass dieser arme Kerl nichts anderes als ein Verführer unschuldiger englischer Jungfrauen war.«

»Um Himmels willen, die beiden waren doch verheiratet!«

»Was das reinste Wettrennen zwischen dem Storch und dem Vikar gewesen ist. Wohl kaum die Art von Hochzeit, wie sie der Tochter eines Gentlemans gebührt.«

»Mack war ein mutiger und ehrenhafter Mann. Er hatte einen legendären Ruf, und schon zwei Jahre vor unserem ersten Zusammentreffen hatte ich von ihm gehört.«

»Darum geht es nicht. Auch wenn er vielleicht eine Legende war, war er nicht nur dreizehn Jahre älter, sondern auch verheiratet, als er Alex begegnet ist.« Er schob seinen Teller fort und zündete sich eine Zigarette an. »Gestern beim Abendessen hat sie was gesagt, was mich tief berührt hat. Nämlich, dass der Krieg in ihrem Haus allgegenwärtig ist, solange Charles in dieser Klinik festgehalten wird. Allerdings reicht sein Schatten noch erheblich weiter als bis nach Abingdon. Falls also die Chance besteht, dass er auch nur halbwegs wieder zu sich kommt, glaube ich, dass wir verpflichtet sind, das Unsere dafür zu tun.«

»Das glaube ich auch, nur weiß ich nicht, wie wir das machen sollen.«

»Der erste und wichtigste Schritt wäre, den Alten dazu zu bewegen, dass er wieder mit seiner Tochter spricht. Dafür braucht man Überredungskunst, Diplomatie und Zeit, die ich nicht habe. Denn bereits am 12. Juli sticht mein Schiff in See.«

Martin starrte seinen Freund einen Moment lang an und musste sichtlich schlucken. »Einen Augenblick. Willst du damit etwa andeuten, dass ich zwischen den beiden den Vermittler spielen soll?«

»Warum denn nicht? Du hättest das Talent dazu. Und vor allem bist du ein Mitglied der Familie.«

»Vielleicht würde Tante Hanna auf mich hören, aber das Verhältnis zwischen Anthony und mir ist etwas unterkühlt.«

»Du meinst wegen deines Buchs? Zugegeben, er war nicht gerade begeistert, aber im Grunde seines Herzens muss er wissen, dass du die Wahrheit geschrieben hast. Ich glaube nicht, dass irgendwer daran erinnert werden möchte, dass der ›große‹ Krieg eigentlich nur ein hirnloses Gemetzel war. Trotzdem glaube ich, dass er durchaus Bewunderung für deinen Zorn empfindet – auf seine ganz eigene Art.«

Martin legte sein Besteck zur Seite. Die Lammkoteletts waren so fettig, dass sein Magen sich zusammenzog.

»Aber da gibt's noch ein anderes Problem. Vielleicht zeigt mich General Sparrowfield wegen Verleumdung an. Oder hat dich diese Neuigkeit vielleicht bereits über die Buschtrommeln des Militärs erreicht?«

»Ja, hat sie. Wir haben gestern in der Messe kurz darüber diskutiert. Ein paar von uns haben nämlich an der Somme unter Sparrowfield gedient, und seither nennen sie ihn liebevoll den ›alten Vogeldreck‹.«

Martin zog eine Zigarre aus der Tasche und sah Fenton lächelnd an. »Vielleicht kann ich das ja zu meiner Verteidigung anbringen. Aber um auf mein Problem zurückzukommen, falls der Kerl mich vor Gericht bringt, wird sein Anwalt die Mitschrift der Anhörung bestimmt als Beispiel für meinen perfiden Defätismus verwenden. Und es dürfte seiner Lordschaft kaum gefallen, wenn diese Geschichte wieder ausgegraben wird.«

Nachdenklich blies Fenton einen Rauchring in die Luft und beobachtete, wie er an die geschwärzte Holzdecke hinaufstieg. »Eins nach dem anderen, alter Knabe. Schließlich stehst du noch nicht vor Gericht. Und meiner Meinung nach sollen das Schreiben an die *Times* und die Drohung mit einer Klage dich nervös machen, sonst nichts. Inzwischen ist der alte Sparrowfield nämlich schon halb senil und würde sich vollends zum Narren machen, wenn er sich damit brüsten würde, wie er im Transvaal den Buren das Fell über die Ohren gezogen hat. Deshalb warte erst mal ab.«

»Wahrscheinlich hast du recht.«

»Und selbst wenn er tatsächlich vor Gericht ginge, mahlen dort die Mühlen derart langsam, dass es Monate, wenn nicht gar Jahre dauern könnte, bis es zur Verhandlung käme. Und wenn wir nichts unternehmen, sitzt der arme Charlie dann höchstwahrscheinlich immer noch in Wales. Du bist ein Mann mit großer Überzeugungskraft. Der geborene Diplomat. Falls jemand Alex und den Alten dazu bringen kann, sich zu einigen, dann du.«

»Nun.« Martin zündete seine Zigarre an. »Einen Versuch ist es wahrscheinlich wert.«

»Allerdings«, stimmte sein Freund mit ruhiger, eindringlicher Stimme zu.

Als das Taxi auf der abendlichen Heimfahrt wegen des Berufsverkehrs in Höhe des Trafalgar Square nicht weiterkam, bezahlte Martin kurzerhand den Fahrer und stieg aus. Er ging zu Fuß den Haymarket hinauf zum Piccadilly Circus, wo einer der vielen, teilweise hochdekorierten Kriegsversehrten in seinen abgerissenen Kleidern auf ihn zutrat. Er versuchte, sich durch den Verkauf von Streichhölzern das Geld für eine warme Mahlzeit zu verdienen.

»Sie haben mir den verdammten Arm bei Wipers weggeschossen, Guv'nor.«

Er drückte dem Mann ein Geldstück in die Hand, bevor er weitereilte. Die meisten warfen diesen armen Veteranen, ohne sie eines Blickes zu würdigen, eine Münze hin oder gingen achtlos an ihnen vorbei. Der Krieg war vorbei, man wollte ihn vergessen, und das Zeitalter des Jazz und schicker Cocktails war angebrochen.

Er dachte an Charles, dessen Gehirn an einem anderen Ort in einer anderen Zeit gefangen war; aus Sicht eines verkrüppelten Soldaten, der gezwungen war zu betteln, weil es seitens der Regierung keine Unterstützung für ihn gab, vielleicht ein Segen.

In Gedanken immer noch bei Charles, zog er ein dünnes Heft aus einem Buchregal in Jacobs Wohnung. Die ordentlich gedruckte Ausgabe hatte einen festen Pappumschlag, auf dem in Großbuchstaben stand:

NACH DER SOMME

Protokoll einer Anhörung im Militärkrankenhaus von Llandinam, um zu entscheiden, ob ein Verfahren vor dem Kriegsgericht gegen den ehrenwerten Major Charles Greville, 2. Royal Windsor Fusiliers, angeraten ist.

Mit einer Einführung von
Martin Rilke, Associated Press

Die erste und bisher letzte Auflage hatten sie im März des dritten Kriegsjahres gedruckt.

Martin schenkte sich ein Glas Champagner ein, nahm auf dem Sofa Platz und blätterte, während er vorsichtig an seinem Glas nippte, die Seiten um. Die Anhörung vom Februar 1917 hatten drei Vertreter des Generaladjutanten durchgeführt.

COL. BAKER: Ist ein Freund des Gefangenen zugegen?

MAJ. GREVILLE: Ich habe darauf verzichtet, Sir, weil ich selber für mich sprechen will.

COL. BAKER: Wogegen dieses Gremium nichts einzuwenden hat.

CAPT. JONES: Ich glaube, es sollte in der Mitschrift festgehalten werden, dass der Bericht von Captain Finchaven, Mitglied des Sanitätskorps unserer Armee, über Major Grevilles geistigen Zustand am Nachmittag des 15. Januar von allen Mitgliedern des hier tagenden Gremiums gelesen worden ist. Major Greville, haben Sie eine Kopie dieses Berichts?

MAJ. GREVILLE: Ja.

COL. BAKER: Darf ich den Major fragen, ob er Finchavens Ansicht widerspricht, dass er, als er die ihm hier zur Last gelegte Tat begangen hat, nicht ganz bei Sinnen war?

MAJ. GREVILLE: Ja. Ich war zu dem Zeitpunkt nicht verrückt. Es war ein vorsätzlicher Akt.

COL. BAKER: Das zu entscheiden, liegt bei uns, Major Greville. Das ist das Ziel der Anhörung.

MAJ. GREVILLE: Verstehe.

COL.BAKER: Was für ein Arzt ist Captain Finchaven? Das steht nicht in dem Bericht. Ist er Chirurg?

CAPT. JONES: Er ist Spezialist für Nervenkrankheiten, Sir. Vor dem Krieg war er Professor für Neurologie an der Universität von London.

COL. BAKER: Verstehe. Haben Sie Medizin studiert, Major Greville? Sind Sie vielleicht ebenfalls ein Spezialist für Nervenkrankheiten?

MAJ. GREVILLE: Nein, Sir.

COL. BAKER: Würden Sie dann nicht auch sagen, dass seine Beurteilung Ihres Geisteszustandes am 15. Januar vielleicht akkurater als die Ihre ist?

MAJ. GREVILLE: Captain Finchaven hat mich erst später gesehen, Sir. Soweit ich mich entsinne, wurde ich gleich nach der Tat nicht untersucht. Man sagte lediglich, ich hätte wirr geredet und wäre vollkommen außer mir gewesen. Was ich nicht bestreiten möchte, Sir, genauso wenig wie die Analyse meines Geisteszustandes in jenem Augenblick. Wogegen ich mich verwahre, ist seine Behauptung, dass ich bereits geistig nicht ganz auf der Höhe war, als ich an jenem Morgen in das Ausbildungslager in Wimbledon kam. Da hatte ich einen völlig klaren Kopf. Ich war mit einem bestimmten Ziel dort hingefahren, habe dieses Ziel erreicht und mich dann ohne Gegenwehr verhaften lassen. Es war die Tat eines Mannes, der bei vollkommen klarem Verstand war.

COL. BAKER: Dies scheint ein Fall zu sein, bei dem die Meinung eines Laien und die Meinung eines Spezialisten, der sich jahrelang mit dem Thema befasst hat, auseinandergehen. Ich sehe keinen Sinn darin, die Anhörung noch fortzusetzen. Und ich vertrete die Ansicht, dass das Drängen Ihres Kommandeurs auf ein Verfahren vor dem Kriegsgericht vollkommen überzogen ist. Sind wir uns darin alle einig?

CAPT. THORN und CAPT. JONES: Ja.

COL. BAKER: Dann stelle ich den Antrag, dass …

MAJ. GREVILLE: Ich habe das Recht auf eine ordentliche Anhörung. Nach dem Gesetz bin ich befugt, mich selber zu verteidigen.

COL. BAKER: Verflixt, Mann. Ich bin im Begriff, die von Brigadegeneral Fenton Wood-Lacy gegen Sie erhobenen Vorwürfe zurückzuweisen. Ist Ihnen das nicht klar?

MAJ. GREVILLE: Doch, Colonel, trotzdem bleibt die Tatsache bestehen, dass mir, wenn ich das will, die Möglichkeit gegeben werden muss, vor diesem Komitee zu sprechen.

COL. BAKER: Ich muss sagen, so etwas habe ich in den zwanzig Jahren, die ich in diesem Gremium sitze, bisher noch nie erlebt. Also gut, Sie dürfen für sich sprechen, aber fassen Sie sich bitte möglichst kurz.

MAJ. GREVILLE: Vielen Dank.

COL. BAKER: Nichts zu danken. Bitte seien Sie so nett, und fahren Sie fort.

MAJ. GREVILLE: Ich bin mit den höchsten Idealen und im unverbrüchlichen Vertrauen darauf, dass mein Patriotismus gerechtfertigt und richtig sei, in diesen Krieg gezogen …

Martin klappte das Heft zu und legte es zur Seite. Denn Charles' Rede tat ihm auch nach all den Jahren noch in der Seele weh. Sie las sich wie ein Schmerzensschrei. Sie beinhaltete all das Grauen entlang der Somme und das Entsetzen, dass eine Generation von jungen Männern sinnlos abgeschlachtet worden war. Seine Worte waren genauso düster wie jener Tag während der schwärzesten Phase des Krieges, an dem sie ihn in Wales besucht hatten.

1917.

An der Westfront bewegte sich nichts mehr, die Armeen beider Seiten steckten wie verletzte wilde Tiere im Morast fest. Die Offensive an der Somme hatte nur ein sechs Meilen von zahllosen Granaten aufgerissenes, stinkendes Erdreich hinterlassen, und fünfhunderttausend britische Soldaten waren umsonst gestorben oder schwer verwundet worden.

1917.

Die Armeen sammelten sich erneut für einen letzten großen Vorstoß, um den Krieg zu beenden. Um Arras konzentrierten die Briten und entlang des Flüsschens Aisne die Franzosen frische Truppen – denn General Nivelle hatte einen phänomenalen Plan gehabt, wie man den Feind mit einer gewaltigen Offensive innerhalb von einem Tag endgültig besiegen konnte. Ein hoffnungslos verrückter Traum, aber für die Generäle war der Sieg am Horizont zum Greifen nahe. Wogegen der Blick ihrer Soldaten ausnahmslos auf Stacheldraht, feindliche Gewehre und den Tod im Schlamm gerichtet war.

1917.

Major Greville hatte Urlaub von der Front. In seinem Kopf tickte unhörbar eine Bombe, während er äußerlich ruhig durch die Straßen Londons lief. Er sah nur tote Männer, wenn er ins Café Royal, die Bar des Hotel Ritz oder die Geschäfte in der Bond Street ging. Sah nur schlammiges Ödland und die Männer seiner Kompanie, die in den Granatlöchern verrotteten.

Ich habe sie gesehen, ich habe sie gesehen,
sie hängen alle im Stacheldraht.

1917.

Major Greville betritt seelenruhig das Hauptquartier der Ausbildungseinheit in Wimbledon, bei der sein Bruder ist. Second Lieutnant William Greville, achtzehn Jahre jung, frisch aus Eton, der die Ausbildung beendet hat und bald nach Frankreich übersetzen wird. Ein mutiger und starker junger Mann voll Tatendrang…

Die Glocken der Hölle machen ting-a-ling-a-ling

…der, ohne zu zögern, den Befehl befolgen würde, seinen Schützengraben zu verlassen und mit seiner Pfeife seine Männer anzutreiben, es ihm nachzutun.

Oh, Tod, wo ist dein ting-a-ling-a-ling?

Er wäre nicht weit gekommen, weil der Kugelhagel der MGs aus den gegnerischen Gräben auch vor ihm nicht haltgemacht hätte.

Mit diesem Bild vor Augen zog Charles eine automatische Pistole aus der tiefen Tasche seines Regenmantels und schoss seinem Bruder William ein Loch ins Knie.

4

Durch das Fenster ihres Ankleidezimmers verfolgte Hanna, wie ihre Tochter mit dem Kindermädchen und dem kleinen Colin in den Park ging. Der Kleine saß aufrecht in seinem Kinderwagen und zeigte auf ein paar große Krähen, die gebieterisch über das Gras stolzierten. Anthony hatte die Vögel einmal als »Mordgesellen« tituliert. Wegen ihres Äußeren und weil sich ihr raues Krächzen so deutlich von dem lieblichen Gesang der Lerchen unterschied.

Deprimiert wandte Hanna sich vom Fenster ab. Ihre Tochter und ihr erstes Enkelkind. Davon hatte sie jahrelang geträumt. Dass Alexandra als Gattin eines hohen Offiziers nach ihrer Trauung zwischen den Reihen elegant uniformierter Kürassiere unter einem Bogen blank polierter Säbel aus der Kirche hindurchschreiten würde. Und zwölf Monate später fand dann eine große Taufe in der Kirche von Abingdon Hall und eine wunderbare Feier statt. Aber keiner dieser Träume hatte sich erfüllt.

Und auch für ihren Ältesten, für Charles, hatte sich Hanna ein vollkommen anderes Leben ausgemalt. Diesen persönlichen Schmerz hatte sie vom Krieg davongetragen.

»Möchten Ihre Ladyschaft lieber das grüne oder das braune Morgenkleid anziehen?«

Ihre Kammerzofe hielt die beiden Kleider hoch.

»Ich denke, das braune. Nein, was Grünes. Aber nicht dieses Kleid, sondern das hellere aus Crêpe de Chine aus Paris.«

»Sehr wohl, Mylady. Das passt ausgezeichnet. Denn es ist heute sehr warm.«

Während ihre Kammerzofe das Kleid suchte, blickte Hanna nochmals aus dem Fenster. Alexandra, Colin und das Kindermädchen waren nirgends mehr zu sehen. Wie unzählige andere Mütter, Kinderfrauen und Kinder schlenderten sie auf einem der zahlreichen Kieswege unter den dichten Bäumen entlang.

»Oh, das Kleid ist wirklich wunderschön!« Die Kammerzofe hielt das Seidenkleid ins Sonnenlicht. »Sie werden darin hinreißend aussehen.«

Tatsächlich schmeichelte der helle Grünton ihrem makellosen Teint, während der schlichte Schnitt ihre nach wie vor fantastische Figur vorteilhaft zur Geltung brachte. Das bemerkte auch der Earl, als sie eintrat. Er trank gerade Kaffee. Nach seinem morgendlichen Ausritt durch den Hyde Park war er in aufgeräumter Stimmung.

»Du bist heute Morgen noch schöner als sonst«, stellte er anerkennend fest. »Hast du ein neues Kleid?«

»Ja. Von Harcourt in Paris. Gefällt es dir?«

»Es sieht wirklich bezaubernd aus. Hast du schon gefrühstückt?«

»Tee und Toast.«

Er lachte leise auf. »Tee und Toast kann man wohl kaum Frühstück nennen. Die Köchin bereitet gerade Nieren, Speck, gebackene Eier und gedünstete Tomaten vor.«

»Was für eine Frau, die auf das, was von ihrer einstigen Figur noch übrig ist, zu achten hat, eher furchteinflößend klingt.«

»Mit deiner Figur ist doch alles in Ordnung, meine Liebe.«

»Sagt der Kavalier der alten Schule.«

Hanna öffnete die Flügeltüren und atmete den Duft der

Rosen ein. Licht strömte herein. Das in Weiß und einem warmen Gold gehaltene Zimmer war für sie das schönste im ganzen Haus. Auf dem Eichenparkett lag ein Perserteppich, dessen leuchtendes Dunkelblau und Safrangelb in Kontrast zu den blassblau und zartrosa bezogenen Stühlen stand. Und die vier Bilder von Renoir griffen die freundlichen Farben wieder auf. Deshalb erschien es beinahe wie ein Sakrileg, wenn man in einer derart herrlichen Umgebung traurig war.

»Du hast letzte Nacht nicht gut geschlafen«, sagte sie. »Ich habe gehört, wie du in deinem Zimmer auf und ab gegangen bist.«

Er räusperte sich, schlug die Zeitung auf und hielt sie sich vor das Gesicht. »Ich hatte Probleme mit dem Magen. Lag wahrscheinlich an dem Hummer. Es ist im Augenblick einfach zu warm für Fisch. Aber du kannst auch nicht gut geschlafen haben, sonst hättest du mich nicht gehört.«

»Ich bin seit ein paar Wochen etwas ruhelos.«

»Ach ja? Dann rufe ich am besten Merton an, damit er etwas aus der Apotheke kommen lässt. Vielleicht ein leichtes Schlafmittel.«

»Ja. Das würde vielleicht helfen.«

»Sicher, meine Liebe. Ganz bestimmt.«

Wenn er sie so nannte, »meine Liebe«, war das nicht einfach so dahingesagt. Sie hatten sich vom ersten Tag an geliebt. Trotzdem hatte sich während des Krieges, als in England ein irrationaler Hass auf Deutschland und die Deutschen ausgebrochen war, eine Kluft zwischen ihnen aufgetan. Zum ersten Mal in ihrem Leben hatten sie es für notwendig befunden, an gewisse Themen nicht zu rühren und Streitereien aus dem Weg zu gehen. Stillschweigend einigten er und Hanna sich darauf, dass sie nie auch nur ein Wort über ihre geliebte Familie in Deutschland fallen ließ. Und er erwähnte im Gegenzug nicht, dass er wünschte, alle Deutschen, ob sie nun mit ihr verwandt waren oder nicht, würden von den britischen Granaten ausgelöscht.

Und während der Krieg von Jahr zu Jahr schlimmer wurde und die Zahl der Gefallenen stetig anstieg, dass der menschliche Verstand sie nicht mehr fassen konnte, entfernten sie sich noch weiter voneinander. Hanna wandte sich der pazifistischen Bewegung zu, die dafür eintrat, den Krieg um jeden Preis so schnell wie möglich zu beenden; er hingegen teilte die Einstellung der meisten Engländer, dass es bis zum bitteren Ende durchzuhalten galt. Doch aus Angst, der einzige konstante Wert – die Liebe, die sie seit dem ersten Tag verband – könnte in einer Welt, die völlig aus dem Gleichgewicht geraten war, verloren gehen, machten sie ihre jeweiligen Überzeugungen nie zum Gegenstand eines Gesprächs. Unbewusst hatten sie angefangen, nur noch über belanglose Themen zu sprechen. Eine dumme Angewohnheit, die sich aber nicht so einfach abstellen ließ.

Über Alexandras Rückkehr dachten ihre Eltern ebenfalls meistens nur im Stillen nach und gerieten darüber nur selten und dann immer nur sehr kurz in Streit. Auch jetzt schaffte das morgendliche Sonnenlicht es nicht, die Mauer des Schweigens zu durchbrechen.

»In Bournemouth hat es einen Mord gegeben«, las der Earl aus der Zeitung vor, »offenbar eine schmutzige kleine Affäre zwischen einer reichen Witwe und ihrem Chauffeur.«

»Und wer hat wen ermordet?«

»Der Chauffeur die Frau – und nachher hat er noch ihr Testament gefälscht. Wofür er bestimmt hängen wird. Dabei werden ordentliche Fahrer überall gesucht.«

Ein Diener trug die Morgenpost auf zwei silbernen Tabletts herein, wobei Lady Stanmore deutlich mehr Post bekam als seine Lordschaft. Paul Rilke hatte seiner Schwester Anfang 1919 frohgemut mitgeteilt, dass die von ihm kontrollierten Unternehmen, an denen sie einen nicht geringen Anteil besaß, 1918 einen Reingewinn von mehreren Millionen Dollar abgeworfen hatten. Diese Nachricht hatte Hanna bis ins Mark erschüttert. Den Großteil dieses Geldes hatten sie nämlich mit Granathülsen, Lafetten, Maschinengewehrläufen und Bombengestellen für Flugzeuge verdient, und eine Woche lang hatte sie fürchterliche Albträume von Schützengräben voller menschlicher Kadaver, die nur zu dem Zweck gestorben waren, um ihr Bankkonto zu füllen. Sie hätte ihren Anteil am Gewinn am liebsten einem wohltätigen Zweck zukommen lassen, aber ihr Vermögen wurde von ihrem Ehemann und einem Konsortium aus Anwälten und Banken in Chicago und in London kontrolliert, die ihr Vater kurz vor seinem Tod damit beauftragt hatte. Und das Einzige, was sie hatte erreichen können, war, die Treuhänder und Anthony dazu zu überreden, ihr alljährlich zusätzlich dreißigtausend Pfund für ihren persönlichen Bedarf auszuzahlen. Dieses Geld gab sie Organisationen, die sich für verwundete Soldaten oder die Familien Gefallener engagierten, und als Ehrenvorsitzende von verschiedenen Wohlfahrtskomitees bekam sie täglich jede Menge Post.

Der Earl leerte den zweiten Teller Speck und Nieren, genehmigte sich eine frische Tasse Tee und öffnete die Handvoll Schreiben.

»Dick Bates richtet dir seine Grüße aus. Er schreibt, er hätte sich bei Tattersall's ein fünfjähriges Springpferd angesehen, das mich vielleicht interessieren würde. Meint, ich könnte es für sechzig Guineas kriegen.«

Hanna sichtete ihre Briefe, legte die der Wohlfahrtsorganisationen zur Seite und machte die anderen auf.

»Am Donnerstagabend sind wir bei Bouchard's zu einer Cocktailparty eingeladen«, sagte sie.

»Bouchard's?«

»Die Galerie in der Old Burlington Street. Sie sammeln dort im Rahmen einer Ausstellung zeitgenössischer Bilder Spenden für die Kunsthochschule.«

»Ich kann weder dieser so genannten Kunst noch dieser Schule etwas abgewinnen. Ich verstehe einfach nicht, weshalb die Künstler dieses Landes lernen sollen, die Franzosen zu kopieren. Schließlich ist seit 1906 kein anständiges Bild mehr aus Paris gekommen.«

»Außerdem hat Martin geschrieben«, sagte Hanna, ohne auf die Schimpftirade ihres Mannes einzugehen. »Er schreibt, dass er Probleme hat, uns telefonisch zu erreichen. Dabei dachte ich, dieses verflixte Kabel hätten sie mittlerweile repariert.«

Ihr Gatte stieß ein lautes Schnauben aus. »Oh, es wurde repariert! Und wenn man jetzt mit einem Menschen in der City sprechen will, verbinden sie einen mit einem Fischhändler in Clerkenwell! Typisch für die Iren, findest du nicht auch? Da haben diese Kerle von Sinn Fein sich einen tollen Plan zurechtgelegt, und alles, was sie zustande bringen, ist, ein Kabel zu durchtrennen, das als Telefonverbindung zwischen Marylebone und unserer Gegend dient! Was zwar ärgerlich, aber wohl kaum der Todesstoß für die englische Krone ist.«

»Seltsam, dass er mir gerade heute schreibt. Denn ich habe gestern Abend erst an ihn gedacht, als mein Blick auf einen Schnappschuss auf meiner Kommode fiel.«

»Von Martin?«

»Nein. Ein Bild, das Alex uns geschickt hat, während sie in Frankreich war. Von ihr und Ivy Thaxton vor einem Krankenhauszelt. Sie tragen beide Uniform und sehen einfach reizend aus. Ivy war ein wirklich hübsches Mädchen.«

»Ja«, murmelte er. »Das stimmt.« Ivy Thaxton. Er erinnerte sich nur undeutlich an sie, aber letztendlich war sie eins der vielen Hausmädchen von Abingdon Hall gewesen. Nachdem sie den Dienst in ihrem Haus quittiert hatte, um eine Ausbildung zur Krankenschwester anzufangen, hatte er sie nie wiedergesehen und keine Chance gehabt, sich ein Bild von ihr zu machen. Das Mädchen, das Alex in Abingdon bedient hatte und in Frankreich ihre beste Freundin und die Frau ihres Cousins geworden war. All dies hatte sich in einer anderen Welt ereignet – in der Kampfzone, in der die alten Hierarchien kurzfristig außer Kraft gesetzt worden waren. »Was schreibt Martin dir denn?«

»Oh, nicht viel. Er bittet um Entschuldigung, weil er auf seinem neuen Posten bisher zu beschäftigt war, um sich bei uns zu melden. Aber er würde gerne Sonntag vorbeikommen, falls wir zu Hause sind. Ich werde ihm sagen, dass er zum Abendessen kommen soll.«

»Vielleicht fahre ich Freitag hinunter nach Abingdon.«

»Aber spätestens am Sonntagmittag bist du doch wohl wieder da.«

Coatsworth konnte sich tatsächlich noch an ihn erinnern, aber der alte Butler prägte sich sämtliche Gesichter, die er einmal gesehen hatte, für alle Zeiten ein.

»Schön, Sie wiederzusehen, Mr. Rilke.«

»Die Freude ist ganz auf meiner Seite, Coatsworth. Unser letztes Zusammentreffen ist ein paar Jahre her.«

»1917, wenn ich mich nicht irre, Sir. Bevor wir aus der Park Lane ausgezogen sind.«

»Sie haben ein sehr gutes Gedächtnis.«

Lächelnd nahm der Butler den Panamahut des Gasts entgegen und legte ihn auf dem Flurtisch ab. »Mein Gedächtnis ist so ungefähr das Einzige, was mich bisher noch nicht im Stich gelassen hat.«

»Ich finde, dass Sie durchaus gut aussehen.«

»Aber leider trügt der schöne Schein.« Wie zum Beweis schlurfte er mit müden Schritten zu der Tür aus fein geschliffenem Glas, durch die man von der Eingangshalle in den Hauptflur kam. »Seine Lordschaft erwartet Sie im Arbeitszimmer.«

Martins Onkel gab gerade Gin und französischen Wermut in einen Cocktailshaker. Auf dem Eichenbüfett vor ihm lag ein dünnes, aufgeschlagenes Buch.

»Hallo, Martin.« Er sah über seine Schulter, als der junge Mann eintrat. »Ich hoffe, ich habe es richtig gemacht. Drei Teile Gin auf einen Teil …« Er spähte in das Buch. »Dazu jede Menge Eis, gut schütteln, in gekühlte Gläser füllen und vor dem Servieren mit einem Stück Zitronenschale und einer Olive garnieren. Einer Olive? Was in aller Welt will man denn damit? Aber natürlich kommt dieses Rezept auch aus Amerika. Wo man anscheinend eine Vorliebe für Eis und alle Arten von Gemüse hat.«

Er rührte die Mixtur mit einem langen Silberlöffel um, schüttete sie in zwei kleine Gläser und hielt eins seinem Neffen hin.

»Diesem Buch zufolge ist dieser Martini-Cocktail in Amerika der letzte Schrei. Obwohl es sich dabei, soweit ich sehen kann, um nichts anderes als Gin und Wermut handelt, auch wenn wesentlich mehr Gin als hier bei uns verwendet wird.« Er nippte vorsichtig an seinem Glas. »Nicht übel. Geht runter wie Öl. Ich verstehe wirklich nicht, was Eis daran verbessern soll. Aber wenn du willst …«

»Nein danke.« Martin prostete ihm zu. »Ich trinke es auch gerne so.« Er musste ein Lächeln unterdrücken, als er daran dachte, was der Mann hinter dem Tresen der amerikanischen Bar, in der er in Paris des Öfteren gewesen war, wohl sagen würde, wenn er sähe, dass er lauwarmen Martini trank. »Auf deine Gesundheit.«

»Und auf deine, Martin. Es ist ewig her, seit wir zum letzten Mal etwas zusammen getrunken haben.«

»Das war in Abingdon, und damals war es kein Martini, sondern Port.«

»Ja, das war damals so ungefähr das Einzige, was man außer Whiskey je getrunken hat. Obwohl, wenn ich ehrlich bin, machen mir diese neuen Cocktails wirklich Spaß – auch wenn ihre Herstellung eine Herausforderung für mich ist.« Er nahm wieder einen vorsichtigen Schluck. »Ich hatte noch gar keine Gelegenheit, dir meinen Glückwunsch auszusprechen, weil du dieses … Pulitzer-Ding gewonnen hast.«

»Ich war selber überrascht, als man mir diesen Preis verliehen hat.«

»Du hast ihn verdient, Martin. Wie gefällt dir deine neue Arbeit?«

»Bisher sehr gut. Auch wenn sie alles andere als einfach ist.«

»Das glaube ich, aber schließlich bist du ein ausgezeichneter Reporter und machst deine Sache sicherlich sehr gut. Übrigens habe ich alle deine Beiträge von Versailles im *Guardian* gelesen. Sie waren wirklich genau auf den Punkt. Das Stück über den kleinen Orlando ist mir immer noch gut in Erinnerung. Ich nehme an, der arme Kerl ist abserviert, seit dieser Mussolini dort das Ruder übernommen hat.«

»Ja.« Martin starrte in sein Glas. »Der Name ist Schnee von gestern.«

»Das Schicksal bringt die Narren zu Fall, nicht wahr? Dabei hat er sich anscheinend eingebildet, dass er so was wie der neue Cäsar ist.« Der Earl trat vor die Flügeltüren, durch die man in den Garten kam. »Hier drinnen ist es ziemlich heiß. Vielleicht sollten wir mit unseren Drinks nach draußen gehen und dort auf deine Tante warten. Es wird kalte Speisen geben, weil das bei dem Wetter angenehmer ist. Weißt du, dass es heute über sechsundzwanzig Grad gewesen sind? Stell dir das vor. In England kommt es nun mal öfter vor, dass es im Juli hagelt, als dass die Sonne scheint.«

Obwohl es schon fast sieben war, hatte die Sonne noch viel Kraft. Die Rosen waren schlaff von der Hitze und verblühten schon, und der Boden war mit Blütenblättern übersät.

»Für den Garten ist das Wetter nichts. Ich war ein paar Tage in Abingdon. Sie versuchen gerade, die Gärten wieder herzurichten, doch der ganze Regen hat die Erde hart wie Stein gemacht.«

»Tante Hanna hat erzählt, dass ihr das Haus dort renovieren lasst. Wie geht es mit den Arbeiten voran?«

»Wir sind fast fertig«, sagte der Earl aufgeräumt. »In einem Monat dürfte es wieder bewohnbar sein.«

»Und dann zieht ihr wieder ein?«

»Ich schätze, ja. Obwohl deine Tante von der Vorstellung nicht unbedingt begeistert ist. Hat sie das erwähnt?«

»Nein.«

Als er eine Rose berührte, fielen ihm die Blütenblätter in die Hand. »Sie … macht sich Sorgen, weil das Haus so geräumig ist und wir nicht mehr unbedingt eine große Familie sind. Aber da wir häufig Gäste haben, werden wir uns dort gewiss nicht, wie sie befürchtet, so einsam fühlen. Ich werde auch die Ställe und die Hundezwinger wieder aufbauen und die Jagd aufleben lassen. Es gibt inzwischen eine regelrechte Fuchsplage in unserem Bezirk, weil seit dem Krieg kein Mensch mehr auf die Jagd gegangen ist. Hast du je reiten gelernt, Martin?«

»Dazu hatte ich nie die Gelegenheit.« Wieder musste er ein Lächeln unterdrücken. »Immer kam irgendwas dazwischen.«

»Das ist bedauerlich. Aber jetzt ist der Krieg vorbei, und es ist an der Zeit, die Vorzüge des Friedens zu genießen. Das Reiten mit den Hunden macht eine Freude, die man schwer erklären kann. Aber, ob du reitest oder nicht, in Abingdon steht immer ein Zimmer für dich bereit.« Er leerte sein Glas und streckte seine Hand aus. »Lass uns noch einen Tropfen nehmen, ja?«

Martin sah ihm hinterher, als er wieder im Haus verschwand. Der Duft der Rosen und die Unterhaltung über Abingdon hatten die Erinnerung an seinen ersten Sommer dort in ihm geweckt. An die Freundlichkeit von Tante Hanna, die ihm schon in jenem Sommer 1914 zu verstehen gegeben hatte, dass er jederzeit willkommen war. Er hatte nur eine Woche in England und drei Wochen in Deutschland und Italien geplant, bevor er nach Chicago zu seinem Posten beim *Express* zurückkehren wollte. Ein Verwandter auf Besuch. Den Sohn von Hannas längst verstorbenem Lieblingsbruder William hatten Charles und Alexandra neugierig in Augenschein genommen. Ihr Vetter aus Amerika und der Einzige aus der Familie Rilke, der zu ihrer unverhohlenen Verwunderung nicht reich war. Ihm hatte der Geruch der Leiche angehaftet, die im Keller der Familie Rilke lag. Auch wenn sie sich an die Geschichte von Williams Enterbung kaum noch erinnerten. William hatte sich mit seinem Vater überworfen, weil er Künstler werden wollte, und am Schluss fand man ihn mit aufgeschnittenen Pulsadern in einem Pariser Atelier. Ein armer Schlucker und Versager, dem in seinem Leben nie etwas gelungen war.

Davon hatte Ivy nichts gewusst. Sie dachte, Martin sei ein Millionär oder der Sohn von einem Millionär, weil alle

Yankees reich waren. Bei ihrer ersten Begegnung hatte sie scheu sein Zimmer in Abingdon betreten, in ihrer sorgfältig gestärkten Uniform und mit einer Vase voller frisch geschnittener Rosen in der Hand. Als sie die Vase vorsichtig auf einem Tisch neben dem offenen Fenster abgestellt hatte, waren ein paar Blütenblätter lautlos auf den blank polierten Holzboden gefallen …

»Hallo, Martin.«

Alexandra kam den Weg herauf. Verführerisch in einem leichten Seidenkleid. Sie umarmten sich, und Martin zog sie eng an sich.

»Hallo, meine Schöne«, sagte er. »Du bist immer noch die reinste Augenweide.«

»Du aber auch«, erwiderte sie und gab ihm einen Wangenkuss. »Ich freue mich unglaublich, dich zu sehen.« Sie trat einen Schritt zurück. »Schau dich nur an. Du bist immer noch derselbe liebenswerte Mensch.«

»Sogar ein bisschen mehr.« Er ließ ihre Hände los und klopfte sich mit einem leisen Lächeln auf den Bauch. »Aber ich sitze nun mal den lieben, langen Tag im Büro.«

»Und, wie ich weiß, machst du deine Sache sehr gut. Ich verfolge deine Karriere nämlich ganz genau.«

»Du könntest sie aus nächster Nähe mit verfolgen, wenn du mich einmal besuchen kämst. Wir haben sehr viele Dinge zu bereden.«

»Ich bin in den letzten Monaten kaum aus dem Haus gegangen. Ich wollte möglichst niemanden sehen. Aber langsam taue ich wieder auf.«

»Ich kenne das Gefühl. Das braucht einfach Zeit.«

Der Earl kam mit den frisch gefüllten Gläsern aus dem Haus, zögerte kurz, als er seine Tochter sah, trat dann aber auf sie zu und gab Martin seinen Drink.

»Wir trinken gerade einen Gin-Cocktail. Hättest du auch gerne einen, Alex?«

»Nein, danke, Papa«, gab sie zurück, ohne ihn direkt anzusehen. »Es ist zu warm für Alkohol.«

»Was eindeutig ein Mythos ist«, erwiderte der Earl. »Da kannst du jeden fragen, der in Indien war. Ohne ein, zwei Gläser Gin bei Sonnenuntergang hätten sie dort nicht durchgehalten. Er hilft, das Fieber auszuschwitzen.«

Das Gespräch kam ins Stocken, doch im selben Augenblick gesellte sich Hanna zu ihnen, und die Diener deckten eilfertig den Tisch, der unter einem Zelt auf der Terrasse stand.

Während die kalte Gemüsesuppe aufgetragen wurde, kam auch William an den Tisch. Er sah bleich und müde aus und murmelte eine Entschuldigung, weil er so spät erschien.

Der Earl bedachte ihn mit einem kühlen Blick. »Vielleicht wirfst du in Zukunft hin und wieder einen Blick auf deine Uhr. Erinnerst du dich noch an deinen Vetter Martin?«

»Ja, natürlich.« William beugte sich über den Tisch, schüttelte Martins Hand und setzte sich. »Ich war noch in der Schule, als wir uns zum ersten Mal begegnet sind. Wenn ich mich nicht irre, auf dem Kricketplatz. Fenton hatte dich zu einem Spiel von Harrows mitgebracht.«

»Richtig«, stimmte Martin lachend zu. »Obwohl mir dieses Spiel ein Rätsel war und es bis heute ist.«

»Es ist durchaus amüsant«, entgegnete William nicht sonderlich begeistert, während er unglücklich auf seinen Teller sah.

»Fühlst du dich nicht wohl?«, erkundigte sich Hanna.

»Nein … nicht wirklich. Irgendwie ist mir ein bisschen flau im Magen. Vielleicht habe ich etwas gegessen, was mir nicht bekommen ist.«

»Oder getrunken«, murmelte der Earl, doch Hanna sagte:

»In den Clubs, in die du immer gehst, ist das Essen wahrscheinlich nicht allzu gut.«

Lustlos rührte William in seiner Suppe. »Sie servieren dort kein Essen.«

»Sicher wird einem bereits von der Musik schlecht«, knurrte der Earl. »Wenn man dieses Gejaule hört, dreht sich einem unweigerlich der Magen um.«

»Was spielen sie dort denn für Musik?«, mischte sich Martin ein.

»Jazz«, antwortete William widerstrebend, aber sein Vetter nickte zustimmend.

»King Oliver, Early Wiley, Kid Ory … in Chicago war ich immer in South Side, um die neuesten Bands aus Memphis oder New Orleans zu hören. Meine Lieblingsband waren die Rhythm Kings, und im Dreamland Café hat sogar einmal die Original Dixieland Jazz Band gespielt.«

»Oh …« William starrte ihn mit großen Augen an. »King Oliver. Ich habe fast alle Aufnahmen von ihm.«

Lord Stanmore gab sich überrascht. »Willst du mir etwa weismachen, dass die Verursacher dieses Geheules Namen haben? Schwer zu glauben.«

»Gehst du auch hier in Clubs?« William blickte Martin fragend an, schob sich einen Löffel Suppe in den Mund, würgte leicht und lehnte sich auf seinem Stuhl zurück. »Ich … ich mag das Mardi Gras in der Dean Street.« Eilig griff er nach seiner Serviette, tupfte sich die Schweißperlen von der Stirn und schaute sich verzweifelt um. »Würdet ihr mich wohl entschuldigen? Ich … es geht mir gar nicht gut.«

Wieder musterte der Earl ihn kühl. »Du siehst in der Tat entsetzlich aus. Also geh um Himmels willen zurück ins Haus.«

William entschwand so schnell wie möglich durch die offenen Flügeltüren, und die anderen taten so, als hörten sie sein unterdrücktes Würgen nicht.

»Du musst dringend mit ihm reden«, sagte Hanna ruhig zu ihrem Mann. »Er ist abends immer viel zu lange unterwegs. Das ist bestimmt nicht gut für ihn.«

Der Earl starrte auf seinen Teller. »Nein, wahrscheinlich nicht.«

»Er hat nur einen Kater«, stellte Alexandra fest. »Ich gehe nachher zu ihm rauf und sehe, was ich für ihn tun kann.«

Seine Lordschaft schwieg, und Hanna lenkte das Gespräch auf die momentane Hitzewelle und dann auf ein neues Stück mit Aubrey Smith.

Mit Anbruch der Dämmerung kam eine leichte Brise auf, und während die Kerzen auf dem Tisch leicht flackerten, brachte ein Diener den Kaffee, und Coatsworth kam mit einer Flasche zehn Jahre altem Cognac. Der informelle Rahmen und der wolkenlose, kobaltblaue Himmel, der im letzten Licht der abendlichen Sonne glänzte, ließen das Abendessen eher wie ein Picknick erscheinen, weshalb auf das Ritual verzichtet wurde, dass die Damen sich zurückzogen und die Männer sitzen blieben und eine Zigarre rauchten. Coatsworth schenkte ihnen allen Cognac ein, schlurfte wieder ins Haus und kam mit einem Humidor zurück.

Jetzt, sagte sich Martin, während er die ausgezeichnete Zigarre von den kanarischen Inseln zwischen seinen Fingern drehte, und wandte sich an den Earl.

»Ich war heute bei Charles.«

»Wie bitte?«, fragte Lord Stanmore. »Was hast du gesagt?«

»Ich war heute bei Charles. Ich war heute Vormittag in Llandinam.«

»Heute Vormittag?« Der Earl sah ihn ungläubig an. »In Nordwales? Das ist …«

»Ich bin geflogen. Unser Unternehmen hat ein eigenes Flugzeug in Hendon. Ich bin um sieben aufgebrochen und war nachmittags um vier zurück. Ich habe ihn gesehen, und wir hatten ein sehr interessantes Gespräch.«

Mit zitternden Fingern zündete der Earl seine Zigarre an. »Das ist unmöglich.«

»Bitte, Tony!« Hanna klang, als breche sie im nächsten Augenblick in Tränen aus.

»Verzeih mir, meine Liebe. Mir ist klar, wie schmerzlich dieses Thema für dich ist, aber niemand führt ein interessantes Gespräch mit Charles.«

»Ich schon«, widersprach sein Neffe. »Denn wir unterhielten uns über ein Thema, das uns beide interessiert.«

Um sich zu beruhigen, zog der Earl bedächtig an seiner Zigarre. Er starrte Martin an und schien vergessen zu haben, dass die beiden Frauen zugegen waren.

»Charles leidet unter einer starken Kriegsneurose. Er sitzt täglich stundenlang auf einer Bank und beobachtet den Wald. Starrt vor sich hin und wartet darauf, dass die Männer seines Bataillons zurückkommen. Die Männer, die er angewiesen hat, die gegnerischen Gräben einzunehmen, und die dabei ihr Leben gelassen haben. Man kann mit Charles nur über … Dinge reden, wie die Schatten, die die Wolken werfen, die Form der Berge, die Konturen der Bäume. Man könnte bis in alle Ewigkeit dort sitzen und ihn fragen, was er dort sieht, ohne eine Antwort zu bekommen. Wenn sich sein Zustand radikal verändert hätte, hätten uns die Ärzte aus dem Krankenhaus auf jeden Fall darüber informiert.«

»Ich habe nicht behauptet, dass sein Zustand sich verändert hat, weder radikal noch sonst wie. Sagen wir einfach, dass ich zu ihm durchgedrungen bin und ganz normal mit ihm gesprochen habe.«

»Und worüber?«, fragte ihn der Earl so leise, dass er fast nicht zu verstehen war.

»Über Thomas Hardy.«

»Ach du lieber Gott«, murmelte Hanna.

»Wunder gibt es nicht«, sagte der Earl. »Ich will nicht behaupten, dass du lügst. Denn es gibt gewiss eine Erklärung dafür, dass du und mein Sohn euch unterhalten habt. Trotzdem haben die Ärzte mir versichert …«

»Ärzte können irren«, warf Alexandra ein. »Und gerade hinsichtlich der Ursachen und der Behandlung kriegsbedingter Schockzustände sind die Fachleute sich völlig uneinig.«

Er bedachte sie mit einem kalten Blick. »Colonel Mackendrics Meinung ist mir hinlänglich bekannt. Du hast sie mir bereits ausführlich erläutert.«

»Du bist voreingenommen. Fällt es dir so schwer, den Arzt vom Mann zu trennen? Robbie hatte vielleicht seine Fehler, aber ein Mangel an Engagement für die Verwundeten hat bestimmt nicht dazugehört. Er hat Tag und Nacht an kaum etwas anderes gedacht als daran, wie er ihnen körperlich und seelisch helfen kann, und das hat ihn am Ende umgebracht. Wenn wir also über Colonel Mackendric sprechen, wäre es deshalb nur angemessen, auch diesen Aspekt zu berücksichtigen. Oder ist das zu viel verlangt, Papa?«

»Nein, verflixt, aber Colonel Mackendric hat Charles niemals untersucht. Andere, denen mein Vertrauen gilt, hingegen schon.«

»Es gibt Zeiten, Papa, in denen man nur seinem Herzen trauen darf.«

Der auffrischende Wind, der in den Buchsbäumen und Ulmen rauschte, blies die Kerzen auf dem Tisch aus.

»Vielleicht sollten wir hineingehen«, schlug Hanna vor. »Mir wird allmählich etwas kühl.«

Der Earl stand widerstrebend auf. »Wenn's sein muss.«

Während er mit seiner Frau im Haus verschwand, sah Alexandra Martin fragend an.

»Hast du wirklich mit Charles gesprochen und ihm eine rationale Reaktion entlockt?«

»Auf jeden Fall. Die Ärzte dort verstehen ihn völlig falsch. Natürlich steht er unter Schock, aber er sitzt nicht auf diesem Hügel und wartet darauf, dass die Gefallenen auftauchen. Hinter der reglosen Fassade blitzt etwas auf, was niemals an die Oberfläche kommen wird, solange er in dieser Klinik bleibt.«

»Ich weiß. Dort wird er nur verwahrt, ohne dass irgendjemand etwas für ihn tut.«

Er biss ärgerlich die Spitze seiner noch nicht angezündeten Zigarre ab. »Himmel, Fenton hat gesagt, ich hätte diplomatisches Geschick. Und was für eins! Ich habe deinen Vater auf dem falschen Fuß erwischt.«

»Vielleicht. Aber trotzdem hast du ihn aus dem Gleichgewicht gebracht. Ich habe seinen Blick gesehen. Er wünscht sich verzweifelt, dass Charles wieder zu sich kommt – wenigstens, soweit es geht. Aber es fällt ihm einfach schwer zu glauben, dass das möglich ist.«

»Aber es ist möglich«, erklärte Martin voller Leidenschaft. »Ich weiß es.«

Sie drückte seine Hand. »Dann gib nicht auf.«

Der Earl war im Salon. In einer Hand sein Brandyglas, in der anderen die Zigarre, ging er langsam auf und ab. Als die zwei das Zimmer betraten, sagte er in vorwurfsvollem Ton: »Alexandra, deine Mutter hat sich hingelegt, weil sie plötzlich fürchterliches Kopfweh hat. Vielleicht gehst du mal zu ihr rauf und fragst sie, ob sie ein Aspirin oder etwas anderes braucht.«

»Ich glaube nicht, dass sich die Art von Kopfweh mit Aspirin kurieren lässt, Papa.«

»Ich nehme an, dass du mir damit irgendetwas sagen willst. Sie hat Kopfweh, weil sie durcheinander ist. Und sie ist durcheinander, weil ihr zwei ein Thema angesprochen habt und ich gezwungen war, den Advokat des Teufels rauszukehren. Deine Mutter hatte sich mit Charles' Zustand versöhnt und jetzt… macht ihr ihr auf einmal Hoffnung, wo es keine Hoffnung gibt.«

»Tut mir leid, aber das sehe ich anders«, widersprach sein Neffe ihm.

»Ach ja?«, fragte Lord Stanmore eisig. »Offen gestanden, Martin, kommt es mir so vor, als hättest du uns reingelegt. Du hättest mir schon vor dem Essen sagen können, dass du in der Klinik warst. Das hätte deiner Tante jede Menge Kummer erspart.«

»Ich wollte, dass ihr alle es erfahrt.«

»Weil du als Journalist die Überraschung liebst?«

»Vielleicht. Aber was ich gesagt habe, ist wahr.«

»Das zu glauben fällt mir schwer.«

»Dann lass uns morgen hinfliegen. Nur du und ich. Damit du dich selber überzeugen kannst.«

Schlagartig wurde Lord Stanmore nüchtern. Noch nie war er auch nur in der Nähe eines Flugzeugs gewesen. Sein Blick wanderte zu dem Bild, das Auguste Renoir von Hanna im Frühjahr 1889 gemalt hatte. Wie wunderschön sie war. Als bestünde sie von Kopf bis Fuß aus Gold und Elfenbein. Plötzlich fühlte er sich alt und hundemüde. »Fliegen?«

»Hast du das schon mal gemacht?«

»Nein…«

»Unser Flugzeug ist wirklich bemerkenswert. Eine de Havilland 18. Legt bei einer Geschwindigkeit von hundertdreißig Meilen pro Stunde über vierhundert Meilen zurück und ist stabil wie eine Stahlbrücke. Eine sehr sichere Maschine.«

»Davon bin ich überzeugt, aber …«

»Und unser Pilot ist erstklassig. Ein ehemaliger Geschwaderführer der Königlichen Luftwaffe.«

»Und wo soll das Ding landen? Auf dem Golfplatz?«

»Es gibt einen Fliegerclub bei Glynn Ceiriog, der über eine exzellente Start- und Landebahn verfügt. Von dort aus sind es mit dem Wagen nur noch zehn Minuten bis nach Llandinam.«

Dem Earl war klar, er hatte keine andere Wahl, als die Herausforderung anzunehmen, um nicht wie ein Feigling vor dem Neffen dazustehen. »Meinetwegen. Wenn auch nur, damit das Thema ein für alle Mal erledigt ist.«

»Soll ich dich abholen, oder willst du mich am Flugplatz treffen?«

»Ich treffe dich dort. Um wie viel Uhr?«

»Sagen wir, zwischen sieben und halb acht.«

»Also gut. Aber es wäre mir lieber, wenn du deiner Tante gegenüber nichts davon erwähnen würdest. Sie würde sich nur Sorgen machen. Du weißt ja, wie die Frauen sind.«

Er brachte Martin noch zur Tür und zog sich dann in sein Büro zurück, wo die Pläne für den Sommerpavillon in Abingdon Hall lagen, doch er war nicht in der Stimmung, sie sich anzusehen. Stattdessen schenkte er sich einen Whiskey ein, mit dem er sich erschöpft und ärgerlich in einen Sessel sinken ließ.

»Zur Hölle mit dem Kerl«, murmelte er. Er konnte es nicht ausstehen, wenn man ihn zu etwas drängte, und die Vorstellung zu fliegen sagte ihm nicht im Geringsten zu. Und die interessante Unterhaltung, die sein Neffe angeblich mit Charles geführt hatte – verflixt noch mal, das klang vollkommen absurd. Er nahm einen letzten großen Schluck und schenkte sich sofort noch einmal nach.

Er hatte gedacht oder auf jeden Fall gehofft, dass Hanna schliefe, doch als er zu seinen Räumlichkeiten ging, fiel unter der Tür ihres Salons ein schmaler Lichtstreifen in den Flur. Sie gab ihm keine Antwort, als er vorsichtig klopfte, und er öffnete behutsam die Tür und sah, dass auch in ihrem Schlafzimmer Licht brannte.

»Hanna?«, rief er leise. »Bist du noch wach?«

Immer noch in ihrem Kleid saß sie an ihrem Frisiertisch und starrte in den Spiegel, als er hinter sie trat und seine Hände sanft auf ihre Schultern legte.

»Was ist los, Hanna? Du solltest längst im Bett liegen.«

Langsam drehte sie den Kopf und sah ihn an. »Er ist tot, Tony.«

»Wovon redest du?«

»Von Charles. Für uns ist er gestorben, oder nicht? Tot, aber nicht begraben.«

Er umfasste ihre Schultern fester. »Das ist lächerlich, Hanna. Wie kommst du denn auf die Idee?«

»Warum ist er dann immer noch an diesem Ort? Warum ist er nicht hier bei uns?«

»Warum?« Die Frage tat ihm weh. »Das weißt du doch genau.«

»Ich dachte mal, dass ich es wüsste. Aber jetzt bin ich mir nicht mehr sicher. Und ich habe in der Sache nichts zu sagen, denn du sprichst niemals von unserem, sondern immer nur von deinem Sohn. Dabei bin ich seine Mutter, und deswegen habe ich ja wohl das Recht zu sagen, was aus meiner Sicht das Beste für ihn ist.«

»Natürlich. Aber du kennst die Meinung der Ärzte in Llandinam. Du warst selber dort.«

»Und ich habe ihre Meinung bisher niemals hinterfragt. Alex hatte recht, manchmal muss man seinem Herzen trauen. Aber das haben wir nicht getan.«

Seine Knie wurden weich, und er wandte sich ab und setzte sich auf die Bettkante. »Ich habe getan, was ich für das Beste hielt. Der Psychiater vor zwei Jahren, du warst doch dabei und hast gehört, was er gesagt hat. Dass Charles seinen Frieden gefunden hat, aber dass sich das plötzlich ändern kann. Vielleicht erinnert er sich mit einem Mal an etwas Schreckliches und fängt an zu schreien, ohne jemals wieder aufzuhören. Ich glaube, das würde ich nicht ertragen, Hanna – wenn ich hören müsste, wie mein Sohn vor lauter Schmerz laut schreit.«

»Oh, Tony.« Sie setzte sich neben ihn und zog ihn eng an sich. »Und was ist mit unserem eigenen Schmerz?«

Ängstlich sah er zu, wie eine Gruppe von Mechanikern das Flugzeug aus der Halle auf das Rollfeld schob. Es war ein stabil wirkender Doppeldecker, mit Platz für sechs Personen. Die Maschine war in einem leuchtenden Orange gestrichen, und entlang des Rumpfs prangte in schwarzen Druckbuchstaben *International News Agency*.

Als er in den Flieger kletterte, verstärkte sich sein Unbehagen, aber er atmete erleichtert auf, als er bemerkte, wie geräumig das Flugzeug war. Er sank in einen tiefen Korbsessel und sah, wie drei Männer in schneeweißen Overalls den unteren Flügel packten und das Flugzeug drehten, bis der Wind von vorn kam.

»Halt dich an den Sessellehnen fest«, empfahl ihm Martin. »Denn es ist ein bisschen holprig, bis wir oben sind.«

»Ja«, gab er gepresst zurück. »Das hatte ich mir schon gedacht.«

Im selben Augenblick rief der Pilot, der in seinem erhöhten Cockpit hinter ihnen saß: »Motor an! Kontakt!«

Der Motor hustete und erwachte dröhnend zum Leben. An den Fenstern wehten graue Rauchwolken vorbei, und das Hämmern des Triebwerks machte sie fast taub. Martin brüllte dem Earl ins Ohr: »In der Luft ist es nicht mehr so laut!«

»Aha«, erwiderte Lord Stanmore, was jedoch nicht zu verstehen war. Er starrte aus dem Fenster, als das Flugzeug vorwärtsrollte, an Geschwindigkeit gewann, ruckelte und wackelte und immer schneller wurde, während das Dröhnen des Motors noch weiter anzuschwellen schien. Ihm war, als drücke jemand ihn gegen den Sitz, bevor ihn ein Gefühl der Schwerelosigkeit erfasste, als der Flieger sich schwerfällig in die Luft erhob. Der Motor stieß ein schrilles Heulen aus, das etwas leiser wurde, als der Earl nach einem scharfen Schwenk nach rechts unter sich ein Feld mit lauter Spielzeugmenschen vor kleinen Spielzeughäusern sah. Der Flieger pegelte sich ein, bevor er immer höher stieg. Fasziniert blickte Lord Stanmore auf die Hausdächer von Golders Green, das Gewirr der Straßen und die sich windende Themse, die die Großstadt wie ein Band aus flüssigem Silber in zwei Hälften zu zerschneiden schien.

»Was für ein Anblick«, brüllte Martin, und sein Onkel nickte stumm.

Er brachte keinen Ton heraus und schaute weiter wie gebannt nach unten.

Im Krankenhaus von Llandinam würden die Kriegsjahre niemals vergehen. Den abstoßenden Backsteinbau, der an eine Burg erinnern sollte, hatte im vorigen Jahrhundert ein Mann errichten lassen, der mit Kohle reich geworden war. Das Gebäude stand auf einem Hügel oberhalb eines mit Schafen bevölkerten Tals, auf dessen anderer Seite sich der teils bewaldete Moel Sych erhob. Ein idealer Ort für Kletterer und Vogelfreunde, doch den Männern, die hier lebten, war die Schönheit der Waliser Berge vollkommen egal.

»Es wird von Jahr zu Jahr schlimmer«, sagte der Earl mit leiser Stimme, als er hinter Martin aus dem Taxi stieg. »Obwohl Charles davon natürlich nichts mitbekommt.«

Ursprünglich hatte man in diesem Krankenhaus nur Männer mit Kriegsneurosen behandelt, doch aus finanziellen Gründen nahm die Klinik seit Kriegsende verstärkt Amputierte und fürchterlich entstellte Männer auf, denen auch keine Operation mehr helfen konnte. Das Grauen und die Abgelegenheit dieses Orts, der nur sehr schwierig zu erreichen war, führten dazu, dass man kaum auf Besucher traf.

»Nun, Rilke, wie ich sehe, sind Sie tatsächlich schon wieder da.« Dr. Knowles, ehemaliger Major beim Sanitätskorps der Armee, kam ihnen auf dem Weg zum Haupteingang entgegen. Pfleger schoben vier Amputierte in Rollstühlen auf den Rasen und stellten sie in der Sonne ab. »Und Lord Stanmore. Freut mich, Sie wiederzusehen, Sir.«

»Hören Sie, Knowles«, begann der Earl. »Mein Neffe hat erzählt, dass sich der Zustand meines Sohns verändert hat.«

»Ach ja?« Der Arzt runzelte die Stirn. »Davon ist mir nichts bekannt. Obwohl ich annehme, dass Gatewood eher etwas darüber wüsste. Aber das hätte er mir auf jeden Fall erzählt. Schließlich liegt uns allen Major Greville sehr am Herzen.«

»Ich habe Dr. Gatewood gestern von meinem Gespräch mit Charles erzählt«, mischte sich Martin ein.

»Ach, das. Es ging um Thomas Hardy, nicht? Das hat er

gestern beim Abendessen kurz erwähnt. Aber ich glaube nicht, dass er das wirklich ernst genommen hat. Und hoffentlich messen auch Sie dieser Geschichte keine allzu große Bedeutung bei. Der Zustand des Majors ist unverändert.« Er wies auf einen Hügel gut eine halbe Meile oberhalb des Klinikgrundstücks. »Er sitzt dort oben, wie sonst auch.«

Lord Stanmore stieß ein leises Stöhnen aus, doch Martin nickte lächelnd. »Gut. Denn sonst hätte ich mir ernsthafte Sorgen um ihn gemacht.«

Sie mussten einen schmalen, dicht mit Brennnesseln bewachsenen Pfad erklimmen, bis sie Charles entdeckten, der, die Ellenbogen auf den Knien, vornübergebeugt auf einer sich durchbiegenden Holzbank saß. In seiner alten Cordhose und seinem offenen Hemd wirkte er wie ein Bauer, der am Rande eines Feldes eine kurze Rast einlegte. Als er sie kommen hörte, drehte er den Kopf und sah ihnen entgegen. Er war dreißig, sah aber erheblich jünger aus. Ein großer, schlanker Mann mit dunklen Haaren, einer hohen Stirn und einem länglichen Gesicht. Seine weit aufgerissenen, vertrauensvollen Augen aber sahen wie die eines Kindes aus.

»Hallo«, grüßte er sie. »Machen Sie einen Spaziergang?«

Der Earl atmete zischend ein, nahm seinen Hut vom Kopf und fächelte sich damit Luft zu.

»Dafür, dass wir in Wales sind, ist es geradezu erschreckend heiß.«

»Oh ja«, stimmte sein Sohn ihm zu. »Das stimmt. Aber es ist Sommer, wissen Sie?« Er zeigte auf das Tal. »Die Schafe dort unten rühren sich heute kaum vom Fleck. Was bestimmt an ihrer dichten Wolle liegt. Obwohl in Australien … Nun, man sollte meinen, Schafe kämen mit Extremen gut zurecht.«

»Ja«, entgegnete der Earl. »Macht es Ihnen etwas aus, wenn ich mich zu Ihnen setze?«

»Ganz im Gegenteil. Und Ihr Freund bitte auch. Die Bank ist nämlich wesentlich stabiler, als sie aussieht.«

»Vielen Dank, aber ich bleibe lieber stehen«, sagte Martin. »So kann ich die wunderbare Aussicht noch besser genießen.«

Charles nickte. »Es ist wirklich schön hier.«

»Als wir eben hier heraufkamen, war deutlich zu erkennen, dass Sie den Ausblick genießen. Dabei musste ich an etwas denken, was ich einmal gelesen habe.«

»Ach. Und was war das?«

»Eine Zeile aus einem Gedicht. *Und was sieht er, wenn er so schaut?*«

Charles rieb sich über die Oberschenkel und sah ihn mit einem wehmütigen Lächeln an. »*Es heißt, er sieht ein Bild aus der Vergangenheit … klarer als die Gegenwart … eine süße, sanfte Szene aus früherer Zeit.*« Er machte eine Pause, ohne zu bemerken, dass sein Vater nochmals zischend Luft holte, und blickte wieder Martin an. »Ich erinnere mich an Sie. Sie waren schon einmal hier.«

»Das stimmt«, sagte Martin ruhig.

»Und wir haben ein Spiel mit dem alten Hardy gespielt. Sie waren darin sehr gut. Aber trotzdem glaube ich, ich könnte Sie besiegen. Also, sagen Sie, was ist noch großartig?«

»*Süßer Apfelwein.*«

»Und?«

Martin legte seinen Kopf zurück und kniff die Augen zu. »Der Tanz.«

»Fast«, sagte Charles lachend. »*Tanzen*, nicht der Tanz. Fällt Ihnen noch etwas ein?«

Martin überlegte und antwortete schließlich: »Tut mir leid. Sie haben mich geschlagen.«

»Liebe. Auch die *Liebe ist etwas Großartiges.*«

»Ja, natürlich. Diese Zeile habe ich vergessen.«

»So geht es den meisten Leuten.«

»Verflixt.« Lord Stanmore schnäuzte sich vernehmlich in ein Taschentuch. »Ich will verdammt sein, wenn ich weiß, was all das zu bedeuten hat, Martin. Verdammt.«

Martin legte die Hand auf die Schulter seines Vetters. »Macht es Ihnen etwas aus, wenn wir zwei noch etwas weitergehen? Die andere Hügelseite hat mein Freund nämlich noch nie gesehen.«

»Ach, tatsächlich? Nun, da hat er was verpasst. Das lohnt sich durchaus.«

»Aber wir kommen gleich noch einmal wieder.«

»Das würde mich freuen. Ich gebe Ihnen schon einmal ein Stichwort, und nach Ihrer Rückkehr können Sie mir sagen, wie die Zeile lautet. Wie verläuft die Römerstraße?«

Die Hitze und die plötzliche Erregung hatten dem Earl zugesetzt, und mit hochrotem Gesicht ging er weiter. Als er etwas schwankte, ergriff Martin seinen Arm.

»Geht es dir gut? Komm, wir setzen uns kurz unter einen Baum.«

»Nein, nein«, winkte er ungeduldig ab. »Es geht mir ausgezeichnet. Ich möchte nur wissen, was dieses Palaver sollte. Solche Dinge hat er noch nie gesagt.«

»Weil bisher niemand zu seinen Gedanken vorgedrungen ist. Aber ehrlich gesagt kannte auch kaum jemand den wahren Charles. Ich kannte ihn nur, weil er sich mir einmal geöffnet hat. Bestimmt kannte Fentons Bruder Roger ihn am besten, aber Roger lebt nun mal nicht mehr. Und Charles hat nur sehr selten etwas von sich preisgegeben. Wie zum Beispiel, dass Gedichte ihm immer viel lieber waren, als auf die Jagd zu gehen.«

»Verdammt, das ist mir klar.« Lord Stanmore fuhr sich mit dem Taschentuch durch das schweißnasse Gesicht. »Aber Gatewood …«

»Dr. Gatewood ist Psychiater, kein Gedankenleser. Und da Charles nur einer von vielen Schockpatienten ist und weder schreit noch um sich schlägt noch sich panisch unter einem Tisch verkriecht noch mit Selbstmord droht, sondern friedlich hier oben auf einer Bank sitzt und ins Tal hinunterblickt, braucht sich Gatewood nicht viel um ihn zu kümmern. Als er von ihm wissen wollte, weshalb er die ganze Zeit hier oben sitzt, hat er geantwortet, er warte auf die Männer. Und Gatewood hat angenommen, er spreche von den Männern seines Bataillons, die bei den Kämpfen an der Somme gefallen sind. Aber er hat sich geirrt.«

»Und worauf in aller Welt wartet er dann?«

»Er wartet auf niemanden. Seine Antwort war die Anspielung auf ein Gedicht.«

Lord Stanmore schüttelte verständnislos den Kopf. »Tut mir leid, Martin. Aber ich weiß nicht, was du damit sagen willst.«

Martin lehnte sich gegen einen windschiefen Baum und zog eine zerknitterte Zigarre hervor. »Das ist mir klargeworden, als ich gestern neben ihm auf der Bank saß. Hier oben ist es immer windig, und es gibt kaum einen Tag, an dem der Himmel wolkenlos wie heute ist. Während ich hier saß, habe ich zugesehen, wie die Schatten der Wolken über das Tal gezogen sind, und da fiel mir die Zeile aus einem Gedicht von Thomas Hardy ein. Ich wusste, auch der Charles, den ich einmal gekannt habe, hätte sofort an das Gedicht gedacht, deswegen habe ich gesagt: ›Hardy hätte dieser Ort gefallen.‹«

»Und wie hat er darauf reagiert?«

Martin kramte in seiner Hosentasche nach der Streichholzschachtel und zündete seine Zigarre an. »Ganz normal. Er hat einfach gelächelt und genickt, aber ich wusste, dass es mir gelungen war, etwas in ihm zum Klingen zu bringen –

eine Verbindung zur Vergangenheit. Wir lieben beide Hardys Gedichte und haben die Poesie ungefähr im selben Alter entdeckt. Ich während meiner Highschool-Zeit und er in Eton. Wir hatten beide ein oder zwei Romane von Hardy gelesen – *Tess*, *Herzen im Aufruhr* –, aber seine Gedichte haben unsere Englischlehrer nie erwähnt. Deshalb waren wir sehr stolz, sie entdeckt zu haben. Vor dem Krieg haben wir mal ein sehr nettes Gespräch darüber in Abingdon geführt. Aber wie dem auch sei, mich haben die Wolkenschatten an ein Gedicht von Hardy erinnert, und ich habe eine Zeile aus den *Seelen der Geschlachteten* zitiert. Haben Sie das Gedicht mal gelesen?«

»Nein.«

»Nun, es ist eine Allegorie auf die Endlichkeit, auf die unüberbrückbare Kluft zwischen Leben und Tod. Ein trauriges, aber nicht morbides Gedicht. Eine Schar von Schattenwesen – die Geister verlorener Männer – kommt vom Himmel herab und landet auf der Erde in ihrer Heimat. In einer Zeile wird auf Männer angespielt, die unter dem Zeichen des Steinbocks in den Krieg gezogen sind – vielleicht die Toten aus dem Burenkrieg, aber auf jeden Fall Soldaten, weil sie einen anderen Geist treffen, der als ›der General‹ bezeichnet wird.

Nachdem ich die Zeile – aus der dritten Strophe – zitiert hatte, hat Charles mich angelächelt und die nächste Zeile zitiert. Danach haben wir das ganze Gedicht zusammen aufgesagt, wobei immer jeder eine Zeile sprach. Wie bei einem Spiel. Es ist ein langes Werk, und ich hatte viel vergessen. Aber Charles wusste noch jedes Wort. Ich glaube, wenn er dort oben sitzt und an das Gedicht denkt, versetzt er sich völlig in den Text hinein und hält nicht nach seinen eigenen, sondern nach Thomas Hardys Männern Ausschau. Es könnte wirklich sein, dass er sich völlig in die Poesie geflüchtet hat. In die Werke von Arnold, Milton, Swinburne, Keats. Der Dichter, die er am innigsten geliebt hat. In dieser wunderschönen, geordneten Welt aus Versmaßen und Reimen fühlt er sich sicher.«

Lord Stanmore stützte sich am Baumstamm ab. »Vielleicht sollte ich mich doch kurz setzen. Mir ist etwas schwindelig.«

»Wir kehren wohl besser um. Du siehst ziemlich elend aus.«

»Lass mich einfach einen Augenblick im Schatten sitzen. Das ist alles, was ich brauche. Ich muss nur wieder zu Atem kommen.«

Er setzte sich unter den Baum, lockerte seine Krawatte und öffnete den Kragen seines Hemds. »So ist's besser. Gleich werde ich wieder ganz der Alte sein.« Und mit einem bitteren Lächeln fügte er hinzu: »Auch wenn das keine Leistung ist.«

Martin blies den Rauch seiner Zigarre in den Wind. »Du bist ein guter Mensch.«

»Falls gut bedeutet, unbeugsam, intolerant und kurzsichtig zu sein, bin ich auf jeden Fall ein guter Mensch.« Er legte sich ins hohe Gras und blickte in den Himmel. »Ich habe heute die Fesseln der Erde abgestreift und mich in den Himmel aufgeschwungen. Es ist ganz unmöglich, so etwas zu erleben und einen begrenzten Blickwinkel beizubehalten. Inzwischen sehe ich gewisse Dinge klar. Vor allem, wenn ich an einen Sommer denke, 1905 oder 1906. Charles war damals vierzehn, fünfzehn Jahre alt und noch in Eton. Er war ein famoser Reiter und liebte Pferde ebenso wie ich. Ich hatte mich darauf gefreut, ihn für ein paar Wochen mit hinauf nach Derbyshire zu nehmen, damit er mit mir zu den berühmten Rennen geht. Die Thurlstone Moors und die Hallam Trials. Ich hatte sogar als Überraschung einen sechsjährigen Braunen – Hailaway – für ihn gekauft. Ein wunderschönes Tier. Aber als er zu Beginn der Ferien heimkam, war er vollkommen verändert. Er hatte kein Interesse mehr am Reiten, und das Einzige, wofür er sich noch interessiert hat, waren Bücher. Poesie. Doch die Bücher, die er lesen wollte, gab es nicht in meiner Bibliothek. Ständig ist er nach Guildford gefahren, um sich diesen oder jenen Band zu kaufen, und hat sich zum Lesen zurückgezogen. Ich weiß noch, wie erbost ich deshalb war. Fürchterlich wütend fuhr ich ohne ihn nach Derbyshire.« Er schnäuzte sich und stopfte sein Taschentuch in die Tasche seines Leinenblazers, der aufgrund der Hitze hoffnungslos zerknittert war. »Er ist dorthin zurückgekehrt, nicht wahr, Martin? In jenen Sommer lange vor dem Krieg.«

»Ich weiß es nicht. Es könnte sein.«

»Oh, ich bin mir ganz sicher. Aber später hat er andere, deutlich weniger schöne Sommermonate erlebt, nicht wahr? Am Kap Helles, in Gallipoli und an der Somme. Zwei höllische Sommer. Was passiert, wenn die ihm plötzlich wieder einfallen?«

Die trockene Zigarre schmeckte bitter, und Martin ließ sie zu Boden fallen und trat sie sorgfältig aus.

»Das kann niemand sagen. Aber Dr. Knowles' Behauptung, Gatewood hätte meiner Schilderung keine Bedeutung beigemessen, stimmt nicht ganz. Gatewood fand es interessant, auch wenn es nicht wirklich etwas ändert. Denn im Grunde ist es egal, was Charles oben auf dem Hügel sieht. Trotzdem bräuchte er nicht hier in diesem Krankenhaus zu bleiben. Es ist einzig deine Angst, die ihn noch immer hier gefangen hält.«

»Ja«, räumte Lord Stanmore unumwunden ein. »Aber diese Angst ist nicht unbegründet.«

»Nein, das stimmt. Die Erinnerung an den Krieg könnte zurückkehren und ihn vollends zerstören. Das ist ein Risiko. Ein Risiko, das du nicht eingehen willst. Ich nehme an, das könnte jederzeit passieren, aber wenn es hier passiert, würdest du es nicht mitbekommen. Doch was ist, wenn die Erinnerung nicht zurückkommt und dein Sohn sein ganzes Leben auf diesem Hügel sitzt, nur weil du es so bestimmt hast?«

Sie gingen langsam zurück zu Charles, der ihnen schon gespannt entgegensah.

»Haben Sie die Antwort?«, fragte er, als sie ihn erreichen.

»Ich wünschte bei Gott, ich hätte sie.«

»Oh, nein, Sir, Sie spielen bei diesem Spiel nicht mit. Ich habe Ihren Freund gemeint. Nun, wie verläuft die Römerstraße?«

»Immer geradeaus«, gab Martin sanft zurück.

»Das stimmt.« Blinzelnd blickte Charles ins Sonnenlicht. »Es muss bald Mittag sein. Dann bläst unten jemand ins Horn, weil wir zum Essen kommen sollen. Was ich seltsam finde, ist, dass es hier so viele Kerle ohne Arme oder Beine gibt. Sie müssen sich wie Babys füttern lassen, und das hassen sie. Das sieht man an ihren Augen.«

»Hören Sie«, sagte der Earl brüsk und hoffte, dass das Zittern seiner Stimme nicht zu hören war. »Erinnern Sie sich an einen Ort mit Namen Abingdon Hall? Sagt Ihnen das etwas?«

Charles stieß einen Seufzer aus. »Diese Frage hat man mir schon mal gestellt.«

»Davon bin ich überzeugt. Aber egal. Ich … ich würde Sie gerne in ein paar Wochen dorthin mitnehmen. Wäre Ihnen das recht?«

»Ich weiß nicht.« Charles sah seinen Vater fragend an. »Was ist das für ein Ort?«

»Zuhause«, antwortete der ihm leise. »Dort sind wir zuhause.«

5

William lag im Bett und hörte, wie der Regen laut gegen die Fensterscheiben trommelte. Ein heftiger Oktoberregen, der die erste winterliche Kälte mit sich brachte. Was ist heute für ein Tag? fragte er sich. Freitag? Samstag? Sonntag? Eigentlich spielte das keine Rolle, weil für ihn ein Tag wie der andere war. Stöhnend stand er auf, zündete sich eine Zigarette an, tapste barfuß durchs Zimmer und legte eine Platte auf das Grammofon. Das Feuer, das das Mädchen angezündet hatte, ehe William wach geworden war, begann gerade erst zu flackern, und obwohl die Kohlen glühten, gaben sie noch kaum Wärme ab. Er ging wieder ins Bett, blies Rauchringe an die Decke und hörte Musik. Ein neues Stück von King Kornet. Lonnie »Sweet Memphis« Maxwell mit seiner hohen, verführerischen Stimme säuselte, stöhnte und schrie.

Mein Mädchen kann sich wiegen und sich drehen,
bis mir vom bloßen Zusehen schwindlig wird,
dreh dich, Schätzchen, Schätzchen, wieg und dreh dich …

Die Töne strömten durch das riesige, geschwungene Horn und füllten das gesamte Zimmer mit synkopierten Klängen und lasziven Worten.

Dreh dich, Schätzchen, Schätzchen,
zeig mir alles, was du hast,
wieg dich, Baby, Baby,

weil ich einfach nicht genug davon bekommen kann …

Auch nach fast zwei Monaten allein im Haus hatte William sich noch immer nicht daran gewöhnt, dass er seine Platten hören konnte, ohne Angst haben zu müssen, dass sich jemand beschwerte oder es ihm verbot. Die Familie war nämlich zurück nach Abingdon gezogen – zusammen mit Charles. Die Entlassung seines Bruders aus der Klinik hatte also auch ihn selbst befreit.

Er blies zweimal nacheinander zwei perfekte Ringe aus und verfolgte, wie sie durch das Zimmer schwebten und sich auflösten. Natürlich war ein Teil der Dienerschaft noch da, aber sie genossen die Musik genauso wie er.

Großer Gott, wie dieses Mädchen sich bewegen kann.
Süßes Schätzchen, süßes Schätzchen,
fang am besten gleich noch mal von vorn an!

Frei. Wenigstens für kurze Zeit war er alle Angst und alle Sorgen los. Was beinahe an ein Wunder grenzte. Denn den ganzen Sommer über hatte ihn der Gedanke geplagt, seinem Vater sagen zu müssen, dass er von der Universität geflogen und im kommenden Semester dort nicht mehr willkommen war. Man hatte ihn hochkant rausgeworfen. Wie hatte einer seiner Professoren so schön gesagt? Solche erbärmlichen Prüfungsergebnisse habe seit der Gründung ihres Colleges bisher kein Student gehabt. Und tatsächlich waren seine Kenntnisse des bürgerlichen Rechts genauso nebulös und schwer zu greifen wie die Rauchringe, die er an die Decke blies. Aber wenn er das dem alten Herrn gestünde, würde der verärgert von ihm wissen wollen: »Aber was in aller Welt willst du jetzt machen, William?« Eine Frage, auf die es noch immer keine Antwort gab. Er wusste nur, was er nicht machen wollte, doch das wäre dem Earl wahrscheinlich nicht genug. Deshalb hatte er zunächst ein wenig Muse gebraucht, um sich treiben zu lassen und zu überlegen, welcher Weg für ihn der richtige war. Und durch die Rückkehr seines Bruders hatte er Zeit gewonnen.

Zum ersten Mal seit Jahren war die Familie wieder gemeinsam in Abingdon. Auch wenn Charles in seiner eigenen Welt in einer Suite im Westflügel des Hauses lebte, wo ein Pfleger nach ihm sah. Und in den ersten Wochen hatte sich sein Vater Alexandra und dem kleinen Colin gegenüber noch etwas distanziert verhalten. Aber da der kleine Junge immer fröhlich lachend auf die Pferde und die Hunde zulief, hatte seine kühle Distanziertheit sich bereits nach kurzer Zeit in Wohlgefallen aufgelöst. Die Zeit war reif gewesen, seinem Vater eine dreiste Lüge aufzutischen, und das hatte William ohne einen Anflug von Gewissensbissen umgehend getan.

»Zum Semesteranfang werde ich wieder nach London ziehen müssen«, hatte er erklärt.

»Selbstverständlich, Junge, selbstverständlich. Warum ziehst du nicht in unser Haus, wo dich das Personal versorgen kann? Deinen Unterhalt jedoch werde ich auf das Nötigste beschränken. Ich dulde nicht, dass du mein gutes Geld für grässliche Musikaufnahmen und für die bedauerlichen Leidenschaften verprasst, die du in der letzten Zeit entwickelt hast. Der Besuch von Jazzclubs und der Genuss von teurem Whiskey sind deinem Studium nicht dienlich.«

»Damit werde ich aufhören. Versprochen.«

»Nun, da Charles wieder zu Hause ist, wird sich sowieso sehr vieles ändern.«

»Das ist mir bewusst – und ich danke Gott, dass dem so ist.«

Was der einzig wahre Satz aus seinem Mund gewesen war. Bei Gott, er wäre fast in Tränen ausgebrochen, als sein Bruder Charles zum ersten Mal seit Jahren wieder über die Felder ihres Anwesens ging. Trotzdem wollte dieser Esel von Psychiater, den der Earl hatte aus London kommen lassen, von ihm wissen, ob er Charles noch böse sei. Er schüttelte nur stumm den Kopf, weil er vor lauter Überraschung keinen Ton herausbrachte. Charlie hatte ihm mit einem Colt ins Knie geschossen, weshalb er jetzt nicht irgendwo in Arras oder Passchendaele begraben lag, sondern Whiskey trank und nach Lust und Laune King Kornet und andere phänomenale Jazzmusiker hörte.

Das Schicksal – oder Charlie – hatte es anscheinend wirklich gut mit ihm gemeint.

Er zündete sich eine neue Zigarette an, als ein Diener mit dem Tee, dem Toast und den Morgenzeitungen in der Tür erschien.

»Widerliches Wetter heute Morgen, Master William.«

»Ja, Lester, es sieht draußen eher ungemütlich aus.«

»Die Köchin sagt, der nächste Winter wird bestimmt hart.«

»Und mit ihren Prognosen hat sie bisher immer recht gehabt.«

Er ging zwanglos und vertraulich mit den Angestellten um. Denn er kannte die fünf Menschen, die das Haus in Schuss hielten und ihn versorgten, schon seit er ein kleiner Junge war.

»Vielleicht drehen Sie noch die Platte um, bevor Sie gehen.«

»Sehr wohl, Sir. Ist sie neu?«

»Ich habe sie gestern erst gekauft. Nur bedauerlich, dass Eagles sie nicht hören kann.«

Der ältere Diener lachte. »Armer Mr. Eagles. Auf dem Land gibt es sicherlich nicht allzu viele Jazzclubs.«

»Nein, aber das ändert sich vermutlich.«

Während er den Sportteil studierte, nippte er an seinem Tee und knabberte an dem Toast. Später würde die Köchin ihm noch ein reichhaltiges Frühstück zubereiten. Nachdem er aufgegessen hatte, schwang er die Beine aus dem Bett und zog sich an.

Die meisten Räume unten wurden nicht genutzt, und die Möbel waren mit Laken bedeckt. Nur in seinem Schlafzimmer, der Küche und den Dienstbotenquartieren war es annähernd gemütlich. Zum Frühstück setzte William sich an den langen, schlichten Holztisch, an dem sonst die Angestellten saßen, und breitete noch einmal die Sportseiten der Zeitungen vor seinem Teller mit gegrillten Nieren, Tomaten, Speck und Spiegelei aus.

»Ah.« Er starrte auf die Zeitungsseite. »Ah, ja, genau.«

Geld war ein Problem für ihn gewesen. Der Unterhalt seines Vaters war so knapp bemessen, dass sich ein auch nur ansatzweise ausschweifendes Leben nicht finanzieren ließ. In London konnte man sich nicht für drei Pfund pro Woche amüsieren. Alexandra hätte ihm zwar sicher hundert Pfund gegeben, doch er hatte sie nicht fragen wollen und das Problem auf andere Art gelöst. Durch die Gründung einer Keksdosengesellschaft zusammen mit Lester und dem Gärtner, die er morgens immer nach dem Frühstück traf. Durch die Bündelung ihrer Talente ließ sich ein beachtlicher Gewinn erzielen.

Auch heute zog der Gärtner sich im Flur die schlammbespritzten Stiefel aus, betrat den Speisesaal des Personals und nahm respektvoll am Ende des langen Tischs Platz.

»Der Regen kommt für uns genau zum rechten Zeitpunkt, Master William«, sagte er.

»Da haben Sie wahrscheinlich recht.«

Blinzelnd zog der Gärtner einen Wettführer aus seiner Hosentasche, während Jester mit der Keksdose erschien.

»Also, Master William, welches Rennen nehmen wir?«

»Das vierte in Ainsworth. Wenn Sie beide damit einverstanden sind.«

Der Gärtner nickte nachdrücklich. »Ich nehme an, Sie meinen Jason's Girl?«

»Nicht bei dieser Quote«, gab der junge Mann zurück. »Außerdem ist sie kein echter Favorit. Auf feuchtem Gras gewinnt sie auf der Strecke nie und nimmer.«

»Wie wäre es denn mit den Rangers Spurs – oder Wolverhampton gegen Leeds?«, schlug Jester vor. »Nicht dass ich etwas gegen Ainsworth hätte. Sie denken wahrscheinlich an Bonny Bell, weil das Tier zum letzten Mal in Chester an den Start gegangen ist.«

William sah ihn grinsend an. »Sie haben einen mindestens so guten Riecher wie ich.«

Der Gärtner blätterte in seinem Heft und zog mit seinem dicken Daumen eine Spalte nach. »Ich hab sie selbst mal laufen sehen. Sie könnte es schaffen, wenn man ihr genügend Pfeffer gibt. Wobei …«

Der Diener nickte wissend. »… es sein könnte, dass sie ihren Zenit überschritten hat.«

»Könnte sein«, stimmte ihm William zu. »Aber ich glaube es nicht. Sie hat noch immer haargenau das richtige Gewicht, und vor allem reitet O'Grady sie jetzt. Erinnern Sie sich noch an Gatwick im April? Bei dem Rennen ist der Kerl geritten wie der Teufel, dabei konnte er bei dem Regen kaum was sehen, und sein Tier hat bis über die Fesseln im Morast gesteckt. Ich will Sie beide nicht beeinflussen, aber ich für meinen Teil setze bei ihr auf Sieg. Und zwar einen Zehner. Damit lässt sich mühelos das Zehn- bis Zwölffache gewinnen.«

Lester und der Gärtner sahen sich an, und der Gärtner steckte seinen Führer wieder ein und stand mit einem knappen Nicken auf. »Abgemacht. Dann gehe ich besser wieder an die Arbeit. Draußen ist nämlich eine Regenrinne verstopft. Setz für mich auch einen Zehner, Les.«

Der Diener öffnete die Dose und nahm eine dicke Rolle Scheine, einen Bleistiftstummel und ein Rechnungsbuch heraus. »Dann also zehn Pfund für jeden. Am besten laufe ich gleich rüber zu Tybald's in der Hampstead Road, bevor die Quote runtergeht.«

»Das wird sie nicht«, versicherte ihm William. »Wenn es nicht gegen die Abmachung verstoßen würde, hätte ich gesagt, wir setzen die ganze Rolle auf das Tier.«

»Oh nein, Master William«, widersprach ihm Lester ernst. »Die Grenze liegt bei zehn Pfund.«

»Da haben Sie vollkommen recht, Lester. Das ist vernünftig. Aber neben meinem Einsatz hätte ich gerne fünf oder sechs Pfund von meinem Guthaben ausbezahlt.«

»Wie Sie wünschen, Sir.« Lester zählte sechsunddreißig Pfund von seiner dicken Rolle ab und nahm zwei Eintragungen vor. »Ein Zehner für jeden – Bonny Bell – viertes Rennen – Ainsworth. Und sechs Pfund an Master William ausbezahlt.« Dann legte er das Buch, den Bleistift und das Restgeld wieder in die Dose und machte den Deckel zu. »Es ist vollbracht. Jetzt wünsche ich uns allen Glück.«

Wenn er selber Auto fuhr, fühlte er sich unsicher und hatte Schmerzen. Das Pedal durchzutreten war für sein Knie einfach zu viel. Doch das war ein geringer Preis dafür, dass er noch lebte. Schließlich gab es Taxis und vor allem jede Menge Freunde mit Fahrzeugen. Um fünfzehn Uhr an jenem Nachmittag nahm er ein Taxi in die St. James's Street, um in seinen Club zu gehen. An seinem siebzehnten Geburtstag hatte ihm der Earl die Mitgliedschaft spendiert. Er selbst war in diesem und sechs anderen Clubs lebenslang Mitglied.

Seit 1790 galt das Heppleton's als »Club für junge Männer« und war immer noch bei Eton-Absolventen und vermögenderen Mitgliedern der Garde beliebt, denen die gedämpfte Atmosphäre ihres Clubs in Marlborough nicht zusagte. In der Zeit des Regency hatte das Heppleton's als Sündenpfuhl gegolten und mit deftigen Geschichten über wunderschöne, junge Dirnen, die sich zum Vergnügen junger Lebemänner unbekleidet auf den Diwanen räkelten, für den einen oder anderen Skandal gesorgt. Auch wenn niemand wusste, ob diese Geschichten stimmten, waren sie bis heute Teil der Tradition. Aufgrund der jüngeren Vergangenheit war es für die Mitglieder tröstlich, an fernere Zeiten zurückzudenken. 1914, nach der ersten Schlacht von Ypern, hatte man noch im Gedenken an gefallene Mitglieder des Clubs feierlich leere Brandygläser im Regal hinter dem Tresen aufgestellt. Bis 1916 aber war kein Platz mehr, weshalb man den Brauch nicht fortführte. Trotzdem trat der Club erst ganz allmählich aus dem dunklen Schatten, den die große Zahl an Gläsern, die auch heute noch an ihren Plätzen standen, warf.

William begab sich in den Rauchsalon, wo man zwischen den mit Eichenholz verschalten Wänden in bequemen Ledersesseln saß. In der Bar frönten ein paar lautstarke Gäste aus den Staaten dem in ihrem Heimatland verbotenen Genuss von Alkohol. Nach dem Krieg hatte das Heppleton's aus Geldknappheit mit der uralten Tradition gebrochen, dass die Mitglieder der Clubs von Harvard, Princeton oder Yale als Ausländer nicht zugelassen waren. Und die Yankees dankten es ihnen, indem sie zur Zufriedenheit aller das Geld mit vollen Händen ausgaben. Für William waren sie nur ein »Haufen ungehobelter Koloniebewohner à la Lederstrumpf«. Sie hatten die Fähigkeit, das Leben ohne Schuldgefühle zu genießen, ein Talent, auf das er richtiggehend neidisch war.

Er setzte sich in einen Sessel neben dem Kamin und streckte sein verletztes Bein aus. Bei einem Kellner im grünen Frack bestellte er einen großen Whiskey und bat um eine Ausgabe von *Country Life*. »Außerdem wüsste ich gerne das Resultat des vierten Ainsworth-Rennens. Sehen Sie doch mal nach, ob schon das Fernschreiben mit den Ergebnissen gekommen ist.«

»Der Fernschreiber wird heute nicht benutzt«, klärte der Kellner ihn mit Flüsterstimme auf. »Mr. Jukes hat sich nämlich ein Radio zugelegt. Stellen Sie sich das mal vor. Er ist davon einfach nicht mehr wegzukriegen. Sitzt den lieben, langen Tag in seinem winzigen Büro an seinem Schreibtisch und spielt mit dem Ding herum.«

»Und er kriegt die Ergebnisse der Rennen und der Fußballspiele über dieses Radio mitgeteilt?«

»Oh ja. Meines Wissens nach gibt es eine Sendestation in Writtle. Meistens übertragen sie nur Musik, aber zu jeder vollen Stunde oder so geben sie auch die Sportergebnisse bekannt. Mr. Jukes hat von der Post eine Lizenz, alles ist vollkommen, obwohl Mr. Abersworth nicht unbedingt begeistert ist, dass eine Antenne entlang des Gebäudes bis zum Dach verläuft, wo man sie an einem Schornstein festgebunden hat.«

»Seltsam.«

»Allerdings – vor allem, weil es, wenn Sie mich fragen, die reinste Zeitvergeudung ist.«

William blätterte in der Zeitschrift und nippte an seinem Whiskey, bis zwei von seinen Freunden kamen und sich darüber beschwerten, dass der kalte, regnerische Tag bisher todlangweilig gewesen sei.

»Na, Willie, was hast du heute Abend vor?«

»Ich weiß noch nicht. Ich dachte, vielleicht sollte ich mal wieder in die Dean Street gehen, ins Mardi Gras.«

»Die hübschesten Weiber von ganz London findest du in Chelsea. Bei der Brücke in der Beauford Street, im Palais de Dance. Als ich dort einmal die Hand von einem Charleston-Mädchen halten wollte, hat die mich rundheraus gefragt: ›Warum gehst du nicht gleich mit mir ins Bett?‹ Stellt euch das mal vor.«

»Das ist alles Teil dieser Verschwörung, von der ich dir erzählt habe, David«, sagte der junge Osbert düster. »Das ist so offensichtlich.«

»Was für eine Verschwörung?« William sah ihn fragend an.

»Oh, hör am besten nicht auf Osbert.«

»Wenn du mir nicht glaubst, David, lies das Buch von Henry Ford, *Der internationale Jude*«, gab Osbert zurück.

»Das ist doch der reinste Dreck.«

»Das stimmt«, pflichtete William David bei. »Letztes Jahr in New York habe ich mal eine Ausgabe des *Dearborn Independent* durchgeblättert. Das ist absoluter Mist.«

»Zugegeben, manchmal ist er ein bisschen vulgär, aber ihr könnt ja wohl nicht leugnen, dass die Juden die Bolschewiken beherrschen, die die Weltrevolution anzetteln und die demokratischen Gesellschaften unterminieren wollen.«

»Meine Güte«, stöhnte David Hadlock. »Was hat das damit zu tun, wenn eine junge Frau in Chelsea sich von mir flachlegen lassen will?«

»Das macht den moralischen Verfall deutlich, der auch in England stattgefunden hat. Diese Erosion gesellschaftlicher Sitten wurde von den Juden sorgfältig geplant. Genauso war es in Italien nach dem Krieg, bis die Faschisten eingeschritten sind und im Land wieder ein gewisses Maß an Ordnung hergestellt haben.«

»Mussolini!«, stieß David verächtlich aus.

»Ein wahrhaft großer Mann«, erklärte Osbert ruhig. »Wie auch Umberto Pasella, D'Annunzio und seine Durchlaucht, der König, lauter große Männer.«

William riss den Mund auf und gähnte. »Ich gebe eine Runde aus.«

Osbert sah auf seine Uhr. »Tut mir leid. Ich habe noch eine Verabredung mit einem Kerl bei Boodle's. Aber wir beide sollten uns einmal in aller Ruhe unterhalten, Greville.«

David schüttelte den Kopf, als er hinausging. »Der alte Ozzie hat seit seiner Zeit in Eton eine 180-Grad-Wendung gemacht, das kann ich euch sagen. Damals war er noch durchaus vernünftig, aber jetzt hat er sich in den Kopf gesetzt, dass er auch hier in Großbritannien eine Liga der Faschisten gründen will. Habt ihr einen solchen Unsinn schon einmal gehört? Könnt ihr euch vorstellen, dass ein Engländer, der etwas auf sich hält, sich einem Verein anschließt, dessen Name von Spaghettifressern stammt?«

»Er weiß anscheinend nicht, was er mit sich anfangen soll.«

»Nein. Er hasst Oxford wie die Pest. Findet es dort sterbenslangweilig, weil er nicht mehr über die Dolomiten fliegen und Bomben auf irgendwelche Österreicher abwerfen kann.«

»Das war bestimmt ein Riesenspaß.«

William spürte, dass eine Depression im Anzug war. Sie

schlich sich immer so verstohlen an ihn an wie das fahle Licht der Abenddämmerung. Er konnte nichts dagegen tun, aber zum Glück hielt dieser Zustand für gewöhnlich nur ein paar Minuten an. Die deprimierte Stimmung kam und ging wie eine dunkle Welle, ohne dass es einen speziellen Anlass dafür gab. Die schwarzen Sänger nannten diese Art der Depression den Blues. *Ich hab' so schlimm den Blues, es kommt mir vor, als ob ich sterben muss…* Ja, genauso fühlte es sich an. Er zündete sich eine Zigarette an und starrte reglos geradeaus. David sagte irgendetwas, von dem er kein Wort verstand. *Ich war schon mal an diesem Ort und kehre aber nicht dorthin zurück… ja, ich war schon mal an diesem Ort, kehre aber nicht dorthin zurück… Stattdessen packe ich mein Zeug und springe in den Zug nach Baltimore…* Diese Sehnsucht, irgendwo an einem anderen Ort zu sein, weiterzuziehen – nach Baltimore –, egal, was ihn dort erwartete. Diese Wehmut, diese Trostlosigkeit der Seele, die die schwarzen Musiker so gut verstanden und besser in Worte fassen konnten als ein Eton-Absolvent. Einzig diesen Musikern gelang es, dem Anbruch der Nacht nach einem hoffnungslos vergeudeten Tag der Nichtigkeit des Lebens durch das Stöhnen der Posaunen eine Stimme zu verleihen.

»Rauchst du deine Zigarette nicht?«

»Was?«

»Du rauchst ja gar nicht, alter Knabe. Du hältst deinen dummen Glimmstängel die ganze Zeit nur in die Luft.«

Als William seine Zigarette in einem Aschenbecher ausdrückte, trat eilig der Kellner auf ihn zu.

»Mr. Jukes bittet Sie um Verzeihung, Mr. Greville, weil es bei der Übertragung der Ergebnisse eine Verzögerung gegeben hat. Aber jetzt kann ich Ihnen sagen, wer das vierte Rennen in Ainsworth gewonnen hat.« Er blickte auf das Blatt Papier in seiner Hand. »Bonny Bell, Sir, mit O'Grady. Die Quote betrug vierzehn zu eins.«

»Und wie sieht's beim Spiel Chelsea gegen Leicester aus?«, erkundigte sich David.

»Eins zu null für Leicester, Mr. Hadlock.« Der Bedienstete warf abermals einen Blick auf sein Papier, bevor er davonhastete.

»Verflixt.«

»Ich habe jede Menge Geld gewonnen. Einen Haufen Kohle«, stellte William tonlos fest.

»Du meinst, bei dem Pferderennen. Wie viel hattest du gesetzt?«

»Zehn Pfund auf Sieg.«

David stieß einen leisen Pfiff durch die Zähne aus. »Zehn verdammte Pfund bei einer Quote von vierzehn zu eins? Ich würde sagen, lass uns losziehen und uns nach Kräften amüsieren, aber ich fürchte, ich bin bis Ende dieser Woche wirklich völlig blank.«

»Ich lade dich ein.« William fühlte sich noch immer etwas zittrig, aber seine depressive Stimmung schwand. Entschlossen stand er auf und streckte seinen langen, muskulösen Körper aus. »Lass uns mit einem Whiskey drüben in der Bar beginnen«, schlug er vor.

»Das ist wirklich nicht fair.«

»Ach, halt die Klappe, David. Es reicht, wenn einer von uns volle Taschen hat.« Als er jedoch auf seine Jackentasche klopfte, war diese alles andere als prall gefüllt, und stirnrunzelnd stellte er fest: »Mit dem Fünfer und dem bisschen Kleingeld kommen wir nicht weit. Ich sage Jukes, dass er mir dreißig borgen soll.«

»Dreißig? Damit könnten wir in sämtliche verdammten Clubs in London gehen.«

»Und die werden wir auch alle abklappern, selbst wenn das unser Ende ist.«

Denn so vertreibe ich den Blues … ja, so vertreibe ich den Blues …

Nach ein paar Runden mit den Yankees – sehr nette Burschen – fuhren sie ins Scott's, genehmigten sich ein paar dunkle Biere und Austern, speisten fürstlich in der Maiden Lane bei Rules, verließen, angenehm gesättigt von dem Roastbeef und dem köstlichen Burgunder, gegen 22.30 Uhr das Lokal, winkten nach einem Taxi und berieten, welche Reihenfolge beim Besuch der Clubs die beste wäre.

»Erst mal sollten wir nach Chelsea fahren«, meinte David. »Ein paar Mädels aufreißen, ein paar Clubs abklappern und danach zu mir nach Hause fahren. Ich habe ein Grammofon und ein paar ordentliche Platten.«

»Die Mädchen im Mardi Gras und im Apollo in der Greek Street sehen aber besser aus – und vor allem treten dort ein paar wirklich gute schwarze Bands auf. Die Mädels dort spielen in einer völlig anderen Liga als die an der Battersea Bridge. Vielleicht finden wir ja zwei mit einer hübschen, kleinen Bude in Mayfair.«

»Dann schmelzen deine dreißig Pfund wie Schnee dahin.«

»Sei doch nicht dumm. Heutzutage zahlen die Frauen eher für uns! Und laden uns zum Abschluss auch noch ins Savoy zum Frühstück ein.«

Wie an jedem Samstagabend herrschte in Soho dichtes Gedränge. Während sich das Taxi langsam durch die Frith Street schob, sahen sie in einer Gasse mindestens ein halbes Dutzend Polizeiwagen und Bobbys, die in Zweiergruppen von der Bateman Street zum Soho Square und wieder in die Gegenrichtung schlenderten.

»Was hat das zu bedeuten?«, fragte William den Chauffeur.

»Ich hab gehört, für heute ist im Club 66 eine Razzia geplant.«

»Dann steigen wir am besten gleich da vorn aus.«

»Wie Sie woll'n, Guv'nor.«

»Diese armen Kerle«, David zeigte auf die Bobbys, als er hinter William aus dem Taxi stieg. »Sieh nur, wie sie auf und ab schlendern, die Schaufenster betrachten und so tun, als sähen sie das Schild über der Tür des Clubs nicht. Einfach herrlich. Und pünktlich um Mitternacht werden sie den Laden stürmen und mit ihren lächerlichen Durchsuchungsbefehlen in der Luft rumfuchteln, ohne dass auch nur ein Mensch dort anzutreffen ist.«

William war sich nicht so sicher, dass die Metropolitan Police tatsächlich nur aus Dummköpfen bestand. Die Bobbys liefen derart dicht an dem diskreten, kleinen Schild über der Eingangstür des Clubs vorbei, dass sie nur einen Schritt zu machen bräuchten, um zu sehen, wer an diesem Abend alles dort versammelt war. Allerdings nahm ihre offensichtliche Präsenz niemand ernst. Ihr Ziel an diesem Abend konnte jedes der über ein Dutzend Tanzlokale in dem Labyrinth der Gassen sein. Wo würden sie zuschlagen? Eventuell kämen sie ja ins Mardi Gras. Doch im Grunde war das Ziel der Razzia William vollkommen egal. Bereits des Öfteren hatte er diese Unannehmlichkeit erlebt. Gewöhnlich wurden der Eigentümer, seine Angestellten und bekannte Straftäter auf das Revier verfrachtet, während man die anderen Gäste laufen ließ.

Das Mardi Gras war voller amüsierfreudiger Mädchen. Es war noch etwas früh, ein paar Minuten nach Beendigung der offiziellen Ausschankzeit. Die Bühne war noch leer, aber ein paar Mädchen tanzten miteinander zu dem Foxtrott von einem

Grammofon, und die meisten männlichen Besucher sahen ihnen feixend dabei zu. William und David gaben ihre Mäntel ab, schlenderten zur Bar, bestellten Whiskey und beobachteten ebenfalls die Tänzerinnen.

»Die Ausbeute heute ist vielversprechend«, stellte David fest. »Lauter heiße Charleston-Miezen.«

William fand, dass sie wie eine Schar winziger, aufgeregter, schillernder Vögel aussahen. Sie hatten kurz geschnittenes Haar, trugen knappe Kleider, die ihr wackelndes Hinterteil und ihre Brüste vorteilhaft betonten, und wenn sie die Beine schwangen, sah man die Strumpfhalter aufblitzen.

Mein Mädchen kann sich wiegen und sich drehen …

Um Mitternacht drängten sich zahllose Besucher in dem Club. Männer im Cutaway und Frauen in Pelzen standen dicht neben Verkäuferinnen, Sekretärinnen und jungen Taugenichtsen an der Bar. Inzwischen waren auch die Musiker erschienen, und die fiebrigen, pochenden Jazzklänge durchschnitten messergleich den dichten Zigarettenrauch.

Dreh dich, Schätzchen, Schätzchen,
zeig mir alles, was du hast …

Sie sprachen zwei sehr hübsche, junge Mädchen an, und William bestellte eine Flasche Sekt, für ein Pfund die Flasche bestimmt nicht der beste. Dann fingen die Mädchen an zu tuscheln und schlugen als nächstes Ziel das Paradise in der St. Giles High Street vor. Mittlerweile war es zwei Uhr in der Früh, und nachdem sie in ein Taxi gestiegen waren, setzten sich die Mädchen bei ihnen auf den Schoß. Das Mädchen, das sich eng an William schmiegte, schob entschlossen seine Hand unter ihrem dünnen Kleid auf ihre kleine, nackte Brust.

»Du bist heiß auf mich, nicht wahr?«, raunte sie ihm ins Ohr. »Und ich verspreche dir zu tun, was auch die Frauen drüben in Frankreich tun.«

Im Paradise war es noch voller als im Mardi Gras. Der Raum erinnerte an eine lärmende, verrauchte Höhle, und obgleich der Sekt noch schlechter schmeckte, zahlte man in diesem Club erheblich mehr dafür. Hier konnte man alles kaufen, und die Mädchen wollten Kokain. »Für später«, sagten sie. »Denn mit ein bisschen Schnee hält man viel länger durch und hat im Bett deshalb auch länger seinen Spaß.« Dafür ging der nächste Fünfer drauf, und inzwischen war von Williams dreißig Pfund kaum noch etwas übrig.

»Wir sollten langsam gehen«, stieß er mit schwerer Zunge hervor. Von all dem Whiskey und dem Sekt und in Ermangelung von frischer Luft war ihm ein bisschen schwindelig. Das Mädchen schob sich neben ihn und streichelte unter dem Tisch sein Bein.

»Lasst uns in meine Wohnung fahren«, schlug David vor. »Dort steht wenigstens ein ordentliches Bett.«

»Ich hoffe nur, wir passen dort alle rein«, quietschte das Mädchen, das neben ihm saß. »Das ist nämlich viel lustiger!«

»Also dann, auf geht's!« William schob seinen Stuhl zurück und stand auf. »Vorwärts, Marsch!«

Da noch immer neue Gäste kamen, bahnte er sich mit den Ellenbogen einen Weg durch das Gedränge und führte den kleinen Trupp in Richtung Tür. Wegen des Geruchs nach nassen Kleidern, Pelzen und abgestandenem Parfüm und des beißenden Zigarrenrauchs bekam er kaum noch Luft. Durch den offenen Eingang sah er, dass es draußen wie aus Eimern schüttete. Mit einem Mal erschien ein Trupp durchnässter Gestalten in der Tür. Mit ihren runden, schwarzen Helmen und den feucht glänzenden, schwarzen Uniformen sahen sie wie Robben aus.

»Polizisten!«, brüllte er. »Diese verdammten Schweinehunde!«

Die verfluchten Bobbys hatten sie hereingelegt. Mit ihrer Patrouille in der Frith Street hatten sie nur Zeit geschunden und irgendwann die Charing Cross Road Richtung St. Giles High Street überquert.

»Polizei!«, brüllte ein Sergeant durch ein Megafon. »Bleiben Sie bitte alle, wo Sie sind. Niemand bewegt sich von der Stelle!«

»Hier entlang!«, rief William, und die Mädchen und sein Freund klammerten sich an seinen Frack, als er sich wieder in die Menge stürzte und zum Tresen schob. Dahinter fand sich eine Tür, durch die man in den Keller kam, in dem das Bier, die Whiskeyfässer und der Wein gelagert wurden. Und von dort aus gab es bestimmt einen Weg zur Straße.

»Halten Sie den Mann auf!«

Pfeifen schrillten, und die Mädchen ließen William schreiend los. David stolperte über den Fuß von einem anderen Gast, und als er zu Boden ging, sprang ein Polizist behände über ihn hinweg.

»Im Namen des Gesetzes, bleiben Sie stehen!«

William war so übereifrig, dass er nach vorn gerissen wurde. Himmel, dachte er vergnügt, allmählich macht die Sache richtiggehend Spaß! Inzwischen hatte er die Bar erreicht und wollte zu einem Hechtsprung ansetzen, als einer der Verfolger ihn von hinten packte.

»Hiergeblieben!«

Aber William schüttelte ihn ab, und krachend landete der arme Kerl auf einem Tisch.

»Schnappt euch diesen Bastard, Jungs!«

Fluchend machten zwei Bobbys einen Satz in seine Richtung, packten seine Arme und drückten ihn rücklings an die Bar.

»Und jetzt bist du schön brav!«

»Ach, lasst mich doch in Ruhe.« Eine ungeahnte Kraft durchströmte seinen Leib. Er fühlte sich wie ein Berserker, wie ein Wikinger … mit einem Mal war er wieder in Eton, spielte Rugby bei dichtem Regen und schlug und trat wie ein Wilder um sich. »Lasst mich in Ruhe, habe ich gesagt!« Brüllend schleuderte er seine Gegner durch den Raum und dachte nicht mehr an Flucht. Er war trunken von dem Wunsch zu kämpfen, von der reinen Freude, die mit diesem sinnlosen Herumdreschen verbunden war. Vielleicht bewegte er sich wie ein Kamel fort, das sich ein Bein gebrochen hatte, aber seine Arme waren die reinsten Ambosse, und er konnte sich noch immer wehren wie ein wild gewordener Stier. Unter einem Helm lugte ein hochrotes Gesicht hervor, und als er seine Faust unter den Kiefer seines Gegners krachen ließ, kippte dieser wie ein nasser Sandsack um. Er fing schallend an zu lachen, und er lachte immer noch, als sie sich auf ihn stürzten wie die Jagdhunde auf einen Fuchs. Ein harter, nasser Stiefel traf ihn mitten in den Bauch, ein Knüppel wurde durch die Luft geschwungen und sauste auf ihn herab. Trotzdem spürte er nicht den geringsten Schmerz, sondern hörte nur ein Rauschen in den Ohren, bevor ihn vollkommene Stille und ein seltsam friedvolles Gefühl umfingen.

»Hier rein, und dass Sie sich ja benehmen, Mann.«

Ein älterer Polizist führte ihn in ein tristes Büro. Als William eintrat, erhob sich ein untersetzter Mann in einer schlecht sitzenden, blauen Uniform und wies auf einen Holzstuhl auf der anderen Seite des Schreibtischs.

»Setzen Sie sich, Mr. Greville.« Die Stimmung des Mannes passte zum Wetter. Hinter den schmutzstarrenden Gitterfenstern trommelte Regen auf den gepflasterten Innenhof des Polizeireviers Chancery Lane.

William setzte sich steif auf den ihm zugewiesenen Platz. Sein Schädel dröhnte, und sein Magen schmerzte von dem Stiefeltritt. Apathisch blickte er den Inspector an, der ein kleines, weißes Kärtchen zwischen seinen dicken Fingern hielt.

»Der ehrenwehrte William Greville«, las der Polizeibeamte von dem Kärtchen ab. »Heppleton's Club, St. James's.« Er ließ die Karte auf den Schreibtisch fallen und sah William grimmig an. »Sie haben nicht besonders ehrenwert gewirkt, als man Sie Samstagnacht hier eingeliefert hat. Eher wie ein begossener Pudel. Da Sie keine Papiere bei sich hatten, hat der Chief Inspector mit dem Heppleton's telefoniert. Dort konnte man uns sagen, wer Sie sind, worauf etwas Bewegung in die Sache kam. Ein Club wie Heppleton's – nun, dort wissen sie, wie sie Mitgliedern helfen können, die in Schwierigkeiten sind. Sie haben uns erklärt, Sie wären Lord Stanmores Sohn.« Er schnalzte mit der Zunge. »Das ist bedauerlich. Ich frage mich, in was für einer Welt wir leben, wenn selbst der Sohn von einem Earl mit gewöhnlichen Prostituierten und Ganoven jeder Art verkehrt. Diese Leute sind der reinste Abschaum, Junge.« Er drehte seine massige Gestalt auf seinem Stuhl herum und starrte trübsinnig durchs Fenster in den regennassen Hof. »Und zwei von meinen besten Jungs liegen im Krankenhaus. Mit einem gebrochenen Kiefer und jeder Menge angeknackster Rippen. Zwei Gesetzeshüter, die von einem Mann, den sie beschützen sollen, auf das Grausamste misshandelt worden sind. Ja, mein Junge, wenn es nötig wäre, gäben sie sogar ihr Leben für dich hin.«

»Sie haben mich als Bastard bezeichnet«, sagte William leise. »Und versucht mich zu erwürgen.«

»Weil du schließlich auch ein kleiner Bastard bist«, entgegnete der Inspector, und seine Stimme klang so eisig wie der Wind, der um die Häuser pfiff. »Wenn es nach mir ginge, würde ich dich in eine Zelle werfen und den Schlüssel verschlucken. Allein für das Kokain in deiner Tasche hättest du zwei Jahre in einem grauenhaften Gefängnis verdient. Vielleicht in Wormwood Scrubs, wo man dich Tüten kleben lassen würde, bis deine verdammten Finger bluten.« Er nahm eine Navy Cut aus einer Dose auf seinem Schreibtisch, zündete sie an und blies den Rauch durch den Mundwinkel aus.

»Euer Familienanwalt hat schon bei uns angerufen, und ich schätze, dass Sir Humphrey Osgood irgendwie die Wogen glätten wird. Trotzdem wollte ich dich vorher wissen lassen, was ich von dir halte.«

»Das ist mir egal. Ob ich ins Gefängnis komme, meine ich.«

»Gott bewahre, du wirst ganz bestimmt nicht ins Gefängnis gehen. Denn wenn man aus der Oberklasse stammt, muss man schon einen Mord begehen.«

Und tatsächlich hatte der Familienanwalt bereits die Kaution gestellt und alles Weitere erledigt. Schon ein paar Minuten später saß William neben ihm auf der Rückbank seines Daimler, während der Anwalt geschäftig Papiere durchging. Er war ein kleiner Mann mit einem viel zu großen Kopf und wurde im Kollegenkreis scherzhaft »der Zwerg« genannt. Doch sein Intellekt und seine Fähigkeiten als Jurist waren alles andere als zwergenhaft.

»Da bei uns montags immer der Teufel los ist, kann ich nicht mit Ihnen auf seine Lordschaft warten.«

William betrachtete die nassen Schlangenlinien, die der Regen auf der Seitenscheibe hinterließ.

»Ich nehme an, dass Sie ihn informieren mussten.«

»Selbstverständlich musste ich das tun. Es handelt sich ja nicht um einen dummen Jungenstreich. Sie stecken in ernsten Schwierigkeiten. Äußerst ernsten Schwierigkeiten, falls ich das so sagen darf.«

»Zwei Jahre in Wormwood Scrubs«, murmelte William.

»Was sagen Sie da? Im Scrubs? Wohl kaum. Ich werde dafür sorgen, dass der Richter es bei einer Wiedergutmachung des Schadens und einer ernsten Verwarnung belässt. Einfach wird das nicht, doch keine Angst, wir finden bestimmt einen Weg.« Er tippte leicht gegen die Trennscheibe, und sein Chauffeur bog in die Bell Yard ein und hielt vor dem Gericht. »Ich muss Sie jetzt verlassen. Ist mit Ihrem Kopf wirklich alles in Ordnung?«

»Ja. Ein Polizeiarzt hat mich untersucht und mir erklärt, ich hätte einen ziemlich harten Kopf.«

»Wohl eher einen ziemlich sturen Schädel. Mein Chauffeur fährt Sie in die Kanzlei, und dort erzählen Sie bitte Mr. Daventry und Mr. Marble ganz genau, was Samstagnacht geschehen ist. Jede Einzelheit. Jedes Wort, das Sie gesprochen, jede Geste und jeden noch so flüchtigen Gedanken, der Ihnen durch den Kopf gegangen ist. Es besteht kein Grund zur Schüchternheit. Auf Sie mag all das furchtbar schmutzig wirken, aber uns kann nichts schockieren. Im Augenblick haben wir zum Beispiel einen Mandanten, von dem eine junge Frau behauptet, er hätte ihr mit einem Kricketschläger fürchterliche Dinge angetan. Nein, mein Junge, das, was Sie erzählen, bringt uns nicht aus dem Gleichgewicht.«

In der Kanzlei bot man ihm Tee und Zigaretten an, und er erzählte den beiden Anwälten die ganze traurige Geschichte.

»Ah«, sagte Mr. Daventry nach einem Blick auf Mr. Marble. »Fühlten Sie sich beleidigt und verstört, als die junge Dame angedeutet hat, dass sie bereit wäre zu einem Akt der Sodomie?«

»Nein, ich glaube nicht.«

»Das heißt, dass Sie nicht sicher sind. Da dieser Akt widernatürlich und verboten ist, könnte dieser Vorschlag Sie durchaus beunruhigt haben, und vielleicht waren Sie deshalb auch nicht ganz bei Sinnen, als die Polizei erschien.«

William zog an einer Woodbine und sah durch die hohen Fenster des Büros auf die Kuppel der St. Paul's Cathedral, die jedoch aufgrund des dichten Regens nur verschwommen zu erkennen war. Selbst wenn er durch ein Wunder seine Prüfungen bestanden hätte, hätte er als Anwalt genau wegen solch einem Unsinn nie Erfolg gehabt.

Trotzdem sagte er: »Das könnte sein. Ich war in der Tat nicht völlig bei mir.«

»Natürlich waren Sie das nicht«, sagte Mr. Daventry hochzufrieden. »Das ist uns klar.«

Während des Gesprächs hatte der Earl im Vorraum ausgeharrt und einen verächtlichen Blick auf die Ausgaben des *Tatler* und der *Illustrated London News* geworfen, die ordentlich auf einem Tisch gestapelt waren. William bemerkte, dass er sich in aller Eile angekleidet hatte. Er trug kurze Stiefel und einen alten Tweedanzug und sah hundemüde aus.

»Hallo, Vater.«

»William«, grüßte ihn Lord Stanmore knapp zurück und erhob sich.

»Es tut mir furchtbar leid, dass ich …«

Der Earl hob abwehrend die Hand. »Bitte, William. Erspar

mir diese Litanei. Es gibt keine Entschuldigung für dein Betragen. Ich bin zuerst zum Haus gefahren, weil ich von den Dienern wissen wollte, was du in der letzten Zeit getrieben hast. Ich hatte ihnen nicht gesagt, dass sie mir Bericht erstatten sollten. Deshalb kann ich ihnen keinen Vorwurf machen, weil sie mich nicht angerufen haben, um mir zu sagen, dass du deine Tage hauptsächlich im Bett verbracht und dich nachts herumgetrieben hast. Ich habe auch mit dem Dekan des Colleges telefoniert, und er hat mir – in ziemlich unfreundlichem Ton – erklärt, dass man dich bereits vor längerem rausgeworfen hat.«

»Ja. Das hätte ich dir noch gesagt, ich hab nur auf den rechten Zeitpunkt gewartet.«

Sie waren ungefähr gleich groß und sahen sich direkt in die Augen.

»Ich nehme an, dass dieser Zeitpunkt jetzt gekommen ist. Denn die Katze ist aus dem Sack. Auch wenn ich natürlich nicht verstehe, wie du dir all diese sinnlosen und schäbigen Vergnügen hast leisten können.«

Dann hatte ihm also von der Keksdosengesellschaft niemand etwas erzählt, wofür William dankbar war.

»Ich habe Freunde.«

»Ja«, stimmte ihm der Earl verbittert zu. »Ich kann mir vorstellen, was das für Freunde sind. Flittchen und Radaubrüder!«

Da es nichts mehr zu sagen gab, saßen sie schweigend im Taxi zum Bahnhof Waterloo, warteten auf den Zug nach Godalming um 16.12 Uhr und schwiegen sich weiterhin an, während die Bahn ratternd durch das sturmgepeitschte Surrey fuhr.

Banes wartete am Bahnhof mit dem Rolls-Royce, und jeder nahm möglichst weit vom anderen auf der Rückbank Platz.

»Weiß Mutter schon Bescheid?«

»Ich hielt es für das Beste, ihr nichts zu sagen. Aber früher oder später wird sie es wohl erfahren müssen, falls es Osgood nicht gelingt, seine Beziehungen spielen zu lassen, damit die Presse sich zurückhält und nach Möglichkeit nicht öffentlich über den Fall verhandelt wird. Und auch das ›Ende‹ deines Studiums kann ich ihr kaum dauerhaft verschweigen. Ich habe ihr erzählt, ich hätte geschäftlich in London zu tun und du hättest gerade Ferien und kämst deshalb mit.«

»Es tut mir leid, dass du meinetwegen lügen musstest, Vater.«

Ungeduldig trommelte der Earl auf sein Knie. »Ich kann dir versichern, dir zuliebe habe ich das nicht getan. Ich wollte nur deine Mutter schonen.«

»Du unterschätzt sie, Vater. Sie ist eine starke Frau.«

»Vielleicht. Aber sie hat in den letzten Jahren bereits genug gelitten.«

»Das habe ich auch.«

Der Earl bedachte ihn mit einem durchdringenden Blick und betrachtete wieder seine ruhelosen Finger. Der Wagen hielt an, und Banes stieg aus und öffnete das reich verzierte Eisentor, das als Ersatz für das gestohlene Tor aus Mailand angeliefert worden war. In der Ferne sahen sie die Schornsteine von Abingdon, die die immergrünen Büsche und sogar die hohen, schlanken Birken und die ausladenden Eichen überragten, und das Licht hinter den Fenstern, das das abendliche Dämmerlicht durchdrang.

Lord Stanmore räusperte sich leise. »Es hat aufgehört zu regnen. Wollen wir den Rest des Weges zu Fuß gehen?«

»Ja.«

»Schaffst du das auch?«

»Natürlich.«

Sie stiegen aus und machten einen Schritt zur Seite, damit der aufstiebende Kies und das Wasser sie nicht trafen, als der Rolls-Royce anfuhr.

»Wahrscheinlich hätte ich den Weg teeren lassen sollen, aber ich mag Kies. Ich kann mich noch an das Geräusch erinnern, wenn die Kutschen darüber hinweggefahren sind.«

Sie gingen langsam zum Haus, und links und rechts des Weges dehnten sich dunkle Felder aus. Aus einem Weidenwäldchen blickte ihnen eine Herde zotteliger Schafe hinterher.

»Es ist genau eine Meile bis zum Haus«, erklärte William. »Digby, die Manderson-Zwillinge, Tom Baynard und ich haben den Weg in einem Sommer einmal abgeschritten und danach ein Wettrennen gemacht, während ein Stallbursche mit einer Uhr die Zeit genommen hat. Ich weiß nicht mehr, wie schnell ich war, aber ich habe mit großem Abstand gewonnen, obwohl mir Digby anfangs noch dicht auf den Fersen war. Jetzt sind sie alle tot. Die Hälfte meiner Freunde aus der Schule sind nicht mehr am Leben. In den letzten Jahren habe ich sehr oft darüber nachgedacht.«

»Ja«, murmelte der Earl.

»Ich habe mich fast dafür geschämt, dass ich noch am Leben war. Denn selbst Charlie war irgendwie tot, nicht wahr? Ich meine, weil aus all deinen Hoffnungen für ihn nichts geworden ist. Das heißt, im Grunde hast du nicht gehofft, sondern die Zukunft stand für dich fest. Aber ich bin dieser Aufgabe einfach nicht gewachsen, Vater. Ich kann nicht zu einem Menschen werden, der ich nicht bin.«

»Das ist mir inzwischen klar.«

»Ach ja? Das hoffe ich. Denn manchmal war ich so verzweifelt, dass ich mir gewünscht habe, Charles hätte seine Sache ordentlich gemacht und statt auf mein Knie auf meinen Kopf gezielt. Zwar hat er mich vor dem Schützengraben bewahrt, aber wofür? Einfach, damit ich weiterlebe? Das erschien mir nicht ausreichend. Aber weißt du, das ist durchaus Grund genug. Ich muss nicht wichtig sein und nichts Großartiges leisten, um mich vor dir oder den Toten zu rechtfertigen, dass ich noch am Leben bin.«

»Du musst dich auch nicht rechtfertigen. Und was willst du mit diesem Leben anfangen?«

»Ich möchte einfach glücklich sein.«

»Ist das so unmöglich?«

»Nein. Ich habe sehr lange darüber nachgedacht. Alles, was ich dafür bräuchte, wären tausend Pfund; und deinen Segen – mehr als alles andere. Und dass du das Band zerschneidest, das mich an Charles gefesselt hat.«

Lord Stanmore blieb stehen und wandte sich ihm zu. »Sag mir, was du dir wünschst.«

»Das Stück Land oben in Derbyshire. Ich könnte dort ein kleines Haus und Ställe bauen.«

»Und?«

»Und ein paar ordentliche Zuchtstuten bei Tattersall's erstehen und den passenden Hengst für sie auswählen. Dabei könntest du mir helfen, mit dem Stammbaum und so weiter. Ich würde gerne mit meinen Händen arbeiten, mir selber etwas aufbauen. Vielleicht einen Rennstall. Denn auch wenn ich selbst nicht mehr gut reiten kann, weiß ich auf alle Fälle, wie man andere trainiert.«

Sie standen sich im Dunkeln gegenüber und hörten, wie die Eichen im Wind knarrten.

»Das klingt nicht gerade pompös.«

»Nein, Sir. Es geht dabei hauptsächlich um Schlamm und Pferdemist.«

»Tja, nun …« Unbeholfen tätschelte der Earl seinem Sohn

die Schulter. »Ach verflixt, aber womöglich läuft irgendwann in Ascot ja ein Pferd mit den Farben der Grevilles mit.«

William sah ihn lächelnd an. »Nein, Vater. Mit den Farben einer Keksdose.«

6

Manchmal war sich Alexandra sicher, dass er sich erinnerte. Wenn er irgendwo stand und lange auf die Äste eines bestimmten Baums oder die alte Bruchsteinmauer am Rand des Küchengartens starrte. Er war als Junge oft auf diesen Baum geklettert und hatte es auch William beigebracht. Und entlang der alten Mauer hatten sie Stachelbeeren gepflückt, und er hatte zwischen den dunklen, moosbewachsenen Steinen nach den Resten von Musketenkugeln von der Schlacht von Abingdon gesucht.

»Im Grunde war es keine echte Schlacht, sondern eher ein Scharmützel, Alex. Trotzdem haben die Soldaten des Königs jede Menge Kugeln abgefeuert, die zum größten Teil hier in die Mauer eingedrungen sind.«

Sie konnte beinahe hören, wie er ihr davon erzählte. Sie war damals acht, neun Jahre alt gewesen und ihr Bruder ungefähr vierzehn. Konnte er sich an das Gespräch erinnern? Blieb er deshalb immer lange vor der Mauer stehen, wenn sie vormittags mit ihm spazieren ging?

»Was guckst du dir da an?«

»Die Mauer«, sagte er.

»Sie ist mehrere hundert Jahre alt.«

»Ja, bestimmt.«

»Während des Bürgerkrieges saß einmal eine Kompanie Rundköpfe in der Nähe fest. Ich glaube im Sommer 1642. Und als sie Äpfel pflückten, griff sie plötzlich die Kavallerie des Königs an. Sie haben so mutig gekämpft, dass Prinz Rupert sie mit vollen militärischen Ehren beerdigen ließ. Sie sollen irgendwo im Obstgarten begraben sein.«

Sie hätte ihm auch sagen können, wo, weil er ihr den Fleck vor Jahren einmal gezeigt hatte – einen langen, grasbewachsenen Hügel zwischen den ordentlichen Reihen der Pflaumenbäume. Danach hatte sie die Früchte aus dem Garten nicht mehr essen können und erklärt: »Da sind tote Rundköpfe drin!«

Ihre Mutter hatte fürchterlich mit Charles geschimpft, weil er mit ihr zu der Grabstätte gegangen war. Wusste er das noch?

»Eine Grabstätte?«

»Ja, aber wo genau sie liegt, weiß ich nicht mehr. Vielleicht könntest du sie mir ja zeigen.«

Er sah sie verwundert an, bevor er seine Hände auf dem Rücken faltete und weiterging. Es war ein kalter, klarer Dezembermorgen.

Es hatte keinen Sinn, ihn zu bedrängen. Dr. Ford hatte gesagt, dass man bei Amnesie damit nicht weiterkomme. Die Krankheit war nicht nur ihm, sondern allgemein ein Rätsel. Manchmal war sie nur von begrenzter Dauer, aber in den meisten Fällen hielt sie die Patienten lebenslang in ihrem Bann.

Seufzend klappte sie den Kragen ihres Pelzmantels hoch. Die Irischen Setter, die zu ihren Füßen Platz genommen hatten, sprangen fröhlich japsend auf, und gemeinsam folgten sie Charles.

Im Garten kam ihnen Charles' »Diener«, Mr. Lassiter, entgegen. Der kräftige Mann mittleren Alters, der nach zwanzig Jahren beim Sanitätskorps Pfleger im Londoner Guy's Hospital gewesen war, blickte sie fragend an.

»Wie ist es heute gelaufen, Mrs. Mackendric?«

»So wie immer, John. Wir haben viele, lange Pausen eingelegt, und es hat häufig so gewirkt, als hänge er seinen Gedanken nach.«

»Das überrascht mich nicht. Denn sie erinnern sich an Bilder, können sie aber nicht einordnen.«

»Ich hoffe, es gibt Kaffee.« Charles blickte die beiden lächelnd an. »Und heißen Toast.«

Alexandra gab sich alle Mühe, sich nicht anmerken zu lassen, dass die Spaziergänge mit Charles sie deprimierten. Es hätte keinen Sinn, den Eltern gegenüber zuzugeben, dass sie eher wenig Hoffnung hatte, während die beiden in fast allem, was Charles tat, »Anzeichen« der Erholung sahen. Sie saßen am Tisch, als sie den Frühstücksraum mit von der Kälte leicht gerötetem Gesicht betrat, und bedrängten sie bereits mit Fragen, ehe sie auch nur die erste Tasse Tee serviert bekam. So war es jeden Tag.

»Aber was genau hat er gesagt, als ihr am Wald von Leith vorbeigekommen seid?«

»Nichts, Mama.«

»Gar nichts?«

»Irgendetwas über Thomas Gray – und über die Raben, die über den Schornsteinen von Burgate House ihre Kreise ziehen.«

»Was hat er über sie gesagt?«, fragte der Earl. »Als ich gestern Nachmittag mit ihm spazieren war, hat er auch etwas gesagt, aber ich habe es nicht verstanden.«

»Ich glaube nicht, dass es besonders wichtig war«, erwiderte seine Tochter müde. »Anscheinend ist er von den Vögeln fasziniert.«

Hanna stocherte in ihrem Rührei. »Meiner Meinung nach klingt das zweifellos ermutigend.«

Alexandra schwieg. Charles' kindliche Begeisterung für

Tiere – für die Raben und Kaninchen, die Schafe und die Kühe – machte sie unendlich traurig. Deshalb sprach sie, während sie sich eine Tasse Tee einschenkte, kurzerhand ein anderes Thema an.

»Ich habe einen Brief von Winifred bekommen. Sie bezweifelt, dass sie an Silvester kommen kann, weil das Baby eine Kolik nach der anderen hat.«

Hanna seufzte. »Arme Winifred. Sie hätte so gerne diesmal einen Sohn gehabt.«

»Du meinst wohl, armer Fenton«, widersprach der Earl. »Mit drei Mädchen ist der Mann wirklich geschlagen!«

Seine Frau bedachte ihn mit einem strengen Blick. »Ich habe kein Mitleid mit ihm. Er hat ja seine Tochter bisher nicht einmal gesehen.«

Lord Stanmore blickte sie verwundert an. »Wie zum Teufel hätte er das machen sollen? Schließlich kann er aus Mesopotamien wohl kaum über das Wochenende heimkommen.«

»Er bräuchte doch gar nicht dort zu sein!«

»Und warum nicht? Das ist sein Beruf. Er ist Soldat.« Er wischte sich die Lippen mit einer Serviette ab, stand auf und wandte sich zum Gehen. »Ich muss allmählich los. Ich will noch mit dem Pfarrer über die Weihnachtsfeier sprechen.«

»Und wer spielt den Weihnachtsmann?«, erkundigte sich Alexandra.

»Ich, verdammt. Wir hatten alle für Crispin aus dem Star and Hounds gestimmt, weil er einen hübschen, runden Bauch und ein freundliches Gesicht hat, aber ausgerechnet jetzt muss der Kerl sich den Arm brechen. Also spiele ich den Weihnachtsmann, auch wenn ich wahrlich nicht die Idealbesetzung für die Rolle bin.«

»Colin wird dich trotz des dichten Barts bestimmt erkennen.«

»Glaubst du? Aber er ist nun mal ein aufgewecktes, kleines Kerlchen, der sich nicht so leicht für dumm verkaufen lässt.«

Als er das Zimmer verließ, sah seine Frau ihm lächelnd hinterher. »Manchmal ist dein Vater seltsam. Er freut sich wie ein Schneekönig, weil er sich dieses Jahr als Weihnachtsmann verkleiden darf, aber selbst wenn man ihn foltern würde, gäbe er das niemals zu.«

»Endlich werden wir zur Abwechslung mal wieder schöne Weihnachten verleben. Aber das haben wir uns auch nach all den unglücklichen Weihnachtsfesten in den letzten Jahren verdient.«

Hanna blickte geistesabwesend aus dem Fenster. »Es ist noch entsetzlich viel zu tun. Ich muss die Gästeliste fertigstellen und tausend andere Dinge erledigen.«

»Kommt Martin auch?«

»Er wusste es noch nicht. Dein Vater hat mit ihm am Telefon gesprochen, und er hat gesagt, vielleicht müsse er nach Petrograd. Ich hoffe, das bleibt ihm erspart. Denn ich habe ein Mädchen eingeladen, das ich ihm vorstellen will.«

»Oh, Mama, bitte lass den armen Mann in Ruhe. Er ist durchaus in der Lage, selbst Frauen zu finden, wenn er welche kennen lernen will.«

»Frauen?«, fragte Hanna stirnrunzelnd. »Ich habe keine Frauen, sondern ein süßes und charmantes Mädchen für ihn ausgesucht.«

Alexandra sah sie skeptisch an. »Bist du ihr schon mal begegnet?«

»Nicht direkt. Sie ist eine Nichte von Angela, und Angela hat mir erzählt, dass sie sehr klug ist und Gedichte und kleinere Artikel für den *Sussex Weekly Herald* schreibt. Es gibt also zwischen ihnen sehr viele Gemeinsamkeiten.«

»Davon bin ich überzeugt. Eine Journalistin. Und wie alt ist dieses reizende Mädchen?«

Hanna nestelte an der Teekanne und wagte nicht, die Tochter anzusehen. »Oh, Ende zwanzig.«

»Oder vielleicht eher Anfang dreißig? Also bitte, Mama.«

»Deine Meinung interessiert mich nicht, Alex. Ein Versuch kann nicht schaden.«

»Gott bewahre. Vielleicht wird es ja die Liebesheirat des Jahrhunderts.« Sie berührte sanft die Hand ihrer Mutter. »Du bist die geborene Kupplerin, und deine Absichten sind immer ehrenwert, aber versuch bitte nicht, für Martin ein romantisches Wochenende zu arrangieren – oder wenn, dann nicht in diesem Haus, weil ihn hier alles an Ivy erinnert.«

»Vielleicht hast du recht, mein Schatz. Außerdem bin ich, offen gestanden, immer etwas vorsichtig, wenn Angela mir irgendwas erzählt. Wahrscheinlich hat das Mädchen Hasenzähne und erschreckend breite Hüften. Allerdings kann ich die Einladung nicht mehr zurücknehmen. Aber vielleicht wäre sie ja was für Major Aterbury. Denn ich weiß sowieso nicht, ob er der Richtige wäre.«

Alexandra sah sie fragend an. »Der Richtige wofür?«

»Oh«, antwortete Hanna, ohne ihre Tochter anzusehen. »Ich nehme an, für unsere abendlichen Bridgepartien.«

Hanna fielen immer spontan – meistens, wenn sie nicht damit rechnete – die Lösungen für knifflige Probleme ein. Sie hatte verzweifelt überlegt, wie das Problem mit Alex und dem kleinen Colin zu beheben war. Zwischenzeitlich hatte es sich gewissermaßen von allein gelöst. Doch ein ungutes Gefühl blieb. Ihr Verhältnis mit Dr. Mackendric und dass ihre Hochzeitsurkunde nur ein paar Tage vor Colins Geburt ausgestellt worden war, belastete die Eltern immer noch; auch wenn sich Anthonys Verhalten seiner Tochter gegenüber nach der Rückkehr von Charles gebessert hatte und er das Kind gegen seinen Willen richtiggehend gernzuhaben schien. Sie mussten Alexandras Ehre wiederherstellen. Nur wie?

Und dann war es ihr eingefallen. Und zwar ausgerechnet während sie im Lichtspielhaus von Abingdon sich D. W. Griffiths anrührende Produktion von *Weit im Osten* angesehen hatte. Alexandra saß neben ihr, und sie tastete nach ihrer Hand, als das arme Mädchen auf der Leinwand in den tosenden, eiskalten Fluss taumelte. Oh, wie grausam doch das Schicksal manchmal war! Sie war in Tränen ausgebrochen, und ihr Weinen ging in dem Geschluchze der anderen Zuschauer unter. Plötzlich kam ihr die rettende Idee. Es war so einfach: Sie musste einen Ehemann für Alex finden.

Das hatte sie schon einmal versucht. Allerdings war es deutlich einfacher gewesen, in der Ballsaison des Jahres 1914 einen Ehemann für eine unbescholtene Achtzehnjährige zu finden als sechs Jahre später für eine fünfundzwanzig Jahre alte Witwe und Mutter eines anderthalbjährigen Sohns. Damals hatte Hanna jede Menge Kandidaten ausfindig gemacht, und nur Alexandras Wankelmut war es zu verdanken, dass es nicht zu einer Hochzeit oder wenigstens einer Verlobung mit einem standesgemäßen, jungen Mann kam. Einen jungen Mann hatte sie so gern, dass sie eine Hochzeit erwägte. Aber dann hatte sie beim Roten Kreuz eine Ausbildung zur Schwesternhelferin gemacht, 1915 in Rouen, einen erheblich älteren, verheirateten Mann kennen gelernt und an den jungen, ungebundenen Anwalt Carveth Saunders nie wieder gedacht.

Jetzt war es an der Zeit, noch einmal mit der Suche zu beginnen, auch wenn Hanna keine Ahnung hatte, wie sie vorgehen sollte. Sie konnte wohl kaum in einer Zeitung inserieren.

Letzten Endes hatte sie sich einigen ihrer ältesten und besten Freundinnen anvertraut, die meinten, dass es zwar in England durch den Krieg eine Überzahl an jungen Frauen in heiratsfähigem Alter gebe und Alexandra bereits fünfundzwanzig, Witwe und die Mutter eines kleinen Jungen, jedoch die Tochter eines Earls und obendrein vermögend sei. »Das Kind ist immer noch eine verdammt gute Partie«, hatte eine Freundin erklärt. Vielleicht eine etwas kaltblütige Feststellung, aber es entsprach der Wahrheit.

Mit Hilfe ihrer Freundinnen hatte sie eine Liste der Junggesellen und Witwer erstellt, die als Ehemänner ihrer Tochter und vor allem als Schwiegersöhne ihres Gatten in Frage kamen, alle Kandidaten gründlich überprüft und einige wieder gestrichen, bis am Ende fünf Namen übrig blieben. Alle Männer auf der Liste wurden – selbstverständlich nicht zusammen, sondern einer nach dem anderen – zu den Hausbällen und Dinnerpartys in der Weihnachtszeit und an Silvester eingeladen. Ihr Favorit kam direkt nach Weihnachten und blieb bis ins neue Jahr. Nach Hannas Ansicht eine günstige Zeit für die Entwicklung einer Romanze.

Esquire Noel Edward Allenby Rothwell, fünfunddreißig Jahre alt, Sir George Barkings Neffe, erfolgreicher Börsenmakler, hochgewachsen, attraktiv, ehemaliger Marineoffizier und bisher noch unverheiratet. Für Adelaide und Mary hatte er ausnehmend erfolgreich hohe Summen investiert, und sie hatten eine hohe Meinung von ihm.

In der Abgeschiedenheit ihres Salons las Hanna abermals durch, was sie vor einem Vierteljahr in ihrem Tagebuch über den Kandidaten festgehalten hatte. Und das, was sie seither über ihn herausbekommen hatte, nahm sie noch stärker für ihn ein. Er war aktiver Sportler und – was Anthony besonders gut gefallen würde – Mitglied bei der angesehenen Jagdgesellschaft Tatton Hounds. Ja, Esquire Rothwell wäre eine gute Wahl, und sie unterstrich dick seinen Namen. Wenn Alexandra mitspielte und sich in ihn verliebte, stünde seiner Aufnahme in die Familie nichts mehr im Wege.

Martin freute sich, als die winterliche Russlandreise kurzfristig ins Wasser fiel. Scott Kingsford hatte die Idee gehabt, dass eine Radiosendung am Neujahrstag, in der Martin live in Petrograd mit Leo Trotzki sprechen sollte, erstklassige Werbung nicht nur für die *INA*, sondern auch für seine zwischenzeitlich ausgedehnten Radiogeschäfte in den Staaten wäre. Er hatte Radiostationen in New York, Philadelphia, Cleveland und Detroit gekauft und zur Consolidated Broadcasters Company zusammengefasst. Das Interview mit Trotzki hätte über ein verschlungenes System verschiedener Relaisstationen, unter anderem auf zwei Schiffen im Atlantik, übertragen und von *CBC* gesendet werden sollen. Ein sehr ehrgeiziges und vor allem kostspieliges Vorhaben, aus dem am Ende wegen technischer Probleme und dem zunehmenden Unbehagen des russischen Kommissars für Propaganda hinsichtlich der möglichen Äußerungen des Genossen Trotzki nichts wurde.

Aufgrund des steten Hin und Hers des Projekts hatte Martin Weihnachten verpasst, doch jetzt fuhr er mit einem Mietwagen für das Silvesterwochenende endlich nach Abingdon. Vorher hatte er eilig zahlreiche Geschenke für die Grevilles eingekauft, und der Wagen war voll beladen. Für Yorkshire und Schottland hatten sie starke Schneefälle vorhergesagt, in Surrey jedoch war der Himmel klar. Es war kalt, aber windstill, und auf den Feldern lag eine hauchdünne Frostschicht.

Als er das Dörfchen Tipley's Green erreichte, sah Martin in der Ferne Reiter im roten Frack über einen Hügel zum Wald von Leith galoppieren. Schwaches Bellen war zu hören. Wahrscheinlich war auch Anthony dabei, trieb sein Pferd an und riskierte, sich das Genick zu brechen. Martin schüttelte den Kopf. Die Jäger schienen sich zu amüsieren, ihm hingegen kam die Fuchsjagd wie ein grausames und sinnloses Vergnügen vor.

»Freut mich, dass du doch noch kommen konntest.« Alexandra gab ihm einen Wangenkuss. Sie hatte ihn kommen sehen und war mit zwei Dienern aus dem Haus getreten, um ihn zu begrüßen. »Was in aller Welt hast du da alles auf dem Rücksitz?«

»Ein paar Mitbringsel – vor allem für Colin.«

»Oh, Martin. Er ist doch noch so klein. Er braucht nicht viel Spielzeug. Du scheinst den ganzen Laden leergekauft zu haben.«

»Nur ein paar Kleinigkeiten, einen Kricketschläger, eine Dampfmaschine. Am liebsten hätte ich auch ein Schaukelpferd gekauft, aber das haben sicher bereits Tante Hanna und dein Vater für den kleinen Mann besorgt.«

Alexandra lachte. »Eine Dampfmaschine! Du kennst dich nicht allzu gut mit Babys aus, nicht wahr?«

»Nein, kann ich nicht behaupten. Vielleicht hätte ich dem Verkäufer sagen sollen, wie alt der Junge ist.«

»Das hättest du auf jeden Fall tun sollen.« Sie nahm ihn in den Arm, und während die Diener das Gepäck aus seinem Wagen holten, gingen sie zurück ins Haus. »Das ist wirklich süß von dir. Ich werde die Dampfmaschine ein paar Jahre irgendwo verstauen, bis er groß genug ist.«

»Wie läuft es hier in Abingdon?«

»Besser«, sagte sie mit einem schwachen Lächeln. »Zwischen Papa und mir herrscht noch kein echter Frieden, aber, wenn auch knurrend, er akzeptiert mich. Und ich habe gesehen, wie er mit Colin umgeht, wenn er denkt, dass keiner es bemerkt. Er liebt seinen Enkel, aber Gott behüte, er würde es mir nie sagen.«

»Eines Tages wird er das.«

»Ich hoffe nur, dann ist es nicht zu spät. Aber das ist noch nicht alles. Mama spielt den Amor und geht dabei ziemlich unverhohlen vor. Sie hat einen gewissen Noel Rothwell eingeladen und nutzt jede Möglichkeit, die sich ihr bietet, um dafür zu sorgen, dass wir zwei allein sind.«

»Und, gefällt er dir?«

Mit einem gleichmütigen Achselzucken antwortete sie: »Er ist ganz in Ordnung. Zuvorkommend und attraktiv. Weiß, wie man sich in der besseren Gesellschaft zu benehmen hat. Vielleicht ist er etwas zu sehr darauf bedacht, mich für sich einzunehmen.« Sie wies auf die prachtvolle Fassade ihres Elternhauses. »Dieser Ort beeindruckt jeden. Und unsere Art zu leben kann für einen Außenstehenden berauschend sein. Er ist heute auf der Jagd. Papa zufolge reitet er sehr gut. Ich habe das Gefühl, als würde es nichts geben, was er nicht kann, und als wäre ihm das ebenfalls bewusst.« Sie blieb kurz am Fuß der Eingangstreppe stehen. »Ob ich wohl Robbie je vergessen werde? Schaffst du es, mit einer Frau ins Bett zu gehen, ohne dass du pausenlos an Ivy denken musst?«

»Ja, aber das hat Zeit gebraucht.«

»Robbie würde wollen, dass ich noch einmal heirate. Ihm waren jede Art von Trauer, schwarze Kleider und vor allem untröstliche Witwen stets ein Graus. Dafür hat er das Leben und die gesunden Funktionen des menschlichen Körpers zu sehr respektiert. Also liegt es wohl an mir. Ich klammere mich immer noch an die Erinnerung an ihn. Gestern Abend nach dem Essen hat Willie ein paar Foxtrottplatten aufgelegt, und Noel und ich haben getanzt. Es hat mir durchaus gefallen, in den Armen eines Mannes zu liegen – ein angenehmes Gefühl. Das hat er bestimmt gespürt, denn später, als wir allein in der Bibliothek waren, hat er mich voller Leidenschaft geküsst.

Aber ich wurde stocksteif. Habe nicht das Mindeste empfunden. Gewiss kam es ihm so vor, als ob er eine Marmorstatue küsst.«

Martin legte den Arm um sie und führte sie zur Tür. »Du bist nicht aus Marmor, Alex. Du bist ein warmer, lebendiger Mensch und so reizend, dass ein Mann dich voller Inbrunst küssen muss. Das hätte jeder Mann gewollt. Robbies Tod markiert das Ende einer Phase deines Lebens, aber nicht das Ende aller schönen Dinge. Du hast noch das ganze Leben vor dir, und es wäre grundverkehrt und schrecklich, dich von einem Menschen abzuwenden, nur weil er dieses Leben vielleicht mit dir teilen will.«

»Ich weiß«, erwiderte sie leise. »Aber es ist einfach … schwer.«

»Das stimmt.« Er drückte ihre Hand. »Manchmal kann man sich kaum vorstellen, dass man ohne den Menschen, den man geliebt hat, weiterleben kann. Aber es ist es wert, Alex. Das wirst du sehen.«

Esquire Noel Edward Allenby Rothwell musterte sein nacktes Spiegelbild, an dem aus seiner Sicht nicht das Geringste auszusetzen war. Ich bin ein gut gebauter Mann, dachte er ohne eine Spur von Eitelkeit. Leidenschaftslos akzeptierte er seine Vorzüge und seine Fehler. Er kannte andere Männer seines Alters, deren Körper bereits im Niedergang begriffen war. Durch ein Übermaß an Alkohol, fette Speisen und mangelnde Bewegung hatten sie alle guten Angewohnheiten aus ihrer Jugendzeit über den Haufen geworfen; dicke Bäuche, schlaffe Muskeln, aufgedunsene Gesichter, kranke Lebern und schlecht funktionierende Hormondrüsen waren gang und gäbe. Er hielt sich mit Willenskraft und täglicher Gymnastik fit und hatte mit seinen fünfunddreißig Jahren den Körper eines Zwanzigjährigen. Wenn der Druck der Arbeit in der City ihm zu sehr zu schaffen machte, war er so vernünftig, ein paar Tage wegzufahren. Er ging in Schottland zum Lachsfischen oder schoss Birkhühner, machte in Norfolk mit seinem Boot eine kurze Segeltour oder nahm in Cheshire mit den Tatton Hounds an einer Jagd teil.

Mühsam hob er seine Beine an und stieg in seine Baumwollunterhose. Er war noch nie einem so leidenschaftlichen Reiter wie Lord Stanmore begegnet, der jede Vorsicht über Bord warf, wenn er im Sattel saß. Er wagte unmögliche Sprünge und jagte durch den Wald, und alle anderen hielten den Atem an, weil sie nicht wie er einen untrüglichen Instinkt für die Anordnung der Bäume besaßen. Doch er war immer dicht hinter ihm geblieben und hatte fast gleichzeitig die laut bellenden Hunde und die Jagdbeute erreicht – während die anderen Reiter erschöpft und leicht verwirrt von ihrem hohen Tempo deutlich später angekommen waren. Der Earl hatte ihm anerkennend auf den Rücken geklopft und zu seiner Reitkunst gratuliert. Wofür er jetzt bezahlte. Denn er spürte jeden seiner Muskeln überdeutlich und fuhr vor Schmerz zusammen, als er seine feinen, lackledernen Schuhe anzog.

Abermals betrachtete er sein Spiegelbild und kam zu dem Ergebnis, dass er präsentabel aussah. Das gestärkte weiße Hemd war makellos, die schwarze Krawatte saß perfekt, und das Dinnerjacket hatte – dank des Kammerdieners, den der Earl ihm zur Verfügung gestellt hatte – keine einzige Falte. Er nahm noch eine minimale Korrektur an einem seiner elfenbeinernen Manschettenknöpfe vor, verließ sein Zimmer im Ostflügel und ging langsam den Korridor hinab zur Haupttreppe.

Das Haus und seine Einrichtung erfüllten ihn mit Ehrfurcht. Er war durchaus wohlhabend und hatte im Zusammenhang mit seiner Tätigkeit schon eine ganze Reihe beeindruckender Häuser aufgesucht, aber etwas derart Prächtiges wie Abingdon Hall hatte er noch nie gesehen. Denn wo sonst hingen im Korridor kleine Turner-Aquarelle und Zeichnungen von Constable? Und im Hauptgang, in der langen Galerie, durch dessen unzählige Bogenfenster man in den gepflegten Hof hinuntersah, traf man wie in einem erstklassigen Museum auf Werke von Meistern aus dem siebzehnten und achtzehnten Jahrhundert.

Bevor er sich über die breite, elegant geschwungene Treppe hinunter ins Erdgeschoss begab, setzte er sich vorsichtig auf eine Bank, die, wie man an den sanft geschwungenen Beinen und dem Stickmuster des Polsters sah, im siebzehnten Jahrhundert in Italien angefertigt worden war. Von der Wand sah auf einem Porträt ein Mann, offenbar ein Vorfahr von Lord Stanmore, der sich von Sir Joshua Reynolds hatte malen lassen, hochmütig auf ihn herab.

Er nahm eine Zigarette aus der silbernen Schatulle, die er immer bei sich trug, und zündete mit einem kleinen Silberfeuerzeug die Egyptian Deity an.

Die Mutter und der Vater mochten ihn. Ihr Verhalten ließ keinen Zweifel daran, dass sie ihm wohlgesonnen waren. Und was ihre Tochter anging… sie war eine wunderschöne, junge Frau. Weich, wenn sie in seinen Armen lag, sinnlich, wenn sie tanzten – aber als er sie geküsst hatte, urplötzlich kalt wie ein Fisch. Was ihn in höchstem Maß verwirrte.

Er blies eine dünne Rauchfahne in Richtung des Porträts. Die Situation ist seltsam, dachte er.

Bis heute hatte er noch nie ernsthaft ans Heiraten gedacht. Aus seiner Sicht wurde ein Mann durch eine Ehefrau nur eingeschränkt. Konnte nicht mehr kommen und gehen, wie er wollte, essen, wo und wann es ihm beliebte, bis zum Morgengrauen beim Kartenspiel in seinem Club verweilen oder ganz spontan nach Frankreich reisen, um sich ein paar Tage in Paris oder am Mittelmeer zu amüsieren. Von einem Ehemann wurde erwartet, freiwillig auf all diese Vergnügen zu verzichten und sich mit dem eingeengten Leben zu begnügen, das einem gezähmten Mann beschieden war. Bisher hatte der Gedanke ihn abgeschreckt, doch die Vorteile als Schwiegersohn des Earls und der Countess von Stanmore machten diese Zwänge mehr als wett.

Er blies den Rauch durch die Nase aus. Ein Teil dieser Familie zu werden und das Leben hier in diesem schönen Haus waren zum Greifen nahe. Auch wenn sich die Mauer kühler Distanziertheit, die die junge Frau nach dem Tod des Ehemannes errichtet hatte, nur sehr langsam und mit größter Vorsicht überwinden ließ. Wie bei der Birkhuhnjagd, ging ihm durch den Kopf, als er sich erhob und zur Treppe ging. Wenn man zu ungestüm durchs Farnkraut stapfte, waren die Vögel längst weg, ehe man die Chance zum Schuss bekam.

Schöne Frau, auf die das Licht des Mondes fällt,
bei deinem Anblick steht das Herz mir still …

Es waren über hundert Gäste auf dem Silvesterball der Grevilles. Auf einem Podest spielte ein Londoner Orchester, und der kaum genutzte Ballsaal war mit bunten Bändern und farbigen Luftballons geschmückt. Ein junger Mann in einer weißen Smokingjacke hielt ein Megafon an seinen Mund und sang den Tänzern etwas vor.

»Was für eine Schnulze.« William verzog angewidert das Gesicht. Er stand vor dem Tisch mit den Erfrischungen, nippte an seinem Glas und blickte Martin an. »Mutter hätte mich die Band aussuchen lassen sollen.«

Martin lächelte. »Ich finde, es war zweifellos klug von ihr, das nicht zu tun.«

»Vielleicht hast du recht.« William leerte sein Glas und stellte es mit einem leisen Seufzer auf den Tisch.

»Möchtest du noch etwas?«

»Meine Güte, nein. Das eine Ginger Ale war bereits zu viel.«

»Hast du deine Gewohnheiten geändert, Willie?«

»Allerdings, wenn auch nicht gerade freiwillig. Ein Londoner Richter hat mich dazu verdonnert. Natürlich könnte ich die Warnung ignorieren, mit dem Alkohol erst einmal vorsichtig zu sein, aber dann würde ich gegen die Regeln verstoßen, oder nicht? Also bleibe ich vorübergehend bei Sodawasser und Ginger Ale. Und eigentlich macht es mir nichts aus, weil es mir seither tatsächlich deutlich besser geht.«

»Und wie ist es in Derbyshire?«

»Sehr kalt. Mein Traum war immer, irgendwann in ein warmes Land zu ziehen, aber die wilde Gegend ist auf ihre Art sehr reizvoll, und besseres Gras für Pferde findet man wahrscheinlich nirgendwo.«

»Hast du schon deine Stallungen gebaut?«

»Meine Güte, nein. Es dauert wahrscheinlich noch mindestens ein Jahr, bis alles fertig ist. Aber ich habe es nicht eilig. Im Augenblick lebe ich eher in einem Schuppen, habe ein Grammofon und einen Kohleofen. Es ist nicht ganz so prachtvoll wie hier, aber ich bin zufrieden.« Er warf einen Blick auf seine Uhr. »Noch dreißig Minuten bis zur Geisterstunde. Gibt es irgendwen, den du zum Jahreswechsel küssen willst?«

»Nein. Allerdings gibt es da eine Frau, die zu küssen ich um jeden Preis vermeiden will.«

»Du meinst Miss Templeton? Tante Angela hat sie irgendwo ausgegraben und behauptet, dass sie ausnehmend belesen ist und Sonette oder so was über die Tugend schreibt. Dann ist sie also hinter dir her?«

»Auf jeden Fall scharwenzelt sie die ganze Zeit um mich herum, obwohl sie angeblich bereits einen Verehrer hat.«

»Lass uns eine Runde Billard spielen. Der Gedanke, dass der arme Kerl um zwölf *Nehmt Abschied, Brüder* in seinen verdammten Trichter säuselt, ist mir unerträglich.«

Zam-bo-anga-anga
Wo die Affen küssen,
Zam-bo-anga-anga, Junge,
weil dort einfach alle küssen müssen …

Als das Orchester gut gelaunt das neueste, verrückte Lied aus Amerika zum Besten gab, zogen sich die Älteren mit einem wohlwollenden Lächeln von der Tanzfläche zurück und verfolgten amüsiert die wilde Hüpferei der jüngeren Gäste.

Zam-bo-anga-anga…
Zam-bo-anga-anga-anga-anga!

»Schluss«, rief Alexandra lachend.

»Aufhören«, brüllte auch Noel über den allgemeinen Lärm hinweg, nahm ihre Hand und führte sie durch das Gedränge zum Tisch mit den Erfrischungen. »Ich fürchte, dass die wilde Hopserei nicht gerade eine meiner Stärken ist.« Er zog ein Taschentuch hervor und tupfte sich die Stirn ab. »Im Gegensatz zu mir haben Sie Ihre Sache wunderbar gemacht. Sie haben ein phänomenales Taktgefühl.«

»Ich tanze sehr gerne, obwohl *Zam-bo-anga-anga* eine Spur zu anstrengend für mich ist.«

»Als Nächstes kommt ein Walzer – damit alle rechtzeitig

zum Jahreswechsel auf der Tanzfläche versammelt sind.« Er bat den Mann hinter dem Tisch um zwei Gläser Champagner und hielt Alexandra ein Glas hin. »Ich bin nicht gut im Ausbringen von Toasts. Lassen Sie mich deshalb einfach sagen, dass ich es als großes Privileg empfinde, meinen letzten Schluck des Jahres 1921 mit jemand so Reizendem wie Ihnen trinken zu dürfen.«

»Danke, Noel. Das haben Sie sehr nett gesagt.«

»Das ist die Wahrheit und nicht nur nett gemeint. Und ich hoffe, dass wir uns im neuen Jahr bald wiedersehen.«

»Das werden wir bestimmt.«

Einige Sekunden lang sahen sie sich an, und als sie vorsichtig den ersten Schluck ihres Champagners trank, war er sich nicht sicher, was ihr Blick zu bedeuten hatte. Doch er meinte ein aufflackerndes Interesse in ihren Augen wahrgenommen zu haben, was er als ermutigendes Zeichen auffasste.

»Ladys und Gentlemen. Zum Ausklang dieses Jahres spielen wir das wunderbare Lied *Charmaine*. Es ist fünf vor zwölf. Nur noch fünf Minuten, bis das neue Jahr beginnt!«

Alexandra stellte ihr halb volles Sektglas auf den Tisch. »Ich liebe Walzer.«

»Oh, ich auch.« Eilig stellte er auch sein Glas ab. »Den habe ich als Junge in der Tanzschule gelernt. Walzer und Gavotte.«

Geschmeidig reihten sie sich in den Strom der Tänzer ein. Und als das Licht im Saal gedämpft wurde, brannten nur noch die Kerzen in den Wandlampen, wobei die Reflektoren den ganzen Raum in ein warmes Licht tauchten. Die Tänzer wiegten sich im Halbdunkel im Walzertakt, und plötzlich ertönte ein lauter Trommelwirbel, der Sänger trat nach vorn und hob das Megafon an seinen Mund.

Nehmt Abschied, Brüder, ungewiss …

Noel zog Alexandra sanft an sich. »Frohes neues Jahr«, wünschte er ihr und gab ihr einen fast brüderlichen Wangenkuss. Und sie erstarrte nicht, wie er bemerkte. Am besten ging er die Sache vorsichtig und langsam an. Wenn er möglichst kleine Schritte machte, käme er zwar vielleicht nicht so schnell, dafür aber mit Sicherheit an sein Ziel.

Martin saß mit einem großen Whiskey Soda und einer Zigarre auf dem Bett. Er war nicht in der Stimmung, Tagebuch zu schreiben, auch wenn das Journal wie immer griffbereit auf seinem Nachttisch lag. Und obwohl ihm jede Menge eingefallen wäre, wenn er überlegt hätte. Schließlich zog man an Silvester für gewöhnlich Resümee, und er war in Abingdon und dachte unweigerlich an die Vergangenheit zurück. Doch er unterdrückte das Verlangen. Es wäre allzu leicht, im Elend zu versinken, würde die Erinnerung an Ivy und an das, was er verloren hatte, allzu stark.

Er blies den Rauch seiner Zigarre aus und hob das Glas an seinen Mund. Wenn er schreiben wollte, konzentrierte er sich besser auf dringendere Angelegenheiten. Wie zum Beispiel, dass Sir Bertram Dundas Sparrowfield trotz diskreten Drucks von seinen Freunden weiter fest entschlossen war, ihn wegen Verleumdung zu verklagen. Denn Martin hatte in Erfahrung gebracht, dass zwei Kriegsberichterstatter, deren Ansehen nach dem Friedensschluss äußerst gelitten hatte, ihn aufhetzten. Der alte »Vogeldreck« tat ihm beinahe leid. Während er sich um den Garten seines Anwesens in Hampshire kümmerte, bearbeiteten ihn diese beiden Schweinehunde in der Hoffnung, die Geschichte durch die Verurteilung ihres pazifistischen Kollegen revidieren zu können. Was im Grunde sinnlos war. Denn die Fronten zwischen Kriegsbefürwortern und -gegnern hatten sich verhärtet, während *Ein mörderisches*

Feld reißenden Absatz fand und die Buchhandlung Hatchard's beim Nachräumen kaum mehr hinterherkam. Und das riesige, obskure, schwerfällige, nervtötende, doch zugleich unglaublich effiziente Räderwerk der britischen Justiz bewegte sich noch langsamer als sonst und hätte diesen aufsehenerregenden Fall wahrscheinlich am liebsten bis in alle Ewigkeit verschleppt. Aber die beiden alten Kriegsberichterstatter wollten offenbar die Bombe um jeden Preis hochgehen lassen und bedrängten den Kriegsveteranen weiter, der seine Klage mit derselben Leidenschaft vorantrieb wie im Burenkrieg, als er seine dezimierten Truppen den Tugela hatte überqueren lassen, obgleich sie von grauenvollem Mauserfeuer in Empfang genommen worden waren.

Plötzlich unterbrach ein lautes Klopfen an der Tür den trägen Fluss seiner Gedanken, und mit einem leisen Seufzer stellte er sein noch halb volles Whiskeyglas neben dem Tagebuch auf seinem Nachttisch ab. Doch noch ehe er Gelegenheit bekam, den Gast hereinzubitten, betrat bereits Anthony das Zimmer. Sein grimmiges Gesicht war kreidebleich, und er hatte seinen Morgenrock nachlässig umgehängt.

»Tut mir leid, dass ich um drei Uhr in der Früh einfach so bei dir hereinplatze. Aber es geht um Charles. Er ist verschwunden.«

Wie immer hatte Mr. Lassiter ihm am Abend zuvor um kurz vor zehn ein Glas warmer Milch gebracht. Charles trank sie gerne im Bett und schlief für gewöhnlich friedlich ein. Danach zog Mr. Lassiter sich in sein Schlafzimmer zurück, las bis gegen Mitternacht in einem Detektivroman und sah ein letztes Mal nach seinem Schützling, ehe auch er sich hinlegte.

»Ich habe um halb eins noch mal nach ihm gesehen«, sagte er, als er mit Martin und William in der Eingangshalle stand. »Er schien zu schlafen, deshalb bin ich, weil Silvester war, noch hinunter zu den anderen Dienstboten gegangen, habe bis zwei, halb drei mit ihnen gefeiert, und auf dem Weg ins Bett abermals nach ihm geschaut. Das Bett war leer, und er war auch nicht im Bad. Also habe ich in seinem Wohnzimmer nach ihm gesucht, und dabei ist mir aufgefallen, dass die Tür zum Nebenflur geöffnet war. Ich hatte sie selbst vorher geschlossen, deshalb wusste ich sofort, dass er hinausgegangen war.«

»Und wohin führt der Flur?«, erkundigte sich Martin.

»Zu einer Treppe und von dort zu einer Tür, durch die man in den Garten kommt. Auch diese Tür stand offen.«

»Hat er das schon einmal gemacht?«

»Nein, Sir. Nie. Tagsüber geht er ab und zu allein spazieren, aber im Dunkeln hat er das noch nie getan.«

Gefolgt von einem halben Dutzend Diener tauchte Lord Stanmore in der Eingangshalle auf. Alle hatten sich warm angezogen, und ein paar hatten elektrische Taschenlampen mitgebracht.

»Weitere Taschenlampen und Laternen sind im Stall«, erklärte seine Lordschaft grimmig. »Wir haben auch die Stallburschen geweckt, damit sie uns bei der Suche helfen. Haben Sie eine Ahnung, was er anhat, Lassiter?«

»Soweit ich weiß, nicht viel. Ich habe in seinem Schrank geguckt, und sein Wintermantel hängt noch dort. Ich würde sagen, einen Morgenrock, einen Pyjama und seine Pantoffeln.«

»Grundgütiger. Um diese Zeit muss es draußen doch eisig sein.« Der Earl wandte sich an die Diener. »Holen Sie ein paar Decken, und vergessen Sie nicht, den Brandy mitzunehmen.«

Als sie durch die Tür auf die Terrasse traten, überfiel ihn Furcht. Wolken jagten über den Himmel, und es war tatsächlich bitterkalt. Der Earl klappte den Kragen seines Mantels hoch und starrte durch die dunklen Gärten hinüber zu der rabenschwarze Silhouette des Waldes von Leith und Burgate Hill.

»Ich schätze, dass er in den Wald gegangen ist.«

»Das glaube ich auch«, stimmte ihm der Pfleger zu. »Als wir gestern Morgen spazieren gingen, hat er ungewöhnlich lange dort verweilt.«

Sie gingen durch die Gärten zu den Ställen, wo bereits die Stallburschen mit zusätzlichen Taschenlampen auf sie warteten.

»Wir gehen zum Wald, und dort verteilen wir uns«, befahl der Earl. »Rufen Sie laut seinen Namen, und suchen Sie den Boden sorgfältig mit Ihren Taschenlampen ab.«

Er marschierte los, und schweigend folgten ihm die anderen Männer. Unter ihren Füßen knirschte das gefrorene Gras, als sie über den Saumpfad, einen Zauntritt und die Felder auf den schwarzen, wenig einladenden Wald zueilten, der im fahlen Mondlicht lag. Die unbelaubten Äste ragten wie Skelette in den Himmel, und auf dem Burgate Hill schrie eine einsame Eule. Plötzlich hörten sie es, irgendwo im Wald, und wurden starr vor Schreck – den unverwechselbaren Knall eines Gewehrs.

Bereits den ganzen Tag lang waren ihm Bilder, Worte, Stimmen durch den Kopf gegangen. Bilder, Worte, Stimmen, die ihm irgendetwas sagten, doch so schnell wieder verschwanden, dass sie nicht zu greifen waren. Eins der Bilder war ihm so lebendig vorgekommen, dass er sich im Wald von Leith an einen Baum lehnte und den Kopf zwischen die Hände nahm, um sich ganz auf dieses Bild zu konzentrieren. Doch er hatte nicht herausgefunden, was es zu bedeuten hatte, weil es sich wie alle anderen Bilder wieder verflüchtigt hatte. Danach waren sie zurückgegangen.

Nach dem Frühstück aber kamen die Bilder immer deutlicher und häufiger zurück. Er ging langsam durch das Wohnzimmer, berührte vorsichtig die Bücher in den Regalen und hatte das Gefühl, als hätte er das schon des Öfteren getan. Doch die Vergangenheit war nebulös, und er hatte nicht sagen können, ob das wirklich hier in diesem Haus geschehen war. Sein Gehirn wurde von Gedankenfetzen überflutet, ohne dass ein Muster zu erkennen war. Ein wilder Gedankenstrudel, der ihm Kopfschmerzen verursachte, und er ging zu Bett und stand erst abends wieder auf. Aber selbst in seinen Träumen war ein Strom von Bildern durch sein Hirn gezogen, wie in einem Film, der schneller als gewöhnlich lief… wie damals in der Kaserne, als er seinen Männern mit der Vorführung eines beliebten Broncho-Billy-Westerns eine Freude hatte machen wollen. Aber leider stimmte mit dem Projektor etwas nicht, und seine Männer hatten laut gegrölt, weil der Film viel zu schnell abgespult wurde. Doch in welcher Kaserne? Und für was für Männer war er zuständig gewesen?

Heute Abend hatte er Musik im Haus gehört, und die Leute, die zu ihm gekommen waren, waren dieselben, die er schon den ganzen Tag in seinem Kopf gesehen hatte. Und nachdem er seine warme Milch getrunken hatte und im Bett lag, fiel ihm der Name einer Melodie ein, die von unten aus dem Ballsaal an sein Ohr gedrungen war. *Charmaine*. Eine wunderbare, wehmütige Melodie, die auf einem Grammofon in einem Bauernhaus erklungen war. Sie waren im Sommer in das kleine Dorf marschiert. Die Straße war staubig, die Hitze flimmerte, und die Männer sangen laut:

Wir sind wieder, wir sind wieder, wir sind wieder da.
Und als lauter gute Kumpel singen wir lautstark hurra.

Die Stimmen dieser Männer schwollen an und wieder ab. Doch was waren das für Männer? Und was war das für ein Dorf?

Er hatte in seinem Bett gelegen, in die Dunkelheit gestarrt und nach einer weiteren Erinnerung gesucht.

»Ich war…«, sagte er sich. »… ein Soldat… in einem Bauernhaus… und dort stand ein Grammofon, auf dem haben wir Musik gespielt… und danach sind wir an die Front gezogen… und… haben die Gräben in der Nähe von Fricourt gestürmt.«

Aber wo war das passiert? Und wann? Und wer war er?

Im Wald herrschte Stille. Dort konnte man in Ruhe nachdenken. Und wenn er reglos – zwischen den Bäumen, tief im Wald – dasaß, setzte er vielleicht all diese Bruchstücke zusammen, bis das Ganze einen Sinn ergab.

Er spürte vage, dass er fror – mehr als je zuvor –, und versuchte, seine nackten, zerschundenen Füße unter den aufgerissenen Saum seines Morgenrocks zu schieben. Ein zerlumpter Mann in der Wildnis.

Aber welcher Mann… wer bin ich?, überlegte er.

Nur die Eulen, die hoch oben in den kahlen Bäumen saßen, antworteten ihm.

»Ich bin…«, flüsterte er. »Ich bin…«

Sie riefen ihn. Charles… Charles Greville oder Major Greville. Aber das sagte ihm nichts. Mit diesem Namen verband er nichts. Ebenso gut hätte man ihm eine Nummer geben können. Eine willkürliche Ziffernfolge hätte zum Verlust seiner Persönlichkeit am ehesten gepasst.

Ganz allmählich tauchten die Konturen eines Menschen aus dem Sumpf seiner Erinnerungen auf…

Nicht allzu weit von ihm entfernt knackte mit einem Mal

ein Ast. Und dann noch einer. Er lehnte sich steif an den Baumstamm und spitzte angestrengt die Ohren. Irgendjemand schlich an ihm vorbei. Er ließ sich lautlos auf die Hände und die Knie sinken und kroch vorsichtig durchs Unterholz.

Das leiseste Geräusch bedeutete den Tod, denn Thompson hatte während einer nächtlichen Patrouille im Wald einmal geniest, und sofort hatte ein gut getarnter deutscher Schütze das Feuer eröffnet, vier Männer getötet und drei weitere verletzt. Darunter auch Thompson, der mit einem Schulterschuss nach Hause hatte fahren dürfen, obwohl infolge seines Niesers drei von seinen Kameraden umgekommen waren. Oder man berührte aus Versehen einen versteckten Draht, der bis zu den deutschen Gräben führte und dort eine Blechdose bewegte, woraufhin der alte Fritz mit Handgranaten warf. Nein … nein … man überlebte nur, wenn man sich lautlos auf Ellenbogen und Knien vorwärtsschob, während man mit den Fingern vorsichtig … ganz vorsichtig … das Stückchen Erde vor einem betastete, ohne darauf zu achten, dass der Stacheldraht einem das Fleisch aufriss, und ohne sich daran zu stören, wenn man die schmierigen Füße eines Toten ins Gesicht bekam …

Er erreichte eine Lichtung und legte sich dort flach in das gefrorene Gras. Schatten bewegten sich langsam und geräuschlos durch das fahle Mondlicht auf ihn zu. Er starrte sie an, spitzte die Ohren … und dann war es plötzlich da – das leise, todbringende Flüstern nur ein paar Meter zu seiner Rechten, das Klicken von Messing an geöltem Stahl, das Schnappen eines Bolzens. Aber nicht in Frankreich. Nicht im Niemandsland. In Abingdon … im Wald von Leith …

Schreiend sprang er auf. »Du Schwein – du widerliches Schwein!«

Dann knallte ein Schuss, und ein Rudel Rehe flüchtete mit

laut donnernden Hufen durchs Gehölz. Er hörte zwei oder drei Männer fluchen, während sie laut polternd ebenfalls im Unterholz verschwanden. Machte ein paar unsichere Schritte und rief nochmals: »Schweine … widerliche Schweine!«

Die Schritte wurden leiser, und in der Stille, die sich abermals über die Lichtung senkte, hörte er das wilde Klopfen seines Herzens, während er noch ein paar Schritte vorwärtstaumelte und fast über die Jutesäcke und die Seile stolperte, die die Wilderer zurückgelassen hatten. Er ließ sich daneben auf den Boden sinken und wickelte seine Füße und die Beine in die steifen Jutesäcke ein. Wenn er das nicht täte, würde er die Nacht nicht überleben. Seine Finger waren steif, und der raue Stoff riss sie in Fetzen, doch er hüllte auch den Rest von seinem Körper in die Säcke ein, um zu warten, dass der neue Tag anbrach.

Er saß noch immer reglos dort, als ihn plötzlich ein Lichtstrahl traf und jemand etwas rief. Er war halb erfroren und entsetzlich müde, trotzdem schaffte er es irgendwie, den Kopf zu heben und mit einem Lächeln in das Licht zu sehen.

»Mein Name ist Charles Greville, und ich … lebe in Abingdon. Jemand … irgendwelche Schweinehunde hatten es anscheinend auf die Rehe … meines Vaters abgesehen.«

Buch 2

Unterwegs

1922

7

Es kam Ross seltsam vor, dass er wieder in England war. In den vergangenen sechs Jahren hatte er nicht einmal eine Spur von Heimweh gehabt und kaum jemals an England gedacht. Doch als die Schlepper das riesige Linienschiff gegen die Strömung des Flusses bis zum Cunard Dock zogen, hatte er beim Anblick der britischen Fahne, die auf einem der Gebäude wehte, plötzlich einen Kloß im Hals.

Liverpool im Februar bedeutete vor allem Wind und Eisregen, der zischend auf den schmutzig braunen Mersey traf. Enge, gewundene Straßen. Gebäude aus grauem Stein und schwarz verrußten Ziegeln. Ein trostloser, elender Ort.

Nicht nur an die Stadt, sondern auch an die Umgebung erinnerte er sich noch sehr gut – an das auf der anderen Seite des Kanals gelegene Birkenhead und an Runcorn oder Widnes ein Stück weiter flussaufwärts. Vor Jahren hatte er als wandernder Arbeiter die Ufer des Mersey abgeklappert, und auch wenn er ohne Wehmut an die alten Zeiten dachte, wehte hier die alte Flagge, die ihm zeigte, dass dies seine alte Heimat war.

Er und Mr. Mayhew teilten sich ein Taxi zum Hotel. Er hatte die Bekanntschaft des älteren Mannes zwei Tage nach ihrer Abfahrt aus New York gemacht. Ein bitterkalter Nordwestwind hatte ihren Dampfer heftig ins Schlingern gebracht, und da außer ihnen beiden abends kaum jemand im Speisesaal erschienen war, hatte Mr. Mayhew sich an seinen Tisch gesetzt. Nach dem Essen waren sie in den Salon gegangen, und bei Brandy und Zigarren hatte Mr. Mayhew, der inzwischen über sechzig war, erzählt, er besitze ein großes Getriebewerk in Bradford und zu seinen Kunden würden nicht nur die Gebrüder Apperson und Studebaker, sondern auch die Jordan Motor Car Company in Cleveland zählen. Da Ross als Angestellter von Rolls-Royce seit Anfang 1916 in Amerika den Bau der Flugzeugtriebwerke, die von ihm mit entwickelt worden waren, bei verschiedenen Lizenznehmern überwacht hatte, fanden sie gleich ein gemeinsames Gesprächsthema. Vor allem, da er fast drei Jahre lang in Cleveland bei der Chambers Motor Factory, die Mayhew sehr gut kannte, beschäftigt gewesen war.

Und aus ihrem ersten Gespräch erwuchs echte Freundschaft.

»Sind Sie vorher schon mal im Adelphi abgestiegen, Ross?«

»Nein, ich glaube nicht.«

»Ich bin oft in Liverpool und wohne immer dort. Der Service ist erstklassig. Außerdem gibt's dort die besten Lammkoteletts.«

Ross musste ein Lächeln unterdrücken, als er aus dem Fenster auf die dicht befahrene Straße sah. *Sind Sie vorher schon mal im Adelphi abgestiegen, Ross?* Wohl kaum.

Wie nicht anders zu erwarten, war der Marmorboden in der Eingangshalle des Hotels blank poliert, die warmen Mahagoniwände glänzten, und der dicke, rote Teppich schien das Licht des prächtigen Kristallleuchters zurückzuwerfen, der von der eleganten gewölbten Decke hing. In dem riesengroßen, goldfarbenen Speisesaal spielte ein Orchester, und das Klappern der Bestecke beim Genuss der Lammkoteletts wurde von den sanften Klängen einer Violine untermalt. Nein, im Adelphi hatte er zu seiner Liverpooler Zeit ganz sicher nicht gewohnt. Er hatte damals Sixpence pro Nacht für ein steinhartes Bett und halb so viel für ranzige Fish and Chips zum Abendbrot bezahlt. Mehr war einfach nicht drin gewesen.

An der Rezeption wurde ihm etwas unbehaglich, denn er fragte sich, ob ihm womöglich trotz der eleganten Aufmachung, gut geschnittener Mantel, teurer Anzug, kostspielige Schuhe und weicher Filzhut, seine eher bescheidene Herkunft anzusehen war. Aber der Empfangschef nickte höflich, als er ihm das Gästebuch über den Tresen schob.

»Willkommen im Hotel Adelphi, Sir.«

»Danke«, antwortete Jamie und trug sich als James A. Ross aus Coronado, Kalifornien, Vereinigte Staaten ein.

Der Empfangschef sah sich kurz den Eintrag an. »Dort ist es im Februar bestimmt herrlich.«

»Allerdings.«

»Werden Sie länger bei uns bleiben, Sir?«

»Leider nur eine Nacht.«

Das tat ihm zwar nicht wirklich leid, doch sein Zimmer war komfortabel und vor allem ordentlich geheizt, und die Lammkoteletts schmeckten tatsächlich wunderbar.

Nach dem Essen gingen sie noch auf einen Brandy in die Bar.

Mr. Mayhew zog seine Zigarrenkiste aus der Tasche und hielt sie dem jungen Burschen mit den Sommersprossen und den sandfarbenen Haaren hin.

»Sie wirken ein bisschen bedrückt. Vielleicht weil Sie wieder in England sind?«

»Ich fürchte, ich verstehe nicht …«

Mr. Mayhew beugte sich ein wenig vor und gab ihm Feuer. »Oh, ich denke, Sie verstehen mich sehr gut. Ich kenne Amerika. Ich lebe dort weiß Gott schon lange genug und habe beinahe alle Staaten zwischen Maine und Kalifornien bereist. Deshalb kenne ich das Land und auch die Menschen dort.

Aber auch das gute, alte Großbritannien ist mir recht vertraut. Und ich sehe Ihnen an, dass Sie sich im Adelphi, nun, ein wenig unwohl fühlen.«

Ross rutschte nervös auf seinem Sessel hin und her und senkte den Blick auf seine Hände. Seine Nägel waren ordentlich gefeilt, aber ein wenig dunkel, und auch seine Hände hatte er zwar sorgfältig gewaschen und mit Bimsstein abgerieben, doch er konnte schrubben, wie er wollte, das Muster feiner, schwarzer Linien verschwand niemals ganz. Es waren die Hände eines Mannes, der über die Hälfte seiner dreißig Lebensjahre mit Maschinen, Öl und Schmierfett umgegangen war.

»Wirklich unwohl fühle ich mich nicht.«

»Dies hier …« Mayhew lehnte sich zurück und wies mit seiner brennenden Zigarre auf die Ledersessel, die Eichenpaneele und den blank polierten Spiegel an der Wand über der Theke. »… ist ein Ort für Gentlemen. Ein Ort für feine Pinkel, Ross.«

Ross hob stirnrunzelnd den Kopf, doch als er die freundliche amüsierte Miene seines Gegenübers sah, fragte er mit einem scheuen Lächeln: »Ist es derart offensichtlich, dass ich das nicht bin?«

»Ja – aber nur für mich. Sie hätten sicher kein Problem damit, in Detroit, New York oder San Diego in einem so guten Hotel zu übernachten, Ross. Wie dieses Hotel in Coronado. Dort waren Sie doch bestimmt schon mal.«

»Ich wohne sogar dort. Mein Zimmer hat einen Balkon, von dem aus man den Ozean überblickt.«

»Den blauen Pazifik.« Mayhew seufzte und blies nachdenklich den Rauch seiner Zigarre aus. »Sie leben also in Kalifornien wie ein König, aber hier im kalten, schmutzigen, verrauchten Liverpool kommen Sie sich wie ein Hilfsarbeiter vor.«

»Ich lebe dort nicht wie ein König«, stellte Ross kopfschüttelnd klar. »So teuer ist mein Zimmer nicht.«

»Es geht um Ihre Einstellung, nicht um den Preis. Die Adresse, die Sie in den Staaten haben, ist eine der nobelsten der Welt, und Sie überlegen keinen Augenblick, ob das wohl angemessen ist. Und auch niemand anderes würde das jemals in Frage stellen, selbst wenn Sie beim Sprechen ab und zu ein H oder ein G verschlucken. Ich kenne eine ganze Reihe amerikanischer Millionäre, die den Saft von ihrem Kautabak achtlos auf den Boden spucken und nach ihrem elften Lebensjahr die Schule verlassen haben. Es ist eben ein Land mit anderen Werten, Ross. Und ein Mann, der das Talent zum Geldverdienen hat oder irgendwas bewegen kann, ist dort angesehener als ein Herzog. Und Sie sind mittlerweile auch Amerikaner, oder nicht?«

»Doch. Mein amerikanischer Pass wurde noch rechtzeitig vor meiner Abreise aus Kalifornien ausgestellt.«

»Na also. Und jetzt machen Sie es sich bequem, mein Junge, paffen an Ihrer Zigarre, trinken Ihren Brandy und benehmen sich wie ein verdammter feiner Pinkel, Sie sind nämlich einer.«

Auf dem Weg nach London saß er in einem Abteil der ersten Klasse und verfolgte, wie der Zug an Stoke-on-Trent, Longton, Stafford und Birmingham vorüberfuhr. An Abraumhalden, Mühlen und schiefergedeckten Reihenhäusern, die gesichtslos, langweilig und immer gleich aussahen.

In einem dieser Häuser war er aufgewachsen, bei Verwandten, die längst verstorben waren. Die Frage, was einmal aus ihm werden sollte, hatte sich an seinem dreizehnten Geburtstag zur Zufriedenheit aller Beteiligten geklärt. An dem Tag hatte ihn sein Onkel, angestellt als Vorarbeiter bei Lockhart

& Whitby, nach Wolverhampton mitgenommen und ihm in dem riesigen Motorenwerk für fünf Schilling pro 60-Stunden-Woche eine Lehrstelle verschafft. Nach sechs Jahren hatte er seinen Gesellenbrief gemacht und das Pfund und die acht Schilling Lohn der Tante überlassen, die ihm von dieser Summe sieben Schilling wieder in die Hand gedrückt hatte.

»Du bist ein guter Junge, Jamie«, sagte sie.

Aber dann, eines Sonntagnachmittags im Frühjahr, als er mit seinem Fahrrad in dem wunderschönen Landstrich zwischen dem Fluss Severn und dem Wald von Wyre unterwegs war, erblickte er westlich die Täler Shropshires und nordöstlich die zahlreichen Rauchwolken, die sogar an arbeitsfreien Tagen über Sandwell, Birmingham und Wolverhampton aufstiegen, und etwas – eine wilde, innere Zigeunerstimme – veranlasste ihn, am nächsten Morgen sein Werkzeug auf sein Rad zu packen und in eine unbekannte Zukunft aufzubrechen.

Obwohl das nach Ansicht seines Onkels eine riesengroße Dummheit war.

Doch auf dem Weg entlang des Severn Richtung Stourport, Worcester, Tewkesbury, Gloucester bis nach Wales hatte er erheblich mehr verdient als je zuvor in der Fabrik. In jeder Stadt, in jedem Dorf und auf jedem Hof gab es etwas zu reparieren. Einen Traktor, einen Pumpenmotor in einer Mine, das Automobil von einem Arzt …

»Wenn Sie wollen, bringe ich das Ding für zehn Schilling wieder zum Laufen«, hatte er den Leuten angeboten, und kaum jemand hatte nein gesagt.

Ein Geselle auf der Walz. Frei wie ein Zigeuner. Immer unterwegs. Wenn nötig, hatte er sein Nachtlager unter den Sternen aufgeschlagen, doch er sah gut aus und war ein fröhlicher Mensch und hätte nicht mehr sagen können, mit wie vielen Frauen zwischen Anglesey und Hereford er im Bett gelandet war. Nie würde er vergessen, dass er sein Fahrrad schon im ersten Winter gegen ein gebrauchtes Moped eingetauscht hatte, am Mersey entlang hinauf nach Manchester, Bradford und Leeds gefahren und von einem Millionär aus Sheffield als Mechaniker und Fahrer angeheuert worden war. Zum einen nahm er den Job an, weil er dann im Winter ein warmes Zimmer und anständiges Essen hatte, hauptsächlich jedoch, weil er die Gelegenheit bekam, den Geheimnissen des Rolls-Royce – des einzigen Wagentyps, den er noch nicht kannte – genauestens auf den Grund zu gehen.

Die Arbeit machte Spaß. Aber nach einem Jahr kündigte er und brach Richtung London auf. Die alte Ruhelosigkeit hatte ihn abermals gepackt. Stellen für Mechaniker und Fahrer gab es damals im Überfluss, und im Frühjahr 1913 hatte ihn der Earl of Stanmore engagiert.

Seltsam, wie einem das Schicksal manchmal mitspielt, dachte er. Hier saß er in einem Waggon der ersten Klasse, hatte in der Tasche eine Bürgschaft über fünfzigtausend Dollar und war auf dem Weg zu einem Treffen mit Sir Angus Blackworth, dessen Fabrik in der Nähe von Abingdon lag. Er fragte sich beiläufig, ob das Anwesen wohl noch bewohnt war, und steckte sich eine Zigarre an. Am besten schaute er – falls er die Zeit fände – einmal dort vorbei.

Zwei Mechaniker in weißen Overalls prüften die Bolzen, die den Motor an dem Testrahmen befestigten, legten den Zündungsschalter um und drehten den Propeller. Sofort sprang der Neun-Zylinder-Motor an, und das Dröhnen wurde von den Schalldämpfern im Probe-Hangar abgeschwächt.

Einer der Ingenieure von der Blackworth-Fabrik kontrollierte die Nadel am Schaltpult.

»Dreihundert«, brüllte er. »Wir können die Maschine auch problemlos bis dreihundertfünfzig hochfahren, wenn Sie wollen.«

Ross, der einen blauen Kittel über seinem Anzug trug, beugte sich vor und blickte stirnrunzelnd auf das Schaltpult. »So einfach dürfte das nicht werden. Bei dreihundertfünfundzwanzig wird sie schon extrem beansprucht. Wenn wir nicht aufpassen, fliegt uns das Ding gleich um die Ohren.«

Der Ingenieur verringerte das Tempo und legte den Schalter wieder um. »Trotzdem ist es das beste Flugzeugtriebwerk auf dem Markt. Zuverlässig wie nur was.«

Ross nickte zustimmend. »Es ist das Triebwerk, das wir suchen, aber trotzdem brauchen wir noch mehr PS. Vierhundert Minimum.«

Der Ingenieur steckte sich eine Zigarette an und beäugte Jamie durch den Rauch hindurch. Er hatte erwartet, dass der Mann ihm unsympathisch wäre. Ein übertrieben selbstbewusster, hoffnungslos überbezahlter Yankee, wie sie schon des Öfteren in ihrem Werk erschienen waren. Doch nach ein paar Minuten hatte er herausgehört, dass der Mann aus Birmingham kam, und sie tauschten sich mehr als eine Stunde bei einer Tasse Tee über ihre Lehrzeit aus. Der Ingenieur hatte die Ausbildung in Coventry bei Clybourne, dem Hauptkonkurrenten von Lockhart & Whitby, absolviert.

»Warum nehmen Sie nicht das Liberty oder das Packard 12? Es muss doch Hunderte von diesen Dingern in den Staaten geben.«

»Geht nicht«, antwortete Ross. »Die US-Marine will ein luftgekühltes, wenig wartungsintensives Radialtriebwerk. In Amerika wird nichts gebaut, was dem Blackworth Argo auch nur ansatzweise nahekommt, aber auch er ist bisher noch nicht leistungsstark genug.«

»Dann sprechen Sie am besten mit dem Boss. Denn er hat den Eindruck, dass Sie bei uns kaufen wollen.«

»Hat er Ihnen das gesagt? Ich habe ihm deutlich zu verstehen gegeben, dass noch Änderungen vorgenommen werden müssen.«

Lachend blies der Ingenieur den Rauch von seiner Zigarette aus. »Er hört nur, was er hören will. Aber es ist nun einmal eine Tatsache, dass es für die vielen Triebwerke, die wir auf Lager haben, keine Abnehmer mehr gibt. Der Waffenstillstand hat uns völlig überrascht, und jetzt hat er gehofft, dass er die ganzen Dinger, die wir nicht mehr losgeworden sind, nach Amerika verkaufen kann. Am besten laufen Sie rüber in Hangar vier und sagen ihm, dass das ein Irrtum ist.«

Sir Angus Blackworth hatte sich die Ritterwürde durch die Heldentaten eines Scout-Bombers aus seinem Werk, des Blackworth BFC-3, verdient. Zwei Geschwader des robusten, schnellen Zweisitzers hatten Anfang 1918 die U-Boot-Bunker in Ostende und Seebrügge attackiert, und auch wenn die leichten Bomben keinen nennenswerten Schaden an den Stahl-Beton-Bunkern verursacht hatten, hatten sie durch reines Glück im Brügge-Kanal zwei U-Boote versenkt und ein großes Treibstofflager in Flammen aufgehen lassen, deren hohe, schwarze Rauchsäulen sogar in Ramsgate und in Dover noch zu sehen gewesen waren. Diese Ruhmestat hatte die Fantasie der Menschen angeregt, und Angus war aus seiner Werkstatt in den Buckingham Palace beordert worden und als Ritter in seine Fabrik zurückgekehrt. Allerdings besaß diese Würde in der Nachkriegswelt keinen allzu großen Wert, weil im Bereich ziviler Luftfahrt eine erschreckend große Konkurrenz bestand. Deshalb legte er seine gesamte Hoffnung in den Blackworth Atlas, einen dreimotorigen Doppeldecker mit Oberflügel, dessen stoffbezogenes Holz-Metall-Gestell mit hochmodernem, sehr leichtem Duraluminium beschichtet war und der Platz für eine dreiköpfige Crew und zehn Fluggäste bot. Die Aircraft Travel and Transport Ltd. war an dem Flieger für die Strecke London-Paris-London interessiert, aber da die Testflüge des Prototyps enttäuschend ausgefallen waren, brachte Sir Angus seine ganze Zeit im Hangar zu, wo er – Rechenschieber und Notizbuch in der Hand – über und in die riesige Maschine kroch. Er kannte die Lösung des Problems bereits, als James Andrew Ross von der Corona Aircraft Company, San Diego, Kalifornien, USA mit seinem Lösungsvorschlag kam.

»Leistung«, murmelte Sir Angus, während er auf dem unteren Flügel saß und mit seinen kurzen Beinen baumelte. »Das ist die verdammte Lösung, oder? Das Geheimnis der verfluchten Fliegerei. Dass man immer mehr Leistung braucht.«

»Darum ging es schon immer, aber heute mehr als je zuvor. Wie viel wiegt das Monstrum?«

»Fast siebentausendfünfhundert Kilo – und zwar ohne Ladung.«

»Da haben Sie's. Das Verhältnis zwischen dem Gewicht und der PS-Zahl stimmt nicht. Nehmen Sie zum Beispiel unseren Flieger. Bisher haben seine dreihundert PS völlig genügt, und jetzt will die Marine plötzlich keinen reinen Aufklärungsflieger mehr. Wir müssen von diesem verfluchten Flugzeugträger, den sie bauen, aus starten und landen, eine Vickers auf der Motorhaube und zwei leichte Maschinengewehre auf Drehkränzen montieren, brauchen eine Reichweite von mindestens sechshundert Meilen und müssen im Notfall in der Lage sein, Bomben mit einem Gewicht von zweihundertfünfzig Kilo zu transportieren. Ohne die technischen Daten zu verändern, kriegen wir das Biest nie von dem verdammten Deck. Deshalb dachten wir an Ihren Argo, nur dass er bisher hundert PS zu wenig hat.«

»Die zusätzlichen PS könnte ich selbst gut brauchen.«

»Allerdings. Nun, der Argo ist ein guter Motor, zuverlässiger als eine teure Armbanduhr. Und ich habe auch schon ein paar Ideen, wie man ihn leistungsstärker machen kann. Vierhundertfünfzig PS wären wahrscheinlich drin. Man müsste ihn von Grund auf neu bauen, aber diese Mühe würde sich auf alle Fälle lohnen.«

Sir Angus hatte ein untrügliches Gespür für Aufschneider. Es gab zahllose Mechaniker und Ingenieure, die einem das Blaue vom Himmel versprachen und am Ende nichts zustande brachten. Dieser Mann jedoch, der ihm gegenüberstand, hielt stets, was er versprach. Denn nachdem ihm J. A. Ross geschrieben und gefragt hatte, ob er dreißig Argo-Radialtriebwerke zu verkaufen habe, hatte er ihn gründlich überprüft. Die US-Handelskammer hatte ihm bescheinigt, dass Corona Aircraft, eine aufstrebende Firma aus San Diego, mehrere Verträge mit der US-Navy hatte und Ross ein Teilhaber und gleichzeitig leitender Ingenieur des Unternehmens war.

Sir Angus streckte seine Arme aus. »Helfen Sie mir mal hier runter, Junge.« Sobald er auf dem Boden stand, blickte er wieder zu dem großen Flieger auf. »Er ist wirklich eine Schönheit. Und er wird sich gut verkaufen, weil es ihn in zwei Versionen gibt, einmal für den Passagierverkehr und einmal für den Frachttransport. Es ist eine gute, ehrliche Maschine. Alles, was sie braucht, sind mehr PS. Das wusste ich natürlich schon, bevor Sie es gesagt haben. Denn ich habe bereits Motoren gebaut, als Sie noch gar nicht auf der Welt waren. Aber ich will ehrlich sein – ich habe die Argo 135 übrig, weil unsere Verträge aus dem Krieg gekündigt worden sind. Ich dachte oder hatte jedenfalls gehofft, ich könnte sie in diesen Flieger einbauen, obwohl mir im Grunde immer klar war, dass das illusorisch ist. Oh, die Maschine fliegt sehr wohl mit diesem Motor, aber nicht, wenn sie so viele Passagiere oder so viel Fracht, wie ich mir vorstelle, transportieren soll.«

»Verstehe.«

»Davon bin ich überzeugt.« Er strich sich über die wirren, weißen Brauen. »Wann brauchen Sie Ihre Motoren?«

»Die Marine will sie haben, wenn der Flugzeugträger fertig ist. Das könnte noch gut ein bis anderthalb Jahre dauern. Es gibt noch ein paar Probleme. Sie ändern ständig das Design, was es uns nicht gerade einfach macht. Zum Beispiel haben sie noch nicht entschieden, welche Abbremsvorrichtung sie nehmen wollen. Und wir können die Tragwerke erst bauen, wenn wir wissen, wie der Flieger nach der Landung auf dem Deck verlangsamt werden soll. Wahrscheinlich mit irgendeinem Haken, aber wir müssen wissen, wo genau der sitzen soll.«

»Und bis dahin sitzen Ihre Leute rum und drehen Däumchen?«

»Nein. Wir beschäftigen sie mit dem Bau von zehn Wasserflugzeugen für die Marine und zehn weiteren, die von zivilen Unternehmen bei Corona in Auftrag gegeben worden sind. Das geht vollkommen problemlos, denn bei diesen Fliegern setzen wir die Liberty-Motoren ein.«

»Das heißt, Sie müssen nicht sofort zurück?«

Ross zitterte ein wenig. Obwohl die Hangartore zum Schutz vor dem Eisregen geschlossen gehalten wurden, fror er sich fast den Hintern ab. Voller Sehnsucht dachte er an Coronado Island, wo die Menschen selbst im Winter gut gelaunt bei Sonnenschein am Strand spazieren gingen.

»Wenn Sie ein 450-PS-Triebwerk für mich hätten, würde ich schon morgen zurückfahren.«

Sein Gesprächspartner stapfte frustriert mit einem Fuß auf und sah dabei aus wie ein erboster Gnom. »Wenn dem so wäre, würde ich mir gar nicht erst die Mühe machen, mit

Ihnen zu reden! Dann würde ich nur sagen, rüber mit dem Geld, nehmen Sie Ihre verdammten Triebwerke so schnell wie möglich mit!« Er zog einen Bleistift aus der Tasche und kaute in dem Versuch, sich zu beruhigen, vehement darauf herum. »Hören Sie, Ross. Ich weiß jede Menge über Sie. Wie zum Beispiel, dass Sie Teilhaber an einer grundsoliden, kleinen Firma in San Diego sind. In meinem Club in London habe ich Ihren Namen einem Bekannten gegenüber fallen lassen. Er hat während des Krieges Motoren für Rolls-Royce entwickelt und hat mir erzählt, sie hätten dabei sieben Patente von Ihnen benutzt. Meinte, Sie wären einer der schlausten Kerle in der Branche. Der geborene Ingenieur. Es hätte nicht viel gefehlt, und er hätte Sie als verdammtes Genie bezeichnet.«

»Tja, schade eigentlich.«

Sir Angus legte seine kleine, starke Hand auf seinen Arm. »Hören Sie, eine Hand wäscht die andere, wie ich immer sage. Wir müssen nicht nur den Abstand der Kolben und das Verdichtungsverhältnis ändern, sondern brauchen ein völlig neues Vergasungssystem. Nun kommen Treibstoffe mit höherer Oktanzahl auf den Markt, und ein neues System ist vonnöten, das dies voll nutzen kann. Wenn Sie, sagen wir, sechs Wochen bleiben könnten, um den Jungs zu helfen und mit ihnen zusammen ein Triebwerk zu entwickeln, mit dem Sie und auch ich zufrieden wären, wäre ich im Gegenzug bereit, Ihnen die ersten dreißig Motoren zum Herstellungspreis plus zwölf Prozent zu überlassen und Ihnen das Exklusivrecht einzuräumen, das verdammte Ding bei Ihnen in den Staaten als Lizenznehmer zu bauen – zu Bedingungen, die für uns beide günstig wären. Klingt das fair für Sie?«

»Ja, durchaus.«

»Außerdem übernehme ich sämtliche Kosten, die Ihnen während des Aufenthalts entstehen – stelle Ihnen einen Wagen zur Verfügung und ein hübsches, kleines Haus in Abingdon, in dem Sie Ihren müden Kopf ausruhen können. Also, abgemacht?« Als der Amerikaner seine ausgestreckte Hand ergriff, nickte er zufrieden. »Gut – gut. War nett, mit Ihnen zu plaudern, Junge. Wenn Sie mir jetzt wieder auf das Flugzeug helfen, sehe ich mir weiter das vermaledeite Querrudergestänge an.«

Weder an dem Wagen noch an der Unterkunft gab es etwas auszusetzen. Passenderweise hatte Angus ein amerikanisches Stearns-Knight-Six-Coupé für ihn ausgesucht, und das Cottage war erheblich besser eingerichtet und vor allem komfortabler als gedacht. Es lag am Ende einer ruhigen Straße und war eins von sieben kleinen Häusern, die von Blackworth 1917 für die leitenden Ingenieure und deren Familien errichtet worden waren. Drei hatten leer gestanden, seit der Rausch der schnellen Expansion und der lukrativen Verträge mit dem Kriegsende verflogen war. Angus hatte Ross den Schlüssel zu dem letzten Cottage in der Reihe in die Hand gedrückt, und er genoss einen unverstellten Blick auf die Felder und den Wald. Er fühlte sich wie mitten auf dem Land, hundert Meilen von der nächsten Ansiedlung entfernt, obwohl Abingdon bequem zu Fuß zu erreichen war.

Während seines Dienstes beim Earl hatte er das Städtchen selten besucht. Sonntags hatte er die Familie dorthin in die Kirche gefahren oder Countess Stanmore zu einem der Wohltätigkeitsbasare im Pfarrhaus. Abingdon war damals ein verschlafenes Nest mit nur einem Pub gewesen, und wenn er einmal in der Woche frei gehabt hatte, war er auf seinem Motorrad bis nach London oder wenigstens Guildford gebraust.

Fünf Tage nach seinem Einzug beschloss Jamie, sich die Ortschaft einmal aus der Nähe anzusehen. Es war Samstagnachmittag, das Wetter endlich einmal halbwegs angenehm, und auf den Straßen herrschte Hochbetrieb. Ross war überrascht, wie sehr sich Abingdon verändert hatte – es gab einen Filmpalast, zahlreiche Geschäfte, mehrere Lokale und sogar zwei Tankstellen und drei Werkstätten. In einem Restaurant, das drei Brüder aus Italien betrieben, aß er nicht nur vorzüglich, sondern bekam immer wieder Rotwein nachgeschenkt, weil die Brüder von ihm wissen wollten, wie das Leben in den Staaten war. Sie hatten ihn aufgrund seiner Kleidung als Amerikaner ausgemacht.

»Natürlich sind Sie aus Amerika. Der Hut, che buono! Das Jackett! Wie es sich an die Taille schmiegt – magnifico!«

Sie schenkten ihm das erste Glas Chianti ein, als er erzählte, wie er nach Amerika gekommen war. Schenkten nach, weil sie Verwandte in Cleveland hatten. Füllten abermals sein Glas, weil irgendwo in Kalifornien ein Vetter lebte, der nie schrieb.

Etwas schwindlig stand er schließlich auf, verließ das Restaurant, lief die Hauptstraße zur Kirche hinauf und wurde wieder nüchtern, als er dort das Kriegerdenkmal sah.

FÜR KÖNIG UND VATERLAND
1914–1918

Vier der siebenundzwanzig Menschen hatte er gekannt.

ALBERT DENNING
THOMAS HANES
SAMUEL MASTERWELL
IVY THAXTON RILKE

Hanes und Denning hatten in Abingdon als Stallburschen ihr Geld verdient – vorlaute, junge Kerle, die ihn glühend um sein Motorrad beneidet hatten und ganz wild darauf gewesen waren zu lernen, wie man darauf fuhr. An einem langen Sommertag, nachdem der Earl und die Countess zu einem Frankreichurlaub aufgebrochen waren, hatte er es ihnen auf dem Platz hinter den Stallungen gezeigt. Und jetzt waren sie im Weltkrieg gefallen, und er hatte sich umsonst mit ihnen abgemüht. Sam Masterwell, ein Page, ein schlaksiger, junger Mann, hatte immer die Dienstmädchen gekniffen oder sie dazu bringen wollen, ihn zu küssen, wenn sie ihm allein über den Weg gelaufen waren. Die Mädchen mochten ihn nicht und titulierten ihn als dummen Ochsen. Sicher hatten sie nicht im Traum daran gedacht, seinen Namen jemals in Marmor eingraviert zu sehen.

Ivy Thaxton. Ross erinnerte sich vage an ein Mädchen. Eine von den Kammerzofen. Hübsch. Mit schwarzem Haar. Sie hatten sich ein paarmal unterhalten, und er hatte angeboten, sie an ihrem freien Nachmittag in den Filmpalast in Guildford einzuladen, doch sie hatte abgelehnt. Ivy Thaxton Rilke. Das war Lady Stanmores Mädchenname. Ein Neffe von ihr hatte in dem Sommer vor Beginn des Krieges ein paar Wochen bei ihnen gewohnt. Ein wirklich netter Kerl. War bei einer Zeitung in Chicago angestellt gewesen, und Ross hatte ihn in Southampton abgeholt und ab und zu nach London chauffiert. Vielleicht hatte ja Ivy Thaxton ihn geehelicht. Vom Hausmädchen zur Ehefrau des Neffen einer richtigen Countess. Wenn das kein Aufstieg war. Doch der Krieg hatte die Zukunft dieser jungen Frau wie die Zukunft allzu vieler anderer zerstört.

Langsam ging er die Hauptstraße wieder hinab. In Amerika hatte er häufig voller Schuldgefühle an den Krieg gedacht.

Er war in Sicherheit, während andere in Flandern kämpfen mussten und starben. So hatten auch die anderen empfunden, die im Auftrag von Rolls-Royce Europa hinter sich gelassen hatten. Deshalb hatte der Projektleiter sie darauf hingewiesen, dass sie mit ihrer Arbeit der Heimat zum Sieg verhalfen, weil die an den Fließbändern der Yankees hergestellten Triebwerke für die Flugzeuge waren, die die Deutschen endgültig zerschmettern würden – die riesigen Handley-Page-Bomber, die Bristol-Kampfflugzeuge und die DH-4s. »Man braucht heutzutage nicht mehr Pfeil und Bogen, sondern richtige Maschinen, wenn man einen Krieg gewinnen will. Und jeder Falcon- oder Eagle-Motor, den wir fertigstellen, bringt uns dem siegreichen Ende dieses Krieges ein Stück näher.«

Damit hatte der Mann recht gehabt. Doch auch wenn Ross seinen Teil zur Kriegsanstrengung nicht im Graben und nicht an der Westfront, sondern an Werk- und Drehbänken geleistet hatte, war er sich wie ein Feigling vorgekommen, wenn im *Plain-Dealer*, einer Zeitung in Cleveland, über das Gemetzel an der Somme berichtet worden war. 1916, als er sich neben seiner Arbeit am Technikinstitut des Staats Ohio eingeschrieben hatte. In den folgenden drei Jahren machte er die Bekanntschaft mit einer Reihe Männer, die seinen Horizont immens erweiterten, einer – Harry Patterson – war der Mitbegründer seiner beiden Unternehmen, Ross-Patterson Motors und der Corona Aircraft Company.

»Ich hoffe, dass dort drüben permanent die Sonne für dich scheint«, hatte Harry ihm gewünscht, als er in San Diego in den Zug gestiegen war. Vielleicht tat sie das, aber der Sonnenschein würde für alle Zeiten durch den Schatten der zahlreichen Kriegerdenkmäler getrübt.

Die Ingenieure und Mechaniker von Blackworth waren gewitzt, innovativ und fleißig. Außerdem wussten sie, wie wichtig ihre Arbeit war. Von dem wunderschönen, aber bedauerlicherweise leistungsschwachen Flugzeug, das in Hangar vier getestet wurde, hingen ihre Zukunft, ihre Löhne und das Wohlergehen ihrer Frauen und Kinder ab. Die Arbeitslosigkeit in England war sehr hoch, und wenn sie ihre Anstellung verlören, würden sie nur schwer etwas Neues finden. Deshalb arbeiteten sie jeden Tag zwölf Stunden und hängten, wenn nötig, auch noch ein paar Stunden dran.

Innerhalb von nur drei Wochen hatten sie den grundlegenden Plan entwickelt, wie das Argo-Radialtriebwerk auf vierhundertfünfzig PS bei über eintausendachthundert Umdrehungen in der Minute auszubauen war. Wenn sie noch einmal drei Wochen Doppelschichten führen, wüssten sie, ob sich dieser Plan realisieren ließ, und Ross blieb in der Zeit nichts anderes übrig, als abzuwarten, bis die erste Testreihe begann.

Auf dem Weg in die Fabrik und von dort nach Hause kam er täglich zweimal an Abingdon Hall vorbei. Vom Haus selbst waren von der Straße aus nur ein paar Schornsteine zu sehen, trotzdem zog ihn das Gebäude magisch an. Er war überrascht gewesen, als Sir Angus ihm berichtet hatte, dass die Grevilles dort noch lebten.

»Meiner Meinung nach hat dieser Mann mehr Geld als Hirn«, hatte der Fabrikbesitzer mit Verachtung in der Stimme festgestellt. »Eine einzige Familie in einem Haus, das größer als ein Bahnhof ist. Um das verdammte Ding in Schuss zu halten, brauchen sie gewiss jede Menge Personal. Aber wie sage ich immer? Wenn man es sich leisten kann, sein Geld zum Fenster rauszuwerfen, soll man das ruhig tun.«

Ross hatte eigentlich keinen Grund, die alte Arbeitsstätte zu besuchen. Aber er dachte mit Wehmut an die alten Zeiten zurück. Die Tätigkeit für den Earl hatte ihm durchaus Spaß gemacht. In Abingdon und in Stanmore House in London hatte er sich wahrlich nicht überarbeitet. Es war nicht viel zu tun gewesen, außer in der gut geschnittenen Uniform junge Mädchen zu betören. Die Erinnerung brachte ihn zum Lächeln – und erfüllte ihn mit Dankbarkeit. Da der Earl und die Countess nur selten ausgegangen waren, hatte er, vor allem abends, jede Menge Zeit gehabt und sich aus lauter Langeweile eingehend mit der Mechanik ihres Rolls-Royce befasst. Der 1910 gebaute Silver Ghost hatte diverse Nachteile gehabt, und er hatte sich Möglichkeiten ausgedacht, wie sich die Leistung des Gefährts steigern ließ. Ein anderer Chauffeur, Lord Curzons Mann, gab ihm irgendwann den wohlmeinenden Rat, Patente auf seine verschiedenen Vergaser anzumelden und sich mit seinen Zeichnungen und Plänen an Rolls-Royce zu wenden. Dort hatte man seine Vorschläge für die Verbesserung der Limousinen zwar verworfen, aber gleichzeitig erkannt, dass sie bei der Produktion von Flugzeugtriebwerken von großem Nutzen waren. Nach Kriegsausbruch hatte Rolls-Royce nicht nur seine Patente haben wollen, sondern ihn als Leiter der Entwicklung eingestellt, weswegen ihm der Dienst beim Militär erspart geblieben war. Und mit den beachtlichen Tantiemen, die er nach Kriegsende ausbezahlt bekommen hatte, hatte er sich zusammen mit Harry selbstständig gemacht. Das, was er in der Garage seiner Lordschaft ausgetüftelt hatte, hatte sein gesamtes Leben vollkommen verändert. Und womöglich hatten seine Basteleien am Gefährt des Earl of Stanmore letztendlich sogar verhindert, dass sein Name in das Denkmal an der Hauptstraße von Abingdon gemeißelt worden war.

Einem Impuls folgend, hielt er an einem Samstagnachmittag vor dem Eisentor des Grundstücks an. Er war auf dem Weg zu einem Fußballspiel in Guildford, als ihm das Tor wieder einmal ins Auge fiel, und er stellte den Motor ab und stieg aus. Das Tor hatte kein Schloss, und er schob es zögernd auf, bevor er wieder in den Wagen stieg und zum Haupthaus fuhr. Was sollte er machen, wenn er es erreichte? Einfach an der Haustür klopfen und höflich fragen, ob der Earl zu sprechen war? Inzwischen war er längst sein eigener Herr, doch dazu fehlte ihm einfach der Mut.

Er überlegte kurz, ob er nicht lieber wenden und zurück zur Straße fahren sollte, doch die Schönheit des Gebäudes und der Gärten nahmen ihn gefangen. Seltsam, in den fast zwei Jahren seiner Tätigkeit in diesem Haus war ihm nie bewusst geworden, welche Pracht ihn umgab. Die gekieste Straße teilte sich und mündete rechts in eine runde Einfahrt vor dem Haus, während es links zu den Garagen und zur Rückseite des Anwesens ging.

Er lenkte sein Gefährt nach links, stieg aus und klopfte an der Hintertür. Der Diener, der ihm öffnete, bedachte ihn mit einem neugierigen Blick. Er erkannte eine teure Aufmachung, wenn er sie sah, und das Norfolk-Jackett und die gut geschnittene Tweedhose des Gastes waren von höchster Qualität.

»Ich bitte um Verzeihung, Sir, aber sind Sie sicher, dass Sie diesen Eingang nehmen wollen?«

»Dies ist doch der Eingang für die Dienstboten.«

Der Diener war verwirrt. »Das ist richtig, Sir, aber …«

»Ich habe hier einmal gearbeitet. 1913 bis 1914.«

Jetzt drückte der Blick des Dieners unverhohlene Neugier aus. »Sie haben einmal hier gearbeitet?«

»Hören Sie, macht es Ihnen etwas aus, mich reinzubitten? Es ist nämlich furchtbar kalt.« Ohne eine Antwort abzuwarten, ging er an dem Mann vorbei.

»Ich weiß nicht, ob noch jemand hier arbeitet, der sich an mich erinnern kann. Ist Mrs. Broome noch da?«

»Broome?«

»Sie war die Hausdame.«

Der Diener schüttelte den Kopf. »Nein, Sir. Aber wenn ich mich nicht irre, habe ich einmal gehört, wie die anderen sich darüber unterhalten haben, dass sie kurz nach Kriegsende gestorben ist. An der Spanischen Grippe.«

»Und welche anderen waren das?«

»Nun, die Leute, die sie kannten. Wissen Sie, das war lange vor meiner Zeit. Ich bin erst seit einem halben Jahr hier angestellt.«

»Welche anderen?«, wiederholte Ross geduldig.

»Nun, die Köchin, glaube ich… und Mr. Coatsworth. Denn die beiden sind schon ewig hier.«

An die Köchin konnte er sich nur undeutlich erinnern, sie hatten in verschiedenen Welten innerhalb von Abingdon gelebt. Aber Coatsworth hatte er recht gut gekannt. Der alte Mann war nie besonders nett zu ihm gewesen – aber Butler waren nun mal von Natur aus arrogant.

»Würden Sie wohl Mr. Coatsworth ausrichten, dass James, nein, Jamie Ross hier ist?«, bat er und fügte noch hinzu: »Der frühere Chauffeur.«

»Wenn ich ihn finde. Um diese Tageszeit macht er normalerweise gerne ein Nickerchen. Sie können im Speisesaal der Dienstboten warten, wenn Sie wollen. Bitte folgen Sie mir.«

Er erinnerte sich an den Weg. Offensichtlich hatte seine Lordschaft das Gebäude renovieren lassen – Jamie roch Farbe, und die Küche wirkte größer und moderner, doch die grundlegende Aufteilung war immer noch dieselbe. Im Speisesaal des Personals sahen die Möbel nun allerdings wesentlich bequemer aus. Tatsächlich kam der Raum ihm mit den Chintzvorhängen und den kleinen Tischen, die den großen Tisch ersetzt hatten, richtig gemütlich vor.

»Hätten Sie vielleicht gerne eine Tasse Tee?«, fragte der Diener.

»Ein Kaffee wäre mir lieber.«

»Da haben Sie völlig recht.«

»Ohne Zucker, dafür aber mit ein bisschen Milch.«

Kaum hatte er seinen Kaffee getrunken, trat der alte Butler langsam durch die Tür, sah ihn durchdringend an und sagte mit einem leichten Nicken: »Ross. Sie sind es tatsächlich.«

»Sie haben sich überhaupt nicht verändert, Sir«, erwiderte James und stand auf. »Ich hätte Sie überall erkannt.«

Der Butler blickte ihn mit einem schmalen Lächeln an. »Sie waren schon immer gut darin, den Leuten Honig ums Maul zu schmieren. Ich bin höchstens noch zwei Schritte von meinem Grab entfernt.«

»Das stimmt nicht, Mr. Coatsworth«, antwortete Ross. »Drei Schritte mindestens.«

Der alte Mann bedachte ihn mit einem säuerlichen Blick und nahm steif auf der Kante eines Stuhles Platz. »Sie sind es, Ross. Daran besteht nicht der geringste Zweifel. Ihre Augen blitzen noch genauso wie damals. Allerdings sprechen Sie anders. Wo haben Sie sich in den letzten Jahren rumgetrieben?«

»In Amerika.«

»Amerika? Hör sich das einer an. Aber Sie sind doch wohl keiner dieser Gangster, von denen man in der Zeitung liest?«

»Nicht ganz. Ich bin Luftfahrtingenieur.«

»Ein Ingenieur? Nun, das überrascht mich nicht. Im Umgang mit Maschinen waren Sie schon immer sehr geschickt.«

»Es tut mir leid zu hören, dass Mrs. Broome nicht mehr am Leben ist. Sie war eine nette Frau.«

»Eine grundehrliche Person.« Er zuckte leicht zusammen, als er mit den Händen über seine Knie fuhr. »Es war die Grippe. Sie hat viele anständige Leute umgebracht. Es heißt, dass an der Grippe noch mehr Menschen als im Krieg gestorben sind.«

»Sie hat auch in Amerika fürchterlich gewütet.«

»Oh, das glaube ich. Was stand noch mal in der *Times*? Krankheit überwindet alle Grenzen. Aber mich hat sie verschont. Ich nehme an, dass Gott der Meinung war, dass mir meine Arthritis schon genug zu schaffen macht.« Er stand mit schmerzverzerrter Miene auf. »Ich werde seiner Lordschaft sagen, dass Sie hier sind.«

»Oh, nein«, wehrte der Gast entschieden ab. »Ich möchte mich bestimmt nicht aufdrängen.«

»Das tun Sie nicht. Seine Lordschaft sagt noch immer, dass er nie wieder einen so guten Fahrer gehabt hätte wie Sie. Er ist in seinem Arbeitszimmer und trinkt wie immer nach dem Essen eine Tasse Kaffee. Er wäre sicher sehr enttäuscht, wenn er erführe, dass Sie hier gewesen sind, ohne dass er Sie gesehen hat.«

In der Tat war nicht zu übersehen, dass der Earl ihn wirklich gerne empfing. Was herzerfrischend war. Er kam mit ausgestreckter Hand quer auf Ross zu.

»Bei Gott! Sie sind es wirklich. Ich habe zu Coatsworth gesagt, Sie wären ganz bestimmt nicht unser Ross, aber Sie sind es. Meine Güte, Sie sind wirklich wieder da.« Er schüttelte dem Gast kraftvoll die Hand und klopfte ihm auf den Rücken. »Los, Junge – nehmen Sie Platz, denn ich bin wirklich neugierig. Coatsworth hat gesagt, Sie wären nach Amerika gegangen und Luftfahrtingenieur oder etwas in der Art. Sie müssen mir unbedingt erzählen, wie es Ihnen ergangen ist.«

Da der Earl ihn hin und wieder unterbrach, um etwas zu fragen oder eine Anmerkung zu machen, brauchte Ross gut eine Stunde, um ihm zu berichten, dass er den Amerikanern in Ohio bei der Herstellung von Rolls-Royce-Motoren geholfen, in drei Jahren auf der Abendschule eine Ausbildung zum Ingenieur gemacht und am Wochenende Kurse in Rhetorik besucht hatte. Außerdem hatte er einmal im Jahr einen zweiwöchigen Sommerkurs belegt und die Klassiker studiert. Er erzählte Lord Stanmore von dem Unternehmen, das er mit dem Freund gegründet hatte, um die nach dem Krieg nicht mehr gebrauchten Liberty- und Packard-Flugzeugtriebwerke zu kaufen, und dass sie selber Flieger entwarfen und bauten.

»Faszinierend, Ross. Sehr interessant.« Der Earl stand auf und holte eine Flasche Whiskey aus dem Schrank. »Dieser Liberty-Motor, von dem Sie sprechen – hätte der denn für Ihr neues Flugzeug nicht gereicht?«

»Von der Leistung her auf alle Fälle, Sir, aber leider wäre er für einen Flugzeugträger nicht das Richtige. Die Erfahrungen auf dem englischen Flugzeugträger Argus haben gezeigt, dass die harten Landungen auf Deck Probleme mit den Radiatoren flüssigkeitsgekühlter Triebwerke verursachen. Wir brauchen also luftgekühlte Radialtriebwerke, und Blackworth stellt einfach die besten her.«

»Ich bin Aktionär bei Blackworth und kenne Sir Angus flüchtig. Kann ich Ihnen irgendwie behilflich sein?«

»Das ist sehr freundlich, Sir, aber bisher läuft alles glatt.«

Lord Stanmore schenkte Whiskey in zwei Gläser und reichte Ross seinen Drink, der vor dem Kamin in einem Ledersessel saß.

»Es kommt mir wie tausend Jahre vor, seit ich Sie zum letzten Mal gesehen habe. Genau gesagt, im ersten Kriegswinter. Sie haben mir gesagt, dass Sie uns verlassen, um nach Enfield zu Rolls-Royce zu gehen. Wenn ich mich recht entsinne, war ich darüber nicht unbedingt erfreut. Mich ohne einen kompetenten Ersatz zurückzulassen. Ich kann mich noch erinnern, dass Sie mir empfohlen haben, selbst fahren zu lernen. Ein wahrscheinlich gut gemeinter Ratschlag, der mich jedoch nur noch mehr verärgert hat. Aber seither ist viel passiert, und ich kann Ihnen versichern, dass sich meine Fahrkunst heutzutage durchaus sehen lassen kann und dass ich in der Zwischenzeit sogar einmal geflogen bin.«

»Darauf sollten wir anstoßen, Mylord.«

»Es ist geradezu unglaublich, wie die Zeiten sich geändert haben. Natürlich ist es tragisch, dass dafür ein Krieg vonnöten war, aber so war es nun einmal. Ein bitterer Scherz des lieben Gottes, schätze ich. Aber ohne den Krieg würden Sie mich wahrscheinlich immer noch herumkutschieren, statt in San Diego Flugzeuge zu bauen. Seltsamer Gedanke, finden Sie nicht auch?« Er hob sein Glas. »Lassen Sie uns lieber darauf anstoßen. Und darauf, dass Sie weiter so erfolgreich sind.«

»Vielen Dank, Mylord.«

»Und nennen Sie mich bitte nicht länger Mylord«, bat der Earl mit einem müden Lächeln. »Schließlich sind Sie jetzt Amerikaner, und ihr Jungs habt jahrelang darum gekämpft, Kerle wie mich nicht mehr als Mylord ansprechen zu müssen.«

Der Earl geleitete den Gast auf die Rückseite des Hauses, wo sein Wagen stand.

»Es tut mir leid, dass Charles nicht da ist, Ross, aber er ist oben in Derbyshire bei seinem Bruder zu Besuch. Dabei hat er erst vor ein paar Tagen auf dem Weg zum Bahnhof von Ihnen gesprochen. Wir hatten Probleme mit dem Wagen, und Banes … Sie wissen doch bestimmt noch, wer das ist? Er war Lord Gavins Fahrer, drüben in Newton Cross.«

»Ich glaube ja. Ein älterer Mann.«

»Der, auch wenn es mir leidtut, das zu sagen, noch erheblich älter ist. Doch man findet einfach kaum noch junge

Burschen, die bereit sind, eine Stellung in einem privaten Haushalt anzunehmen. Sie fahren lieber Taxi oder gehen stempeln. Banes ist kein schlechter Fahrer, aber als Mechaniker ein hoffnungsloser Fall. Aber wie dem auch sei, wir fuhren also Charles zum Bahnhof, als der Motor plötzlich jedes Mal, wenn wir an eine Kreuzung kamen, ausging. Charles und ich hatten den Eindruck, dass man sicherlich einfach irgendeine Kleinigkeit verstellen müsste, aber Banes wurde sehr nervös und meinte, er müsste bei Rolls in London anrufen, damit das Unternehmen einen Fachmann schickt. Da hat Charles mir zugeraunt: ›Ross hätte das Problem im Handumdrehen gelöst.‹ Sie sehen also, Sie sind uns allen immer noch in sehr guter Erinnerung.«

»Ich bin froh, dass Mr. Charles wohlauf ist. Ich habe nicht gewagt, nach ihm zu fragen.«

»Ja, er ist wohlauf. Er hatte ein paar Probleme, aber die hat er überwunden.«

Als sie Ross' Gefährt erreichten, schüttelte Lord Stanmore ihm erneut die Hand. »Ich bin froh, dass Sie vorbeigekommen sind. Unsere Unterhaltung hat mir großen Spaß gemacht.«

»Mir auch.« Ross öffnete die Wagentür, stieg aber nicht ein. »Noch einmal zurück zu Ihrem Wagen. Hat das Unternehmen Ihnen jemanden geschickt?«

»Rolls-Royce? Das werden sie bestimmt noch tun. Und wenn es uns zu lange dauert, bringen wir den Wagen eben selbst nach Guildford. Dort gibt es zumindest eine halbwegs anständige Werkstatt.«

»Lassen Sie mich einen Blick drauf werfen, Sir.«

»Oh nein, mein Lieber. Es würde mir nicht im Traum einfallen, Sie damit zu belästigen.«

»Es wäre mir ein wirkliches Vergnügen, denn ich habe schon seit Jahren nicht mehr an einem Fahrzeugmotor von

Rolls-Royce herumgeschraubt. Klingt, als wäre der Leerlauf zu niedrig eingestellt oder die Tanknadel verstopft oder …«

Lord Stanmore wehrte lachend ab. »Sie scharren ja schon richtiggehend mit den Hufen, wie ein altes Schlachtross, das die Trommel hört. Also gut, wenn Sie darauf bestehen. Ich werde Banes Bescheid sagen, dass er Ihnen den Schlüssel bringen soll.«

Ross schwang die Türen der Garage auf, damit die Abgase nach außen drangen, und Banes, der sich nicht unbedingt gefreut hatte, als er bei seiner Teepause gestört worden war, verzog mürrisch das Gesicht.

»Ich kann mir nicht vorstellen, dass Sie das Ding so einfach wieder hinkriegen.«

»Doch, ich denke schon.« Er schwang sich auf den Fahrersitz, ließ den Motor an, lauschte ein paar Minuten den unregelmäßigen Vibrationen, schaltete den Motor ab und stieg wieder aus.

»Habe ich doch gesagt«, sagte Banes. »Das hört sich für mich nach einer größeren Sache an.«

»Reden Sie keinen Unsinn. Wo ist der Werkzeugkasten?«

Der ältere Chauffeur sah ihn aus großen Augen an. »Ich glaube, es liegt einer im Kofferraum.«

»Sie glauben?«

»Ich kann mit Werkzeug nicht viel anfangen. Schließlich bin ich, verdammt noch mal, Chauffeur und kein Mechaniker.«

»Hören Sie, Sie können hierbleiben und etwas lernen, oder Sie gehen ins Haus zurück und trinken weiter Ihren Tee.«

»Dann brauchen Sie mich also nicht?«

»Nein. Trotzdem vielen Dank für Ihre Hilfe.«

»Nichts zu danken. War mir ein Vergnügen«, entgegnete Banes und wandte sich zum Gehen.

Ross zog seine Jacke aus, lockerte seine Krawatte und rollte die Ärmel auf. Es bereitete ihm ein fast sinnliches Vergnügen, als er nach dem großartigen Motor sah. Natürlich stellten in den Staaten Apperson und Duesenberg und Jordan und Stutz ebenfalls sehr ordentliche Wagen her, aber auf der ganzen Welt gab es nicht ein Automobil, das sich mit dem Silver Ghost von Rolls-Royce vergleichen ließ.

Er holte den Werkzeugkasten aus dem Kofferraum und baute vorsichtig den Vergaser aus. Bei jeder Schraube nahm er nur eine halbe Drehung vor und arbeitete derart konzentriert, dass er zuerst gar nicht bemerkte, dass jemand rief: »Banes – sind Sie in der Garage, Banes?«

Er richtete sich auf und blickte, ohne seinen Schraubenschlüssel aus der Hand zu legen, durch das offene Garagentor. Dort stand eine Frau, von der er allerdings zunächst nur die Silhouette sah. Erst als sie in die Garage kam, erkannte er ihr Gesicht. Sie war immer noch so schön wie damals.

»Sie sind ja gar nicht Banes. Sie sind … Ross, nicht wahr?«, sagte die Tochter seiner Lordschaft.

»Richtig.«

»Nicht zu fassen.«

»Aber wahr«, gab er ein wenig lahm zurück.

»Das ist ja wunderbar! Ich bin unglaublich froh, dass Sie zurückgekommen sind. Freut mich, dass Papa zur Abwechslung mal wieder einen Fahrer hat, der etwas von seinem Handwerk versteht.«

»Nun …«

»Stimmt etwas mit dem Wagen nicht?«

»Der … Vergaser muss neu eingestellt werden.«

Sie sah ihn mit einem strahlenden Lächeln an. »Das kriegen Sie sicher spielend hin. Glauben Sie, dass Sie bis halb sechs damit fertig sind?«

»Auf jeden Fall.«

»Gut. Ich muss nämlich nachher am Bahnhof in Godalming jemanden vom Zug abholen.« Sie wandte sich zum Gehen. »Schön, dass Sie wieder da sind. Da kommt man sich beinahe wie in den alten Zeiten vor, nicht wahr?«

Damit drehte sie sich um, und er beobachtete, wie sie wieder ins Haus ging. Er hob den Vergaser aus dem Motorraum.

Wie in den alten Zeiten.

Während er die Starterklappe vorsichtig mit Kerosin und einer kleinen Bürste reinigte, dachte er über früher nach. Eine seiner Aufgaben hatte darin bestanden, die damals noch jugendliche Lady Alexandra in London herumzukutschieren, weil sie damals vollkommen verrückt nach Partys gewesen war. Er hatte sie von hier nach da chauffiert – häufig innerhalb von einem Abend erst nach Chelsea, dann nach St. John's Wood und Mayfair bis nach Knightsbridge – und im Fonds des Wagens hatten sich ihre ausgelassenen Freundinnen gedrängt. Damals waren alle im Tangofieber, und an ihrem siebzehnten Geburtstag tanzte sie die ganze Nacht hindurch. Er hatte indessen in einer Gasse in Chelsea neben dem Wagen gestanden, und wie allen anderen Fahrern waren ihm vor Müdigkeit fast die Augen zugefallen, während in der Dunkelheit laute Tangomusik erklang.

Auf einmal hörte er das Klappern ihrer hochhackigen Schuhe, als sie noch einmal die Garage betrat, hob den Kopf und blickte sie fragend an. Sie zögerte einen Moment und kam leicht verlegen auf ihn zu.

»Ich war gerade bei meinem Vater, und ich muss Sie um Verzeihung bitten, Ross. Ich komme mir wie eine hoffnungslose Närrin vor.«

»Ach, ja?« Er sah sie grinsend an. »Es gibt Schlimmeres für einen Mann, als dass er für einen Chauffeur gehalten wird.«

»Davon bin ich überzeugt, aber ich …«

»Ihnen ist ein völlig logischer, verzeihlicher Irrtum unterlaufen, weiter nichts.« Er zeigte ihr den zarten Mechanismus aus Kolben und Feder, den er vorsichtig zwischen den Fingern hielt. »Aber Sie könnten mir einen Gefallen tun. Ich bräuchte einen möglichst dünnen Schraubenzieher von der Bank da drüben.«

Sie fand das gesuchte Werkzeug und hielt es ihm hin. Vorsichtig nahm er den winzig kleinen Federkolben in die linke Hand, zog mit der rechten eine kleine Schraube fest und setzte den Mechanismus behutsam wieder in den teilweise zerlegten Vergaser ein.

Fasziniert sah Alexandra ihm bei dieser Arbeit zu. »Dafür braucht man ja richtig Fingerspitzengefühl. Ich dachte immer, ein Mechaniker drischt einfach mit einem Hammer auf die Dinge ein.«

»Das tut er natürlich auch.«

»Vater hat mir erzählt, Sie leben in San Diego. Dort ist es bestimmt wunderbar.«

»Ja. Allerdings liegt unsere Fabrik zwar in San Diego, aber ich wohne auf Coronado Island auf der anderen Seite der Bucht. Die Marine hat am Nordende der Insel einen Luftstützpunkt, auf dem sie uns unsere Wasserflugzeuge testen lässt.«

»Fliegen Sie etwa selbst?«

»Nein, ich mag keine Höhen. Ich führe alle meine Tests mit einem Rechenschieber durch. Das ist sicherer.«

Die Nähe der jungen Frau brachte ihn aus dem Gleichgewicht. Der Duft ihres Parfüms vermischte sich mit dem Geruch von Kerosin. Eine eher ungewöhnliche Mischung, schoss ihm durch den Kopf. Und es war seltsam, dass sie hier neben ihm in der Garage stand und sich mit ihm über San Diego unterhielt. Aus den Augenwinkeln sah er ihren sanft geschwungenen Hals. Er versuchte, nicht darüber nachzudenken und sich auf die kniffelige Aufgabe zu konzentrieren, den Vergaser zusammen- und wieder in den Motor einzubauen. Als ihm dabei eine kleine Schraube in einen Schlitz fiel, fischte er ihn mühselig mit einem Stückchen Draht heraus.

»Wir haben überlegt, ob wir nach Kalifornien gehen sollen«, sagte sie mit einem Mal. »Man hat meinen Mann gefragt, ob er für ein Jahr im amerikanischen Militärkrankenhaus in San Francisco arbeiten will.«

»Das Angebot sollte er annehmen. San Francisco ist eine sehr interessante Stadt.«

»Er ist vor anderthalb Jahren gestorben.«

»Oh, das tut mir leid.«

»Danke. Haben Sie jemals geheiratet?«

»Nein. Ich hatte einfach keine Zeit, um jemanden kennen zu lernen. Aber wenn es arbeitsmäßig etwas ruhiger wird, ergibt sich gewiss die Gelegenheit. Kalifornien ist ein Paradies für Kinder. Deshalb wäre es eine Sünde, setzte man dort keine Kinder in die Welt.« Nach einer letzten Drehung legte er den Schraubenzieher auf der Werkbank ab. »So. Das wär's.«

»Dann ist er jetzt also wieder so gut wie neu?«

»Wenn nicht sogar noch besser.«

Alexandra reichte ihm die Hand. »Ich muss wieder ins Haus, mich umziehen. War mir eine Freude, mich mit Ihnen zu unterhalten, Ross – ich wünsche Ihnen weiter alles Gute.«

Er blickte auf ihre schlanke, weiße Hand und hielt seine kerosinverschmutzten Hände hoch. »Ich gebe Ihnen lieber nicht die Hand, wenn Sie nicht eine Woche lang nach Lösungsmittel riechen wollen. Aber es hat mich ebenfalls gefreut, mit Ihnen zu sprechen. Ich hoffe, dass wir uns, bevor ich zurückfahre, noch einmal wiedersehen.«

Solche Floskeln gab man in den Staaten von sich. Aber weshalb sollten sie einander wiedersehen? Um sich über die alten Zeiten auszutauschen? Er nahm den Vergaser und setzte ihn in den Wagen ein.

»Vielleicht«, gab sie zurück.

Um den Wagen zu testen, fuhr er durch die langgezogene, runde Einfahrt vor dem Haus und vergewisserte sich, indem er mehrmals anhielt, dass der Motor nicht erneut ausging, weil er noch immer nicht genug Benzin bekam.

Als er den Rolls-Royce zurück in die Garage brachte, warteten dort schon der Earl und Banes. Die Miene des Chauffeurs war eisig, aber in der Uniform mit der schwarzen Kappe, den ledernen Gamaschen und den schwarzen Handschuhen sah er zumindest aus wie ein Chauffeur.

»Der Motor klingt tatsächlich wieder einwandfrei«, stellte Lord Stanmore anerkennend fest. »Ich danke Ihnen, Ross.«

Man bat ihn noch auf einen Drink ins Haus, aber Ross lehnte höflich ab und atmete erleichtert auf, als er wieder in seinem Wagen saß. Die letzten Stunden waren äußerst merkwürdig gewesen.

Unser Ross.

Niemand hatte ihn herablassend behandelt. Es lag nicht am Earl of Stanmore oder seiner Tochter, sondern an ihm. Denn er hatte sich gleich wieder wie *unser Ross* gefühlt. Wie der kleine Angestellte, der zurückgekommen war.

»Verdammt«, murmelte er, während er möglichst schnell über den Kiesweg zur Straße fuhr. Er hoffte, dass er Alexandra Greville niemals wiedersähe. Auch wenn sie anders hieß – schließlich war sie verheiratet gewesen. Aber welchen Namen sie auch immer trug, hoffte er, dass er ihr nicht wieder so nahe käme, dass er ihr Parfüm roch und bemerkte, wie makellos ihr wunderschönes Gesicht war.

Als er ausstieg, um das Tor zu öffnen, sah er dicht über dem Wald den hellen Abendstern. Wie hieß noch die erste Zeile eines Gedichts von Lord Byron, über das sie in einem seiner zweiwöchigen Sommerseminare ausführlich gesprochen hatten?

In Schönheit geht sie wie die Nacht …

Bisher hatte er bei diesen Worten kein lebendiges Gesicht vor Augen gehabt, doch jetzt …

8

Hallo, Liebling.« Esquire Noel Edward Allenby Rothwell setzte sich zu Alexandra in den Fonds des Wagens, gab ihr einen Wangenkuss und nahm, während der Fahrer sein Gepäck im Kofferraum verstaute, zärtlich ihre Hand.

»Wie war die Woche in London?«, fragte Alexandra.

»Einsam.« Er hob ihre Hand an seine Lippen. »Furchtbar einsam.«

Lachend fragte sie: »Aber hoffentlich auch produktiv?«

»Ja, natürlich, auch wenn ich mich nur mit Mühe auf den ganzen Mammon konzentrieren konnte, weil ich ständig sehnsüchtig darauf gewartet habe, dass es Sonnabend wird und ich vier Tage in Gesellschaft einer wunderschönen, jungen Frau verbringen kann.« Er küsste ihre Hand erneut, ließ sie los und tätschelte ihr Knie. »Aber jetzt ist es ja endlich so weit.«

»Es war wirklich clever von dir, dich vier Tage aus dem Staub zu machen.«

»Ich habe mich nicht aus dem Staub gemacht. Der kurze Urlaub stand mir zu.«

Er lehnte sich zurück, als Banes langsam vom Bahnhofsvorplatz auf die Straße fuhr. Er war hochzufrieden, endlich hier zu sein. Die Woche war sehr anstrengend gewesen, und die allgemeine Hektik hielt in den nächsten Wochen sicher an. Die Finanzwelt war im Augenblick stark in Bewegung, und mit Pech brach sie früher oder später zusammen. Drückende

Kriegsschulden, Streiks in den Waliser Kohlegruben, Anarchie und Bürgerkrieg in Irland waren nur einige der Zutaten in einer bedrohlich brodelnden Suppe. Und die Franzosen taten nichts, um die Lage zu entschärfen. Ganz im Gegenteil, Raymond Poincaré, der amtierende Ministerpräsident, versuchte gegen den Willen der Briten und Amerikaner die Daumenschrauben bei den Deutschen noch ein wenig fester anzuziehen. Zwar hatte auch Lloyd George zunächst im ersten Siegesrausch verlangt, die deutsche Zitrone auszupressen, »bis die Kerne quietschen«, doch er hatte es sich sehr schnell anders überlegt. Niemand mit einem Geschichtsbewusstsein oder einem grundlegenden Verständnis für die Wirtschaft triebe eine Nation so groß wie Deutschland vorsätzlich in den Bankrott. Denn selbst unter den günstigsten Bedingungen waren die weltweiten Finanzen und der internationale Handel nie völlig im Gleichgewicht. Und die von Monsieur Poincaré geforderte Zerstörung eines Landes, um ein anderes zu stärken, würde einzig dazu führen, dass diese empfindliche Balance endgültig verloren ging.

Natürlich fühlte Frankreich sich im Recht, weil das Land verwüstet, seine Industrie zerstört und das Blut einer Generation von jungen Männern vergossen worden war. Doch dieses Blut bekamen die Franzosen nicht zurück, indem sie versuchten, deutsche Steine auszupressen. Deshalb waren die Reparationszahlungen auch sinnlos. Durch den Abzug des deutschen Goldes war die Mark zu einem schlechten Witz verkommen – statt zwanzig Mark für das Pfund Sterling wurden heutzutage fast viertausend Mark dafür verlangt – ein Preis, der weiter täglich stieg. Wertloses Papier. Die Millionen von Fäden, die ein Land durch Handel und Finanzen an das andere banden, waren zerschnitten oder derart fest verknotet, dass sie sich nicht mehr entwirren ließen. Und die Auswirkungen der Geschehnisse in Köln und Hamburg spürte man mittlerweile auch in Coventry und Glasgow – und an der Börse. Noel hatte letzte Woche pausenlos versucht, verwunderten Klienten zu erklären, weshalb ihre Aktien permanent an Wert verloren. Deshalb verspürte er Dankbarkeit, dass er jetzt mit Menschen zusammen war, die zwar vielleicht Sorgen hatten, aber bestimmt nicht finanzieller Art.

Er sah durch das Fenster auf die dunklen Felder und die dichten Hecken. Anständiges Land, in das die alten, angesehenen Familien Englands ihr Vermögen investiert hatten, auch der Vater seiner zukünftigen Braut. Seine Lordschaft besaß hektarweise Felder, Wiesen, Wälder, Bauernhöfe, Dörfer und wahrscheinlich eine Reihe Immobilien im Londoner West End, deren Wert bestimmt nicht fiel. Wieder tätschelte er Alexandras Knie. Zärtlich, aber ohne eine Spur plumper Vertraulichkeit.

»Ich freue mich, dass ich jetzt wieder bei dir bin«, erklärte er und meinte diese Worte wirklich ernst.

Warmes Kerzenlicht fiel auf den langen, blank polierten Walnusstisch. Die Pagen trugen silberne Tabletts herein, der Braten wurde angeschnitten und der Wein erst dekantiert und dann in die Kristallgläser geschenkt.

»Nun, Noel«, sagte der Earl, nachdem das Personal das Zimmer verlassen hatte. »Wie wird Ihrer Meinung nach der Kampf zwischen dem Dáil und den Republikanern in Irland ausgehen?«

»Also bitte«, mischte seine Frau sich mit gespielter Strenge ein, »während des Essens sind Gespräche über Politik tabu.«

»Aber es geht nicht um Politik, Hanna«, sagte der Earl. »Wenn du mich fragst, ist das eher ein Krieg.«

»An diesem Tisch ist weder Raum für Politik noch für

Krieg.« Lächelnd wandte sie sich an den Gast. »Sagen Sie, Noel, hat es Ihrer Mutter in Spanien gefallen?«

»Sogar sehr. In Madrid war es eiskalt, aber in Malaga dafür sehr angenehm.«

»Ja, um diese Jahreszeit ist es in Andalusien wunderbar.«

Nach dem Essen galt es noch, mit dem Earl Port zu trinken und eine Zigarre zu rauchen, während sie sich von Mann zu Mann über die Lage in Irland und andere weltliche Fragen austauschten – und dann war er endlich allein mit Alexandra.

Sie saßen auf dem breiten Ledersofa in der Bibliothek, und sie sah ihn über den Rand von ihrer Mokkatasse hinweg an.

»Du musst dich hier auf dem Land doch schrecklich langweilen, Noel.«

»Langweilen? Wie könnte ich mich in deiner Gesellschaft wohl je langweilen?«

»Bin ich denn so aufregend?«

»Für mich auf jeden Fall.«

»Und warum genau?«

Er nippte an seinem Brandy und stellte das Glas behutsam auf den Tisch. »Weil ich mich wie ein ganzer Mensch fühle, wenn ich in deiner Nähe bin. Als hätte bisher ein Teil von mir gefehlt. Ich wusste nie, weshalb ich mich häufig so leer gefühlt habe, bevor wir uns begegnet sind. Du hast ein ganz neues Gefühl in mir geweckt. Liebe, Alexandra. Das hat bis jetzt keine Frau geschafft.« Er wandte sich ihr zu und legte die Hände vorsichtig auf ihre Schultern. »In solch einem Moment wünschte ich, dass ich ein Dichter wäre, um meine Gefühle für dich auszudrücken. Aber da ich das leider nicht bin, kann ich nur sagen, dass ich dich sehr liebe.«

Lächelnd strich sie mit den Fingerspitzen über seine Wange. »Das meinst du tatsächlich ernst, nicht wahr, Noel?«

Er neigte seinen Kopf und strich mit seinen Lippen sanft über ihr Handgelenk. »Du weißt, dass ich das tue.«

Sie hatten sich in den vergangenen drei Monaten bereits des Öfteren geküsst, doch dieses Mal verströmte Alexandra eine ungeahnte Leidenschaft. Sie schmiegte sich an ihn, und er drückte sie sachte auf die Couch, berührte flüchtig ihre rechte Brust und spürte die Wärme ihres Körpers durch den dünnen Seidenstoff ihres Kleides. Sie bewegte ihre Lippen dicht an seinem Mund, und er kämpfte gegen das Verlangen, seine Hand an ihr herabgleiten zu lassen, bis sie zwischen ihren Beinen lag. Denn er musste sanft – ganz sanft – zu Werke gehen. Er richtete sich auf, betrachtete ihre geschlossenen Augen und den halb geöffneten Mund, küsste zärtlich ihre Lider und stieß einen leisen Seufzer aus.

»Ach, Alexandra, wenn ich es nur wüsste.«

Sie schlug ihre Augen wieder auf und sah ihn fragend an. »Wenn du was wüsstest, Noel?«

»Dass du dich bereiterklären würdest, meine Frau zu werden.«

»Um das herauszufinden, müsstest du mich fragen.«

In der Hoffnung, dass sie die Geste nicht lächerlich, sondern romantisch fände, sank er vor ihr auf die Knie.

»Willst du mich heiraten, mein Schatz?«

»Ja«, sagte sie mit nachdenklicher Stimme. »Ja, ich glaube schon.«

Womit der Fall erledigt war. Sie blickte in den Spiegel über dem Frisiertisch, als sie ihre langen Haare löste. Im Grunde ihres Herzens war ihr klar, dass sie nicht bewusst beschlossen hatte, ja zu sagen, sondern dass es einfach geschehen war. Wenigstens Noel schien glücklich zu sein. Ihre Oberarme schmerzten, wo er sie gepackt hatte, und ihre Lippen waren wund von seinem Mund. Morgen würde er noch ihren Vater förmlich um Erlaubnis bitten, und danach wären sie offiziell verlobt. Er wollte, dass sie im Juni im Saint George's am Hanover Square in London heirateten und anschließend einen Empfang im Claridge's gaben. Im kleinen Kreis, nur für die Familie und ein paar Freunde. Immerhin ging sie bereits zum zweiten Mal die Ehe ein.

Sie zog sich aus und musterte sich kurz, bevor sie in ihr Nachthemd stieg. Ihre Figur lag momentan nicht gerade im Trend. Mit ihren großen Brüsten und ihren runden Hüften sah sie nicht wie ein Modell von John Held, sondern eher wie eins von Rubens aus. Außerdem war Colin bei seiner Geburt bereits sehr groß und schwer gewesen, und auch sie hatte erheblich zugelegt. Obwohl sie dieses Gewicht wieder verloren hatte, hatte die Schwangerschaft Spuren hinterlassen, was Noel im Juni nicht entgehen würde. Kein Mann außer Robbie hatte sie je nackt im Arm gehalten.

Sie schlief tief und traumlos und so lange, dass am nächsten Morgen vor der Fahrt zur Kirche kaum noch Zeit zum Anziehen und für eine Tasse Kaffee blieb. Auf dem Weg nach Abingdon saß sie im Wagen zwischen ihren Eltern, und Noel, der auf dem Notsitz gegenübersaß, sah sie die ganze Zeit mit einem verschwörerischen Lächeln an. Sie hingegen zwang sich zu lächeln, auch wenn sie alles andere als glücklich war.

Nach dem Gottesdienst spazierten Noel und ihr Vater in den Pfarrgarten, während sie mit ihrer Mutter vor der Kirche stand.

»Noel benimmt sich heute Morgen etwas seltsam, findest du nicht auch?«

»Er muss Papa etwas fragen.«

»Ach?«

»Ich habe gestern Abend eingewilligt, seine Frau zu werden.«

Stumm vor Glück und vor Erleichterung nahm Hanna ihre Tochter vor den anderen überraschten Gottesdienstbesuchern in den Arm.

»Ich hoffe, ich tue das Richtige.«

Hanna zog sie abermals an sich und trat dann einen Schritt zurück. »Natürlich tust du das, mein Schatz. Wie kannst du daran zweifeln? Noel ist charmant, ausnehmend attraktiv und stammt aus einer alten, angesehenen Familie. Er ist der perfekte Ehemann für dich. Ich kann dir gar nicht sagen, wie glücklich dein Entschluss mich – und deinen Vater – macht. Denn wir sind ja nicht blind und haben über diese Möglichkeit bereits gesprochen. Von Anfang an war deutlich zu sehen, wie hingerissen Noel von dir ist.«

»Wahrscheinlich hast du recht.«

»Dein Vater und ich haben sogar schon überlegt, was wir euch zur Hochzeit schenken sollen. Etwas, woran ihr beide Freude hättet, wie ein Haus in London. In Belgravia oder Mayfair.«

»Darüber würde sich Noel sicher freuen.«

»Nichts übertrieben Prunkvolles, sondern vielleicht eins von den hübschen, kleinen Häusern in einer der Straßen um den Belgrave Square oder in der Nähe der South Audley Street.«

Lächelnd kamen die beiden Männer aus dem Pfarrgarten zurück.

Die Sache war geklärt.

Lord Stanmore, der den Arm um Noels Schulter gelegt hatte, gab Alexandra einen Wangenkuss. »Ich freue mich. Ich freue mich unglaublich für euch zwei.«

Auf der Fahrt zurück nach Hause kreiste das Gespräch um das Aufgebot und die anderen Hochzeitsformalitäten. Alexandras erste Hochzeit hatte im Privathaus eines Friedensrichters in Toronto stattgefunden, und danach hatte die Frau des Richters ihnen Biskuitkuchen und Kaffee serviert. Sie war damals ebenfalls kurz vor der Niederkunft gewesen, und die beiden Frauen hatten sich ungezwungen über die Beschwerden und die Freuden ihrer Schwangerschaft ausgetauscht. Deshalb wirkte das Aufheben, das ihre Eltern jetzt um sie und Noel machten, auf Alexandra höchst befremdlich.

Nach der Heimkehr gab es erst einmal Champagner, und weil es das Vorrecht eines Vaters war, den guten Tropfen einzuschenken, um auf die Verlobung seiner Tochter anzustoßen, machte der Earl die Flasche persönlich auf.

Als sie alle ihr Glas in der Hand hielten, stieß er gut gelaunt mit Alexandra an. »Auf das Glück.«

»Auf das Glück«, erwiderte sie kaum vernehmbar.

Nach dem Mittagessen trat sie mit Noel auf die Terrasse und ging die geschwungene Steintreppe hinunter. Der stürmische Märzwind blies durch die Formschnitthecken und Zypressen.

»Du bist ungewöhnlich still«, meinte Noel.

»Ach ja? Das tut mir leid. Aber mir gehen augenblicklich viele Dinge durch den Kopf.«

»Ich hoffe doch, dass du deine Entscheidung nicht bereust.«

»Nein, natürlich nicht.«

Er blieb stehen, schob seine Hände in den dicken Pelz ihres Mantelkragens und zog sie an sich. »Hör zu. Ich kann mir denken, was dir durch den Kopf geht. Aber die Vergangenheit ist endgültig vorbei, und jetzt fängt ein neues Kapitel deines Lebens an. Als Mrs. Noel Rothwell. Obwohl mir dein Vater großzügigerweise die Verwendung des Familiennamens angeboten hat. Mrs. Noel Greville-Rothwell. Wie klingt das für dich?«

»Sehr melodiös.«

»Genau«, stimmte er lachend zu. »Es geht einem sehr leicht über die Lippen. Auch wenn ich wahrscheinlich eine Weile brauchen werde, um mich daran zu gewöhnen. Noel Edward Allenby Greville-Rothwell. Wenn man diesen Namen hört, könnte man meinen, ich säße im Oberhaus!« Er küsste sie. »Oh, Alexandra. Ich werde dich sehr, sehr glücklich machen.«

»So glücklich wie dich selbst, Noel?«

»Noch glücklicher, mein Schatz – falls das überhaupt möglich ist.«

Noel verlebte außergewöhnlich schöne Tage in Abingdon. Von Sonntagmittag, als er mit dem Earl im Pfarrgarten gesprochen hatte, bis Mittwochmittag, als er sich von Alexandra an den Bahnhof von Godalming bringen ließ, weil die Pflicht ihn nach London rief. Ein Außenstehender wäre gewiss überrascht gewesen von der Dankbarkeit, mit der er von den Grevilles aufgenommen worden war. Doch er wusste, weshalb Alexandras Eltern derart glücklich über die Verlobung waren. Bereits während seines zweiten Wochenendbesuchs im Januar hatte sie ihm von ihrer Vergangenheit erzählt. Sie waren langsam durch die Einfahrt bis zum Tor spaziert, während sie ihm ihre Affäre mit Robin Mackendric in Frankreich und ihren Entschluss, mit ihm nach Kanada zu gehen, offenbart hatte. Robins Bemühungen, seine in Aberdeen lebende Ehefrau zur Scheidung zu bewegen, die erst kurz vor der Geburt von Colin ausgesprochen worden war. Jedes schändliche Detail.

»Verstehe«, hatte er gesagt und ihre Hand gedrückt.

Natürlich tat er das. Schließlich war er intelligent und einfühlsam und wusste, dass sie – zumindest nach den Maßstäben des Earls – keine allzu gute Partie mehr darstellte. Noel Edward Allenby Rothwell kannte diese Maßstäbe genau, auch wenn sie nach seinem Dafürhalten veraltet und vor allem unter den gegebenen Umständen nicht zu gebrauchen waren.

»Ich verstehe, Alexandra, und empfinde ehrliche Bewunderung, dass du mir gegenüber derart ehrlich bist. Und das, was du erzählt hast, schmälert meine Hochachtung vor dir nicht im Geringsten. Ganz im Gegenteil, ich liebe dich dafür umso mehr.«

Ich liebe dich …

Alexandra hegte keinen Zweifel daran, dass er sie tatsächlich liebte. Und warum auch nicht? Er hatte viele Vorteile durch sie, wofür der Doppelname Greville-Rothwell nur ein Beispiel war.

Aber liebte sie ihn auch?

Über diese Frage dachte Alexandra auf der Fahrt zurück nach Hause nach und versuchte, sich das Leben an der Seite von Noel vorzustellen. Es war sicherlich ein sehr geselliges Leben, mit zahlreichen kleinen Dinnerpartys in dem Haus, das ihre Eltern in Belgravia kaufen würden. Und das Wochenende verbrachten sie in Abingdon. Er ging mit seinen Freunden fischen oder auf die Jagd, während sie ausgedehnte Einkaufsbummel unternahm oder ihre Freundinnen zum Tee einlud. Im Sommer würden sie erst nach Paris und weiter nach Südfrankreich fahren, und im Winter bestiegen sie ein Kreuzfahrtsschiff nach Ägypten oder Griechenland. Colin käme spätestens mit acht oder neun Jahren auf ein exklusives Internat. Und ohne Zweifel bekäme sie noch weitere Kinder. Schließlich war Noel ein kraftvoller Mann und wahrscheinlich ein besserer Liebhaber als Robbie, der sich sogar im Bett noch gedanklich mit dem einen oder anderen Fall beschäftigt hatte. Trotzdem hatte Robbie sie auf tausend Arten, die sie niemandem hätte erklären können, glücklicher als jeder andere gemacht. Diese einzigartige Freude hatte sie in Gegenwart von Noel bisher nie erlebt. Aber vielleicht käme das ja noch. Vielleicht würde aus der Achtung, die sie ihm entgegenbrachte, irgendwann Liebe. Bis jetzt allerdings hatte sie noch nichts an ihm entdecken können, das ihr ihrer Liebe wert erschien.

Aber war das wichtig? Sie hatte in ihrem Leben bereits grenzenlos geliebt und glaubte nicht, dass das sich wiederholte. Die Liebe zu Robbie würde sie allzeit tief und unantastbar in ihrem Herzen bewahren. Und wie hatte ihre Mutter so zutreffend gesagt? Noel sei ihr ein guter Ehemann. Und deswegen sei sie ihm eine gute Frau. Auch wenn es vielleicht keine Liebesbeziehung war, gäbe es an ihrer Ehe nichts auszusetzen. Und vor allem waren ihre Eltern glücklich, die schändliche Vergangenheit endlich begraben zu können. Ihr Glück gab ihr ein Gefühl des Friedens, und es kam ihr so vor, als hätte sie die Schande aus der Welt geschafft.

Um nicht länger nachzudenken, unternahm sie täglich stundenlange Märsche über Landstraßen und Felder. Was dem armen Kindermädchen, das ständig entzündete Fußballen hatte, allerdings nicht zuzumuten war. Der elegante, hochrädrige Kinderwagen, für die Kieswege durch den Regent's Park hervorragend geeignet, nützte ihr hier auf dem Land nicht viel. Auch weil ihr Söhnchen keine Lust mehr hatte, sich herumkutschieren zu lassen, und lieber selber lief. Tapfer stapfte er auf seinen kleinen, dicken Beinen hinter seiner Mutter her, doch wenn er müde war, warf er sich einfach auf den Boden oder streckte hilfesuchend seine Ärmchen aus, damit sie ihn den Rest des Weges trug. Zu dem Zweck hatte ein Stallbursche aus einem alten Leinenrucksack einen Tragegurt für sie gemacht. Das Baby saß darin bequem auf ihrer Hüfte und ließ seine Beinchen durch zwei Löcher baumeln, während sie einen Rucksackgurt um die Schulter geschlungen hatte.

So erklomm sie sogar den steilen Burgate Hill. Der Kleine wippte sanft auf ihrer rechten Hüfte, in ihrer linken Hand schwenkte sie einen leichten Picknickkorb. Oben angekommen, setzte sie den Jungen ab, ließ ihn zwischen den sprießenden Krokussen und Osterglocken spielen, und legte sich ins Gras, um Luft zu holen. Dann setzte sie sich wieder auf, nahm die Brote und die Flasche Tee mit Milch, die die Köchin für sie vorbereitet hatte, aus dem Korb.

Colin setzte sich ihr gegenüber, und sie nippten an dem warmen Tee und aßen ihre Sandwiches, als das Kind sich plötzlich juchzend auf den Rücken warf und rief: »Mama! Da! Da! Mama, da!«

Sie stützte sich auf ihren Ellenbogen ab und sah das Flugzeug, das zwischen den großen, weißen Wolken elegante Kreise zog. Dann machte es mit einem Mal eine scharfe Drehung und schoss mit dröhnendem Motor auf die Erde zu. Fröhlich quietschend hielt der Kleine sich die Ohren zu, und der Flieger wurde immer kleiner, als er zum gut fünf Meilen entfernten Flugplatz der Firma Blackworth flog.

»Bei Gott«, brüllte Sir Angus. »Ich trinke fast nie, aber heute mache ich eine Ausnahme!«

Ross sah ihn grinsend an. »Vielleicht mache ich mit.«

Als die BFC-3 mit dem neuen Argo-Motor zum Stehen kam, sprang der Pilot aus dem Cockpit und stürzte begeistert auf sie zu.

»Wahnsinn. Ich kann gar nicht sagen, wie es war – dafür gibt es keine Worte.«

»Beruhigen Sie sich erst mal, Gerald, und dann sagen Sie uns, wie die Kiste sich geflogen hat.«

»Fantastisch!« Der Pilot riss sich den Lederhelm vom Kopf und strahlte wie ein Honigkuchenpferd. »Als hätte mich eine verdammte Kanone abgefeuert! Bis über Guildford hatte ich sie schon auf hundertsechzig und die Flughöhe erreicht. Haben Sie meinen Looping oberhalb des Burgate Hills gesehen?«

Sir Angus nickte knapp. »Natürlich.«

»Und das Ding hat nicht gehustet und nicht den kleinsten Aussetzer gehabt. Verdammt, der Motor lief selbst dann noch wie am Schnürchen, als der Flieger auf dem Kopf gestanden hat.«

»Wenn das Flugzeug wieder aufgetankt ist, starten Sie noch einmal und gucken, ob der Motor auch bei zwanzigtausend Fuß noch schnurrt.«

»Nicht nötig. Über Farnborough bin ich bereits auf zweiundzwanzigtausend hochgegangen.« Er tippte auf den kleinen Schreibblock, der an seinem Bein befestigt war. »Da oben ist es schweinekalt. Ich konnte kaum den Stift halten, weswegen mein Gekritzel fast nicht zu entziffern ist. Aber das ist nicht schlimm, denn ich habe die Daten im Kopf.«

»Gut gemacht.« Sir Angus schlug ihm auf die Schulter. »Und jetzt holen Sie sich erst mal eine Tasse Tee mit jeder Menge Rum.«

»Nun«, sagte er und sah seinem Piloten hinterher, der zu den Hangars lief. »Wir haben es geschafft. Mein Gott, wir haben es geschafft.«

»Sieht so aus.«

»Ich habe ein Gehör für so etwas, Ross. Nach dem Start des Fliegers habe ich die Augen zugemacht, die Ohren gespitzt, und das Geräusch hat mir verraten, dass es uns gelungen ist. Selbst den Looping habe ich zwar nicht gesehen, dafür aber gehört. Der Motor hat nicht einmal ausgesetzt. Sie haben, verdammt noch mal, ein technisches Wunderwerk vollbracht.«

Sie gingen über die Landebahn zum Flugzeug, sahen sich den Motor an und sogen den Geruch von heißem Öl und verbranntem Treibstoff ein. Die riesigen Zylinder und Ventilblöcke des Triebwerks wirkten für den schlanken Flieger viel zu klobig und zu schwer. Doch auch wenn er vorderlastig und überladen war, hatte er sich schwerelos wie eine Feder in die Luft erhoben und einen phänomenalen ersten Testflug hingelegt.

Sir Angus berührte den Propeller. »Das ist die einzig wahre Art, die Kisten ordentlich zu testen, Ross. Die Tests im Hangar interessieren mich einen Dreck. Ich sehe die Dinger lieber in der Luft. Wir haben es geschafft, Junge. Einen besseren luftgekühlten Motor hat die Welt noch nicht gesehen.«

»Ja, da haben Sie wohl recht.«

»Jetzt müssen diese Monster nur noch in gleichbleibender Qualität und großen Mengen hergestellt werden. Die ersten drei brauche ich für den Atlas. Und wenn ich den Käufern dieses Flugzeug mit diesen Motoren zeige, wollen sie sicher mehr, als ich liefern kann. Das heißt, dass ich meinen Kreditrahmen bei der Cox Bank erweitern und vor allem noch mehr Leute einstellen muss. Die ersten fünfzehn Ihrer dreißig Triebwerke dürften bis spätestens Ende August versandfertig sein.«

»Das wäre perfekt.«

»Aber vielleicht könnten Sie ja noch bis Mai oder Anfang Juni bleiben – nur um ganz sicherzugehen, dass die Dinger fehlerlos vom Band laufen. Oder ist das zu viel verlangt?«

»Ich glaube nicht. Ich werde ein Telegramm an meinen Partner schicken und ihm die Situation erklären. Wir brauchen diese Motoren unbedingt. Denn ohne sie stehen wir mit leeren Händen da.«

»Dann sitzen wir im selben Boot. Aber wir stehen nicht mit leeren Händen da. Und deshalb machen wir jetzt eine Flasche Whiskey auf und trinken sie bis auf den letzten Tropfen aus.«

Er blieb täglich bis zum späten Abend im Motorenwerk. Dabei hatten Sir Angus' Vorarbeiter und Monteure die Probleme beim Zusammenbau des Argo 450 schon nach kurzer Zeit gelöst, und die Triebwerke wurden im Handumdrehen zusammengebaut, im Hangar ausprobiert und zertifiziert. Danach wurde jeder Motor noch in der Luft getestet, um zu sehen, ob es an dem Ansaugstutzen und der Abgasanlage, die Ross speziell entwickelt hatte, irgendwo versteckte Fehler gab.

Eines Morgens nahm Sir Angus Ross mit einem breiten Lächeln in Empfang.

»Bald können wir die Tests beenden«, sagte er. »Denn besser kriegen wir das Triebwerk nicht hin. In ein, zwei Wochen können Sie nach Hause fliegen – das heißt, wenn Sie ebenfalls zufrieden sind.«

»Das bin ich«, erwiderte Ross. »Aber falls am Ende doch noch etwas nicht richtig funktioniert, will ich nicht auf der anderen Seite des Atlantiks sein.«

Er machte weiter täglich Überstunden. Einerseits, weil es an den Motoren ständig Kleinigkeiten zu verbessern gab, und andererseits, weil er nichts mit sich allein in seinem Häuschen anzufangen wusste. Nun war es April, und wenn er nachts im Bett lag und der Regen gegen seine Fenster schlug, dachte er voll Sehnsucht an San Diego, das Hotel, an die rauschenden Palmen und die plätschernden Wellen. An die Sonne, das leuchtend blaue Wasser in der langgezogenen Bucht und an die schmalen Strände, die sich bis hinunter zu den braunen Hügeln in Mexiko erstreckten. Zum ersten Mal in seinem Leben hatte er Heimweh.

Inzwischen arbeiteten sie sonnabends nicht mehr, weshalb er an zwei Tagen in der Woche nichts zu tun hatte. Samstags konnte er zumindest noch nach Abingdon ins Kino gehen oder zu einem Fußballspiel nach Guildford fahren, aber sonntags saß er zu Hause herum, blätterte in Fachzeitschriften oder spielte an seinem Zeichentisch neue Ideen durch, bis es endlich Zeit zum Schlafen war.

Eines Samstagnachmittags, als er durch die Hauptstraße zum Kino ging, erblickte er Alexandra. Sie betrachtete die Schaufenster, während ein kleiner Junge voller Ungeduld an ihrer Hand zerrte.

Als sie ihn entdeckte, sagte sie mit einem warmen Lächeln: »Ah, hallo. Mr. Ross.«

Dass sie ihn mit Mr. Ross ansprach, brachte ihn etwas aus dem Gleichgewicht. Vor allem, da er keine Ahnung hatte, wie er sie ansprechen sollte, weil sie sich bei ihrem letzten Zusammentreffen nicht mit ihrem neuen Namen vorgestellt hatte.

»Ein wunderbarer Nachmittag, nicht wahr? Dabei dachte ich, dass es regnen würde.«

»Ich auch.«

Der kleine Junge blickte voller Neugier zu ihm auf. »Und wer bist du?«, fragte Ross und ging vor ihm in die Hocke.

»Das ist mein Sohn Colin«, antwortete Alexandra. »Colin Mackendric.«

»Colin ist ein schöner Name«, sagte er. »Ich hatte einmal einen Freund, der Colin hieß. Einen wirklich guten Freund. Wir haben immer Kastanien gesammelt, ein paar Tage in Salzwasser gelegt, Löcher reingebohrt, Fäden durchgezogen und Kastanienschlachten ausgetragen. Hast du das schon mal gemacht?«

Colin starrte ihn verwundert an, und Alexandra stellte fest: »Dafür ist er noch ein bisschen zu jung.«

»Um Kastanienschlachten auszutragen, ja. Aber es macht auch Spaß, sie zu sammeln und den Kern aus dem Gehäuse zu pulen.«

»Er mag Flugzeuge, nicht wahr, Colin? Mr. Ross arbeitet

dort, wo die Flugzeuge herkommen.« Wieder sah sie Ross mit einem breiten Lächeln an. »Manchmal braust ein Flugzeug dicht über den Burgate Hill hinweg, wenn wir dort oben picknicken. Dann freut sich Colin immer sehr.«

»Ich mich auch. Wir probieren mit dem Flugzeug unsere neuen Motoren aus. Ich werde dem Piloten sagen, dass er nächstes Mal, wenn er über den Hügel fliegt, kurz winken soll.«

»Das würde Colin furchtbar glücklich machen. Er winkt dem Piloten immer.«

Colin zog nicht mehr an ihrer Hand, sondern stand reglos da und starrte Ross aus großen Augen an.

»Würdest du das Flugzeug gerne aus der Nähe sehen, Colin?«, fragte Ross. »Vielleicht kommt deine Mama ja mal mit dir zum Flughafen.«

»Jetzt«, sagte das Kind mit fast grimmiger Entschlossenheit. »Jetzt.«

»Jetzt?« Ross lachte etwas unbehaglich auf. »Er weiß anscheinend, was er will.«

»Oh ja«, stimmte ihm Alexandra zu. »Wenn er sich etwas in den Kopf setzt, will er es immer sofort.« Sie strich dem Jungen sanft über das Haar. »Aber jetzt geht es nicht, mein Schatz. Heute hat Mr. Ross schon etwas anderes vor.«

»Jetzt. Will jetzt …«

»Wir gehen gleich in den Teesalon, der dir so gut gefällt. Dort kriegst du ein Eis-Stachelbeer-Törtchen oder ein Marmeladenbrötchen. Hättest du nicht gerne ein Marmeladenbrötchen?«

»Flug-zeug«, murmelte das Kind. »Will Flug-zeug sehen.«

Ross sah Alexandra grinsend an. »Ich habe den Eindruck, dass er sich entschieden hat.«

»So starrsinnig war er bisher noch nie.«

»Hören Sie, Mrs. Mackendric«, entgegnete Ross spontan. »Ich habe gerade nichts Besonderes vor. Wenn Sie eine Stunde erübrigen können, könnten wir in meinem Wagen raus zu Blackworth fahren, damit Colin sich den Flieger ansehen kann.«

Alexandra runzelte die Stirn, betrachtete dann ihren Sohn, der wieder ungeduldig an ihr zog.

»Nun … wenn Sie sicher sind, dass Ihnen das nicht zu viel Mühe macht.«

»Nicht die geringste«, antwortete er etwas zu schnell. »Es wäre mir sogar eine Freude. Und mein Haus liegt in der Rose Lane, was von hier aus nur ein kurzer Fußweg ist.«

»Also gut. Dann sehen wir uns erst einmal das Flugzeug an.«

Colin auf dem Schoß, saß sie im Auto neben ihm. Aus Angst, dass Alexandra vielleicht nichts zu sagen hätte oder dass peinliche Stille eintrat, sprach er ohne Unterlass. Erzählte von Sir Angus und dem Triebwerk, von San Diego und den vielen Dingen, die man dort am Wochenende unternehmen konnte – segeln, schwimmen oder tanzen gehen.

»Sie können es wahrscheinlich kaum erwarten, bis Sie endlich wieder dort sind.«

»Da haben Sie recht, Mrs. Mackendric. Ich vermisse Kalifornien fürchterlich.«

»Ich wünschte mir, Sie würden Alexandra zu mir sagen. Ihr Name ist Jamie, richtig?«

»James … Jim … Jamie. Kommt drauf an, wer mit mir spricht. Aber für die meisten Leute bin ich Jamie, wobei ich den Namen früher anders buchstabiert habe, nämlich mit einem zusätzlichen i hinter dem a, nur um was Besonderes zu sein. Wodurch sich die Aussprache natürlich nicht geändert hat. Ich weiß wirklich nicht mehr, wie ich auf die Idee gekommen bin. Aus Affektiertheit, schätze ich. Die Menschen machen so was, wenn sie jung und unreif sind.«

»Ich weiß. Als ich in der Schule war, habe ich meinen Namen hinten nicht mit a, sondern mit e geschrieben und sogar noch ein Betonungszeichen draufgesetzt, was meine Lehrerinnen leider sofort unterbunden haben.«

»Das kann ich mir vorstellen. Nun, ich selbst heiße wieder schlicht und einfach Jamie.«

»Und ich heiße wieder schlicht und einfach Alexandra.«

»Ein wunderschöner Name.«

»Finden Sie?«

»Ja, wirklich.«

»Mir hat er nie gefallen. An der Schule gab es zu viele Mädchen mit diesem Namen. Ich fand immer, dass man Kinder selbst entscheiden lassen sollte, wie sie heißen wollen. Dann hätte ich etwas Exotisches gewählt – wie Francesca oder Consuela.«

»Eine meiner Tanten hieß Florette, wurde aber immer nur von allen Flo genannt.«

Alexandra lachte. »Wie auch sonst? Und wenn ich Francesca heißen würde, liefe ich wahrscheinlich jetzt als Franny durch die Welt!«

Mit verschwitzten Händen hielt er sich am Lenkrad fest. Ihr Parfüm war sehr dezent, doch gleichzeitig berauschend, und als er verstohlen einen Blick in ihre Richtung warf, fielen ihm ihr feines Profil, ihr sonnenhelles Haar, ihr makelloser Teint und ihre leuchtend blauen Augen auf. Eilig richtete er den Blick wieder nach vorn und dachte an ein Lied, das die Marineflieger häufig in der Bar seines Hotels in Coronado sangen – weil der »Tee«, den es dort seit Inkrafttreten des Alkoholverbots in schlichten Porzellanbechern zu trinken gab, der guten Laune mindestens so zuträglich wie die zuvor genossenen Gläser Whiskey war.

Bei mir daheim in Pensacola
gibt es eine blonde, blauäugige, eine blonde, blauäugige,
eine blonde, blauäugige Maid,
und sollt ich morgen eine Bruchlandung erleiden,
würd mich das nicht scheren,
denn vorher hätte ich diese blonde, blauäugige Maid
gefreit …

Wer auch immer dieses Lied geschrieben hatte, musste Alexandra Mackendric begegnet sein.

Ross hielt neben einem Hangar auf dem Werksgelände an. Auf der Startbahn wurde gerade eine Bristol F. 2B der königlichen Flugstaffel gewartet, und als Alexandras Sohn den dröhnenden Motor hörte, sprang er fröhlich klatschend auf und ab. Aus Angst, der Kleine könnte einfach loslaufen, um sich den Flieger aus der Nähe anzusehen, hielt Ross ihn fest. Drei andere Brisfits, die Start und Landung übten, waren gerade in der Luft. Die Piloten, die in der Reservestaffel dienten, flogen immer nur am Wochenende, deshalb herrschte auf dem Flughafen viel Betrieb. Ross hob Colin hoch, damit er besser sehen konnte. Als ein Flieger tief über die Bäume am Ende des Rollfeldes hinwegflog und auf der Erde auftraf, kreischte Colin vor Vergnügen auf.

»Er ist ja ganz versessen auf Maschinen«, stellte Ross mit einem breiten Grinsen fest.

»So sieht's aus«, stimmte ihm Alexandra zu. »Obwohl ich keine Ahnung habe, woher er das hat. Sein Vater war als Techniker ein hoffnungsloser Fall. Wir hatten in Kanada ein Moon Coupé, an dem ständig irgendwas kaputt war. Und die einzige

Methode, die Robbie anwandte, um etwas zu reparieren, war ein ordentlicher Tritt.«

»Klingt, als wäre er ein Mann nach meinem Geschmack gewesen. Denn das Beste bei bestimmten Wagen ist, sie – bitte verzeihen Sie meine Ausdrucksweise – kurzerhand zur Hölle zu schicken.«

»Sie hätten mal hören sollen, was für Ausdrücke mein Mann manchmal von sich gab!«

Er trug Colin auf seinen Schultern in den Hangar Nummer vier. Die Arbeiten an dem neuen Transportflugzeug wurden nicht einmal am Wochenende unterbrochen, und auch an diesem Samstagnachmittag war ein Trupp Mechaniker auf dem Gerüst um die drei neuen Argus-Triebwerke versammelt. Als einer sie entdeckte, rief er fröhlich: »Hallo, Mr. Ross. Schön, Sie zu sehen, Sir.«

»Was ist los, George? Haben Sie Probleme?«

»Mit den Bolzen des Ansaugstutzens an Motor Nummer zwei stimmt irgendwas nicht.«

»Wo ist Sir Angus?«

»In London, zusammen mit Mr. Haverman und Mr. Tess.«

»Soll ich mir die Sache mal kurz ansehen?«

»Wenn es Ihnen nichts ausmacht, Sir.«

»Also gut.« Er setzte Colin ab und zog den Mantel aus. »Sind Sie da oben, Mick?«

Ein junger Mann in einem weißen Overall lugte hinter einem Triebwerk hervor.

»Ja, Sir, Mr. Ross.«

»Kommen Sie mal runter.«

Eilig schwang der junge Mann sich vom Gerüst, kam auf sie zu und wischte sich die Hände sorgfältig an einem Lappen ab. »Mick, das hier sind Mrs. Mackendric und ihr Sohn. Macht es Ihnen etwas aus, die beiden etwas rumzuführen? Der junge Colin ist ganz wild auf Flugzeuge. Setzen Sie ihn mal ins Cockpit unserer BFC, aber passen Sie gut auf ihn auf. Sonst fliegt er vielleicht plötzlich los!«

Später, auf dem Weg zurück zum Wagen, während Colin wie in Trance zwischen ihnen lief, berührte Alexandra seinen Arm.

»Das war der schönste Nachmittag, den Colin je erlebt hat. Ich wünschte mir, Sie hätten sein Gesicht gesehen, als dieser junge Mann – Mick – ihn in das Cockpit gehoben hat.«

»Ich kann es mir vorstellen«, antwortete Ross. »Es freut mich, dass er seinen Spaß hatte.«

Sie sah ihn fragend an. »Sie freuen sich tatsächlich, oder?«

»Weshalb denn nicht? Kinder sollen Spaß haben.«

»Sie sehen aus, als hätten Sie sich ebenfalls gut amüsiert. Ihr Hemd ist voller Öl.«

Er sah an sich herab und tupfte hilflos an dem großen schwarzen Fleck auf der Vorderseite seines Hemds herum.

»Das gehört zu den Gefahren meines Berufs. Und ich fürchte, dieser Fleck geht nicht mehr raus. Aber wenn ich keinen Overall anziehe, ist das schließlich meine eigene Schuld.«

Der Junge berührte vorsichtig den Fleck. »Böser Jamie. Du bist schmutzig. Böser, böser Jamie.«

Ross hob Colin schwungvoll hoch und setzte ihn in seinen Wagen. »Dafür bekomme ich bestimmt den Hosenboden stramm gezogen.«

»Nein.« Der Kleine legte seine Hände sanft an Ross' Gesicht und erklärte feierlich: »Das lässt Colin nicht zu.«

Noel freute sich schon auf den sonntäglichen Ausritt, als er Sonnabend am späten Abend in Abingdon erschien. Doch am nächsten Tag goss es in Strömen, und er vertrieb sich die Zeit beim Kartenspiel mit Alexandra und beim Billard mit dem Earl. Er hatte einen großen Teddybären in einem exklusiven Laden in der Regent Street gekauft, doch als er ihn ausgepackt und Colin hingehalten hatte, hatte der sich gar nicht dafür interessiert. Er saß auf dem Boden seines Spielzimmers und befasste sich lieber mit der Schachtel und der roten Schleife als mit dem teuren Bären.

»Sag ›Danke, Mr. Rothwell‹, Colin«, verlangte Alexandra.

»Danke«, sagte Colin und tat etwas höchst Seltsames. Er sprang plötzlich auf, breitete seine Arme aus und lief im Kreis, während er komische Geräusche ausstieß. »Brrrrrrr… brrrrrrr… brrrrrr…«

»Was um Himmels willen macht er da?«, fragte Noel.

»Er denkt, dass er ein Flugzeug ist.«

Während Colin abermals im Kreis gelaufen war, hatte er den Bären, der ihm im Weg lag, achtlos fortgetreten.

Höchst verärgert über sein Verhalten sprach Noel am späten Abend, als er neben Alexandra auf dem Sofa in der Bibliothek saß, den seltsamen Vorfall nochmals an.

»Der junge Colin hat heute ein bisschen wild auf mich gewirkt.«

»Ich würde es anders formulieren. Er hat sich unmöglich aufgeführt.« Sie nahm einen Schluck von ihrem Brandy und starrte in den Kamin. »Aber er war ja auch den ganzen Tag nicht draußen. Er wollte auf den Burgate Hill, um dort nach den Flugzeugen zu sehen. Ich habe ihm gesagt, dass sie nicht fliegen, wenn es regnet, aber das hat er mir offensichtlich nicht geglaubt.«

»Dann war es also reiner Jähzorn?«

»Eher Frustration. Er ist groß für sein Alter und hat einfach jede Menge Energie. Die arme Mary ist manchmal völlig erschöpft.«

»Natürlich ist das – noch – nicht meine Sache, aber meiner Meinung nach fehlt diesem Jungen eine strenge Hand. Du solltest ein Kindermädchen engagieren, das derartigen Unsinn nicht duldet.«

»Mary ist eine gute Seele.«

»Ihre Seele ist in dieser Angelegenheit nicht von Belang. Wenn der Junge nicht von klein auf lernt, ein Gentleman zu sein, kriegt er jede Menge Schwierigkeiten, wenn er in die Schule kommt. Und ich glaube nicht, dass dieses Kindermädchen ihm diese Erziehung angedeihen lässt. Mit deiner Erlaubnis sehe ich mich gerne nach einem anderen Kindermädchen für ihn um, wenn ich wieder in London bin.«

»Warte damit bitte noch ein wenig. Erst werde ich mit Mary sprechen und ihr sagen, dass sie etwas mehr auf sein Benehmen achten soll.«

»Wie du möchtest.« Er leerte sein Glas und stellte es geräuschlos auf dem Couchtisch ab. »Aber er ist ein feiner, kleiner Bursche, und wir wollen nicht, dass ein Rowdy aus ihm wird.«

Noel hatte den Eindruck, dass er sie etwas verstimmt hatte, und zog sie sanft an sich. Doch zu seiner Überraschung klammerte sich Alexandra leidenschaftlich an ihm fest.

»Liebling …«, raunte er.

Sie legte sich rücklings auf das Sofa, während er seine Lippen über ihren Hals zu der Vertiefung zwischen ihren Brüsten wandern ließ. Sie drehte den Kopf, beobachtete das flackernde Feuer im Kamin und lauschte auf den Regen, der auf die Terrasse fiel. Noels Rede hatte eine halb vergessene Erinnerung in ihr wachgerufen. Sie dachte an Samstagnachmittag, an Colin, der auf Jamies Schultern saß. Dieser Anblick löste ein Gefühl der Freude in ihr aus. Einer Freude, wie sie ihr bisher nur im Zusammensein mit ihrem Mann vergönnt gewesen war und die viel weiter ging als das, was Noel ihr mit seinen Lippen geben konnte – eine Freude, die von Herzen kam.

Da es Montag immer noch in Strömen goss, war Colin derart anstrengend, dass Mary regelrecht verzweifelte und Alexandra bereits mittags vollkommen erledigt war. Es war einer seiner »Rückwärts«-Tage, das hieß, dass er immer – sogar auf der Treppe – rückwärtslief und lauter Dinge aus der Spielzeugkiste räumte, statt sie hineinzutun. Schreiend bestand er darauf, mit dem Kopf am Fußende des Bettes zu schlafen. Als er diesen Kampf gewonnen hatte, war er genauso erschöpft wie Mary und schlief so schnell ein, als hätte ihn jemand k. o. geschlagen – ein Gedanke, der an diesem langen, regnerischen Tag wahrscheinlich jedem einmal gekommen war.

Am Dienstag war das Wetter wieder schön, und auch die letzten kleinen Wolkenfetzen lösten sich nach kurzer Zeit in Wohlgefallen auf. Colin stand schon mit den Hühnern auf, schlich sich lautlos aus dem Kinderzimmer, lief den Flur hinab zum Zimmer seiner Mutter und warf sich geräuschvoll auf ihr Bett. Sie versuchte, ihn dazu zu bringen, wieder einzuschlafen, doch er bettelte so lange, bis sie ihm versprochen hatte – wenn auch erst am Nachmittag –, mit ihm zum Burgate Hill hinaufzugehen. Zufrieden legte er sich neben sie, damit sie weiterschlafen konnte, blickte gut gelaunt hinauf zu den Sonnenflecken an der Decke und stieß mit gespitzten Lippen kaum vernehmliche Motorengeräusche aus.

Während der zwei Stunden oben auf dem Hügel tauchte der Flieger zweimal auf. Beide Male flog der Pilot möglichst tief um sie herum, winkte ihnen, während sein weißer Seidenschal wie zum Gruß im Wind flatterte. Colin winkte mit beiden Händen zurück und sprang vor lauter Freude juchzend auf und ab.

»Jamie! Jamie! Guck! Guck! Jamie ...«

»Nein, das ist nicht Jamie«, sagte Alexandra. »Jamie baut die Flugzeuge, aber er fliegt sie nicht.«

»Doch – Mama, doch! Jamie! Jamie!«

Alexandra schwieg, und als sie ihn nach Hause brachte, war er von dem Gras bis auf die Haut durchnässt und so zufrieden und erschöpft, dass er in der Badewanne einschlief und die arme Mary seinen Kopf festhalten musste, während sie ihn wusch.

Um kurz nach sechs rief Alexandra die Vermittlung an und wurde sofort durchgestellt, aber er kam erst nach dem sechsten Läuten an den Apparat.

»Hallo?« Er klang besorgt.

»Tut mir leid«, setzte sie an. »Störe ich Sie vielleicht?«

Es folgte eine lange Pause, und dann fragte er verblüfft: »Mrs. Mackendric?«

»Alexandra. Ich rufe nur an, um Ihnen zu danken. Der Pilot hat uns gewinkt, Colin hat zurückgewinkt und hat vor lauter Freude immer noch gestrahlt, als er eben eingeschlafen ist.«

Ross lachte leise auf. »Ich habe Gerald gebeten, möglichst tief über den Burgate Hill hinwegzufliegen und zu winken, wenn er dort zwei kleine Punkte sieht. Das hat ihm offensichtlich Spaß gemacht, denn wenn ich ihn richtig verstanden habe, sogar zweimal.«

»Oh ja. Und er hat seine Sache hervorragend gemacht. Colin war der festen Überzeugung, dass er Sie im Cockpit sitzen sieht, und ich habe es nicht übers Herz gebracht, ihn daran zu erinnern, dass Sie Höhenangst haben.«

»Richten Sie ihm von mir aus, dass nur Menschen mit Federn fliegen können.«

»Das würde er mir bestimmt nicht glauben.«

»Nein, wahrscheinlich nicht. Er ist nun mal ein gewitzter kleiner Bursche.«

Plötzlich wusste Alexandra nicht mehr, was sie sagen sollte. Ihre Hand, in der der Hörer lag, fing an zu zittern, und nach einer kurzen Pause fragte sie erneut: »Störe ich Sie auch ganz bestimmt nicht?«

»Nein … nein. Ich lag nur gerade in der Badewanne und bin eilig aufgesprungen, weil ich schon seit heute Nachmittag auf einen Anruf aus London warte.«

»Dann lege ich wohl besser wieder auf …«

»Nein«, sagte er schnell. »Wenn besetzt ist, ruft er später noch mal an.«

»Sie werden sich erkälten.«

»Ich habe mir ein Handtuch umgewickelt. Es freut mich, dass Sie sich gemeldet haben. Ich wusste nicht, ob ich Ihnen sagen sollte, was für ein Vergnügen es für mich gewesen ist, Ihnen und dem Kind die Flugzeuge zu zeigen. Es … es hat mir großen Spaß gemacht.«

»Uns auch.«

»Gut. Vielleicht …«

»Ja, gerne«, fiel sie ihm ebenso hastig ins Wort.

»Dann also bis Sonnabend?«

»Ich fürchte, dass das etwas schwierig würde. Am Wochenende kommt jemand aus London zu Besuch.«

»Und wie sieht es mit morgen aus? Wir könnten einen Ausflug unternehmen. Erst zum Flugplatz, damit sich Colin noch einmal die Flieger ansehen kann, und danach nach Dorking und zum Lunch nach Burford Bridge.«

»Das klingt wunderbar. Ich sage der Köchin, dass sie einen Picknickkorb herrichten soll. Colin liebt Picknicks.«

Er räusperte sich leise. »Wie … ich meine …«

»Wir könnten gegen zehn zu Ihnen kommen und von dort in Ihrem Wagen weiterfahren. So wäre es … am einfachsten.«

»Ja … Also dann bis morgen.«

»Ja. Bis morgen.«

Mit wild klopfendem Herzen legte Alexandra auf und starrte fassungslos den schwarzen Hörer an, als könne sie nicht glauben, dass sie tatsächlich hineingesprochen hatte – und dann noch mit Jamie Ross.

Die Sommersprossen und das sandfarbene Haar verliehen ihm ein jungenhaftes Aussehen. Und als er hinter dem Steuer seines Wagens saß und Colin mit Erzählungen von Wasserflugzeugen, einem Ort Namens La Jolla, wo man Drachen steigen lassen konnte, weihnachtlichen Strandbesuchen und Festen in Mexiko in seinen Bann zog, strahlte er Lebensfreude aus.

Alexandra blickte auf die Wälder und die Wiesen hinter Dorking, ohne dass sie wirklich etwas sah. Er hatte nicht die geringste Ähnlichkeit mit ihrem toten Mann. Robbie war äußerlich ein ernster, einsilbiger Mensch gewesen und hatte nur ihr und seinen zahllosen Patienten seine Wärme und sein Mitgefühl gezeigt. Aber wie bei Robbie fühlte sie sich einfach wohl, wenn sie mit ihm zusammen war.

Nach einem langen, harten Aufstieg fanden sie ein Stückchen unterhalb der Kuppe des Box Hill ein paar Kastanienbäume, breiteten dort eine Decke aus, und während Jamie Ross und Colin nach den stacheligen, grünen Schalen mit den braun glänzenden Kernen suchten, ruhte sie sich aus.

»Mein Gott.« Ross warf sich neben ihr ins Gras. »Dieser Junge ist nicht kaputt zu kriegen.«

»Nein.« Sie schüttelte den Kopf, setzte sich lächelnd auf und öffnete den Picknickkorb. »Wahrscheinlich, weil er wie ein Scheunendrescher frisst.«

»Das tue ich auch.« Er verfolgte, wie sie kaltes Brathuhn, hart gekochte Eier, Sellerie, Käse und eine Flasche Apfelwein aus dem Korb nahm. »Aber bei den Grevilles hat man nie gedarbt.«

Sie bedachte ihn mit einem nachdenklichen Blick. »Erinnere ich Sie an die alten Tage, Jamie – als Sie noch der Fahrer meines Vaters waren?«

Er runzelte die Stirn und zupfte einen Grashalm aus. »Mir ist durchaus bewusst, dass ich einmal Ihr Angestellter war, aber ich fühle mich deshalb nicht unwohl, wenn wir zusammen sind, falls es das ist, was Sie wissen wollen. Ich bin nicht mehr der alte Ross. Oder zumindest sage ich mir immer, dass ich jetzt ein anderer bin. Aber wenn ich nicht in Abingdon gearbeitet hätte, wäre ich heute früh vorgefahren und hätte Sie und Colin abgeholt.«

»Das ist mir klar.«

»Aber ich sehe Sie nicht an und sage: ›Oh, mein Gott, ich picknicke im Wald mit Lady Alexandra.‹ Denn Sie sind für mich nichts anderes als eine wunderschöne und charmante Frau, mit der ich gerne zusammen bin.«

»Danke, Jamie. Das haben Sie nett gesagt.«

Colin sah das Essen und kam, beide Hosentaschen voll Kastanien, angerannt. Nach dem Essen lief er noch ein wenig hin und her, rollte den Abhang hinunter und erklomm mit Jamies Hilfe einen Baum. Irgendwann jedoch war er erschöpft, legte sich bäuchlings auf die Decke und schlief auf der Stelle ein.

Vorsichtig deckte ihn Ross mit seinem Pullover zu. »Na, das ging aber schnell.«

»Er hat Sie gern, Jamie. Genau wie ich.«

Er starrte erst den Jungen an und wandte sich ihr dann zögerlich zu. Das, was er in ihren Augen sah, ermutigte ihn, und er nahm sie in seine Arme. Als er ihren weichen Körper und ihren Mund auf seinen Lippen spürte, fuhren seine Gedanken Karussell. Es war nicht möglich, war nicht richtig, doch in dieser Welt, in der alles auf dem Kopf stand, nichts mehr so wie früher und alles möglich war – konnte er? Und konnte sie?

Doch dann hörte er auf zu denken und verlor sich im Fieber ihrer Leidenschaft.

9

Vor dem Bahnhof Victoria kaufte Jacob Golden eine Ausgabe der *Daily Post*, und während sich sein Taxi mühsam durch das West End nach Soho kämpfte, ging er schnell die Überschriften durch. Den gesuchten Text fand er auf der Seite mit den Leitartikeln, und als er ihn las, huschte ein müdes Lächeln über sein Gesicht.

> *UNSERE SICHT*
> *Wir von der* Daily Post *sind der Meinung, dass die Verleumdungsklage von Generalmajor Sir B. D. Sparrowfield gegen Herrn M. Rilke, über die am kommenden Freitag, den 21. April, verhandelt wird, zum jetzigen Zeitpunkt äußerst ungelegen kommt. Was für einen Nutzen zieht der Kläger daraus? Bei der Verhandlung werden sicher Fragen zu den Entscheidungen des Generals und seines Stabs während eines fehlgeschlagenen Angriffs auf die deutschen Linien bei Thiepval an einem schicksalhaften Tag im August 1916 – einem Tag, den die überwältigende Mehrheit der Engländer lieber schnellstmöglich vergessen würde – aufgeworfen werden …*

Sorgfältig faltete Jacob die Zeitung zusammen, bevor er sie in die Tasche seines Mantels schob. Er blickte auf den Picadilly Circus und murmelte: »Diese elendigen Heuchler.«

Er war zweiunddreißig Jahre alt, sah aber deutlich jünger aus. Ein hochgewachsener, schlanker Mann mit schwarzen Haaren. Durch die großen, sanften, braunen Augen, den dunklen Teint und die dichten Locken wirkte sein Gesicht beinahe feminin. Nur sein Mund bildete eine Ausnahme, weil auf seinen schmalen Lippen fast immer ein spöttisches Lächeln lag.

Er schleppte einen schweren Lederkoffer die Treppe hinauf in seine Wohnung und sah sich erst einmal um. Die allgemeine Sauberkeit und Ordnung waren eindeutig Martins Werk. Lächelnd trug er den Koffer in sein Schlafzimmer, holte eine Flasche Schaumwein aus der Küche, ging ins Wohnzimmer und streckte sich genüsslich auf dem Sofa aus. Dort lag er immer noch, nippte an seinem Champagner, rauchte Zigaretten und las alte Ausgaben der *Times*, als Martin von der Arbeit kam. Sein Freund warf einen kurzen Blick auf die auf dem Fußboden verstreuten Zeitungen und stellte nüchtern fest:

»Es ist nicht zu übersehen, dass du wieder zu Hause bist.«

Grinsend richtete sich Jacob auf. »Ist das etwa deine Begrüßung, alter Freund? Ein sarkastischer Tadel?«

»Selbstverständlich nicht«, erwiderte der alte Freund erschöpft. »Es ist wirklich schön, dich wiederzusehen. Ist noch was von dem Champagner übrig?«

»Flaschenweise. Los, hol dir ein Glas.«

Freunde hatte Jacob Golden nur sehr wenige. Denn wie hatte er es Martin gegenüber einmal ausgedrückt? Die meisten Menschen waren zu erbärmlich, um sie ernst zu nehmen, und vor allem viel zu unaufrichtig, um als Freunde zu gelten. Und mit seinen bissigen Bemerkungen hatte er schon als Kind die meisten Lehrer und Mitschüler gegen sich aufgebracht. Ohne sein Wissen hatte ihn sein Vater an einer altehrwürdigen, angesehenen Schule angemeldet, an der er vom ersten Tag an als »der dünne Jude« abgestempelt worden war. Er hatte sich mit seiner spitzen Zunge gegen die Arroganz und willkürliche

Grausamkeit gewehrt. Und als seine erbosten Mitschüler ihm eine Abreibung verpassen wollten, stellte sich einer der älteren, der Leiter ihrer Hausgemeinschaft und Vertrauensschüler, schützend vor ihn. Fenton Wood-Lacy hatte sich mit Jacob nicht unbedingt anfreunden wollen, sondern ihn wie einen streunenden Straßenköter unter seine Fittiche genommen. Nichtsdestotrotz hatte sein beherztes Eingreifen ihm – eine Ehre, auf die Fenton hin und wieder gerne verzichtet hätte – einen Freund fürs Leben beschert.

Während sich die Freundschaft zwischen Jacob und Wood-Lacy leicht erklären ließ, schien die zwischen ihm und Martin ein wenig rätselhaft. Vielleicht zogen sie sich gerade deshalb an, weil sie sich – wie Licht und Schatten, Glück und Trauer, Glaube und Verzweiflung – grundlegend unterschieden. Martin war ein toleranter, mitfühlender, hoffnungsvoller Mensch, während Jacob immer alles negativ und keinen Grund zur Hoffnung sah.

»Allmählich dachte ich, du kämst gar nicht mehr zurück«, sagte Martin, als er mit der zweiten Flasche Schaumwein aus der Küche kam. »Du hättest dich ruhig hin und wieder melden können.«

»Ja, das stimmt, aber du wusstest ja auch so, wo ich mich gerade rumgetrieben habe. Denn egal, in welches gottverlassene Nest ich kam, war immer auch schon einer deiner Leute da.«

Martin nickte. »Ja, ich weiß. Schließlich haben sie mir deine Schuldscheine geschickt.«

»Das verstehst du bestimmt. Als Vertreter des Völkerbundes muss man große finanzielle Opfer bringen. Aber mein Auftrag lautete, über den Hunger in der Welt zu schreiben, nicht ein Teil davon zu werden. Und vor allem zahle ich dir jeden Penny zurück.«

Martin ließ den Korken der Champagnerflasche knallen. »Du brauchst mir nichts zurückzuzahlen. Sieh das Geld einfach als Miete für die Wohnung an. Ich fühle mich inmitten deines Durcheinanders pudelwohl.«

»Mein lieber Freund, das weiß ich. Außerdem werden deine Korrespondenten viel zu gut bezahlt. Deshalb war es nur recht und billig, sie gelegentlich um ein, zwei Fünfer anzugehen.«

»Wie war deine Reise überhaupt?«

»Interessant.« Jacob setzte sich auf, ließ sich Champagner nachschenken und lehnte sich wieder auf der Couch zurück. »Viele unlösbare Probleme – und ernüchternde Erkenntnisse. Ich war länger unterwegs als ursprünglich geplant. Thrakien, Bulgarien, dann entlang des Schwarzen Meers bis in die Ukraine und weiter bis zum Don. Das Land des Fischerkönigs und gefährlicher Kapellen – karg und unfruchtbar. Selbst die Krähen dort fressen Steine.« Er nahm einen Schluck. »In der Ukraine bin ich übrigens von meinem Pazifismus abgerückt. Ich habe einen Mann getötet, Martin, und ich dachte, dass dich das wahrscheinlich interessiert.«

Martin nahm in einem Sessel Platz und stellte die Champagnerflasche auf dem Boden ab. »Wenn du es mir erzählen willst.«

»Im Grunde ist es Ironie des Schicksals«, setzte Jacob an. »Ich war sogar im Gefängnis, weil ich aus Gewissensgründen nicht zum Militär gegangen bin. Ich war ziemlich stolz auf meinen Pazifismus. Eine Kommissarin der Roten Armee – ein stattliches Weibsbild namens Lyubow – hatte sich in mich verliebt, aber das ist eine andere Geschichte. Jedenfalls hat sie mir zum Schutz zwei Männer mitgegeben, als ich von Berditschew in Richtung Kiew aufgebrochen bin. Am zweiten Tag wurden wir von ein paar herumstreunenden Mitgliedern der weißen Armee überfallen. Weil ich unbewaffnet war, warf mir einer der roten Soldaten eine Mauser zu. Die Banditen waren offensichtlich angetrunken, denn sie ritten säbelschwingend auf uns zu. Ich brauchte beide Hände, um den schweren Holzgriff der verdammten Mauser festzuhalten, also habe ich sie auf den Hals von meinem Pferd gelegt und auf einen Mann mit einem gelben Bart gezielt. Ich habe ihn sofort erwischt, und er muss bereits tot gewesen sein, bevor er aus dem Sattel fiel. Die Roten haben noch zwei Weiße abgeknallt und sind dann abgehauen. Der, den ich getroffen hatte, hatte mitten in der Stirn ein kleines, dunkles Loch. Nicht größer, als wenn man mit einer Zigarette ein Loch in eine Decke brennt. So viel zu dem Gebot ›Du sollst nicht töten‹.« Jacob nahm wieder einen großen Schluck aus seinem Glas.

»Wenn du ihn nicht getötet hättest, hätte er dich umgebracht.«

»Darum ging es auch bei meiner Anhörung, als ich den Militärdienst verweigert habe. Der Richter wollte wissen, was ich machen würde, wenn ein blonder, deutscher Hüne mit gezücktem Bajonett auf mich zustürmt. Ich habe erklärt, ich würde ihn in ein Gespräch verwickeln, und die Zuschauer haben gelacht. Der witzige und schlagfertige Jacob Golden, wie er leibt und lebt.« Abermals hob er das Glas an seinen Mund. »Ich war praktisch schon mein Leben lang eine Art Betrüger, Martin. Und jetzt habe ich entgegen meiner Überzeugung sogar einen Menschen umgebracht und war heilfroh, dass er dort vor mir auf dem Boden lag, bevor er mir mit seinem Schwert die Eingeweide herausreißen konnte.«

»Eine völlig normale Reaktion.«

»Ja, wahrscheinlich, nur dass ich die Dinge bisher nie normal wie andere Menschen angegangen bin, nicht wahr? Um mich abzuheben, bin ich stets in einem anderen Takt als alle anderen marschiert. Dieses Erlebnis war eine Offenbarung für mich.«

»Weil es dir gezeigt hat, dass du ein normaler Mensch bist? Mach dir darüber keine Gedanken. Denn so geht's uns allen. Du bist noch am Leben, und das ist das Einzige, was zählt.«

»Ja. Ich bin noch am Leben.« Jacob zündete sich eine Zigarette an. »Doch was soll ich jetzt machen? Die Pazifisten hier in England feiern mich als Helden. Aber nachdem ich wie Billy the Kid herumgeballert habe, kann ich mir nur noch schwer vorstellen, weiter in den Reihen dieser Leute zu marschieren.«

»Wenn du deine andere Wange hingehalten hättest, hätte der Kosake sie dir scheibchenweise vom Gesicht geschnitten. Das würde doch selbst ein glühender Pazifist verstehen.«

»Wahrscheinlich hast du recht. Trotzdem hat mich diese Sache nachdenklich gemacht. Das Töten eines Menschen, um seine eigene Haut zu retten, ist geradezu erschreckend einfach. Seitdem sehe ich den Krieg mit anderen Augen. Apropos Krieg, findest du den frommen Sinneswandel der Kollegen von der *Post* auch so amüsant wie ich?«

»Nicht unbedingt. Sie wittern einen Trend. Wenn man gegen den Strom schwimmt, erreicht man eben keine so hohe Auflage.«

»Wusstest du, dass sie auf deine Seite wechseln würden?«

»Nein. Das hat mich völlig überrascht. Auch wenn ich dafür sehr dankbar bin.«

»Ich wusste schon, dass sie das tun würden. Der Guv'nor hat es mir erzählt. Ich habe letzte Woche von Genf aus mit ihm telefoniert.«

»Oh? Dann sprecht ihr also wieder miteinander?«

»Falls man eine kurze Unterhaltung als Gespräch bezeichnen kann. Er meinte, dass er dringend mit mir sprechen muss. Wollte aber nicht verraten, was so wichtig ist.«

»Bist du deswegen zurückgekommen?«

»Auch. Aber vor allem, weil mir die Arbeit für den Völkerbund am Schluss furchtbar gegen den Strich gegangen ist. Du brauchst nicht zufällig einen guten Journalisten, der fünf Sprachen spricht und sich für wenig Geld den Allerwertesten aufreißt?«

»Auf jeden Fall.«

»Danke, alter Freund, aber ich will dir nicht zur Last fallen. Nein, ich glaube, ich genieße erst einmal das Nichtstun, bis ich geistig wieder völlig auf der Höhe bin.«

»Hast du übrigens meinen Brief bekommen, in dem ich dir von Charles geschrieben habe?«

»Ja. Er wurde mir nach Bukarest geschickt. Hat mich unglaublich gefreut. Auch der Guv'nor hat das Thema angesprochen. Meinte, er hätte im Archiv ein Bild von mir entdeckt. Am Tag meiner Verhaftung – rittlings auf dem Lauf der Haubitze auf dem Trafalgar Square, während ich diese Pamphlete über Charles' Anhörung vor dem Kriegsgericht in die Menge werfe. Ich glaube nicht, dass auch nur ein Mensch dieses Zeug gelesen hat. Das hat die Leute damals nicht die Bohne interessiert. Aber inzwischen sind sie aufgewacht. In Paris hat sich dein Buch wie wahnsinnig verkauft.«

»Hier auch.«

Jacob trank mit einem müden Lächeln seinen Schaumwein aus. »Das ist auch den Leuten bei der guten, alten *Daily Post* bewusst. Ich nehme an, sie wollen auf den Zug aufspringen, bevor sie irgendwann allein am Bahnhof stehen.« Er warf einen Blick auf seine Uhr. »Am besten bringe ich das Treffen mit dem Guv'nor sofort hinter mich. Willst du nicht mitkommen? Zwar hat mich der Champagner hinlänglich gestärkt, aber trotzdem wäre es mir lieber, müsste ich nicht allein zu dem alten Knaben gehen.«

Das Haus der *Daily Post*, das mit seinen unzähligen Fenstern und den schlanken, kannelierten Steinsäulen die Fleet Street überragte, sah von Ferne wie ein riesiger, viktorianischer Bahnhof aus. Zwei gusseiserne Löwen standen links und rechts der breiten Steintreppe, über die man zu den riesengroßen Eingangstüren aus Bronze kam. Scherzbolde nannten den Bau den »goldenen Tempel«. Was nicht übertrieben war. Ein Monument des Journalismus, das von Harry Golden – dem großen Lord Crewe – begründet worden war.

»Ich bin einfach ein jüdischer Junge aus Whitechapel, der sich nach oben gearbeitet hat«, hatte sich Lord Crewe einmal in einem Interview beschrieben. Und auch wenn wahrscheinlich niemand diese Worte je offen in Zweifel ziehen würde, hatte er nie barfuß die Straßen des East Ends durchstreift. Denn der junge Harry war in einem äußerst komfortablen Haus in Hampstead aufgewachsen und hatte die lukrative Druckerei seiner Familie in Whitechapel höchstens ab und zu einmal besucht. Aber Karriere hatte er gemacht, seit er 1885 im Alter von dreißig Jahren eine fast bankrotte Zeitung mit dem Namen *London and Provinces Daily Post and Times Register* übernommen hatte, die bis 1900 mit verkürztem Namen zur bei Weitem größten Tageszeitung Englands aufgestiegen war. Um das zu erreichen, hatte er den erfolgreichen Journalismus von Pulitzer und Hearst in den Staaten kopiert. Hatte die breiten Massen mit entsetzlichen Geschichten über Mordfälle und Liebesnester unterhalten und die Tories dadurch für sich eingenommen, dass er deren Vorstellung vom Imperialismus und der Größe des Empire unbesehen übernahm. Seine chauvinistischen Artikel zum Wiederaufbau der Marine, der Besetzung des Sudan und die unverhohlene Abscheu vor den Buren hatten ihm die Adelswürde eingetragen. Und noch heute passte sich der passionierte Segler mühelos an die Richtung an, aus der der Wind blies.

Im Haus der *Daily Post* herrschte zu jeder Tageszeit Hochbetrieb. Ständig brannten die Lichter, und die riesengroßen Pressen im Keller dröhnten ohne Unterlass. Ein uniformierter Page nahm Jacob und Martin in der Eingangshalle in Empfang und begleitete sie zu einem privaten Fahrstuhl, der sie in die oberste Etage des Gebäudes trug.

»Das ruft Erinnerungen in mir wach«, sagte Jacob, als er neben seinem Freund zur privaten Suite des Mannes ging, der im ganzen Haus der Guv'nor hieß.

»Ja«, stimmte ihm Martin leise zu.

Auch er dachte unweigerlich an den Sommer 1914 zurück, als er erstmals dieses Haus betreten hatte. Jacob hatte damals als Reporter für das Blatt gearbeitet, als Spezialist für die komplexe Balkanpolitik. Trotzdem hatte er sich Martins amüsante Skizzen über seine Englandreise angesehen. Und da sie ihm gefielen, überredete er den Guv'nor, ihn als Feuilletonisten einzustellen. Ein Jahr später schickte er Martin als Kriegsberichterstatter nach Gallipoli. Doch nach Martins Rückkehr endete die Zusammenarbeit mit der *Daily Post*. Es hatte ihn geärgert, dass kein einziger seiner Artikel, die den Feldzug auf den Dardanellen kritisierten, in dem Blatt erschienen war. Damals hatte er noch nicht gewusst, wie stark die Pressezaren sowohl in England als auch in Amerika die grauenhafte Wahrheit über den Krieg verschleiern würden, und als er jetzt mit Jacob abermals an den unzähligen italienischen Rennaissancegemälden vorbei den Korridor hinunterlief, konnte er fast hören, wie der Guv'nor ihm mit seiner lauten Bassstimme erklärte, das Vertrauen der Engländer in ihre Generäle und ihre Kriegsführung dürfe auf keinen Fall erschüttert werden. »Es geht um den Sieg, Rilke, weil nur der Sieg für diese Zeitung von Interesse ist.«

Lord Crewe war damals mit dem Wind gesegelt – jetzt allerdings blies der Wind aus einer anderen Richtung.

»Kommen Sie.« Der private Sekretär des Guv'nors kehrte aus dem Allerheiligsten ins Vorzimmer zurück. Er war ein dünnes Männchen mit gebeugten Schultern, der nicht nur von seinem Aussehen, sondern auch von seiner Sprache her einem Professor in Oxford glich – und tatsächlich hatte er am Balliol College unterrichtet, bis er von Lord Crewe mit einem deutlich höheren Gehalt, als er dort je bekommen hätte, abgeworben worden war.

Der Guv'nor saß auf einem Biedermeierstuhl hinter einem langen Esstisch aus Eiche, der von ihm als Schreibtisch zweckentfremdet worden war. Mit seiner stattlichen Figur und seiner kerzengeraden Haltung stellte er das genaue Gegenteil von seinem Sohn dar.

»Hallo, Jacob. Rilke – freut mich, dass Sie mitgekommen sind.«

»Schön, Sie wiederzusehen, Guv'nor«, sagte Martin. »Unser letztes Treffen ist ziemlich lange her.«

»Eine halbe Ewigkeit, wie sie in den Staaten sagen. Aber ich habe Ihre Karriere eifrig mitverfolgt.«

»Das ist mir bei dem heutigen Leitartikel in der *Post* aufgefallen.«

»Ach, der. Sie waren sicher überrascht, aber eine Zeitung muss nun einmal mit dem Strom schwimmen, damit sie sich verkauft. 1916 konnte man nicht schreiben, dass die Kriegsführung ein Desaster war, aber heute muss man das sogar. Wir planen eine dreiwöchige Artikelserie, unter anderem mit den Berichten, die Sie uns damals geschickt haben und die von den Zensoren nicht genehmigt worden sind. Unserer Meinung nach ist dafür jetzt der rechte Zeitpunkt, und wir gehen davon aus, dass diese Serie für Furore sorgen …«

»… und euch hohe Absatzzahlen garantieren wird«, fiel Jacob seinem Vater ruhig ins Wort.

Der Guv'nor bedachte ihn mit einem kalten Blick. »Natürlich. Aber darum geht es.« Er sah wieder Martin an. »Der erste Artikel kommt am Mittwoch raus. Er dürfte einigen Einfluss auf den Richter haben, wenn er sich an die Geschworenen wendet – falls er es überhaupt als notwendig erachtet.«

»Sie kennen mich gut genug, um zu wissen, dass ich Ihnen dafür nicht danken werde, Guv'nor. Auch wenn ich mich über diesen unerwarteten Sinneswandel freue.«

Der Guv'nor lachte leise auf. »Meine Güte, Rilke, wenn ich die *Daily Post* zu einer wahrhaft ehrlichen und anständigen Zeitung machen wollte, würde ich sie Ihnen überlassen. Zwar wäre sie dann nach einem Jahr bankrott, aber dieses eine Jahr wäre wahrscheinlich wunderbar! Es tut mir wirklich leid, dass Sie nicht ein einziges Mal mit mir gesegelt sind. Denn wie heißt es auf hoher See? Am Steuer bin ich eine grundehrliche Haut. So, und jetzt müsste ich kurz allein mit Jacob sprechen. Wenn Sie möchten, können Sie im Nebenzimmer warten. Dort steht ein wirklich guter Whiskey. Und zwar in dem gelben Krug im Schrank. Ein außergewöhnlicher Malt, den mir Harry Lauder aus einer Destillerie in Strathbraan hat zukommen lassen.«

Martin ging hinüber in das Zimmer, das wie alle Räume in der Suite sowohl mit unbezahlbaren Antiquitäten als auch mit Arbeitsutensilien bestückt war. Er schenkte sich einen Whiskey ein, blickte auf die laut tickenden Fernschreiber, die neben Artefakten aus verschiedenen Luxor-Tempeln standen, trat ans Fenster und sah auf die düstere Bouverie Street hinab. Der Whiskey war tatsächlich ausgezeichnet, und als Martin die Karaffe holte, um sich nachzuschenken, wurde die Verbindungstür geöffnet, und sein Freund trat ein.

»Schenk mir bitte auch was ein.«

Martin sah ihn grinsend an. »Du siehst ein bisschen mitgenommen aus. Wie war es?«

»Ziemlich schlimm. Er liegt im Sterben.«

Martin starrte seinen Freund entgeistert an. »Was sagst du da?«

»Er liegt im Sterben. Aber ich musste ihm schwören, dass niemand etwas davon erfährt.«

»Natürlich nicht.«

»Er hat Blutkrebs und fährt nächste Woche nach Amerika. In eine Klinik in Minnesota. Aber ich denke nicht, dass er zurückkommt.« Martin schenkte ihm den Whiskey ein, und mit zitternder Hand nahm er das Glas entgegen. »Was ihn allerdings nicht weiter schert. Mein Vater ist ein Fatalist. Das Einzige, wovor er Angst hat, ist ein langes Siechtum. Das hat er schon einmal bei meiner Mutter erlebt. Ich weiß nicht, Martin. Ich habe das schreckliche Gefühl, dass er Minnesota nie erreichen wird.«

»Ist der Krebs schon so weit fortgeschritten?«

Jacob schüttelte den Kopf und nahm einen großen Schluck. »Äußerlich ist nichts davon zu sehen, nein. Aber es ist eine heimtückische Krankheit, und das ist ihm klar. Deshalb glaube ich, dass er, um die Schmerzen und das Elend abzukürzen, auf der Überfahrt klammheimlich über Bord gehen wird. Es ist schrecklich, so etwas zu sagen, aber ich denke, er wird das wirklich tun. Denn er … er sieht das Meer als Freund.«

Während sie sich schweigend ansahen, drang aus dem Keller das gedämpfte Rattern der Druckerpressen an ihr Ohr.

»Ich an deiner Stelle würde darüber nicht weiter nachdenken«, sagte Martin dumpf.

Jacob starrte finster in sein Glas.

»Falls er stirbt – falls er nicht wiederkommt –, erbe ich seinen Anteil an der *Post.* Einundfünfzig Prozent der Aktien. ›Jacob‹, hat er zu mir gesagt, ›ich vertraue darauf, dass du vernünftig damit umgehst.‹ Wie konnte er nur so was zu mir sagen? Was in aller Welt erwartet er von mir?«

»Weißt du das wirklich nicht?«

»Nein. Was?«

»Dass du dein Bestes gibst, Jacob.«

Lord Stanmore trat nervös von einem Fuß auf den anderen, während er vor dem Bahnhof Waterloo Ausschau nach einem Taxi hielt. Schließlich warf er jegliche Erziehung über Bord und sprang, den Regenschirm wie eine Lanze ausgestreckt, vom Gehweg auf die Straße, als die erste leere Droschke näher kam.

»Hallo! Taxi!«

Ein paar Leute aus der Warteschlange fingen an zu murren, doch der Earl stieg eilig ein und zog die Tür mit einem lauten Knall hinter sich zu.

»Zur Strand«, wies er den Fahrer an. »Zum dortigen Gericht.«

Seufzend lehnte er sich zurück, und schnell fuhr das Taxi los. Es war ein heller, klarer Morgen, und die Themse, die gemächlich unterhalb der Straße floss, hatte einen warmen, grünen Ton. Ein, wie er hoffte auch für Martin, wunderbarer Tag.

Martin hatte ihm geraten, nicht zu kommen. Was hatte er am Telefon zu ihm gesagt? Es sei um diese frühe Uhrzeit eine anstrengende Reise, weil der Zug nach London voller Pendler sei, und wahrscheinlich locke der Prozess zahlreiche, in höchstem Maß parteiische Besucher an. Und egal, ob er als Sieger oder als Verlierer aus dieser Verhandlung komme, gebe es im Anschluss mit Sicherheit einen Aufruhr, deshalb halte man sich besser von dort fern. Der Earl hatte die Argumente abgetan, seiner Frau und seiner Tochter allerdings erzählt, dass der Richter den Prozesstermin verschoben und er an dem Tag geschäftlich in der Stadt zu tun habe. Eine kleine Notlüge zu ihrem Schutz.

Und tatsächlich hatte er anscheinend gut daran getan, sie ihnen aufzutischen, denn als sich das Taxi dem Gerichtsgebäude näherte, bemerkte er, dass die Gegend zwischen Aldwych und der Chancery Lane von Streifen- und berittenen Polizisten kontrolliert wurde. Links und rechts der breiten Strand hatten sich zahlreiche Menschen eingefunden und warfen sich Beleidigungen an den Kopf. Auf einer Seite eine große Gruppe Männer mittleren bis fortgeschrittenen Alters, die kleine England-Fähnchen oder ordentlich bedruckte Banner schwenkten, auf denen BRITISCHE LEGION – WIR EHREN HAIG – RULE BRITANNIA stand. Bereits durch ihre gute Kleidung hoben sie sich deutlich von den Leuten auf der Gegenseite ab, die vor allem aus jungen Männern aus der Unterschicht, Frauen und kriegsversehrten Exsoldaten, zum Teil in alten Uniformen, zu bestehen schien. Sie hielten handbemalte Spruchbänder mit befremdlichen Parolen wie NIE WIEDER KRIEG, ROT IST DAS BLUT, ROT IST DIE HOFFNUNG in die Höhe, und auf dem längsten, das von über dreißig Frauen hochgehalten wurde, stand: INTERNATIONALE DER KRIEGSGEGNER – SEKTION LAMBETH.

Vor dem riesigen Banner stand eine große, attraktive Frau und dirigierte die anderen Frauen, die ein Lied sangen. Den Text verstand der Earl über den allgemeinen Lärm hinweg jedoch nur undeutlich. Schockiert erkannte er, dass die hochgewachsene Frau die ehrenwerte Winifred Wood-Lacy war.

Die Polizei sorgte dafür, dass der Verkehr weiterfloss, und

das Taxi hielt direkt vor dem Gerichtsgebäude. Der Earl betrat das abstoßende, gotische Gebäude und erkundigte sich bei einem Uniformierten nach Gerichtssaal D.

»Keine Chance, Sir. Der Raum ist schon seit einer halben Stunde voll.«

»Greville, Earl of Stanmore.« Seine Lordschaft richtete sich stolz zu seiner vollen Größe auf. »Für mich wurde ein Platz bei der Verhandlung reserviert.«

Natürlich blanker Unsinn, doch wenigstens gelangte er noch in den Saal und drängte sich mit einem Dutzend anderer an die rückwärtige Wand. Er reckte seinen Kopf und sah, dass William, Charles und Fentons Schulfreund Jacob Golden in der dritten Reihe saßen. Nun, zumindest sie genossen einen freien Blick auf das Geschehen.

Die Geschworenen nahmen ihre Plätze ein, und nach einer Weile tauchte endlich der Richter auf. Er trug eine hermelinbesetzte Robe, hatte einen würdevoll gemessenen Schritt und blickte zu Boden, so, als dächte er eingehend über etwas nach. Nachdem sein Erscheinen offiziell verkündet worden war, saß der Mann noch volle fünf Minuten nachdenklich auf seinem Platz, bevor er plötzlich die Geschworenen entließ.

Als die Zuschauer in lautes Murmeln ausbrachen, ließ der Richter seinen Hammer auf den Holztisch krachen.

»Ich habe die Geschworenen entlassen«, setzte Richter Larch mit monotoner Stimme an, »weil ich nach gründlicher Lektüre der Beweise zu dem Schluss gekommen bin, dass man diesen Fall von Rechts wegen vor eine Kammer hätte bringen sollen. Der Anwalt von Generalmajor Sir Bertram Dundas Sparrowfield beschuldigt Mr. Martin Rilke, seinen Namen und vor allem seinen Ruf als Militär in einem von ihm verfassten Buch mit dem Titel *Ein mörderisches Feld* verunglimpft zu haben. Dem Kläger zufolge hat Mr. Rilke ihn und seinen Stab in ein schlechtes Licht gerückt. Allerdings sehe ich nirgendwo einen Vertreter dieses Stabs.«

Obwohl sein Anwalt ihn zur Ruhe mahnte, sprang der Kläger wütend auf.

Was für eine durch und durch gewöhnliche Erscheinung, dachte der Earl. Er wirkte wie ein Postbote vom Land und ganz bestimmt nicht wie ein Generalmajor.

»Ich protestiere«, kreischte er. »Denn ich habe stets im Namen meines Stabs gesprochen, und das tue ich auch jetzt.«

Der Richter sah ihn traurig an. »Das können Sie gerne tun, Sir Bertram, aber vor Gericht vertreten dürfen Sie ihn nicht. Bitte setzen Sie sich wieder hin.«

Langsam sank der General zurück auf seinen Stuhl.

»Die Fakten sind eindeutig«, fuhr der Richter fort. »Am Morgen und am Nachmittag des 14. August 1916 wurde Mr. Rilke, damals Kriegsberichterstatter für *Associated Press*, Zeuge eines Angriffs auf stark befestigte deutsche Stellungen unweit des an der Somme gelegenen Dorfs Thiepval. Ein Ereignis, über das er knapp vier Jahre später unter Verwendung seiner Notizen, der Bücher des Bataillons und der persönlichen Berichte Überlebender ein Buch geschrieben hat. Gegenstand dieser Verleumdungsklage ist der Wahrheitsgehalt des Buchs, vor allem auf den Seiten 220 bis 255, in der noch einmal zusammenfassend über die Geschehnisse berichtet wird. Ich habe diese Textstelle über ein halbes Dutzend Mal gelesen. Darin äußert sich Mr. Rilke kritisch zu zahlreichen Maßnahmen, die von General Sparrowfield und seinem Stab an jenem Tag ergriffen oder unterlassen worden sind. Besonders kritisiert er, dass der General und sein Stab in einem Schloss neun Meilen vom Schlachtfeld entfernt Quartier bezogen hatten und es keine Möglichkeit der Kommunikation zwischen dem Hauptquartier und den Bataillonen gab, die den Angriff durchzuführen hatten …«

Mit zornrotem Gesicht erhob der Generalmajor sich abermals. »Ich protestiere, Sir! Die Kommandeure meiner Bataillone waren über sämtliche Aspekte dieses Angriffs genauestens informiert!«

Wieder donnerte der Hammer auf den Tisch. »Ich muss den Kläger warnen«, sagte der Richter durchaus freundlich. »Weitere Ausfälle dieser Art werden nicht geduldet. Meine Herren?«

Die beiden Anwälte standen auf: »Es wird nicht wieder vorkommen, Mylord.«

»Das will ich hoffen. Die Zwischenrufe stellen eine grobe Störung meiner Arbeit dar. Nun … wo war ich stehengeblieben? Ja … er äußert sich kritisch zu …«

Der Earl hatte das Buch, das Martin ihm geschickt hatte, nur überflogen. Es hatte seinen Zorn geweckt. Das war Vergangenheit, der Krieg vorüber, und wie einen Albtraum sollte man ihn schnellstmöglich vergessen. Doch mittlerweile wusste er, dass er mit dieser Ansicht falschlag. All das Grauen und das Elend, die geradezu kriminellen Fehler der Generäle mussten sich den Menschen ins Gedächtnis brennen, damit niemand jemals wieder auf die Idee kam, dass ein Krieg ein großartiges, nationales Abenteuer war.

»… Mr. Rilke kritisiert die Verwendung von Tauben für die Kommunikation zwischen den Kommandeuren an der Front und dem Generalhauptquartier. Diese hat sich als höchst ungünstig herausgestellt, weil die Tauben starben, als der Wind sich drehte, und das Gas, das für die deutschen Gräben bestimmt war, den eigenen Truppen ins Gesicht wehte. Außerdem übt er Kritik an der Entscheidung, überhaupt Gas einzusetzen, nachdem Meteorologen ausdrücklich davor gewarnt hatten, dass die Windrichtung am Tag des Angriffs nicht genau vorherzusagen war. Aber diese Warnung hat der Generalstab ignoriert, was katastrophale Folgen hatte.«

Der Richter legte seine Aufzeichnungen fort und lehnte sich auf seinem hohen Stuhl zurück. »Meiner Meinung nach hat Mr. Rilke General Sparrowfield dafür weder besonders getadelt noch ihn lächerlich gemacht. Der Angriff hat sich als Fiasko herausgestellt, bei dem es eine außergewöhnlich hohe Zahl an Toten und Verletzten gab. Mr. Rilke hat sich diese Katastrophe weder ausgedacht, noch hat er sie dramatisiert. Er stellt in seinem Vorwort sogar klar, dass dieser Angriff typisch gewesen ist und Hunderte solcher Attacken mit ähnlichem Ausgang stattgefunden haben. Mr. Rilke hat ein ganzes Buch von ungefähr dreihundert Seiten über diese eine blutrünstige Schlacht verfasst, aber in der offiziellen Verlautbarung des Militärs kam sie praktisch gar nicht vor. Niederlagen und Massaker wurden nicht genauer für die Öffentlichkeit dokumentiert. Man hielt es für besser, einen Schleier darüber zu legen. Nachdem der allerdings gelüftet worden ist, kann man verstehen, weshalb manche Leute dies nicht unbedingt willkommen heißen. Wie General Sparrowfield. Man kann ein gewisses Maß an Mitleid mit dem Kläger haben, weil er – falls ich so weit gehen darf – ein Opfer der Geschichte ist, aber der Verleumdungsklage gegen Mr. Rilke kann nicht stattgegeben werden. Die Klage wird abgewiesen.«

Im Gerichtssaal erklang höflicher Applaus. Und als die Leute auf der Straße den Beschluss vernahmen, brach unter den Pazifisten Jubel aus, während die Kriegsbefürworter sich entrüsteten.

Majestätisch ritten Polizisten zwischen den Parteien auf und ab. William schob sich durch das Gedränge vor dem Saal. »Vater! Sir!«

Hinter ihm kämpften sich Charles, Martin und Jacob Golden vorwärts, und der Earl machte einen Schritt zur Seite, als sich die aufgeregte Besucherschar durch die Türen auf den Bürgersteig ergoss.

»Gratuliere, Martin«, sagte er.

»Danke, Sir.« Schon wurde er von seinen triumphierenden Anhängern zu den Friedensfürsprechern vor der Kirche St Clement Danes getragen, die sich wie eine kleine Armee aufgestellt hatten.

»Es findet noch ein Friedensmarsch statt«, erklärte William dem Earl. »Durch die Strand, die Mall und den Green Park bis zum Hyde Park. Allerdings empfehle ich dir nicht mitzulaufen. Die Stimmung ist zum Teil recht aufgeheizt.«

»Das sehe ich«, erwiderte der Earl. »Aber bei einem Marsch hätte ich sowieso nicht mitgemacht – weder für den Frieden noch für den Krieg.«

Einige wutentbrannte Männer stapften an ihnen vorbei und zerknüllten Ausgaben der *Daily Post*. Ein Banner mit der Aufschrift EHRT FELDMARSCHALL HAIG flatterte hoch über ihren Köpfen, und sie skandierten: »Und eins und zwo und drei, reißt die *Daily Post* entzwei…«

Sie marschierten auf die Pazifisten zu, und einer der berittenen Polizisten trabte langsam hinterher.

»Ja«, sagte der Earl. »Die Menschen hier scheinen vor Zorn vollkommen außer sich zu sein.«

»Fährst du zurück nach Abingdon?«, erkundigte sich Charles.

»Falls ich in diesem Durcheinander irgendwo ein Taxi finde.«

»Ich komme mit. In großen Menschenmengen fühle ich mich immer etwas unbehaglich.«

»Bleibst du länger?«

»Ja. Willie will sich in Irland ein Pferd ansehen.«

William und der junge Jacob Golden schlossen sich der Menge an. Die Internationale der Kriegsgegner hatte zu einem Protestmarsch aufgerufen, egal, wie die Klage gegen Rilke ausging. Über tausend Menschen, überwiegend Frauen, aus sämtlichen Teilen Englands, Wales' und Schottlands waren angereist und schwenkten ihre Banner. SEKTION LEEDS. SHEFFIELD & BARNSLEY, CARDIFF, BIRMINGHAM. Auch ein paar Abgeordnete aus Belgien und Frankreich, ein Ehepaar aus Lissabon – Eltern eines Sohns, der bei Ypern umgekommen war – und eine Gruppe Sozialisten oder Kommunisten, die an ihren roten Armbinden leicht zu erkennen waren, hatten sich unter den Tross gemischt, während die verbitterten, loyalen Gegner auf dem Gehweg standen, ihnen ihre Transparente mit der Aufschrift BRITISCHE LEGION und EHRT FELDMARSCHALL HAIG entgegenreckten und ein Pfeifkonzert anstimmten.

Trotzdem blieben alle friedlich, und die Kriegsbefürworter folgten den Demonstranten nicht. Die Polizisten kontrollieren den Verkehr und lenkten die Marschierenden am Admiralitätsbogen vorbei die Mall hinab und weiter durch den Green Park auf die Ecke Hyde Park zu.

William zeigte nach vorn. »Ist das dort drüben bei der Lambeth-Gruppe etwa Winifred?«

Gedankenverloren hob Jacob den Kopf und blickte in die Richtung. »Ja, tatsächlich. Nur, warum um Himmels willen läuft sie bei der Lambeth-Gruppe mit?«

»Ich habe keine Ahnung. Wahrscheinlich weil es bei ihr am Cadogan Square noch keine Gruppe gibt.«

»Ich gehe nur schnell hin und sage ihr hallo.«

»Wenn's sein muss«, erwiderte William. »Grüß sie von mir.«

Sie war nicht im Geringsten überrascht, als sie ihn sah. »Ich dachte mir bereits, dass ich dich irgendwo hier treffen würde, falls du in England bist.«

»Ich bin seit Montag wieder da. Wie geht's dir, Winnie?«

»Gut. Inzwischen habe ich das dritte Kind bekommen. Aber vielleicht hat dir das ja bereits jemand erzählt.«

»Nein. Ein Junge?«

»Noch ein Mädchen. Ich habe sie Kate genannt. Nicht Katherine, sondern Kate. Ich mag nette, einfache, positive Namen, die man nicht verstümmeln kann. Weshalb in aller Welt nennt man ein Mädchen Winifred, wenn dann doch nur jeder Winnie zu ihr sagt?«

»Das weiß ich auch nicht«, stimmte er ihr lächelnd zu, und sie blickte ihn forschend an.

»Worüber grinst du so, Jacob?«

»Wahrscheinlich darüber, wie tatkräftig du bist. Ich musste nämlich gerade daran denken, wie wir uns zum ersten Mal begegnet sind. Du warst damals vielleicht fünfzehn, sechzehn Jahre alt.«

Sie runzelte die Stirn. »Wann soll das denn gewesen sein?«

»Ich war damals mit meinem Vater zum Dinner bei deinem Vater am Cadogan Square. Außer uns war noch Sir Henry Campbell-Bannerman, unser geliebter Expremierminister, da. Ich hatte gerade meine erste Balkanreise hinter mir und war noch mürrischer als sonst. Wir haben uns nur kurz unterhalten. Meiner Meinung nach warst du zu plump, verhuscht und langweilig, um sich länger mit dir abzugeben. Was wieder einmal zeigt, wie sehr der Mensch sich irren kann.«

Sie nahm seine Hand und drückte sie. »Du bist ein wunderbarer Mann, Jacob.«

Im Hyde Park wartete ein Trupp von dreißig jungen Männern, die teilweise trotz des warmen Wetters einen Trenchcoat trugen und durchweg schwarz gekleidet waren. Etwas Unheilvolles ging von ihrem Schweigen aus, wie sie zu beiden Seiten des Kiesweges dastanden, den die müden Demonstranten zur Speaker's Corner nahmen.

»Rote … Rote … schaut euch nur die rote Bande an«, stießen sie mit einem Mal in einem gleichförmigen, hasserfüllten Rhythmus aus. »Juden … Juden … Judenpack, so weit man sehen kann …«

Ein Truppe berittener Polizisten nahm sie ins Visier, doch die schwarzen Halunken standen einfach reglos da.

»Rote … Rote … schaut euch nur die rote Bande an.«

Plötzlich lösten sich einige aus der Gruppe, liefen mit den Demonstranten mit und hielten den Leuten ein paar schlecht kopierte Ausgaben des *Dearborn Independent* und Pamphlete mit dem Bild Benito Mussolinis auf der Titelseite hin.

»Lesen Sie das, Ma'am … lesen Sie das, Sir … die Wahrheit … die Verschwörung zwischen Juden und den Kommunisten … die Zersetzung der christlichen Ethik und christlicher Werte … das Bollwerk der faschistischen Moral …«

Ein hochgewachsener, junger Mann in einem Regenmantel forderte auch Jacob zur Lektüre eines solchen Schmierblatts auf. »Lesen Sie das, Sir.«

»Hau ab«, fuhr Jacob ihn mit leiser Stimme an.

Der junge Mann ging neben ihm her und blickte ihn forschend an. »Du bist einer von denen, nicht wahr?«

»Ich habe gesagt, du sollst verschwinden. Leute wie du sind hier nicht erwünscht.«

»Genau«, sagte Winifred mit scharfer Stimme und ergriff entschlossen Jacobs Hand. »Verschwinden Sie.«

Der Mann verzog verächtlich das Gesicht. »Ich an Ihrer Stelle würde nicht mit einem öligen Juden schlafen, Miss. Dann kriegt man schlüpfrige Kinder.«

Jacob riss seine Hand weg und rammte dem Widerling die geballte Faust so kraftvoll ins Gesicht, dass er taumelte, seitwärts auf den Rasen kippte und die Handzettel und die Pamphlete fallen ließ.

»Du Schwein!«, schrie Jacob, während er auf die Blätter trat. Er beobachtete, wie sie wild durch die Gegend flatterten, und stieß verächtlich aus: »Weg mit dem verdammten Dreck!«

Der kleine Trupp Faschisten stürzte los und trennte Jacob von den anderen Demonstranten. Wütend droschen sie auf ihn ein.

William kam Jacob trotz seines steifen Beins so schnell wie möglich zu Hilfe. Er hatte schon geahnt, was kommen würde, als sein Freund auf den Faschisten losgegangen war. Zwei junge Schwarzhemden versuchten, ihn zurückzuhalten, doch er schüttelte sie wie Fliegen ab. Aus den Augenwinkeln nahm er Osberts bleiche, angespannte Miene wahr. Sein Traum von der britischen Liga der Faschisten war also Wirklichkeit geworden.

»Sei, verdammt noch mal, kein Narr, Greville!«, rief ihm der Führer der Faschisten zu.

Jetzt gab es kein Halten mehr für ihn. Wie ein wild gewordener Bulle stürzte er sich auf die geschlossene Wand aus Schwarzhemden. Einer wandte sich von Jacob ab und ließ die Faust in Williams Richtung krachen. Aber statt seine Nase traf sie nur seinen Arm, und außer sich vor Zorn prügelte William seinen Angreifer besinnungslos.

Polizeipfeifen ertönten, zwei berittene Ordnungshüter trieben ihre Pferde auf die Gruppe zu, und die ordentlichen Reihen der Demonstranten lösten sich auf. Verängstigt bildeten die Frauen Grüppchen, während die Männer mit grimmiger Miene die Szene beobachteten. Der Weg war mit Plakaten übersät. William verteilte Fausthiebe nach links und rechts, bis es Jacob schaffte, sich unter den Angreifern hervorzurollen. Aus seiner Nase strömte Blut, ansonsten aber schien er nicht weiter verletzt zu sein. Winnie stürzte auf ihn zu, sank auf die Knie und presste ihm ein Taschentuch aufs Gesicht.

William machte eine Drehung, rammte einem der Faschisten eine Faust unter das Kinn und trat auf einen anderen ein – doch die Halunken nahmen die Beine in die Hand und rannten durch den Park davon. Auf einmal eilten Polizisten – mindestens ein Halbes Dutzend – auf ihn zu, und als sie in ihre Pfeifen bliesen und die Schlagstöcke aus ihren Gürteln rissen, dachte er an den Inspector auf der Wache in der Chancery Lane und an die kalte Zelle mit der dicken Eisentür. Sein Knie brannte wie Feuer von dem Tritt, den eins der Schweine ihm verpasst hatte, aber er humpelte so schnell es ging zu einer Gruppe Frauen, die in seiner Nähe stand.

»Haltet den Mann auf!«

Mehrere Frauen klatschten, nahmen ihn in ihre Mitte und schirmten ihn mit einem zerrissenen Banner vor den Blicken der Verfolger ab. INTERNATIONALE DER KRIEGSGEGNER – SEKTION SUSSEX.

»Haltet diesen Mann auf!«

»Warum rennt ihr nicht diesen verdammten Schlägern hinterher?«, schrie eine Frau die Polizisten an.

Ein Mädchen zupfte voller Ungeduld an Williams Ärmel: »Ducken Sie sich, um Himmels willen! Sie sind viel zu groß!«

Er bückte sich, bis er auf Augenhöhe mit dem Mädchen war. Sie war schlank und hatte eine schwarze Baskenmütze auf dem roten Haar und einen blauen Regenmantel an. Eilig zog sie ihn aus und hüllte William darin ein.

»Kommen Sie mit«, bat sie. »Machen Sie schnell!«

Der Zug der Demonstranten formte sich neu. Das Mädchen packte Williams Hand, lief in gebückter Haltung und im Schutz des Zuges auf den Hyde Park Corner zu.

»Die Polizei hat nichts bemerkt«, sagte sie nach einem Blick über die Schulter. »Gehen Sie gebeugt und möglichst langsam weiter, so wirken Sie von hinten wie ein alter Mann.«

Und so fühlte er sich auch. Sein Knie und unzählige andere Stellen seines Körpers taten höllisch weh. Zwar hatte er diverse Treffer landen können, aber gleichzeitig auch eine ganze Reihe harter Schläge eingesteckt.

»Vorsicht, Polizei«, raunte ihm das Mädchen zu und zog an seiner Hand. »Hier lang – schnell.«

Mittlerweile hatten sie die U-Bahn-Station am Ende des Parks erreicht, das Mädchen legte ein paar Münzen auf den Tisch des Schalters, und sie liefen hinunter zu den Zügen und sprangen entschlossen in die erste einfahrende Bahn.

Als sie einander gegenübersaßen und der Zug sich in Bewegung setzte, blickte sie ihn fröhlich lächelnd an. »Wir haben es geschafft! Wir sind in Sicherheit!«

»Und wohin fahren wir?«

»Ich habe keine Ahnung. Ich bin nicht aus London, deshalb kenne ich mich hier nicht aus. Aber im Grunde ist es auch vollkommen egal. Denn das Einzige, was zählt, ist, dass Sie sicher sind. Sie waren einfach unglaublich! So furchtlos wie Sie hat sich bisher noch kaum jemand in eine Schlacht gestürzt. Ich nehme an, Sie kennen sich mit diesen Dingen aus – wahrscheinlich haben Sie schon öfter heimlich Grenzen überquert, Grenzbeamte überlistet, sich allein durch den Cordon Sanitaire gewagt.«

Er starrte sie an. So wunderschöne, strahlend grüne Augen hatte er noch nie gesehen.

»Woher kommen Sie?«

Sie rückte ihre leicht verrutschte Baskenmütze zurecht. »Aus Tunbridge Wells.«

»Und was machen Sie in Tunbridge Wells?«

»Was ich dort mache?« Sie zuckte mit den Schultern. »Ich

studiere am Southborough College Wirtschaft und Geschichte. Ich lebe noch bei meinen Eltern, aber …«

»Und was macht Ihr Vater?«

»Mein Vater? Ist Bischof. Aber ich bin furchtbar langweilig, erzählen Sie besser etwas von sich. Sie haben bestimmt unzählige aufregende Abenteuer erlebt. Haben Sie sich auch schon in Italien mit den Faschisten angelegt?«

»In Italien? Nein – nicht in Italien.« Er starrte sie mit großen Augen an und beugte sich vor. »Sagen Sie«, fing er mit ernster Stimme an. »Mögen Sie … Pferde?«

»Du musst dich hinlegen«, sagte Winifred. »Und dann rufe ich einen Arzt.«

»Nein, das ist nicht nötig.« Mit zurückgelegtem Kopf und das nun leuchtend rote Taschentuch auf der Nase streckte Jacob sich vorsichtig auf dem Sofa aus. »Es ist nichts gebrochen. Das spüre ich.«

»Diese verfluchten Schweinehunde haben dich windelweich geprügelt!«

»Was du ihnen nicht verdenken kannst, Winnie. Das ist schließlich ihr Job.«

»Ihr Job?«

»Juden zu verdreschen. Ein uralter, wenn auch nicht besonders ehrenvoller Beruf.«

»Wie kannst du dich darüber auch noch lustig machen?«

»Oh, das war kein Witz. Vielleicht könntest du kurz in die Küche gehen, mir etwas Eis besorgen – und, wenn du schon dabei bist, auch noch eine Flasche Champus mitbringen. Der 1913er Cliquot wäre jetzt genau das Richtige.«

»Ich hoffe nur, dass Martin nichts passiert ist«, sagte sie, als sie mit einem eisgefüllten Handtuch wiederkam. »Ich habe ihn nirgendwo gesehen.«

»Er hat die Parade angeführt. Ihm ist also nichts passiert. Aber über diesen Marsch kann man bestimmt so einiges schreiben.«

Winifred kniete sich vor die Couch und tauschte das blutgetränkte Taschentuch gegen das kalte Handtuch aus. »Das sollte die Blutung stoppen.«

»Du bist eine gute Frau, Winnie.«

»Da gebe ich dir recht, auch wenn das vielleicht nicht gerade bescheiden klingt.«

»Obwohl du den Schampus vergessen hast.«

»Du kannst später etwas trinken. Jetzt würde der Alkohol das Blut nur daran hindern, dass es ordentlich gerinnt.«

Er richtete sich auf und presste sich das Handtuch ans Gesicht. »Ich glaube, jetzt hat die Blutung aufgehört.« Vorsichtig nahm er das Handtuch weg. »Ja. Der Hahn ist zugedreht.«

»Trotzdem legst du zur Sicherheit deinen Kopf am besten wieder in den Nacken.«

Lächelnd strich er ihr über das Haar. »Das war ein ganz schön aufregender Tag für dich, nicht wahr?«

»Er war ein bisschen hektisch, ja.«

»Ich finde diesen Widerspruch sehr amüsant. Die Ehefrau des Colonels läuft bei einem Friedensmarsch mit.«

Sie bedachte ihn mit einem ernsten Blick. »Ich habe Fenton schon vor unserer Hochzeit zu verstehen gegeben, dass ich Pazifistin bin. Aber das war ihm egal.«

»Selbstverständlich ist ihm das egal. Es würde Fenton nicht einmal interessieren, wenn du eine Kannibalin wärst.«

Sie stand wieder auf. »Dann werde ich mal den Champagner holen. Ich kann selber einen Schluck vertragen.«

»Geht es dir nicht gut, Winnie?«

»Weswegen fragst du?«

»Ich bin ein ziemlich einfühlsamer Mensch. Und bei dir spüre ich – negative Schwingungen.«

Sie spielte nervös mit dem obersten Knopf an ihrer Bluse. »Fenton ist vor zehn Monaten abgereist. Und auch wenn sie ihn wohl kaum bis an sein Lebensende in die Wüste schicken können, weiß ich nicht, wann er den ersten Heimaturlaub bekommt. Ob bereits im nächsten Jahr oder vielleicht erst, wenn unsere Töchter in die Schule gehen. Im Grunde wollen sie ihn nur dazu bewegen, dass er seinen Dienst quittiert, nicht wahr?«

»Ich fürchte, ja.«

»Aber er wird nie nachgeben. Das lässt sein Stolz nicht zu.«

»Das glaube ich auch.«

»Ich liebe ihn sehr, aber genau wie er bin ich auch nur ein Mensch. Hat er dir erzählt, dass er in Irland eine Affäre hatte?«

»Ja, das hat er. Aber die Geschichte hat ihm nicht das Mindeste bedeutet.«

»Fenton vielleicht nicht. Aber dem armen Mädchen umso mehr. Sie hat ihm geschrieben, und ich habe einen Brief aus Versehen aufgemacht. War ein ziemlich großer Schock für mich. Auch wenn ich es ihm nicht verdenken kann. In Shannon war er sicherlich sehr einsam. Und diese Affäre hat ihm eine Zeitlang Trost gespendet.«

»Ja, wahrscheinlich.«

»Ich habe etwas gebraucht, um diese Sache zu verwinden, doch inzwischen kann ich ihn verstehen.«

»Du bist eben eine einfühlsame, tolerante Frau.«

Sie sah ihn fragend an. »Höre ich da etwa leisen Spott heraus?«

»Das ist ja wohl keine Überraschung.« Stöhnend stand er auf und warf das eisgefüllte Handtuch fort. »Ich mache mich über fast alle Dinge lustig, auch wenn sich in meinen Spott sehr oft Sarkasmus mischt. Vielleicht weil ich schneller als die meisten anderen Menschen bin und den Dingen bereits auf den Grund gehe, während alle noch vom äußeren Schein geblendet sind.«

Er stand so dicht vor ihr, dass ihr Atem stockte und sie erneut nervös an ihrem Blusenknopf herumspielte.

Er sah sie traurig lächelnd an. »Du würdest diesen Knopf gerne aufmachen, nicht wahr? Fast so gerne wie ich. Aber etwas hält dich davon ab. Das fürchterliche Wort ›Moral‹. Du bist die Frau von meinem besten Freund. Würde uns deshalb der Himmel auf den Kopf fallen, wenn ich dich fragen würde, ob du mit mir schlafen willst? Würden wir dafür auf ewig in der Hölle schmoren? Oder würden wir uns einfach eine Zeitlang gegenseitig trösten, wie es unter guten Freunden üblich ist?«

Er streichelte ihre Brüste, küsste nacheinander ihre beiden Nippel, schmiegte sein Gesicht an ihre Wange und nahm den salzigen Geschmack von Tränen wahr.

»Ich hoffe, du bereust es nicht.«

Sie schüttelte den Kopf und stützte sich auf einem Ellenbogen ab. Immer noch fiel etwas Sonnenlicht durchs Fenster und erhellte ihren nackten Leib.

»Nein, Jacob. Ich bin – sehr glücklich. Du bist ein wunderbarer Liebhaber.«

»Ich nehme an, das liegt daran, dass ich so viele feminine Eigenschaften habe und euch Frauen deswegen so gut verstehe.«

»Das stimmt. Und weißt du auch, warum ich weine?«

»Selbstverständlich. Weil du Fenton mehr als je zuvor vermisst. Weil sonst er dich in den Armen hält und zärtlich liebt.« Jacob richtete sich auf und drückte sie rücklings aufs Bett. »Ich liebe dich, Winnie. Gott steh mir bei, aber ich liebe dich. Deshalb tut mir eine Sache leid. Nämlich dass du, wenn du dieses Bett verlässt, nie mehr dort liegen wirst. Aber das spielt keine Rolle. Denn während eines kurzen Augenblicks hast du mir gehört, und das reicht mir bis an mein Lebensende. Und ich verspreche dir etwas. Ich werde dafür sorgen, dass du deinen dickschädeligen Colonel zurückbekommst. Zwar weiß ich noch nicht wie, aber ich werde den Mann zurückholen, Winnie. Ich schwöre dir bei deiner Schönheit, ich hole den Kerl für dich zurück.«

10

Manchmal waren seine traurigen Erinnerungen fast zu viel für ihn. Am quälendsten waren sie, wenn er im Wald von Leith oder auf den Wiesen unterhalb von Burgate House spazieren ging. Das Gefühl von Verlust würde gewiss im Lauf der Zeit verblassen. Alle Wunden verheilten einmal. Es ging einzig darum, sich der Realität zu stellen. Dies war das Frühjahr 1922, und die glücklichen Jahre 1914 und 1915 gehörten endgültig der Vergangenheit an – wie so vieles andere auch.

»Du böser Scoot! Du böser, böser Scoot!«

Lächelnd blickte er auf Colin herab, der einen Terrier schalt, weil er ergebnislos hinter ein paar Kaninchen hergelaufen war.

»Du darfst ihm deshalb keinen Vorwurf machen, Colin. Er tut einfach das, was er am liebsten macht.«

»Nein, Onkel Charles, nein, böser Scoot!«

Charles setzte sich ins Gras, lehnte sich an einen Zaunpfosten und stopfte sich eine Pfeife. »Komm, setz dich zu mir. Wenn ich mich nicht irre, habe ich noch irgendwo in meiner Tasche ein leckeres Karamellbonbon für dich.« Er fischte es heraus und hielt es seinem kleinen Neffen hin. »Kannst du es selbst auswickeln? Es ist ziemlich klebrig.«

»Ja.« Colin warf sich neben seinen Onkel und wickelte das Bonbon aus.

Charles zündete währenddessen seine Pfeife an und lenkte seinen Blick über die Wiese auf die düsteren, gotischen Turmspitzen und die dunkle Kalksteinfassade von Burgate House. Immer noch stapften dort Krähen durch die verwilderten Gärten oder flogen krächzend um die hohen Schornsteine herum. Seine schmerzlichsten Erinnerungen weckte dieses leere Haus, und er wusste, dass er niemals vollständig genesen würde, wenn er sich nicht damit versöhnte, dass die Frau, die dort gewohnt hatte, jetzt ein vollkommen anderes Leben führte und das Haus sich selber überlassen worden war.

»Äpfel«, sagte Colin, während er auf seinem Bonbon kaute. »Äpfel, Onkel Charles.«

Es gehörte zu den täglichen morgendlichen Spaziergängen, dass sich Colin von den ungestutzten Apfelbäumen mindestens genauso angezogen fühlte wie er von der Erinnerung.

»Also gut. Wie wäre es mit Huckepack?«

»Huckepack! Huckepack!« Colin kletterte auf seinen Rücken und schlang ihm die Arme um den Hals. »Los, steh auf!«

Er konnte die Früchte nur erreichen, wenn er auf Charles' Schultern saß. Sie waren klein und grün und ungenießbar, trotzdem pflückte er sie gerne und warf sie gegen den Baumstamm oder ins hohe Gras. Auf einer ihrer Touren hatte er die kleinen, wilden Ponys, die im Wald von Leith zu Hause waren, auf der Wiese unterhalb von Burgate House das Fallobst fressen sehen, deshalb pflückte er jetzt jeden Tag ein paar Äpfel für sie.

»Hier, Pferdchen! Hier, Pferdchen«, rief er, ohne dass jemals ein Pony kam.

»Sie sind sehr scheu.«

»Warum?«

»Das weiß ich nicht, Colin. Aber sie werden kommen, wenn wir weg sind, und die Äpfel auffressen.«

Plötzlich hörte Charles, dass ein Wagen den Weg zum Burgate House hinauffuhr. Er setzte Colin ab und blickte zum Haus. Ein Wagen hielt vor dem Eingang. Ein Mann und eine Frau stiegen aus, blickten zu den hohen Türmen hinauf und gingen langsam auf die Eingangstreppe zu.

»Hallo!«, rief Charles.

Das Paar drehte sich um und sah ihn neugierig an, als er, Colin an der Hand, den Obstgarten durchquerte und auf sie zukam. Sie waren beide nicht mehr jung, der Mann recht kräftig und die Frau sehr schlank. Der Mann reichte ihm seine Hand und stellte sich höflich vor.

»Guten Morgen. Mastwick – John Mastwick – und dies ist meine Frau Virginia.«

»Charles Greville. Und das hier ist mein Neffe Colin.«

»Angenehm.« Mastwick schüttelte Charles' Hand und zeigte auf das düster in den Himmel aufragende Haus. »Ein ziemliches Monstrum, finden Sie nicht auch?«

Charles lächelte. »Ich fürchte, ja. Ein verrückter Herzog hat es unter der Regentschaft von Königin Anne errichten lassen, nachdem sein einziger Sohn im Krieg gegen Frankreich gefallen war. Er wollte, dass das Haus wie eine Kathedrale oder wie ein Mausoleum aussieht, ich weiß nicht mehr genau.«

»Wenn Sie mich fragen, hätte der Mann in beiden Fällen Erfolg gehabt. Aber wie heißt es doch? In der Not frisst der Teufel Fliegen. Lord Foxe hat uns das Haus zum Preis von einem Pfund pro Jahr für neunundneunzig Jahre überlassen.«

»Wirklich günstig«, merkte Virginia mit einem schmalen Lächeln an. »Aber, meine Güte, wir werden noch jede Menge Arbeit haben, bis wir mit unseren Kindern dort wohnen können.«

»Wie viele Kinder haben Sie denn?«, erkundigte sich Charles.

»Achtundzwanzig«, antwortete sie. »Und zwanzig kommen

noch dazu.« Sie fing an zu lachen, als sie seine Miene sah. »Wir wandeln dieses Haus in eine Schule um.«

»Genau gesagt ziehen wir hier mit unserer Schule ein«, fügte ihr Mann stirnrunzelnd hinzu. »Bisher ist sie in einem viel zu kleinen, jämmerlichen Haus in Spilsby, Lincolnshire, untergebracht. Und als Lord Foxe von unserer Schule hörte und von unserer Not erfuhr, hat er uns dieses Angebot gemacht. Wir konnten es kaum ablehnen. Obwohl …«

»Oh, ich weiß nicht«, widersprach ihm seine Frau mit aufgesetzter Fröhlichkeit. »Mit ein bisschen Farbe, und wenn hier erst etwas Ordnung herrscht … wir kommen schon zurecht.«

»Ja, wahrscheinlich hast du recht.«

»Sind Sie zum ersten Mal hier?«

»Nein«, sagte Mastwick. »Wir waren gestern Nachmittag schon einmal mit Lord Foxes Agenten hier. Er hat uns durch das Haus geführt und versucht, uns die Besonderheiten zu erklären. Die Rohre und die Leitungen sind erstklassig – und das ist schon viel wert.«

»Und was für eine Schule leiten Sie?«

Die Mastwicks sahen einander an. »Es ist eine besondere Schule«, setzte Mrs. Mastwick an. »Eine gemischte Schule für … nun …«

»Für Kinder, die an den konventionellen Schulen nicht gut aufgehoben sind«, fuhr ihr Gatte fort. »Für Kinder, die nicht unbedingt gestört, aber in den normalen Schulen nicht glücklich sind. Eine Schule ohne Uniformen, ohne die üblichen Beziehungen, ohne die alten Ideen und Routinen. Die Kinder bestimmen bei uns die Regeln und den Lehrplan mit. Wir haben festgestellt, dass Kinder Regeln, die sie selbst aufstellen, seltener brechen und besser lernen, wenn sie sich mit den Dingen befassen, die sie tatsächlich interessieren. Die Teilnahme am Unterricht ist nicht vorgeschrieben, doch sobald der Reiz des Nichtstuns verflogen ist, nehmen die Kinder für gewöhnlich regelmäßig teil. Kinder wollen nämlich lernen und sind von Natur aus neugierig und von Wissen fasziniert. Sie bekommen keine Noten und werden nicht bestraft, weil Unwissenheit bereits eine Strafe ist.«

»Klingt faszinierend«, sagte Charles. »Es ist auf jeden Fall etwas völlig … anderes.«

»Wir beschäftigen uns mit diesem Konzept bereits seit Jahren. Ich hatte die Idee zum ersten Mal in meiner eigenen Schulzeit auf dem Internat von Marlborough, nur dass sie bis zum Krieg wieder völlig in Vergessenheit geraten ist. Doch nachdem ich 1915 bei Aubers in Gefangenschaft geraten war, hatte ich ein paar Jahre Zeit zum Nachdenken.«

»Mein Mann hat eine Schule für die anderen Kriegsgefangenen gegründet.«

»Die meisten waren ziemlich ungebildet, und mit den normalen Lehrmethoden kam ich da nicht weit. Ich war übrigens als einfacher Soldat bei der Armee. Ich war weder in Marlborough noch in Oxford im Kadettenkorps und hatte auch nicht das Gefühl, als alter Marlburianer oder Oxforder wäre ich automatisch der geborene Anführer in einer Schlacht. Ganz im Gegenteil, ich habe vielmehr festgestellt, dass die meisten jungen Offiziere, die direkt vom Internat zu einem Bataillon kamen, zwar erstaunlich mutig, aber als Kommandeure häufig ungeeignet waren. Aber wir schweifen vom Thema ab. Ich nehme an, Sie leben hier in der Nähe, Mr. Greville?«

»Ja, direkt hinter dem Hügel. Vor dem Krieg war ich hier häufig zu Besuch.«

»Dann sind Sie mit Lord Foxe befreundet?«

»Damals war er einfach Archie Foxe. Aber, ja, ich kannte ihn recht gut. Ich war sein Schwiegersohn.«

»Sie müssen mal vorbeikommen, wenn wir uns eingerichtet haben – auch wenn ich keine Ahnung habe, wann das sein wird.« Mastwick bückte sich und tätschelte dem kleinen Colin sanft den Kopf. »Und bringen Sie auch Ihren Neffen mit.«

»Ja, unbedingt«, sagte Mrs. Mastwick. »Dann geht es hier ein bisschen gastfreundlicher zu – mit Tee und Marmeladentörtchen.«

Charles nickte zum Dank und wandte sich zum Gehen, drehte sich aber noch einmal um. »Wir sind bereits seit einer Ewigkeit geschieden, wissen Sie, ich bin mit einem schweren Trauma aus dem Krieg zurückgekehrt.«

Der Schulmeister blickte ihn forschend an und nickte. »Virginia und ich werden am Sonnabend ein paar von unseren Sachen herbringen. Kommen Sie doch auf einen netten Plausch vorbei.«

»Das würde ich sehr gerne.«

»Ja«, sagte Mastwick sanft. »Das sehe ich.«

Alexandra stand mit ihrem kleinen, zweisitzigen Vauxhall in einer schmalen Gasse in Abingdon, zog nervös an ihrer Zigarette und sah immer wieder in den Rückspiegel, bis endlich auch sein Wagen in das schmale Sträßchen bog.

Eilig stieg sie aus.

»Guten Morgen«, sagte Ross, beugte sich über den freien Sitz und öffnete die Tür.

»Hallo, Jamie.« Sie setzte sich neben ihn und drückte ihre Zigarette im Aschenbecher aus.

»Und wo ist der kleine Mann?«

»Mit meinem Bruder unterwegs.«

»Ich hatte an eine Tour zum Militärflugplatz nach Farnborough gedacht. Das hätte ihm gefallen. Ich muss dort mit einem Ingenieur sprechen. Der Kerl hat mit Ladern in großer

Höhe experimentiert – wir nennen diese Dinger Superlader. Klingt echt interessant.«

»Müssen wir dort heute hin?«

»Nein.« Er wandte sich ab und starrte traurig vor sich hin. »Aber ich muss noch mit ihm sprechen, bevor ich wieder… heimfahre.«

»Nach Kalifornien«, stieß sie tonlos aus.

»Ich kann nicht mehr viel länger bleiben, Alex. Die Motoren kommen fehlerlos vom Band, und gestern hat mein Partner mir ein Telegramm geschickt. Harry Patterson, ich habe dir bereits von ihm erzählt. Er schreibt, dass es dort drüben ein paar Schwierigkeiten gibt.«

»Was für Schwierigkeiten?«

»Technischer Natur. Das neue Triebwerk ist erheblich schwerer als gedacht. Das heißt, dass wir das Gewicht ein bisschen anders verteilen müssen, damit unser Flugzeug stabil bleibt. Und überlegen müssen, wo die Treibstofftanks am besten sitzen, und vielleicht sogar die Flügel ein Stückchen zurückversetzen. Nichts, was nicht geregelt werden kann, aber er möchte, dass ich so schnell wie möglich wieder nach San Diego komme, damit ich mich selber darum kümmern kann.«

»Wann willst du abreisen?«

»Heute in einer Woche«, murmelte er rau. »Ich habe einen Platz an Bord der Mauretania gebucht. Sie fährt nächsten Mittwoch in Southampton ab.«

»Verstehe.«

»Ich kann nichts dagegen tun.«

»Nein, natürlich nicht.«

Ihre Hand, die in einem gelben Glacéhandschuh steckte, lag zwischen ihnen auf dem Sitz. Er drückte sie und sagte: »Und dann ist es vorbei. Das ist bestimmt das Beste.« Doch nur die Traurigkeit, die in seiner Stimme lag, klang wirklich überzeugend. »Es ist eben einfach passiert.«

Sie saß reglos da und sah auf seine Hand, die ihre weiter fest umklammert hielt. »Lass uns zu deinem Haus fahren, Jamie.«

»Hältst du das für klug, Alex? Dadurch wird es nur noch schwerer – wenigstens für mich.«

»Ich weiß, dass es nicht klug ist, Jamie, aber trotzdem will ich es.«

Und er wollte es ebenfalls. An jenem Nachmittag im hohen Gras auf dem Box Hill, als sie urplötzlich von blindem Verlangen überwältigt worden waren, hatten sie sich intensiv geliebt. Und es kam ihnen unglaublich vor, dass der kleine Colin, der nur einen Meter neben ihnen unter Jamies wärmendem Pullover tief und fest geschlafen hatte, nicht wach geworden war. Sie waren, beinahe vollständig bekleidet, wild übereinander hergefallen. Wie zwei Tiere, hatte sie in jenem Augenblick gedacht. Und danach hatten sie erschöpft in den Himmel gestarrt und schweigend Colins leisem Atem und dem fernen Ruf eines Vogels gelauscht.

Diesmal aber war es anders.

Er streichelte mit seiner schwieligen, harten Hand ihr Bein, während sie den Mund auf seine muskulöse Brust presste.

»Es tut mir leid, Jamie.«

»Was tut dir leid?«

»Dass du vielleicht meinetwegen leiden musst.«

»Ich werde es überleben. So könnte es schließlich nicht ewig weitergehen, nicht wahr? Ich könnte ja wohl schwerlich bei dir vorbeischauen, wenn er – wie heißt er noch? – gerade in London ist.«

Sie küsste seine Brustwarze. »Ach nein?«

»Also bitte, Alex. So bin ich nicht.«

»Das ist mir klar. Denn du bist ein anständiger Kerl.«

»Menschen haben immer mal Affären. Die Boulevardblätter sind voll davon. Von emanzipierten Frauen. Vamps und Scheichs. Vom ausschweifenden Leben in Paris.«

»Du hast doch noch nie ein solches Blatt gelesen.«

»Meine Güte! Wenn du wissen willst, wie's heute läuft, ließ von mir aus die verdammte *Times*!«

»Sind wir auch so, Jamie?«, fragte sie ihn leise. »Geht es uns wie diesen Leuten nur um Sex? Sind wir auch nur so wie eins dieser modernen Charleston-Mädchen und ihr Scheich?«

Er sah sie schweigend an, wie sie rosig, weiß und herrlich nackt neben ihm lag.

»Oh Gott, Alex. Ich wünschte, ich wüsste es.«

Hanna spürte, dass etwas nicht stimmte.

»Alex sieht im Augenblick ein wenig mitgenommen aus«, sagte sie beim Morgenkaffee auf der sonnigen Terrasse.

»Ich finde, dass sie durchaus gut aussieht«, erwiderte der Earl, ohne von seiner Zeitung aufzusehen. »Diese Sache mit Lord Crewe ist wirklich rätselhaft. Ein Mann kann doch nicht einfach von Bord der Aquitania verschwinden – außer er …«

»Sie wirkt in letzter Zeit, ich weiß nicht, ungewöhnlich still.«

»Wahrscheinlich träumt sie von ihrer bevorstehenden Hochzeit. Das machen alle Frauen. Sie ist nicht krank. Ständig ist sie mit ihrem kleinen Flitzer unterwegs, wenn sie nicht gerade kilometerweit spazieren geht. Ich an deiner Stelle würde mir keine Gedanken machen.«

»Dann glaubst du also nicht, dass es zwischen ihr und Noel vielleicht Streit gegeben hat?«

Lord Stanmore räusperte sich laut und stand auf. »Ich kann mir nicht vorstellen, dass man sich mit Noel streiten kann. Er ist der umgänglichste Kerl, der mir jemals begegnet ist.«

Sie blieb auf der Terrasse sitzen, nippte an ihrem Tee und erblickte Charles und Colin, die über den Rasen kamen. Fröhlich vollführte Colin Schlangenlinien zwischen den Ringelblumen und den Narzissen, während seine kurzen Ärmchen wie die Flügel eines Flugzeugs auf und nieder gingen.

Die grenzenlose Energie des Kleinen brachte sie zum Lächeln, und sie musste an William und an ihren geliebten Bruder Willie in diesem Alter denken. Ihr Bruder hatte dieselbe Energie verströmt und hatte niemals stillgesessen. Sie hatte ihn immer um seine Freiheiten beneidet und nie verstanden, dass ihr Bruder Paul lieber den ganzen Tag mit einem Buch im Haus herumsaß, statt draußen herumzutollen.

Jetzt war Paul ein Multimillionär – und den armen Willie hatte man schon vor Jahrzehnten in einem Armengrab verscharrt. Ob sein Leben glücklicher verlaufen wäre, wenn ihr Vater versucht hätte, ihn zu verstehen? Doch für Brauereien und Immobilien hatte Willie sich nie auch nur ansatzweise interessiert. Er wollte lieber Kunst studieren und als Maler oder als Bildhauer sein Glück finden. Aber ihr Vater hatte den armen Willie vor die grauenhafte Wahl gestellt, entweder mit Paul in das familieneigene Unternehmen einzusteigen oder ohne Hilfe seinen eigenen Weg zu gehen.

Sie konnte sich noch genau daran erinnern, wie er eines Morgens aufgebrochen war. Einen Koffer in der Hand, den Strohhut schräg auf seinem Kopf, marschierte er laut pfeifend zur Straßenbahn. Er wusste nicht, dass sein Vater ihn enterben würde, dass das Schiff, mit dem er nach Europa übersetzte, ihn in eine Zukunft transportierte, die Versagen und Verzweiflung und am Schluss den Tod für ihn bereithielt.

Hanna lief ein Schauer über den Rücken, und als Colin auf sie zulief, presste sie ihn so sehr an sich, dass er zurückschreckte.

»Meine Güte«, keuchte Charles, während er sich auf einen Terrassenstuhl fallen ließ. »Mit diesem Jungen hält wahrscheinlich nicht einmal eine Maschine Schritt.«

»Ja, Gott segne ihn dafür.«

»Wir sind kilometerweit marschiert. Ins Burgate House ziehen ein paar wirklich interessante Leute ein.«

»Dann hat Archie das Haus also verkauft?«

»Vermietet. Für ein Pfund pro Jahr. Er ist eben ein wahrer Menschenfreund. Sie wollen dort eine Schule aufmachen.«

»Was denn für eine Schule?«

Achselzuckend erwiderte Charles: »Das weiß ich nicht genau. Sie experimentieren dort mit einem vollkommen neuen Erziehungsstil. Klingt ziemlich interessant.«

Colin setzte sich auf Hannas Schoß und blickte zu ihr auf. »Was ist eine Schule, Großmama?«

»Ein Ort, an den du selbst in ein paar Jahren gehen wirst.« Sie stupste seine Nase an. »Dort gehen lauter kleine Äffchen hin.«

»Vielleicht sollte ich so was machen«, überlegte Charles. »Unterrichten. Poesie … oder Geschichte.«

»Ich bin sicher, dass du etwas Besseres findest, mein Lieber«, winkte Hanna ab. »Dein Vater hat erst gestern mit Lord Buxton über dich gesprochen. Vielleicht haben sie im Außenministerium etwas für dich.«

Charles verschränkte seine Hände fest in seinem Schoß. »Im Außenministerium? Ich weiß nicht … nein, ich weiß nicht …«

»Du würdest dich dort ausgezeichnet machen.«

»Ich glaube, ich kann nur etwas tun, was ich wirklich liebe.«

Jetzt stupste der kleine Colin Hannas Nase an. »Ich liebe Großmama.«

»Und Großmama liebt dich«, gab sie gerührt zurück.

»Und ich liebe Onkel Charles und Mary ... und ...«

»... Mama«, erklärte Hanna, während sie dem Kleinen in die Wange kniff. »Und Mr. Rothwell ...«

»... und den frechen Scoot ...«

»Ja, mein Schätzchen, alle unsere Hunde und die Pferde ...«

»Und den netten Jamie, Großmama. Den mag ich am liebsten von allen.«

Vor dem Abendessen nahm sie noch ein Bad. Sie blieb eine halbe Ewigkeit im warmen Wasser liegen, und während die Seifenblasen friedlich an die Wasseroberfläche trieben, hing sie ihren traurigen Gedanken nach. Die Affäre war vorbei, und es hatte keinen Sinn, darüber nachzugrübeln und zu erforschen, weshalb sie sie jemals eingegangen war. Die Sache war vorbei, aber egal, wie sehr sie sich bemühte, über andere Dinge nachzudenken, sah sie immer wieder den in einem hellen Gelb gestrichenen Schreibtisch im Wohnzimmer ihres Geliebten vor sich, die Tapete mit dem Hahnenfuß und den Gänseblümchen, das Sonnenlicht, das an der Decke tanzte. Sie glitt mit ihren Händen über ihren Körper und erinnerte sich an seine sanften Liebkosungen. Genauso wie zuvor an die Zärtlichkeiten von Robbie.

»Oh Gott«, entfuhr es ihr. »Was für ein Durcheinander.«

Während sie sich anzog, klopfte ihre Kammerzofe leise an die Tür und kam herein. »Ihre Mutter ist in Ihrem Wohnzimmer, Mylady.«

»Ach. Dann sagen Sie ihr bitte, dass sie rüberkommen soll.«

»Sehr wohl, Mylady.«

Sie zog gerade ihre Seidenstrümpfe glatt, als Hanna durch die Tür trat und sie vorsichtig hinter sich schloss.

»Irgendwie sitzen sie nicht richtig.« Lächelnd sah sie ihre

Mutter an. »Nimm doch Platz, Mama. Möchtest du ein Gläschen Sherry?«

»Danke«, sagte Hanna und blieb stehen. »Ich bin nur vorbeigekommen, weil ich dich etwas fragen möchte. Darf ich?«

»Selbstverständlich.«

»Weshalb sollte Colin einen Menschen namens Jamie gernhaben?«

Alexandra kniff die Augen zu und atmete tief durch. Sie hätte sich denken können, dass man ihnen früher oder später auf die Schliche kommen würde. Weshalb also nicht jetzt gleich?

»Hat er dir das erzählt?«

»Ja«, erklärte Hanna kalt. »Mir und deinem Bruder Charles. Ich konnte mich an einen Jamie nicht erinnern, aber Charles wusste, dass Ross so heißt. Wann hatte dein Sohn Kontakt zu diesem Mann?«

»Er war mit uns auf dem Flugplatz, weil Colin sich die Flugzeuge ansehen wollte.«

»Und das war alles?«

»Nein, Mama.«

»Das heißt?«

»Wir haben auch noch andere kleine Ausflüge gemacht.«

Hanna starrte ihre Tochter reglos an.

»Ich habe mein Leben nicht in einem Kloster zugebracht, Alex. Hast du diesen Mann auch ohne deinen Sohn besucht?«

Alexandras Gesichtsausdruck sprach Bände.

»Hast du eine… intime Beziehung zu dem Mann?«

»Ja, Mama.«

Hanna lehnte sich gegen die Tür, damit in diesem Augenblick ja niemand das Zimmer betrat.

»Meine Güte, wie konntest du nur?«

»Warum nicht. Ich fand ihn attraktiv. Und ich habe ihn

sehr gern. Er ist ein netter, lieber Kerl. Ein anständiger, warmherziger Mensch.«

»Anständig!« Das Wort klang wie ein Schrei.

»Ja, Mama, anständig. Er hat mir keinen Alkohol serviert und sich an mich herangemacht, als ich betrunken war. Ich habe ihn verführt, wenn du die ganze Wahrheit wissen willst.«

»Bist du sexuell so ausgehungert, dass du es schon mit einem … einem Fahrer treiben musst? Wenn du es so dringend brauchst, warum hast du dich dann nicht deinem Verlobten hingegeben? Denn eine Kostprobe der Freuden, die euch nach eurer Hochzeit erwarten, hätte er dir sicher nicht verwehrt.«

»Bitte, Mama, sei nicht so verbittert.« Müde ließ sich Alexandra auf den Stuhl vor dem Frisiertisch sinken. »Ich verlange nicht, dass du verstehst, wie sehr mir Robbie fehlt und wie einsam ich nach seinem Tod gewesen bin. Irgendwie hat Jamie … ach, ich kann es nicht erklären. Die beiden sind grundverschieden, aber ich fühle mich mit ihm genauso wohl wie mit Robbie.«

Hanna nestelte an ihrer Perlenkette. »Das muss aufhören«, stieß sie mit erstickter Stimme auf. »Das muss sofort aufhören.«

»Es ist bereits vorbei. Und zwar seit heute Nachmittag.«

»Wirklich?«

»Ich habe dich noch nie belogen und würde es niemals tun.«

»Nein. Belogen hast du mich noch nie. Also gut. Wir werden nicht mehr davon sprechen. Was geschehen ist, ist geschehen. Du bist eine erwachsene Frau, und ich habe nicht das Recht, dir vorzuschreiben, was du zu tun und zu lassen hast. Aber solch eine Affäre. Wenn dein Vater etwas davon wüsste, brächte ihn das um. Ich meine, ausgerechnet Ross.«

»Er ist ehrlicher und liebevoller, als es Noel jemals sein

könnte«, entgegnete ihre Tochter ärgerlich. »Hast du bisher auch nur ein einziges Mal gesehen, dass Noel Colin gegenüber wirklich freundlich war? Und warum sagst du ausgerechnet Ross? Er ist nicht mehr der Mann, an den du dich erinnern kannst, Mama. Falls du überhaupt je wusstest, wer er war – für dich war er wahrscheinlich immer nur jemand in Uniform, der dir die Wagentür geöffnet hat. Aber er war schon damals mehr als das, und ich kann dir versichern, dass er sich seitdem sehr verändert hat.«

Hanna atmete tief durch. »Es hat keinen Sinn, dass wir uns anschreien wie zwei Fischweiber in Billingsgate. Ich bitte um Verzeihung, falls ich diesem Mann zu nahe getreten bin. Aber du weißt, was ich meine. Es ist eine Frage der gesellschaftlichen Schicht.«

Alexandra blickte sie mit einem müden Lächeln an. »Daran habe ich in den letzten Wochen kein einziges Mal gedacht. Der einzige Gedanke, der mir regelmäßig kam, war, dass ich glücklich war.«

Hanna ging auf Alexandra zu, legte zärtlich den Arm um ihre Schultern und sagte zärtlich: »Du wirst auch mit Noel glücklich werden. Du wirst sehen.«

»Ich frage mich, ob das wirklich stimmt.«

»Glaub mir, mein Schatz. Nach der Hochzeit, wenn ihr euren eigenen Haushalt habt. Vielleicht wäre es besser, wenn du Noel nicht nur an den Wochenenden siehst. Warum fährst du Sonntag nicht mit ihm nach London und bleibst bis zu eurer Hochzeit dort? Dann macht ihr eine wunderbare Hochzeitsreise nach Italien und dann …«

Die Tochter lehnte sich an ihre Mutter. »Oh, Mama, aus deinem Mund klingt das so leicht, als wäre es das reinste Kinderspiel.«

Am Samstag wurde Charles früh wach, zog sich in aller Eile an, ging hinüber zu den Ställen und ließ Ginger satteln, ein ruhiges, freundliches neunjähriges Welsh-Pony. Er ritt ins Tal und über die Wiesen bis zum Burgate House.

Aus einem Schornstein stieg eine dünne Rauchfahne auf, und in der Einfahrt waren Mastwicks blauer Austin und ein großer, altersschwacher Lastwagen geparkt. Als sie das Knirschen der Pferdehufe auf dem Kies vernahmen, kamen zwei Jungen aus dem Laderaum des LKW. Zwei stramme, pausbackige Kerle von ungefähr dreizehn, vierzehn Jahren.

»Hallo«, rief der eine. »Macht es Ihnen etwas aus, wenn wir eine Runde auf der alten Mähre drehen?«

»Was?« Charles lächelte, als er sich aus dem Sattel schwang. »Alle beide? Das wäre dem armen Ginger sicherlich zu viel.«

»Oh nein, Sir. Wir würden uns abwechseln.« Er sprang von der Ladeklappe und strich sanft über das Maul des Tiers. »Du bist ein netter alter Bursche, was? Er hat unglaublich nette Augen, finden Sie nicht auch?«

»Er ist wirklich sanft«, sagte Charles. »Ihr dürft ihn gerne einmal reiten, wenn ihr wollt.«

Der Junge blickte zum Haus. »Jetzt haben wir leider keine Zeit, aber trotzdem danke, Sir. Erst müssen Danny und ich den LKW für Pater John ausladen.«

»Für Pater John? Du meinst, für Mr. Mastwick?«

»Richtig, Sir – für Mr. Mastwick. Ich meine, er ist kein Priester oder so. Trotzdem nennen wir ihn alle Pater John.«

»Ich nehme an, dass ihr in seine Schule geht.«

»Genau. Wir sind sozusagen die Vorhut. Sind mit Mr. Wallis und dem alten Hillary schon mal vorausgefahren, Sir.«

In diesem Augenblick kam John Mastwick aus dem Haus. Er hatte einen Becher Tee in der Hand, und durch seinen dicken Wollpullover wirkte er noch korpulenter.

»Guten Morgen, Greville. Schön, dass Sie vorbeigekommen sind. Der Tee ist gerade fertig, und die süßen Brötchen, die Virginia für uns gebacken hat, sind wirklich zu empfehlen.«

»Soll ich Ihr Pferd anbinden, Sir?«, fragte einer der Jungen höflich.

»Oh nein. Der läuft nicht weg.«

Es war ein seltsames Gefühl, nach all den Jahren zum ersten Mal wieder das Haus zu betreten. Und dieses Gefühl verstärkte sich, als Charles bewusst wurde, dass die einzige Frau, die er jemals geliebt hatte, hier nicht mehr anzutreffen war. Er hatte gedacht, er würde ihre Gegenwart noch immer spüren, würde ihr Gelächter hören. Doch nichts dergleichen geschah – es war vollkommen still in den leeren Räumen, und das Sonnenlicht fiel auf die dicke Staubschicht auf dem Boden.

»Wie Sie sehen, Greville, liegt noch jede Menge Arbeit vor uns. Aber in der Küche ist es bereits recht behaglich – meine Frau ist begeistert, weil sie ungeheuer praktisch eingerichtet ist –, und der Rest des Hauses wird bis Ende des Sommers fertig sein.«

»Davon bin ich überzeugt. Falls ich Ihnen irgendwie zur Hand gehen kann …«

»Das ist sehr anständig, mein Freund, wirklich sehr anständig. Aber die Hälfte der Kinder hat beschlossen, ihre Ferien hier zu verbringen. Lauter starke Jungs und Mädchen.«

»Die zwei Jungen vor dem Haus haben sehr nett auf mich gewirkt.«

»Danny und Gerald? Ja. Sie sind zwei gute Jungen. Auch wenn Danny Fremden gegenüber etwas schüchtern ist. Gewiss haben Sie bemerkt, dass er nicht ausgestiegen ist. Er kam letztes Jahr aus Harrow. Sein Vater ist nicht aus dem Krieg zurückgekehrt, und seine Mutter hat ihn auf ein Internat geschickt, in dem er nicht zurechtgekommen ist, und dann nach

Harrow, was für ihn noch weniger geeignet war. Er hatte dort einen Zusammenbruch und hat in dem Versuch, sich umzubringen, jede Menge Tinte in sich reingekippt, der arme Kerl. Er dachte offenbar, dass Tinte giftig ist, denn zu mir hat er gesagt, der Tod ist schwarz.«

»Sind bei Ihnen viele Schüler, die zuvor auf Internaten waren?«

»Allerdings, die meisten. Doch bei uns ist jedes Kind willkommen, das von dem Zusammensein mit unserer Truppe profitiert. Unsere Gebühren richten sich nach den Einkommensverhältnissen. Deshalb zahlen fünf Jungs und zwei Mädchen nichts.«

»Und was für Lehrer haben Sie?«

Der Schulleiter blieb in der Tür der Küche stehen. »Nun, das ist noch ein Problem. Natürlich sind da meine Frau und ich. Wallis und Sinclair, die beide am Balliol College unterrichtet haben. Und dann hatten wir eine Miss Johnson für Latein, Griechisch und Botanik. Aber sie kam mit unserem System auf Dauer nicht zurecht und hat eine Anstellung an einer konventionellen Schule in Roedean vorgezogen. Sie war eine sehr talentierte Flötenspielerin, ihre Musik wird uns fehlen.«

Charles trank Tee, aß süße Brötchen und lernte den gleichaltrigen Wallis kennen, der eine leichte Gasvergiftung aus dem Krieg davongetragen hatte. Wie sein Freund Sinclair war er mit der stumpfsinnigen Pädagogik Oxfords nicht zurechtgekommen und suchte sein Heil jetzt in den radikalen Lehrmethoden, für die Mastwick warb. In seiner abgewetzten Cordhose und seinem löchrigen Pullover sah er rundum glücklich aus.

Später gingen Charles und Mastwick durch den verwilderten Rosengarten zur Rückseite des Hauses.

»Greville. Dann sind Sie Lord Stanmores Sohn.«

»Ja.«

»Der älteste?«

Charles nickte knapp.

»Ein Viscount. Aber wenn ich mich nicht irre, gleichzeitig ein Mann, der eine Arbeit braucht.«

»Sie sind ein sehr guter Beobachter«, gab Charles mit einem leisen Lachen zu. »Ich suche wirklich eine Aufgabe.«

»Wir zahlen nicht besonders viel. Und die Arbeitstage sind sehr lang. Man ist sozusagen pausenlos im Dienst. Worin könnten Sie unsere Schützlinge denn unterrichten?«

»Poesie. Ich liebe die Sprache und die Bilder. Und Geschichte. Ich habe am King's College Geschichte studiert.«

»Hervorragend!« Mastwick blieb stehen und sah ihn an. »Das wäre uns eine ungeheure Hilfe. Und vielleicht könnten im Gegenzug wir Ihnen helfen. Denn ich spüre, dass Sie mit dem Leben, das Sie führen, nicht wirklich zufrieden sind.«

Charles sah an ihm vorbei auf die ungestutzten Rosenbüsche und das Haus, wo die meisten Fenster immer noch hinter den geschlossenen Klappläden verborgen waren. Ein Vogel flog zwischen den Apfelbäumen hindurch und setzte sich unter den Dachvorsprung.

»Das Mädchen, das hier früher lebte, war einmal mit mir verheiratet«, sagte er mit ruhiger Stimme. »Lydia Foxe. Aber die Ehe stand von Anfang an unter keinem guten Stern. Ich war … impotent. Ich weiß nicht genau, warum. Ich nehme an, aus Angst. Und wahrscheinlich kam auch noch Naivität hinzu. Ich strebte zu sehr meinem Ideal einer Romanze nach, die in anderen Sphären schwebte, um mit dem wahren Sexualleben zurechtzukommen. Trotzdem hätten wir dieses Problem wahrscheinlich früher oder später in den Griff bekommen, doch leider kam der Krieg dazwischen. Und auch mit der Realität des Krieges kam ich nur sehr schwer zurecht.«

»Ging es nicht uns allen so?«, fragte Mastwick leise.

»Nun, die deutschen Kugeln haben mich verschont, und hätte ich meine Gefühle besser äußern können, hätte ich das Ganze vielleicht nicht nur körperlich, sondern auch seelisch halbwegs unbeschadet überstanden. Wenn der Druck zu groß wurde, konnten andere Männer Dampf ablassen, indem sie getrunken haben oder ins Bordell gegangen sind. Ich aber habe immer alles mit mir selber ausgemacht, und deshalb hat die Wunde hinter der Fassade der Gelassenheit so lange geschwelt, bis sie eines Tages aufgebrochen ist und ich einen Zusammenbruch hatte. Inzwischen ist das Schlimmste überstanden, aber noch immer ist jeder Tag ein Kampf für mich.«

»Das kann ich sehr gut verstehen. Sie sollten sich bewusst machen, Greville, dass es auch vielen anderen so geht. Ich selbst zum Beispiel habe achtundsiebzig Stunden zwischen den zerfetzten Leibern meiner Freunde in einem Granattrichter gelegen, bis endlich ein Sanitäter kam. Diese Stunden werde ich bis an mein Lebensende nicht vergessen. Doch die Bilder quälen mich nicht mehr, weil in meinem Leben jetzt so viel passiert, dass für melancholische Gedanken keine Zeit mehr ist.«

»Es fällt mir erstaunlich leicht, mit Ihnen zu reden, Mastwick.«

»Das sagen die Kinder auch. Ich glaube, deshalb nennen sie mich Pater John. Es tut oft gut zu reden. Das reinigt einen mindestens so gut wie Lebertran!« Er zupfte eine vertrocknete Rosenblüte von einem Busch und zerrieb sie in der Hand. »Und was Ihren Wunsch betrifft, als Lehrer bei uns anzufangen – überstürzen Sie Ihre Entscheidung nicht. Sie haben den ganzen Sommer Zeit, um darüber nachzudenken.«

Charles blickte zurück zum Haus. »Zu viel Nachdenken tut mir nicht gut. Dann fange ich meistens an zu grübeln.«

»Haben Sie in diesem Haus gelebt?«

»Nein. Wir hatten ein Haus in London. Aber ich habe ihr hier den Hof gemacht. Hier in diesem Garten.«

»Und wo ist sie jetzt?«

»Sie ist immer auf der Höhe der Zeit und jetzt die Frau eines russischen Prinzen. Nach allem, was im *Tatler* steht, teilen sie ihre Zeit zwischen Paris und den oberen Gefilden des Paradieses auf.«

»Verbittert Sie das?«

»Meine Güte, nein. Die Sache zwischen mir und Lydia liegt für mich weit in der Vergangenheit. Ich hatte Angst, dass durch einen Besuch von Burgate House womöglich alte Wunden aufgerissen würden, aber das ist nicht passiert. Es ist nur noch ein leeres Haus. Wände … Räume … jede Menge Staub.«

Noel, der mit einem frühen Zug aus London gekommen war, nahm gerade mit dem Earl das Frühstück ein, als Charles den Frühstücksraum betrat.

»Wie geht's dir, Charles?«, fragte er.

»Ziemlich gut, Noel. Und dir?«

»Bestens, alter Freund. Geradezu hervorragend. Ich muss sagen, du siehst gut aus. Richtiggehend beschwingt.«

»Ich habe gerade einen Ausritt unternommen.« Er trat vor das Büfett, ignorierte allerdings die Speisen und schenkte sich nur eine Tasse Kaffee ein. »Ich war mit Ginger unterwegs.«

Der Earl zog eine Braue hoch. »Mit Ginger? Der alte Knabe war wahrscheinlich ziemlich überrascht. Er wird kaum noch geritten.«

»Von mir schon. Sein gemütliches Tempo sagt mir zu.«

»Das müssen wir ändern«, meinte Noel gut gelaunt. »Wir werden dafür sorgen, dass du wieder mit uns durch die Gegend galoppierst.«

Während er oben seine Reitgarderobe anzog, trank Lord Stanmore noch seinen Tee, paffte eine Zigarette und beobachtete Charles, der gedankenverloren vor seiner kalten Tasse Kaffee saß.

»Träumst du?«

Charles sah lächelnd auf. »In gewisser Hinsicht ja.«

»Ich hatte gestern Abend ein Gespräch mit deiner Mutter. Sie hat mir erzählt, hier in der Nähe werde eine neue Schule aufgemacht. Stimmt das?«

»Ja. Und zwar im Burgate House.«

»Sie hat gesagt, dass du mit dem Gedanken spielst, dort zu unterrichten.«

»Vielleicht probiere ich es mal aus.«

Lord Stanmore sammelte den Zigarettenrauch im Mund und blies ihn wieder aus. Er rauchte nicht auf Lunge.

»Ich kann dir einen Posten beim Außenministerium verschaffen. Buxton ist einer meiner ältesten Freunde – wir waren zusammen in Winchester. Es wäre kein Problem. Vielleicht als zweiter Sekretär oder etwas in der Art. Würde dir das gefallen?«

»Offen gestanden, nein. Ich bin einfach noch nicht bereit für einen Galopp, wie es Noel wahrscheinlich formulieren würde.«

»Also gut. Ich will dich nicht bedrängen.« Er stand auf und drückte seine Zigarette aus. »Das meine ich ernst. Ich möchte, dass du deinen eigenen Weg gehst – in deinem eigenen Tempo.« Als er sich zum Gehen wandte, tätschelte er seinem Sohn die Schulter und fügte hinzu: »Und auch wenn es in der ganzen Gegend kein langsameres Pferd als Ginger gibt, bringt er dich auf jeden Fall ans Ziel.«

Je länger Charles darüber nachdachte, umso begeisterter war er von der Idee. Endlich würde er sein Schneckenhaus verlassen, befände sich unter Menschen, die verstünden, wenn er Zweifel hätte und sich unsicher war. In Gesellschaft Mastwicks, seiner Frau, dieses Burschen Wallis und der beiden Jungen hatte er sich wohlgefühlt. Jeder von ihnen hatte eine Verletzung davongetragen, doch die Gemeinschaft gab ihnen Halt. Dieser Junge – der den Tod in einem Tintenfass gesucht hatte – fasste plötzlich freiwillig bei einem Umzug seiner Schule an. Er funktionierte, weil er unter Menschen war, die seine Verzweiflung verstanden. Ja, sagte sich Charles, die Schule wäre auch für ihn der rechte Ort.

Er suchte Alexandra, und als er sie nicht in ihrer Suite antraf, ging er ins Kinderzimmer, wo sie eine Tasse Tee trank und sich gut gelaunt mit Mary unterhielt, während der Kleine missmutig vor seinem Frühstücksteller saß.

»Darf ich stören?«

»Natürlich. Willst du eine Tasse Tee?«

»Ja, gerne. Guten Morgen, Colin«, wandte er sich an das Kind.

Doch sein Neffe starrte weiter mit mürrischer Miene auf seinen Haferbrei.

In das angrenzende große Spielzimmer fiel die Sonne.

»Ein wunderbares Zimmer«, sagte Charles. »Viel schöner als zu deiner Zeit, Alex. Denn wenn ich mich recht entsinne, haben mich die gelben Wände immer deprimiert.«

»Das Gelb hat so schmutzig ausgesehen.« Alexandra nickte und schenkte eine Tasse Tee ein, tat etwas Milch dazu und gab sie ihrem Bruder. »Achte einfach nicht auf Colin«, raunte sie ihm zu. »Er hat heute Morgen furchtbar schlechte Laune. Ich weiß nicht, warum.«

»Ach nein? Er ist doch jedes Wochenende schlecht gelaunt.« Er trat ans Fenster und setzte sich auf die Fensterbank. »Setz dich zu mir, Alex.«

Sie nahm steif neben ihm Platz. »Du bist ein guter Beobachter, Charles.«

»Ehrlich gesagt hat Noel auf mich dieselbe Wirkung. Auch wenn ich vielleicht nicht schmolle, juchze ich auch nicht gerade vor Freude, wenn er kommt.«

»Gibt es einen speziellen Grund, warum du ihn nicht magst?«

»Ich habe nicht gesagt, dass ich ihn nicht mag. Ich finde ihn einfach ziemlich … oberflächlich.«

»Er liebt mich«, erwiderte sie nüchtern.

»Davon bin ich überzeugt. Aber ich spüre, dass es neben deinen weiblichen Reizen noch andere Gründe gibt. Wie das Ansehen, das er als Schwiegersohn von einem Earl genießen wird, der Name Greville, den er nach der Hochzeit seinem eigenen Namen voranstellen darf, und nicht zuletzt dieses Haus. Irgendwie erinnert Noel mich an Lydia. Archie konnte noch so reich sein, trotzdem wusste jeder, dass der Mann sein Geld mit Teesalons und Pasteten verdient hatte. Und Lydia hat schon immer mehr als bloßen finanziellen Reichtum angestrebt. An mir hat sie vor allem gereizt, dass meine Frau einmal Countess of Stanmore wird.«

»Also bitte, Charles, das ist ein bisschen ungerecht. Sie hat dich geliebt. Das weiß ich.«

»Sie hat mich auf ihre Art geliebt. Und sie war mir auf ihre Weise treu. Ich hoffe, dass ich nicht verbittert klinge, denn das bin ich nicht. Unsere Ehe war von Anfang an ein Fehler und zum Glück nach kurzer Zeit vorbei. Hoffentlich ist sie jetzt mit ihrem Russen glücklich. Ich weiß, dass ich es bin – auf meine Art. Aber ich habe Angst, dass du nicht glücklich bist. Liebst du Esquire Rothwell?«

Sie trank einen Schluck von ihrem Tee und betrachtete ihren Sohn, der weiter jammernd vor seiner noch vollen Frühstücksschale saß.

»Nein.«

»Warum um Himmels willen …«

»Es spielt keine Rolle, Charles. Denn ich habe geliebt. Und dieses Glück wird mir bestimmt kein zweites Mal zuteil.«

»Das hast du sehr schön formuliert. Aber dürfte ich dich fragen, weshalb deine Hände derart zittern? Du kannst ja kaum die Tasse halten.« Er nahm sie ihr ab und stellte sie aufs Fensterbrett. »Und jetzt hör zu. Irgendwas ist nicht in Ordnung. Das weiß ich genau. Ich habe es gestern schon gespürt, als der kleine Colin damit rausplatzte, dass er einen gewissen Jamie gernhat … und zwar mehr als alle anderen. Mutter war völlig verwirrt und wollte wissen: ›Wer ist Jamie?‹ Und der Einzige mit diesem Namen, der mir einfiel, war der gute, alte Ross. Vater hatte mir erzählt, er sei als Ingenieur nach Abingdon zurückgekehrt. Aus Amerika, wo er ein ausnehmend erfolgreicher Geschäftsmann sei. Vater schien sich sehr darüber zu freuen.«

Alexandra blickte ihren Bruder durchdringend an, und als sie sprach, klang ihre Stimme ruhig. »Würde er sich auch darüber freuen, wenn er wüsste, dass ich in den letzten beiden Wochen beinahe jeden Nachmittag mit diesem Mann ins Bett gegangen bin?«

Charles trank den Rest von seinem Tee. »Ich nehme an, es käme darauf an, weswegen du mit ihm ins Bett gegangen bist. Wirklich, Alex, ich für meinen Teil verstehe nicht, weshalb. Wahrscheinlich hat es dich einfach gejuckt, und es ging dir um den bloßen Akt. Denn schließlich hast du eben erst gesagt, dass du dich nie wieder verlieben könntest.«

Ross fand es geradezu unglaublich, wie viel Zeug sich innerhalb so kurzer Zeit in seiner Bleibe angesammelt hatte. Auf dem Boden des Salons, den er als Arbeitszimmer zweckentfremdet hatte, stapelten sich unzählige Skizzen, technische Papiere und Journale. Jeder noch so winzige Papierfetzen kam ihm lebenswichtig vor, aber um alles mitzunehmen, hätte er mehrere Schrankkoffer gebraucht. Allerdings hatte er nur einen, und der war schon bis zum Bersten mit seiner Garderobe voll. Und in den Lederkoffer hatte er die Blaupausen und Testergebnisse des neuen Triebwerks getan.

Er erinnerte sich an den kleinen Taschenladen in der Hauptstraße von Abingdon. Wenn er sich nicht irrte, hatte er dort ein paar robuste, aber günstige Metallkisten gesehen. Eilig schwang er sich in seinen Wagen und fuhr ins Dorf.

Als er wiederkam, stand sie neben ihrem Wagen. Er bog in die Einfahrt und war so erschrocken, dass er fast vergaß zu bremsen und nur eine Handbreit vor dem Haus zum Stehen kam.

Er stieg aus.

»Hallo, Jamie.«

In dem zart lavendelfarbenen Seidenkleid und mit dem Glockenhut war sie so wunderschön und so begehrenswert, dass er sich abwenden musste und die gekauften Kisten aus dem Wagen nahm.

»Ich dachte, wir wären übereingekommen …«

»Ich muss mit dir reden.«

Er stellte die Kiste in der Einfahrt ab. »Was gibt's da noch zu reden?«

Sie sah ihn flehend an. »Können wir nicht reingehen?«

»Warum … ja, natürlich.«

Jamie ließ die Truhen draußen stehen und ging voraus.

Als sie in den schmalen Flur trat, fielen ihr der gepackte Schrank- und Lederkoffer ins Auge.

»Du hast schon gepackt?«

»Ja, abgesehen von einer halben Tonne Bücher und Papiere, die ich auch noch mitnehmen muss. Für heute Nachmittag habe ich einen Mann mit einem kleinen Lastwagen bestellt. Ich … habe beschlossen, bis zur Abfahrt nach Southampton ins Hotel zu ziehen.«

Sie berührte sein Gesicht. »Warum, Jamie?«

»Du weißt, warum«, antwortete er. Seine Kehle war wie zugeschnürt, und selbst das Atmen fiel ihm schwer. Sie stand so dicht vor ihm, dass er den Duft ihres Parfüms wahrnahm.

»Warum?«

Fast wütend wandte er sich ab. »Verdammt noch mal, weil ich dich liebe!«

Langsam ging sie hinter ihm in den Salon, wo er stirnrunzelnd auf das Chaos auf dem Boden sah.

»Das ist ziemlich lächerlich, nicht wahr?«, stieß er verbittert aus. »Eine verdammte Farce!«

»Denkst du das wirklich?«

Er bedachte sie mit einem schmerzerfüllten Blick. »Nein. Es ist eher, als hätte mir jemand ein Messer in die Brust gerammt und würde es genüsslich umdrehen. Das ist nicht lustig, sondern tut verdammt weh.«

Sie setzte sich auf die Couch. »Gestern im Bett habe ich dich etwas gefragt. Ich wollte von dir wissen, was wir sind. Zwei Menschen, denen es ausschließlich um Sex geht? Du konntest es nicht sagen – oder hast auf jeden Fall so getan, als könntest du es nicht. Und das habe ich auch. Aber tief in meinem Inneren wusste ich es genau. Ich wusste, was wir sind.«

»Und was sind wir deiner Meinung nach?«

»Zwei Menschen, die sich lieben, Jamie.«

Er nahm möglichst weit von ihr entfernt am anderen Sofaende Platz.

»Das macht es nur noch schlimmer, oder etwa nicht? Die Sache ist doch völlig hoffnungslos.«

»Aus wessen Sicht? Aus unserer? In Southampton gibt's ein Standesamt. Dort könnten wir uns trauen lassen, bevor das Schiff am Mittwoch fährt. Oder der Kapitän könnte uns auf See trauen.«

»Gott, Alex, so einfach ist das nicht.«

»Dann willst du mich also nicht heiraten? Ist es das?«

»Himmel«, stöhnte er. »Ich gäbe meinen rechten Arm dafür. Für dich – für Colin –, aber das wäre euch beiden gegenüber langfristig nicht fair. Ich kann wohl kaum verlangen, dass du dein Leben hier einfach aufgibst, um in einem kleinen Häuschen in La Jolla oder Coronado jeden Tag darauf zu warten, dass dein Mann mit ölbefleckten Hemdsärmeln nach Hause kommt.«

»Ein Mann, den wir beide lieben.«

»Colin ist ein kleines Kind, das von Flugzeugen begeistert ist.«

»Aber nicht nur. Er ist ein kleines Kind, das stimmt, aber kleine Kinder haben einen sehr guten Instinkt. Sie spüren es, wenn ihnen jemand Liebe, Wärme, wahre Zuneigung entgegenbringt. Sie wissen so etwas. Colin ist viel klüger als ich. Ich hätte es schon an dem Tag auf dem Box Hill erkennen sollen.«

»Ich wusste es da schon«, erklärte er und starrte seine Hände an. »Und es hat mir eine Heidenangst gemacht.«

»Und jetzt hast du noch immer Angst, nicht wahr? Davor, was mein Vater vielleicht sagt?«

Er schüttelte den Kopf. »Ich würde für euch beide durch die Hölle gehen. Seine Lordschaft hat sogar, als ich noch sein Chauffeur war, stets von Mann zu Mann mit mir geredet. Er ist… nun… er ist ein bisschen wie dein Sohn. Seine Instinkte sind sehr ausgeprägt. Ich könnte problemlos mit ihm sprechen. Das macht mir nicht die geringste Angst. Was mir Angst macht, Alex, ist, dass du eines Morgens in dem Haus in Kalifornien aufwachst und sagst: ›Mein Gott, was mache ich hier nur?‹«

Sie schob sich neben ihn und gab ihm sanft einen Kuss auf die Wange. »Das würde ich niemals sagen, Jamie – solange du, wenn ich die Augen aufschlage, neben mir liegst.«

Der Earl war außer sich, was er den armen Mann auch spüren ließ.

»Verdammt, die Vorschriften sind mir egal. Meine Tochter wandert in die Staaten aus, und weder ich noch meine Frau haben die Absicht, kilometerweit zu rennen, um sie zu verabschieden!«

Der Pförtner am Cunard Dock gab nach und ließ sie durch, obwohl dieser Bereich für Warenlieferungen vorgesehen war. Der riesige, schwarz-weiße Bug der S.S. Mauretania, aus deren dicken Schornsteinen weißer Rauch aufstieg, ragte in der Ferne auf.

»Fahren Sie so schnell Sie können, Banes«, wies Lord Stanmore seinen Fahrer an. Er saß kerzengerade neben seiner Frau und hatte die Hände auf den Bambusgriff seines zusammengerollten Regenschirms gelegt. »Es wäre nicht richtig, ihnen nicht zu winken – ganz egal, wie wir die Sache sehen.«

»Wie sehen wir sie denn?« Hanna starrte reglos geradeaus. Jetzt quollen schwarze Rauchwolken aus den Schornsteinen, und die dampfbetriebene Pfeife des Ozeanriesens tutete. »Wir werden sie verpassen.«

»Unsinn. Es ist noch jede Menge Zeit.« Trotzdem klopfte er mit seinem Schirm gegen die Scheibe, und Banes trat aufs Gaspedal und rumpelte mit dem großen Wagen durch das Labyrinth aus Bahngleisen.

»Du hast meine Frage nicht beantwortet.« Hanna zog ein Taschentuch hervor und zerknüllte es in ihrer Hand.

»Nun … verflixt … schließlich …«

»Schließlich was, Tony? Manchmal drückst du dich ziemlich verworren aus.«

»Das Ganze hat mich ziemlich überrascht, oder eher richtiggehend umgehauen. Ich dachte, Alex hätte sich unsterblich in Noel verliebt – obwohl ich beim besten Willen nicht verstehen konnte, was sie in dem Kerl gesehen hat.«

Hanna blickte ihn mit einem schwachen Lächeln an. »Ich dachte, du mochtest Noel.«

»Er ist ein guter Reiter, aber … oh, ich weiß nicht, irgendwie war er kein echter Gentleman.«

»Jamie Ross ist überhaupt kein Gentleman. Er ist einfach, im amerikanischen Sinn des Wortes, ein grundanständiger Kerl.«

Lord Stanmore blickte seine Frau etwas verärgert an. »Wenn du denkst, dass er ein derart anständiger Kerl ist, warum in drei Teufels Namen hast du dich dann tagelang in deinem Zimmer eingesperrt und dir die Augen aus dem Kopf geheult? Und warum musste ich den Vorschlag machen herzukommen und sie zu verabschieden? Und warum hast du während der ganzen Fahrt vollkommen reglos neben mir gesessen und kein Wort gesagt?«

»Weil ich eine Mutter bin.« Hanna tupfte sich mit ihrem Taschentuch die Tränen fort. »Das verstehst du einfach nicht!«

»Wofür ich dem lieben Gott von Herzen dankbar bin! Väter sind nicht so hinterhältig wie Mütter!« Er kurbelte die Trennscheibe herunter und rief seinem Fahrer zu: »Da drüben, Banes, an den leeren Zugwaggons vorbei. Viel weiter werden Sie nicht fahren können.«

Inzwischen waren sie auf einer Höhe mit dem Bug des Schiffs. Banes ließ das Gefährt noch ein paar Meter im Leerlauf rollen, blieb stehen, stieg aus und öffnete hastig die Türen.

»Wenn ich mir über deine Gefühle klar gewesen wäre, hätten wir auch schon zur Hochzeit nach Southampton kommen können«, sagte der Earl etwas verbittert, als er Hannas Arm ergriff.

Sie antwortete nicht. Es wäre alles andere als einfach, ihm ihre Gefühle zu erklären. Die Plötzlichkeit von Alexandras Offenbarung und die damit verbundenen Unannehmlichkeiten hatten sie zunächst sehr schockiert. Noel war den ganzen Sonnabend durchs Haus gelaufen, hatte nach einer Erklärung für das Unerklärliche gesucht und sich bis Sonntagabend rundheraus geweigert, sich der Tatsache zu stellen, dass es keine Hochzeit geben würde, weil seine Verlobte überstürzt mit ihrem kleinen Sohn und einem gewissen James A. Ross aus Coronado, Kalifornien nach Southampton aufgebrochen war.

Denn wer in aller Welt war dieser Mann?

Hanna war vor all dem Elend und der Aufregung in ihr Zimmer geflüchtet, und eine Zeitlang war sie genauso empört gewesen wie Noel Edward Allenby Rothwell.

In ihrem Schockzustand weigerte sie sich, ihrer Tochter aufzumachen. Und als diese einen Umschlag unter ihrer Zimmertür hindurchgeschoben hatte, hätte sie das Schreiben am liebsten gleich zerrissen. Mit dem zerknüllten Brief in der Hand verfolgte sie, wie ihre Tochter und ihr Enkel in Jamies Wagen einstiegen. Als ihr zwei Tage später klar wurde, dass die beiden nicht wiederkommen würden, setzte sie sich ermattet auf ihre Chaiselongue und öffnete den Briefumschlag. Sie glättete das Blatt Papier so gut es ging und las, was sich anzuhören sie nicht bereit gewesen war:

Meine liebste Mama,

ich erwarte nicht, dass du mein Handeln oder die Gründe vollkommen verstehst. Ich verstehe es selbst bisher nicht ganz. Aber eins weiß ich genau: Ich habe für Colin und für mich das Richtige getan. Ich habe Papa einmal gesagt, er müsse lernen, auf sein Herz zu hören. Und genau das habe ich jetzt getan. Ich liebe Jamie, nicht zuletzt weil Robin ihn gemocht und ihm auch seinen Sohn freudig anvertraut hätte.
Öffne mir dein Herz, Mama, und segne uns.

Alex

Hanna faltete das zerknüllte Blatt sorgsam und legte es auf den Tisch. Sie dachte an ihren Enkelsohn. Als sie das Haus verlassen hatten, hatte Jamie Ross ihn auf dem Arm gehabt, und Colin hatte seine Ärmchen fest um seinen Hals geschlungen und – gelacht.

»Da sind sie!«, rief der Earl und wies mit seinem Regenschirm nach oben. »Sie winken jemandem dort in der Menge zu. Wahrscheinlich Charles.«

Er und Hanna standen allein auf dem Dock zwischen dem riesengroßen, offenen Gerüst, auf dem sich all die anderen Menschen drängten, die den Passagieren winkten, und dem Schiff. Wieder tutete das Horn – dieses Mal als Antwort auf das Tuten der Schlepper – und dann löste sich der Dampfer wie in Zeitlupe vom Dock und trieb auf die offene See hinaus.

»Mein Gott, sie haben uns entdeckt!«, brüllte der Earl und schwenkte heftig seinen Schirm.

Jetzt konnte auch Hanna ihre Tochter und ihren Enkel sehen – zwei winzige Gestalten an der Reling, die kleinere winkte mit beiden Armen. Eilig winkte sie zurück. Dann machte der Dampfer eine leichte Drehung, und die zwei entschwanden ihrem Blick.

»Die Reise dauert nur zehn Tage«, wandte sich der Earl verblüfft an seine Frau. »Ist dir das bewusst, Hanna? Wir könnten in nur zehn Tagen in Kalifornien sein. Vielleicht sogar noch schneller. Darüber sollten wir im Winter einmal nachdenken.«

Hanna nickte, brachte aber keinen Ton heraus. Das Schiff glitt majestätisch durch den Solent auf das offene Meer hinaus. Fuhr in Richtung neuer Welt und ließ die alte hinter sich zurück.

Sie sah ihm hinterher und murmelte etwas, was für den Earl sehr stark nach einem Segen klang.

Buch 3

Schatten

1923

11

Es war eine Ehre, wenn man eine Einladung zum Dinner im Wipple's bekam. Fremden gegenüber war man in dem alten, in der Queen Victoria Street gelegenen Club äußerst skeptisch. Die Aussicht auf den Fluss und das Embankment hatte sich im Lauf der Jahre nicht verändert, die Mitglieder schon. Statt kleiner Schreiberlinge aus der Grub Street und der Fleet Street ging dort nun eine überschaubare, exklusive Gruppe von Verlegern aus und ein, von deren Meinungen die Politik des Landes – wenn nicht sogar der gesamten Welt – abhing. Als Gäste wurden traditionsgemäß nur Frauen und Männer zugelassen, die zumindest augenblicklich eine Nachricht wert waren.

Als offiziellen Gast am 3. März empfing man den ehrenwerten Andrew Bonar Law, der nach dem Sturz David Lloyd Georges trotz seiner fünfundsechzig Jahre, seiner dürftigen Gesundheit und der mit hundertzweiundvierzig Sitzen immer stärker werdenden Labor Party über Nacht der erste Mann im Staat geworden war.

Außerdem erschien ein Major Archibald P. Truex, ein kleiner Angestellter beim Kriegsministerium. Niemand verstand, weshalb Jacob Golden ihn eingeladen hatte und weshalb er und Martin Rilke den Premierminister ignorierten und sich den ganzen Abend leise mit dem unbedeutenden Mann unterhielten. Und was hatte es mit dem großen Umschlag auf sich, den er am Ende ihrer Unterhaltung Jacob Golden überließ?

»Was führt dieser Nichtsnutz jetzt wieder im Schilde?«, fragte Thornberry vom *Telegraph* einen der Herausgeber des *Guardian.*

»Keine Ahnung. Sicher geht es wieder einmal um einen Exklusivbericht über eine große Sache, von der außer Golden bisher niemand etwas mitbekommen hat. Denn wie heißt es doch so schön? Wie der Vater, so der Sohn – auch wenn man von den Toten nicht schlecht reden soll.«

Und tatsächlich hatte Major Truex zum Dank für die Einladung ins Wipple's und um sich bei einem Pressezaren einzuschmeicheln, wie erbeten in den Aktenschränken seines Ministeriums gewühlt und Kopien aller Schreiben angefertigt, die sich mit einem gewissen Lieutnant Colonel beschäftigten, den man in den hintersten Irak verfrachte hatte. Eine deprimierende Lektüre, in der einzig Jacob Golden einen ersten Hoffnungsschimmer sah.

Nachdem sie den Club verlassen hatten, stiegen sie in Jacobs Daimler, und während der neue Chef der *Post* zufrieden summend eine Zigarette rauchte, stützte Martin seine Ellenbogen auf den aufklappbaren Tisch, schaltete die kleine Leselampe ein und ging die ihnen überlassenen Dokumente durch.

»Für mich sieht es so aus, als ob der arme Fenton ziemlich in der Klemme steckt«, stellte er nach einer Weile fest.

»Allerdings«, stimmte ihm Jacob unbekümmert zu. »Und wie üblich unternimmt er nichts, um sich aus dieser Klemme zu befreien. Das macht das Memorandum seiner Vorgesetzten im Irak deutlich, die sich darüber beschweren, dass er sich in alles einmischt und vor allem einen ›unorthodoxen Führungsstil‹ besitzt.«

»Das Schreiben liegt hier gerade vor mir auf dem Tisch. Diese Kritik dürfte wohl kaum von Vorteil für ihn sein.«

»Mein lieber Freund, genau diese Kritik wird dafür sorgen, dass man ihn schon bald von seinem Posten abberufen und an die Akademie des Generalstabs versetzen wird.«

»Diese Logik kann ich irgendwie nicht nachvollziehen.«

»Im Grunde ist es ganz einfach – man muss nur die Denkweise der hohen Tiere der Armee verstehen. Je mehr der gute Fenton ihnen auf die Nerven geht, umso schwerer werden sie's dem armen Burschen machen, um ihn dazu zu bewegen, dass er seinen Dienst für König und Vaterland quittiert.«

»Das wäre aus meiner Sicht das Beste für ihn.«

»Das denkst du vielleicht, aber Fenton bestimmt nicht. Und jagte man ihn aus der Armee, würde das nicht nur ihn, sondern auch alle Menschen zerstören, die ihm nahestehen. Nach meinem Dafürhalten dürfte das kleine England ohne eine Streitkraft, die von Visionären und von fantasiebegabten Männern angeführt wird, irgendwann in höchsten Nöten sein. Und weißt du, wo die meisten unserer zukünftigen Generäle anzutreffen sind? In Frankreich und in Belgien, wo man sie im Schlamm begraben hat. Und die verbohrten Kerle, derentwegen sie dort liegen, haben in den Marmorkorridoren Whitehalls immer noch das Sagen. Außerdem …«

Martin hob abwehrend die Hand. »Bitte, Jacob, heb dir das für deine Leitartikel auf.« Er nahm seine Brille von der Nase und polierte sie mit einem Taschentuch. »Du bist heute Abend ziemlich kämpferisch.«

»Ich verabscheue den Krieg – wie auch die meisten Leser meines Blatts. Wir haben eine Umfrage unter den Leuten auf der Straße durchgeführt …«

»Die habe ich gelesen.«

»Und was sagt dir das Ergebnis?«

»Dass alle den Krieg abschaffen, aber gleichzeitig die Vorherrschaft Großbritanniens über die Meere bewahren wollen.«

Jacob lachte, während er die Asche seiner Zigarette auf den Boden fallen ließ. »Nicht nur über die Meere, sondern überall. Allerdings wollen sie für diese Ehre selbstverständlich keine höheren Steuern zahlen. Deshalb ist die aufstrebende Königliche Luftwaffe so reizvoll. Trenchard hat die Truppe wirklich gut verkauft. Weshalb sollte man noch riesige, teure Armeen unter der Führung der Fossilien aus dem Burenkrieg bezahlen, wenn man dasselbe Ziel auch mühelos erreichen kann, indem man ein paar schneidige Burschen in die Luft steigen lässt? Die Luftwaffe verkauft sich mindestens so gut wie Kekse oder Schuhwichse. Alle dort sind jung und verwegen. Und laut Trenchard ist es hauptsächlich die Luftwaffe, die dafür sorgt, dass Ruhe im Irak herrscht, Faisal sich auf dem Thron hält, das Öl aus Abadan nicht versiegt, und die vor allem die Bohrstellen bei Mosul beschützt. Und das alles kostet uns nur ein paar Bomben, die man auf die Araber abwirft.« Jacob atmete tief durch. »Blanker Unsinn, eine schöne Illusion. Das Einzige, was sich mit einem Flugzeug erobern lässt, ist ein anderes Flugzeug. Lies Fentons Bericht, mit dem er die Beschwerde eines Geschwaderführers widerlegt. Wirklich interessant, weshalb ich ihn mehrfach kopieren lassen werde, damit ihn auch andere lesen.«

»Ich werde ihn nachher zu Hause lesen. Denn im Augenblick ist mir ein bisschen schlecht.«

»Das liegt an deinem letzten Drink, mein Freund«, entgegnete Jacob aufgeräumt. »Ich habe dir gesagt, dass du nach dem Champagner keinen Gin mehr trinken sollst. Komm am besten mit zu mir und lies das Schreiben dort. Dann sage ich Dunsford, dass er dir was zur Beruhigung deines Magens geben soll.«

Jacob war aus der gemeinsamen Wohnung in das vierstöckige Haus seines Vaters am Berkeley Square mit geräumigen Büros, einem Konferenzzimmer, Fernschreibern und unzähligen Telefonen gezogen. Am Interieur hatte sich nichts geändert. Jacob hatte einfach seine Kleider in den Schrank gehängt und Lord Crewes Arbeit fortgesetzt. Ununterbrochen spuckten die Fernschreiber Texte aus, denn auch in einer Zeit der Trauer hielt der Fluss der Nachrichten nicht an.

»Na, geht es dir wieder besser?«

Martin hatte das von Jacobs Butler angerührte, sprudelnde Gebräu getrunken und stieß einen leisen Rülpser aus.

»Entschuldigung – und vielen Dank.«

»Du weißt, als was die Leute aus dem East End Gin bezeichnen, oder?«, fragte Jacob ihn. »Als den blauen Untergang – weil das Gesicht sich blau verfärbt, wenn man zu viel davon trinkt. Und du hast so viele Martinis in dich reingekippt, dass du blauer nicht mehr werden kannst.«

Sie saßen im Billardraum im zweiten Stock, der mit seinem filzbezogenen Tisch, den Mahagoniwänden und den Ledersesseln sehr gediegen wirkte.

»Darf ich dir eine Frage stellen, Jacob, bevor ich Fentons Schreiben lese?«

»Gerne.«

»Warum bist du seit acht, neun Monaten vom Thema Fenton regelrecht besessen?«

Jacob sah ihn ausdruckslos an. »Er ist ein Freund von mir.«

»Er ist auch ein Freund von mir, aber er ist kein kleines Kind, das in den Klauen eines bösen Vormundes steckt. Sie haben ihn bei der Armee nicht einmal besonders schlecht behandelt, sondern ihn einfach auf einen Posten im Nirgendwo versetzt. Und selbst jetzt hat er immer noch zwei Möglichkeiten. Entweder quittiert er seinen Dienst, oder er bleibt weiter bei der Truppe und lässt die Familie nach Bagdad kommen, damit er sie wenigstens von Zeit zu Zeit besuchen kann.«

»Das ist richtig, Martin. Aber er wird seinen Dienst niemals quittieren – das weißt du genauso gut wie ich. Und was die zweite Möglichkeit betrifft, gibt es in Bagdad einen eigenen Friedhof extra für uns Europäer – der vor allem für Frauen und für Kinder vorgesehen ist. Cholera und Typhus sind dort ebenso verbreitet wie Frostbeulen im Winter hier bei uns. Nein, Martin. Er würde niemals zulassen, dass seine Frau nach Bagdad zieht. Und ich bin völlig seiner Meinung.«

»Verstehe.« Martin setzte seine Brille auf und las Fentons Bericht.

»Du verstehst nicht das Geringste.« Jacob schenkte sich einen Whiskey ein.

»Nein, wahrscheinlich nicht. Es ist ja allgemein bekannt, wie begriffsstutzig ich manchmal bin.«

Jacob leerte sein Glas in einem Zug. »Und was glaubst du zu verstehen?«

»Dass du Winnie liebst.«

»Ist das so offensichtlich?«

»Für mich auf jeden Fall. Und genauso sehe ich, wie sehr du leidest, weil du nicht David sein willst, der Urija ins Messer rennen lässt. Du hättest dich weiter an blutjunge Tänzerinnen oder liebestolle russische Kommissarinnen aus Russland halten sollen, statt dich in einem Liebesdreieck zu verfangen.«

»Ich habe mich nirgendwo verfangen. Auch wenn ich Winnie liebe, sucht sie bei mir vor allem Trost. Es gibt nur einen Mann auf Erden, den sie liebt, und dieser Mann bin eindeutig nicht ich.« Er schenkte sich den nächsten Whiskey ein. »Als unsere Affäre anfing, dachte ich, es bliebe bei dem einen Mal.

Aber ich habe mich geirrt. Wir sehen uns jedes Mal, wenn sie nach London kommt, und es gibt nur zwei Möglichkeiten, die Sache zu beenden: Entweder kommt Fenton irgendwann zurück nach England, oder er stirbt auf seinem Posten. Und in beiden Fällen werde ich verlieren. Wenn er zurückkommt, werde ich sie aufgeben, und falls er im Irak getötet werden sollte, käme nicht einmal die Liebe der gesamten Welt gegen meine Schuldgefühle an. Ein ziemlicher Schlamassel, findest du nicht auch?«

»Allerdings«, sagte Martin. »Meinst du, dass man auf ein Alka-Seltzer Whiskey trinken kann?«

»Warum nicht.« Jacob griff nach der Karaffe und nach einem zweiten Glas. »Ich serviere dir ein Tröpfchen ordentlichen Highland Malt, aber dann lies bitte endlich das verdammte Schreiben, ja?«

Der Bericht, den F. Wood-Lacy, Lt. Col, 12. Batt., Bani el Abbas, am 17. Oktober 1922 an den Oberkommandierenden der 65. Bagdader Brigade abgesendet hatte, war sehr lang und detailliert. Er beschrieb darin in nüchterner Soldatenprosa, was zwischen dem 9. und dem 23. September während eines Vormarschs gegen aufständische Mitglieder des Stammes der Jangalis vorgefallen war. Fenton hatte einen Trupp indischer Kavalleristen, vier Panzerwagen und zwei Kompanien, teils zu Fuß und teils auf Lastwagen, dabeigehabt. Der Kommandeur in Bagdad hatte sich darüber empört, dass der Lieutnant Colonel einen der Geschwaderführer, die in Tikrit stationiert waren, »hinterlistig dazu überredet« hatte, von der Bombardierung von Dörfern der Jangalis im Hamrin-Gebirge abzusehen und sich stattdessen ihnen anzuschließen und »ohne die Erlaubnis seiner Vorgesetzten« Radiosender und Empfänger in zwei Bristol-Kampfflugzeuge einzubauen. Nachdem man in einem Lastwagen ebenfalls ein Funkgerät installiert hatte, brachen sie unter Fentons Leitung auf und entwaffneten ohne Blutvergießen die Stammesmitglieder. Diese »Kooperation diverser Streitkräfte« jedoch hatte die Luftwaffe in Bagdad außerordentlich erbost.

»Das war wirklich schlau von ihm.« Martin setzte seine Brille wieder ab und rieb sich nachdenklich die Nase.

»Ja, natürlich. Allerdings aus Sicht der anderen zu schlau. Denn unsere Luftwaffe ist unsere Luftwaffe und etwas völlig anderes als die Armee. Sie denken, sie sind die Einzigen, die den Irak befrieden können – denn genau das hat der gute Trenchard unserem Kriegsminister zugesagt: dass ein paar erschwingliche Kampfbomber genügen, um das Land zu kontrollieren und die Stämme zu bestrafen, die es wagen, sich gegen den König aufzulehnen, weil er ihrer Meinung nach nur ein Vasall der Briten ist. Aus ihrer Sicht ist die Armee nur zur Bewachung der wichtigen Straßen, Schienenwege und Ölpipelines da, während die Luftwaffe die Aufrührer bestraft und Bomben auf die Dörfer wirft und Ziegen- und Kamelherden und Zelte aus der Luft beschießt. Aber dadurch ändert sich nichts dauerhaft. Sie können zwar die Leute bestrafen, doch befrieden kann nur die Armee, das heißt, intelligente Truppenkommandeure, die sich mit den Stammesältesten zusammensetzen, um mit ihnen Waffenstillstände und Friedenspakte auszuhandeln.«

»Ich denke, Fenton hat einen ausführlichen Bericht in meinem Blatt verdient. Denn das ist neu, modern und aufregend. Ich weiß, dass auch dein Boss total begeistert davon wäre. Stell dir das mal vor, Martin. Radiotelegrafie – zwar noch mit ziemlich primitiven Instrumenten – trotzdem haben die Männer sich per Funk verständigt, alter Knabe. Und Kingsford ist schließlich regelrecht besessen davon. Eine bessere Werbung für seine Radiostationen gibt es nicht.«

Martin nickte und nahm einen Schluck. »Und inwieweit soll das Fenton helfen?«

»Nun, natürlich könnte dieser Schuss nach hinten losgehen, aber das Risiko gehe ich ein. Angenommen, die *INA* – eine völlig objektive Quelle – veröffentlichte einen ausführlichen Bericht über einen gewissen britischen Colonel im Irak, dessen Methoden kühn, aber bodenständig, innovativ, technisch auf dem neuesten Stand und vor allem sehr erfolgreich sind. Die *Daily Post* würde den Beitrag, eine Reihe Fotos und einen Leitartikel bringen, in dem der Autor vehement für eine bessere Zusammenarbeit der Streitkräfte und für mehr Frische und Experimentierfreude in den Köpfen unserer Militärs eintritt. Und er betont, dass die Männer dem Land viel besser dienen könnten, wenn sie unter Anleitung von Colonel Wood-Lacy neue Ideen an der Generalstabsakademie entwickelten. Dann würden unsere zukünftigen Generäle, falls wir – was natürlich niemand will – noch einmal in den Krieg ziehen sollten, nicht so elendig versagen wie beim letzten Mal.«

Jacob nahm den letzten großen Schluck und schenkte sich umgehend nach. »Das könnte funktionieren. Das Timing ist perfekt, weil die Regierung jede Hilfe braucht, die sie bekommen kann. In den letzten Wochen haben mehrmals Bonar Law und Stanley Baldwin bei mir angerufen und gebeten, dieses langsam anzugehen, jenen Vorfall herunterzuspielen oder ein bestimmtes Anliegen von ihnen groß herauszubringen. Sie sind offenbar auf meine Unterstützung angewiesen, und wenn der Artikel und der Leitartikel in der *Post* erscheinen und ich ein paar Leute sachte anstupse, werden die Telefone in White Hall nicht mehr stillstehen, bis man Fenton überschwänglich für die gute Arbeit im Mittleren Osten dankt und ihm zum Lohn für seine Mühen einen neuen Posten hier in England gibt. Du wirst sehen.«

»Ich hoffe, du hast recht. Aber ich muss noch Scott Kingsford davon überzeugen, dass das Geld, das er für einen Journalisten im Irak ausgeben soll, nicht zum Fenster rausgeworfen ist.«

»Oh«, entgegnete Jacob gut gelaunt. »Ich habe ihm bereits telegrafiert, und er hat ja gesagt. Wenn ich die Reisekosten übernehme, ist er bereit, mir seinen besten Mann zu überlassen – nämlich dich, mein Freund.«

Die gelb gestrichene Felixstowe F.5, auf deren Bug *London Daily Post* zu lesen war, durchschnitt das dunkelgraue Wasser des Medway, machte einen leichten Satz und stieg in den dunklen Himmel auf. Mit fünf Personen war die Passagierkabine gerade einmal halb besetzt, und sofort nach dem Start des Wasserflugzeugs kam die Stewardess mit einer ersten Mahlzeit und den ersten Drinks. Zwei der Passagiere, ein Reporter und ein Fotograf der *Daily Post*, verließen den Flieger schon beim ersten Zwischenstopp in Genf, doch die anderen flogen mit zwei weiteren Zwischenlandungen weiter bis zum Nil.

Bereits nach dem ersten Drink schlief Martin ein und schlug erst bei der Landung auf dem Genfer See die Augen wieder auf. Am nächsten Morgen beim Weiterflug war er immer noch nicht wirklich munter, und als er auf die schneebedeckten Alpen blickte, wurde ihm bewusst, was für ein Segen diese Reise für ihn war. Er hatte weder Jacobs wildem Plan widersprochen noch erklärt, dass er den Lobgesang auf Fenton auch mühelos in London hätte verfassen können.

Eine innere – erschöpfte – Stimme hatte ihn zu diesem Flug gedrängt. Die eintönige Arbeit im Büro war einfach nicht das Richtige für ihn. Er hatte keine Lust mehr, Leute anzuheuern und zu feuern und mit einem blauen Füller kilometerlange

Schriftstücke zu redigieren, in der Hoffnung, dass er weltweit möglichst viele Abnehmer für diese trivialen Neuigkeiten fand. Über die Pariser Mode, preisgünstige England-, Frankreich-, Spanien- und Italienreisen, über Berühmtheiten aus Film und Theater, Sportveranstaltungen, Verbrechen aus Leidenschaft und rührende Geschichten, die das Leben schrieb. Seine Sicht der Welt war auf die Dinge reduziert, die über die Fernschreiber in sein Büro gelangten. Und als wäre das nicht bereits schlimm genug, musste er alle Nachrichten so formulieren, dass Scott Kingsford damit einverstanden war. Als er auf die Küste von Italien und die türkisfarbene Adria hinuntersah, erkannte er, dass er einen Punkt erreicht hatte, an dem er sich entscheiden müsste. Und nachdem das Flugzeug abermals gelandet war und langsam Richtung Kap San Vito glitt, hatte er eine Entscheidung getroffen. Dies war seine letzte Arbeit für die *INA*.

Der Luftverkehr in den Irak wurde von den Briten kontrolliert. Alle vierzehn Tage ging ein Flug von Kairo über das in Transjordanien gelegene Amman nach Bagdad. Und obwohl der knapp achtstündige Flug in einem umgebauten Vickers Vimy Bomber sehr laut und holprig war, schien sich keiner der Beamten und der hochrangigen Offiziere, die mit Martin in dem Flieger saßen, allzu sehr zu freuen, als mitten in der unendlichen Wüste erst das gelbe Band des Tigris und dann die schlammig braune Stadt auftauchten. Ein paar Dattelpalmen und die pfauenblauen Türme der Moscheen und Minarette stellten die einzig bunten Flecken in dem braunen Einerlei dar.

»Sie können von Glück reden, dass Sie nicht im Juni oder Juli kommen«, bemerkte der Mann, der neben Martin saß. Er hatte etwas mit der Bahnstrecke von Bagdad nach Basra zu tun, aber Martin konnte sich nicht mehr daran erinnern, wie er hieß.

»Da haben Sie tatsächlich Schwein«, fuhr er mit müder Stimme fort. »Erst wenn man einmal den Sommer hier verbracht hat, weiß man, was Hitze ist. Es ist nicht weiter ungewöhnlich, dass es sogar mitten in der Nacht noch fünfundvierzig Grad heiß ist. Und einmal hatten wir um zwei Uhr nachmittags, als gerade ein Samum durch Bagdad wehte, sogar zweiundfünfzig Grad. Meine arme Gattin hat nur einen Sommer hier verbracht, wobei sie tagsüber im Keller unter unserem Haus geschlafen hat und nachts auf unserem Dach von den Moskitos aufgefressen worden ist. Und dann starb unser Jüngster – weil er ungekochte Milch getrunken hat. An der Cholera, verstehen Sie. Also habe ich sie alle zurück nach Ägypten geschickt. Alexandria ist eine äußerst angenehme Stadt.«

Die Erbauer des Imperiums, dachte Martin, während sein Chauffeur den Tigris überquerte und durch die Straßen Bagdads fuhr. Sorgten dafür, dass die Eisenbahnen fuhren, und bohrten im Wüstensand nach Öl. Junge, rotwangige Offiziere der Armee und Luftwaffe schlenderten so lässig und gut gekleidet wie am Picadilly Circus durch die Straßen zu ihren Clubs und würdigten die Kurden, Parsen, die Moslems mit ihren Turbanen, Türken, Negersklaven, die von Kopf bis Fuß in seidene Gewänder eingehüllten Frauen der Armenier und Hebräer, die Chaldäer und die Perser – die gesamte polyglotte Menschenmenge dieser Stadt – keines Blickes. Und obwohl vor dem Palast am Fluss die rot-schwarz-weiße und grüne Flagge König Faisals wehte, zählte einzig der schlaffe Union Jack vor der Gesandtschaft Großbritanniens.

Nördlich der Stadt war nur noch die Wüste und der Fluss. Ab und zu sah Martin Kamele, die gemächlich durch den Staub nach Süden trotteten, oder ein mit einem Lehmwall eingefasstes Dorf. Das MG im Bug des Schiffs, dessen Mannschaft aus Marathas bestand, bewegte sich langsam hin und her. Die Araber und die umherziehenden Buddhoos schossen meistens zum Vergnügen auf die Schiffe, und der Dampfer war mit Einschusslöchern übersät.

In Bani el Abbas peitschte die Flagge Englands über der Kaserne am Rand der baufälligen Stadt. Martin blickte durch ein Fernglas auf die Zelte der Soldaten, die wenigen Wellblechhütten, Last- und Panzerwagen, umgeben von einem Zaun aus Stacheldraht. Dann lenkte er den Blick auf die Stadt, sah einen hochgewachsenen, schlanken Mann in Khaki, der am Schiffsanleger stand, und obwohl er sein Gesicht unter dem breiten Rand des Tropenhelms nicht erkennen konnte, wusste Martin, dass es Fenton war.

»Nun.« Er blieb reglos stehen, als Martin neben ihn trat. »Hat der verdammte Wind dich also tatsächlich hierhergeweht.«

»Ich war gerade zufällig in der Gegend. Du hast dir ein wirklich hübsches Fleckchen Erde ausgesucht.«

»Den Himmel auf Erden, alter Knabe«, knurrte Fenton und nach einem Blick auf Martins Lederkoffer fragte er: »Mehr hast du nicht dabei?«

»Nein. Ich will nicht lange bleiben.«

»Eine weise Entscheidung.«

Fenton zeigte auf den Koffer, sagte einen Satz auf Hindustani, und ein indischer Soldat trug das Gepäckstück davon.

»Ich nehme an, mein Telegramm hat dich ein wenig überrascht.«

»Das ist noch milde ausgedrückt. Ich habe wirklich keine Ahnung, was dich in diese Gegend verschlägt. Am Tigris passiert nichts, außer dass man auf grausamste Art und Weise zu Tode kommen kann.«

Sie fuhren durch das Labyrinth gewundener Gassen an den Lehmhütten der Stadt vorüber. Araber und Kurden machten auf dem Basar Geschäfte oder saßen unter den Vordächern der Kaffeehäuser zusammen und folgten mit hasserfülltem Blick den Gendarmen, die mit ihren Kufiyas, Sporen an den Stiefeln und Patronengürteln und Pistolen auf und ab stolzierten.

»Sie hassen einfach jeden.« Fenton lehnte sich auf seinem Sitz zurück. »Dieses verdammte Land ist die reinste Hölle. Erst galt ihr Hass den Türken, und jetzt gilt er uns. Nach Übernahme des Mandats haben wir Emir Faisal auf den Thron gesetzt, aber sie wollen keinen Araber aus Hidjas als Herrscher, sondern darum kämpfen, wer die Macht über das Land bekommt. Und jetzt hat Scheich Mahmud die Kurden zu einer offenen Revolte aufgerufen, und ich kann die Soldaten nicht mehr in die Stadt gehen lassen. Erst letzte Woche wurde einem Korporal die Kehle aufgeschlitzt. Mitten auf dem Basar.«

»Zumindest ist das Wetter gut«, warf Martin ein.

»Im Augenblick ist es erträglich«, stimmte Fenton zu. »Seit die Regenzeit vorüber ist. Aber in ein, zwei Monaten beginnt die Hitze. Sie wirkt wie ein Schlag mit einem Hammer auf den Kopf und lässt erst im September wieder nach.«

»Vielleicht bist du bis dahin nicht mehr hier.«

»Ich fürchte doch. Alles, was mir zugestanden wird, sind zwei Wochen in Bagdad. Dort nehme ich ein paar Drinks im Sportclub und spiele ein bisschen Polo.« Er starrte trübe vor sich hin. »Ich hoffe, du hast mir einen Brief von Winnie mitgebracht.«

»Nicht nur einen, sondern einen ganzen Stapel.«

»Wunderbar. Dann werde ich mich darin vor dem Abendessen aalen. Du wirst mit uns in der Messe speisen, und dann ziehen wir uns in meine Unterkunft zurück, und du erzählst mir, was sich in den letzten Monaten alles ereignet hat. Denn wir leben hier hinter dem Mond.«

Die Messe war ein offenes Zelt mit einem Moskitonetz vor dem Eingang. Der Service war durchaus annehmbar, und die Messediener in ihren blütenweißen Jacken boten eisgekühlten Wein und Bier und lauwarme Whiskey-Sodas an. Die meisten jungen englischen Offiziere hielten sich zum ersten Mal im Ausland auf, aber mehrere hatten in Mesopotamien schon im Krieg gekämpft, auch die drei indischen Befehlshaber der Kavallerie.

Es herrschte eine verhaltene Atmosphäre, da gerade eine Kompanie der Lancashires und die Kavallerie von einer zehntägigen Suchexpedition zurückgekommen waren. Einem Flieger war der Treibstoff ausgegangen, und sie hatten ihn knapp fünfzig Meilen vom Fluss entfernt entdeckt. Den Piloten und seinen Beobachter jedoch hatten sie nicht mehr retten können. Die Aufständischen hatten ihnen die Hälse durchgeschnitten und ihnen die abgeschnittenen Genitalien in den Mund gestopft.

»Für die neuen Jungs ist es nicht leicht«, erklärte Fenton und schenkte dem Freund in seiner Unterkunft – einer Wellblechhütte – einen Whiskey ein. »Diese Formen der Gewalt kennen sie bisher höchstens aus Büchern. Und obwohl sie akzeptieren können, dass ein Bursche ein sauberes Einschussloch im Kopf aufweist, erschüttert sie ein junger Mann ihres Alters, der gefoltert und verstümmelt worden ist, bis ins Mark.«

»Passieren solche Dinge oft?«, erkundigte sich Martin und schlug sein Notizbuch auf.

»Nicht gerade jeden Tag. Aber auch ein Mal ist ein Mal zu viel.« Er hielt Martin einen Whiskey hin. »Und es ist leider nicht von der Hand zu weisen, dass so etwas jedes Mal geschieht, wenn ein Flugzeug runterkommt und unser Trupp die Crew nicht rechtzeitig erreicht. Die armen Kerle haben nicht viel Zeit. Denn bisher waren die Buddhoos immer schneller.«

»Was zum Teufel sind Buddhoos?«

»Umherstreifende Horden persischer oder arabischer Banditen. Das Land ist voll von ihnen. Sie nehmen die Flugzeugbesatzungen gerne lebend gefangen, ziehen sie aus und überlassen sie ihren Frauen, die sie quälen. Wenn die Jungs gewusst hätten, was sie erwartet, hätten sie sich vorher selbst erschossen, allerdings fehlt uns Engländern der Hang zum Selbstmord.«

Er trank einen großen Schluck und ging auf und ab. »Ich habe versucht, den hohen Tieren der Luftwaffe in Bagdad klarzumachen, dass die Luftangriffe auf entlegene Dörfer der totale Wahnsinn sind, aber sie haben mir kaum zugehört. Waren zwar höflich, doch im Grunde wollten sie, dass ich die Klappe halte und mich nicht in Dinge einmische, die mich nichts angehen. Mit den Geschwaderführern hier vor Ort hatte ich mehr Glück, weil die Drecksarbeit schließlich an ihnen hängenbleibt. Und obwohl die Geschwader einzeln Angriffe fliegen und möglichst dicht zusammenbleiben, legen immer wieder Piloten eine Bruchlandung hin. Allerdings werden sie nicht abgeschossen, weil die verdammten Araber mit ihren Gewehren nicht gegen die Brisfits ankommen. Es sind mechanische Probleme, der Sand verstopft die Triebwerke oder der Staub den Lufteinlass, manchmal ist das Öl verschmutzt, und die Lager brennen durch. In diesem Klima ist jeder Bestandteil einer Maschine anfällig.

Und so stürzen die Flieger häufig ab, und auch wenn neun von zehn Männern den Absturz überleben, können die Kollegen aus der Luft nicht das Geringste für sie tun. Sie können höchstens eine Zeitlang über ihnen kreisen, ihnen zum Abschied winken, und sobald sie abgezogen sind, schlagen die Buddhoos zu und schlachten diese armen Schweine brutal ab.«

»Das klingt ziemlich grauenhaft.«

»Es ist grauenhaft. Die Buddhoo-Frauen wissen genau, was man mit den Messern, die sie sonst für das Häuten ihrer Ziegen verwenden, alles anstellen kann. Aber genug der grausigen Geschichten. Diese Dinge sollten nicht passieren. Flugzeuge sollten nur zeitgleich mit motorisierter Infanterie oder der Kavallerie starten, und auch nur, wenn der Einsatz über Funk gesteuert werden kann. Die Gerätschaften dafür sind da. Im letzten Kriegsjahr haben die Amerikaner ganze Schiffsladungen voller technischer Geräte in das Land geschickt. An die zehntausend Lastwagen von Ford und unzählige Radiotelegrafen. Als ich letztes Mal in Basra war, habe ich mir ein halbes Dutzend der Dinger mitgenommen. SCR-49er von der US-Armee. Wunderbar kompakte kleine Teile, für die man am Boden Batterien, im Flugzeug einen Generator und ein paar Drähte braucht, sonst nichts.«

»Du hast deshalb Probleme, stimmt's, Fenton?«

»Ja, aber das schert mich nicht. Was können sie mir noch anhaben? Außerdem fand es das Hauptquartier in Bagdad amüsant, dass das Luftwaffenkommando deshalb völlig aus dem Häuschen war. Ein Punkt für mich. Die unverhohlene Feindschaft zwischen den Befehlshabern der Luftwaffe und der Armee ist ein offenes Geheimnis. Gott sei Dank färbt sie nicht auf die Truppen ab. Das 14. Geschwader in Tikrit hat drei Flugzeuge mit Funk, und sie fliegen keinen Einsatz, ohne dass man mir zuvor Bescheid gibt. Bevor sie starten, schicke ich ein paar Kavalleristen, Lastwagen und zwei Funker los. Damit wir möglichst schnell vor Ort sein können, falls etwas passiert. Das Flugzeug, das die Jungs gestern gefunden haben, gehörte zum 6. Geschwader in Samarra. Ihr Kommandeur ist ein Idiot, für ihn ist die Radiotelegrafie bloß ein Spielzeug. Wenn er nicht dieser Meinung wäre, hätten nicht zwei anständige, junge Burschen ihre Eier eingebüßt.« Er fuhr sich mit dem Handrücken über die Stirn. »Lass uns weitertrinken und über England sprechen. Du hast nicht zufällig in letzter Zeit mal Winnie in Suffolk besucht?«

»Ja, Jacob und ich waren extra noch vor meiner Abreise für ein paar Tage dort.«

»Das mit dem alten Crewe ist wirklich schrecklich. Ich habe davon gehört, und dann hat mir Jacob auch noch einen langen Brief geschickt. Wie macht er sich als neuer Chef der *Daily Post*?«

»Erstaunlich gut.«

»Nun, er ist ein vielseitiger, junger Mann, nicht wahr?«

»Ja – und deutlich kompetenter, als er denkt.«

Nachdenklich nahm Fenton auf der Kante seines Schreibtischs Platz und hob sein Glas an den Mund. »Dann wart ihr also bei mir. Habt ihr auch mein Boot benutzt?«

»Meine Güte, nein. Es braute sich gerade ein Sturm zusammen.«

»Red doch keinen Unsinn, alter Freund. Ich bin schon im Januar bei tosendem Sturm auf den Deben rausgefahren.« Er starrte in sein Glas. »Und die Zwillinge – und unsere kleine Kate?«

»Sind drei wunderhübsche Mädchen. Du wirst furchtbar stolz auf deine Töchter sein, wenn du sie siehst, Fenton«

»Das bin ich schon jetzt. Diese verfluchte Armee. Zu Victorias Zeiten waren sie klüger. Damals waren, wenn überhaupt, nur Brigadegeneräle verheiratet. Denn die jahrelangen Trennungen machen einem Mann zu schaffen – und der Frau selbstverständlich auch.«

»Dann bist du also noch immer nicht bereit, die Brocken hinzuschmeißen?«

»Nein. Dazu kriegen sie mich nicht. Sie können mich zwar hierbehalten, bis der Schmerz fast nicht mehr auszuhalten ist, doch für immer können sie mich nicht verbannen.«

Martin bekam nur sehr wenig Schlaf. Erst saß er auf seinem Bett im Gästehaus – eine Bezeichnung, die für das nicht allzu komfortable Zelt ein wenig übertrieben war – und schrieb bis weit nach Mitternacht in sein Tagebuch. Dann löschte er die Kerosinlampe, bekam aber infolge der Geräusche aus dem Lager immer noch kein Auge zu. Er hörte Maultiere schreien und Pferde wiehern, den stöhnenden Wind, knatterndes Segeltuch und knirschende Stiefel auf dem Sand. Er dachte an geschmeidige, verschlagene Buddhoos, deren Frauen wie tollwütige Katzen hinter ihnen herstrichen.

Und dann wurde die Nacht mit einem Mal von einer Leuchtkugel erhellt, und aus der Ferne drangen Schüsse an sein Ohr. Wahrscheinlich sind die Wachmänner nervös, machte er sich selber Mut, und vertreiben die Dunkelheit und feuern auf jeden Schatten, den sie sehen. Die Briten und Franzosen am Kap Helles hatten es ja ebenso gemacht.

Er fiel in einen unruhigen Schlaf und war dankbar, als die Dämmerung anbrach und das Signal zum Aufstehen ertönte.

»Haben Sie gut geschlafen, Sir?«, fragte ein junger Second Lieutnant, als Martin zum Frühstück in die Messe kam.

»Nein. Die Schüsse letzte Nacht haben mich immer wieder aufgeweckt.«

»Oh, das ist ganz normal hier, Sir. Damit sorgen wir dafür, dass die Buddhoos ehrlich bleiben. Denn in einer Nacht sind einige von diesen hinterhältigen Halunken unter dem Stacheldraht hindurchgekrochen und haben ein Pferd geklaut.

Haben ihm alle vier Beine zusammengebunden, und als eine unserer Wachen sie entdeckt hat, waren sie gerade dabei, es auf demselben Weg, wie sie gekommen waren, unter dem Zaun hindurchzuzerren.«

»Ich wage nicht, mir vorzustellen, was sie mit dem armen Wesen hätten machen wollen.«

Der Lieutnant riss schockiert die Augen auf. »Oh, nein, Sir. Mit Tieren gehen sie sehr freundlich um.«

Zu Martins Ehren und damit die Männer das Gefühl hatten, auch in der Einöde ein straff geführtes Regiment zu sein, fand eine Parade nach dem Frühstück statt. Zwei Trommler und drei Pfeifer spielten *The Bonnie English Rose* und *The British Grenadiers*, und die Lancashires und die Punjabis stellten sich in ordentlichen Reihen auf, während die Ulanen langsam vor den Panzerwagen über den Paradeplatz ritten. Fenton sah noch immer wie der Offizier der Coldstream-Garde aus, der seine Männer vor dem Buckingham Palace strammstehen ließ … bis er die rechte Hand in seine Tasche schob. Doch diese nonchalante Geste passte ausgezeichnet zu dem bunt gemischten Haufen, der mitten im Nichts die Stellung hielt. Und nachdem der Trupp entlassen worden war, trat ein Korporal der Lancashires nach vorn, reckte seinen Tropenhelm hoch über seinen Kopf und schrie: »Ein dreifaches Hurra auf unseren alten Falken. Hipp, hipp …«

Martin hatte deutlich hören können, dass der laute Jubel der Soldaten ehrlich gemeint war, und als er wieder in der Messe mit dem Freund den ersten morgendlichen Whiskey trank, stellte er fest: »Das treibt dich an, nicht wahr? Die Kameraderie. Dass dem alten Falken von seinen Soldaten zugejubelt wird.«

Stirnrunzelnd griff Fenton nach der Flasche Scotch. »Das ist wahrscheinlich auch ein Grund, Martin. Ich habe mich schon oft gefragt, weshalb ich meinen Dienst nicht quittiere. Ich weiß, es liegt an mir. Mit Patriotismus oder mit König und Vaterland hat es nichts zu tun. Wahrscheinlich fing es bereits in meiner Kindheit an, als Onkel Julian während eines seiner seltenen Urlaube uns besucht hat. Mein Vater war sehr ordentlich – ein Architekt und Handwerker. Er hat immer einen Stein auf den anderen gelegt. Aber Onkel Julian kannte auch die andere Seite der Natur des Menschen und war selbst ein Teil von ihr. Es ist ein großer Unterschied, ob man ein Schwert oder nur eine Maurerkelle schwingt. Seine aufregenden Geschichten, mein Gott, ich war immer ganz gebannt, von Major Gordon, unter dem er erst in China und dann im Sudan gedient hat, wie sie die Aschanti bei Coomassie unterworfen haben und von den anderen Heldentaten und Gefahren, die es an der indischen Nordwestgrenze zu überwinden galt. Und ich dachte, spätestens ein halbes Jahr nach meiner Ausbildung an der Akademie in Sandhurst würde ich in der Ferne in einem aussichtslosen Kampf mein Leben lassen. Aber dann kam ich zur Coldstream-Garde, und da die Eroberung von fremden Welten ausgeschlossen war, habe ich mich kurzerhand an die Eroberung der Londoner Damenwelt gemacht. Damit kam ich genauso mühelos zurecht wie damit, dass drei Viertel meiner Männer an der Somme gefallen sind. Ich habe meinen Mann gestanden und mein Unglück nicht wie viele andere im Alkohol ertränkt. Ich bin einfach ein Profi.«

Kurz vor Mittag flog der Bristol-Bomber einmal um den Fahnenmast in ihrem Lager, weil sich so die Windrichtung am einfachsten bestimmen ließ. Nachdem er wieder gelandet und zum Stehen gekommen war, schwang sich ein dünner schlaksiger Mann von vielleicht Ende zwanzig aus dem Cockpit, der den beiden breiten und dem schmalen Streifen auf den Ärmeln nach Geschwaderführer war. Fröhlich kam er in das Messezelt und leerte, ohne auch nur einmal Luft zu holen, eine Flasche kaltes Bier.

Fenton stellte ihn dem Freund als F. A. M. Weedlock vor. »Der alte Fam und ich kennen uns schon seit Mons.«

»Sogar noch länger«, fiel der junge Flieger ihm ins Wort. »Ich habe damals Aufklärungsflüge unternommen und gesehen, wie der deutsche Fritz sich durch Belgien gewälzt hat. Ich war damals mit einer klapperigen, alten Avro unterwegs. Das Ding war ein verdammter Witz!« Er bestellte sich das nächste Bier und grinste Fenton an. »Nun, mein alter Freund, heute habe ich den Befehl erhalten, Scheich Ali Gharbi einen Besuch abzustatten. Der hiesige Geheimdienst – wenn man ihn überhaupt so nennen kann – hat uns erzählt, der alte Bastard hätte eine Waffenlieferung aus Kurdistan bekommen und das Zeug in seinen Dörfern am Schatt el-Adhaim versteckt.«

»Wann fliegst du los?«

»In drei Tagen – am frühen Morgen des 21.«

»In den Dörfern gibt es nicht nur Waffen«, stellte Fenton grimmig fest. »Und zwischen einer Kiste mit Gewehren und einem Zelt voll Kinder machen eure verdammten Bomben keinen Unterschied.«

»Das ist mir bereits aufgefallen«, gab Weedlock trocken zu.

Fenton sah auf seine Uhr. »Ich werde sehen, ob ich Bagdad übers Telefon erreichen kann – wenn die Kabel nicht mal wieder von den Buddhoos durchgeschnitten worden sind.«

Nachdem er gegangen war, bemerkte Weedlock lächelnd: »Der Mann ist ein Genie. Kennen Sie ihn schon lange?«

»Schon seit vor dem Krieg.«

»Und was machen Sie beruflich?«

»Ich bin Journalist«

»Richtig. Ja, natürlich. Rilke. Dieser Name sagt mir was. Haben Sie das Papier gelesen, das der Falke geschrieben hat?«

»Was für ein Papier?«

»Sagen Sie ihm, dass er es Ihnen zeigen soll. Für einen Kriegsberichterstatter ist es sicher interessant. Zweihundert Seiten mit dem Titel *Die Zusammenarbeit verschiedener Streitkräfte bei gemeinsamen Operationen* – wobei er die Informationen über die Luftwaffe von einem gewissen F. A. M. Weedlock bekommen hat.«

»Und worum geht's in diesem Dokument?«

»Um so ziemlich alles, was die Armee und Luftwaffe momentan ablehnen. Eine Linke in den Magen und die Rechte unters Kinn, wie es ein Boxer formulieren würde. Die übliche Links-rechts-Kombination. Der Falke denkt, dass jede Division im Feld möglichst mobil sein und aus Fliegern, Panzerwagen, motorisierter Infanterie und Artillerie bestehen muss. Wobei ein General das Sagen über die gesamte Truppe haben soll. Dazu kämen Funkgeräte in sämtlichen Fliegern, Panzern, Lastwagen. Der Text ist relativ komplex und techniklastig, aber meiner Meinung nach hätten Sie bei der Lektüre Ihren Spaß.«

»Und was hat er damit vor?«

»Keine Ahnung. Ich glaube nicht, dass das jemand in Whitehall lesen will, weil es ihnen zum einen zu teuer wäre und sie zum anderen damit zu vielen Leuten auf die Füße treten würden. Freiwillig würde unsere Luftwaffe der Armee nicht einen ihrer teuren Flieger überlassen – und die Panzerdivision meint immer noch, dass niemand ihnen was zu sagen hat.«

Fenton kam zurück und lehnte sich gegen die Bar. »Irgendwo hinter Kasarin haben sie die verdammte Leitung durchgeschnitten. Die Kavallerie der Iraker kümmert sich darum. Aber sehen wir es positiv. Was Bagdad nicht weiß, macht Bagdad auch nicht heiß. Wir werden nach Plan B vorgehen, Fam – wie bei der Operation bei Sharaban. Hol dir ein Bier, und komm in mein Büro. Dort sehen wir uns die Karten an und legen einen Zeitplan fest.«

»Darf ich dabei zusehen?«, fragte Martin.

»Warum nicht? Wenn du schon mal hier bist, kannst du dir dein Essen auch verdienen.« Abermals marschierte Fenton aus dem Messezelt.

Vor langer Zeit hatten die Türken eine Art von Straße zwischen Bani el Abbas und den Steilhängen der Hochebene entlang der Grenze Persiens angelegt. Auf den ersten sechzig Meilen kamen die motorisierten Kräfte schnell voran. Die Panzerwagen rumpelten voraus, und die Lastwagen folgten den Staubwolken. Die Soldaten auf den Ladeflächen hielten sich wegen der vielen Schlaglöcher so gut wie möglich fest.

Als die Straße an einem ausgetrockneten Flussbett endete, lenkte Fenton, der im ersten Panzerwagen saß, die Kolonne in die Wüste.

In der Abenddämmerung erreichten sie eine mit Geröll übersäte Ebene. Es sah aus, als hätte eine ungeheure Explosion vor Jahrmillionen ein Gebirge in die Luft gesprengt und die Einzelteile überall im Sand verteilt.

Die Kolonne machte halt, und die Soldaten stiegen von den Lastwagen und ließen sich ermattet auf den Boden fallen, bis die britischen Unteroffiziere und die Sergeanten der Punjabis ihre Männer wieder antrieben, weil sie noch die Zelte aufbauen und die Latrinen ausheben mussten.

Martin hatte sich von einem Captain der Lancashires Kleider und einen Tropenhelm und von dem Quartiermeister einen Rückenschutz geborgt. Steifbeinig ging er zu dem Panzerwagen, vor dem Fenton im Licht seiner Taschenlampe die Karte der Umgebung studierte.

»Diese Fahrt war wirklich höllisch, Colonel.«

Fenton sah ihn hämisch grinsend an. »Nicht wahr? Aber so bleibt uns ein anstrengender, viertägiger Marsch erspart. Hast du irgendwelche dauerhaften Schäden davongetragen?«

»Ich kann nur hoffen, dass meine Eier wieder dorthin fallen, wo sie hingehören. Wo sind wir genau?«

»Nicht mehr weit von unserem Ziel entfernt.« Er zeigte zu dem mit Geröll übersäten Ödland. »Die Dörfer des Scheichs liegen ungefähr zehn Meilen nördlich von hier. Wir marschieren noch vor Tagesanbruch los. Die Panzerwagen, die auf dem Terrain nicht weiterkommen, werden nach Osten fahren und unseren Freunden an der Biegung des Schatt den Weg abschneiden, falls sie nach Persien flüchten wollen.«

»Dann ist der Schatt also ein Fluss?«

»Nur in der Regenzeit. Jetzt ist es nur ein hübsches, flaches, trockenes Bett. Wir werden gegen neun im Hauptdorf sein, also gerade rechtzeitig, um vor dem Auftauchen der Flugzeuge alles zu umstellen.«

»Und dann?«

»Mein lieber Rilke, das ist eine Frage, auf die es erst morgen eine Antwort geben wird.«

Zehn Mann mit einem MG blieben zur Bewachung ihrer Lastwagen zurück. Die anderen, ein gemischter Trupp aus Lancashires und Punjabis, machten sich bei Tagesanbruch auf den Weg. Die Soldaten hatten nur ihre Gewehre, Patronengürtel und zwei Kanister mit gechlortem Wasser dabei. Und die fünf Funker die Funkausrüstung, Batterien und eine beinahe sieben Meter lange Bambusstange für das Kabel. Es war noch kühl, und sie erreichten um halb neun die steilen Ufer des trockenen Schatt. Aus Erfahrung war dies der beste Zeitpunkt, weil die Araber traditionell die Morgendämmerung zum Angriff nutzten. Sobald die Sonne hoch am Himmel stand, ließ ihre Wachsamkeit erheblich nach.

Fenton lag im harten Gras und beobachtete Scheich Ali Gharbis Hauptdorf. Dann gab er Martin das leistungsstarke Fernglas.

»Sag mir, was du siehst.«

Oberhalb des Flussufers erstreckten sich auf einer Länge von vielleicht vierhundert Metern Lehmhütten und schwarze Stoffzelte. Mindestens zweihundert Kamele humpelten mit Fußfesseln herum, eine riesengroße Schaf- und Ziegenherde (sicher an die tausend Stück) und Scharen halbnackter Kinder schwärmten durch das Dorf, während Frauen in dunklen Gewändern um den Brunnen standen oder die Feuer vor ihren Hütten in Gang hielten. Die Männer, die fast ausnahmslos Gewehre über ihren Schultern trugen, schlenderten in kleinen Gruppen umher, einige unterhielten sich gestikulierend vor einem großen Zelt.

»Dörfliches Treiben«, sagte er und gab Fenton den Feldstecher zurück. »Kommt dir irgendetwas ungewöhnlich vor?«

»Allerdings, die Kurden. Man erkennt sie an ihrer Kopfbedeckung, den Kolas. Kurden tauchen nur auf, wenn sie dem Scheich etwas bringen, nämlich Gewehre. Es stellt sich nur die Frage, wie viele.« Er sah auf seine Uhr. »In einer Viertelstunde müsste Fam hier sein. Also fangen wir am besten langsam an.«

Er zog eine Messingpfeife aus der Tasche, rappelte sich auf und stieß drei schrille Pfiffe aus. Die Dorfbewohner waren wie gelähmt, als die britischen und indischen Soldaten sich erhoben und vom Dorf aus vor dem hellen Horizont deutlich zu sehen waren. Der *subador-major* der Punjabis trat auf den Weg, der in die Siedlung führte, und schwenkte ein am Ende seiner Waffe festgemachtes weißes Tuch.

»Willst du uns begleiten?«

Martin nickte vehement. »Schließlich will ich darüber schreiben.«

Der Offizier der Inder ging voran, und Fenton, Martin und die Funker folgten ihm. Sie gingen an den Arabern vorbei, die sie ängstlich und hasserfüllt anblickten, und als sie das Zelt des Scheichs erreichten, wies Fenton die Funker an, ihre Geräte aufzustellen.

Der Offizier der Inder ließ die Waffe sinken. »Nun, Colonel, Sahib?«

Immer noch versperrten ein paar Araber den Zelteingang, und mit einem strengen Blick in ihre Richtung trug ihm Fenton auf: »Sagen Sie den Männern, dass ich mit Scheich Ali Gharbi sprechen will. Und sie sollen sich beeilen, ansonsten rufe ich die fliegenden Maschinen.«

Während der *subador* die Worte übersetzte, schlossen die Funker ihren Radiotelegrafen an die Batterien in den Ledertaschen an und machten das Antennenkabel an der Bambusstange fest. Dann setzte sich einer auf den Boden, setzte den Kopfhörer auf und führte einen Test durch.

Fenton tippte ihm leicht auf die Schulter. »Senden Sie Code HQS und MTB.«

Die Araber kannten das klickende Geräusch bereits aus der Zeit, als die Türken über sie herrschten, und wussten, was das hieß, noch mehr Soldaten kämen in ihr Dorf. Normalerweise kletterten sie auf die Leitungsmasten und kappten die Kabel, um die Kommunikation zu unterbinden. Doch die moderne Radiotelegrafie rief bei ihnen Bestürzung hervor, denn es gab keine Kabel, die man hätte durchtrennen können. Und obwohl das Kabel an der Bambusstange nirgends hinzuführen schien, machten sie, noch während sie dem Funker mit großen Augen zusahen, das entfernte Dröhnen von Motoren aus.

Scheich Ali Gharbi protestierte laut, als er aufgrund des steifen Knies, einer alten Kriegsverletzung, aus dem Zelt humpelte. Die kleinen schwarzen Augen in dem ledrigen Gesicht funkelten vor Zorn und sahen wie glühende Kohlestücke aus.

»Er meint, sie hätten nichts getan«, sagte der *subador*, »und sich mit Wort und Tat an den Vertrag gehalten.«

»Sagen Sie ihm, dass er wie ein Buddhoo lügt«, sagte Fenton. »Ich weiß, dass hier im Dorf mehr Munition und mehr Gewehre sind, als der Vertrag erlaubt. Sagen Sie ihm, dass die fliegenden Maschinen Bomben auf die Zelte fallen lassen, wenn er uns nicht zeigt, wo er das Zeug versteckt.«

Die Dorfbewohner stoben panisch auseinander, als sie oberhalb der Hügel neun silberne Doppeldecker sahen. Die Maschinen flogen in drei V-förmigen Wellen tief über die Sanddünen hinweg.

Der Funker hob die Hand. »Eine Nachricht von den Fliegern, Sir. Codes HGL und KDS.«

Fenton zog ein schlankes Büchlein aus der Brusttasche der Jacke und ging eine Liste durch.

»Schicken Sie eine Bestätigung, und fügen Sie Code QLP hinzu.«

»Was bedeutet das?«, erkundigte sich Martin.

»Dass sie kreisen und ins Blaue feuern sollen. Damit die Schurken merken, dass wir es tatsächlich ernst meinen.« Er funkelte Scheich Ali Gharbi zornig an und sagte zu dem *subador*: »Sie können ihm sagen, ich hätte befohlen, die Maschinengewehre erst mal nur zu testen. Aber sagen Sie ihm weiter, dass er genau weiß, was mit seinem Volk passieren wird, wenn sie die Waffen auf die Dörfer richten.«

Die Bristol-Kampfflugzeuge machten einen Schwenk, kreisten kurz über dem Dorf und vollführten einen neuerlichen Schwenk. Die Schützen lenkten ihre Lewis Guns auf den Boden weit hinter dem trockenen Bett des Schatt. Nur das erste Flugzeug feuerte keine Salve ab, weil hinter dem Piloten ein Funker und kein Schütze saß. Dann lösten sich die anderen Flieger aus der Formation, die Leuchtspurmunition wirbelte dichte gelbe Staubwolken auf, und dicke Erdklumpen flogen durch die Luft. Die leeren Patronenhülsen fielen wie ein Messingregen auf das karge Land.

Der alte Scheich verfolgte das Geschehen wie in Trance. Dann ließ er sich stöhnend auf den Boden sinken und sprach mit erstickter Stimme mit dem *subador*.

»Die Gewehre und Patronen sind im Sand vergraben«, übersetzte der mit einem leisen Lächeln. »Zwischen den beiden weißen Felsen dort im Flussbett.«

»Gut«, erklärte Fenton knapp und sah den Funker an. »Senden Sie Code WQT.« Er entfernte sich vom Zelt. Als er dreimal in seine Pfeife blies, rannte sofort eine Truppe Lancashires mit über den Schultern hängenden Gewehren die Anhöhe hinunter.

»Sehen Sie die weißen Felsen dort im Flussbett ungefähr dreihundert Meter oberhalb des Dorfs?«, wandte sich Fenton an dem Korporal. »Markieren Sie die Stelle mit Rauch, und dann hauen Sie so schnell wie möglich ab.«

Die Flieger zogen weiter ihre Kreise und hoben sich wie träge Silberfalken von dem leuchtend blauen Wüstenhimmel ab. Nachdem die Rauchkanister angezündet worden waren, gingen die Soldaten umgehend in Deckung, und die Flieger schossen auf die Stelle und warfen ihre Bomben in die Rauchsäulen hinein. Es ertönte eine laute Explosion, und in einer schwarz-rötlichen Wolke stoben Sand und die Fragmente der geborstenen Holzkisten und der Gewehre auf. Und während Martin eifrig mit seiner kleinen Kodak Bilder machte, peitschten unzählige Schüsse den steinharten Grund des eben noch so ruhigen Flussbetts auf.

Fenton sah noch einmal in sein kleines Buch. »Was zum Teufel ist der Code für ›Gut gemacht‹ und ›Fliegt zurück‹?«

»VLK und PVW«, erklärte ihm der Funker.

»Schicken Sie die beiden Codes, und rufen Sie Lieutnant Baxter an und sagen ihm, dass er die Panzerwagen abziehen kann.« Er legte den Arm um Martins Schultern und sah ihn mit einem breiten Grinsen an. »Das war's schon, alter Junge. Jetzt stochern wir nur noch etwas in dem Flussbett, um zu gucken, ob auch sämtliche Gewehre hochgegangen sind, und dann geht es schnurstracks zurück zum Stützpunkt, wo es endlich wieder kaltes Bier und halbwegs anständige Betten gibt. Ich hoffe, dass wir dir etwas geboten haben, worüber du schreiben kannst.«

»Ein paar Sätze fallen mir dazu gewiss ein.«

»Vielleicht könntest du daran denken, in deinem Artikel anzumerken, dass die Araber zwar sehr wütend, aber noch am Leben sind. Das interessiert vielleicht ein paar von deinen sanftmütigen Lesern.«

»Ja«, erwiderte Martin. »Das interessiert sie ganz bestimmt.«

Der *Daily-Post*-Flieger schnitt durch die trägen Wellen des Nil und stieg über Kairos Dächern in den Himmel auf.

Außer Martin waren nur noch der *Post*-Berichterstatter für Ägypten, dessen Frau und ihre beiden Kinder, die in England Heimaturlaub machen wollten, mit an Bord, und Martin hatte eine ganze Sitzreihe für sich.

Er streckte sich bequem aus und ging in aller Ruhe die stenografierten Aufzeichnungen seiner Reise durch. Es würde ein guter und aufregender Artikel, und Kingsford würde mit dem Text, vor allem aber mit den Fotos des Soldaten vor dem Radiotelegrafen, höchst zufrieden sein. Das dämpfte vielleicht seinen Ärger, weil er gleichzeitig mit dem Artikel Martins Kündigung bekam. Außerdem hätte Jacob mit dem Text und der Kopie von Fentons Theorie über moderne Kriegsführung genug Material, um den Leuten in Whitehall klarzumachen, dass der werte Lieutnant Colonel Wood-Lacy zwar wahrscheinlich eine Nervensäge, aber ein viel zu origineller Kopf für einen derart unwichtigen Posten in der Wüste war.

»VLK«, beglückwünschte sich Martin leise. »Das hast du sehr gut gemacht.« Dann versuchte er, ein wenig über seine Zukunft nachzudenken, doch das Dröhnen der Motoren und das grelle Sonnenlicht machten ihn müde, sodass er schon nach wenigen Minuten tief und traumlos schlief.

12

Paul Rilke stand auf dem Promenadendeck des Cunard-Linienschiffs und hielt mit seiner pummeligen Hand seinen Homburg fest, damit der Wind ihn nicht von seinem Kopf riss. Es war ein strahlender Vormittag im Mai, der New Forest und die Hügel Hampshires waren in warmes Sonnenlicht getaucht, und der blaue Solent schimmerte. Er machte ein paar tiefe Atemzüge und dehnte seine breite Brust, marschierte flott über das Deck und ging auf einen morgendlichen Muntermacher aus Cognac und Alka-Seltzer in die Lounge.

Er war ein Mann, der auffiel. Allerdings nicht wegen seines Aussehens – er war fett und kahl und durchschnittlich groß –, sondern weil er das Auftreten eines erfolgreichen und selbstbewussten Geschäftsmannes hatte. Er war sechzig Jahre alt und strahlte die Bereitschaft aus, die fünfzig Millionen Dollar, die er besaß, noch zu verdoppeln. Vorsichtig nippte er an seinem Drink und bedauerte ein wenig, dass die Reise fast vorüber war. Aber er konnte sich ja auf die Rückfahrt freuen. Er liebte Ozeanüberquerungen – die Freiheit und den Spaß, das reichliche gute Essen und vor allem den Alkohol, die langen, amüsanten Pokernächte und die unvermeidlichen – aber durchaus erwünschten – Abenteuer. Er war seit dreiunddreißig Jahren verheiratet, doch nach Europa fuhr er jedes Jahr zweimal – und zwar allein. Denn seine Frau litt unter starker Seekrankheit, wofür er dem Allmächtigen von Herzen dankte.

Er ging zurück in seine Suite und stieß dort auf seine nächtliche Bekanntschaft, immer noch halb bekleidet. Außer aufreizenden schwarzen Spitzen-Strapsen trug sie nur ein kurzes, durchsichtiges Hemd, aus dem eine ihrer großen, festen Brüste mit den malvenfarbenen Nippeln quoll. Sie war höchstens fünfundzwanzig Jahre alt und hatte sich als Gattin eines portugiesischen Gesandten vorgestellt. Ihre sexuelle Raffinesse jedoch glich einer professionellen Abenteurerin, deren erstklassige Dienste er auf der Transatlantikroute sicher nicht als Erster in Anspruch nahm. Er hatte einen Blick für diese Art von Frau und hatte auf den Fahrten niemals auch nur eine Nacht allein verbracht.

»Tut mir leid, dass bereits Land zu sehen ist.« Die junge Frau zog einen Schmollmund. »Ich bedauere zutiefst, dass unsere schöne Zeit vorüber ist.«

»Ich auch, Süße.« Als er sich auf die Bettkante setzte und ihr ein Zeichen gab, schob sie sich eifrig wie ein Spaniel auf seinen Schoß. Er streichelte kurz ihre nackte Brust, bevor er ihr in den Nippel kniff.

»In meiner Manteltasche steckt etwas für dich, Schätzchen. Ein kleines Souvenir.«

Nachdem die Frau verschwunden war, ging er ins Bad, wusch sich den Lippenstift aus dem Gesicht und strich sich sorgfältig die Kleider glatt. Er seufzte wohlig auf. Normalerweise war er seiner Gattin treu. Anders als so viele Männer aus dem Union Club hatte er in Chicago keine kleine Zuckerpuppe. Auf hoher See jedoch waren seine hehren Maßstäbe außer Kraft gesetzt.

Als er über die Gangway ging, machte er Martin in der Menschenmenge aus.

»Es ist wirklich nett von dir, dass du mich abholst.«

»Das mache ich doch gerne, Onkel Paul.«

Paul hatte nicht allzu viel Gepäck dabei, und mit der Unterstützung eines Trägers machte Banes den Schrank- und einen Lederkoffer auf dem Halter hinten auf dem Wagen fest.

»Kurz vor meiner Abreise sind plötzlich deine Tante Hanna und dein Onkel Tony in Chicago aufgetaucht.« Paul quetschte sich mühsam auf die Rückbank des Rolls-Royce. »Sie waren auf dem Weg nach Kalifornien. Soweit ich verstanden habe, ist bei Alexandra Nachwuchs unterwegs.«

»Das stimmt«, erklärte Martin und nahm neben seinem Onkel Platz. »Sie ist im sechsten Monat.«

»Kümmerst du dich währenddessen um Abingdon?«

»Ich bin währenddessen dort zu Gast. Ich schreibe an einem neuen Buch, und in London ist es lange nicht so friedlich wie hier draußen auf dem Land. Außerdem genieße ich die Gesellschaft von Charles.«

Paul zog eine Zigarre aus der Tasche, biss die Spitze ab und spuckte sie gleichmütig aus dem Fenster. »Ich habe deinen Exboss in New York gesehen. Ich habe in sein Radioimperium investiert. Er kann noch immer nicht verstehen, weshalb du deinen Job gekündigt hast. Also, warum hast du das getan?«

»Ich bin mir nicht ganz sicher. Vielleicht war ich diese Arbeit einfach leid.«

»Und wovon lebst du jetzt?«

»Von meinen Ersparnissen und den Artikeln, die ich ab und zu verkaufe.«

»Warum arbeitest du nicht für mich? Ich brauche jemanden in Deutschland, dem ich blind vertrauen kann.«

»Danke, aber nein. Klingt nach einer guten Aufgabe für Karl.«

Schnaubend zündete sich Paul seine Zigarre an. »Ich würde meinem Sohn nicht einmal zutrauen, dass er mir eine Zeitung holt. Mein Gott, dabei war er in Yale! Ich habe diese Niete in die Marketingabteilung unserer Metallwerke gesteckt. In die Küchenherdabteilung, weil er dort kaum was vermasseln kann.« Er paffte an seiner Zigarre und sah Martin aus zusammengekniffenen Augen an. »Du interessierst dich nicht für Geld, nicht wahr?«

»Nein.«

»Wie der Vater, so der Sohn. Willie war genauso. Als wir Kinder waren, hat Papa jedem von uns einmal in der Woche fünfzig Cent gegeben. Ich habe jedes Mal die Hälfte beiseitegelegt, und immer wenn ich fünf Dollar zusammenhatte, habe ich bei Papas Börsenmakler Aktien gekauft. Willie hat seinen halben Dollar immer innerhalb von einem Tag verpulvert.«

»Tja, so kann es gehen«, entgegnete Martin lahm.

Leider sprach Onkel Paul, wenn sie zusammen waren, früher oder später über die vergangenen Zeiten. Irgendetwas fiel ihm dazu immer ein. Martin blickte aus dem Fenster, während der Rolls-Royce mit leisem Brummen durch Southampton fuhr. Der unbeschwerte William Frederick Rilke – diesem Mythos hingen sowohl Paul als auch die gute Hanna nach. Der unkonventionelle Bruder, der sein Erbe fortgeworfen hatte, um als Maler in Paris zu leben. Martin hingegen erinnerte sich an einen grüblerischen Mann mit einem gelben Bart, der wie Rauch und Schatten in der Wohnung in der Rue Lepic erschienen und wieder verschwunden war. Und jetzt lag er in einer abgetrennten, für Selbstmörder reservierten Ecke auf dem Friedhof von Montmartre.

Doch auch der Onkel Paul von heute war ein völlig anderer als der schlanke, junge Mann, der in jenem Winter 1898 nach Paris gekommen war und seiner Mutter angeboten hatte, mit dem Sohn zu ihnen nach Chicago umzuziehen. Sie hatte zugestimmt, obwohl ihr Englisch kaum der Rede wert gewesen war, und einen Neuanfang in einem für sie fremden Land gewagt. Paul war nett und großzügig gewesen, hatte ihr ein kleines Haus gekauft, und selbst nachdem sie als Madame René, Modistin aus Paris, bescheidene Einkünfte hatte erzielen können, ihr jeden Monat eine kleine Rente ausbezahlt. Martin finanzierte er das Studium an der Universität und gewährte ihm nach dem Tod der Mutter Unterschlupf in einem seiner Häuser in North Side. Martin war dem Mann also aus vielen Gründen dankbar, und obwohl sie sich praktisch in keiner Sache jemals einigen konnten, hatte er ihn wirklich gern.

In Godalming zweigte von der Hauptstraße die deutlich kleinere, gewundene Straße nach Abingdon ab.

»Abingdon Hall«, sagte Paul. »Ich erinnere mich noch genau daran, als ich das Haus zum ersten Mal gesehen habe. Ich war mit dem alten Herrn zu Hannas Hochzeit angereist. Jessie und ich waren damals frisch verheiratet, und sie hat in dem Jahr zum ersten und zum letzten Mal den Atlantik überquert. Ihr war während der gesamten Hin- und Rückfahrt hundeelend.

Ich sage dir, Martin, es gab auf Gottes schöner Erde niemals jemanden, der geiziger gewesen wäre als dein Großvater. Ich habe mich für diesen Menschen abgerackert – habe zwei der Brauereien allein geführt –, und trotzdem hat er mir pro Woche gerade einmal fünfzig Dollar Lohn bezahlt. Jessie und ich lebten damals mit ihm in diesem großen, alten Kasten in der Prairie Avenue, der bereits abgerissen wurde, bevor du geboren warst. Und von meinem Lohn hat er mir jede Woche noch einmal die Hälfte für die Miete und das Essen abgeknöpft. Oh, er konnte wirklich schwierig sein, der alte Mann. Einen solchen Kerl gibt es kein zweites Mal. Hanna war die Einzige, der gegenüber er je großzügig gewesen ist. Sie brauchte nur die Hand zu öffnen, und schon hat er eine Goldmünze hineingelegt. Deiner Tante Jessie ist das furchtbar sauer aufgestoßen.

Aber was ich eigentlich sagen wollte: Damals kamen wir in England an, wurden von einer Kutsche mit zwei hübschen Pferden und livrierten Pagen abgeholt, und Jessie hat vor Wut gekocht. Ich meine, ihr Mann bekam pro Woche gerade einmal fünfzig Dollar ausbezahlt, von denen er die Hälfte gleich wieder zurückgegeben hat – und ihre Schwägerin, die sie nie wirklich gemocht hatte, würde die Frau von einem Adligen, der sie von einer eleganten Kutsche mit livrierten Pagen abholen ließ. Und als sie das Haus erblickte, hat sie nur noch mehr gekocht. Wir hatten zu Hause gerade mal drei Zimmer. Drei winzige Zimmer in einem maroden Haus, das eher einer Scheune glich, und Hanna würde die Herrin über ein verdammtes Schloss!

Aber wie dem auch sei, der alte Herr wies auf das Haus und erklärte in seinem verdrehten, jämmerlichen Englisch, dass er glücklich sei, weil die liebe Hanna die Frau eines Edelmannes werde, aber er könne nicht verstehen, weswegen der alte Earl vor seinem Tod sein ganzes Geld für dieses Anwesen vergeudet habe. ›Du meinst, er ist bankrott?‹, fragte darauf Jessie hocherfreut. ›Oh, ja, ja‹, hat unser alter Herr ihr zugestimmt und stolz geschrien: ›Aber immerhin bringt Hanna eine Mitgift über eine Million Dollar mit in die Ehe!‹

Martin, ich schwöre bei Gott, ich dachte, Jessie trifft der Schlag. Und ich kann dir sagen, eine Million Dollar waren damals noch viel mehr als heute. Arme Jessie. Diesen Schock hat sie niemals verwunden. Ich glaube, dass sie deshalb vierzehn Pelzmäntel und sieben Automobile besitzt und goldene Wasserhähne in sämtlichen Badezimmern unseres Hauses hat anbringen lassen. Die Geschichte hat sie irgendwie um den Verstand gebracht.«

Nach einem spektakulären Schuss über mehrere Bande lehnte Charles sich gleichmütig auf seinen Billardstock.

»Weißt du, Martin, Onkel Paul gefällt mir irgendwie. Er hat einen solchen Lebenshunger – und vor allem steht er rundheraus dazu, wie wichtig ihm sein Reichtum ist. Das finde ich erfrischend. Heutzutage fühlen sich die meisten Männer irgendwie genötigt, für ihren Wohlstand durch den Bau von Heimen für schwangere Fabrikarbeiterinnen oder etwas in der Richtung Abbitte zu leisten. Aber ich kann mir nicht vorstellen, dass Paul von seinem Reichtum jemals auch nur einen Cent abgibt.«

Martin dachte über den nächsten Stoß nach. »Nun, ihm gehört seit zwanzig Jahren das schlechteste Team der ganzen Baseball-Liga. Aus der Sicht der Spieler sicherlich eine gute Tat. Baseball wird in Amerika von vielen ausgeübt.«

»Davon habe ich gehört«, erwiderte Charles lakonisch und verfolgte, wie der Stoß des Freundes himmelweit danebenging. »Wogegen man Billard dort anscheinend eher selten spielt.«

»Ich war mal wirklich gut. Nur habe ich anscheinend irgendwie den Blick dafür verloren.«

Charles rieb seinen Stock mit Kreide ein. »Er will, dass du für ihn arbeitest.«

»Ich weiß. Was hat er darüber zu dir gesagt?«

»Er hat eine ziemlich große Spende für die Schule angeboten – wenn es mir gelingt, dir klarzumachen, dass der Eintritt ins Familienunternehmen auch für dich das Beste ist. Der Vorschlag hat mir zugesagt. Mit Wohltätigkeit hat er natürlich nicht im Entferntesten etwas zu tun.«

»Ich nehme an, die Schule könnte das Geld gut gebrauchen.«

»Allerdings. Trotzdem können wir auch ohne diese Spende

überleben. Aber warum will er überhaupt, dass du in seine Firma kommst?«

Martin stellte seinen Billardstock in das Regal, schlenderte hinüber an die Bar und schenkte sich einen Whiskey ein.

»Weil er mir gegenüber immer etwas wie ein schlechtes Gewissen hat. Wegen des Erbes. Ich war – ach, ich weiß nicht – fünf, sechs Jahre alt, als Großvater Rilke starb. Von seiner Existenz wusste ich gar nichts, weil mein Vater seine Familie nie mit einem Wort erwähnt hat. Meine Mutter hat mir viel später erzählt, dass meinem Vater erst bewusst wurde, dass er enterbt worden war, als er von einer Chicagoer Kanzlei einen Scheck über einen Dollar zugeschickt bekam. Er hat ihn eingelöst und sich betrunken. In jener Zeit war das mit einem Dollar offenbar noch möglich.

Paul hat sehr viel gewonnen dadurch, dass mein Vater nichts bekommen hat. Denn beim Tod des alten Rilke fiel ihm auch der Anteil seines Bruders zu. Plötzlich besaß er zwei Drittel des Familienvermögens, während das letzte Drittel an die kleine Schwester ging. Ich nehme an, das war durchaus gerecht, schließlich hatte Paul sich schon seit Jahren in dem Unternehmen engagiert. Abgesehen von ein paar kleinen Schecks, um uns zu unterstützen, hätte er nach Vaters Tod auch einfach ignorieren können, dass es mich und meine Mutter gab, aber er kam nach Frankreich und hat uns nach Amerika zurückgeholt. Hat sich dort sehr gut um uns gekümmert und mir, abgesehen von einem Anteil am Erlös des Unternehmens, nie etwas verwehrt.«

»Und jetzt will er, dass du in das Familienunternehmen einsteigst. Glaubst du, dass er dich als potenziellen Erben sieht?«

»Ich weiß nicht. Vielleicht etwas in der Art. Karl ist eine Null. Ein arroganter Laffel, der anstelle eines Hirns ein Vakuum im Kopf hat.«

»Ich kann mich undeutlich an ihn erinnern. Im Sommer vor dem Krieg kam er auf dem Weg nach Deutschland einmal kurz bei uns vorbei. Rauchte Pfeife und lief immer nur in einem Yale-Pullover rum.«

Martin kippte etwas Sodawasser in sein Whiskeyglas und lehnte sich gegen die Bar. »Ich bin kein Geschäftsmann, und das weiß mein Onkel auch.«

»Vielleicht bist du kein Geschäftsmann, alter Knabe, aber du bist ein intelligenter Mann, der obendrein hervorragend organisieren kann. Gewinner des Pulitzer-Preises und Leiter der zweitgrößten Nachrichtenagentur der Welt.«

»Exleiter«, verbesserte der Freund.

»Du hast freiwillig gekündigt. Sie haben dich nicht rausgeworfen, weil du die Bücher manipuliert oder deiner Sekretärin in den Allerwertesten gekniffen hast. Jedes Unternehmen mit geschäftlichen Interessen auf dem Kontinent würde dich mit Kusshand nehmen. Ich hoffe, du verzeihst mir, wenn ich sage, dass du allzu oft dein Licht unter den Scheffel stellst.«

Nachdenklich trank Martin einen Schluck von seinem Whiskey-Soda und sah Charles über den Rand des Glases hinweg an. Dann nahm er einen letzten großen Schluck und stellte es auf den Tisch.

»Das sagt gerade der Richtige. Ich verfolge jeden Morgen, wie du dich auf deine alte Mähre schwingst und dich, einen Leinenbeutel voller Bücher über der Schulter, auf den Weg nach Burgate machst. In einer abgewetzten Cordhose und einem löchrigen Pullover. Du – ein Viscount, ein Gentleman und Gelehrter – streichst nicht irgendwelche Lorbeeren in Whitehall ein, sondern gibst einem Haufen Kinder Unterricht in Poesie. Und weißt du, wie du aussiehst, wenn du losreitest? Zufrieden. Und das bin ich auch. Ich will weder reich werden noch das Rilke'sche Imperium übernehmen, wenn der gute Onkel Paul einmal den Löffel abgibt.«

»Dann würde ich ihm das auch möglichst deutlich zu verstehen geben, Martin. Denn ich denke nicht, dass er sich vorstellen kann, dass einem Menschen nicht der Sinn nach Macht und Reichtum steht.«

»Das habe ich ihm schon gesagt, doch er hat einfach in die Luft gestarrt und gemurmelt: ›Wie der Vater, so der Sohn.‹ Also plagt ihn wohl noch immer das schlechte Gewissen, weil ihn Willie Rilkes Geist angrinst, wenn er mir gegenübersteht.«

Paul wirkte nicht, als würde er von Geistern heimgesucht, als er, seine Rauchwaren und eine Karaffe teuren Brandy griffbereit auf seinem Nachttisch, auf dem Bett saß und auf den Haufen Papiere blickte, der auf einem Knietablett auf seinen kurzen Beinen lag. Als Martin durch die Tür trat, hob er kurz den Kopf und sah ihn aus zusammengekniffenen Augen über seine Lesebrille hinweg an.

»Ich habe unter deiner Tür noch Licht gesehen«, fing Martin an. »Und da dachte ich, ich wünsche dir noch eine gute Nacht.«

»Das hast du doch bereits getan. Aber komm rein, nimm Platz, trink einen Brandy, und steck dir eine Zigarre an. Eines muss ich Tony lassen. Er hat, verdammt noch mal, den besten Weinkeller, den man sich wünschen kann.«

Lächelnd zog sein Neffe einen Stuhl neben das Bett. »Es überrascht mich, dass es dir gelungen ist, den alten Coatsworth dazu zu bewegen, dass er dir eine wirklich gute Flasche überlässt.«

»Oh, in diesen Dingen sind wir beide schon einer Meinung. Coatsworth hasst es nur, für Leute eine teure Flasche zu entkorken, die gar nicht erkennen, ob ihr Inhalt einfach trinkbar oder ausgezeichnet ist.« Er zündete sich selbst eine Zigarre an, und Martin schenkte sich ein Schlückchen von dem teuren Brandy ein. »Mit erstklassigen Weinen und mit erstklassigen Menschen kenne ich mich aus. Ich biete dir nicht aus Mitleid einen Posten an, Martin. Genauso jemanden wie dich brauche ich in Deutschland. Denn die Welt wird bald mit neuer Technik überschwemmt, und die Unternehmen, die ich leite, werden einen nicht geringen Anteil daran haben, weil sie von Radios bis zu Kühlwaggons für Eisenbahnen bald alles herstellen. Wenn du für mich arbeitest, mache ich dich in fünf Jahren zum Millionär. Das garantiere ich.«

»Daran zweifle ich nicht einen Augenblick. Aber offen gestanden, Onkel Paul, bin ich gar nicht so wild darauf, ein reicher Mann zu werden.«

»Du weißt selber, dass das blanker Unsinn ist. Jeder will reich werden.«

»Aber nicht unbedingt in deinem Sinn des Wortes. Die meisten Menschen sind bereits zufrieden, ob sie nun Häuser anstreichen oder Kolumnen für die *Times* verfassen. Und diese Art des Erfolgs habe ich bereits erlangt. Denn ich weiß, dass ich, wann immer ich will, zu jeder Zeitung und zu jedem Radiosender gehen kann.«

»Und bis dahin willst du faulenzen.«

»Wohl kaum. Das Schreiben eines Buchs hat nichts mit Faulenzen zu tun.«

»Und worum geht es in dem neuen Buch?«

»Um die politischen Umbrüche durch Versailles. Den Aufstieg des Faschismus und des Kommunismus in den Ländern Westeuropas und die Auswirkungen dieser Bewegungen auf die demokratischen Prinzipien.«

»Wie lange wirst du brauchen, bis du damit fertig bist?«

»Noch ungefähr ein Jahr.«

»Hältst du finanziell so lange durch?«

»Ja – mit der Unterstützung meiner Freunde.«

Stirnrunzelnd sah Paul seine Zigarrenspitze an, schnipste Asche auf die Bettdecke und wischte sie weg.

»Ich mache dir einen Vorschlag. Es wäre mir lieb, wenn du mit mir nach Deutschland kämst. Diese Reise ist wirklich wichtig für mich. Ich werde dir jetzt nicht erklären, warum, weil es ziemlich kompliziert ist und zu lange dauern würde. Erst mal sollte es genügen, wenn ich dir versichere, dass es für mich und meine Unternehmen um viel geht. Du hast die deutschen Rilkes nach dem Krieg gesehen, ich aber nicht. Ich habe von Vetter Friedrichs Schlaganfall gehört und dass sein Sohn Werner deshalb als Familienoberhaupt fungiert. Aber das ist auch schon alles, was ich weiß. Allerdings hat Hanna mir berichtet, dass du dich mit Werner angefreundet hast.«

»Werner respektiert mich, und ich habe Mitgefühl mit ihm. Weiter geht die Freundschaft nicht.«

»Wann hast du ihn zum letzten Mal gesehen?«

»Vor ungefähr zweieinhalb Jahren. Nachdem er endlich aus dem Krankenhaus entlassen worden war. Danach habe ich ihn und Carin, seine Frau, von Berlin nach Altenburg gefahren.«

»War es eine angenehme Fahrt?«

»Die Landschaft ist herrlich. Aber Werner hatte Schmerzen.«

»Was genau ist mit ihm los?«

»Während der Kämpfe 1918 bei Amiens hat er einen Bauchschuss abbekommen, und sie haben ihm den Großteil seiner Eingeweide rausgenommen.«

»Wie verbittert ist er?«

Martin schenkte sich den nächsten Brandy ein, und ein Lächeln huschte über sein Gesicht. »Er ist nicht gerade überglücklich, weil er beinahe in der Luft zerrissen worden ist.«

»Natürlich nicht. Aber das habe ich nicht gemeint. Ich will wissen, ob er deswegen vielleicht die Alliierten … die Amerikaner hasst.«

»Die gegnerischen Soldaten? Nein. Kaum jemand hasst die Männer, gegen die er gekämpft hat. Wie er den Friedensvertrag sieht, kann ich nicht sagen, ich habe ihn nie gefragt.«

Paul blies eine Rauchwolke zur Decke, während er sich nachdenklich gegen die Kissen sinken ließ.

»Das reicht. Ich nehme an, dass er wie fast alle Deutschen von Versailles nicht unbedingt begeistert war. Aber wenn ich deine Artikel richtig deute, scheinst auch du davon nichts zu halten.«

»Das stimmt.«

»Und Werner hat diese Artikel ohne Frage ebenfalls gelesen.«

»Falls er 1919 Leser der *Vossischen Zeitung* war.«

»Gehen wir einfach davon aus oder zumindest, dass er mitbekommen hat, dass du den Klauseln des Vertrages eher kritisch gegenüberstehst. Deshalb wird er dir wahrscheinlich vertrauen oder denken, dass du lautere Motive hast.«

»Von was für Motiven reden wir?«

»Rein geschäftlicher Natur, Martin.« Paul zeigte auf die Papiere auf dem Knietablett. »Ich habe bereits ein paar Vorschläge ausgearbeitet. Ich will den Rilkes und den Grunewalds eine Reihe von Patenten und Lizenzen abkaufen. Dafür lege ich gute, grundsolide Yankee-Dollar auf den Tisch. Weißt du, wie viel ein Dollar im heutigen Deutschland wert ist, Martin? Über zweihunderttausend Mark.« Wieder blies er eine Rauchwolke zur Decke und sah ihr hinterher. »Mein Gott, vor dem Krieg gab es für einen Dollar noch vier Mark und ein paar Pfennig. Und wenn der Wert der Mark jetzt noch weiter fällt, was wohl niemand verhindern kann, sind wir bis zum Sommer bei fünfhunderttausend angelangt. Durch das Geschäft mit mir würden unsere deutschen Vettern vor dem Bankrott bewahrt. Doch obwohl ich ihnen einen fairen Vorschlag machen werde – fünf Millionen Dollar, eingezahlt auf eine Bank und ein Konto ihrer Wahl –, habe ich ein bisschen Angst, dass sie nicht drauf eingehen werden … weil sie vielleicht denken, dass ich von ihrer Notlage profitieren will.«

»Willst du das denn nicht?«

Stöhnend schnipste Paul die Asche der Zigarre auf das Bett. »Natürlich, was wohl sonst? Aber ich bin ein reicher Profiteur, der in harter Währung zahlt. Und unter uns gesagt bin ich sogar bereit, bis auf acht Millionen hochzugehen. Das wäre keine Halsabschneiderei.«

»Nein, wahrscheinlich nicht.«

»Und wenn du mir helfen könntest, das Geschäft erfolgreich abzuschließen, wenn du mir den Weg bei diesen gottverdammten Junkern im Vorstand der Rilke-Werke ebnen würdest – wäre mir das fünfzig Riesen wert. Also geh ins Bett und denk darüber nach.«

Als Martin in seinem dunklen Zimmer lag, betrachtete er nachdenklich das zarte Muster, das das Mondlicht auf die Wände warf, und dachte über seinen Vetter Werner nach. Den Großteil des deutschen Zweigs ihrer Familie hatte er auf seiner ersten Deutschlandreise im August und im September 1914 kennen gelernt – als Kriegsberichterstatter des Chicagoer *Express.* So viele Deutsch-Amerikaner lasen dieses Blatt, dass der Verleger auch Berichte aus Deutschland haben wollte. Werner und sein Bruder Otto hatten ihn am Bahnhof in Berlin erwartet und mit ihm zusammen ihre Großtante, die 94-jährige Louise, Baronin Seebach, in ihrem großen Haus im Grunewald besucht, von dem aus sich ein wunderbarer Ausblick auf die Havel bot. Am nächsten Tag war es dann wieder nach Berlin gegangen. Zum Essen ins Adlon und dann in das angesagteste Lokal in der ganzen Stadt, in den Wintergarten in der Friedrichsstraße. Werner, genauso alt wie er, war ein unbeschwerter junger Mann, während der zwei Jahre ältere Otto ernst und eher zurückhaltend wirkte. Otto äußerte sich sorgenvoll und pessimistisch über den Krieg und war unglücklich, weil er als Reserveleutnant der Artillerie umgehend eingezogen worden war. Werner hingegen, ein Leutnant der Grenadiere, hatte regelrecht darauf gehofft, ins Feld zu ziehen, bevor der Krieg, wahrscheinlich spätestens an Weihnachten, vorüber war.

All das war lange her. Otto war nicht aus Verdun zurückgekommen, und sein Bruder Werner hatte seine Unbeschwertheit eingebüßt.

Auf der Überfahrt mit einem Dampfer des Norddeutschen Lloyd von Folkestone nach Hamburg war Paul Rilke schlecht gelaunt. Irgendwie fühlte er sich beleidigt, weil ihn Martin zwar begleitete, sich dafür aber nicht bezahlen ließ. Wie der Vater, so der Sohn, tat er die Sache dann aber mit einem Schulterzucken ab, weshalb er auf der Zugfahrt nach Berlin wieder in aufgeräumter Stimmung war. Er rauchte seine kostbaren Zigarren und erzählte Anekdoten von den deutschen Rilkes und den vielen anderen Familienmitgliedern, den Hoffman-Schusters, Seebachs und den Grunewalds. Martin hörte nur mit halbem Ohr hin, während die fruchtbaren Äcker, dichten Wälder und die blauen Seen Mecklenburgs an ihnen vorüberzogen. Einmal führte eine junge Frau mit einem Blumenkranz im Haar einen Schimmel über eine Wiese, ohne aufzublicken, als der Zug an ihr vorüberfuhr.

Ich liebe vergessene Flurmadonnen,
die ratlos warten auf irgendwen,
Und Mädchen, die an einsame Bronnen,
Blumen im Blondhaar, träumen gehn ...

»Was hast du gesagt, Martin?«

»Nur ein paar Zeilen eines Gedichts – über die Melancholie junger Mädchen mit Blumen im Haar. Dieses Land kommt mir unendlich traurig vor.«

Knurrend drehte Paul seine Zigarre zwischen den Lippen. »Wenn sie den Krieg gewonnen hätten, wären sie wahrscheinlich glücklicher. Aber das ist nun mal der Preis für den Überfall auf Belgien.«

Als sie in Berlin ein Taxi nahmen, kamen Martin die Berliner, die sie auf dem Boulevard Unter den Linden sahen, durchaus zufrieden vor. Die Cafés und teuren Läden waren gut besucht, und in der eleganten Eingangshalle des Berliner Bristol Hotel entdeckte er keine Anzeichen von Armut oder Traurigkeit. Aber auch wenn Paul dafür blind war, wusste Martin, dass der Schein trog.

Hinter den hellen Lichtern und den grünen Linden, hinter der Fassade eleganter Bars und Restaurants entlang der Prachtstraße Kurfürstendamm, in den halb verfallenen Mietskasernen in Neukölln und am Nollendorfplatz lauerte die Angst. Doch die ausgedehnte Stadt aus grauem Stein mit ihren grauenhaften Hohenzollern-Monumenten bestand nicht nur aus Eisen, Bronze und Granit. Auf der anderen Seite des Brandenburger Tors mit den dorischen Säulen, den riesigen Pferden und dem Streitwagen gelangte man in den mit prächtigen Kastanien bepflanzten Tiergarten. Die Vögel zwitscherten, während in der Mauerstraße eine Drehorgel einen Walzer von Strauß spielte.

Sie geben sich nicht ganz geschlagen, dachte Martin, als er aus dem Fenster im vierten Stock sah. Die Bewohner dieser Stadt verstanden es, die Dinge so zu nehmen, wie sie kamen, und selbst bei den größten Katastrophen ließ sie ihre typische »Berliner Schnauze« nicht im Stich. Dies war das New York Europas, vorlaut, stolz und voll Verachtung für die Deutschen, die das Pech hatten, dass sie woanders lebten – ein prächtiger Schmelztiegel für Menschen und Ideen. Unten auf der Straße boten junge Arbeiter in abgerissenen Kleidern neben jungen Männern in verblichenen Uniformen das Kommunistenblatt *Die rote Fahne* und den *Völkischen Beobachter*, ein primitives Münchner Machwerk mit dem großspurigen Untertitel *Kampfblatt der national-sozialistischen Bewegung Großdeutschlands,* an. Die Polizei bemühte sich, sie von Hotel- und Restauranteingängen fernzuhalten, während sie die Gassenjungen ignorierte, die wie kleine Spatzen durch die Gegend flatterten und den Passanten schlecht kopierte Werbezettel von verschiedenen Lokalen überreichten, die für Menschen jeder sexueller Orientierung offen waren.

Berlin!

Als Martin in der Eingangshalle aus dem Fahrstuhl stieg, sah er, dass Werner steif auf einem Stuhl mit hoher Lehne neben einer Palme saß. Durch den schwarzen Anzug und das blütenweiße Hemd wurde seine gespenstische Zerbrechlichkeit noch verstärkt. Sein schmales, scharf geschnittenes Gesicht war kreidebleich. Als er Martin sah, stand er auf.

»Schön, dich zu sehen, Martin«, sagte er mit warmer Stimme. »Das meine ich ernst.«

Martin ergriff seine ausgestreckte Hand. »Ich freue mich auch.«

Werner sah sich in der Eingangshalle um. »Wo ist Paul?«

»Ich nehme an, dass er noch mit seinen Manschettenknöpfen kämpft. Aber er taucht sicher jeden Moment auf. Möchtest du was trinken?«

»Nichts lieber als das, mein alter Freund, aber Alkohol ist mir leider verwehrt. Manchmal denke ich an Vaters Weinkeller und breche fast in Tränen aus.«

»Wie fühlst du dich?«

Werner stützte sich schwerfällig auf die Stuhllehne. »Gott sei Dank habe ich keine Schmerzen mehr. Aber ich sehe aus wie ein Laternenpfahl.«

»Nun, du bist sehr dünn, aber du nimmst gewiss wieder zu.«

»Ich wüsste nicht, wie ich das schaffen soll. Ich habe einen Darm wie ein Kanarienvogel.« Ein Schatten huschte über sein Gesicht, doch dann fuhr er lächelnd fort: »Genug von mir geredet. Ich war überrascht und hocherfreut, als Paul telegrafierte, dass du ihn begleiten würdest. Ich hoffe doch, du bist nicht nur geschäftlich hier?«

»Nein. Auch wenn ich Paul natürlich helfen soll.«

»Das habe ich mir schon gedacht. Zu Vater und zu Onkel Theodor habe ich gesagt: ›Vetter Paul bringt einen Botschafter des guten Willens mit.‹«

»Ich hoffe, dass dich das nicht stört.«

»Warum sollte mich das stören? Aber Paul hätte sich keine Sorgen machen müssen, weil ich hoffe, dass aus diesem Geschäft etwas wird. Die Lage hat sich nämlich noch verschlimmert, seit er in Chicago aufgebrochen ist. Die Truppen der Franzosen und der Belgier haben unsere Fabriken in Essen und Duisburg besetzt, und die Mark geht unter wie ein Nichtschwimmer, der ohne Rettungsring ins Wasser fällt. Deshalb kann ich mir nicht vorstellen, dass mein Vater oder meine Onkel Schwierigkeiten machen werden, solange Pauls Scheck gedeckt ist.«

»Dann bin ich offensichtlich umsonst hierhergekommen.«

»Arbeitest du jetzt für Paul?«

»Nein. Er wollte meine Hilfe, und ich hatte das Gefühl, dass ich ihm etwas schuldig bin.«

Werner legte den Arm um Martins Schulter. »Mein Gott, das ist eins der Dinge, die ich so an dir bewundere, Martin. Wenn das wahr ist, was man sich in der Familie erzählt, dürfte ja wohl eher er dir etwas schuldig sein. Aber du hast deinen eigenen Ehrenkodex, stimmt's? Ein ganz eigenes Ehr- und Pflichtgefühl. Du bist ein echter Deutscher!«

In dem luxuriösen Haus von Friedrich Ernst war von den harten Zeiten nichts zu spüren. Die eleganten Gärten und der Wald, die den barocken Bau umgaben, wurden durch das Licht erhellt, das durch die unzähligen Fenster fiel. Elegant gekleidete Diener in Uniform empfingen in der Einfahrt die Gäste.

Obwohl offiziell Paul Rilke Ehrengast der großen Feier war, kamen mindestens die Hälfte der Gäste wegen Martin. Selbst nach dem Kriegseintritt Amerikas im Jahr 1917 hatten viele deutsche Zeitungen auch weiter Martins Reportagen von den Kämpfen abgedruckt. Hatten sie aus schwedischen und holländischen Blättern übernommen und ohne Erlaubnis der *Associated Press* einfach ins Deutsche übersetzt. Und nach dem Krieg hatten die Zeitungen seine Artikel zu Versailles herausgebracht, und das *Berliner Tageblatt* hatte ihn gar als »unparteiischen und ehrenwerten Mann«, als »mitfühlenden Freund des deutschen Volks in dieser Stunde der Verzweiflung« tituliert.

Wie sein Vetter Paul war Friedrich Ernst eine stattliche Erscheinung, aber seit dem Schlaganfall 1918 war er halbseitig gelähmt und saß im Rollstuhl. Das Sprechen fiel ihm schwer, und wenn er etwas sagte, tropfte Speichel aus dem Mundwinkel. Nachdem er pflichtbewusst die Gäste in der großen Eingangshalle begrüßt hatte, ließ er sich von einem Diener im weißen Frack mit dem Fahrstuhl in seine Gemächer in der oberen Etage bringen.

Werner legte die Hand auf Martins Arm und sagte: »Ich werde an Vaters Stelle die Rolle des Gastgebers übernehmen. Und unsere Geschäfte leite ich inzwischen auch – obwohl das bei Weitem nicht so unterhaltsam ist. Ich finde die Arbeit sterbenslangweilig, vor allem, da die Geschäfte praktisch ruhen. Heutzutage wird in Deutschland nur noch spekuliert. Ein wunderbares Spiel, das allerdings den Reichen vorbehalten ist. Ich warne dich. Das Einzige, was du von unseren Gästen hören wirst, ist, wie reich sie durch die Inflation geworden sind. Du wirst hier kaum jemanden treffen, der nicht alte Schulden mit der wertlosen, vollkommen aufgeblähten Mark beglichen oder Immobilien so gut wie umsonst erworben hat. Denn nachdem sie auf die Häuser eine kleine Anzahlung geleistet haben, als die Mark noch grundsolide war, zahlen sie den Rest erst jetzt. Sehr clever. Sie tauschen Hunderttausende von Mark gegen ein Mehrfamilienhaus, während der arme Verkäufer sich von all dem Geld nicht mehr als ein belegtes Brot und, wenn er Glück hat, vielleicht noch eine Tasse Kaffee leisten kann. Und das ist vollkommen legal, so steht es im Vertrag. Und wir Deutschen sind ein durch und durch gesetzestreues Volk.«

»Aber sicher leiden doch die Reichen ebenfalls …«

»Unter der Inflation? Sie häufen Waren und Immobilien für die Zukunft an. Sie brauchen nur etwas zu verkaufen, eine Statue, ein Bild, und bekommen dafür Schweizer Franken, Pfund oder US-Dollar. Ich kann dir ein Bürogebäude in der Leipziger Straße direkt gegenüber dem berühmten Kaufhaus

Wertheim zeigen, das für hunderttausend Pfund zu haben ist. Dafür lohnt es sich doch, einem Fabrikanten in Birmingham, der im Krieg viel Geld gescheffelt hat, ein oder zwei Bilder zu verkaufen, oder etwa nicht?«

»Und was ist mit den Leuten, die nichts zu verkaufen haben?«

»Die verhungern«, antwortete Werner zynisch.

In seinem Haus hingegen bekam man Gänsebraten und ein halbes Dutzend Fleischgerichte vorgesetzt. Diener in blauen Jacken mit glänzenden Messingknöpfen eilten mit dampfenden Platten und Terrinen und einer unendlichen Auswahl teurer Weine hin und her. Während Martin sich bedächtig die köstlichen Bissen in den Mund schob, sprach die große, blonde Frau neben ihm, wie von Werner prophezeit, fröhlich von dem glänzenden Geschäft aufgrund der Inflation. Sie hatte eins ihrer Benz-Automobile gegen harte Gulden einem holländischen Unternehmer überlassen und von diesem Geld ein Haus in Wilmersdorf gekauft, und zwar »für den Bruchteil seines tatsächlichen Werts«.

Doch was war ein Haus in einem Land, das vollkommen verrückt geworden war, tatsächlich wert?

»Die Lage wird sich bald beruhigen«, sagte Martins Gegenüber. »Sie werden sehen. Der Staatskasse wird das Papier zum Drucken ausgehen, und dann ist die Inflation vorbei!«

Ein großer, ernster Mann mit einem grauen Spitzbart störte sich an diesem Scherz. »Mein lieber Helmut, das, was wir jetzt brauchen, ist nicht weniger, sondern noch mehr Papier.«

»Ich kann verstehen, dass Sie das sagen, lieber Lieventhal. Denn solange die Beamten Ihres Ministeriums Nullen auf die Scheine stempeln, haben sie auf jeden Fall genug zu tun.«

Martin blickte zum Finanzminister. Erich Lieventhal, vor dem Krieg ein Industriemagnat, plagte sich jetzt als Minister der noch jungen Republik mit der harschen Politik der Alliierten ab. Martin hatte ihn vor über einem Jahr in London interviewt, und schon damals hatte der Mann angedeutet, einzig ein dramatisches, katastrophales Vorkommnis in Deutschland werde den Siegern begreiflich machen, dass es sinnlos wäre, nähme man dem Verlierer sein gesamtes Gold und seine Kohle, all sein Holz und seine Industrieprodukte ab. Und tatsächlich war die Mark gefallen, kaum dass die Franzosen und die Belgier durch die Besetzung großer Industriestädte entlang der Ruhr die Lieferung von Holz und Telegrafenmasten hatten beschleunigen wollen. Das deutsche Volk ließ sich nicht zwingen, seine Wälder abzuholzen, und bezahlte lieber jede Menge Geld. Geld, so viel die Sieger haben wollten, ganze Zugladungen voll. Es zahlte seine Kriegsschulden so schnell, wie die Druckerpressen neue Scheine in Millionenhöhe ausspuckten. Es war verrückt, doch wie so häufig ging das deutsche Volk sogar im Wahnsinn noch methodisch vor.

Martin starrte weiter zum anderen Tischende, aber mit einem Mal erkannte er schockiert, dass er nicht Lieventhal, sondern die junge Frau anblickte, die zur Linken des Ministers saß. Seltsam, dass sie ihm bisher nicht aufgefallen war, schließlich hatte Werner ihm sämtliche Gäste vorgestellt. Doch dann wurde ihm klar, weshalb er sie bisher nicht wahrgenommen hatte. Er hatte sie unbewusst ignoriert. Denn als sie sich ihm zuwandte, lächelte sie wie Ivy. Derselbe schlanke Hals, das schwarze Haar, die veilchenblauen Augen und dieselbe milchig weiße Haut.

Eilig schaute Martin wieder auf seinen Teller, auf dem noch ein Rest Gänsebraten lag. Beim Anblick dieser Frau war er gedanklich in das grauenhafte Jahr nach Ivys Tod zurückgekehrt, das Jahr in Paris, als er sie überall gesehen hatte und ihr unzählige Male im Bois du Boulogne oder die Champs-Élysées hinab gefolgt oder an einem der dicht besetzten Tische in den Kneipen von Montmartre ihrem Blick begegnet war. Damals hatte sich das Schicksal gegen ihn verschworen und Paris mit wunderhübschen, schlanken, schwarzhaarigen Frauen überschwemmt. Und heute Abend saß eine solche Frau nicht weit von ihm entfernt am Tisch! Er schnitt ein Stück von seinem Gänsebraten ab und hatte plötzlich das Gefühl, als schiebe er sich ein Stück Gummi in den Mund.

Einer der Bediensteten kam herein, beugte sich zum Minister und flüsterte ihm etwas ins Ohr. Lieventhal erhob sich, folgte ihm und war ein paar Minuten später wieder da.

»Es tut mir furchtbar leid«, erklärte er. »Aber der Präsident hat angerufen und gesagt, dass ich sofort nach Weimar kommen soll. Amelia und ich bedauern es sehr, dass wir die nette Feier so abrupt verlassen müssen, Werner, aber die Pflicht ruft. Bitte richten Sie Ihrem Vater unser ehrliches Bedauern aus.« Er reichte Paul die Hand, und Martin starrte vor sich auf den Tisch, als er zusammen mit der schwarzhaarigen jungen Frau das Zimmer verließ.

Die Feier endete recht früh. Die meisten Gäste wagten nicht, spätabends durch die dunklen Vororte zu fahren, und schon bald rollten die Limousinen wie ein Militärkonvoi die gewundene Straße durch den Wald hinab.

»Du darfst gerne hier übernachten, Martin«, sagte Werner, als der letzte Gast verschwunden war. »Paul, die Grunewalds und Onkel Theodor handeln in der Bibliothek die Bedingungen der Übernahme aus, auch wenn ich nicht glaube, dass der gute Paul groß mit sich handeln lässt.«

»Solltest du nicht dabei sein?«

Werner zuckte mit den Achseln. »Meine Rolle in dem Unternehmen ist vor allem repräsentativer Art. Außerdem habe ich schon gesagt, dass ich es für vernünftig halten würde, den

Vertrag mit unserem Onkel abzuschließen und das Geld zu nehmen. Durch die Verbindung mit den Rilkes in den USA bekämen wir direkten Zugang zum dortigen Markt und dessen Währung. Vielleicht hätten wir unter glücklicheren Umständen in Deutschland mehr verdient, aber so ist das Leben nun einmal. Paul hat uns bei den Eiern, aber er zerquetscht sie nicht. Vielleicht verlieren wir bei den Verhandlungen etwas von unserem Stolz, nicht aber unsere Männlichkeit.«

Leise lachend zündete sich Martin die ihm angebotene Zigarre an. »Ich muss sagen, Werner, ich bewundere dich, dass du die Sache so pragmatisch siehst.«

»Das verdanke ich zum Großteil eurem William James. In Heidelberg und während meines äußerst angenehmen Studienjahrs in Oxford habe ich sämtliche Vorlesungen von ihm gehört. Er ist mit dem modernen Menschen deutlich mehr im Einklang als zum Beispiel Nietzsche.« Er schloss kurz die Augen und sog den Zigarrenduft ein. »Eine anständige Zigarre oder eine Zigarette nach dem Essen fehlt mir immer noch.«

Martin blickte sich nach einem Aschenbecher um. »Ich kann sie gerne wieder ausmachen.«

»Oh, nein, bitte rauch weiter, lieber Freund. Es macht mir Spaß zu sehen, wenn andere etwas tun, was ich selber nicht mehr kann. Rauch also bitte weiter, und falls du ein Gläschen Cognac trinkst, leck dir zum Zeichen des Genusses ruhig die Lippen ab.« Er warf einen Blick auf seine goldene Armbanduhr. »Es ist erst kurz nach elf. Wenn du lieber doch zurück in dein Hotel willst, könnten wir noch etwas das Berliner Nachtleben genießen. Was meinst du?«

»Sehr gerne.«

»Dann auf. Diese steifen Abendessen, bei denen die Männer sich wie Pinguine und die Frauen sich wie Diven ausstaffieren, langweilen mich zu Tode.«

Aus dem dunklen Grunewald kamen sie ins hell erleuchtete Wilmersdorf mit seinen schrillen Cafés und Bars am Kurfürstendamm. Das große, wild klopfende Herz Berlins jedoch lag noch ein Stückchen weiter, hinter dem Landwehrkanal.

»Ich kenne ein Lokal in der Charlottenstraße«, sagte Werner. »Frech, aber nicht vulgär, und passenderweise nicht allzu weit von der Komischen Oper entfernt. Anders als am Kurfürstendamm stolzieren dort keine jungen Männer in hochhackigen Schuhen und mit grell geschminkten Lippen herum. Dort wirst du dich bestimmt blendend amüsieren.«

Martin schwieg einen Moment und fragte dann: »Wer war übrigens die junge Frau, die mit Lieventhal gegangen ist?«

»Seine Tochter Amelia. Er hat sie erst spät bekommen. Sie ist gerade einmal achtzehn, während er sicherlich schon über fünfundsechzig ist. Seine arme Frau hat die Geburt nicht überlebt, wirklich traurig. Sie war sehr nett und hat seinen Mangel an Humor oft mehr als wettgemacht.«

»Bräuchte er denn Humor?«

»Meiner Meinung nach jetzt mehr denn je, weil das Chaos oft die besten Komiker gebiert. Man braucht einen Sinn fürs Lächerliche und Absurde, wenn man solche Zeiten, wenigstens politisch, halbwegs unbeschadet überstehen will. Erich versucht es im Umgang mit den Kritikern der Republik mit ernster Vernunft und klaren Argumenten, dabei wäre ihm mit wilder Komik deutlich mehr gedient. Wie sollte er sonst auf die Sticheleien der Fanatiker der Freikorps reagieren, wenn sie in Knobelbechern und Uniform durch die Straßen stapfen und verächtlich brüllen: ›Erschießt den faulsten aller Juden, tötet Erich Lieventhal‹? Der Witz ist, dass der alte Knabe gar kein Jude ist und dass das jeder weiß.

Ursprünglich hieß er Erich Kluge und ist Sohn eines Preußenoffiziers, der bei einem Reitunfall ums Leben kam, als Erich gerade mal ein Jahr alt war. Jeder Schuljunge kennt die Geschichte von der jungen Witwe, die die Frau des jungen Wissenschaftlers wurde, dem wir immer noch zu Dank verpflichtet sind, weil er durch die Einführung des elektrischen Lichts Deutschland der Dunkelheit entrissen hat. Der unsterbliche Sigmund Lieventhal – selber nur ein halber Jude! Wenn er nur etwas schlagfertiger wäre, könnte Erich diesen Ignoranten mühelos in die Parade fahren.«

Die Straßen waren überfüllt, und in den Restaurants, Theatern, Kabaretts herrschte ausgelassene Fröhlichkeit. Achtlos schlenderten Herren im Frack und mit Zylinder und in Pelze eingehüllte Frauen vorbei an den vielen Armen durch das Amüsierviertel der Stadt.

»Carin hasst Berlin.« Werner blickte düster durch das Fenster des Benz. »Sie kommt überhaupt nicht mehr hierher.«

»Dann lebt ihr also nicht mehr hier?«

»Nein. Ich habe mir eine Villa in Bad Isar circa fünfzehn Kilometer außerhalb von München zugelegt. Dort ist es wunderschön, sie liegt mitten im Wald, und man hat einen freien Blick auf den Fluss. Ich nutze eins von unseren Firmenflugzeugen, um hin und her zu fliegen. Carin hat dich wirklich gern, und deshalb hatte ich gehofft, sie käme doch mal wieder mit, aber nicht einmal die Aussicht, dich zu treffen, Martin, konnte sie dazu bewegen, ihr Refugium in Bayern zu verlassen.«

»Dann besuche ich sie eben dort.«

»Das wäre wunderbar. Darüber würde sie sich freuen.«

Das Kabarett Die Weiße Ratte war bei reichen Spekulanten und Geschäftsmännern beliebt. In dem schummrigen Lokal im üppigen Barockstil wurde man in beißenden Zigarrenrauch und süßlichen Parfümgeruch gehüllt, während man an einem Marmortischchen in einem samtbezogenen Sessel saß. Auf der kleinen Bühne tanzten vier fast nackte, hübsche Mädchen zu den Klängen einer sehr guten Jazzband, und nachdem sie Platz genommen hatten, zahlte Werner Martins Schaumwein und sein Mineralwasser mit einer Pfundnote, die der Kellner vor Verblüffung beinahe fallen ließ.

Grinsend drückte Werner ihm die nächste Note harter Währung in die Hand. »Sagen Sie den Mädchen, dass sie heute Abend alles geben sollen, falls sie jede einen dieser Scheine haben wollen.«

Der Ober stammelte einen verwirrten Dank und hastete davon.

»Es geht doch nichts über ein bisschen Geld, wenn man die Menschen motivieren will.«

Eine Million Mark war mehr als nur ein bisschen Geld, aber der wahre Wert des Pfunds war deutlich höher als der offizielle Wechselkurs. Deshalb sahen die Mädchen, als sie wieder auf die Bühne kamen, gierig zu Werner hinüber. Im Zuschauerraum ging das Licht aus, und die Tänzerinnen wurden in blassblaues Licht getaucht, während sie sich zu den gedämpften Klagelauten eines Saxofons verführerisch aus ihren Kleidern wanden und das Publikum grölend die Fäuste auf die Tische hieb. Nach kurzer Zeit hatten die Mädchen nur noch ihre hochhackigen Schuhe, dunkle Seidenstrümpfe und hauchdünne Strapse an, begannen, einander zu berühren und zu küssen und rieben die nackten Brüste aneinander, ehe zwei der Mädchen langsam auf den Bühnenboden sanken, sich mit weit gespreizten Beinen wälzten und erst sinnliche Ekstase und am Ende einen bebenden Orgasmus simulierten. Gemächlich rührte der Schlagzeuger seine Trommel, und das Saxofon ließ den letzten Seufzer erklingen.

»Bravo!« Werner klatschte lautstark. »Bravo!«

»Aber hallo!« Martin hob sein Glas an seinen trockenen Mund.

»Natürlich haben sie das nur gespielt, aber am Potsdamer Platz kenne ich einen privaten Club, in dem sich die Mädchen auf riesigen runden Betten lieben und nicht nur so tun als ob.«

Die Mädchen kamen, um die Scheine abzuholen. Ihre nackten Brüste waren unter den durchsichtigen Seidenkimonos gut zu erkennen. Als Werner lachend die vier Scheine zückte und sie auf den Boden flattern ließ, krochen die Mädchen hektisch vor ihnen herum. Eine stieß dabei so heftig gegen ihren Tisch, dass Martin der Rest von seinem Schaumwein in den Schoß kippte. Werner zog ein Taschentuch aus der Innentasche seiner Jacke und hielt es dem Vetter ihn.

»Jetzt hast du Ärmster eine kalte Dusche abgekriegt.« Ein Mädchen schob den Pfundschein in sein Strumpfband, beugte sich zu ihm herab und flüsterte ihm etwas zu. »Das war eine Einladung, Martin. Eine Nacht mit allen vieren, egal, was wir dafür bezahlen wollen.«

»Nein, danke.« Martin tupfte seine Hose ab. »Aber du kannst machen, was du willst.«

»Was ich möchte«, entgegnete Werner und stand mühsam aus dem tiefen Sessel auf, »ist ein bisschen frische Luft.«

Während sie gemächlich bis Unter die Linden gingen, fuhr der Benz im Schritttempo hinter ihnen her. Auf den Straßen drängten sich noch immer Reich und Arm. Ein beinloser Kriegsveteran hockte in einer Tür auf einem kleinen Brett mit Rollen und starrte vor sich hin. Junge Huren – einige in engem schwarzem oder grünem Leder und mit Gerten, andere wie Schulmädchen zurechtgemacht – hielten nach Freiern Ausschau.

»Bei uns herrscht ein Durcheinander wie in Sodom«, sagte Werner. »Und Berlin ist unser Zoo.«

»Sei kein Heuchler, Werner«, erwiderte Martin und lächelte

zynisch. »Eben hast du dich blendend amüsiert, als du die Zootiere mit deinen Pfundnoten gefüttert hast.«

Werner starrte reglos geradeaus, öffnete mit einem Mal die Milchglastür eines Restaurants. »Ich glaube, einen Cognac werde ich riskieren. Hättest du noch Lust auf einen Schlummertrunk?«

»Ein möglichst großer Whiskey täte mir jetzt gut.«

Sie betraten einen eleganten, altmodischen Laden, in dem ein dezentes Streichquartett ein Mozartstück zum Besten gab. Der Raum war fast leer, und sie stellten sich an die Bar.

Werner kippte Mineralwasser in seinen Brandyschwenker und sah Martin an. »Mir ist durchaus klar, wie paradox das ist, Martin. Solche Frauen ziehen mich an und stoßen mich gleichzeitig ab. Ein Verhalten, das vor ein paar Jahren noch undenkbar war, ist heutzutage vollkommen normal. Diese grell geschminkten Huren draußen auf der Straße – vor dem Krieg hätte ich nie geglaubt, dass man auf so etwas Unter den Linden treffen würde! Und die Polizisten würdigen sie kaum eines Blickes, während sich die deutsche Frau für eine Mahlzeit in der Gosse vögeln lässt. Heutzutage komme ich mir oft wie Dante auf seinem Spaziergang durch die Hölle vor.«

»Dies sind wirklich schlimme Zeiten, Werner, aber irgendwann werden sie wieder besser werden. Dieses Durcheinander wird in irgendeine Art von Ordnung münden, du wirst sehen.«

»Du bist und bleibst ein unverbesserlicher Optimist.« Er nahm einen kleinen Schluck und legte die Hand auf seinen Bauch. »Schmeckt gut, aber tut weh. Die Ärzte haben mich richtiggehend ausgeweidet und mir selbst den Darmausgang entfernt. Seither fließt die Scheiße durch ein Loch in meiner Seite ab. Hast du das gewusst?«

Martin schüttelte den Kopf, bevor er einen Schluck von seinem Whiskey trank. »Das tut mir leid.«

»Das braucht es nicht. Schließlich warst nicht du es, der die Granate auf mich abgefeuert hat. Nachdem ich bereits eine halbe Ewigkeit im Krankenhaus gelegen hatte, kam ein neuer Arzt zu mir – ein gewisser Dr. Kübler – und erklärte, dass er nichts von halben Sachen hält. Dass er keine andere Wahl hätte, als mich zurechtzustutzen, wenn ich überleben will. Darüber war ich alles andere als glücklich, aber er hat recht gehabt. Er hat alles, was verrottet war, entfernt, und deswegen habe ich überlebt.«

Der Abend hatte ihn verstört, und Martin war froh, als er endlich wieder sein Hotelzimmer betrat. Er warf sich auf das Bett und betrachtete die Barockgemälde an der Decke. Cherubim und Waldnymphen und Weinblätter, die sich vor seinen Augen drehten, weil der Whiskey ihm zu Kopf gestiegen war.

Er richtete sich sachte wieder auf, ging ins Bad und spritzte sich kaltes Wasser ins Gesicht. Er war ein wenig angetrunken, aber immer noch putzmunter. Seine Gedanken fuhren Karussell. Das Gesicht Amelia Lieventhals … die Zuckungen der nackten Mädchen auf der Bühne … Werners kaum verhohlene Verzweiflung. Stöhnend hielt er seinen Kopf unter den Wasserhahn.

Trocknete sich das Gesicht ab und zog sich aus. Der Anzug war verdorben, doch der Page des Hotels bekäme ihn am nächsten Vormittag mit einem Schwamm und einem Bügeleisen wieder hin. Er leerte seine Taschen aus, legte das Zigarrenetui, das Feuerzeug, die Brieftasche und ein paar lose Münzen auf den Tisch, faltete das feuchte Taschentuch von Werner auseinander und breitete es zum Trocknen auf dem Beckenrand aus. Dabei fiel ein kleiner Gegenstand zu Boden, eine kleine Anstecknadel, die sich in dem Stoff verfangen hatte. Martin hob sie auf und starrte sie mit großen Augen an.

Ein gut verarbeitetes Schmuckstück, nicht einmal so groß wie ein Manschettenknopf. Ein kleiner, goldener Kreis mit einem Emblem aus roter Emaille, das er schon einmal irgendwo gesehen hatte. Das Symbol wirkte uralt.

Er ging ins Schlafzimmer zurück und legte die Nadel mit dem winzig kleinen roten Hakenkreuz auf der Kommode ab.

13

Paul war müde, doch beschwingt. Er bestellte ein feudales Mittagessen, und sie stießen mit erlesenem Moselwein auf die erfolgreichen Verhandlungen mit der Verwandtschaft an.

»5,2 Millionen«, tat er leise lachend kund und schnitt ein dickes Stück von seinem Schweinebraten ab. »Ich sage dir, Martin, diese Leute haben einfach keinen Kampfgeist mehr. Ich hätte acht, nein, zehn Millionen auf den Tisch gelegt.« Er kaute genüsslich und spülte mit einem großen Schluck aus seinem Weinglas nach. »Der alte Theodor hat eine ellenlange Rede über unternehmerische Seriosität, die Geschichte der Rilke-Werke und den ganzen anderen Quatsch gehalten, doch die anderen wussten gleich, was Sache war. Der Beitritt zum Kartell hat sie nicht im Mindesten gestört.« Er sah Martin verwundert an. »Warum isst du nichts?«

»Ich bin nicht hungrig.« Lustlos stocherte er in seinem Salat und sagte: »Es ging also nicht nur um den Erwerb dieser Patente.«

»Das hat auch dazugehört. Aber davon abgesehen wollte ich auch die Kontrolle über die gesamte Produktion. Im letzten Kriegsjahr waren sie uns bei der Erforschung von bestimmten Elektronenröhren, Hochfrequenz-Generatoren, elektrischen Motoren und einer Reihe anderer Dinge ziemlich weit voraus. Vielleicht produzieren wir in den Staaten mehr, aber das, was sie hier herstellen, ist von besserer Qualität. Und jetzt gehören mir die Patente, und sie stellen die Dinge her und verkaufen sie an mich zu dem von mir bestimmten Preis. Es ist also ein rundherum gelungener Deal.«

»Im Augenblick wird hier so gut wie gar nichts produziert. Ist dir das nicht aufgefallen, Onkel Paul?«

Paul winkte mit seiner Gabel ab. »Ein erfolgreicher Geschäftsmann ignoriert die Gegenwart und konzentriert sich auf die Zukunft. Und genau das tue ich.«

»Und was siehst du?«

»Ein großes und gesundes Land. Auch wenn Deutschland im Krieg fast zwei Millionen Mann verloren hat, wurde keine einzige Fabrik, nicht eine Mine und kein Zentimeter Ackerlands zerstört. Diese Inflation haben sie vorsätzlich herbeigeführt. Um die Alliierten zur Vernunft zu bringen, weil die Reparationsleistungen, die das Land erbringen soll, beim besten Willen nicht zu stemmen sind. Dieser Wahnsinn wird erst enden, wenn Paris, London und Washington klein beigeben. Und du wirst sehen – genau das werden sie auch tun.« Er trank den Rest von seinem Wein, stieß einen leisen Rülpser aus und nahm eine Zigarre aus dem eleganten Etui. »Ich reise morgen wieder ab. Ich habe einen Platz auf der Berengaria gebucht. Sie fährt von Cherbourg aus. Möchtest du vielleicht noch ein paar Tage mit mir in Paris verbringen, bevor mein Schiff ausläuft?«

»Ich begleite Werner noch nach Bayern.«

»Ach. Dabei kam es mir so vor, als könntest du es kaum erwarten, endlich wieder aus diesem verfluchten Land zu verschwinden.«

»Tatsächlich wäre ich lieber in England, aber wie hätte mein Exboss beim *Express* gesagt? Die wichtigen Geschichten findet man jetzt hier.«

»Dann juckt's dich also wieder in den Fingern?«

»So sieht's aus. Ich nehme an, ich habe den Reporter einfach immer noch im Blut.«

»Dann willst du also wieder für die *INA* arbeiten?«

»Vielleicht. Aber nicht wieder als Büroleiter, weil ich mich nicht noch mal an einen Schreibtisch fesseln will.«

Paul zündete seine Zigarre an und blies zufrieden eine Rauchwolke zur Decke. »Ich treffe Kingsford in New York. Soll ich ihm sagen, dass du wieder zur Verfügung stehst?«

»Gerne.«

»Ich werde dafür sorgen, dass der Mann dich anständig bezahlt. Überlass das einfach deinem Onkel Paul.«

In den Straßen von Berlin, durch die sich Tag und Nacht ein Strom aus arrogantem Reichtum und quälender Armut und Verzweiflung wälzte, gingen die Geschichten niemals aus. Inzwischen wurden für den Dollar fast zweihundertfünfzigtausend Mark bezahlt, wobei der aktuelle Wechselkurs vor jeder Bank auf einer kleinen Schiefertafel ausgewiesen wurde, weil der Wert der Mark fast stündlich fiel und sich die Zahl mit Kreide und einem feuchten Lappen schnell korrigieren ließ. Jedes Gesicht, die zornblitzenden Augen eines Veteranen, die verständnislosen Blicke alter Menschen und die dürren Leiber der vom Hungertod bedrohten Kinder hatten eine Geschichte zu erzählen. Doch infolge seiner Arbeit als Büroleiter war Martin klar, dass kaum jemand etwas über die Verzweiflung dieser Menschen lesen wollte.

Er nahm ein Taxi zum Büro der *INA*. Einzig der Büroleiter war da, ein hochgewachsener Mann mit einem traurigen Gesicht und Hängeschultern namens Wolf von Dix, der 1914 an der Universität von London Deutsch gelehrt und England erst im letzten Augenblick verlassen hatte, um als Kriegsberichterstatter der *Frankfurter Zeitung* an die Front zu gehen. Seine Beiträge über das Grauen an der Westfront waren von den deutschen Militärbehörden ebenso stark zensiert worden wie Martins Texte von den Alliierten.

Dix schwang seine langen Beine von der Schreibtischplatte, griff nach seinem Schlips, polierte damit sein Monokel und schob es zurück an seinen Platz.

»Hallo! Martin Rilke, wie er leibt und lebt. Was führt Sie nach Berlin? Nehmen Sie etwa an einer Studienreise teil?«

»Nein, ich mische mich wie immer unter das gemeine Volk.« Er griff in den stets offenen Humidor, der auf dem Schreibtisch stand, und wählte eine Zigarre aus. »Wie geht es Ihnen, Dix?«

»Gut. Denn Gott sei Dank bin ich bei einem Unternehmen angestellt, das mir mein Gehalt in Dollar ausbezahlt.«

»Wo sind Kurt und Emil?«

»An der Ruhr. Sie versuchen, die Armeeblockaden der Franzosen zu umgehen. Dieser Esel Poincaré. Zum Glück scheinen die Engländer und die Amerikaner wegen seines Vorgehens alarmiert zu sein, sonst wäre das Land bereits explodiert. Die Dinge sind schon schlimm genug, ohne dass die Frösche noch in Essen aufmarschieren.« Auch er nahm sich eine Zigarre aus dem Humidor und knipste ihre Spitze mit einem silbernen Abschneider ab.

»Warum haben Sie uns verlassen, Martin? Ich war völlig überrascht, als ich die Nachricht hörte. Hat Kingsford Sie zu sehr bedrängt, dass Sie über junge Frauen in knappen Badeanzügen berichten sollen?«

»Nein, das war es nicht. Ich war es einfach leid, in der Fleet Street festzusitzen. Aber, wenn auch noch nicht offiziell, bin ich jetzt wieder im Boot. Als ganz normaler Schreiberling.«

»Wohl kaum. Ich habe Ihren Irak-Artikel in der *Daily Post* gelesen. Und ich kann mir vorstellen, dass die Enge des Büros Sie schreckt, nachdem Sie wie Rudolph Valentino in *Der Scheich* durch die Wüste gezogen sind. Im Grunde Ihres Herzens sind Sie ein Romantiker, mein lieber Martin. Und ich nehme an, vor allem deswegen sind Sie ein derart guter Journalist.«

Martin zog die kleine Anstecknadel aus der Tasche und schob sie über den Tisch.

»Was können Sie mir dazu sagen?«

Dix hob die Nadel dicht vor sein Monokel. »Gut gearbeitet. Aus echtem Gold. Das Hakenkreuz-Emblem.«

»Ich habe dieses Zeichen schon irgendwo gesehen, nur weiß ich nicht mehr, wo.«

»Während des Kapp-Putsches war dieses Zeichen in Berlin recht weit verbreitet. Waren Sie damals hier?«

»Ja, genau, jetzt fällt's mir wieder ein. Die Brigade Ehrhardt.«

»Die meisten Freikorpstruppen, die aus Estland kamen, hatten auf die Seiten ihrer Lastwagen ein Hakenkreuz gemalt. Dabei wussten sie selbst nicht so genau, warum. Wahrscheinlich haben sie dieses Zeichen einfach von irgendwoher übernommen. Aber als teures Schmuckstück habe ich dieses Symbol bisher noch nie gesehen. Wo haben Sie die Nadel her? Aus einem Pfandleihhaus?«

»Nein. Jemand, den ich kenne, hatte sie in seiner Tasche.«

Dix gab ihm die Anstecknadel wieder. »Dieser Jemand kommt nicht zufällig aus Bayern? München oder Nürnberg?«

»München, oder um genau zu sein, Bad Isar.«

Dix ließ sein Monokel in die Hand fallen und polierte es erneut mit seinem Schlips. »Die Thule-Gesellschaft hat das Hakenkreuz als Symbol benutzt, und das tut die Nationalsozialistische Arbeiterpartei Deutschlands ebenfalls. Vielleicht haben Sie sie irgendwo ihr zweiseitiges Schmierblatt – den *Völkischen Beobachter* – verkaufen sehen. Sie haben ihn der Thule-Gesellschaft als Parteiblatt abgekauft. Er kommt ein- bis zweimal in der Woche raus, und die Leute verwenden ihn als Klopapier.«

»Was hat es überhaupt mit dieser Nationalsozialistischen Partei auf sich?«

Achselzuckend klemmte Dix sich sein Monokel abermals vor das Auge. »Das weiß ich nicht genau. Das Einzige, was momentan aus Bayern kommt, sind unbestätigte Chaosmeldungen. Offensichtlich gibt es dort Dutzende politischer Parteien mit beeindruckenden Namen. Über die Nationalsozialisten weiß ich nur, dass sie anscheinend um die dreitausend Mitglieder haben und nicht ganz unvermögend sind. Auch wenn nur der liebe Gott weiß, wie sie zu dem Geld gekommen sind.«

»Gibt es über die Partei etwas im Archiv?«

»Keine Ahnung. Könnte sein. Dafür ist Anna zuständig. Sie weiß als Einzige, wo man etwas zu unwichtigen Themen finden kann.« Er blickte auf die Wanduhr. »Die Mädchen sind noch in der Mittagspause. Trinken Sie doch ein Glas Schnaps, bis sie wiederkommt.«

Die Sekretärinnen und anderen jungen Frauen, die für die *INA* tätig waren, kehrten fröhlich lärmend ins Büro zurück. Ihre gute Laune machte deutlich, dass sie im Gegensatz zu den meisten anderen Deutschen das große Los gezogen hatten, weil ihr Arbeitgeber aus den Staaten kam. Eine grauhaarige Frau mittleren Alters nickte Martin höflich zu.

»Anna«, fragte Dix. »Haben wir was über die Nationalsozialistische Arbeiterpartei in Bayern im Archiv?«

Stirnrunzelnd blieb die Frau vor ihrem Schreibtisch stehen. »Wir haben ein paar Ausgaben vom *Völkischen Beobachter*, Herr Dix. Und, ich glaube, ein oder zwei Artikel über die Parteiführer, die unter Eckardt, D. und Hitler, A. abgeheftet sind. Wollen Sie die haben?«

»Wollen Sie?«, fragte Dix den Gast.

»Falls es keine allzu große Mühe macht.«

Der Junkers-Eindecker erhob sich mühelos über den alten Militärflughafen Tempelhof, flog tief über die Berliner Elendsviertel und drehte nach Süden ab. In einer Höhe von fünftausend Fuß glitzerten die silber-schwarzen Metallflügel im hellen Sonnenlicht.

»Ich liebe es zu fliegen«, brüllte Werner über den Motorenlärm hinweg. »Ich wünschte mir, ich wäre so clever gewesen, vor dem Krieg zur Luftwaffe zu gehen. Die Luft über den Wolken ist herrlich sauber und erfrischend!«

Martin blickte auf die grünen Wälder und die goldenen Felder unter sich. »Bis dort unten ist es ganz schön weit.«

»Du meinst, falls man abgeschossen wird? Von einer Camel oder einer Spad? Was für eine ruhmreiche Art zu sterben! Als leuchtender Flammenball, der seine Asche überall verstreut! So sterben sonst nur Gottheiten – in flammenden Streitwagen, die geflügelte Pferde ziehen. Ich hingegen habe fast vier Jahre lang im Schlamm gesteckt, wo die Männer wie zertretene Eidechsen gestorben sind. Nein, ich hätte von der Infanterie zur Luftwaffe wechseln sollen, dann wäre ich in einem Geschwader mit Richthofen, Boelcke und Immelmann geflogen. Ich kenne übrigens Hermann Göring – den letzten Kommandeur von Richthofens ›Fliegendem Zirkus‹, Gewinner des Ordens Pour le Mérite, des Blauen Max. Ein wirklich toller Bursche, der gleich nach dem Krieg ein paar Monate lang unser erstes Firmenflugzeug geflogen ist. Rudi, unser jetziger Pilot, hat mit seiner Gotha dreimal London angeflogen. Doch weil es so bewölkt war, hat er die Stadt nicht gefunden und die Bomben über dem Kanal entsorgt. Trotzdem hat er Geschichten drauf, bei denen man vor lauter Staunen seinen Mund fast nicht mehr zubekommt! Ich kann dir sagen, der Mann hat Mumm.«

Martin antwortete nicht, denn er hätte schreien müssen.

Die Junker stieg noch höher, holperte durch die warmen Aufwinde über den Abhängen des Erzgebirges, glitt mit gleichmäßigem Brummen über die schwarzen Wälder des nördlichen Bayern und die Donau bis zur Isar.

Auf dem Flugplatz in München stand ein Wagen mit Chauffeur, und bei anbrechender Dunkelheit passierten sie die Stadt und fuhren nach Süden über eine schmale Straße eine tannenübersäte Anhöhe hinauf.

»Wir sind fast da.« Werner kurbelte das Fenster herunter und atmete tief ein. »Diese Luft kann einen richtiggehend trunken machen, findest du nicht auch?«

Martin tastete in seiner Jackentasche nach einer Zigarre und berührte dabei den kleinen Umschlag mit der Anstecknadel. Er zog ihn hervor und hielt ihn Werner hin. »Das hier hatte sich in deinem Taschentuch verfangen. Ein goldenes Hakenkreuz.«

»Ach das.« Werner nahm den Umschlag und steckte ihn achtlos ein. »Das ist eins meiner Parteiabzeichen.«

»Willst du damit sagen, dass du mehreren Parteien angehörst?«

»Nein, aber ich spende Geld an mehrere Parteien, und zwar zu gleichen Teilen links und rechts. Ich kann es mir nicht leisten, nicht zu spenden, weil der politische Kurs in den letzten Jahren sich derart häufig ändert. Nur so kann ich sichergehen, dass man mich nicht der Gegnerschaft bezichtigt.«

»Soweit ich verstehe, sind die Nationalsozialisten eine von Hass getriebene Gruppierung ohne politisches Ziel, die nur Ärger machen will.«

»So hat es den Anschein, wenn man nur die Reden hört und ihre kleine Zeitung liest. Sie wenden sich mit ihrer Botschaft an die Mittelklasse und die Arbeitslosen, hetzen gegen Juden, Kapitalisten und die Republik, unterstützen dafür aber Bayern und vor allem die Armee. Das meiste ist nur Rhetorik. Die Menschen sind von den Geschehnissen derart betäubt, dass man sie nur noch mit starken Worten aus ihrer Erstarrung reißen kann. Herr Hitler, der diese Partei in Wahrheit führt, ist zweifellos ein interessanter Mann, der das Leben eher pragmatisch sieht. Auch wenn er vielleicht in den Bierkellern gegen die Kapitalisten wettert, weil sie sich mit den Juden verbünden, um das Land zu ruinieren, fragt er mich und andere Kapitalisten nach Geld. Ich sage dir, das alles ist reine Rhetorik, Martin, weiter nichts. Die Hetze ist für ihn ein Mittel, um ein anderes, durchaus ehrenwertes Ziel zu erreichen.«

»Und das wäre?«

»Was wir alle wollen. Ein starkes, wiederbelebtes Deutschland.«

»Du scheinst von diesem Mann sehr beeindruckt zu sein.«

»Das bin ich auch, Martin. Göring hat ihn mir bei seinem Besuch im letzten Jahr persönlich vorgestellt. Natürlich hatte ich schon vorher von dem Mann gehört. Jeder in München hat das, auch wenn der Name außerhalb von Bayern kaum jemandem etwas sagt. Ich dachte, er wäre einer dieser prahlerischen ehemaligen Soldaten, die versuchen, die verstreuten Freikorps-Gruppen in einer Privatarmee zu sammeln, doch ich habe mich geirrt. Er ist ein scheuer, sanfter Mann. Nicht sonderlich gebildet, aber sehr belesen. Und er hat im Krieg gedient. Als einfacher Gefreiter, nicht als einer dieser arroganten Junker, die allein aufgrund ihrer Herkunft Offiziere waren. Er war beim Regiment List und hat sich das Eiserne Kreuz Erster Klasse hart verdient. Wurde an der Somme und noch einmal in der Ypernschlacht verwundet, und ich konnte sofort sehen, dass der Mann seine Pflicht als guter, zuverlässiger und treuer Unteroffizier erfüllt hat, ohne darüber je eine Silbe zu verlieren. Bei den Grenadieren gab es auch Männer wie ihn, wir waren sofort auf einer Wellenlänge.«

»Und du hast ihm genügend Geld gegeben, damit er eine Zeitung kaufen kann.«

»Ich habe keine Ahnung, wofür er mein Geld verwendet hat und jetzt verwendet. Das geht mich nichts an.« Er legte die Hand auf Martins Knie. »Aber jetzt reicht's mit den Gesprächen über Politik. Atme lieber den Duft der Tannen ein. Sauge den süßen Wind Tirols in deine Lungen. Morgen fahren wir zum Starnberger See und gehen segeln, ja?«

Werners Villa, ein barockes Schlösschen in einem Kiefernwäldchen oberhalb der Isar gelegen, hatte Ludwig II. in der trügerischen Hoffnung bauen lassen, Lola Montez zöge dauerhaft dort ein. Doch sie hatte sich geweigert, und so war das Haus nur einer von zahlreichen teuren, reich verzierten Bauten, die der arme, wahnsinnige König überall in seinem Land hatte errichten lassen, ohne dass zu seinen Lebzeiten jemals jemand darin wohnte.

Auch jetzt herrschte dort keine glückliche Atmosphäre. Das spürte Martin deutlich, als er vor dem Abendessen einen Martini-Cocktail zu sich nahm. Dabei war die Hausherrin eine elegante, schöne Frau und die sechs- und achtjährigen Söhne wohlerzogen. Hunde tollten ausgelassen durch das Haus, und das Personal war seiner Herrschaft treu ergeben. Überschattet aber wurde all das von den Spannungen zwischen den Eheleuten, so gegenwärtig wie der Wind, der ständig von den fernen Alpengipfeln wehte und mit leisem Stöhnen durch den Wald fuhr.

»Ihr scheint getrennt zu leben«, bemerkte Martin spät am Abend, als er in Werners Arbeitszimmer saß. »Mir ist aufgefallen, dass jeder von euch einen Teil der Villa bewohnt. Doch natürlich geht mich das nichts an.«

»Du hast sehr wohl das Recht, etwas dazu zu sagen, und ich weiß zu schätzen, dass dir das Verhältnis zwischen mir und Carin nicht egal ist. Offen gestanden sind wir einzig deshalb nicht geschieden, weil ich für die Heirat zum Katholizismus übertreten musste. Da für Katholiken nun mal eine Scheidung ausgeschlossen ist, haben wir uns arrangiert. Ich teile meine Zeit zwischen Berlin und Bayern auf. Für die Kinder ist es besser, wenn sie bei ihrer Mutter sind.« Er starrte in die Flammen im Kamin. »Ich hoffe, dass du trotz dieser Umstände deinen Aufenthalt in unserem Haus genießen kannst. Es ist hier wirklich himmlisch, Martin. Der Wald, der Fluss, die Berge und die Seen sind ein Hort der Ordnung, Ruhe und des Friedens.«

Am letzten Abend saß Martin auf dem Bett in seinem etwas zugigen, aber hübschen Zimmer. Seine Zigarren und eine Kristallkaraffe Whiskey standen auf dem Nachttisch, im Kamin prasselte ein anheimelndes Feuer, und unter dem Dachvorsprung hinter den großen Bleiglasfenstern seufzte wehmütig der Wind.

Zum ersten Mal seit über einer Woche schrieb er wieder etwas in sein Tagebuch.

Sonntag, 24. Mai, 1923

Beobachtungen und Gedanken. Bad Isar, Bayern.

Werner irrt sich. Es gibt keinen Hort der Ruhe mehr in Deutschland. Zwar findet man noch immer Orte von großer landschaftlicher Schönheit, aber die Zufriedenheit, die man empfindet, wenn man sie betrachtet, ist illusionär. Denn auch Bayern wird von seiner Vergangenheit gequält und von der Gegenwart enttäuscht. Ich habe die Auswirkung des Krieges nie so stark empfunden wie vor ein paar Tagen, als ich Carin und die Kinder nach Garmisch begleitet habe, wo die Berge prächtig und die wildblumengeschmückten Wiesen grün und saftig sind. Als wir mit dem Wagen in dem kleinen Dörfchen Oberau gehalten haben, war aus der Ferne das Geläut von Kuhglocken und das Blöken von Schafen zu hören.

Max nahm seinen Bruder Josef bei der Hand, und die beiden Kinder liefen fröhlich durch das hohe Gras. Carin und ich spazierten währenddessen durch das Dorf. Vor dem hübschen Rokokokirchlein hingen in einem Schaukasten die Klassenfotos Dutzender junger Männer aus der Gegend, die nicht aus dem Krieg zurückgekommen sind. Von einigen der Jungen gab es keine Fotos, deshalb hatte man nur Namensschilder aufgehängt. Helles Sonnenlicht fiel auf die Liste all der toten Burschen. Es wehte ein warmer Wind, aber diese Jungen kommen niemals wieder, und mit einem Mal büßte die Sonne einen Teil ihrer Wärme ein.

Carin ist seit 1915 Werners Frau. Die beiden kennen sich bereits aus Kindertagen. Carins Vater, Graf Urfeld von Württemberg, besitzt die größte Bank in Süddeutschland und hat die meisten großen Vorhaben der Rilke-Werke finanziert. Die Hochzeit fand in Stuttgart statt, und auf ihrer Hochzeitsreise, die nach Innsbruck führte, haben sie den inzwischen achtjährigen Max gezeugt. Josef zeugten sie in Werners Urlaub nach der Somme-Schlacht im Herbst 1916, und danach verbat sich Werner jede Zärtlichkeit von Seiten seiner Frau.

Auch das eine Tragödie, die dem Krieg geschuldet ist. Obgleich sie nie in die Verlustmeldungen aufgenommen werden wird. Der Krieg verändert manche Männer drastisch, denn er greift nicht nur den Körper, sondern auch die Seele an. Werner hatte das Gefühl, als ob sein Körper ihn verraten hätte, als man ihn nach langen Wochen aus dem Krankenhaus entließ. Wie ich von Carin weiß, empfindet er ihn immer noch als abstoßend. Wegen des kleinen Beutels für die Exkremente und der grauenhaften Narben, die sich von den Rippen bis hinab zu seiner Leiste ziehen. Und wenn Carin mit ihm schlafen will, stellt er verächtlich fest, dass nur eine Hure sich von einem Monster vögeln lassen würde, das nach Scheiße riecht. Also hat die Handgranate in mehr als nur einer Hinsicht eine grundlegende Auswirkung auf Werners Leben.

Nicht nur der Sex trägt dazu bei, einen tiefen Graben zwischen ihm und Carin zu schaffen, sondern auch Werners politische Winkelzüge. Die Menschen, die sie in der Villa besuchen, weil sie seine Unterstützung wollen, stoßen Carin ab. Am grässlichsten findet sie Hitler und dessen Partei. Sie verabscheut ihren bösartigen Antisemitismus und hat Hermann Göring während eines Abendessens deutlich zu verstehen gegeben, dass sie derartige Reden unter ihrem Dach nicht toleriert. Das hat Göring Hitler offenbar erzählt, denn wenn er sie aufsucht, verliert er kein Wort über die Juden und erzählt keine Judenwitze.

Meiner Meinung nach ist Hitler so, wie Werner ihn beschrieben hat. Scheu und höflich, wohlerzogen und beeindruckt von Werners Reichtum. Er benimmt sich wie ein Postbote vom Land, der aus Gründen, die er selbst nicht nachvollziehen kann, ins Herrenhaus zum Tee geladen worden ist. Man hat mir erzählt, dass er vor einer großen Menschenmenge voller Leidenschaft spricht und die Zuhörer regelrecht hypnotisiert, aber am Esstisch oder in Werners Arbeitszimmer schweift er ein ums andere Mal vom Thema ab, und die Dinge, die er mit einschläfernd monotoner Stimme von sich gibt, stellen eine krude Mischung aus patriotischem Eifer und inhaltsleeren Phrasen dar.

Einzig während unserer Diskussion über den Krieg fand

ich den Menschen ansatzweise interessant. Als Werner ihm erzählte, dass ich als Berichterstatter an der Somme gewesen sei, fragte er, worüber ich geschrieben hätte. Er war bei Pozieres und im Wald von Bazentin gewesen, und wir beide hatten einen Panzerangriff im September miterlebt, der von der deutschen Artillerie zurückgeschlagen worden war. »Dem Himmel sei Dank für unsere wundervollen Schützen«, stellte Hitler lachend fest. »Denn sonst hätten die Panzer uns wie Kröten zerquetscht.« Den Engländern gelten seine Bewunderung und sein Respekt, während er die Franzosen offenbar wie die Pest hasst. Sobald er auf sie zu sprechen kommt, zittert er vor unterdrückter Wut.

Ich kann Carins Abneigung verstehen – sie gilt weniger Hitler als dem quasi-militärischen Erscheinungsbild seiner Partei. Es ist ungewöhnlich für eine politische Bewegung – falls sie das überhaupt ist – sich derart kriegerisch zu geben. Als ich Hitler darauf ansprach, sagte er, die vielen Veteranen, die in Freikorpsgruppen gegen die verhassten Kommunisten kämpften, würden sich in der vertrauten militärischen Umgebung einfach wohler fühlen. Unter dem Dach des Deutschen Kampfbunds würden die verschiedenen Kampfverbände eine Einheit bilden, und die Sturmabteilung sei eine Art Prätorianergarde zum Schutz politischer Versammlungen vor Schlägern von der Roten Front. Die Partei hat jede Menge Uniformen aufgekauft, die für die in Tanganjika stationierten deutschen Truppen vorgesehen gewesen waren, und durch die hellbraunen Feldmützen und Hemden heben sich die Mitglieder ihrer Partei von anderen ab. Und natürlich durch die Hakenkreuz-Armbinden. »Männer fühlen sich wichtig, wenn sie in ihrer schicken Uniform unter einer Fahne marschieren, die symbolisch für eine bestimmte Sache steht.«

Hitler scheint von der Bedeutung von Symbolen und

Parolen überzeugt zu sein. Deshalb sind die Fahnen mit den schwarzen Hakenkreuzen in dem rot gerahmten weißen Kreis mit der Losung der Partei bestickt. »Deutschland erwache!« Was für sich genommen als patriotische und noble Forderung gesehen werden kann, aber die SA-Männer, die ich gesehen habe, sind durch den Münchner Hofgarten marschiert und haben »Tod den Juden!« gebrüllt.

Werner sagt, dass die Partei dadurch russische Immigranten ruhigstellen will, die großzügige Unterstützer ihrer Sache, doch zugleich vehemente Judenhasser sind. Aber das glauben weder ich noch Carin.

Noch immer weht der Wind. Ein sanfter Regen schlägt gegen das Fenster. Und hoch oben in den Bergen sind die hübschen, freundlichen Gesichter toter junger Männer in einem Glaskasten eingesperrt.

Auf dem Rückflug nach Berlin hatten weder er noch Werner Lust, sich über den Motorenlärm hinweg anzuschreien. Sie saßen einander schweigend gegenüber und starrten aus dem Fenster, und nachdem sie in Tempelhof gelandet waren, blickte Werner Martin etwas unbehaglich an.

»Ich habe das Gefühl, dass ich dich um Verzeihung bitten muss.«

»Und weswegen?«

»Erstens hätte ich dir das von mir und Carin sagen sollen, bevor du nach Bad Isar kamst. Und zweitens war es falsch, dich mit politischen Freunden bekannt zu machen, die dir offensichtlich alles andere als sympathisch sind.«

»Hör zu, Werner, ich wüsste nicht, warum du mir das von dir und Carin vorher hättest sagen sollen. Wenn ich nicht die Augen und die Ohren eines Journalisten hätte, wäre mir wahrscheinlich gar nicht aufgefallen, dass zwischen euch beiden etwas nicht stimmt. Und was die Politik angeht … nun, das ist allein deine Angelegenheit. Ich mag einfach nicht, was dieser Hitler eurem Volk verkaufen will. Es wird bereits genügend Hass gesät. Durch seine Reden erhöht sich nur die allgemeine Spannung.«

Werner blickte ihn mit einem rätselhaften Lächeln an. »Es gibt einen Spruch in Tirol. ›Nur ein Gewitter kann die Luft reinigen.‹« Er blickte stirnrunzelnd auf seine Uhr. »Ich habe einen dringenden Termin in Lichtenberg, aber ich setze dich natürlich gerne noch am Bristol ab.«

»Nein, nein, geh ruhig. Ich nehme ein Taxi.«

»Danke, Martin, das ist wirklich rücksichtsvoll von dir.« Werner blickte zu seinem Benz, der über das Flugfeld holperte. »Du solltest unbedingt zurück nach England fahren. Du wirst Deutschland nie verstehen.«

Das stimmt nicht, sagte sich Martin, während er in einem klapperigen Taxi saß. Vielmehr kam es ihm so vor, als verstünde er in mancher Hinsicht Deutschland besser als sein Vetter. Denn er war objektiv und unvoreingenommen und verfolgte die unterschiedlichen Strömungen aus der Ferne. Den revolutionären Kampf, die Braun- und Rothemden, die Monarchisten, Sozialisten, Kommunisten und die junge demokratische Republik. Von Weimar über München nach Berlin. Das Bemühen, Millionen Scherben so zu kitten, dass eine Nation entstand.

Er beobachtete ein paar Frauen, die mit prall gefüllten Einkaufstaschen trotz des tosenden Verkehrs eilig die Zimmerstraße überquerten. In den Taschen waren keine Lebensmittel, sondern Geld. Zehntausende von Mark, für die es mit ein bisschen Glück ein kleines Brot oder ein paar Rüben gab.

Während seiner Bayernreise waren jede Menge Nachrichten für ihn im Bristol eingegangen. Der Empfangschef drückte ihm ein dickes Bündel Blätter in die Hand, und Martin sah sie auf dem Weg zum Fahrstuhl durch.

Eine Nachricht von Onkel Paul.

Martin, habe Kingsford vor meiner Abfahrt nach NY telegrafiert. Habe ihm gesagt, du würdest abermals für ihn arbeiten, aber nur als Reisereporter für das Doppelte deines bisherigen Gehalts. Überlass die Dinge mir.

Das Telegramm hatte die gewünschte Wirkung offensichtlich nicht verfehlt, denn auch Scott Kingsford hatte ihm telegrafiert.

Lieber Martin. Stopp. Hocherfreut über die Nachricht von Paul Rilke. Stopp. Reisereporter, gerne. Stopp. Gehalt wird noch verhandelt. Stopp.

Lächelnd stopfte Martin beide Schreiben in die Jackentasche und schlitzte einen schlanken, festen, cremefarbenen Umschlag auf, der in der Charlottenburger Straße aufgegeben worden war.

Mein lieber Rilke. Ich bedauere, dass wir keine Gelegenheit hatten, uns länger zu unterhalten. Nun bin ich aus Weimar zurückgekehrt und hoffe, Sie rufen mich so bald wie möglich an.

Ihr ergebener Erich Lieventhal.

Auf den meisten anderen Zetteln ging es um Telefonanrufe von Leuten, die ihm ihre persönlichen Geschichten andrehen wollten oder vorgaben, sie hätten irgendwelche heiße Tipps für ihn. Eine kurze Nachricht allerdings fiel ihm ins Auge, und er grinste, als er die Worte las.

Ein Herr Golden hat versucht, Sie zu erreichen, und gesagt, dass er im Hotel Adlon wohnt.

Es tat richtig gut, Jacob wiederzusehen. Fröhlich ließ er sich auf ein Sofa in der eleganten Suite des Freundes fallen und steckte sich eine Zigarre an.

»Was in Gottes Namen machst du in Berlin?«

Jacob sah bleich und traurig aus und setzte ein müdes Lächeln auf. »Ich nehme an, ich suche Trost. Du bist der Einzige, mit dem ich reden kann. Ich habe ein paar grauenhafte Wochen hinter mir und beschlossen, dass ich eine kurze Pause brauche.«

»Was ist passiert? Ist die Auflage der *Post* auf null gesunken?«

»Ich wünschte mir, es wäre nur das. Unsere kleine Kampagne für die Einheit der Streitkräfte hat solchen Eindruck auf die Leser und vor allem die Politiker gemacht, dass der alte Fenton praktisch auf Befehl des Parlaments umgehend aus dem heißen Wüstensand zurückbeordert worden ist. Er war im Handumdrehen wieder da, und meine Affäre mit Winnie ist endgültig vorbei. Natürlich wusste ich, dass sie eines Tages enden würde, und ich dachte, wenn es so weit wäre, käme ich als reifer, weltgewandter Mensch problemlos damit klar. Schließlich sind Affären heutzutage an der Tagesordnung, und ein Mann von Welt wie ich sollte nicht so aus dem Gleichgewicht geraten. Ein angenehmer Zeitvertreib für regnerische Nachmittage. Eine amüsante Liebelei. Mehr war es ja nicht.

Könnte ich es nur so sehen! Bei unserem letzten Kuss hatte ich das Gefühl, als stürze ich kopfüber in ein abgrundtiefes Loch.« Er öffnete den weißen Spitzenvorhang und starrte auf die reich geschmückte Fassade der britischen Botschaft gegenüber in der Wilhelmstraße. »Ich bin völlig hin- und hergerissen und kann kaum in Worte fassen, wie ich mich gefühlt habe, als Fenton mir die Hand geschüttelt hat. Weißt du, wir mussten eine Cocktailparty für ihn geben, damit er die Presseleute kennen lernt. Er ist jetzt der Colonel der *Daily Post*, hat mir dafür gedankt, dass ich ihm ein derart guter Freund bin und mir dabei offen – ohne das spöttische Fenton-Lächeln – ins Gesicht gesehen. Hat sich mit Handschlag bei mir bedankt. Dabei war ich ihm ein wahrlich feiner Freund …«

Martin betrachtete seine Zigarrenspitze. »Natürlich bist du sein Freund, Jacob. Du hast Winnie ja nicht verführt, sondern dich einfach in sie verliebt. Dir war von Beginn an klar, dass diese Liebe keine Zukunft haben würde, und jetzt ist es vorbei. Ich weiß nicht, was ich sagen oder dir empfehlen soll.«

»Vielleicht, dass du mit mir losziehst und ich mich volllaufen lassen soll. Während du zumindest halbwegs nüchtern bleibst. Natürlich bist du eingeladen.«

»Meinetwegen. Ich habe von einem Club am Potsdamer Platz gehört, in dem sich nackte Frauen auf runden Betten wälzen.«

Jacob verzog angesäuert das Gesicht. »In meinem momentanen Zustand würde ich lieber was in einem Kloster trinken.«

Martin wusste nicht genau, wann oder wo der Briefumschlag bei ihm gelandet war. Es konnte überall passiert sein – in der Bar des Adlon, im Excelsior, im Kabarett Luna oder einem von den vielen anderen Lokalen, in denen man vor lauter Rauch und Menschen kaum etwas sah. Er entdeckte ihn am nächsten Morgen, als der Zimmerservice seine Jacke holte, um sie abzubürsten, und zuvor das Kleingeld, zerdrückte Zigarren, ein Taschentuch und den besagten Umschlag aus den Taschen nahm.

Martin betrachtete den Briefumschlag mit trüben Augen.

Er war schmal und dünn und aus billigem, grauem Papier. Die Nachricht war mit Bleistift auf genauso billigem Papier notiert. Martin trat ans Fenster, stellte sich ins Sonnenlicht und las das auf Englisch verfasste Schreiben.

Herr Rilke,

ich bin bereit, Ihnen für die bescheidene Summe von fünfzig englischen Pfund Informationen über eine Angelegenheit von großer Wichtigkeit und internationaler Bedeutung zu geben. Ich habe ehrenvoll im Krieg gedient, aber inzwischen bin ich Pazifist. Ich habe die französische Ausgabe Ihres Buchs gelesen, und sein Inhalt hat mich sehr bewegt. Denn wie sagte der gute König Lear bei Shakespeare: Selig sind, die Frieden stiften. *Falls Sie ebenfalls dazu bereit sind, nehmen Sie morgen um zwölf den Omnibus der Linie 42 vor dem Hotel Excelsior in Kreuzberg, setzen sich – allein – aufs Oberdeck, und ich werde Sie kontaktieren, wenn ich denke, dass es sicher ist.*

PS: Die Angelegenheit betrifft Minister Lieventhal.

Nachdem Martin den Brief ein zweites Mal gelesen hatte, legte er ihn auf den Tisch und zog sich bereits auf dem Weg ins Bad den Morgenmantel und den Pyjama aus.

Jacob sah man nicht an, dass er bei ihrem Abschied nur ein paar Stunden zuvor sternhagelvoll gewesen war. Er saß Martin gegenüber am Leipziger Platz in einem Restaurant und schaufelte genüsslich Lammkoteletts und frisches Erbsenpüree in sich hinein. Der Brief lehnte an einer Flasche Wein, die zwischen ihnen stand.

»Also«, sagte Martin beim Kaffee. »Was hältst du davon?«

»Das mit den Friedensstiftern hat nicht König Lear, sondern Heinrich VI. gesagt. Ich frage mich, ob dieser Mensch dein Buch wirklich auf Französisch gelesen hat.«

»Ich meine den Inhalt«, fiel der Freund ihm leicht gereizt ins Wort. »Meinst du, der ist echt?«

Jacob kaute nachdenklich und betrachtete die Kastanienbäume. »Schwer zu sagen. Aber um das rauszufinden, brauchst du weiter nichts als fünfzig Pfund und eine Busfahrkarte. Und wenn du als Reporter für mich tätig wärst, würde ich sagen, riskiere es. Wobei fünfzig Pfund sogar in Mark noch eine ziemlich hübsche Summe sind. Beim Wechselkurs von heute Morgen bekommt man anderthalb Millionen für ein Pfund. Lieventhal. Wenigstens in diesem Punkt war er konkret. Bist du Lieventhal schon mal begegnet?«

»Ich habe ihn in London interviewt und ihn einmal kurz hier in Berlin gesehen.«

»Ein wirklich netter Kerl. War ein guter Freund von meinem Vater. Er und seine Tochter sind einmal zwei Wochen lang mit uns auf Vaters Yacht auf der Ostsee rumgeschippert. Das muss 1912 gewesen sein. Seither habe ich ihn nicht mehr gesehen.«

»Und Amelia?«

»Auch nicht. Aber das bedauere ich nicht. Sie war ein grauenhaftes Gör.«

Martin trank von seinem schwarzen Kaffee und hoffte, damit seinen dröhnenden Schädel kurieren zu können.

»Ich glaube, dass sie sich seither verändert hat.«

Bisher hatte er Informanten immer abgewiesen, weil ihre Neuigkeiten den verlangten Preis nie aufwogen. Und weil die Bezahlung von Schuhputzjungen, Droschkenfahrern, Polizisten oder Bordsteinschwalben immer nach der Arbeit eines Polizeireporters roch. Wenn man über Verbrechen schrieb, zahlte sich das oft aus, in der Politik hingegen war dieses Geld meistens zum Fenster rausgeworfen – und fünfzig Pfund waren selbst bei einer Inflation keine Kleinigkeit.

Trotzdem packte ihn die Neugierde, und am nächsten Tag wartete er am Mittag auf den Bus, der vor dem Säuleneingang des Hotel Excelsior hielt. Das Gefährt der Linie 42 stieß dicke Rauchwolken aus. Martin kaufte eine Fahrkarte und stieg über die Außentreppe auf das fast leere Oberdeck. In diesen Zeiten hatte kaum jemand das Geld für eine Busfahrt, und nachdem er kurz die Handvoll Fahrgäste gemustert hatte, nahm er ganz hinten Platz. An den Haltestellen stiegen Leute ein und aus, doch niemand sprach ihn an. Erst als der Bus die Kochstraße, in der die Zeitungsredaktionen angesiedelt waren, hinunterkroch, schwang sich ein junger Mann in einem fadenscheinigen, doch sauberen Anzug in den Bus, erklomm die Treppe, faltete eine Zeitung auseinander und setzte sich neben Martin. Schweigend starrte Martin geradeaus, bis der Mann die Zeitung sinken ließ.

»Dürfte ich bitte das Geld haben?«, bat er auf Englisch.

Martin schüttelte den Kopf. »Ich zahle erst bei Lieferung. Sie müssen mir schon vertrauen.«

»Natürlich, Herr Rilke. Ich werde mich Ihnen nicht mit Namen vorstellen, aber ich arbeite bei Tante Voss – bei der *Vossischen Zeitung* – als Angestellter eines Redakteurs.«

»Das ist eine gute Zeitung.«

»Ja, Herr Rilke, da haben Sie recht. Während des Krieges war ich bei der Luftwaffe – als Beobachter. Bereits bei meinem ersten Flug über die Schützengräben 1917 hat sich mein Pilot verflogen, und nachdem uns das Benzin ausgegangen war, haben wir hinter den gegnerischen Linien eine Bruchlandung gemacht. Den Rest des Krieges habe ich in einem Kriegsgefangenenlager zugebracht. Zum Zeitvertreib habe ich Englisch und Französisch und Stenografie gelernt. Das erzähle ich Ihnen, damit Sie wissen, dass Sie es mit einem zweifellos intelligenten Mann zu tun haben.«

Martin sah ihn sich genauer an. Er war Mitte zwanzig, hatte einen hellen Teint und die blauen Augen eines Norddeutschen aus Schleswig-Holstein oder Mecklenburg. Sein Gesicht war schmal und eingefallen, und seine zerbrechliche Erscheinung wies auf eine unzulängliche Ernährung hin.

»Sie können jetzt zum Punkt kommen.«

»Ja.« Er zog einen Umschlag aus der Innentasche seiner Jacke. »Alles, was ich Ihnen jetzt erzählen werde, habe ich ausführlich aufgeschrieben. Es gibt eine geheime Gesellschaft, bestehend aus Fliegern und Beobachtern, die während des Krieges bei der Luftwaffe gedient haben. Es ist eine kleine Gruppe, der beinahe ausschließlich Offiziere angehören. Sie treffen sich in unregelmäßigen Abständen in einer der Bars oder einem der Cafés in der Innenstadt. Sechs Mitglieder dieser Gesellschaft – die schwarzen Ritter des Himmels – hecken einen Plan aus, um Erich Lieventhal zu ermorden. Das heißt, der Plan ist fertig, nur den Zeitpunkt haben sie bisher noch nicht festgelegt.«

»Weiß Ihre Zeitung darüber Bescheid?«

»Ja, Herr Rilke. Genau wie die Polizei. Aber Sie müssen wissen, dass allein in den vergangenen acht Monaten mindestens zwanzig Komplotte aufgeflogen sind. Freikorpsbanden brüsten sich öffentlich damit, Lieventhal zu töten, und die Polizei kann nichts anderes tun, als dem Minister Leibwachen zur Verfügung zu stellen. Selbst mein eigener Verleger nimmt die schwarzen Ritter nicht ernst.«

»Und weshalb glauben Sie, dass ich das tun werde?«

»Weil ich weiß, dass die Geschichte wahr ist«, antwortete der junge Mann mit leiser, eindringlicher Stimme.

»Gehören Sie dieser Gruppe an?«

»Nein, Herr Rilke. Mit völkischen Verbänden will ich nichts zu tun haben.«

»Haben Sie etwas mit den Nationalsozialisten zu tun?«

Der junge Bursche runzelte die Stirn. »Diesem Verein aus Bayern? Nein. Das ist lauter Lumpenpack. Diese Männer glauben, dass sie Patrioten und Idealisten sind. Ich kenne zwei oder drei von ihnen – allerdings nicht die Verschwörer. Wenn ich deren Namen kennen würde, wäre ich ein toter Mann.«

»Verstehe.« Martin nahm den Umschlag, während er dem Mann ein Röllchen aus 10-Pfund-Noten in seine Jackentasche schob. Ohne ein weiteres Wort erhob er sich, ging hinunter aufs Unterdeck, sprang aus dem Bus und tauchte in der dichten Menschenmenge unter.

Martin saß mit seinem Whiskey-Soda auf dem Sofa, während Jacob die dicht beschriebenen Seiten mehrmals las.

»Seltsam«, sagte er schließlich. »Und vor allem typisch deutsch. Schwarze Ritter des Himmels! Blutschwüre, Selbstmordpakte, Bruderschaft bis in den Tod. Glaubst du dieses ganze Zeug?«

»Ich habe keinen Grund, es nicht zu glauben.«

»Und was wirst du mit diesen Informationen machen?«

»Erst mal gehe ich zu Lieventhal, damit er es selber lesen kann. Und dann … nun, ich bin mir noch nicht sicher. Denn ich kann mir nicht vorstellen, dass eine Berliner Zeitung wagen würde, diesen Text herauszubringen. Die Stimmung ist viel zu aufgeladen. Aber ich könnte den britischen und amerikanischen Zeitungen den Text telegrafieren, damit sie ihn abdrucken. Das wäre den Politikern in Weimar vielleicht derart peinlich, dass sie endlich mal was unternehmen und entschieden gegen diese Gruppen vorgehen.«

Jacob schnaubte. »Und wie? Die Hälfte der Armee ist mit den Freikorps-Mitgliedern verbündet, und die Polizei steht hilflos daneben.«

»Ich bin für jeden Vorschlag offen.«

»Ich empfehle dir, mit diesem Text zu Lieventhal zu gehen und zu tun, was er empfiehlt. Die Zeitungen in England und den Staaten auf die Sache anzusetzen halte ich für keine sonderlich gute Idee. Es gibt bisher keinerlei Beweise für diese Geschichte, und wir sollten nicht vergessen, dass auch für Journalisten ein Ehrenkodex gilt. Ich setze jeden meiner Leute an die Luft, der einen Artikel mit ›Gerüchten zufolge …‹ beginnt.«

Das am Rand des Tiergartens gelegene Herrenhaus hatte das Land Professor Sigmund Lieventhal geschenkt. Kaiser Wilhelm selbst hatte es mit entworfen, und der große Thomas Edison war extra für die Übergabe angereist.

Von außen sah der dreistöckige Marmorbau eher wie eine öffentliche Bibliothek oder ein Tempel als wie ein normales Wohnhaus aus, und Martin war überrascht über die warmen und behaglichen Räumlichkeiten.

Lieventhal empfing die beiden jungen Männer in der Bibliothek im ersten Stock, einem langgezogenen Raum mit blank polierten Mahagonimöbeln, vollgestopften Buchregalen, weichen Ledersesseln und einem leuchtend bunten Orientteppich auf dem Parkettboden.

»Schön, dass Sie vorbeigekommen sind, Martin. Und du auch, Jacob.« Er tätschelte ihm freundschaftlich die Wange und fügte hinzu: »Die Nachricht vom Tod deines Vaters hat mich sehr getroffen, aber ich kann verstehen, weshalb er diesen Schritt gegangen ist. Ein so vitaler, starker Mann. Er war wie ein Wikinger, wenn er auf seiner wunderschönen Yacht gesegelt ist. Er hat sein Leben würdevoll beendet.«

»Er hatte keine Angst davor zu sterben – aber der Gedanke, elendig dahinzusiechen, hat ihn geschreckt.«

Martin räusperte sich leise, während er den Brief aus seiner Tasche zog. »Eure Exzellenz, wir sind hier wegen einer dringenden Angelegenheit. Dieses Dokument wurde mir heute zugespielt. Bitte lesen Sie es.«

Der ältere Mann nahm das Schreiben und trat hinter einen Schreibtisch. Nach dem Ende der Lektüre nahm er seinen Kneifer ab, polierte ihn mit einem Taschentuch und stieß ein leises Lachen aus. »Sie sagen, diese Blätter wurden Ihnen zugespielt? Und was haben Sie dafür bezahlt?«

»Ein paar englische Pfund«, antwortete Martin.

»Mein lieber Rilke, ich befürchte, dass Sie einem schamlosen Betrüger aufgesessen sind.«

Martin und sein Freund sahen sich an. »Ich fürchte, ich kann Ihnen nicht folgen, Sir.«

Der Minister warf das Schreiben achtlos auf den Tisch. »Mordkomplotte gegen mich sind an der Tagesordnung, weshalb keine Zeitung sie auch nur mit einem Wort erwähnt. Ich bekomme wöchentlich ein Dutzend Briefe, in denen mich die eine oder andere Geheimgesellschaft mit dem Tod bedroht. Gründe gäbe es aus deren Sicht genug. Sie sind ein bekannter Journalist und Amerikaner – deshalb dachte man bestimmt, dass Sie besonders gutgläubig und ein leichtes Opfer sind. Man hat eine Geschichte zusammengeschustert und sie Ihnen verkauft. Für einen Exklusivbericht. Ist das die richtige Bezeichnung, Martin? Exklusivbericht?«

»Ja, Sir.«

»Und Sie haben gutes Geld dafür bezahlt.«

Stille trat ein, und Martin konnte aus dem Garten leises Vogelzwitschern hören.

»Ich denke, dass die Geschichte stimmt«, sagte er langsam.

Lieventhal warf einen Blick auf die auf dem Tisch verstreuten Blätter. »Die schwarzen Ritter des Himmels! Blutschwüre und Bruderschaft bis in den Tod! Auf solch einen Unsinn kommt eine Burschenschaft bei einem Saufgelage.«

Seufzend stand er auf. »Die wahren Todesdrohungen bekomme ich tagtäglich auf der Fahrt zur Reichskanzlei. Von Kriegsveteranen, die denken, die jetzige Regierung habe unsere Reichswehr absichtlich geschwächt und so den Sieg verhindert. Diese armen Kerle werden niemals glauben, dass sie an der Westfront durch Waffengewalt besiegt wurden. Die republikanischen Politiker sind schuld, die Juden und die Kommunisten. Alle haben Schuld an der Niederlage, nur die Panzer, die Kanonen, Flugzeuge und die Amerikaner nicht, die um fünf vor zwölf noch in die Kämpfe eingegriffen haben. Und ich bin Politiker, Republikaner – und angeblich Jude. Dabei spielt es keine Rolle, dass ich von Geburt kein Jude bin. Das wissen sie genau. ›Jude‹ ist einfach ein Stempel, den sie jedem aufdrücken, der für das Kriegsende und für die Abdankung des Kaisers war. Deshalb beschimpfen mich die Veteranen jeden Morgen auf der Fahrt ins Ministerium und jeden Abend auf dem Weg nach Hause oder halten Plakate hoch. Die Worte sind stets dieselben: ›Tötet das Judenschwein Lieventhal‹.«

Er zerknüllte die Blätter. »Glauben Sie, dass dieser Unsinn mich erschreckt? Das ist nur eine weitere Absurdität – und im Vergleich zu den anderen Absurditäten, denen ich seit Wochen ausgeliefert bin, kaum von Bedeutung.«

Martin sah ihn hilflos an. »Bitte, Sir, ich denke immer noch …«

Zum Zeichen, dass das Thema für ihn beendet war, klatschte der Minister in die Hände. »Ich weiß Ihre Sorge um mein Wohlergehen zu schätzen, aber ich bin diese Dinge hinlänglich gewohnt. Und jetzt lassen Sie uns in den Salon gehen, und dann wenden wir uns bei einer Tasse guten, starken Tee erfreulicheren Themen zu.«

Als sie eintraten, saß sie bereits dort. Kein Maler, dachte Martin, hätte sie besser in Szene setzen können. Sie hatte auf einer kleinen Chaiselongue aus gelber Seide Platz genommen, und das bleiche Sonnenlicht, das durch die Fenster hinter ihr fiel, rahmte ihre weichen Züge ein.

»Amelia«, sagte Lieventhal. »Herrn Rilke hast du ja bereits auf Werners Fest kennen gelernt, und du erinnerst dich bestimmt noch an Jacob Golden.«

Als sie aufstand, wurde deutlich, was für eine große, schlanke, schöne Frau sie war.

»Mein Gott«, sagte Jacob. »Du bist nicht mehr die Amelia, die ich kannte.«

Als er auf sie zutrat, sah sie ihn mit einem breiten Lächeln an. »Aber du bist immer noch derselbe, Jacob. Du siehst noch genau wie damals aus. Ich hätte dich überall erkannt. Ärgert es dich immer noch, wenn junge Mädchen jede Menge dumme Fragen übers Segeln stellen?«

»Nein«, antwortete er und reichte ihr die Hand. »Denn inzwischen weiß ich, dass aus manchem jungen Mädchen eine attraktive junge Dame wird.«

Ein paar Diener schoben Rollwagen voller Delikatessen herein.

»Amelia«, wandte sich der alte Lieventhal an seine Tochter. »Schenk du uns bitte ein.«

Beim Tee erzählte Jacob, dass er im Theater von Max Reinhardt *Romeo und Julia* gesehen hatte und im Wintergarten im Varieté gewesen war. Doch Martin fiel es schwer, ihm zuzuhören. Auch wenn es im Zimmer warm und der Tee heiß war, brauchte er nur einen Blick auf Lieventhal zu werfen, und ein

Schauder lief ihm über den Rücken. Irgendwo da draußen schmiedeten vielleicht gerade in diesem Augenblick ein paar junge Männer in einem Café oder in einer Bar flüsternd einen Mordplan.

»Landen Romeo und Julia auf der Bühne tatsächlich im Bett?«

»Amelia«, rügte Lieventhal die Tochter. »Es ist ungehörig, so etwas zu fragen.«

»Also bitte, Vater, schließlich tun sie ja nur so. Reinhardt ist für seine Theatralik allgemein bekannt. Also, Jacob …«

»Nun, das sind sie in der Tat. Aber sehr dezent.«

Martin stand auf, murmelte eine Entschuldigung und ging noch einmal in die Bibliothek hinauf. Er strich den zerknüllten Brief glatt, steckte ihn ordentlich gefaltet in seine Jackentasche und kehrte in den Salon zurück.

Jacob erzählte immer noch von dem Theaterstück, und Lieventhal blickte verstohlen auf seine goldene Taschenuhr.

»Wir sollten langsam gehen, Jacob«, wandte sich Martin an den Freund.

»Jetzt schon?«, fragte Amelia enttäuscht.

»Ich fürchte ja.«

Sie nahm seine Hand. »Bitte kommen Sie bald wieder.«

Martin nickte nur, denn er brachte keinen Ton heraus. Es war, als hätte Ivy ihm die Hand gegeben und sähe ihm ins Gesicht.

Es dämmerte, als sie durch den Tiergarten zum Brandenburger Tor gingen. Sie mussten kurz warten, bevor sie den Pariser Platz gefahrlos überqueren konnten, und Jacob blickte Martin an.

»Ich weiß, was du gedacht hast«, sagte er. »Dass Amelia Ivy geradezu verblüffend ähnlich sieht.«

»Ja. Obwohl für mich jedes schwarzhaarige Mädchen mit

blauen Augen Ivy ähnlich sieht. Und du kannst dir gar nicht vorstellen, wie viele solcher junger Frauen es gibt. Aber das war es nicht, Jacob. Was mich so berührt hat, ist, wie jung und wunderschön sie ist. Ivy war genauso jung und wunderschön, als sie gestorben ist. Diese schwarzen Ritter des Himmels. Was, wenn sie versuchen, Lieventhal aus dem Verkehr zu ziehen, wenn er es am wenigsten erwartet? Vielleicht wenn er ins Restaurant oder ins Theater geht? Was, wenn sie ein Attentat auf ihn verüben, während Amelia dabei ist? Zielen sie genau, oder ballern sie wild in der Gegend rum?«

»Du bist der festen Überzeugung, dass es diesen Plan wirklich gibt, nicht wahr?«

Martin schob die Hand in seine Jackentasche und berührte den Brief. »Der Plan existiert, Jacob. Genau wie der Tod.«

14

Wolf von Dix las den Text, lehnte sich weit auf seinem Stuhl zurück und legte seine Beine auf den Schreibtisch.

»Und Sie sagen, Sie hätten diesen Text auch Lieventhal gezeigt?«

»Gestern Nachmittag«, entgegnete Martin.

»Und wie hat er darauf reagiert?«

»Mit müder Verachtung.«

»Durchaus verständlich, für ihn sind Todesdrohungen ja nichts Neues.«

»Und warum wird gerade er so häufig mit dem Tod bedroht?«

Dix zuckte mit den Schultern und verschränkte seine Arme hinter dem Kopf. »Weil er keine Angst vor den extremen Rechten hat. Er war für den Frieden, wenn auch zu den schmerzlichen Bedingungen, die mit den Siegermächten ausgehandelt worden sind, hat das Handelsabkommen mit den Sowjets unterzeichnet und noch andere Dinge unternommen, die sich mit bestimmten Zutaten des ideologischen Gebräus in Deutschland nicht vertragen, wobei eine dieser Zutaten anscheinend diese schwarzen Ritter sind.«

»Schwarze Ritter des Himmels«, wiederholte Martin nachdenklich.

»Ja. Und die Betonung liegt auf schwarz.«

»Haben Sie von denen schon einmal gehört?«

»Nein. Aber es gibt so viele Geheimgesellschaften in unserem Land, dass man leicht den Überblick verlieren kann. Die schwarzen und die roten Ritter, Siegfrieds Söhne und, und, und. Immer wenn sich irgendwo drei Veteranen aus dem Offizierskorps treffen, bilden sie einen geheimen Bund. Und eine dieser Gruppen hat den armen Erzberger ermordet, weil er, statt sich dem Befehl zu widersetzen, brav das Waffenstillstandsabkommen mit unterzeichnet hat. Sein einziges Verbrechen war also, dass er geholfen hat, dieses Gemetzel zu beenden. Suchen Sie bei diesen selbstgerechten Schurken besser gar nicht erst nach einer Spur von Rationalität.«

Martin beugte sich auf seinem Stuhl nach vorn und trommelte mit seinen Fingern auf den Rand des Tischs. »Ich hatte gehofft, Sie wüssten vielleicht etwas über diesen speziellen Bund. Dass vielleicht Anna…« Er brach ab und sah Dix reglos an. »Ich glaube, Sie und Anna wissen über diesen Hitler und seine Partei noch mehr als das, was sie für mich aus den Archiven ausgegraben hat. Habe ich recht?«

Gähnend streckte der Büroleiter die langen Arme in Richtung des Deckenventilators aus. »Das könnte sein. Aber schließlich haben Sie bei unserem letzten Treffen beiläufig erwähnt, die kleine, goldene Nadel mit dem Hakenkreuz gehöre einem Freund. Ich gehe davon aus, dass dieser Freund Werner von Rilke ist, der abwechselnd in Berlin und in Bad Isar lebt und Ihr Vetter ist. Deshalb dachte ich, ich halte besser meinen Mund. Und was die Akten im Archiv angeht, sollten Sie nicht vergessen, lieber Martin, dass der Eigentümer unserer Agentur Amerikaner ist. Herr Kingsford interessiert sich nur für Neuigkeiten, die er auch verkaufen kann, und Berichte über unwichtige Leute, die in Brauhäusern krakeelen und auf die Juden schimpfen, sind ihm vollkommen egal.«

»Weshalb waren Sie sich so sicher, dass das Werners Nadel ist?«

»Ich bin, genau wie Sie, ein guter Journalist. Ich verdiene meinen Lebensunterhalt damit, dass ich unsere Geschichten über das Berliner Nachtleben, Berühmtheiten, die unsere Stadt besuchen, oder aufstrebende Sterne am Theaterhimmel an den Mann bringe. Aber in meiner freien Zeit sperre ich Augen und Ohren so weit wie möglich auf. Deshalb weiß ich, dass das meiste Geld der Nazis, wie wir diesen Haufen nennen, von Werner von Rilke kommt.«

»Haben Sie dafür Beweise, Dix?«

»Allerdings, und sie sind wasserdicht.« Er schwang seine Beine vom Tisch und beugte sich vor. »Auf die Worte meiner Informanten kann man bauen. Wenn Sie wollen, kann ich diese Leute anrufen und sehen, was ich über diese schwarzen Ritter in Erfahrung bringen kann, aber das wird nicht sehr viel sein. Denn diese kleinen Gruppen haben die Geheimhaltung zu einer wahren Kunst erhoben. Und Berlin ist nicht nur eine große Stadt, sondern ein regelrechter Dschungel, in dem man sich leicht verlieren kann.«

Während sich das Taxi einen Weg vorbei an unzähligen Fahrradfahrern, riesengroßen Pferdefuhrwerken, klapprigen Lastwagen und altersschwachen Autos, die im nächsten Augenblick zusammenzubrechen drohten, bis Unter den Linden bahnte, betrachtete Martin die Gesichter der Menschen, die die Bürgersteige bevölkerten und sich zwischen den nur mühsam vorankommenden Gefährten hindurchschlängelten. Zwei junge, blonde Männer in Lederjacken unterhielten sich angeregt, während sie direkt vor Martins Taxi die Straße überquerten. Sprachen sie über ihre Arbeit oder ihre Arbeitslosigkeit, über ihre Freundinnen oder über einen geplanten Mord? Martin beobachtete nachdenklich die Menschenmenge auf dem Gehweg, diese aberwitzigen Spekulationen brachten ihn nicht weiter. Genauso sinnlos wäre der Versuch, in einer Millionenstadt herauszufinden, wer die sechs Verschwörer waren. Und auch Dix' Verbindungsleute drangen nicht in derart abgeschottete Kreise vor. Martin wusste nur von einem Menschen, der das könnte, weil er die entsprechenden Verbindungen hatte. Er beugte sich vor und tippte kurzerhand dem Taxifahrer auf die Schulter.

»Fahren Sie mich in den Grunewald.«

Der Diener der Rilkes, in seiner Samtjacke mit den blank polierten Messingknöpfen eine prachtvolle Erscheinung, hob überrascht die Brauen, als ein hustendes Taxi vor der Haustür hielt. Für gewöhnlich erschien niemand ohne Voranmeldung. Er bekam allmorgendlich von Friedrichs Sekretär die Gästeliste mitsamt den veranschlagten Ankunftszeiten und wusste, dass der Name Martin Rilke nicht darauf stand. Und obwohl er ein Verwandter war, gehörte es sich nicht, die Herrschaft einfach ohne Vorankündigung zu überfallen.

»Herr Werner?«, fragte er verwirrt. »Der ist nicht hier, Herr Rilke. Und er wird auch nicht erwartet.«

»Kommt er heute denn nicht nach Hause?«, erkundigte sich Martin.

»Er hat eine eigene Wohnung in der Zeltenallee 47, unweit der Charlottenburger Straße«, erwiderte der Diener.

Dann wohnte Werner also gerade mal einen Steinwurf von den Lieventhals entfernt. Martin kam sich wie ein Esel vor.

»Vielen Dank.« Froh, dass das Taxi noch nicht abgefahren war, stieg er eilig wieder ein.

Die Nummer 47, die zu einer Reihe viergeschossiger, barocker Steinbauten gehörte, wurde durch hohe Lindenbäume von der Straße abgeschirmt. Auf mehreren Balkonen ausländischer Botschafter wehten Flaggen. Martin zahlte für die Taxifahrt mit einer englischen Krone, und der Fahrer hätte vor lauter Verblüffung über die solide Silbermünze, die er in die Hand gedrückt bekam, beim Anfahren fast den Motor abgewürgt.

Werners riesige Zwölf-Zimmer-Wohnung lag im Erdgeschoss. Aus den oberen Etagen hatte er zwei noch größere Wohnungen gemacht, in die ein chilenischer Geschäftsmann und der Chargé d'Affaires von Argentinien eingezogen waren.

»Dies war früher Vaters Stadthaus«, sagte Werner, während Martin sich bewundernd umsah. »Ich habe beschlossen, Wohnungen daraus zu machen. Ich führe das bequeme Leben eines Junggesellen und werde von einer Köchin und von einem Kammerdiener rundherum versorgt.« Er wies auf den großen Billardraum. »Hättest du Lust auf eine Partie?«

»Nicht jetzt.«

»Dann vielleicht auf einen Drink?«

»Nein, danke. Ich bin nur gekommen, weil ich ein Problem habe, bei dem du mir womöglich helfen kannst.«

Sie setzten sich in den Salon, und Martin gab Werner den Brief seines Informanten. Werner las ihn durch und legte ihn auf den Couchtisch.

»Das klingt vollkommen absurd, Martin. Schwarze Ritter des Himmels! Solche Namen tauchen für gewöhnlich nur in Groschenheftchen auf. Du nimmst diese Sache hoffentlich nicht ernst?«

»Oh doch, das tue ich. Auch wenn Lieventhal sie abtut und die Polizei anscheinend ebenfalls.«

»Was ich verstehen kann.«

»Ach ja? Aber solche geheimen Gruppen existieren – und trotz des lächerlichen Namens sind sie potenziell gefährlich.«

»Was genau willst du damit andeuten?«

»Ich deute gar nichts an. Ich möchte einfach wissen, was du dazu zu sagen hast.«

»Ja, diese Gruppen existieren.« Werner hievte sich aus seinem Sessel und ging langsam auf und ab. »Es ist nicht weiter schwer, ihre Gefühle zu verstehen. Es sind lauter Männer, die im Krieg gekämpft und die ihr Blut von Tannenberg bis an die Marne vergossen haben. Doch obwohl sich unsere Armee niemals ergeben hat und nie geschlagen wurde, haben wir den Krieg verloren. Deshalb haben viele Männer das Gefühl, dass die Politiker und Bolschewiken ihnen in den Rücken gefallen sind, während sie sich im Kampf für Deutschland und den Kaiser aufgeopfert haben. Als Folge haben wir zwei Millionen Tote zu beklagen, und unser Vaterland hat sich in ein lebendiges Grab verwandelt. Deutschland wurde seiner Reichtümer beraubt und von seinen Feinden regelrecht kastriert.

Ja, Martin, solche Formierungen gibt es. Aber es wäre ein Fehler, sie alle über einen Kamm zu scheren, weil nicht alle Freikorps-Schlägertruppen oder Gauner von der Straße sind. Viele Männer sind grundehrlich, werden von den höchsten patriotischen Idealen angetrieben und wollen nur dafür sorgen, dass den zahlreichen Verrätern unter uns die gerechte Strafe widerfährt.«

Martin hatte einen trockenen Mund. »Gehört dazu für dich auch Erich Lieventhal?«

Werner ging weiter schweigend durch das Zimmer, blieb plötzlich stehen und blickte Martin durchdringend an. »Erich verfolgt seine Ideale und pflegt einen eigenen Patriotismus. Deshalb ist er kein Verräter, aber seine Politik hat sich als grundverkehrt herausgestellt, was unsere Nation jetzt auszubaden hat. Er ist zu schwach und geht mit dem Westen viel zu diplomatisch um. Aber so machen es sämtliche Minister dieser jämmerlichen Republik. Sie alle versuchen, eine Bestie zu beschwichtigen, indem sie ihr die Hand hinhalten, damit sie nach Belieben fressen kann.«

»Das heißt, dass ungeachtet dieses lächerlichen Namens vielleicht eine solche Gruppe Lieventhal ermorden will.«

»Ich muss zugeben, dass das nicht völlig ausgeschlossen ist«, sagte Werner und flüsterte fast.

»Habe ich mir's doch gedacht. Ich will ganz offen zu dir sein und hoffe, dass ich dir mit meinen Worten nicht zu nahe trete. Irgendwo in dieser Stadt gibt es ein paar junge Männer mit hehren Idealen, die mit hässlichen Pistolen ausgerüstet sind. Ich glaube, dass du dich mit diesen Männern nicht nur in Verbindung setzen, sondern sie auch dazu bringen könntest, von der Umsetzung dieses verrückten Plans abzusehen.«

Werner wurde starr, als hätte sein Cousin ihm eine Ohrfeige verpasst. »Ich fürchte, dass du mir doch zu nahe trittst. Denn diese Art Kontakte habe ich nicht.«

»Das zu glauben fällt mir schwer.«

»Ich lüge nicht.«

»Das habe ich auch nicht gesagt. Vielleicht erkennst du wirklich nicht, was für Männer du da unterstützt. Obwohl Hitlers SA-Männer sich kaum von den schwarzen Rittern unterscheiden.«

Werner wandte ihm den Rücken zu und blickte hinaus auf die grünen Linden. »Du hast nicht das Recht zu kritisieren, wen ich unterstütze und wen nicht. Hitler ist kein Mörder. Er will dieses Land nur heilen. Du kannst diese Dinge nicht verstehen, Martin, weil du einer von den Siegern bist. Es tut mir leid, aber ich muss dich bitten, jetzt zu gehen.«

Der Brief war mittlerweile derart abgegriffen, dass die Schrift kaum noch zu lesen war. Aber Martin kannte den Text auswendig. Die Blätter lagen auf der Kommode, während er sich mühsam eine halbwegs akzeptable schwarze Fliege band. Hatte ihn der junge Bursche vielleicht doch hinters Licht geführt? Er wünschte von Herzen, dass er von dem jungen Kerl betrogen worden war. Dafür hätte er mit Freuden fünfzig Pfund bezahlt.

Er nahm ein Taxi zum Adlon, wo er Jacob schon am Eingang stehen sah. »Du kommst ein bisschen spät«, sagte Jacob, als er zu ihm in den Wagen stieg. »Hattest du Schwierigkeiten mit deinen Manschettenknöpfen?«

»Nein, mit der Fliege. Vielleicht sollte ich mir eine dieser Fliegen mit Gummiband kaufen.«

»Ich fürchte, als Salonlöwe taugst du nicht viel, Martin.« Jacob zündete sich eine Zigarette an und lehnte sich zurück. »Und, hast du heute irgendetwas erreicht?«

»Nein. Egal, mit wem ich sprechen wollte, alle haben früher oder später dichtgemacht.«

»Ich an deiner Stelle würde aufhören, mir Sorgen zu machen. Vielleicht ist dieses Schreiben einfach ein Zeichen der Zeit, sonst nichts. Männer von Lieventhals Format lernen, mit solchen Dingen umzugehen. Sie entwickeln einen ausgeprägten Fatalismus – eine Eigenschaft, für die die Deutschen sowieso berüchtigt sind. Und wenn man praktisch täglich Todesdrohungen bekommt, verstärkt sich dieser Fatalismus noch. Auch wenn man den alten Knaben für seinen Gleichmut bewundern muss. Er weicht nicht einmal ansatzweise von seiner Routine ab. Zuverlässig wie ein Uhrwerk fährt er stets zur selben Zeit und auf derselben Route in die Reichskanzlei und wieder heim. So kann ihn die Berliner Polizei leichter im Auge behalten.«

»Wer hat dir das erzählt?«

»Amelia. Ich habe sie heute zum Mittagessen eingeladen.«

»Ach?«

»Ja«, gab Jacob leicht verlegen zu. »Sie ist ein äußerst nettes Mädchen.«

»Eine Frau, Jacob. Sie ist eine erwachsene Frau.«

»Wirklich? Das ist mir bisher gar nicht aufgefallen. Und wenn, ist sie auf jeden Fall eine sehr junge Frau. Ich komme mir ihr gegenüber wie ein Onkel vor.«

»Die Erfahrung hast du sicher noch nicht oft gemacht.«

»Da hast du recht. Aber irgendwie ruft sie meinen Beschützerinstinkt wach. Ich habe ihr von deiner abenteuerlichen Busfahrt und dem Brief erzählt, und sie meint, dass sie unsere Besorgnis sehr zu schätzen weiß.«

»Natürlich.«

»Um die Geschichte eines langen, angenehmen Nachmittags ein wenig abzukürzen: Offenbar hat sie den Fatalismus ihres Vaters übernommen. Denn selbstverständlich war sie wegen der Geschichte etwas beunruhigt, aber von Panik keine Spur. Sie hat gesagt, die Polizei wisse über den Tagesablauf ihres Vaters genau Bescheid. Die Beamten könnten ihre Uhren nach ihm stellen, an sechs Tagen pro Woche geht er Punkt 7 Uhr 15 aus dem Haus und fährt durch die Charlottenburger Straße und die Wilhelmstraße in die Reichskanzlei. Und die Beamten sind wachsam und halten sich unauffällig in seiner Nähe auf. Sein Hang zur Routine sorgt also für seine Sicherheit. Jede Mörderbande, die was auf sich hält, muss wissen, dass sein Wagen stets bewacht wird und dass die beiden muskulösen Kerle im Opel hinter der Limousine keinen Ausflug machen. Ein Versuch wäre also höchst riskant. Denn auch wenn Berliner Polizisten keine Ahnung haben, wie man ein Mordkomplott im Keim erstickt, wissen sie offensichtlich, wie man einem Wagen folgt. Fühlst du dich jetzt besser?«

»Ich weiß nicht.«

»Mich hat es jedenfalls beruhigt. Vielleicht hat dein Informant ja recht, aber höchstwahrscheinlich ist der Plan nur einer von Dutzenden unausgegorenen Plänen, die irgendwelche jungen Burschen abends in der Kneipe ausbrüten und am nächsten Morgen schon wieder vergessen haben. Aber dein Engagement hat sich auf jeden Fall gelohnt. Amelia ist uns sehr dankbar.«

»Und was soll das heißen?«, fragte Martin verärgert.

Jacob beugte sich ein wenig vor und drückte seine Zigarette im Aschenbecher aus. »Keine Ahnung, alter Freund. Vielleicht ist es eine Frage der Semantik – während sie für mich ein Mädchen ist, nennst du sie eine Frau.«

Erich Lieventhal liebte Berlin und hatte vor und während des Kriegs lebhaften Anteil am berühmten Nachtleben genommen. In der Oper, den Theatern und den Nachtclubs kannte man ihn namentlich. Doch nun suchte er sie nicht mehr auf, weil der Anblick der Zylinderträger und der pelzbekleideten Frauen, die aus ihren glänzenden Limousinen stiegen und an den ruhelosen Armen vorbei in den Wintergarten oder in die Oper schlenderten, zu schmerzlich für ihn war. Genau wie der Gedanke, gemütlich in einem eleganten Restaurant zu speisen, während ein paar Türen weiter zerlumpte Gestalten geduldig in langen Schlangen darauf warteten, in einer der zahlreichen Küchen der Heilsarmee eine Schale Rübensuppe zu ergattern. Wenn er Gäste einlud, dann zu sich nach Hause, wo die Hungrigen und Mittellosen nicht mit ansehen mussten, welcher Überfluss immer noch in Deutschland herrschte.

Martin und sein Freund ließen sich aus den Mänteln helfen und von einem Diener in den Ballsaal führen. Ein kleines Streichorchester spielte, während sich Damen in wunderschönen Roben und Männer im Frack im schimmernden Licht des Kristalllüsters zu sanften Walzerklängen wiegten und andere Gäste Cocktails und Hors d'œuvres genossen.

»Sitzt meine Fliege gerade?«, fragte Martin vor der Tür des Saals.

»Halbwegs«, antwortete Jacob. »Da drüben ist Amelia. Der Kerl, mit dem sie tanzt, sieht wie Siegfried aus der Nibelungensage aus.«

Martin folgte Jacobs Blick. Die gertenschlanke, schöne Amelia trug ein Kleid im angesagten Charleston-Stil und tanzte mit einem großen, blonden Burschen, der kaum älter war als sie. Eilig sah er wieder fort und ging zu einem langen Tisch, an dem ihm ein Diener im weißen Frack Champagner einschenkte.

Als das nächste Lied begann, spürte Martin plötzlich eine Hand auf seiner Schulter, drehte sich um und sah, dass Amelia hinter ihn getreten war und ihn anlächelte.

»Gehört es sich für eine Dame, einen Mann um einen Tanz zu bitten?«

»Ich bin mir nicht sicher. Vielleicht sollten Sie es einfach tun und sehen, was passiert.«

»Also gut. Dürfte ich um diesen Tanz bitten, Herr Rilke?«

»Nur wenn Sie mich Martin nennen.«

»Gerne, Martin.«

Er stellte sein noch volles Glas zur Seite und nahm ihre Hand. »Es wird mir ein Vergnügen sein. Allerdings muss ich Sie warnen, ich bin lange kein so guter Tänzer wie Ihr letzter Partner.«

»Kurt? Oh, er tanzt nicht so besonders. Er bewegt immer die Lippen, weil er den Takt mitzählt. Ich tanze überhaupt nicht gerne mit Kurt – aber alle anderen Mädchen scheinen vollkommen verrückt nach ihm zu sein. Denn er sieht sehr gut aus, nur leider ist ihm das bewusst, weshalb er furchtbar eingebildet ist. Ich hasse Leute, die sich etwas auf sich einbilden. Und Sie, Herr Ril … Martin?«

»Ich auch.« Er hielt sie steif im Arm und weigerte sich standhaft, sie an sich zu ziehen. Was sie zu merken schien.

»Es ist heutzutage durchaus statthaft, seine Partnerin ein wenig fester in den Arm zu nehmen«, sagte sie mit einem leisen Lächeln.

»Tut mir leid, ich tanze kaum.«

»Sie machen Ihre Sache ausgezeichnet. Sie müssen sich nur etwas mehr entspannen, dann geht alles wie von selbst.«

Doch es fiel ihm schwer, sich zu entspannen. Denn er musste an den ersten Tanz mit Ivy denken. Ivy hatte damals ihre Schwesternuniform getragen. Sie hatten zusammen Tee getrunken, und als er sie zu den Klängen eines Tangos in den Arm genommen hatte, hatte sich ihr Körper so problemlos an seinen angeschmiegt, als wäre er dafür gemacht. Es war ihm wie ein Wunder vorgekommen, als wären sie zwei Teile eines Ganzen und füreinander bestimmt.

»So ist's besser«, lobte ihn Amelia. »Und Sie haben gelogen. Sie sind ein hervorragender Tänzer.«

»Das sagen Sie doch nur aus Höflichkeit. Wie alt sind Sie, Amelia? Achtzehn?«

»Fast neunzehn.«

»Gehen Sie noch zur Schule?«

»Ich war in einem Mädchenpensionat in Zürich, aber das war fürchterlich. Alle Mädchen waren so eingebildet. Am liebsten würde ich an der Sorbonne oder in Heidelberg Chemie studieren, aber das erlaubt mein Vater nicht. Er ist entsetzlich altmodisch. Aus seiner Sicht genügt es, wenn ein Mädchen für den Hausgebrauch Klavier spielen und sehr gut nähen und sticken kann.«

Das Lied verklang, und das Orchester fing mit einem flotten Twostep an. Martin lächelte entschuldigend. »Das ist mir etwas zu schnell.«

»Dann setzen wir uns. Ich habe sowieso gehofft, dass ich mich kurz mit Ihnen unterhalten kann. Wenn Sie so nett wären, mir ein Glas Punsch zu holen, dann können wir nach draußen gehen, wo es ein bisschen ruhiger ist.«

Sie wartete auf dem Balkon, lehnte an der Steinmauer und sah hinunter in den Garten, als er mit dem Punschglas kam.

»Vielen Dank.« Amelia bedachte ihn mit einem ernsten Blick. »Ihre Sorge um Vaters Sicherheit hat mich zutiefst gerührt. Wie mutig von Ihnen, dass Sie sich auf dieses Abenteuer eingelassen haben.«

»Davon kann wohl kaum die Rede sein. Ich bin doch nur am helllichten Tag mit einem Omnibus gefahren.«

»Trotzdem war es mutig, weil einem in Berlin in diesen Tagen alles Mögliche passieren kann.«

»Genau darum ging es mir bei dem Gespräch mit Ihrem Vater, nur dass er anscheinend anderer Ansicht ist.«

»Er ist die Todesdrohungen gewöhnt. Wenn er jedes Mal mit Panik reagieren würde, ginge er wahrscheinlich nicht mehr aus dem Haus.«

»Er könnte sich zumindest ein paar Leibwächter anschaffen.«

»Und wie viele? Einen oder hundert? Außerdem denkt er, dass das seine Feinde freuen würde, weil es ein Zeichen wäre, dass er Angst vor ihnen hat. Aber er hat keine Angst. Er empfindet nur Verachtung für die Menschen, die ihn für einen Verräter halten. Und er ist nicht dumm. Leon, Vaters Fahrer, war Soldat. Er hat einen Revolver unter seinem Sitz versteckt, und sobald sie in Berlin oder in Weimar unterwegs sind, fahren zwei Polizisten in diskretem Abstand hinter ihnen. Was sollte er sonst noch tun? Schon früher hat es Gewalt gegeben, und diese Gewalt nimmt ohne Zweifel immer weiter zu. Trotzdem darf man sich nicht von der Angst erdrücken lassen.«

Er berührte ihre weiche Wange und sah sie mit einem sanften Lächeln an. »Sie sind sehr mutig.«

»Ich bin die Tochter meines Vaters.« Wieder lenkte sie den Blick auf den mondbeschienenen Garten. »Wie lange bleiben Sie noch in Berlin?«

»Ich weiß noch nicht. Ich habe im Augenblick keine konkreten Pläne, aber würde gerne noch an die Ruhr.«

»Im Augenblick ist das nicht gerade einfach und nach Meinung meines Vaters auch gefährlich. Die französischen und belgischen Soldaten schrecken nicht davor zurück zu schießen.«

»Ich weiß, aber das ist mein Job.«

»Das Leben eines Journalisten ist bestimmt sehr aufregend und viel interessanter als die Arbeit im Chemielabor. Vielleicht könnte ich Papa ja dazu überreden, dass er mich nach Oxford gehen lässt. Glauben Sie, er wäre damit einverstanden, dass ich Journalistin werde?«

»Um das rauszufinden, müssten Sie ihn fragen.«

»Er würde ja doch nur nein sagen.« Amelia stieß einen Seufzer aus. »Wir haben Nachtigallen im Garten. Ihr Gesang ist wunderschön. Mögen Sie Vögel?«

»Sehr.«

»Sind Sie verheiratet?«

Martin musste lachen. »Ihre Gedanken springen wie ein Derwisch hin und her. Nein, ich bin nicht verheiratet. Ich war es, meine Frau war Krankenschwester bei der britischen Armee und starb bei Paschendaele.«

Amelia blickte zu den Bäumen hinüber. »Bei der Erwähnung dieses Orts wird einem kalt ums Herz. Hier genauso wie in England. Mein Vetter Helmut ist dort gefallen. Mit gerade einmal zwanzig Jahren. Er hat mir das Skifahren beigebracht.«

Das Orchester spielte einen Foxtrott, und sie stellte ihr Punschglas auf der Balustrade ab und blickte Martin lächelnd an. »Dürfte ich noch um einen Tanz bitten?«

Sie hätte ihn noch tausend Mal um einen Tanz bitten können, dachte Martin, während er die junge Frau in seinen Armen schwang. Doch als das nächste Lied anfing, wurde sie von einem großen, jungen Mann mit dunklen Haaren höflich aufgefordert, und Martin ließ sie widerstrebend gehen.

Der Ball endete kurz vor Mitternacht, und während die Gäste zu den Taxis und den Limousinen strömten, sah sich Martin suchend nach Amelia um. Da sie jedoch inmitten einer Gruppe junger Männer stand, verabschiedete er sich nicht von ihr und stieg mit Jacob in ein Taxi.

Leise summend zog Jacob sein Zigarettenetui aus der Tasche. »Das war ein wirklich netter Abend, findest du nicht auch?«

»Ja«, murmelte Martin rau.

»Wie wäre es mit einem Schlummertrunk bei mir im Adlon?«

»Nein, ich glaube nicht.«

Jacob zündete sich eine Zigarette an und blies den Rauch langsam aus. »Wir beide sind seit einer halben Ewigkeit befreundet, Martin. Ich habe gesehen, wie du mit Amelia getanzt hast. Aber, lieber Freund, sie ist nicht Ivy. Sie sieht ihr nur ähnlich. Hoffentlich ist dir der Unterschied bewusst.«

Martin bestellte seinen Schlummertrunk beim Zimmerservice, setzte sich mit dem doppelten Whiskey auf sein Bett, zündete die letzte der erlesenen Zigarren seines Onkels an und machte in seiner ordentlichen Kurzschrift einen Eintrag in sein Tagebuch.

Beobachtungen und Gedanken. Hotel Bristol.

Jacob hatte völlig recht. Es ist ein großer Unterschied, aber man kann es mir wohl kaum verdenken, dass ich die Gelegenheit genutzt habe, für einen Augenblick in einer Illusion zu schwelgen. Dass ich meine Augen kurz geschlossen und mir eingebildet habe, dass Amelia Ivy ist. Aus der Ferne sieht Amelia wie Ivy aus. Was wunderbar, aber zugleich entsetzlich schmerzlich für mich ist. Milton würde mich verstehen. Denn wie heißt es in seinem Gedicht für seine tote Frau?

Ich dacht', ich säh, wie sich die mir vermählte heil'ge Frau wie einst Alcestis aus dem Grab erhebt …

Doch oh als um zu küssen mich, ihr Haupt sie beugt, erwachte ich,

sie floh, und mit dem anbrechenden Tag ward wieder Nacht um mich.

Die Stadt schlief nie. Sie legte sogar nachts nur manchmal eine kurze Pause ein, als hätten die Ereignisse des Tages sie erschöpft. Die anbrechende Dämmerung erweckte sie durch das Rattern der Straßenbahnen und das Klirren der Hufeisen der Pferde, die die schweren Lastkarren über den Mühlendamm zogen, abermals zum Leben, und im morgendlichen Zwielicht sah der Fluss dunkel und ölig aus. Als das erste Sonnenlicht die Stadt erhellte, fuhren bereits Züge in den Bahnhof Friedrichstraße ein und spuckten die Ströme von Geschäftsleuten, Verkäufern und Sekretärinnen aus, die sich die Fahrkarten noch leisten konnten. Bei Aschinger konnte man Kaffee oder eine Schale Erbsensuppe kaufen, ehe man sich auf einer schwarzen Schiefertafel vor der nächsten Bank über den aktuellen Wert der Mark informierte. An diesem ersten Juni betrug er dreihunderttausend für einen US-Dollar.

»Mein Gott!«, entfuhr es einem korpulenten Geschäftsmann, der vor der Dresdner Bank stand. »Wir sind ruiniert!« Doch seine Stimme klang seltsam erregt, weil die Zahlen jegliche Bedeutung verloren hatten.

Für die ausgezehrten Menschen, die zögernd ihre nächtlichen Unterkünfte verließen, waren diese Zahlen jedoch grausame Wirklichkeit.

Erich Lieventhal las seine Zeitung und schenkte sich aus der Silberkanne die zweite morgendliche Tasse brasilianischen Kaffees ein. Auch er hatte sich über den Wechselkurs für Franken, Pfund und Dollar informiert. Langsam trank er seinen Kaffee, als wolle er ihn für all die Millionen Deutschen mitgenießen, deren Kaffee heute früh aus sorgfältig gemahlenen Bucheckern oder dem Sud gekochter Steckrüben bestand.

Beim Frühstück las er nur Zeitung. Der Berg an Papier – die Berichte aus den anderen Ministerien, die Diplomatenpost, die Telegramme aus Paris, London und Washington, die zahllosen geheimen Dokumente – lag auf seinem Schreibtisch in der Reichskanzlei.

Der Ton der Journalisten war verbittert. Aber ganz Deutschland war seit dem Kriegsende verbittert. Er konnte die Verbitterung seiner Landsleute nachvollziehen. Denn wie sollten sie es auch verstehen? Die erlittene Niederlage war für sie befremdlich, und sie fühlten sich erniedrigt. Sie sollten Geld bezahlen, um die Kosten dieses Krieges zu begleichen. Sollten Kohle, Holz und Erz, Lastkähne, Eisenbahnen, Lastwagen an ihre Feinde liefern, und wie die Gerichtsvollzieher waren die Franzosen und die Belgier jetzt auch noch in Essen, Düsseldorf und Krefeld einmarschiert. Bismarck und der große Moltke drehten sich bestimmt in ihrem Grab um.

Er trank einen Schluck. Aber was konnte er dagegen unternehmen? Die Zeit war noch nicht reif. Das Volk brauchte Geduld. Selbst nach dem Massaker, dem an Ostern fast ein

Dutzend Arbeiter von Krupp zum Opfer gefallen waren, lautete die Devise an der Ruhr passiver Widerstand. Das hieß, nicht ein einziger Eimer Kohle wurde abgebaut. Nicht ein einziger Baum gefällt. Nicht ein einziges Rad drehte sich.

Die Ersparnisse der Arbeiter im Reich hatten sich in nichts aufgelöst. Für einen Lohn bekam man nicht einmal mehr ein Ei. Aber diesen Preis mussten die Deutschen eben zahlen, weil sie die Allliierten dazu bringen mussten einzusehen, dass die Bedingungen des Friedens nicht in Stein gemeißelt waren und die Worte des Vertrages von Versailles, die sich wie Eisennägel in die Seele Deutschlands bohrten, nur auf dem Papier existierten.

Lieventhal nippte ein letztes Mal an seiner Kaffeetasse, tupfte sich den Mund mit einer frisch gestärkten Leinenserviette ab und stand auf. Er zog die goldene Uhr aus seiner tadellos geschnittenen Weste und klappte den Deckel mit dem Daumennagel auf.

7 Uhr 13.

Gemessenen Schrittes ging er durch den Flur in die Eingangshalle und über die drei breiten Marmorstufen hinunter zur Einfahrt, wo bereits sein Wagen stand und Leon Hofer ihm die linke Hintertür aufhielt.

Man musste ruhig bleiben und zuversichtlich sein. Wenn die Handelswege wieder offen waren und deutsche Waren auf dem freien Markt verkauft wurden, kehrte auch der Wohlstand in das Land zurück. Gutes Geld würde das wertlose ersetzen, und selbst wenn die Alliierten weiterhin auf der Begleichung der Kriegsschulden bestünden, könnten sie sie innerhalb eines vernünftigen Zeitraums mit Münzen zurückzahlen und nicht mit den geschwollenen Leibern verhungernder Kinder.

Zeit. Sie war der Schlüssel zum Erfolg.

Das goldene Sonnenlicht erhellte die Quadriga oben auf dem Brandenburger Tor. In der Wilhelmstraße und Unter den Linden herrschte immer noch Verkehr, der jedoch täglich abnahm, weil es kaum noch Benzin gab. Einige Lastwagen und Autos fuhren mit Kohlegas und hatten riesige Gummiballons auf ihren Dächern festgemacht. Im Tiergarten sammelten Kinder Zweige für die Herstellung des Treibstoffs, doch bevor die Bäume Schaden nehmen konnten, wurden die Jungen und Mädchen von der Polizei verscheucht.

7 Uhr 20.

Zeit. Sie mussten ihnen Zeit geben. Der habgierige Poincaré, Premierminister Baldwin, Präsident Harding, Mussolini in Italien. Damit am Schluss nicht ganz Europa unter dem Gewicht all der Verhungerten zusammenbrach. Rachsüchtige Politiker und Generäle hatten Deutschland ans Versailler Kreuz genagelt. Deshalb mussten die Unternehmer einen Plan für die Wiederauferstehung des Landes entwickeln.

7 Uhr 23.

»Schwachkopf!«, fluchte der Chauffeur, als der Fahrer eines siebensitzigen, offenen Benz ihn schnitt.

Schuld? Niemand hatte Schuld. Das hieß, vielleicht der Kaiser. Das alte Regime, das für die Finanzierung dieses Krieges immer neue Scheine hatte drucken lassen, statt die Steuern zu erhöhen. Vielleicht hätte das im Falle eines Sieges funktioniert. Doch Deutschland hatte nicht gesiegt. 1914 hatten die Menschen laut nach einem Krieg geschrien, und den hatten sie bekommen, und dafür mussten sie jetzt bezahlen.

»Idiot!«, schrie Leon Hofer, als der Wagen vor ihm plötzlich grundlos hielt. Nur durch eine Vollbremsung kam er noch rechtzeitig zum Stehen. Dabei stieß er mit dem Kopf gegen die Windschutzscheibe und verlor seine Kappe.

Lieventhal flog kopfüber von seinem Sitz, und weder er

noch sein Chauffeur sahen den Wagen mit den vier jungen Männern, der in diesem Moment aus der Behrenstraße kam und den Opel der beiden Polizisten rammte. Sie hörten auch nicht die Pistolenschüsse, die das Leben ihrer treuen Bewacher beendeten.

Mühsam rappelte sich Erich Lieventhal vom Fahrzeugboden auf. Er bemerkte nicht, wie jemand auf den Wagen zulief, und auch nicht die Hand, die durch das offene Fenster auf der Fahrerseite eine Granate in das Wageninnere warf. Sie landete dicht neben ihm, doch er starrte sie nur mit großen Augen an, ehe sie ihn im nächsten Augenblick in Stücke riss.

Es war genau 7 Uhr 25, als er starb.

Das Klingeln eines Telefons riss Martin aus dem Schlaf.

»Martin?«, fragte Wolf von Dix. »Leider waren Ihre Informationen doch korrekt. Vor zwanzig Minuten wurde Lieventhal in der Wilhelmstraße ermordet.«

Er war wie betäubt, und es dauerte einen Moment, bis das Grauen ihm in seinem vollen Ausmaß bewusst wurde. Er murmelte ein paar bedeutungslose Worte und stand auf.

Die Wilhelmstraße war zwischen der Rückseite des Hotels Adlon bis zur Eingangstreppe des Justizpalasts abgesperrt. Eine Handvoll überarbeiteter Polizisten drängte die Schaulustigen zurück, während Lastwagen mit weiteren Polizisten und Soldaten neben dem Tatort anhielten und aus den Seitenstraßen Fußstreifen herbeistürzten. Als Martin – unrasiert und nachlässig gekleidet – vor der Absperrung erschien, weigerte der junge Polizist sich rundheraus, Martins Presseausweis auch nur anzusehen. Aber er ließ nicht locker und konnte endlich den Mann dazu bewegen, ihn durchzulassen.

In dem geschlossenen Wagen hatte die Granate ihre grauenhafte Wirkung nicht verfehlt. Die Leichen hatte man bereits entfernt, aber die Blutspritzer auf dem verbogenen Metall und dem geborstenen Glas machten deutlich, dass hier zwei Menschen auf brutale Art und Weise umgekommen waren. Das stumme Grauen lähmte Martin, und er starrte wie benommen auf die Überreste des Gefährts, bevor er langsam einen Block und einen Stift aus seiner Tasche zog. Denn schließlich war das Formulieren selbst der schlimmsten Sachverhalte Teil seines Berufs.

Als er aus dem Foyer des Adlon Dix anrief, sah er, dass Jacob mit einem AP-Korrespondenten das Hotel betrat. Er beendete das Telefongespräch und folgte ihnen in die Bar.

»Nun«, stellte Jacob grimmig fest. »Ich nehme an, jetzt glaubt die Polizei, dass diese schwarzen Ritter nicht nur unserer Einbildung entsprungen sind.« Er rührte das Eis in seinem Glas mit dem Zeigefinger um. »Diese Schweinehunde haben sogar ein Bekennerschreiben zurückgelassen, in dem steht, sie hätten Lieventhal fürs Vaterland und die Ehre des zweiten Reichs umgebracht.«

Martin winkte dem Mann hinter der Bar. »Hast du das Schreiben selbst gesehen?«

»Kurz. Ich war ja beinahe als Erster am Tatort, weil diese verfluchte Bombe praktisch unter meinem Fenster hochgegangen ist. Natürlich wurde mir erst klar, wer das Opfer war, als ich unten ankam und die Polizei Lieventhals Überreste aus dem Wrack gezogen hat.« Er nahm einen großen Schluck von seinem Drink. »Einer von den Polizisten hatte den Zettel in der Hand, und ich habe einen kurzen Blick darauf geworfen, bevor einer seiner Vorgesetzten ihn ihm weggerissen hat.«

Der AP-Mann schüttelte den Kopf. »Von jetzt an werden kriegsähnliche Zustände herrschen. Warten Sie's nur ab. Die Regierung wird die Kontrolle über alles übernehmen – das heißt, ab jetzt wird alles, was wir schreiben, zensiert, und die offiziellen Verlautbarungen sind das Einzige, was noch herausgegeben werden darf.« Er leerte sein Glas in einem Zug und wandte sich zum Gehen. »Das deutsche Volk erleidet einen kollektiven Nervenzusammenbruch. Es ist, als berichte man aus einem Irrenhaus.«

Martin sah dem Barmann bei der Zubereitung seines Whiskey-Soda zu. Aus den Augenwinkeln nahm er wahr, wie Jacob sein fast leeres Glas in der Hand kreisen ließ.

»Ben hat recht. Es ergibt nicht den geringsten Sinn, dass gerade Lieventhal ermordet worden ist.«

»Ich weiß«, erwiderte Jacob düster. »Und gerade dieser vollkommene Irrsinn macht mir Angst. Ich sorge mich vor allem um Amelia. Diese Schweine hatten kein politisches Motiv. Sie wollten keinen Putsch auslösen, sondern einfach jemanden bestrafen, und es wäre schon möglich, dass eine andere Gruppe das Gefühl hat, dieser Haufen wäre noch nicht weit genug gegangen, weil er seine Tochter hat laufen lassen. Denn wie lautet das Gebot der heidnischen Philosophie? Töte deinen Feind, und lösche die Familie deines Feindes aus, bis niemand mehr übrig ist!«

»Nenn mir einen vernünftigen Grund, warum sie es auch auf Amelia abgesehen haben könnten?«

»Was in Gottes Namen hat dies alles mit Vernunft zu tun? Den Begriff gibt es im Deutschen gar nicht mehr.«

»Hattest du schon die Gelegenheit, mit ihr zu sprechen?«

»Nein. Ich wollte sofort zu ihr, doch das Haus ist von Soldaten und von Polizei umstellt. Inzwischen tut mir leid, dass ich es überhaupt versucht habe. Ein paar der Männer, die das Haus bewachen sollten, haben laut gelacht. Ich wette, die Hälfte dieser Kerle denkt, der Mann hätte den Tod verdient.«

Martin dachte daran, wie sein Vetter Werner zornig vor

ihm auf und ab gegangen war. »Verräter müssen sterben, und er war für sie ein Vaterlandsverräter.«

In einer Hinsicht hatte der AP-Mann sich geirrt – die Regierung hatte keine Möglichkeit, die Nachrichten zu kontrollieren, weil ihr die Kontrolle bereits entglitten war. Den ganzen Tag rasten deutsche Journalisten und Korrespondenten ausländischer Blätter durch die Stadt, verfolgten Spuren und lösten das Verbrechen schneller als die Polizei.

Die Mörder waren derart unverfroren vorgegangen, und es gab so viele Augenzeugen, dass bereits am nächsten Abend jedermann in Deutschland in der Zeitung lesen konnte, dass Minister Lieventhal das Opfer eines patriotischen Geheimbundes geworden war. Ein Augenzeuge hatte einen der Bewaffneten des Öfteren mit seinem Taxi in der Wilmersdorfer Straße vor dem Mutter Engel, einem Stammcafé der Fliegerveteranen, abgesetzt. Das hatte der Augenzeuge Journalisten offenbart, worauf die ganze Meute umgehend zum Lokal aufgebrochen war. An einen Exklusivbericht war nicht zu denken, deshalb hatten die Kollegen sich darauf verständigt, bei der Suche nach den Mördern des Ministers Hand in Hand zu arbeiten und es innerhalb kurzer Zeit erstaunlich weit gebracht.

Mittlerweile hatten alle Zeitungen den Namen und das Bild eines der Täter abgedruckt. Die Aufnahme, die man aus seiner Wohnung hatte, war beunruhigend. Sie zeigte kein Monster, sondern einen schlanken, attraktiven jungen Mann in einem Fliegermantel. Einen hübschen, blonden Burschen, der stolz lächelnd neben einer Fokker stand. Das Eiserne Kreuz Erster Klasse an seinem Mantel hatte man ihm für heldenhafte Einsätze in Frankreich und für seine Führung eines Jagdgeschwaders verliehen, das zwanzig gegnerische Flieger abgeschossen hatte. Er war also ein Held und gleichzeitig ein Mörder. Für einige Zeitungen ein schwieriger Balanceakt.

WIE TIEF GEHT DIESE VERSCHWÖRUNG?, lautete die Schlagzeile des demokratischen *Berliner Tageblatts*. Am Anfang des Artikels lobte man den Flieger für seine im Krieg vollbrachten Heldentaten, um im Anschluss zu bedauern, dass er sich von Extremisten und Reaktionären in die Irre hatte führen lassen, die die Weimarer Republik durch sinnlose Gewaltakte zu schwächen versuchten, weil sie die Interessen Deutschlands nicht mit der gebotenen Vehemenz vertrat.

Der *Völkische Beobachter* hingegen sah den heldenhaften Flieger in einem vollkommen anderen Licht. In aller Eile wurde eine Sonderausgabe zum Tod von Lieventhal gedruckt, in der behauptet wurde, der Minister habe den armen Kerl gezwungen, so drastisch gegen ihn vorzugehen.

Sein grenzenloser Patriotismus hat den jungen Mann zu einem solchen Schritt bewogen. Denn es ist ja allgemein bekannt, dass Erich Lieventhal zu einer kleinen, internationalen Gruppe überwiegend jüdischer Bankiers und Finanziers gehörte, die mit Hilfe des jüdischen Bolschewismus die Kontrolle über die gesamte Welt erlangen will. Herr Lieventhal hat einen grauenhaften Preis für seine Arroganz und den an seinem Vaterland begangenen Verrat bezahlt, aber wir, die nationalsozialistische Bewegung Großdeutschlands, weinen ihm keine Träne nach!

In der Stadt kamen die wildesten Gerüchte auf. Vor den Mietskasernen in den westlichen Bezirken hängten die Arbeiter rote Fahnen auf, weil Lieventhal für sie wie Karl Liebknecht und Rosa Luxemburg ein Opfer des von Freikorps-Mitgliedern verübten Terrors und deshalb ein Märtyrer des Volks war. Die alten Spartakisten-Banner wurden ausgerollt, und ein Strom von fast zweihunderttausend Menschen wälzte sich zum Schlossplatz und hörte dort stundenlang verschiedenen Rednern zu. Die Soldaten, die den Zug bewachten, machten verdrießliche Gesichter, gingen aber nicht gegen die Leute vor. Trotzdem kam es zu einer Reihe von Zwischenfällen zwischen Roter Front und Angehörigen des Freikorps, und zwei Männer wurden totgetreten, bevor Lieventhals geschlossener Sarg zur öffentlichen Aufbahrung im Reichstag angekommen war.

DEUTSCHLAND, BLEIB RUHIG!, flehte die grundsolide Tante Voss die Leser an. ES GIBT KEINE VERSCHWÖRUNG GEGEN UNSERE REGIERUNG.

Das stimmte, die Gerüchte ebbten im Laufe der Zeit ab, und von Präsident Ebert wurde eine eintägige Staatstrauer zu Ehren des ermordeten Ministers anberaumt. »Ein Tag, um einen Menschen zu betrauern, der sein Leben für die Republik gegeben hat.«

Die Trauerfeier begann im Reichstag. Es wurden Reden gehalten, schwarze Fahnen wehten vor dem Haus, und ein Orchester spielte erst die Coriolan-Ouvertüre und dann Siegfrieds Trauermarsch aus der Götterdämmerung. Zu gedämpften Trommelschlägen bahnte sich der Trauerzug einen Weg zum Brandenburger Tor und weiter durch den Tiergarten bis zur Familiengrabstätte der Lieventhals.

Amelia trug einen schwarzen Schleier und saß steif neben ihrem Onkel in der Kutsche, die direkt hinter dem Leichenwagen fuhr.

»Ich freue mich über Ihre Anteilnahme«, sagte Bernhard Lieventhal zu den ausgewählten Trauergästen, die nach der Feier noch mit in das Haus in der Charlottenburger Straße gekommen waren. Er war der ältere der beiden Söhne von Sigmund Lieventhal, hatte allerdings das Unternehmen und die Politik seinem brillanten Bruder überlassen und war vor über dreißig Jahren als Professor für Chemie an die Universität von Heidelberg gegangen.

In den eleganten Räumen wurden Sekt und Kanapees serviert, während man sich mit gedämpfter Stimme unterhielt.

»Es tut mir leid, Amelia, dass ich zu spät war.« Martin drückte ihre Hand und ließ sie wieder los.

Sie hatte ihren Schleier über ihrem Hut drapiert und blickte ihn mit einem müden Lächeln an. »Sie haben nichts unversucht gelassen, Martin, und ich werde nie vergessen, wie besorgt Sie waren.«

»Ich wünschte mir, ich hätte etwas tun können, um ihn vor diesem Schicksal zu bewahren.«

»Nein, Martin, so dürfen Sie nicht denken.« Sie betrachtete die lange Reihe der Trauergäste, die ihr ihr Beileid aussprechen wollten. »Ist Jacob auch da?«

»Selbstverständlich.«

»Ich dachte, dass er vielleicht schon wieder in England wäre.«

»Nein, wir fahren erst morgen ab.«

Ein enttäuschter Ausdruck huschte über ihr Gesicht, und Martin blickte sie kurz an, bevor er weiterging.

Auch die Rilkes waren da – nicht Friedrich Ernst, sondern sein Bruder Theodor – und Werner, der mit bleichem, versteinertem Gesicht neben Carin etwas abseits von der Menge stand. Als Werners Frau Martin entdeckte, umarmte sie ihn herzlich.

»Es ist einfach entsetzlich«, stieß sie mit zitternder Stimme hervor. »Was muss die Welt jetzt von uns denken?«

»Sie sollte sich schämen. Lieventhal hat sich geirrt, als er einmal sagte, dass die Welt kein Blut aus Steinen pressen kann.«

Carin trat einen Schritt zurück und wischte sich mit einem Taschentuch über die Augen. »Mein Gott, wird das niemals aufhören?«

»Das weiß ich nicht. Sag du es uns«, wandte sich Martin an seinen Vetter.

Werner sah ihn reglos an. »Es wird aufhören, wenn wir wieder eine anständige Führung haben und ein Gefühl der Ordnung herrscht. Das weißt du genauso gut wie ich.«

»Seit Gründung der Republik wurden über dreihundert Menschen umgebracht. Das hat ja wohl nichts mit Ordnung zu tun.«

»Das Schicksal einer Nation wird oft im Chaos geschmiedet. So Gott will, ist dies der letzte brutale Akt, der zur Beendigung des Chaos führt.«

Jacob wartete geduldig und kam als Letzter an die Reihe. Er nahm sie sanft am Arm und führte sie in die Bibliothek.

»Der Gedanke daran raubt mir den Schlaf, Amelia.«

»Es kam nicht unerwartet«, gab sie ruhig zurück. »Mir war immer klar, wenn sie ihn töten wollten, würden sie es tun.«

»Ich habe Angst um dich. Ich will nicht, dass dieser Hass auch dein Leben beeinträchtigt.«

»Das wird er nicht.«

»Dafür gibt es keine Garantie. Ich wäre glücklicher und beruhigter, wenn du Deutschland – wenigstens vorübergehend – verlassen würdest. Und auch deinem Onkel geht es so. Ich habe mich mit ihm unterhalten, und er meinte, dass du zum Studium an die Universität von Zürich gehen könntest. Aber mir persönlich wäre es natürlich viel lieber, wenn du nach England kommst. Du würdest mit Sicherheit auch in Oxford einen Studienplatz bekommen.«

Sie blickte ihn an. »Aber warum sollte ich nach England gehen, Jacob?«

»Weil … nun … weil ich dich sehr mag und gerne in deiner Nähe wäre. Und die Schweiz liegt mir nicht, weil ich einfach nicht der Typ für hohe Berge bin.«

Sie nickte ernst. »Ich glaube, ich verstehe. Also gut, ich werde mit Onkel Bernhard reden, wenn du willst.«

Er atmete erleichtert auf. »Bitte tu das – und zwar möglichst bald.«

Als er sich zum Gehen wandte, berührte sie sein Gesicht und küsste ihn sanft auf den Mund.

»Danke, Jacob. Vielen Dank.«

Die Fokker der Deutschen Aero Lloyd raste über die Startbahn, stieg dröhnend in den hellen Junihimmel auf und flog über Berlin hinweg in Richtung Paris. Unter den fünf Fluggästen an Bord waren Martin und Jacob. Schweigend saßen sie sich gegenüber, auch noch als der Flieger kurz in Frankfurt zwischenlandete, um dort zu tanken, und sich wenig später wieder in die Luft erhob. Martin hatten die Ereignisse in Deutschland sehr erschöpft. Und Jacob hing seinen eigenen Gedanken nach.

Sie landeten am Nachmittag in einem Vorort von Paris und gingen steifbeinig über die Landebahn hinüber ins Flughafengebäude.

»Möchtest du bei mir übernachten und morgen weiterfliegen?«, fragte Martin seinen Freund.

Abrupt blieb Jacob stehen und stellte seinen Lederkoffer ab. »Nein, ich fliege nach Berlin zurück.«

»Wann hast du das beschlossen?«

»Erst in diesem Augenblick. Aber ich habe schon den ganzen Tag darüber nachgegrübelt, was ich machen soll.«

»Wegen Amelia?«

Jacob nickte. »Ich habe dieses ganz besondere Gefühl ihr

gegenüber, seit ich mit ihr Mittagessen war. Angst und das Verlangen, sie zu schützen. Auch wenn ich das nicht erklären kann. Sie ist so jung und so verletzlich. Vielleicht ist es auch nur eine Art von brüderlicher Sorge, die ich aber einfach nicht abschütteln kann. Verstehst du, was ich damit sagen will, oder rede ich nur dummes Zeug?«

»Ich verstehe dich sogar sehr gut. Und die Antworten auf deine Fragen findest du bestimmt nicht hier. Wenn du dich beeilst, bekommst du vielleicht noch den Flieger nach Frankfurt.«

»Ja, das mache ich. Seltsam, wie sich manche Dinge fügen. Wirklich verdammt seltsam, findest du nicht auch?« Eilig schnappte er sich seinen Koffer und lief zu dem Flugzeug, das schon auf der Startbahn stand.

Mit leisem Bedauern und mit einem Anflug von Neid sah Martin Jacob hinterher, machte kehrt und suchte sich ein Taxi.

15

Den goldenen Oktober, der auf den langen, warmen Sommer folgte, empfand Lord Stanmore alles andere als typisch. Trotzdem war er dankbar für die anhaltende Wärme, weil ihm nach knapp einem halben Jahr in Kalifornien die Vorstellung von Kälte und Graupelschauern richtiggehend Angst machte. Die heiße Sonne in dem trockenen Land hatte sein Gesicht gebräunt und sein Blut merklich verdünnt. Er stützte sich auf seinem Jagdstock ab und schloss die Augen vor dem hellen Sonnenlicht.

»Willst du seine Zeit nehmen?«

Er fuhr zusammen und erblickte William, der durch das hohe Gras am Rand der Rennbahn auf ihn zukam.

»Nein, Willie. Es ist dein verdammtes Pferd. Also gebührt dieses Vergnügen dir. Wie weit scheuchst du das arme Tier?«

»Eine knappe Meile.« Mit der Stoppuhr in der Hand wies William auf einen fernen Punkt. »Von Handley's Corner aus die Anhöhe hinauf und dann runter bis zum Zaun.«

Im Augenblick stand dort noch kein Zaun, sondern sie hatten zwei Fähnchen in die Erde gesteckt. Aber bis zum Beginn der Rennen in Sullington war auch noch eine gute Woche Zeit. Arbeiter strichen, reparierten, mähten Gras und türmten einen Berg von Heu in einer Ecke auf. Einige Pferde galoppierten auf einem grasbewachsenen Vorbereitungsplatz, andere wurden aus den Ställen auf die Rennstrecke geführt. Darunter auch Baconian, dessen kastanienrotes Fell den Earl immer an einen blank polierten Kupferpenny denken ließ. Ralston saß im Sattel, und die junge Frau, die Williams Freundin oder was auch immer war, lief fröhlich nebenher. Dulcie Felicia Gower ruderte mit beiden Armen, während sie sich angeregt mit Martin unterhielt.

»Was glaubst du, worüber Martin und der Rotschopf sich unterhalten?«, fragte der Earl.

William blickte stirnrunzelnd auf seine Stoppuhr. »Du weißt ganz genau, dass dieser Rotschopf Dulcie heißt. Und ich habe keine Ahnung, worüber die beiden reden. Warum fragst du sie nicht einfach, wenn dir das so wichtig ist? Mit ein bisschen Glück beziehen sie dich vielleicht in ihr Gespräch über das Leben Jesu, die Schriften von Karl Marx mit ein.«

»Probleme mit der Uhr?«

»Der Zeiger spielt mit einem Mal verrückt.«

»Die modernen Uhren sind einfach schlecht gemacht.« Er zog eine wunderschöne Silberuhr aus seiner Westentasche. »Hier, nimm meine Uhr. Vielleicht bringt sie dir Glück.«

Auch wenn das nicht nötig war, weil Lord Stanmore keine Uhr brauchte, um das Tempo eines Pferdes zu beurteilen. Baconian, der zweijährige Sohn von Buckminster und Pearly Pride, raste wie ein Besessener die knapp eine Meile lange Rennstrecke hinab, und der junge Ralston brauchte all seine Geschicklichkeit und Kraft, um ihn zu bändigen.

»Er wird zehn Achtelmeilen in zwei Minuten, sechs Sekunden schaffen – und das auf diesem schwierigen Terrain! Dieses Pferd ist zum Ascot-Sieger geboren. Wenn er drei ist, hält kein anderes Pferd mehr mit ihm mit. Und er wird einen wunderbaren Zuchthengst abgeben, wart's ab.«

Martin lag im Gras und blickte den Wolken hinterher. Zwar waren Pferde hübsche Tiere, aber davon abgesehen interessierten sie ihn nicht. »Willie denkt, dass er diesen Pokal schon in der Tasche hat.«

»Ja«, sagte der Earl. »Den King George's Cup. Ich denke auch, dass er es schafft. Was der Keksdose enormen Auftrieb geben wird. Natürlich muss er erst noch ein, zwei wirklich gute Pferde schlagen, und der junge Ralston tritt bei diesem Rennen gegen eine Reihe sehr erfahrener Jockeys an, aber man braucht schon mehr als Glück und Jockeytricks, wenn man Baconian besiegen will. Dieses verflixte Pferd ist schneller als der Wind.«

Es war angenehm, an einem solch milden Tag in den South Downs mit seinen sanften Hügeln im Gras zu liegen. In der Ferne erblickte man die bunten Herbstwälder. Im Mittleren Westen und Chicago nannten sie diese Jahreszeit den Indian Summer, hier in England aber sagte man: »Zur Abwechslung mal anständiges Wetter«.

Der Earl hob seinen Stock auf und faltete den kleinen Sitz zusammen. »Nun, Martin, ich fahre jetzt zurück nach Abingdon. Bleibst du noch hier und kommst mit Willie nach?«

»Ich leiste lieber dir Gesellschaft, ein Tag mit diesen Vierbeinern reicht mir.«

»Hervorragend.«

Lord Stanmore schwang sich selbst hinter das Steuer des Rolls-Royce und lenkte ihn mit deutlich mehr Geschick als sein Chauffeur.

»Dieses Mädchen ... Dulcie. Was hältst du von ihr?«

»Sie ist hochintelligent«, sagte Martin. »Auch wenn sie vielleicht etwas zu leidenschaftlich über manche Themen spricht.«

»Als ich sie zum ersten Mal gesehen habe, hat sie über freie Liebe referiert. Obwohl ihr Vater Bischof ist. Ich muss sagen, dass mich das etwas erschüttert hat. Sie glaubt nicht an die Ehe, aber gleichzeitig ist sie so treu wie Gold. Ich nehme an, dass ich nicht wirklich etwas gegen sie habe. Denn es ist sicher kein Verbrechen, wenn mein Sohn mit einem netten Mädchen schläft. Und sie hat ein Händchen für Pferde. Du solltest sehen, wie sie in Derbyshire in hüfthohen Stiefeln durch die Gegend stapft und Ställe ausmistet, als wäre sie ein Mann!«

»Irgendwann werden die beiden bestimmt heiraten. Sie stört sich augenblicklich nur an dem Gelübde, weil es ihrer Meinung nach den Beigeschmack von Sklaverei hat.«

»Die Jugend von heute hat anscheinend ihren eigenen Kopf. In Amerika kann man das noch deutlicher sehen. ›Die wilde Jugend‹, wie's dort so schön in den Kinofilmen heißt. Aber ich mag Amerika, auch wenn sie seltsame Bräuche pflegen. Zum Beispiel wenn man etwas trinken will. Man geht, sagen wir, in ein Hotel und setzt sich in eine elegante Bar. Dann kommt der Kellner und fragt nach der Bestellung. Eine Kanne Tee, sagt man zwinkernd. Denn wenn man das nicht tut, bekommt man wirklich eine Kanne Tee. Und ansonsten Gin! Doch man gewöhnt sich recht schnell daran.«

»Ich nehme an, dass Alex trotz der fremdartigen Sitten dort durchaus zufrieden ist.«

»Weshalb sollte sie nicht zufrieden sein? Der kleine Colin ist braun wie ein Indianer, er spielt den ganzen Tag am Strand. Sie hat ein Baby und ein neues Haus, von dem aus man über die Klippen und den Ozean blickt, und James' Geschäfte laufen ausgezeichnet. Sie sind also mehr als zufrieden. Aber das hat sie auch verdient. Für all ihren Mut.«

Für Martin stellte Abingdon Hall inzwischen einen Rückzugsort dar. Falls Lord Stanmore eine Zufluchtsstätte vor den Aufregungen der 1920er-Jahre hatte schaffen wollen, war ihm das gelungen. Am Eingangstor des Anwesens ließ man die harsche Wirklichkeit hinter sich und tauchte in dem großen Haus, den Stallungen, den Zier- und Obstgärten und auf den ausgedehnten Rasenflächen in das England König Edwards mit seiner Eleganz und Opulenz ein.

Abingdon eignete sich nicht unbedingt für einen Journalisten, weil die Versuchung, sich dem Nichtstun hinzugeben, beinahe übermächtig war. Deshalb kam Martin nur gelegentlich übers Wochenende oder um sich von seiner anstrengenden Arbeit zu erholen. Er hatte gerade zwei Monate in Griechenland und auf dem Balkan zugebracht und mit angesehen, wie Zankows Mordkommandos die Kommunisten in Sofia abgeschlachtet, die italienische Flotte Korfu bombardiert hatte und wie Truppen in ein griechisches Fischerdorf eingedrungen waren. Es war ein grauenvoller Sommer gewesen. Und hier in Abingdon fielen die Blätter lautlos auf den weichen Waldboden, neben den Tennisplätzen graste eine Herde Schafe, und die Pferde trotteten gemächlich auf die saftig grünen Weiden. Rundherum herrschte Frieden und Harmonie – und es gab Honig zum Tee.

Der Earl lenkte den Rolls-Royce zum Haus.

»Ich wünschte, du würdest noch eine Woche länger bleiben, Martin. Denn es ist uns immer eine große Freude, wenn du bei uns bist.«

»Sie ist bestimmt nicht halb so groß wie meine Freude, hier zu sein, Tony. Aber in London stapelt sich bereits die Arbeit, und Kingsford kommt am Montag aus New York.«

»Dieser Kingsford. Ich habe gehört, dass er ein tatkräftiger Bursche ist. In einem Golfclub in San Diego hat einer der Gäste mir empfohlen, ein paar Hundert Anteile an seinem Unternehmen zu erwerben. Nicht an der Nachrichtenagentur, sondern an CBC Radio. Also habe ich fünfhundert Anteile gekauft, und die verdammten Dinger gingen bereits eine Woche später um fast einen Dollar rauf. Sieht aus, als mache dieser Kingsford aus allem Gold, was er berührt.«

»Wobei er Dinge niemals nur berührt. Er greift immer mit beiden Händen zu und quetscht möglichst viel heraus.«

Martin war nun Eigentümer von Jacobs alter Wohnung und hatte mit seinem Freund einen Pachtvertrag für neunundneunzig Jahre abgeschlossen. Obwohl die Gegend durch immer neue Clubs und Restaurants an Exklusivität verlor, fühlte er sich in der Wohnung wohl und wusste es zu schätzen, dass er mitten im Geschehen war. Trotzdem brauchte er nach der herrlichen Stille in Abingdon eine Weile, um sich wieder an den unablässigen Verkehrslärm zu gewöhnen. Da er sowieso nicht schlafen konnte, las er die Berichte der *INA*-Reporter und sah die Tipps und Artikelvorschläge von unzähligen freien Mitarbeitern durch. Am Schluss entschied er sich für die Türkei – den Rückzug der Armeen der Alliierten aus dem Orient, die bevorstehende Ernennung Mustafa Kemals als ersten Präsidenten einer neuen Republik.

»Ich will, dass Sie wieder nach Deutschland fahren«, sagte Kingsford zu Martin im Savoy Grill, während er ein dickes Lammkotelett verzehrte.

Martin schob die gegrillte Lammniere auf seinem Teller hin und her. »Warum gerade nach Deutschland?«

Kingsford kaute nachdenklich und spülte mit einem Schluck Guinness nach. »Dafür gibt es eine Menge Gründe. Erstens, heute Nachmittag ist die Mark auf – hören Sie gut zu – 25 Milliarden, 260 Millionen, 180 000 je Dollar gefallen. Und in New York regt man sich auf, weil der Preis für Hot Dogs um zehn Cent gestiegen ist.« Er schnitt ein Stück von seinem Kotelett ab. »Die deutsche Währung existiert nicht mehr. Die Nullen sind reine Fantasie. Sie könnten auch problemlos eine 10-Billionen-Note drucken, und die wäre keinen Sixpence wert. Das ist einer der Gründe, weshalb ich gerne möchte, dass Sie fahren. Selbstverständlich bleibt die Entscheidung Ihnen überlassen.«

»Ich bin da völlig offen, Scott. Aber über die Inflation habe ich schon geschrieben. Dieses Thema ist kalter Kaffee.«

Kingsford fuchtelte mit seiner Gabel vor Martins Gesicht herum. »Ich rede nicht davon, dass Sie darüber schreiben sollen. Sie werden in Berlin nicht eine Zeile schreiben, sondern zu den Menschen sprechen – und zwar übers Radio.«

Martin starrte ihn mit großen Augen an. »Übers Radio?«

»Radio Berlin. Sie haben eine ausgezeichnete Station. Mit Gerätschaften von Telefunken – einen Transformator mit einer Leistung von fast zweihunderttausend Kilowatt und lauter anderes, hochmodernes Zeug.«

Martin trank von seinem Burgunder. »Ich habe noch nie in ein Mikrofon gesprochen.«

»Es ist ganz einfach. Sie machen den Mund auf und bewegen Ihre Lippen.«

»Sie brauchen mich nicht auf den Arm zu nehmen. Ich meine es ernst.«

Kingsford blickte ihn mit einem breiten Grinsen an. »Ich liebe, bewundere und respektiere Sie, Marty, aber Sie sind einfach ein altmodischer Hurensohn. Ein Wunder, dass Sie keine Zelluloidkragen und Schuhe zum Zuknöpfen tragen. Das Radio ist die Zukunft, und ich kann Ihnen versichern, dass die Zukunft bereits angebrochen ist.« Er schwenkte seine Gabel ähnlich einem Taktstock durch die Luft. »Es ist eine neue Art des Journalismus. Die Nachrichten kommen in eine, ach, was sage ich, in zehn Millionen Wohnzimmer zugleich. Frisch, unmittelbar – noch während die Dinge geschehen. Können Sie sich vorstellen, über einen Krieg im Radio zu berichten, während man im Hintergrund das Krachen der Gewehre und die Schreie und das Brüllen der Verletzten und der Kommandeure hört? Das ist die Wirklichkeit. Nichts ist realer als der Klang der menschlichen Stimme. Dieser Klang hat eine viel größere Wirkung als leuchtend rote Schlagzeilen.«

»Wahrscheinlich haben Sie recht.«

»Natürlich habe ich recht. Denn ich habe sicher nicht Millionen in die CBC gepumpt, weil das Radio für mich nur ein Spielzeug ist.«

»Trotzdem kann ich mir nicht vorstellen, wie man damit Geld verdienen soll. Die Zuhörer hören die Sendungen schließlich umsonst.«

»Man merkt, dass Sie schon viel zu lange nicht mehr in den Staaten waren, Marty. Ja, natürlich sind die Sendungen umsonst – Musik, die Ergebnisse der Baseballspiele und die Nachrichten. Jedes Mal, wenn die Leute die Radios einschalten, bekommen sie etwas gratis. Doch Amerika ist nicht Europa. Bei uns sind die Radiosender nicht Regierungseigentum. Sie gehören privaten Unternehmen, die die Sendezeit verkaufen können, falls ein anderes Unternehmen ein Produkt vermarkten will. Mit einer kurzen Mitteilung im Radio wird man jede Menge Zahnpasta und warme Winterunterwäsche los. Es wird ein bisschen dauern, bis sich das System bezahlt macht, aber trotzdem brauchen Sie sich nicht den Kopf darüber zu zerbrechen, dass ich Sie womöglich irgendwann nicht mehr bezahlen kann.«

»Das ist meine geringste Sorge. Aber zurück zu dieser Sendung in Berlin …«

»Zwei Sendungen, zwei. Und zwar eine auf Deutsch um 18 Uhr und eine um Mitternacht auf Englisch, die man in New York verfolgen kann.«

»Das kriegen Sie hin?«

»Worauf Sie sich verlassen können. Wenn ich Ihnen den

Funkturm zeigen würde, der von mir in Sandy Hook errichtet worden ist, würden Ihnen wahrscheinlich die Augen übergehen. Dies wird eine historische Sendung, die politisch von größter Bedeutung ist.« Er beugte sich zu Martin vor und fuhr mit leiser Stimme fort: »In Washington ist augenblicklich vieles in Bewegung. Ich möchte bestimmt nicht schlecht von einem Toten reden, aber trotzdem war Hardings Ableben ein Segen für den Fortschritt. Auch wenn Coolidge vielleicht etwas wie ein Miesepeter wirkt, ist er ein ehrlicher und kluger Mann, der keine Angst hat, andere um Rat zu bitten, wenn er selbst einmal nicht weiterweiß. Er will Stabilität in Deutschland. Genau wie die Finanzwelt in Amerika und hier. Weil sie in Deutschland investieren und Geschäfte machen will, aber nicht mit einer Mark im Sinkflug. Deshalb arbeiten Washington, die Bank of England und die neuen deutschen Finanzminister fieberhaft an einem Plan. Ich kenne noch keine Einzelheiten – das tut niemand –, aber wenn Sie im November nach Berlin fahren, werden Sie dort in die Sache eingeweiht.«

»Und wann soll ich im Radio sprechen?«

»Am dritten November, einem Samstag.«

»Werden Sie auch dort sein?«

»Nichts lieber als das, aber man erwartet mich am ersten wieder in New York.« In Kingsfords Augen trat ein wehmütiger Ausdruck. »Wenn die Inflation vorüber ist, wird Berlin nicht mehr das sein, was es einmal war. Wissen Sie, Marty, ich habe dort einmal über zweihundert Millionen für ein kurzes Tête-à-Tête mit einer hübschen, jungen Dame hingelegt.«

In den letzten Tagen des Oktober kündigten bitterkalter Wind und tiefhängende, dunkle Wolken den bevorstehenden Winter an. Deshalb nahm Martin den Dampfer nach Rotterdam und von da aus den Zug in die deutsche Hauptstadt. Am

Bahnhof wurde er von Dix mit dem Wagen abgeholt und durch die trotz der Düsternis und Kälte belebte Stadt in sein Hotel chauffiert. Die hin und her eilenden Menschen wirkten, als befänden sie sich im Delirium. Diejenigen, die Arbeit hatten, bekamen den Lohn täglich oder manchmal sogar zweimal täglich ausbezahlt, und rannten dann mit dicken Geldbündeln in die Geschäfte, um etwas zu kaufen, solange das Geld noch irgendeinen Wert besaß. Heute, am ersten November, wurden einem für einen Dollar hundertdreißig Milliarden ausbezahlt. Zweihundert Millionen hätten für eine Frau also bestimmt nicht mehr gereicht.

»War Herr Kingsford guter Laune?«, fragte Dix.

»Zufrieden wie ein satter Tiger«, antwortete Martin düster. »Wissen Sie, was es mit dieser Radiosendung auf sich hat?«

»Halbwegs. Aber morgen schickt Herr Schacht mir weitere Informationen zu.«

»Der Name sagt mir nichts.«

»Das wird sich bald ändern. Hjalmar Horace Greeley Schacht. Vorstand der Darmstädter und Nationalbank, er hat zusammen mit Hans Luther, dem neuen Finanzminister, einen Plan entwickelt, den er am fünfzehnten November in die Tat umsetzen will. Einfach, aber brillant. Es wird eine neue Währung eingeführt, die so genannte Rentenmark, die durch die Reste der Goldvorräte und eine Belastung des landwirtschaftlichen und industriellen Grundbesitzes abgesichert ist. Der Wechselkurs entspricht dem Wechselkurs der alten Mark, für 4 Mark 20 kriegt man einen Dollar. Gerüchten zufolge wird sich die Bank of England an den Garantien für die neue Mark beteiligen, und die Amerikaner werden das Reparationsabkommen überarbeiten, damit das deutsche Volk nicht mehr derart leiden muss. Gott sei Dank wird dieser Wahnsinn also bald ein Ende haben. Die Demokratie hat nämlich keine

Chance, solange man für eine Briefmarke seinen gesamten Jahreslohn hinblättern muss.«

»Und die Sendung, Dix. Worüber soll ich reden?«

»In der deutschen Sendung interviewen Sie Schacht und Luther und beginnen das Gespräch mit der Bemerkung, dass Amerika in großer Sorge ist, weil sich die finanzielle Lage Deutschlands immer weiter zu verschlechtern scheint. Dann werden Schacht und der Minister Einzelheiten ihres Plans erläutern. Alles furchtbar trocken und formell. In der Ausstrahlung um Mitternacht werden Sie tun, was Sie am besten können, und den Leuten in New York erklären, was für Auswirkungen der Verfall der Währung für die Menschen unseres Landes hat. Ziehen Sie dabei ordentlich vom Leder, wie Scott Kingsford sagen würde. Rühren Sie die Menschen, wenn es geht, zu Tränen. Denn obwohl die Yankees sagen, dass man unseren Kaiser und General Ludendorff am besten hätte hängen sollen, hören sie nicht gerne von Frauen und Kindern, die verhungern, weil das Brot für sie unerschwinglich geworden ist. Es wird eine Werbesendung, Martin, um den Weg für Präsident Coolidges Versöhnungsplan zu ebnen.«

»Klingt relativ einfach, Hauptsache, mich packt nicht noch im letzten Augenblick das Lampenfieber.«

»Das wird nicht passieren. Vergessen Sie das Mikrofon, und tun Sie so, als säßen Sie in Ihrem Wohnzimmer und sprächen mit Freunden.« Dix hielt vor dem Bristol an, und ein uniformierter Page stürzte auf den Wagen zu. »Wenn Sie wollen, komme ich nachher noch mal vorbei. Wir könnten ins Romanische Café gehen, falls Ihnen der Sinn nach zwielichtigen Lokalen steht.«

»In London habe ich mit Kingsford täglich mehrere besucht.«

»Das kann ich mir vorstellen«, sagte Dix und lachte. »Er

hat mir einmal im Ernst erzählt, er bräuchte jeden Tag zwei Frauen – aus gesundheitlichen Gründen! Hahaha.«

Sonntag, 4. November 1923.

Beobachtungen und Gedanken. Hotel Bristol.

Im Radio zu sprechen, ähnelt einem Sprung in einen kalten See. Der Gedanke an die Kälte ist erschreckend, aber wenn man sich erst überwunden hat, nun, dann ist das Wasser durchaus angenehm. Natürlich konnte ich mich selbst nicht hören, aber Dix und einige andere Leute kamen nach der Ausstrahlung ins Studio und haben mir überschwänglich gratuliert. Sie meinten, meine Stimme habe einen tiefen, vollen Klang – eine autoritäre Stimme, die sich mühelos Gehör verschafft.

Hallo Amerika. Zu Ihnen spricht heute Martin Rilke aus Berlin in Deutschland …

Ich kann beim besten Willen nicht verstehen, wie ich zu diesem ersten Satz gekommen bin. Er kam mir irgendwie natürlich vor, als würde ich mit einem Freund reden. Hallo John … Hallo Amerika. Nun, es ist geschafft, und ich hoffe, dass ich nicht noch einmal im Radio sprechen muss. Die Erfahrung war bei Weitem nicht so schlimm, wie ich erwartet hatte, trotzdem ziehe ich Stenografie, die Schreibmaschine und den Fernschreiber vor. Scott Kingsford hatte recht. Ich bin ein altmodischer Mensch.

Hjalmar Horace Greeley Schacht. Ein besonderer Name eines besonderen Mannes. Reizbar und brillant, ein Kettenraucher ohne Sinn für nette, oberflächliche Gespräche, der aber genau weiß, was er will und wie er es erreichen kann. Selbst wenn es um die finanzielle Gesundung Deutschlands geht. Er prognostiziert, dass die Mark bis Mitte dieses Monats auf mindestens vier Billionen fällt. Wenn das geschieht, wird er erlauben, dass sie auf genau 4,2 Billionen fällt, und dann einfach zwölf Nullen streichen. Eine ziemlich theatralische Geste. Er ist Anfang vierzig, aber trotzdem nennt man ihn bereits den alten Zauberer. Nach der Sendung drückte er mir eine neue Rentenmark als Andenken an unsere Unterhaltung in die Hand. Bisher nur ein Stück Papier – aber hübsch bedruckt. Worauf er mich augenzwinkernd hingewiesen hat.

Also wird es bald vorüber sein. Ordnung und Stabilität, das Gerüst jeder Nation, werden zurückkehren. Aber wie groß ist der Schaden, der angerichtet worden ist? Werden diese Wunden je verheilen? Schließlich wäre es, wenn die Rettung bereits morgen käme, für Millionen Menschen längst zu spät. Die einst solide Mittelklasse wurde ausgelöscht, die Jungen schleppen sich auf spindeldürren Beinen und mit eingefallenen Gesichtern durch den Tag, und die vielgerühmte Luther'sche Moral der alten Tage bietet ihre Dienste jetzt als stark geschminkte Hure am Kurfürstendamm und anderen früher eleganten Straßen an.

Seine Augen wurden müde, und er legte seinen Stift und das Notizbuch fort, schenkte sich einen Cognac ein, setzte sich aufs Bett und dachte an den kalten Nieselregen, den der Wind gegen die Fenster klatschte, an die in Lumpen gehüllten Menschen, die am Spittelmarkt auf U-Bahn-Treppen kauerten, und an die Männer, die im Tiergarten unter den Pferdekutschen lagen, während ihre Tiere ungeschützt gefrorenes Gras zupften, weil es lange schon nichts anderes mehr zu fressen gab.

Als er morgens ins Foyer des Bristol kam, stellte er fest, dass er aufgrund der beiden Radiosendungen zwar vielleicht nicht berühmt, aber zumindest relativ bekannt geworden war. Der Empfangschef hielt ihm einen dicken Packen Telegramme hin.

»Der Mann vom Telegrafenamt hat mir gesagt, dass das noch längst nicht alle sind, Herr Rilke«, sagte er mit einem breiten Lächeln.

Die Telegramme hatte man ihm über Radio Berlin geschickt, Kingsford hingegen hatte eine Nachricht direkt ans Hotel gesandt, weswegen sie in Martins Postfach lag.

Alle begeistert. Stopp. Empfang recht schwach, aber perfekt. Stopp. Hallo Amerika *hat sich gleich allen eingeprägt. Stopp. Dafür haben Sie fette Gehaltserhöhung verdient.*

Wolf von Dix las Kingsfords Telegramm und hielt es Martin grinsend wieder hin.

»Ich habe vorher schon erlebt, dass Kingsford vor Begeisterung vollkommen aus dem Häuschen war. Trotzdem würde ich an Ihrer Stelle noch nicht allzu viele Schecks in Erwartung der Gehaltserhöhung ausstellen. Denn wahrscheinlich würden sie platzen wie Luftballons.«

»Ich glaube, dieses Mal meint er es ernst. Aber Gehaltserhöhung oder nicht, ich lade Sie und Ihre Leute morgen ins Resi's zum Abendessen ein.«

»Ah, ins Resi's. Dann muss ich ja meine Smokingjacke bügeln.« Dix schwang sich mit dem Stuhl zum Fenster und legte die Füße auf das Fensterbrett. »Wann wollen Sie zurück nach England?«

»Dienstag.«

»Sie sollten vorher noch nach München fahren.«

»Warum denn das?«

»Weil ich aus verschiedenen Quellen weiß, dass sich dort etwas zusammenbraut.«

»Na und? Dann schicken Sie doch einfach Emil oder Kurt.«

»Emil ist schon seit zehn Tagen dort. Im Hotel Stern in der Goethestraße.«

»Also bitte, Dix, ich bin kein Reporter, den man als Reserve durch die Gegend scheucht. Worum geht es?«

»Angeblich wird in Bayern eine Revolution gegen die Republik geplant. Was, auch wenn's mir leidtut, das zu sagen, nichts Besonderes ist. Die Bayern planen ständig ihre Abspaltung vom Reich. Staatskommissar Kahr spielt mit dem verlockenden Gedanken, entweder als Königsmacher zu fungieren und den Wittelsbachern wieder auf den Thron zu helfen oder als Oliver Cromwell in die bayrische Geschichte einzugehen. Meiner Meinung nach ist er für keine dieser Rollen geeignet. Er tut jetzt schon so, als wäre Bayern vom Rest der Republik getrennt. Und Hitler und die Nazis fürchten sich genauso sehr vor einem König auf dem Thron wie vor Lenin. Deshalb braut sich dort was Furchtbares zusammen, wobei Ihr Verwandter dieses Feuer nach Kräften schürt.«

»Werner?«

Dix ließ sein Monokel in die Hand fallen und hielt es ins Licht. »Hitler und die Nazis haben viel erreicht, seit Sie im Frühjahr hier waren. In der Zwischenzeit ist die Zahl der Mitglieder auf beinahe fünfunddreißigtausend angeschwollen, und außerdem verfügen sie über eine beachtliche Privatarmee. Die SA – mit allem bestens ausgestattet, angefangen bei Stahlhelmen bis hin zu Lastwagen mit montierten automatischen Gewehren. Die Ausrüstung, die Bezahlung und Versorgung der Männer kosten Geld, doch das ist kein Problem, denn Werner von Rilke ist ein sehr reicher Mann.«

»Ist das eine erwiesene Tatsache?«

»Er spricht darüber völlig offen. Richtiggehend unbekümmert, wenn ich das so sagen darf, zum Beispiel lässt er sich in der Freitagsausgabe der *Münchner Zeitung* ausführlich darüber aus. Wenn Sie wollen, lesen Sie den Artikel unterwegs.«

Martin nahm sich eine Zigarre. »Fast ganz Deutschland ist vom Putschfieber befallen. Aber wenn die Mark wieder stabil ist, lösen sich die meisten Intrigen in Wohlgefallen auf.«

»Diese aber nicht. Emil hat mich heute Morgen angerufen, auch wenn das nicht gerade einfach war. Er meinte, dass sich die Gemüter dort noch mehr erhitzen. Der Meinung aller Interessensgruppen zufolge – der Nazis wie der Royalisten – sollte man das Eisen schmieden, solange es heiß ist, und noch vor Einführung der Rentenmark etwas unternehmen. Der Wert der Mark ist über Nacht deutlich gefallen. Inzwischen hat er eine Billion erreicht.«

»Diese Menschen blühen im Chaos auf, nicht wahr?«

»Ja, Martin. Aufruhr ist ihr Lebenselixier.«

In der Abenddämmerung brach Martin mit dem Zug zu seiner langen Fahrt nach Süden auf. Die uralte Lok zog eine Reihe halb verfallener Waggons hinter sich her, deren Beleuchtung derart dürftig war, dass Martin kaum die Zeitung lesen konnte, die ihm vom Büroleiter der *INA* überlassen worden war. Doch er brauchte den Artikel seines Vetters gar nicht ganz zu lesen, um zu wissen, was darin stand. Denn bereits die ersten Worte hatten einen kämpferischen, fast hysterischen Klang. Deutschland erwache!

Diese Worte hatten auch auf den Hakenkreuzfahnen der SA-Männer geprangt. Werner rief in dem Artikel die Bewohner Bayerns auf, Hitler zu unterstützen, weil nur er die Weitsicht und den Willen habe, Deutschland wieder seine alte Macht und seine alte Größe zu verleihen.

Martin knüllte die Zeitung zusammen und schob sie unter den Sitz. Durch die Milchglasscheibe konnte er die dunklen Fenster und geborstenen Scheiben der verfallenen Häuser in den Elendsvierteln der Städte sehen. Der Winter würde für die Menschen furchtbar hart.

Während der Zug schwankend durch Brandenburg nach Leipzig und später über die Berge ratterte, dachte er über Werner nach. War er auf dem Weg nach München, weil ihm Dix versichert hatte, dass die Fahrt sich lohnen würde, oder hatte er die vage Hoffnung, dass er Werner daran hindern könnte, sich noch tiefer in die Politik der Zwietracht zu verstricken? Vielleicht beides, dachte er, wobei es ihm nicht nur um Werner, sondern auch oder vor allem um Carin und die beiden kleinen Jungen ging.

Blut war dicker als Wasser. Doch in seinem tiefsten Innern war ihm klar, dass Werner seine felsenfeste Überzeugung sicherlich nicht ändern würde, nur weil er nicht damit einverstanden war. Er hüllte sich so fest es ging in seinen Mantel, rollte sich auf seinem Sitz zusammen und schloss die Augen.

Emil Zeitzler hatte aus Berlin ein Telegramm bekommen und stand auf dem zugigen und kalten Bahnsteig. Er wartete bereits seit Stunden, doch obwohl er hundemüde und verfroren aussah, schaffte er es noch zu lächeln, als Martin erschöpft auf ihn zukam.

»Na, Herr Rilke, Ihre Reise war bestimmt nicht allzu angenehm.«

Martin schüttelte den Kopf. »Sie war entsetzlich, und ich hatte das Gefühl, als käme ich niemals hier an. Es ist wirklich nett von Ihnen, extra herzukommen, dabei hätte ich den Weg bis zum Hotel doch sicher auch allein gefunden.«

Emil ergriff Martins Koffer, und sie traten durch einen Seitenausgang auf eine schmale, mit zahlreichen Lastwagen und Pferdefuhrwerken verstopfte Straße. Es war bitterkalt, und der beißende Wind wirbelte feinen Graupel auf.

»Ich habe mich heute früh klammheimlich aus meinem Hotel gestohlen, hatte aber trotzdem das Gefühl, als würde ich beobachtet.«

»Von wem denn?«

»Das weiß ich nicht genau. Jedenfalls waren da zwei Männer. Vielleicht Separatisten der Fraktion von Dr. Kahr. Aber lassen Sie uns erst einmal ein Taxi suchen, damit wir ins Warme kommen. Ich kenne ein kleines Restaurant in Schwabing, wo wir uns in Ruhe unterhalten können. Der Laden gehört einem chinesischen Künstler, und die Gäste interessieren sich nicht für Politik.«

Sie aßen Reis und tauchten winzige, in Papier gerollte Hühnerstückchen in eine würzige Soja-Sherry-Sauce. Außer ihnen waren nur noch eine Handvoll Leute in dem Restaurant, anscheinend eine Gruppe Künstler, die sich über die Vorzüge des Dadaismus stritt.

»Kahr, General Lossow und Hans Seißer von der Landespolizei haben für morgen eine große Versammlung auf der anderen Isarseite im Bürgerbräukeller anberaumt. Ich bin mir sicher, dass sie dort die Unabhängigkeit Bayerns verkünden wollen – oder zumindest auf der Unabhängigkeit bestehen. Ob sie eine Rückkehr zur Monarchie vorschlagen werden, kann niemand vorhersagen. Jedenfalls scheint diese Versammlung eine sehr delikate Angelegenheit zu sein, denn es ist die Rede davon, fremde Journalisten währenddessen unter Hausarrest zu stellen. Wobei unter fremden Journalisten jeder zu verstehen ist, der nicht für eine Münchner Zeitung schreibt.«

»Hat auch Hitler etwas mit dem Vorhaben zu tun?«

Emil schüttelte den Kopf und fuhr mit seinen Stäbchen durch die Luft. »Meine Güte, nein. Er hat viel Größeres im Sinn. Wenn Kahr erfolgreich ist, sind die Nazis hier erledigt. Und wenn Hitler eines hasst, ist es der Gedanke, dass ein Volltrottel wie Kronprinz Rupprecht den bayrischen Thron besteigt. Er will Bayern in die Zukunft führen, nicht zurück in die Vergangenheit. Deshalb haben die SA-Männer während der letzten Wochen ein ums andere Mal bei ihren Aufmärschen ›Vorwärts! Vorwärts!‹ gebrüllt. Es sieht so aus, als ob sie Mussolinis Marsch auf Rom kopieren wollen.«

»Meinen Sie, dass Hitler ernsthaft daran denkt, die Faschisten nachzuahmen, und am Ende nach Berlin marschieren will?«

»Ja, das glaube ich – auch wenn das vollkommen irre klingt.«

»Damit ihm das gelingt, müsste sich erst die Armee hinter ihn stellen. Können Sie sich vorstellen, dass das möglich ist?«

»Eher nicht. Bisher kann sich nicht einmal Kahr hundertprozentig auf die Unterstützung der Armee berufen. Man hat Lossow das Kommando über die bayrischen Streitkräfte entzogen und es einem anderen übertragen. Sein Name ist mir nicht einmal bekannt, weil man kaum noch verlässliche Informationen kriegt.«

»Nun, Emil, dann machen wir uns eben selbst ein Bild. Kennen Sie einen Ort, an dem wir übernachten können, ohne dass es jemand mitbekommt? Ich will nicht riskieren, dass uns jemand daran hindert, uns morgen auf der Versammlung umzusehen.«

»Ich kenne ein Mädchen, das ein recht geräumiges Apartment in der Schellingstraße hat. Ihre Eltern sind in Stuttgart, und sie findet bestimmt einen Platz für uns.«

Bevor sie zu Emils Bekannter fuhren, rief Martin noch von einem Kiosk aus in Werners Villa in Bad Isar an. Als er nach zahlreichen Versuchen endlich mit dem Haus verbunden wurde, hieß es dort, Herr Rilke sei nicht zu Hause und Frau Rilke mit den Kindern in Salzburg.

Martin atmete erleichtert auf.

Der achte November war ein nasskalter Tag. Als Martin von der Wohnung aus auf die Straße blickte, fiel ihm nichts Ungewöhnliches auf. Die Menschen gingen ihren Geschäften nach, trotz der glatten Straßen floss der Verkehr normal, und Demonstranten konnte er nirgendwo entdecken. Auch später am Odeonsplatz herrschten Ruhe und Gelassenheit, die für diese Stadt typisch waren. Nicht mehr Polizisten als sonst kreuzten seinen Weg, und von Hitlers Braunhemden mit ihren Hakenkreuzarmbinden war weit und breit nichts zu sehen.

»Ich habe das Gefühl, dass heute nichts passieren wird«, sagte Martin, als er Emil in einem Café am Fluss zum Abendessen traf.

»Was für sich genommen bereits seltsam ist. Denn seit ich hier bin, finden täglich Demonstrationen statt.«

»Vielleicht haben sie sich einfach totgelaufen.«

Emil rührte stirnrunzelnd in seinem Kaffee. »Oder sie machen sich bereit für ihren nächsten großen Schritt.«

Um halb acht abends war der riesengroße Bierkeller bis auf den letzten Platz besetzt. Mindestens dreitausend Menschen, überwiegend Männer, hatten sich dort eingefunden. Emil hatte einen Kellner angesprochen, der sie gegen ein Schmiergeld von drei Dollar unauffällig durch den Saal an einen kleinen Tisch ganz hinten in der Nähe der Toiletten führte. Das Bier floss in Strömen, sodass die Örtlichkeiten gut besucht waren und man aufgrund des beißenden Geruchs nur mit Mühe Luft bekam.

»Sie hätten ihm fünf Dollar geben sollen«, sagte Martin.

Auch Emil atmete durch den Mund und stieß mit leiser Stimme hervor: »Mehr konnte er nicht für uns tun.«

Martin merkte, dass ein paar Männer, die in ihrer Nähe saßen, ihn argwöhnisch musterten. Meine Garderobe, dachte er, der Schnitt und Stoff verraten mich als Engländer. Auch Emil bekam mit, dass die anderen in ihre Richtung sahen.

»Wir bestellen uns am besten erst einmal ein Bier. Damit wir nicht so auffallen.«

Das Bier wurde in schweren Steinkrügen serviert, und Martin achtete darauf, dass er mit möglichst lauter Stimme sprach, als er sich in fehlerlosem Deutsch beschwerte, dass die zwei Milliarden Mark für die beiden Krüge wässrigen Gebräus der reinste Wucher seien.

»Geben Sie ihm ordentlich Bescheid«, brüllte einer der Männer. »Die Preise sind eine Unverschämtheit!«

Von den Reden konnte Martin kaum etwas verstehen, weil unablässig Bierkrüge klirrten, dichter Tabakrauch durch den Keller zog und die Leute sich an den Nachbartischen unterhielten. Er hatte kein Notizbuch mitgebracht, denn wenn er die Reden mitgeschrieben hätte, hätte er wahrscheinlich wie ein Polizeispion gewirkt und einen gut gezielten Bierkrug an den Kopf gekriegt.

Inzwischen stand Gustav Ritter von Kahr auf der niedrigen Bühne und setzte zu seiner Rede an. Der Generalstaatskommissar von Bayern sprach mit derart monotoner Stimme und so ausschweifend, dass das Publikum vor lauter Langeweile leiser wurde und selbst seinen treusten Anhängern die Augen zuzufallen drohten. Weshalb alle ein Bier nach dem anderen bestellten, sich ein gleichmäßiger Strom an Männern zur Toilette wälzte und die Rauchwolke unter der Balkendecke so dicht wurde, dass man kaum noch etwas sah. Als Kahrs Rede sich nach einer Stunde immer noch nicht ihrem Ende näherte, warf Martin einen Blick auf seine Uhr. 20 Uhr 35.

Offenbar war er völlig umsonst hierhergekommen, die Atmosphäre todbringender Langeweile nahm minütlich zu.

Aber mit einem Mal nahm er eine gewisse Unruhe im Korridor in seinem Rücken wahr. Erst dachte er, dass auf der Toilette zwei Betrunkene in einen Streit geraten waren, doch das gleichförmige Stampfen passte nicht dazu. Er warf einen Blick über die Schulter und erblickte einen Trupp Braunhemden mit Skimützen und schweren Stiefeln und Hakenkreuzarmbinden, die in einer ordentlichen Reihe in die Halle marschierten, sich verteilten und entlang der Wände Position bezogen wie die Wachen eines Bataillons.

Ohne die Unruhe am Rand des großes Saals zu bemerken, fuhr Kahr mit seiner Rede fort. Martin starrte die Mitglieder der SA an, die dicht an ihm vorübereilten. Einige waren ältere Soldaten, doch die meisten waren junge, grimmig dreinschauende Burschen. Vier schwitzende Kerle schleppten ein Maschinengewehr herein und befestigten es hinter der Tür auf einem Dreibeinstativ. Dann brüllte jemand ein Kommando, und von allen Seiten erklang plötzlich ein bedrohlicher Gesang, in dem Gustav Ritter von Kahrs nicht gerade mitreißende Rede vollends unterging.

»Heil Hitler! Heil Hitler! Heil Hitler! Heil …«

Er war in erster Linie als Korrespondent der *INA* in Süddeutschland. Und eine Nachricht musste aktuell sein, weil sie sonst nichts wert war. Deshalb saß er im geräumigen Foyer des Hotels Kaiserhof mit Blick auf den Englischen Garten und schrieb eilig seinen Text, in dem es nur um harte Fakten ging.

Dann drückte er die Blätter Emil in die Hand, der zum Telegrafenamt raste.

Damit war seine Arbeit abgeschlossen. Er hatte lange nicht geschlafen und war todmüde, aber gleichzeitig zu aufgedreht, um sich zu überlegen, wo er in dieser Nacht ein Bett fand. Also zündete er sich eine Zigarre an, bestellte eine Tasse Kaffee und beobachtete die Menschen in der Eingangshalle des Hotels. Hauptsächlich Reichswehroffiziere in vom Regen schwarz gewordenen, für gewöhnlich grauen Röcken, hochrangige Mitglieder der Landespolizei in grünen Uniformen und ein Trupp gewöhnlicher Soldaten mit Stahlhelmen. Sie trugen zerlegte Schnellfeuergewehre aus der oberen Etage die Treppe herunter und hinterließen mit ihren schweren Stiefeln auf dem roten Teppich dunkle Flecken, was der elegant gekleidete Angestellte hinter dem Empfangstisch stirnrunzelnd zur Kenntnis nahm.

In Martins Kopf wirbelten unzählige Bilder wie die Flocken in einer Schneekugel herum. Sechshundert Worte harter Fakten, aber nichts über den jungen Juden, den die SA-Männer nur in der Unterwäsche aus dem Haus gezerrt und auf der Briennerstraße so lange mit Stiefeltritten malträtiert hatten, bis ihnen langweilig geworden war. Und nichts über den alten Mann, der auf dem Königsplatz die blaue Jacke seiner Preußenuniform mit den verblichenen Streifen zugeknöpft und ausgerufen hatte: »Gott sei Dank! Deutschland ist gerettet«, während ihm die Tränen über das Gesicht liefen.

München, 9. November 1923

Beobachtungen und Gedanken.

Der Kellner hat mir ausdrücklich versichert, dass der Kaffee echt ist, aber die echten Bohnen sind gewiss für die Gäste reserviert, nicht für Leute, die nur in der Eingangshalle lungern, ohne ein Zimmer zu beziehen. Denn das Gebräu in meiner Tasse ist zwar heiß, schmeckt aber leicht nach getrockneten Bucheckern und Chicorée.

Die Bilder verschwimmen, und es fällt mir schwer, sie zu sortieren und in die richtige Reihenfolge zu bekommen. Auch wenn das nicht wichtig ist, weil die Geschehnisse unzusam-

menhängend und strukturlos wirkten. Wie die Aufregung im Bierkeller, als Hitler dort erschien, der Sprechgesang der SA-Männer, das verächtliche Gegröle der zahlreichen Biertrinker, das in abfälliges Gelächter und erbostes Schreien überging, als Hitler einen Stuhl erklomm.

Er forderte die Leute schreiend zur Ruhe auf, machte aber einen äußerst lächerlichen Eindruck. Mit seinem bleichen Gesicht und seinem schlecht sitzenden Frack sah er wie ein Oberkellner oder Charlie-Chaplin-Imitator aus. Ich dachte, die erboste Menge würde ihn so lange niederbrüllen, bis er seinen Platz wieder verließe. Doch plötzlich zog er einen Revolver aus der Tasche, schoss in die Decke und sorgte für schockierte, ungläubige Stille im Saal. Die Leute starrten diesen jämmerlichen, kleinen Mann mit großen Augen an, der in seiner bleichen Hand einen winzigen Revolver hielt und eine nationale Revolution ausrief. Ein korpulenter Mann in meiner Nähe schleuderte seinen Bierkrug auf den Boden, der statt zu zerbrechen unter eine Bank rollte und liegen blieb. »Wir hatten schon eine Revolution, du Hurensohn!
Wir haben dieses Schwein von Kaiser abgesetzt!«

Die Leute brachen in Gelächter aus, wodurch die Situation sich wieder etwas entspannte. Unter Buhrufen und Pfiffen schoben Hitler und ein paar seiner Gefolgsleute sich zur Bühne, wo immer noch Kahr stand. Offenbar war er vor Schrecken wie gelähmt.

Von den Männern, die zur Bühne gingen, kannte ich nur einen. Werner hatte seinen Filzhut so tief ins Gesicht gezogen, dass er fast nicht zu erkennen war. Trotzdem wusste ich, dass es mein Vetter war, denn ich erkannte ihn an seinem steifen Gang. Die Distanz, die ich mit einem Mal zu ihm empfand, war deutlich größer als die uns trennenden unzähligen Menschen.

Hitler erklomm das Podest. Anfangs war er nur mit Mühe zu verstehen, aber seine ersten Worte schienen die Zuhörer anzusprechen, denn wie eine Welle breitete sich Stille in der Halle aus, bis man nur noch Hitlers leidenschaftliche, feste und geradezu hypnotisierende Stimme hörte. Statt den Kommissar für Bayern für seine Pläne anzuprangern, stellte er nur fest, dass es ein Fehler sei, spalte man Bayern vom Rest des Reichs ab. Denn, schleuderte er dem Meer aus Tausenden Gesichtern entgegen, die reglos zu ihm aufsahen, es sei Bayerns Pflicht, den Weg in Richtung eines neuen, größeren Deutschlands einzuschlagen. Die Bayern müssten nach Berlin marschieren, weil das deutsche Volk nur so zu retten sei.

In meinem Bericht steht nur, dass Adolf Hitler eine Rede vor dreitausend bayrischen Separatisten im Münchner Bürgerbräukeller gehalten hat. Am achten November abends um Viertel vor neun. Dass die Rede erfolgreich war, weil er die Menge mühelos für sich und seine Sache eingenommen hat. Mit keinem Wort habe ich die hysterische Begeisterung, die Tränen und die Jubelrufe, das Donnern der Krüge auf den Tischen erwähnt und wie die Leute »Deutschland über alles« grölten, bevor die Veteranen sich erhoben, um gemeinsam alte Marschlieder wie Die Wacht am Rhein *und* Heil dir im Siegerkranz *zu pfeifen oder zu summen.*

Nach dem Ende der Versammlung sind die aufgeputschten Menschen durch die nachtschlafende Stadt gezogen. Trotz des kalten Windes und des Schnees. Die SA-Männer waren überall. Die aufgepflanzten Bajonette glitzerten im Licht der Straßenlampen. Lastwagen, auf deren Ladeflächen sich Braunhemden drängten, rumpelten über die Ludwigsbrücke. Das Fieber breitete sich rasend schnell bis in das Münchner Zentrum aus. Dabei fielen mir ein paar Zeilen von Byron ein.

Und so saß man in großer Eile auf: Das Ross,
die aufmarschierende Schwadron und der ratternde Waggon,
sie alle drängten ungestüm nach vorn
und schlossen ihre Reihen eilends für den Krieg…

Das, was ich gestern miterleben musste, war kein Krieg, sondern sinnloser Krawall. Brüllende Horden schoben sich mit ihren Nazibannern durch die engen Straßen. Hier ein zerbrochenes Schaufenster, da ein Jude, den man anrempelte, und dort die Räume eines Sozialistenblatts, die man unter Jubel verwüstete.

Und am Ende hat der Aufruhr sich totgelaufen. In dem kalten Wind und dem Schnee ließ der Schwung der Randalierer bis zum Morgengrauen spürbar nach. Die Mitglieder der SA sahen schuldbewusst und müde aus. Sie standen mit ihren schlaffen Fahnen auf der Straße und warteten darauf, dass jemand käme, um ihnen Befehle zu erteilen. Ihr Zorn war verebbt. Ein Mann trat gegen die Beifahrertür eines am Straßenrand geparkten Wagens, und sein schwerer Stiefel krachte auf das Metall. Ein anderer, der auf dem Weg zur Arbeit war, lief ängstlich und mit gesenktem Blick an dem Kerl vorbei.

»Dreckiger Jude!«

»Nein, ich bin kein Jude!«, rief der Mann und fing zu rennen an. »Ich bin kein Jude!«

Irgendwann hieß es, die Landespolizei und die Armee hätten Kanonen auf den Odeonsplatz geschafft und Hauptmann Röhm und dessen Truppen hielten das Wehrkreiskommando besetzt. Es gab nichts zu essen und nichts zu trinken. Und die Zigaretten gingen langsam aus.

Auch das blieb in meinem Artikel unerwähnt.

Dann tauchte am Morgen Hitler wieder auf. Ich habe einen Blick auf ihn auf dem Marienplatz erhascht, wie auch auf Werner, der neben ihm ging. Ein Teil der Aufregung vom Vorabend kehrte zurück, aber die Militärkapellen fehlten. Also sangen ein paar Gruppen Marschlieder, und die SA stampften mit ihren schweren Stiefeln. Allerdings wussten sie nicht, wohin sie gehen und was sie tun sollten.

»Wir marschieren nach Berlin!«, brüllte einer der Braunhemden und schwenkte eine Fahne.

Aber man marschierte hinter Hitler, Ludendorff in seinem braunen Mantel, Werner und einem Dutzend anderer Männer die schmale Residenzstraße hinunter zur Feldherrnhalle.

Was ich in meinem Text für Kingsford festgehalten habe.

Wie auch das Rattern der MGs und das wilde Auseinanderstieben der zuvor so forschen Demonstranten auf der Flucht vor den Gewehren. Die Reihen der SA haben sich ebenfalls im Handumdrehen gelichtet, als die Männer ihre Beine in die Hand nahmen, um den Kugeln zu entgehen.

Die Stahlhelme und Waffen warfen sie fort und rissen die Hakenkreuzarmbinden ab, damit sie nicht mehr als Teilnehmer an dem Aufmarsch zu erkennen waren. Der Putsch war vorbei. Gleichzeitig sah ich sechzehn Männer auf dem nassen, kalten Boden liegen.

Das steht in meinem Text.

Nicht aber, wie das Blut der Toten auf den Steinen ausgesehen hat. Die schmutzig roten Pfützen und der graue Klumpen menschlicher Gehirnmasse auf dem Gehweg. Oder das verschwitzte, kreidige Gesicht des jungen Polizisten, der sich neben einem Geschütz übergab.

Nichts davon habe ich festgehalten, weil es keine Rolle spielt und man der INA *nur Informationen schickt, die wirklich wichtig sind.*

Wie zum Beispiel, dass Hitler sich verletzt hat, als er sich beim ersten Schuss zu Boden warf. Ein Augenzeuge sah, wie er, anscheinend unter Schmerzen, schnellstmöglich in einen Wagen stieg und weggebracht wurde. Jetzt sucht ihn die Polizei.

Oder dass Ludendorff schnurstracks auf die Gewehre zumarschiert ist und unverletzt blieb. Allerdings wurde er als Verräter verhaftet.

Oder dass Göring einen Beinschuss abbekommen hat. Nach Aussage der Polizei hat mein Vetter Werner ihm die Flucht ermöglicht. Die zwei wurden gesehen, wie sie in der Maximilianstraße in einen Mercedes stiegen. Haftbefehle sind gegen sie erlassen worden.

»Hitler ist am Ende«, hat ein städtischer Beamter mir erklärt. »Mit dem ganzen Nazi-Abschaum ist jetzt Schluss. Teilen Sie das den Menschen mit.«

Aber das stimmt nicht, deswegen erwähne ich es nicht in meinem Artikel.

Wie auch die Prophezeiung an der Wand des Löwenbräukellers, in dem zweitausend SA-Mitglieder genächtigt haben, weil sie dachten, Hitler überquere irgendwann die Isar. In weißer Schrift steht dort: BALD BRENNEN DIE ROTEN JUDEN UND DAS LIBERALE PACK.

Denn Scott Kingsford zufolge wären diese Worte für die Leserschaft nicht weiter von Belang.

Buch 4

Geb Gott euch Kraft, ihr Herrn

Weihnachten 1923

16

Eine Woche vor Weihnachten bedeckte der erste Schnee die Hügel und die Dörfer, und die Landschaft leuchtete in der Sonne.

»Hoffentlich schneit es bis Weihnachten noch richtig«, sagte der Vikar. »Die Kinder wären begeistert.«

Und tatsächlich setzte einen Tag vor Weihnachten so starker Schneefall ein, dass die weniger befahrenen Straßen schon nach ein paar Stunden nicht mehr zu passieren waren. Wegen der Windstille war die einsetzende Kälte erträglich, und schon bald entstanden die ersten Schneemänner, und die Kinder fuhren auf ihren selbstgebauten Schlitten juchzend den Burgate Hill hinab.

Als Martin mit dem Zug aus London kam, wurde er von Charles am Bahnhof abgeholt, da der Chauffeur sich eine Bronchitis eingefangen hatte.

»Ich glaube, Banes tut nur so«, sagte Charles, als sie zum Wagen gingen, »weil der arme Kerl sich nicht auf die vereisten Straßen traut.«

»Du siehst sehr gut aus, Charles.«

»Ich fühle mich auch wunderbar – auch wenn ich immer noch gelegentlich etwas niedergeschlagen bin. Mutter hat mir erzählt, du würdest wieder nach Chicago ziehen.«

»Da liegt sie um ein paar Meilen daneben. Denn ich fahre nach New York.«

»Und für wie lange?«

Martin zuckte mit den Schultern. »Das weiß ich noch nicht genau. Scott Kingsford will, dass ich bei CBC eine Nachrichtenabteilung gründe und leite. Wahrscheinlich leichter gesagt als getan, aber versuchen werde ich's auf jeden Fall – er zahlt mir ja ein fürstliches Gehalt.«

»Klingt nach einer echten Herausforderung, mein Freund.«

»Bald werde ich wissen, ob ein alter Hund noch ein paar neue Tricks erlernen kann.«

»Ich freue mich für dich, Martin, obwohl du mir fehlen wirst, wenn du nicht mehr für ein langes Wochenende vorbeikommst.«

»Geht mir auch so.«

Wehmütig dachte Martin an die Aufenthalte in Abingdon, während Charles vom Bahnhofsvorplatz auf die Straße fuhr. Als er Kingsfords Angebot bekommen hatte, hatte er es akzeptiert, ohne lange darüber nachzudenken. Nachdem er vollkommen erschöpft aus Deutschland zurückgekehrt war, hatte ihn der Gedanke, alles hinter sich zu lassen und in seiner alten Heimat etwas Neues zu probieren, gereizt. Jetzt jedoch war er sich nicht mehr so sicher. Denn nun lebte er fast zehn Jahre in Europa, und Abingdon war zu seinem Zuhause geworden.

Lächelnd kam Lord Stanmore in die große Eingangshalle, in der Coatsworth wie ein Märtyrer am Fuß der Treppe stand.

»Vielleicht wäre seine Lordschaft so freundlich und würde ein Machtwort sprechen. Die Kinder sind mal wieder außer Rand und Band.«

»Ich werde es versuchen, Coatsworth. Aber wissen Sie, es sind nun einmal Kinder, und schließlich ist Weihnachten.«

»Diese beiden Dinge sind mir wohl bewusst, Mylord, aber das ist aus meiner Sicht noch längst kein Grund, alles zu zerstören.«

Bisher beschränkte sich die »allumfassende« Zerstörung auf ein kleines Glasfenster in einer Tür des Ballsaals – das bei einer Runde »Blinde Kuh« zersprungen war. Das Haus war voller Kinder. Zwölf Jungen und Mädchen aus der Schule, die über die Ferien nicht hatten nach Hause fahren können, verbrachten Weihnachten in Abingdon, wie auch Winifreds und Fentons sechsjährige Zwillingstöchter Jenny und Victoria, die so energiegeladen waren, dass man stets den Eindruck hatte, sie heckten immer an zwei Orten gleichzeitig irgendeinen Schabernack aus, und ihre kleine Schwester Kate, die jedoch erst ein Baby war und an deren Betragen nicht einmal Coatsworth Anstoß nahm.

Ein zerbrochenes Fensterglas war aus der Sicht des Earls ein eher geringer Preis für das Gelächter, das an seine Ohren drang. Er wie auch Hanna bedauerten es, dass nicht auch Colin an dem bunten Treiben teilnahm und Alexandras Baby, der kleine John Anthony, nicht oben in seinem Bettchen lag. Davon abgesehen jedoch war das Weihnachtsfest dieses Jahr perfekt. Und falls James sich für ein paar Wochen von der Firma loseisen konnte, wären nächstes Jahr auch ihre Enkelkinder mit von der Partie. Oder vielleicht könnten sie nach Kalifornien fahren. Weihnachten unter Palmen wäre einmal etwas völlig anderes.

»Dürfte ich vielleicht kurz stören?«

Martin sah von seinem Koffer auf. »Natürlich, nur herein.«

William schlenderte in Martins Schlafzimmer und ließ sich auf einen Stuhl plumpsen. »Himmel, was ist Weihnachten doch für ein rührseliges Fest. Statt hier herumzulungern, sollte ich in Derbyshire bei meinen Pferden sein.«

Lächelnd packte Martin seinen Abendanzug aus. »In deinem tiefsten Inneren bist du ein echter Cowboy, nicht wahr?«

»Mehr oder weniger. Dein Anzug sieht ja furchtbar aus. Am besten schicke ich dir Eagles, damit er ihn noch schnell bügelt.«

Martin strich die Falten glatt. »Das gibt sich.«

»Übrigens muss ich dich warnen. Weihnachten ist eine Zeit der Freude und der Harmonie, es gibt knusprigen Gänsebraten, leckeren Glühwein, und überall im Haus hängen Mistelzweige. Mit anderen Worten, augenblicklich herrscht genau die Atmosphäre, die aus Sicht von Mutter ein Gottesgeschenk für Kupplerinnen ist. Weshalb sie extra eine nicht mehr allzu junge, aber trotzdem noch recht ansehnliche Dame für dich eingeladen hat.«

»Oh Gott!«

»Genau das war auch meine Reaktion. Aber du weißt ja, wie Mutter ist. Junggesellen rufen nun mal ihren Sportsgeist wach.«

»Ich werde sie darüber aufklären müssen, dass es in New York durchaus auch Frauen gibt und ich keine importieren muss.«

»New York! Was für ein fantastisches Leben du doch führst! Wirst du nächsten Juni wieder in England sein? Rechtzeitig für Ascot? Ich lasse Baconian beim Prince of Wales's Stakes mitlaufen. Er wird mühelos gewinnen.«

Martin hängte seinen Anzug sorgfältig auf einen Bügel und betrachtete ihn skeptisch. »Vielleicht schickst du besser doch kurz Eagels rauf. Juni? Tut mir leid. Da ist der Parteitag der Republikaner, über den ich garantiert berichten muss. Aber bitte setz fünf Pfund für mich auf dieses Wundertier.«

»Das mache ich. Er ist zwar noch ein Außenseiter, aber du wirst schon sehen.«

Die Frau, die Hanna eingeladen hatte, stellte sich als nett, recht hübsch und sterbenslangweilig heraus. Da er seine Tante jedoch keineswegs brüskieren wollte, kümmerte sich Martin fast den ganzen Abend um sie – und küsste sie sogar unter dem Mistelzweig. Sie geriet sehr in Verlegenheit, während er vollkommen emotionslos blieb. Glücklicherweise schützte sie ein paar Minuten später fürchterliches Kopfweh vor und flüchtete sich früh ins Bett. Genau in dem Moment ließ William den neuesten Jazz auf seinem Grammofon erklingen.

»Darf ich um die Ehre dieses Tanzes bitten?«, fragte Winifred. »Oder ist es immer noch der Mann, der diese Frage stellen muss?«

»Das spielt keine Rolle mehr. Es sind moderne Zeiten angebrochen.«

Sie bewegten sich ausgelassen zu der Musik von Dusty Swan und seinen State Street Five über das glänzende Parkett.

»Bisher war mir nie klar, wie groß du bist, Winnie.«

»Bei Frauen heißt das hochgewachsen. Übrigens, falls du dich fragst, weswegen Fenton heute Abend bisher kaum ein Wort mit dir gewechselt hat, liegt das daran, dass ich ihm gedroht habe, ihn auf das Sofa zu verbannen, wenn er dich in eins von euren endlosen Gesprächen über den Zustand der Welt zu verwickeln versucht. Dafür ist auch morgen noch genügend Zeit. Der erste Weihnachtstag ist geradezu ideal. Aber am Heiligabend soll man einfach guter Dinge sein.«

»Worin ich völlig deiner Meinung bin. Glaubst du, er würde mich erschießen, wenn du unter dem Mistelzweig einen Kuss von mir bekämst?«

»Wohl eher, wenn nicht.«

Er küsste sie, und sie blickte ihn lächelnd an und drückte seine Hand.

»Du warst mir stets ein wunderbarer Freund, Martin.«

»Ich habe selber Glück, weil ich mit Freunden wie euch gesegnet bin.«

»Du weißt so vieles und behältst es stets für dich. Jacob wird bald heiraten. Hat er dir das erzählt?«

»Noch nicht – aber irgendwann wird er es tun.«

»Als er gestern angerufen hat, habe ich ihm und seiner Zukünftigen alles Glück der Welt gewünscht.«

»Und es auch so gemeint.«

»Ja, natürlich.«

Dieses Mal gab er ihr einen sanften Wangenkuss. »Du wirst ihn sicher vor mir sehen. Richte ihm bitte von mir aus, dass ich von Anfang an gewusst habe, dass er nicht nur brüderliche Gefühle für Amelia hegt.«

Es war eine kalte sternenklare Winternacht. Der Mond war nicht zu sehen, das bleiche Licht der Sterne und der weiße Schnee reichten jedoch als Beleuchtung aus.

Martin stand auf der Terrasse und klappte seinen Kragen hoch. Als er sich vom Haus entfernte, wurde die Musik leiser.

Er summte den bekannten Charleston-Song mit und steckte seine Hände in die Taschen, während er an dem hell erleuchteten Ballsaal vorbeiging. Heiligabend. *Alles schläft und einsam wacht*…

Er zog eine Zigarre aus der Tasche, fand ein Streichholz, riss es an einer Mauer an und hielt es vor seine Zigarrenspitze, bis die Flamme fast seine Finger berührte.

In zwei Tagen stach er in See. Der graue Kanal, England und der Kontinent würden im Kielwasser verschwinden. Er ließ vieles hinter sich. Darunter auch das größte Glück, das ihm jemals zuteil geworden war und das für alle Zeit in einem Grab in Flandern lag.

Er blies eine dünne Rauchwolke aus und sah ihr hinterher,

wie sie über die Balustrade wehte und sich in der Dunkelheit auflöste. Zwischen den Bäumen links und rechts der Einfahrt, weit hinter den schneebedeckten Rasenflächen blitzten Lichter auf, und in der Ferne sang ein vielstimmiger Chor.

Martin dachte an den kalten, nassen Schnee in München, an die Fahnen und die Männer, die zu einem fürchterlichen Lied über Blut, Terror und Tod marschiert waren. Er lehnte sich an einen Pfosten und blickte auf die Prozession, die langsam näher kam – die Einwohner von Abingdon, deren Gesang in der windstillen Nacht weithin zu hören war.

Gott ruht in euch fröhlichen Menschen
Damit euch nichts betrübt…

Langsam ging er auf die Vordertreppe und die Weihnachtssänger zu. Sie trugen Laternen, tanzende helle Flecken in der Dunkelheit, und er flüsterte mit rauer Stimme:

»Gott, oh Gott, lass diese Menschen stets zu fröhlichem Gesang marschieren, zu Botschaften des Trostes und des Glücks.«